三國演義 上

羅貫中　撰
毛宗崗　批
饒　彬　校注

三民書局

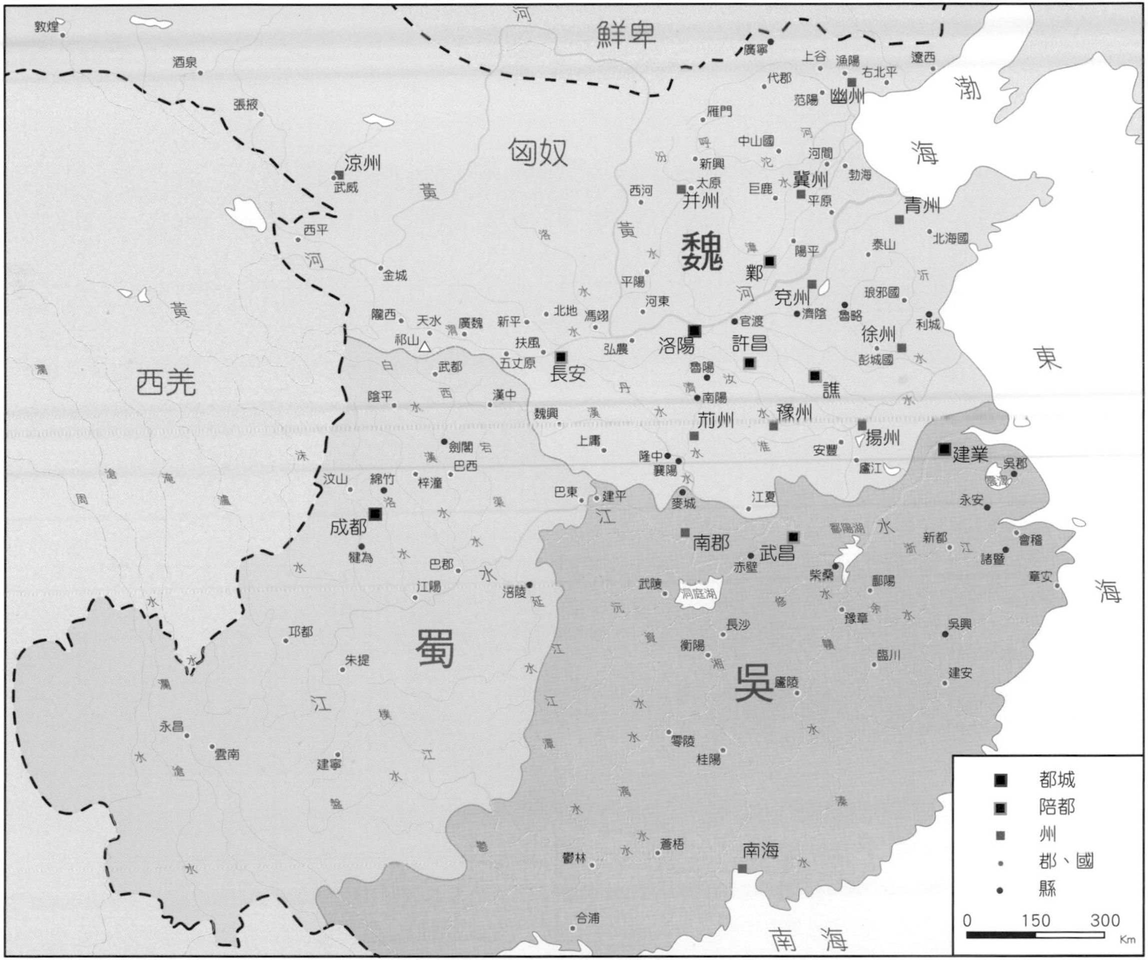
鮮卑
匈奴
西羌
魏
蜀
吳
涼州
幷州
冀州
幽州
青州
兗州
徐州
豫州
荊州
揚州
洛陽
長安
許昌
鄴
譙
成都
建業
武昌
南郡
南海
渤
海
東
海
南 海
都城
陪都
州
郡、國
縣
0 150 300
Km

三國鼎立圖

三國演義　總目

引　言……………………一—二
三國演義考證……………一—五
插　圖……………………一—三
金聖嘆序…………………一—二
重刊三國演義序……………一
回　目……………………一—八
正　文……………………一—一〇一三

引言

饒彬

三國演義在我國舊小說中，可說是流傳最廣的一種。它不僅在文人學士群中，擁有它眾多的讀者，就是在村氓婦孺、販夫走卒的行列裡，也擁有無數對它迷戀的人。胡適之先生就曾經說過：「三國演義究竟是一部絕好的通俗歷史，在幾千年的通俗教育史上，從沒有一部書比得上它的魔力。」

至於它何以會發生如此之大的魔力？我以為最主要的，應該歸於它的主旨的正確，能夠切合我國傳統的道德觀念——「忠」、「孝」、「節」、「義」，而予以充分的表揚。比如「忠」與「義」的方面，諸葛亮對劉先主的「鞠躬盡瘁，死而後已」，與劉、關、張異姓兄弟的誓同生死，可說是已把「忠」與「義」發揮到最高的境地了。至於「孝」的方面，書中寫孫策、孫權的「孝」，寫徐庶的「孝」，寫太史慈的「孝」，寫姜維的「孝」，甚至寫曹丕的不敢違逆母氏，都可說是對「孝」德的刻意稱頌。至於「節」的方面，書中對死節之士的讚譽，以及對敗節之人的誅責，既是不絕於書；就連毀容誓志的夏侯令女，以及蠻中隱者孟節的高行，也都特予稱述。凡此，在一般小說中，都是不曾多見的，而本書卻能緊緊地把握著。它之能為廣大的群眾所愛讀，所珍視，以至發生其「魔力」，誰又能說是無因呢！

本書在取材及寫作的技巧方面，雖也有人提出過若干疵議，但那究嫌是要求過苛。以一種通俗演義來說，把包括兩三百人，無數樁事，交互穿插，縱橫織組，而能夠寫得原原本本，線索分明，實已非常手所能。其所為世所重，且歷久不衰，當然是有其自身的條件的。

本書中，作者最用力表現的部分，為「劉玄德三顧草廬」、「定三分隆中決策」、「諸葛亮舌戰群儒」、「用奇謀孔明借箭」和「七星壇諸葛祭風，三江口周瑜縱火」等數段文字。當他描述山林世外之美，他寫得簡直是一幅畫，一首詩；而寫到戰爭的激烈場面，則又使人彷彿聽到、看到刀光劍影，人喊馬嘶。他寫忠善的君子，使讀者油然而生同情之心；他寫奸險的小人，使讀者不禁而興切齒之忿。似此，都絕對不是普通的手筆所能為力的。當然這都是就大的方面來說。其他，如在一件緊張的大事鋪敘之後，夾上一段輕鬆的閒文；在一場激烈的戰鬪描述完了，穿插上一節逸情韻事，這也都是本書作者特有的技巧。

本書因受廣大的讀者歡迎，故一般所見的本子極多。但儘管如此，書肆中卻很難找到一種理想的善本。本局這次所刊印的三國演義，是以毛宗崗評的繡像大字本為底本。書首首列金聖嘆與清溪居士的序文（據近人考證，金序為毛宗崗所偽撰），並附以「引言」與「考證」以幫助讀者對本書的了解。全書的分段、標點，則參考各本之長，並審慎校訂，務使之益臻完善。

底本中毛氏的批語，深刻透闢，時而發人深醒；惟文字稍繁，所佔篇幅過多，茲存其褒忠誅惡及淑世善俗，足以激勵世道人心者，列於書眉，以資讀者省覽。

本書中所用的詞語，方言及不易查考之典故、史實，均擇要淺釋，見於當頁，以免讀者翻檢之勞。

本局對本書之整理、校訂、印刷，均力求精到，但以事實所限，仍難盡如理想，尚祈惠顧諸君，多所指正是幸！

三國演義考證

饒彬

一、「三國演義」的人物與故事

如所周知，三國演義是屬於歷史通俗小說的一種。因為它是歷史小說，所以書中的人物、故事，太半都見於史書的記載。胡適之先生批評這部書「拘守歷史的故事太嚴」，指的當就是這一點。

不過寫歷史小說與寫他種小說不同。寫他種小說，可以全憑作者的想像去塑造人物，虛構故事，以發抒作者的才思；而寫歷史小說，首先就受到「歷史條件」的桎梏，不允許作者漫無限制的去捏造人物，翻騰故事。這可說是事實的局限，而非關作者的才短。

儘管如此，本書中作者對於人物、故事方面，也並非全無創造。比如：就人物來說，宰制這一時代的權威人物，像蜀漢的劉、關、張、諸葛、姜維，北魏的曹操、司馬懿，東吳的孫權、周瑜、魯肅、陸遜，固都是實有其人，但若就其性格的刻劃，行為的描述，則可說全是作者筆下所創造出來的另一批人物，只不過是借用實人的名姓而已。再就故事來說，三國演義中的故事，固多屬實有其事，但卻也有些與史實不相符合的。這裡略舉一二，以見一般。大家皆知，三國演義中作者使用全副氣力描寫的是「三訪諸葛」、「草船借箭」、「火燒戰船」和「孔明借風」等幾段文章。但「三訪諸葛」，在三國志諸葛亮傳裡，只有「凡三訪乃見」五個字；而在演義裡，不僅文字的數量超過百千倍，人事、景物的增益、渲染，更極盡其創造、推演的能事。「草船借箭」，志書裡全無記載，三國志平話裡，說是周瑜的功勞，而本書中這一勳績，則完全寫在諸葛亮的名下。至於「赤壁破曹」，原為三國時代的一次重大戰役，其獻謀、決策都絲毫與諸葛亮無關，而在本書中，作者卻不顧事實，硬把首功記在諸葛亮的頭上。作者為了達到這項目的並不惜神化其事，以「孔明借風」來矇混讀者，轉移讀者的注意力。

總之，本書是演義性質的小說，對於人物、故事，不必強求其與史書悉合，若然，那便將失去其演義的價值了。

二、「三國」故事的流傳及結集

在還未談到三國故事的流傳之前，我們得先注意一項事實，那就是三國紛爭的這一齣戲，完全是由漢民族扮演的。不論是劉備、曹操、孫權以及他們的戰將、謀臣，無一不是漢民族的菁英。過此以往，西北的雜胡，湧進了中國，漢民族就失去了主宰中原的權柄。在外族的壓抑和死亡飢餓的熬煎中，回憶本民族光榮的往事，是極其自然的。因而三國故事的流傳，在五胡亂華時期，一定就很盛了。不過由於無休止的戰亂，從晉歷南北朝，經隋至唐，長長的三百餘年間，三國的故事，始終停滯在被傳誦的故事階段。直到唐朝晚年，也許是三國故事在民間流傳得更普徧了，這時在李義山驕兒詩中，才出現「或謔張飛胡，或笑鄧艾吃」的片段透露。當然到了宋代、元代，院本、平話競出，三國故事也就更為風行了。據錄鬼簿涵虛子所記，當時的三國戲本，就多達二十種之多。

至於三國故事的結集成書，很難知道它的確實年代。就現在我們所能見到的最早以三國故事為題材而寫成的書，只有新安虞氏刊印的全相三國志平話（現藏日本內閣文庫）。不過這是元朝的一部翻印書，既是翻印，它的原本著作，當然要更早於此書了。尤其值得注意的是這部書的內容，完全是以「因緣果報」為主旨的。書的開始，有一段司馬仲相陰間斷訟的神話的引子，而以曹操為韓信，劉備為彭越，孫權為英布，漢獻帝為漢高祖。三人三分天下，乃為報高祖殺害之冤。所以開頭的一首詩便這樣寫著：「江東吳王蜀地川，曹操英勇佔中原。不是三人分天下，來報高祖斬首冤。」為全書啟幕的一首詩既是如此，它的內容，必定是充滿著迷信色彩與牽強附會的故事，也就不看而可以推知了。

現行的三國志演義，便是根據上述三國志平話所改編的。不過最初它的原貌，究竟是怎麼一個樣子，現在我們已無法知道。根據明代兩種刊本的附圖及其部分文字，可知彼時本書的回目與現行的本子相當接近，而內容則頗有出入。目前我們所看到的這種本子，又是經過許多人修訂後的產物了。

三、「三國演義」的改寫者與修訂者

根據一般的說法，大都認為將前人的三國志平話改寫成後來這部歷史小說的，是羅貫中。羅氏的籍貫、年代及其一生事蹟，我們所知不多。目前所能找到的材料約有三種：第一是賈仲名錄鬼簿續編中，對羅氏事蹟的記載；第二種是明王圻稗史彙編裡，有關羅氏的一段文字；第三種是清徐渭仁徐鈉所繪水滸一百單八將圖題跋中，關於羅氏的一句話。現在分別引錄在這裡：

羅貫中太原人，號湖海散人。與人寡合。樂府隱語，極為清新。與余為忘年交。遭時多故，天各一方。至正甲辰，復會。別來又六十餘年，竟不知所終。（賈仲名錄鬼簿續編）

文至院本說書，其變極矣。然非絕世軼材，自不妄作。如宗秀、羅貫中，國初葛可久，皆有志圖王者。乃遇真主，而葛寄神醫工，羅傳神稗史。（王圻稗史彙編）

施耐庵感時政陵夷，作水滸傳七十回。羅貫中客偽吳，欲諷士誠，續成百二十回。（徐渭仁徐鈵所繪水滸一百單八將圖題跋）

看了以上的材料，我們對羅貫中這個人可說已有了概略的了解。不過這並不是我們要研究的重點，我們知道他是三國演義第一個改寫者就夠了。

至於三國演義的修訂者，當然不止一人，據大家所知道的，明末就還有一種李卓吾本。但很多人卻都相信毛宗崗修訂三國演義，而使其成為現在通行本的說法。近人某氏雖曾對此說提出若干疑問，但因其缺乏有力的證據，故傳統的說法，依然立於不倒的地位。

四、時下「三國演義」流行各本

時下三國演義流行的本子，形形色色，國內國外，恐怕不下二十多種。雖然統統用的是毛宗崗修訂的百二十回本，但由於大家出奇制勝，在編輯上和形式上，卻各有其不同的面目。其中除了一二種在排版和印刷方面，稍嫌粗略之外，餘下的各本，大致上都還說得過去。

前代的善本，如今已不容易得到。要想獲得理想的本子，便只有寄望當代，寄望於存心愛護國粹，宏揚國粹的出版界。這願望三民本定可以給您以相當的滿足。

三國志像插圖：「劉玄德古城聚義」。選自清順治年間刊本三國志像，原本現藏上海圖書館。三國志像，一百二十回，明羅貫中編。羅貫中另編有三國志通俗演義，早在明弘治七年即已刊行，後有多種改編本問世。清康熙間毛宗崗以羅本為主，改編成一百二十回的三國演義，即今之通行版本。

三國志通俗演義插圖：「祭天地桃園結義」。選自明萬曆十九年金陵萬卷樓刊本新刊校正古本大字音釋三國志通俗演義，原本現藏北京大學圖書館。

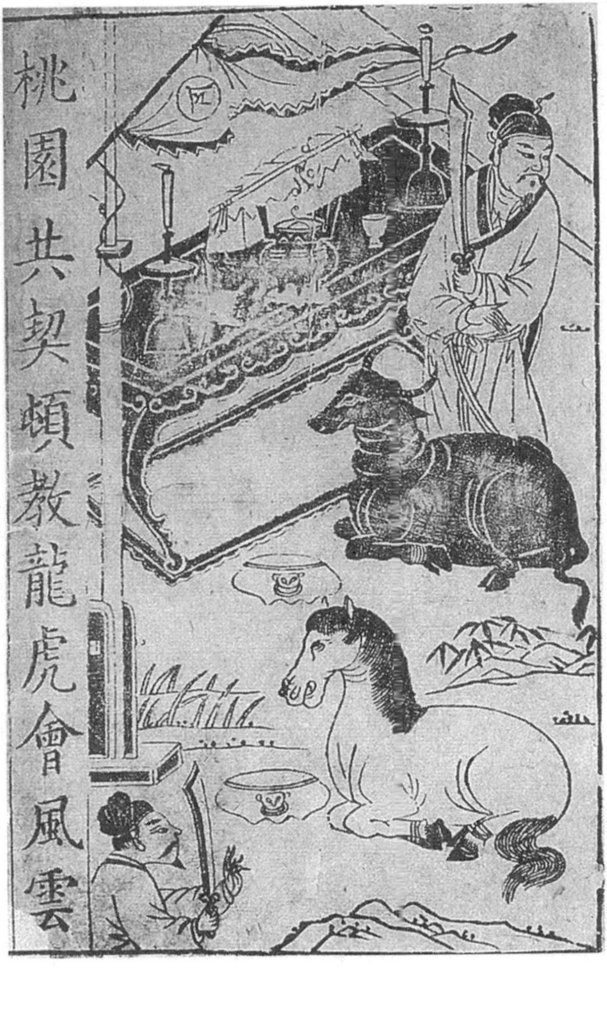
桃園共契頓教龍虎會風雲

金聖嘆序

余嘗集才子書者六，其目曰：莊也，騷也，馬之史記也，杜之律詩也，水滸也，西廂也，已謬加評訂。海內君子，皆許余以為知言。近又取三國志讀之，見其據實指陳，非屬臆造，堪與史冊相表裡。由是觀之，奇又莫奇於三國矣。或曰：「凡自周秦而上，漢唐而下，依史以演義者，無不與三國相仿。可獨奇乎三國？」曰：「三國者，乃古今爭天下之一大奇局；而演三國者，又古今為小說之一大奇手也。異代之爭天下，其事較平。取其事以為傳，其手又較庸。故迥不得與三國並也。」

吾嘗覽三國爭天下之局，而歎天運之變化，真有所莫測也。當漢獻失柄，董卓擅權，群雄並起，四海鼎沸，使劉皇叔早諧魚水之歡，先得荊襄之地，長驅河北，傳檄江南、江東、秦、雍以次略定，則仍一光武中興之局，而不見天運之善變也。惟卓不遂其篡以誅死，曹操又得挾天子以令諸侯，名位雖虛，正朔未改，皇叔宛轉避難，不得早建大義於天下。而大江南北，已為吳，魏之所攘，獨留西南一隅，為劉氏託足之地。然不得孔明出，而東助赤壁一戰，西為漢中一摧，則漢益亦折而入於曹，而吳亦不能獨立，則又成一王莽篡漢之局，而天運猶不見其善變也。逮於華容遁去，雞肋歸來，鼎足而居，權侔力敵，而三分之勢遂成。尋彼曹操一生，罪惡貫盈，神人共怒。檄之，罵之，刺之，藥之，燒之，劫之，割鬚，折齒，墮馬，落塹，瀕死者數，而卒免於死。為敵者眾，而為輔亦眾。此天之又若有意以成三分，而故留此奸雄以為漢之蟊賊。且天生瑜以為亮對，又生懿以繼曹後，似皆恐鼎足之中折，而疊出其人才以相持也。自古割據者有矣，分王者有矣，為十二國，為七國，為十六國，為南北朝，為東西魏，為前後漢，其間乍得乍失，或亡或存，遠或不能一紀，近或不踰歲月，從未有六十年中，興則俱興，滅則俱滅，如三國爭天下之局之奇者也。

今覽此書之奇，足以使學士讀之而快，委巷不學之人讀之而亦快；英雄豪傑讀之而快，凡夫俗子讀之而亦快也。昔者蒯通之說韓信，已有鼎足三分之說。其時信已臣漢，義不可背。項羽粗暴無謀，有一范增而不能用，勢不得不一統於群策群力之漢。三分之幾，虛兆於漢室方興之時，而卒成於漢室衰微之際。且高祖以王漢興，而先主以王漢亡，一能還定三秦，一不能取中原尺寸，若彼蒼之造漢，以如是起，以如是止，早有其成局於冥冥之中。遂使當世之人之事，才謀各別，境界獨殊，以迥異於千古者，非天事之最奇者歟？作演義者，以文章之奇，傳其事之奇，而且無所事於穿鑿，第貫穿其事實，錯綜其始末而已。無之不奇，此又人事之未經見者也。獨是事奇矣，書奇矣，而無有人焉起而評之，即或有人而使心非錦心，口非繡口，不能一一代古人傳其胸臆，則是書亦終與周秦而上、漢唐而下諸「演義」等，人亦烏乎知其奇而信其奇哉！

余嘗欲探索其奇以正諸世，會病未果。忽於友人案頭，見毛子所評三國志之稿，觀其筆墨之快，心思之靈，先得我心之同然。因稱快者再，而今而後，知第一才子書之目，又果在三國也。故余序此數言，付毛子，授剞之日，弁於簡端，使後之閱者，知余與毛子有同心云。

順治歲次甲申嘉平朔日金人瑞聖嘆氏題

重刊三國演義序

昔陳承祚有良史才，所撰魏、蜀、吳三國志，凡六十五篇，已入正史。范蔚宗稱其詞多勸誡，明乎得失，有益風化。裴松之亦謂銓敘可觀，事多審正，而惜其失在於略，復上披舊聞，旁摭遺逸，凡志所不載，事宜存錄者，畢取以為之注，而三國事蹟略備。

演義之作，濫觴於元人，以供村老談說故事，然悉本陳志裴注，絕不架空杜撰。意主忠義，而旨歸勸懲。閱者參觀正史，始知語皆有本，而不與一切小說等量而齊觀矣。

咸豐三年孟夏勾吳清溪居士書

回目

上冊

第一回　宴桃園豪傑三結義　斬黃巾英雄首立功……一
第二回　張翼德怒鞭督郵　何國舅謀誅宦豎……一〇
第三回　議溫明董卓叱丁原　餽金珠李肅說呂布……一九
第四回　廢漢帝陳留為皇　謀董賊孟德獻刀……二八
第五回　發矯詔諸鎮應曹公　破關兵三英戰呂布……三六
第六回　焚金闕董卓行兇　匿玉璽孫堅背約……四六
第七回　袁紹磐河戰公孫　孫堅跨江擊劉表……五三
第八回　王司徒巧使連環計　董太師大鬧鳳儀亭……六一
第九回　除暴兇呂布助司徒　犯長安李傕聽賈詡……六八
第一〇回　勤王室馬騰舉義　報父讎曹操興師……七七

第一一回 劉皇叔北海救孔融 呂溫侯濮陽破曹操……八四
第一二回 陶恭祖三讓徐州 曹孟德大戰呂布……九四
第一三回 李傕郭汜大交兵 楊奉董承雙救駕……一〇二
第一四回 曹孟德移駕幸許都 呂奉先乘夜襲徐郡……一一二
第一五回 太史慈酣鬭小霸王 孫伯符大戰嚴白虎……一二二
第一六回 呂奉先射戟轅門 曹孟德敗師淯水……一三四
第一七回 袁公路大起七軍 曹孟德會合三將……一四五
第一八回 賈文和料敵決勝 夏侯惇拔矢啖睛……一五二
第一九回 下邳城曹操鏖兵 白門樓呂布殞命……一五九
第二〇回 曹阿瞞許田打圍 董國舅內閣受詔……一七〇
第二一回 曹操煮酒論英雄 關公賺城斬車冑……一七八
第二二回 袁曹各起馬步三軍 關張共擒王劉二將……一八六
第二三回 禰正平裸衣罵賊 吉太醫下毒遭刑……一九五
第二四回 國賊行兇殺貴妃 皇叔敗走投袁紹……二〇四
第二五回 屯土山關公約三事 救白馬曹操解重圍……二〇九
第二六回 袁本初敗兵折將 關雲長挂印封金……二一七

第二七回　美髯公千里走單騎　漢壽侯五關斬六將……二二四
第二八回　斬蔡陽兄弟釋疑　會古城主臣聚義……二三二
第二九回　小霸王怒斬于吉　碧眼兒坐領江東……二四二
第三〇回　戰官渡本初敗績　劫烏巢孟德燒糧……二五一
第三一回　曹操倉亭破本初　玄德荊州依劉表……二六一
第三二回　奪冀州袁尚爭鋒　決漳河許攸獻計……二六九
第三三回　曹丕乘亂納甄氏　郭嘉遺計定遼東……二七八
第三四回　蔡夫人隔屏聽密語　劉皇叔躍馬過檀溪……二八七
第三五回　玄德南漳逢隱淪　單福新野遇英主……二九五
第三六回　玄德用計襲樊城　元直走馬薦諸葛……三〇二
第三七回　司馬徽再薦名士　劉玄德三顧草廬……三〇九
第三八回　定三分隆中決策　戰長江孫氏報仇……三一八
第三九回　荊州城公子三求計　博望坡軍師初用兵……三二七
第四〇回　蔡夫人議獻荊州　諸葛亮火燒新野……三三五
第四一回　劉玄德攜民渡江　趙子龍單騎救主……三四三
第四二回　張翼德大鬧長坂橋　劉豫州敗走漢津口……三五三

第四三回　諸葛亮舌戰群儒　魯子敬力排眾議……三六〇
第四四回　孔明用智激周瑜　孫權決計破曹操……三六九
第四五回　三江口曹操折兵　群英會蔣幹中計……三七七
第四六回　用奇謀孔明借箭　獻密計黃蓋受刑……三八六
第四七回　闞澤密獻詐降書　龐統巧授連環計……三九四
第四八回　宴長江曹操賦詩　鎖戰船北軍用武……四〇一
第四九回　七星壇諸葛祭風　三江口周瑜縱火……四〇七
第五〇回　諸葛亮智算華容　關雲長義釋曹操……四一六
第五一回　曹仁大戰東吳兵　孔明一氣周公瑾……四二三
第五二回　諸葛亮智辭魯肅　趙子龍計取桂陽……四三〇
第五三回　關雲長義釋黃漢升　孫仲謀大戰張文遠……四三七
第五四回　吳國太佛寺看新郎　劉皇叔洞房續佳偶……四四五
第五五回　玄德智激孫夫人　孔明二氣周公瑾……四五四
第五六回　曹操大宴銅雀臺　孔明三氣周公瑾……四六一
第五七回　柴桑口臥龍弔喪　耒陽縣鳳雛理事……四六九
第五八回　馬孟起興兵雪恨　曹阿瞞割鬚棄袍……四七九

第五九回　許褚裸衣鬬馬超　曹操抹書間韓遂……四八八
第六〇回　張永年反難楊修　龐士元議取西蜀……四九六

下冊

第六一回　趙雲截江奪阿斗　孫權遺書退老瞞……五〇九
第六二回　取涪關楊高授首　攻雒城黃魏爭功……五一七
第六三回　諸葛亮痛哭龐統　張翼德義釋嚴顏……五二六
第六四回　孔明定計捉張任　楊阜借兵破馬超……五三五
第六五回　馬超大戰葭萌關　劉備自領益州牧……五四四
第六六回　關雲長單刀赴會　伏皇后為國捐生……五五四
第六七回　曹操平定漢中地　張遼威震逍遙津……五六三
第六八回　甘寧百騎刼魏營　左慈擲盃戲曹操……五七二
第六九回　卜周易管輅知機　討漢賊五臣死節……五八〇
第七〇回　猛張飛智取瓦口隘　老黃忠計奪天蕩山……五八八
第七一回　占對山黃忠逸待勞　據漢水趙雲寡勝眾……五九六
第七二回　諸葛亮智取漢中　曹阿瞞兵退斜谷……六〇五

第七三回　玄德進位漢中王　雲長攻拔襄陽郡……六一二
第七四回　龐令名抬櫬決死戰　關雲長放水淹七軍……六二〇
第七五回　關雲長刮骨療毒　呂子明白衣渡江……六二七
第七六回　徐公明大戰沔水　關雲長敗走麥城……六三四
第七七回　玉泉山關公顯聖　洛陽城曹操感神……六四二
第七八回　治風疾神醫身死　傳遺命奸雄數終……六五〇
第七九回　兄逼弟曹植賦詩　姪陷叔劉封伏法……六五七
第八〇回　曹丕廢帝篡炎劉　漢王正位續大統……六六四
第八一回　急兄讎張飛遇害　雪弟恨先主興兵……六七二
第八二回　孫權降魏受九錫　先主征吳賞六軍……六七九
第八三回　戰猇亭先主得讎人　守江口書生拜大將……六八六
第八四回　陸遜營燒七百里　孔明巧布八陣圖……六九五
第八五回　劉先主遺詔託孤兒　諸葛亮安居平五路……七〇四
第八六回　難張溫秦宓逞天辯　破曹丕徐盛用火攻……七一三
第八七回　征南寇丞相大興師　抗天兵蠻王初受執……七二一
第八八回　渡瀘水再縛番王　識詐降三擒孟獲……七三〇

第八九回　武鄉侯四番用計　南蠻王五次遭擒……七三八
第九〇回　驅巨獸六破蠻兵　燒藤甲七擒孟獲……七四七
第九一回　祭瀘水漢相班師　伐中原武侯上表……七五八
第九二回　趙子龍力斬五將　諸葛亮智取三城……七六七
第九三回　姜伯約歸降孔明　武鄉侯罵死王朗……七七五
第九四回　諸葛亮乘雪破羌兵　司馬懿剋日擒孟達……七八四
第九五回　馬謖拒諫失街亭　武侯彈琴退仲達……七九三
第九六回　孔明揮淚斬馬謖　周魴斷髮賺曹休……八〇三
第九七回　討魏國武侯再上表　破曹兵姜維詐獻書……八一一
第九八回　追漢軍王雙受誅　襲陳倉武侯取勝……八一九
第九九回　諸葛亮大破魏兵　司馬懿入寇西蜀……八二八
第一〇〇回　漢兵劫寨破曹真　武侯鬬陣辱仲達……八三八
第一〇一回　出隴上諸葛妝神　奔劍閣張郃中計……八四七
第一〇二回　司馬懿戰北原渭橋　諸葛亮造木牛流馬……八五七
第一〇三回　上方谷司馬受困　五丈原諸葛禳星……八六八
第一〇四回　隕大星漢丞相歸天　見木像魏都督喪膽……八七八

第一〇五回　武侯預伏錦囊計　魏主拆取承露盤……八八五
第一〇六回　公孫淵兵敗死襄平　司馬懿詐病賺曹爽……八九五
第一〇七回　魏主政歸司馬氏　姜維兵敗牛頭山……九〇三
第一〇八回　丁奉雪中奮短兵　孫峻席間施密計……九一三
第一〇九回　困司馬漢將奇謀　廢曹芳魏家果報……九二〇
第一一〇回　文鴦單騎退雄兵　姜維背水破大敵……九二八
第一一一回　鄧士載智敗姜伯約　諸葛誕義討司馬昭……九三六
第一一二回　救壽春于詮死節　取長城伯約鏖兵……九四三
第一一三回　丁奉定計斬孫綝　姜維鬬陣破鄧艾……九五〇
第一一四回　曹髦驅車死南闕　姜維棄糧勝魏兵……九五八
第一一五回　詔班師後主信讒　託屯田姜維避禍……九六五
第一一六回　鍾會分兵漢中道　武侯顯聖定軍山……九七二
第一一七回　鄧士載偷渡陰平　諸葛瞻戰死綿竹……九七九
第一一八回　哭祖廟一王死孝　入西川二士爭功……九八七
第一一九回　假投降巧計成虛話　再受禪依樣畫葫蘆……九九四
第一二〇回　薦杜預老將獻新謀　降孫皓三分歸一統……一〇〇三

第一回　宴桃園豪傑三結義　斬黃巾英雄首立功

滾滾長江東逝水，浪花淘盡英雄。
是非成敗轉頭空，青山依舊在，幾度夕陽紅。
白髮漁翁江渚上，慣看秋月春風。
一壺濁酒喜相逢，古今多少事，都付笑談中。

話說天下大勢，分久必合，合久必分。周末七國分爭，并入於秦。及秦滅之後，楚漢分爭，又并入於漢。漢朝自高祖斬白蛇而起義，一統天下。後來光武中興，傳至獻帝，遂分為三國。推其致亂之由，殆始於桓靈二帝。桓帝禁錮善類❶，崇信宦官。及桓帝崩，靈帝即位，大將軍竇武、太傅陳蕃，共相輔佐。時有宦官曹節等弄權，竇武、陳蕃謀誅之，作事不密，反為所害。中涓❷自此愈橫。

建寧二年四月望日，帝御溫德殿。方陞座，殿角狂風驟起，只見一條大青蛇，從梁上飛將下來，蟠於椅上。帝驚倒，左右急救入宮，百官俱奔避。須臾，蛇不見了，忽然大雷大雨，加以冰雹，落到半夜

出師表曰：歎息痛恨于桓靈。故從桓靈說起。

❶ 禁錮善類：禁止正人君子作官和參加政治活動。錮，音ㄍㄨˋ。
❷ 中涓：宦官，亦稱太監。

方止，壞卻房屋無數。建寧四年二月，洛陽地震；又海水泛溢，沿海居民，盡被大浪捲入海中。光和元年，雌雞化雄。六月朔，黑氣十餘丈，飛入溫德殿中。秋七月，有虹見於玉堂；五原山岸，盡皆崩裂。種種不祥，非止一端。

帝下詔問群臣以災異之由，議郎蔡邕上疏，以為蜺墮雞化❸，乃婦寺干政之所致，言頗切直。帝覽奏歎息，因起更衣。曹節在後竊視，悉宣告左右。遂以他事陷邕於罪，放歸田里。後張讓、趙忠、封諝、段珪、曹節、侯覽、蹇碩、程曠、夏惲、郭勝十人朋比為奸，號稱「十常侍」。帝尊信張讓，呼為「阿父」，朝政日非，以致天下人心思亂，盜賊蜂起。

時鉅鹿郡有兄弟三人：一名張角，一名張寶，一名張梁。那張角本是個不第秀才。因入山採藥，遇一老人，碧眼童顏，手執藜杖，喚角至一洞中，以天書三卷授之曰：「此名太平要術。汝得之，當代天宣化，普救世人；若萌異心，必獲惡報。」角拜問姓名。老人曰：「吾乃南華老仙也。」言訖，化陣清風而去。

角得此書，曉夜攻習，能呼風喚雨，號為太平道人。中平元年正月內，疫氣流行，張角散施符水，為人治病，自稱大賢良師。角有徒弟五百餘人，雲遊四方，皆能書符念咒。次後徒眾日多，角乃立三十六方，——大方萬餘人，小方六七千，——各立渠帥❹，稱為將軍。訛言「蒼天已死，黃天當立」。又云「歲在甲子，天下大吉」。令人各以白土，書「甲子」二字於家中大門上。青、幽、徐、冀、荊、揚、

天子既呼張讓為父，天下安得不奉張角為師耶？

❸ 蜺墮雞化：蜺與霓同。蜺即虹。全句指上文「雌雞化雄」與「虹見於玉堂」。

❹ 渠帥：賊黨的首領。

兗、豫八州之人，家家供奉大賢良師張角名字。角遣其黨馬元義，暗齎金帛，結交中涓封諝，以為內應。角與二弟商議曰：「至難得者，民心也。今民心已順，若不乘勢取天下，誠為可惜。」遂一面私造黃旗，約期舉事；一面使弟子唐州，馳書報封諝。唐州乃逕赴省中告變。帝召大將軍何進調兵擒馬元義，斬之；次收封諝等一干人下獄。

張角聞知事露，星夜舉兵，自稱天公將軍，——張寶稱地公將軍，張梁稱人公將軍。——申言於眾曰：「今漢運將終，大聖人出；汝等皆宜順從天意，以樂太平。」四方百姓，裹黃巾從張角反者，四五十萬。賊勢浩大，官軍望風而靡。何進奏帝火速降詔，令各處備禦，討賊立功；一面遣中郎將盧植、皇甫嵩、朱儁，各引精兵，分三路討之。

且說張角一軍，前犯幽州界分。幽州太守劉焉，乃江夏竟陵人氏，漢魯恭王之後也；當時聞得賊兵將至，召校尉鄒靖計議。靖曰：「賊兵眾，我兵寡，明公宜作速招軍應敵。」劉焉然其說，隨即出榜招募義兵。榜文行到涿縣，乃引出涿縣中一個英雄。

可知蜀漢是正統。

那人不甚好讀書；性寬和，寡言語，喜怒不形於色；素有大志，專好結交天下豪傑；生得身長八尺，兩耳垂肩，雙手過膝，目能自顧其耳，面如冠玉，脣若塗脂；中山靖王劉勝之後，漢景帝閣下玄孫；姓劉，名備，字玄德。昔劉勝之子劉貞，漢武時封涿鹿亭侯，後坐酎金失侯❺；因此遺這一枝在涿縣。玄德祖劉雄，父劉弘。弘曾舉孝廉，亦嘗作吏，早喪。玄德幼孤，事母至孝；家貧，販屨織蓆為業。家住

❺ 坐酎金失侯：坐，犯罪的意思。漢制，諸侯每年按規定繳納做祭祀用的貢金給皇帝，叫做酎金。「坐酎金失侯」，是說因為犯了不繳納酎金的罪，被削去了侯爵。酎，音ㄓㄡˋ。

本縣樓桑村。其家之東南，有一大桑樹，高五丈餘，遙望之，童童如車蓋。相者云：「此家必出貴人。」玄德幼時，與鄉中小兒戲於樹下曰：「我為天子，當乘此車蓋。」叔父劉元起奇其言，曰：「此兒非常人也！」因見玄德貧，常資給之。年十五歲，母使游學，嘗師事鄭玄、盧植；與公孫瓚等為友。及劉焉發榜招軍時，玄德年已二十八歲矣。當日見了榜文，慨然長歎。隨後一人厲聲言曰：「大丈夫不與國家出力，何故長歎？」

玄德回視其人，身長八尺，豹頭環眼，燕頷虎鬚，聲若巨雷，勢如奔馬。玄德見他形貌異常，問其姓名。其人曰：「某姓張，名飛，字翼德。世居涿郡，頗有莊田，賣酒屠豬，專好結交天下豪傑。適纔見公看榜而歎，故此相問。」玄德曰：「我本漢室宗親，姓劉，名備。今聞黃巾倡亂，有志欲破賊安民；恨力不能，故長歎耳。」飛曰：「吾頗有資財，當召募鄉勇，與公同舉大事，如何？」玄德甚喜，遂與同入村店中飲酒。

正飲間，見一大漢，推著一輛車子，到店門首歇了；入店坐下，便喚酒保「快斟酒來吃，我待趕入城去投軍」。玄德看其人，身長九尺，髯長二尺；面如重棗，脣若塗脂；丹鳳眼，臥蠶眉；相貌堂堂，威風凜凜。玄德就邀他同坐，叩其姓名。其人曰：「吾姓關，名羽，字壽長，後改雲長，河東解良人也。因本處勢豪，倚勢凌人，被吾殺了；逃難江湖，五六年矣。今聞此處招軍破賊，特來應募。」玄德遂以己志告之。雲長大喜。同到張飛莊上，共議大事。

飛曰：「吾莊後有一桃園，花開正盛；明日當於園中祭告天地，我三人結為兄弟，協力同心，然後可圖大事。」玄德、雲長，齊聲應曰：「如此甚好。」次日，於桃園中，備下烏牛白馬祭禮等項，三人焚香，再拜而設誓曰：「念劉備、關羽、張飛，雖然異姓，既結為兄弟，則同心協力，救困扶危；上報國家，下安黎庶；不求同年同月同日生，但願同年同月同日死。皇天后土，實鑒此心。背義忘恩，天人共戮。」誓畢，拜玄德為兄，關羽次之，張飛為弟。祭罷天地，復宰牛設酒，聚鄉中勇士，得三百餘人，就桃園中痛飲一醉。來日收拾軍器，但恨無馬匹可乘。

正思慮間，人報「有兩個客人，引一夥伴儅，趕一群馬，投莊上來」。玄德曰：「此天佑我也！」三人出莊迎接。原來二客乃中山大商：一名張世平，一名蘇雙，每年往北販馬，近因寇發而回。玄德請二人到莊，置酒款待，訴說欲討賊安民之意。二客大喜，願將良馬五十匹相送；又贈金銀五百兩，鑌鐵一千斤，以資器用。玄德謝別二客，便命良匠打造雙股劍。雲長造青龍偃月刀，又名冷艷鋸，重八十二斤。張飛造丈八點鋼矛。各置全身鎧甲。共聚鄉勇五百餘人，來見鄒靖。鄒靖引見太守劉焉。三人參見畢，各通姓名。玄德說起宗派，劉焉大喜，遂認玄德為姪。

不數日，人報黃巾賊將程遠志統兵五萬來犯涿郡。劉焉令鄒靖引玄德等三人，統兵五百，前去破敵。玄德等欣然領軍前進，直至大興山下，與賊相見。賊眾皆披髮，以黃巾抹額。當下兩軍相對，玄德出馬，——左有雲長，右有翼德，——揚鞭大罵：「反國逆賊，何不早降！」程遠志大怒，遣副將鄧茂出戰。張飛挺丈八蛇矛直出，手起處，刺入鄧茂心窩，翻身落馬。程遠志見折了鄧茂，拍馬舞刀，直取張飛，雲長舞動大刀，縱馬飛迎。程遠志見了，早吃一驚；措手不及，被雲長刀起處，揮為兩段。後人有詩讚二人曰：

英雄發穎在今朝，一試矛兮一試刀。
初出便將威力展，三分好把姓名標。

眾賊見程遠志被斬，皆倒戈而走。玄德揮軍追趕，投降者不計其數，大勝而回。劉焉親自迎接，賞勞軍士。次日，接得青州太守龔景牒文，言黃巾賊圍城將陷，乞賜救援。劉焉與玄德商議。玄德曰：「備願往救之。」劉焉令鄒靖將兵五千，同玄德、關、張投青州來。賊眾見救軍至，分兵混戰。玄德兵寡不勝，退三十里下寨。玄德謂關、張曰：「賊眾我寡，必出奇兵，方可取勝。」乃分關公引一千軍伏山左，張飛引一千軍伏山右，鳴金為號，齊出接應。

次日，玄德與鄒靖，引軍鼓譟而進。賊眾迎戰，玄德引軍便退。賊眾乘勢追趕，方過山嶺，玄德軍中一齊鳴金，左右兩軍齊出，玄德麾軍回身復殺。三路夾攻，賊眾大潰。直趕至青州城下，太守龔景亦率民兵出城助戰。賊勢大敗，剿戮極多，遂解青州之圍。後人有詩讚玄德曰：

運籌決算有神功，二虎還須遜一龍。
初出便能垂偉績，自應分鼎在孤窮。

龔景犒軍畢，鄒靖欲回。玄德曰：「近聞中郎將盧植與賊首張角戰於廣宗，備昔曾師事盧植，欲往助之。」於是鄒靖引軍自回，玄德與關、張引本部五百人投廣宗來。至盧植軍中，入帳施禮。具道來意。盧植大喜，留在帳前聽調。

曹操世系如此，豈得與靖王後裔，景帝玄孫同日語哉！

時張角賊眾十五萬，植兵五萬，相拒於廣宗，未見勝負。植謂玄德曰：「我今圍賊在此，賊弟張梁、張寶在潁川與皇甫嵩、朱儁對壘。汝可引本部人馬，我更助汝一千官軍，前去潁川打探消息，約期勦捕。」玄德領命，引軍星夜投潁川來。時皇甫嵩、朱儁領軍拒賊，賊戰不利，退入長社，依草結營。嵩與儁計曰：「賊依草結營，當用火攻之。」遂令軍士，每人束草一把，暗地埋伏。其夜大風忽起。二更以後，一齊縱火，嵩與儁各引兵攻戰，賊寨火焰張天。賊眾驚慌，馬不及鞍，人不及甲，四散奔走。殺到天明，張梁、張寶引敗殘軍士，奪路而走。

忽見一彪軍馬，盡打紅旗，當頭來到，截住去路。為首閃出一將，身長七尺，細眼長髯；官拜騎都尉；沛國譙郡人也；姓曹，名操，字孟德。操父曹嵩，本姓夏侯氏；因為中常侍曹騰之養子，故冒姓曹。曹嵩生操，小字阿瞞，一名吉利。操幼時，好遊獵，喜歌舞；有權謀，多機變。操有叔父，見操遊蕩無度，嘗怒之，言於曹嵩。嵩責操，操忽心生一計：見叔父來，詐倒於地，作中風之狀。叔父驚告嵩，嵩急視之，操故無恙。嵩曰：「叔言汝中風，今已愈乎？」操曰：「兒自來無此病；因失愛於叔父，故見罔❻耳。」嵩信其言。後叔父但言操過，嵩並不聽。因此，操得恣意放蕩。

時人有橋玄者，謂操曰：「天下將亂，非命世之才，不能濟。能安之者，其在君乎？」南陽何顒見操，言「漢室將亡，安天下者，必此人也」。汝南許劭，有知人之名。操往見之，問曰：「我何如人？」劭不答。又問，劭曰：「子治世之能臣，亂世之奸雄也。」操聞言大喜。年二十，舉孝廉，為郎，除洛陽北都尉。初到任，即設五色棒十餘條於縣之四門。有犯禁者，不避豪貴，皆責之。中常侍蹇碩之叔，

❻ 見罔：被冤枉。

提刀夜行，操巡夜拏住，就棒責之。由是，內外莫敢犯者，威名頗震。後為頓丘令。因黃巾起，拜為騎都尉，引馬步軍五千，前來潁川助戰。正值張梁、張寶敗走，曹操攔住，大殺一陣，斬首萬餘級，奪得旗旛金鼓馬匹極多。張梁、張寶死戰得脫。操見過皇甫嵩、朱儁，隨即引兵追襲張梁、張寶去了。

卻說玄德引關、張來潁川，聽得喊殺之聲，又望見火光燭天，急引兵來時，賊已敗散。玄德見皇甫嵩、朱儁，具道盧植之意。嵩曰：「張梁、張寶勢窮力乏，必投廣宗，去依張角。玄德可即星夜往助。」玄德領命，遂引兵復回。到得半路，只見一簇軍馬，護送一輛檻車；車中之囚，乃盧植也。玄德大驚，滾鞍下馬，問其緣故。植曰：「我圍張角，將次可破；因角用妖術，未能即勝。朝廷差黃門左豐前來打探，問我索取賄賂。我答曰：『軍糧尚缺，安有餘錢奉承天使？』左豐挾恨，回奏朝廷，說我高壘不戰，惰慢軍心；因此朝廷震怒，遣中郎將董卓來代將我兵，取我回京問罪。」張飛聽罷，大怒，要斬護送軍人，以救盧植。玄德急止之曰：「朝廷自有公論，汝豈可造次？」軍士簇擁盧植去了。關公曰：「盧中郎已被逮，別人領兵，我等去無所依，不如且回涿郡。」玄德從其言，遂引軍北行。

行無二日，忽聞山後喊聲大震。玄德引關、張縱馬上高岡望之，見漢軍大敗，後面漫山塞野，黃巾蓋地而來，旗上大書「天公將軍」。玄德曰：「此張角也！可速戰！」

三人飛馬引軍而出。張角正殺敗董卓，乘勢趕來，忽遇三人衝殺；角軍大亂，敗走五十餘里。三人救了董卓回寨。卓問三人現居何職。玄德曰：「白身❼。」卓甚輕之，不為禮。玄德出，張飛大怒曰：

❼ 白身：平民，沒有官職或功名的人。

「我等親赴血戰，救了這廝❽，他卻如此無禮；若不殺之，難消我氣！」便要提刀入帳來殺董卓。正是：

人情勢利古猶今，誰識英雄是白身？安得快人如翼德，盡誅世上負心人！畢竟董卓性命如何，且看下文分解。

❽ 這廝：廝，是對男子的賤稱。這廝，猶言這小子、這東西或這傢伙。

第二回　張翼德怒鞭督郵　何國舅謀誅宦豎

且說董卓字仲穎，隴西臨洮人也。官拜河東太守，自來驕傲。當日輕慢了玄德，張飛性發，便欲殺之。玄德與關公急止之曰：「他是朝廷命官，豈可擅殺？」飛曰：「若不殺這廝，反要在他部下聽令，其實不甘！二兄便要住在此，我自投別處去也！」玄德曰：「我三人義同生死，豈可相離？不若都投別處去便了。」飛曰：「若如此，稍解吾恨。」

於是三人連夜引軍來投朱儁。儁待之甚厚，合兵一處，進討張寶。是時曹操自跟皇甫嵩討張梁，大戰於曲陽。這裡朱儁進攻張寶。張寶引賊眾八九萬，屯於山後。儁令玄德為其先鋒，與賊對敵。張寶遣副將高昇，出馬搦戰，玄德使張飛擊之。飛縱馬挺矛，與昇交戰，不數合，刺昇落馬。玄德麾軍直衝過去。張寶就馬上披髮仗劍，作起妖法。只見風雷大作，一股黑氣，從天而降；黑氣中似有無限人馬殺來。玄德連忙回軍，軍中大亂，敗陣而歸，與朱儁計議。儁曰：「彼用妖術，我來日可宰豬羊狗血，令軍士伏於山頭；候賊趕來，從高坡上潑之，其法可解。」

玄德聽令，撥關公、張飛各引軍一千，伏於山後高崗之上，盛豬羊狗血并穢物準備。次日，張寶搖旗擂鼓，引軍搦戰，玄德出迎。交鋒之際，張寶作法，風雷大作，飛砂走石，黑氣漫天；滾滾人馬，自天而下。玄德撥馬便走，張寶驅兵趕來。將過山頭，關、張伏軍放起號砲，將穢物齊潑。但見空中紙人草馬，紛紛墜地；風雷頓息，砂石不飛。張寶見解了法，急欲退軍。左關公、右張飛，兩軍都出，背後玄德、朱儁一齊趕上，賊兵大敗。玄德望見地公將軍旗號，飛馬趕來，張寶落荒而走。玄德發箭，中其左臂。張寶帶箭逃脫，走入陽城，堅守不出。朱儁引兵圍住陽城攻打，一面差人打探皇甫嵩消息。

探子回報，具說「皇甫嵩大獲勝捷，朝廷以董卓屢敗，命嵩代之。嵩到時，張角已死；張梁統其眾，與我軍相拒，被皇甫嵩連勝七陣，斬張梁於曲陽，發張角之棺，戮尸梟首，送往京師。餘眾俱降。朝廷加皇甫嵩為車騎將軍，領冀州牧。皇甫嵩又表奏盧植有功無罪，朝廷復盧植原官。曹操亦以有功，除濟南相，即日將班師赴任」。

朱儁聽說，催促軍馬，悉力攻打陽城。賊勢危急，賊將嚴政，刺殺張寶，獻首投降。朱儁遂平數郡，上表獻捷。

時有黃巾餘黨三人，——趙弘、韓忠、孫仲，——聚眾數萬，望風燒劫，稱與張角報仇。朝廷命朱儁，即以得勝之師討之。儁奉詔，率軍前進。時賊據宛城，儁引兵攻之，趙弘遣韓忠出戰。儁遣玄德、關、張攻城西南角。韓忠盡率精銳之眾，來西南角抵敵。朱儁自縱鐵騎二千，逕取東北角。賊恐失城，急棄西南而回。玄德從背後掩殺，賊眾大敗，奔入宛城。朱儁分兵四面圍定，城中斷糧，韓忠使人出城投降。儁不許。

玄德曰：「昔高祖之得天下，蓋為能招降納順；公何拒韓忠耶？」儁曰：「『彼一時，此一時也。』昔秦項之際，天下大亂，民無定主，故招降賞附，以勸來耳。今海內一統，惟黃巾造反；若容其降，無以勸善。使賊得利，恣意劫掠，失利便投降：此長寇之志，非良策也。」玄德曰：「不容寇降是矣。今四面圍如鐵桶，賊乞降不得，必然死戰。萬人一心，尚不可當，況城中有數萬死命之人乎？不若撤去東南，獨攻西北。賊必棄城而走，無心戀戰，可即擒也。」

儁然之，隨撤東南二面軍馬，一齊攻打西北。韓忠果引軍棄城而奔。儁與玄德、關、張，率三軍掩殺，射死韓忠，餘皆四散奔走。

正追趕間，趙弘、孫仲引賊眾到，與儁交戰。儁見弘勢大，引軍暫退。弘乘勢復奪宛城。儁離十里下寨，方欲攻打，忽見正東一彪人馬到來。為首一將，生得廣額闊面，虎體熊腰；吳郡富春人也；姓孫，名堅，字文臺；乃孫武子之後。年十七歲，與父至錢塘，見海賊十餘人，劫取商人財物，於岸上分贓。堅謂父曰：「此賊可擒也。」遂奮力提刀上岸，揚聲大叫，東西指揮，如喚人形狀。賊以為官兵至，盡棄財物奔走。堅趕上，殺一賊。由是郡縣知名，薦為校尉。後會稽妖賊許昌造反，自稱陽明皇帝，聚眾數萬；堅與郡司馬招募勇士千餘人，會合州郡破之，斬許昌并其子許韶。刺史臧旻，上表奏其功，除堅為鹽瀆丞；又除盱眙丞，下邳丞。今見黃巾寇起，聚集鄉中少年及諸商旅，并淮泗精兵一千五百餘人，前來接應。

朱儁大喜，便令堅攻打南門，玄德打北門，朱儁打西門，留東門與賊走。孫堅首先登城，斬賊二十餘人，賊眾奔潰。趙弘飛馬挺槊，直取孫堅。堅從城上飛身奪弘槊，刺弘下馬；卻騎弘馬，飛身往來殺賊。孫仲引賊突出北門，正迎玄德，無心戀戰，只待奔逃。玄德張弓一箭，正中孫仲，翻身落馬。朱儁大軍，隨後掩殺，斬首數萬級，降者不可勝計。南陽一路，十數郡皆平。儁班師回京，詔封為車騎將軍，河南尹。儁表奏孫堅、劉備等功，堅有人情，除別郡司馬，上任去了；惟玄德聽候日久，不得除授。

寫得孫堅如此英雄，可見仲謀分鼎，亦非易事。

三人鬱鬱不樂，上街閒行，正值郎中張鈞車到。玄德見之，自陳功績。鈞大驚，隨入朝見帝曰：「昔黃巾造反，其原皆由十常侍賣官鬻爵，非親不用，非讎不誅，以致天下大亂。今宜斬十常侍，懸首南郊，遣使布告天下，有功者重加賞賜，則四海自清平也。」十常侍奏帝曰：「張鈞欺主。」帝令武士逐出張鈞。十常侍共議：「此必破黃巾有功者，不得除授，故生怨言。權且教省家詮注微名❶，待後卻再理會未晚。」因此玄德除授中山府安喜縣尉，剋日赴任。玄德將兵散回鄉里，止帶親隨二十餘人，與關、張來安喜縣中到任，署縣事一月，與民秋毫無犯，民皆感化。到任之後，與關、張食則同桌，寢則同床。如玄德在稠人廣坐，關、張侍立，終日不倦。

無人情者如此吃虧。

到縣未及四月，朝廷降詔，凡有軍功為長吏者當沙汰。玄德疑在遣中。適督郵行部至縣，玄德出郭迎接，見督郵施禮。督郵坐於馬上，惟微以鞭指回答。關、張二公俱怒。及到館驛，督郵南面高坐。玄德侍立階下。良久，督郵問曰：「劉縣尉是何出身？」玄德曰：「備乃中山靖王之後；自涿郡剿戮黃巾，大小三十餘戰，頗有微功，因得除今職。」督郵大喝曰：「汝詐稱皇親，虛報功績！目今朝廷降詔，正要沙汰這等濫官污吏！」玄德喏喏連聲而退，歸到縣中，與縣吏相議。吏曰：「督郵作威，無非要賄賂耳。」玄德曰：「我與民秋毫無犯，那得財物與他？」次日，督郵先提縣吏去，勒令指稱縣尉害民。玄德幾番自往求免，俱被門役阻住，不肯放參❷。

卻說張飛飲了數杯悶酒，乘馬從館驛前過，見五六十老人，皆在門前痛哭。飛問其故，眾老人答曰：

❶ 教省家詮注微名：是說教官署裡把小小的名字登記起來。省家，亦稱省中。意思是指官署。

❷ 放參：放入參見。

快人快事！

「督郵迫勒縣吏，欲害劉公；我等皆來苦告，不得放入，反遭把門人趕打！」張飛大怒，睜圓環眼，咬碎鋼牙，滾鞍下馬，逕入館驛，把門人那裡阻擋得住。直奔後堂，見督郵正坐廳上，將縣吏綁倒在地，飛大喝：「害民賊！認得我麼？」督郵未及開言，早被張飛揪住頭髮，扯出館驛，直到縣前馬樁上縛住；扳下柳條，去督郵兩腿上著力鞭打，一連打折柳條十數枝。

玄德正納悶間，聽得縣前喧鬧，問左右。答曰：「張將軍綁一人在縣前痛打。」玄德忙去觀之，見綁縛者乃督郵也。玄德驚問其故。飛曰：「此等害民賊，不打死等甚！」督郵告曰：「玄德公救我性命！」玄德終是仁慈人，急喝張飛住手。旁邊轉過關公來言曰：「兄長建許多大功，僅得縣尉，今反被督郵侮辱，吾思枳棘叢中，非棲鸞鳳之所；不如殺督郵，棄官歸鄉，別圖遠大之計。」玄德乃取印綬，掛於督郵之頸，責之曰：「據汝害民，本當殺卻；今姑饒汝性命。吾繳還印綬，從此去矣。」督郵歸告定州太守，太守申文省府，差人捕捉。玄德、關、張三人，往代州投劉恢。恢見玄德乃漢室宗親，留匿在家不題。

卻說十常侍既握重權，互相商議，但有不從己者誅之。趙忠、張讓差人問破黃巾將士索金帛，不從者奏罷職。皇甫嵩、朱儁皆不肯與，趙忠等俱奏罷其官。帝又封趙忠等為車騎將軍，張讓等十三人皆封列侯。朝政愈壞，人民嗟怨。於是長沙賊區星作亂。漁陽張舉、張純反，舉稱天子，純稱大將軍。表章雪片告急，十常侍皆藏匿不奏。

一日，帝在後園與十常侍飲宴，諫議大夫劉陶，逕到帝前大慟。帝問其故。陶曰：「天下危在旦夕，陛下尚自與閹宦共飲耶？」帝曰：「國家承平，有何危急？」陶曰：「四方盜賊並起，侵掠州郡。其禍皆由十常侍賣官害民，欺君罔上。朝廷正人皆去，禍在目前矣！」十常侍皆免冠跪伏於帝前曰：「大臣不相容，臣等不能活矣。願乞性命歸田里，盡將家產以助軍資。」言罷痛哭。帝怒謂陶曰：「汝亦有近侍之人，何獨不容朕耶？」呼武士推出斬之。劉陶大呼：「臣死不足惜；可憐漢室天下，四百餘年，到此一旦休矣！」

武士擁陶出，方欲行刑，一大臣喝住曰：「勿得下手，待我諫去。」眾視之，乃司徒陳耽。逕入宮中來諫帝曰：「劉諫議得何罪而受誅？」帝曰：「毀謗近臣，冒瀆朕躬。」耽曰：「天下人民，欲食十常侍之肉，陛下敬之如父母，身無寸功，皆封列侯；況封諝等結連黃巾，欲為內亂；陛下今不自省，社稷立見崩摧矣！」帝曰：「封諝作亂，其事不明。十常侍中，豈無一二忠臣？」陳耽以頭撞階而諫。帝怒，命牽出，與劉陶皆下獄。是夜，十常侍即於獄中謀殺之；假帝詔以孫堅為長沙太守，討區星。

不五十日，報捷，江夏平。詔封堅為烏程侯，封劉虞為幽州牧，領兵往漁陽征張舉、張純。代州劉恢以書薦玄德見虞。虞大喜，令玄德為都尉，引兵直抵賊巢，與賊大戰數日，挫動銳氣。張純專一凶暴，士卒心變，帳下頭目刺殺張純，將頭納獻，率眾來降。張舉見勢敗，亦自縊死。漁陽盡平。劉虞表奏劉備大功，朝廷赦免鞭督郵之罪，除下密丞，遷高堂尉。公孫瓚又表陳玄德前功，薦為別部司馬，守平原縣令。玄德在平原，頗有錢糧軍馬，重整舊日氣象。劉虞平寇有功，封太尉。

中平六年，夏四月，靈帝病篤，召大將軍何進入宮，商議後事。那何進起身屠家；因妹入宮為貴人，生皇子辯，遂立為皇后，進由是得權重任。帝又寵幸王美人，生皇子協。何后嫉妒，鴆殺❸王美人。皇

❸ 鴆殺：用毒酒藥死。

子協養於董太后宮中。董太后乃靈帝之母，是解瀆亭侯劉萇之妻也。初因桓帝無子，迎立解瀆亭侯之子，是為靈帝。靈帝入繼大統，遂迎養母氏於宮中，尊為太后。

董太后嘗勸帝立皇子協為太子。帝亦偏愛協，欲立之。當時病篤，中常侍蹇碩奏曰：「若欲立協，必先誅何進，以絕後患。」帝然其說，因宣進入宮。進至宮門，司馬潘隱謂進曰：「不可入宮。蹇碩欲謀殺公。」進大驚，急歸私宅，召諸大臣，欲盡誅宦官。座上一人挺身出曰：「宦官之勢，起自沖質之時；朝廷滋蔓極廣，安能盡誅？倘事機不密，必有滅族之禍。請細詳之。」進視之，乃典軍校尉曹操也。進叱曰：「汝小輩安知朝廷大事！」

正躊躇間，潘隱至，言「帝已崩。今蹇碩與十常侍商議，祕不發喪，矯詔宣何國舅入宮，欲絕後患，冊立皇子協為帝」。

說未了，使命至，宣進速入，以定後事。操曰：「今日之計，先宜正君位，然後圖賊。」進曰：「誰敢與吾正君討賊？」一人挺身出曰：「願借精兵五千，斬關入內，冊立新君，盡誅閹豎，掃清朝廷，以安天下！」進視之，乃司徒袁逢之子，袁隗之姪，名紹，字本初，見為司隸校尉。何進大喜，遂點御林軍五千。紹全身披掛。何進引何顒、荀攸、鄭泰等大臣三十餘員，相繼而入，就靈帝柩前，扶立太子辯即皇帝位。

百官呼拜已畢，袁紹入宮收蹇碩，碩慌走入御花園花陰下，為中常侍郭勝所殺。碩所領禁軍，盡皆投順。紹謂何進曰：「中官結黨，今日可乘勢盡誅之。」張讓等知事急，慌入告何后曰：「始初設謀陷害大將軍者，止蹇碩一人，並不干臣等事。今大將軍聽袁紹之言，欲盡誅臣等，乞娘娘憐憫。」何太后

以宦官殺宦官。

曰：「汝等勿憂，我當保汝。」傳旨宣何進入。太后密謂曰：「我與汝出身寒微，非張讓等，焉能享此富貴？今蹇碩不仁，既已伏誅，汝何聽信人言，欲盡誅宦官耶？」

何進聽罷，出謂眾官曰：「蹇碩設謀害我，可族滅其家。其餘不必妄加殘害。」袁紹曰：「若不斬草除根，必為喪身之本。」進曰：「吾意已決，汝勿多言。」眾官皆退。

何進如此無用，死不足惜。

次日，太后命何進參錄尚書事，其餘皆封官職。董太后宣張讓等入宮商議曰：「何進之妹，始初我抬舉他。今日他孩兒即皇帝位，內外臣僚，皆其心腹，威權太重，我將如何？」讓對曰：「娘娘可臨朝，垂簾聽政；封皇子協為王；加國舅董重大官，掌握軍機；重用臣等：大事可圖矣。」

董太后大喜。次日設朝，董太后降旨，封皇子協為陳留王，董重為驃騎將軍，張讓等共預朝政。何太后見董太后專權，於宮中設一宴，請董太后赴席。酒至半酣，何太后起身捧杯再拜曰：「我等皆婦人也，參預朝政，非其所宜。昔呂后因握重權，宗族千口皆被戮。今我等宜深居九重，朝廷大事，任大臣元老自行商議，乃國家之幸也。願垂聽焉。」董太后大怒曰：「汝鴆死王美人，設心嫉妒。今倚汝子為君，與汝兄何進之勢，輒敢亂言！吾敕驃騎斷汝兄首，如反掌耳！」何后亦怒曰：「吾以好言相勸，何反怒耶？」董后曰：「汝家屠沽小輩，有何見識！」

以外戚殺外戚。

兩宮互相爭競，張讓等各勸歸宮。何后連夜召何進入宮，告以前事。何進出，召三公共議。來早設朝，使廷臣奏董太后原係藩妃，不宜久居宮中，合仍遷於河間安置，限日下即出國門。一面遣人起送董后；一面點禁軍圍驃騎將軍董重府宅，追索印綬。董重知事急，自刎於後堂。家人舉哀，軍士方散。張讓、段珪見董后一枝已廢，遂皆以金珠玩好結構何進弟何苗并其母舞陽君，令早晚入何太后處，善言遮蔽；因此，十常侍又得近幸。

六月，何進暗使人鴆殺董后於河間驛庭，舉柩回京，葬於文陵。進託病不出，司隸校尉袁紹入見進曰：「張讓、段珪等，流言於外，言公鴆殺董后，欲謀大事；乘此時不誅閹宦，後必為大禍。昔竇武欲誅內豎，機謀不密，反受其殃。今公兄弟部曲將吏，皆英俊之士；若使盡力，事在掌握。此天贊之時，不可失也。」進曰：「且容商議。」左右密報張讓；讓等轉告何苗，又多送賄賂。苗入奏何后云：「大將軍輔佐新君，不行仁慈，專務殺伐；今無端又欲殺十常侍，此取亂之道也。」后納其言。

少頃，何進入白后，欲誅中涓。何后曰：「中官統領禁省，漢家故事。先帝新棄天下，爾欲誅殺舊臣，非重宗廟也。」進本是沒決斷之人，聽太后言，唯唯而出。袁紹迎問曰：「大事若何？」進曰：「太后不允，如之奈何？」紹曰：「可召四方英雄之士，勒兵來京，盡誅閹豎。此時事急，不容太后不從。」進曰：「此計大妙！」便發檄至各鎮，召赴京師。

不妙，偏說大妙，何進胸中如漆。

主簿陳琳曰：「不可。俗云：『掩目而捕燕雀，是自欺也。』微物尚不可欺以得志，況國家大事乎？今將軍仗皇威，掌兵要，龍驤虎步，高下在心；若權誅宦官，如鼓洪爐燎毛髮耳。但當速發，行權立斷，則天人順之；卻反外檄大臣，臨犯京闕。英雄聚會，各懷一心。所謂倒持干戈，授人以柄，功必不成，反生亂矣。」何進笑曰：「此懦夫之見也！」旁邊一人鼓掌大笑曰：「此事易如反掌，何必多議！」視之，乃曹操也。正是：欲除君側宵人❹亂，須聽朝中智士謀。不知曹操說出甚話來，且看下文分解。

❹ 宵人：小人。

第三回　議溫明董卓叱丁原　餽金珠李肅說呂布

且說曹操當日對何進曰：「宦官之禍，古今皆有；但世主不當假之權寵，使至於此。若欲治罪，當除元惡。但付一獄吏足矣，何必紛紛召外兵乎？欲盡誅之，事必宣露。吾料其必敗也。」何進怒曰：「孟德亦懷私意耶？」操退曰：「亂天下者，必進也。」進乃暗差使命齎密詔，星夜往各鎮去。

卻說前將軍鰲鄉侯西涼刺史董卓，先為破黃巾無功，朝廷將治其罪，因賄賂十常侍幸免；後又結託朝貴，遂任顯官，統西州大軍二十萬，常有不臣❶之心。是時得詔大喜，點起軍馬，陸續便行；使其壻中郎將牛輔，守住陝西，自己卻帶李傕、郭汜、張濟、樊稠等，提兵望洛陽進發。卓壻謀士李儒曰：「今雖奉詔，中間多有暗昧；何不差人上表，名正言順，大事可圖。」卓大喜，遂上表。其略曰：

竊聞天下所以亂逆不止者，皆由黃門常侍張讓等，侮慢天常❷之故。臣聞揚湯止沸，不如去薪；潰癰雖痛，勝於養毒。臣敢鳴鐘鼓入洛陽，請除讓等。社稷幸甚！天下幸甚！

何進得表，出示大臣。侍御史鄭泰諫曰：「董卓乃豺狼也，引入京城，必食人矣。」進曰：「汝多

❶ 不臣：臣子不守本分，不忠於君的意思。
❷ 天常：自然的秩序。這裡指君臣的秩序。

疑，不足謀大事。」盧植亦諫曰：「植嘗素知董卓為人，面善心狠；一入禁庭，必生禍患。不如止之勿來，免致生亂。」

進不聽，鄭泰、盧植皆棄官而去。朝廷大臣，去者大半。進使人迎董卓於澠池，卓按兵不動。張讓等知外兵到，共議曰：「此何進之謀也；我等不先下手，皆滅族矣。」乃先伏刀斧手五十人於長樂宮嘉德門內，入告何太后曰：「今大將軍矯詔召外兵至京師，欲滅臣等，望娘娘垂憐賜救。」太后曰：「汝等可詣大將軍府謝罪。」讓曰：「若到相府，骨肉虀粉矣。望娘娘宣大將軍入宮，諭止之。如其不從，臣等只就娘娘前請死。」

太后乃降詔宣進。進得詔便行。主簿陳琳諫曰：「太后此詔，必是十常侍之謀；切不可去。去必有禍。」進曰：「太后詔我，有何禍事？」袁紹曰：「今謀已泄，事已露，將軍尚欲入宮耶？」曹操曰：「先召十常侍出，然後可入。」進笑曰：「此小兒之見也。吾掌天下之權，十常侍敢待如何？」紹曰：「公必欲去，我等引甲士護從，以防不測。」

婦人誤事如此！

於是袁紹、曹操各選精兵五百，命袁紹之弟袁術領之。袁術全身披掛，引兵布列青瑣門外。紹與操帶劍護送何進至長樂宮前。黃門傳懿旨云：「太后特傳大將軍，餘人不許輒入。」將袁紹、曹操等都阻住宮門外。何進昂然直入。至嘉德殿門，張讓、段珪迎出，左右圍住，進大驚。讓厲聲責進曰：「董后何罪，妄以鴆死。國母喪葬，託疾不出。汝本屠沽小輩，我等薦之天子，以致榮貴；不思報效，欲相謀害！汝言我等甚濁，其清者誰？」進慌急，欲尋出路，宮門盡閉，伏甲齊出，將何進砍為兩段。後人有詩歎之曰：

漢室傾危天數終，無謀何進作三公。
幾番不聽忠臣諫，難免宮中受劍鋒！

讓等既殺何進，袁紹久不見進出，乃於宮門外大呼曰：「請將軍上車！」讓等將何進首級從牆上擲出，宣諭曰：「何進謀反，已伏誅矣。其餘脅從，盡皆赦宥。」袁紹厲聲大叫：「閹宦謀殺大臣，誅惡黨者，前來助戰！」何進部將吳匡，便於青瑣門外放起火來。袁術引兵突入宮庭，但見閹宦，不論大小，盡皆殺之。袁紹、曹操斬關入內。趙忠、程曠、夏惲、郭勝四個，被趕至翠花樓，剁為肉泥。宮中火焰沖天。張讓、段珪、曹節、侯覽將太后及太子并陳留王劫去內省，從後道走北宮。

時盧植棄官未去，見宮中事變，擐甲持戈，立於閣下。遙見段珪擁逼何后過來，植大呼曰：「段珪逆賊，安敢劫太后！」段珪回身便走。太后從窗中跳出，植急救得免。吳匡殺入內庭，見何苗亦提劍出。匡大呼曰：「何苗同謀害兄，當共殺之！」眾人俱曰：「願斬害兄之賊！」苗欲走，四面圍定，砍為齏粉。紹復令軍士分頭來殺十常侍家屬，不分大小，盡皆誅絕，多有無鬚者誤被殺死。曹操一面救滅宮中之火，請何太后權攝大事，遣兵追襲張讓等，尋覓少帝。

勢必至此，何必召外兵來此。

且說張讓、段珪劫擁少帝及陳留王，冒煙突火，連夜奔走至北邙山，約三更時分，後面喊聲大舉，人馬趕至；當前河南中部掾吏閔貢，大呼「逆賊休走！」張讓見事急，遂投河而死。帝與陳留王未知虛實，不敢高聲，伏於河邊亂草之內。軍馬四散去趕，不知帝之所在。

帝與王伏至四更，露水又下，腹中飢餒，相抱而哭；又怕人知覺，吞聲草莽之中。陳留王曰：「此間不可久戀，須別尋活路。」於是二人以衣相結，爬上岸邊。滿地荊棘，黑暗之中，不見行路。正無奈何，忽有流螢千百成群，光芒照耀，只在帝前飛轉。陳留王曰：「此天助我兄弟也！」遂隨螢火而行，漸漸見路。行至五更，足痛不能行。山岡邊見一草堆，帝與王臥於草堆之中。那草堆前面是一所莊院。莊主是夜夢兩紅日墜於莊後，驚覺，披衣出戶，四下觀望。見莊後草堆上紅光沖天，慌忙往視，卻是二人臥於草畔。

莊主問曰：「二少年誰家之子？」帝不敢應。陳留王指帝曰：「此是當今皇帝，遭十常侍之亂，逃難到此。吾乃皇弟陳留王也。」莊主大驚，再拜曰：「臣先朝司徒崔烈之弟崔毅也。因見十常侍賣官嫉賢，故隱於此。」遂扶帝入莊，跪進酒食。

卻說閔貢趕上掔住段珪，問天子何在。珪言已在半路相失，不知何往。貢遂殺段珪，懸頭於馬項下，分兵四散尋覓；自己卻獨乘一馬，隨路追尋。偶至崔毅莊，毅見首級，問之，貢說詳細。崔毅引貢見帝，君臣痛哭。貢曰：「國不可一日無君，請陛下還都。」崔毅莊上止有瘦馬一匹，備與帝乘。貢與陳留王共乘一馬，離莊而行。不到三里，司徒王允、太尉楊彪、左軍校尉淳于瓊、右軍校尉趙萌、後軍校尉鮑信、中軍校尉袁紹，一行人眾，數百人馬，接著車駕，君臣皆哭。先使人將段珪首級，往京師號令，另換好馬與帝及陳留王騎坐，簇帝還京。先是洛陽小兒謠曰：「帝非帝，王非王，千乘萬騎走北邙。」至此果應其讖。

車駕行不到數里，忽見旌旗蔽日，塵土遮天，一枝人馬到來。百官失色，帝亦大驚。袁紹驟馬出問何人。繡旗影內，一將飛出，厲聲道：「天子何在？」帝戰慄不能言。陳留王勒馬向前叱曰：「來者何紹竟問天子，氣勢便來得不好。

不過欲借廢立以張威，非真有愛於陳留也。

人？」卓曰：「西涼刺史董卓也。」陳留王曰：「汝來保駕耶？汝來劫駕耶？」卓應曰：「特來保駕。」陳留王曰：「既來保駕，天子在此，何不下馬？」卓大驚，慌忙下馬，拜於道左。陳留王以言撫慰董卓，自初至終，並無失語。卓暗奇之，已懷廢立❸之意。

是日還宮，見何太后，俱各痛哭。檢點宮中，不見了傳國玉璽。董卓屯兵城外，每日帶鐵甲馬軍入城，橫行街市，百姓惶惶不安。卓出入宮庭，略無禁憚。後軍校尉鮑信，來見袁紹，言董卓必有異心，可速除之。紹曰：「朝廷新定，未可輕動。」鮑信見王允，亦言其事。允曰：「且容商議。」信自引本部軍兵，投泰山去了。

董卓招誘何進兄弟部下之兵，盡歸掌握，私謂李儒曰：「吾欲廢帝立陳留王，何如？」李儒曰：「今朝廷無主，不就此時行事，遲則有變矣。來日於溫明園中，召集百官，諭以廢立；有不從者斬之，則威權之行，正在今日。」

卓喜；次日大排筵會，遍請公卿。公卿皆懼董卓，誰敢不到？卓待百官到了，然後徐徐到園門下馬，帶劍入席。酒行數巡，卓教停酒止樂，乃厲聲曰：「吾有一言，眾官靜聽。」眾官側耳。卓曰：「天子為萬民之主，無威儀不可以奉宗廟社稷。今上懦弱，不若陳留王聰明好學，可承大位。吾欲廢帝，立陳留王，諸大臣以為何如？」諸官聽罷，不敢出聲。座上一人推案直出，立於筵前，大呼「不可！不可！汝是何人，敢發大語？天子乃先帝嫡子，初無過失，何得妄議廢立？汝欲為篡逆耶？」卓視之，乃荊州刺史丁原也。卓怒叱曰：「順我者生，逆我者死！」遂掣佩劍欲斬丁原。

❸ 廢立：廢除舊君，另立新君。

正論侃侃，不愧為玄德之師。

時李儒見丁原背後一人，生得器宇軒昂，威風凜凜，手執方天畫戟，怒目而視。李儒急進曰：「今日飲宴之處，不可談國政；來日向都堂④公論未遲。」眾人皆勸丁原上馬而去。卓問百官曰：「吾所言，合公道否？」盧植曰：「明公差矣。昔太甲不明，伊尹放之於桐宮，昌邑王登位方二十七日，造惡二千餘條，故霍光告太廟而廢之。今上雖幼，聰明仁智，並無分毫過失。公乃外郡刺史，素未參與國政，又無伊、霍之大才，何可強主廢立之事？聖人云：『有伊尹之志則可，無伊尹之志則篡也。』」

卓大怒，拔劍欲殺植。議郎彭伯諫曰：「盧尚書海內人望，今先害之，恐天下震怖。」卓乃止。司徒王允曰：「廢立之事，不可酒後相商，另日再議。」於是百官皆散。卓按劍立於園門，忽見一人躍馬持戟於園門外往來馳驟。卓問李儒：「此何人也？」儒曰：「此丁原義兒，姓呂，名布，字奉先者也。主公且須避之。」卓乃入園潛避。

次日，人報丁原引軍城外搦戰。卓怒，引軍同李儒出迎。兩陣對圓，只見呂布頂束髮金冠，披百花戰袍，擐唐猊鎧甲，繫獅蠻寶帶，縱馬挺戟，隨丁建陽出到陣前。建陽指卓罵曰：「國家不幸，閹宦弄權，以致萬民塗炭。爾無尺寸之功，焉敢妄言廢立，欲亂朝廷？」

董卓未及回言，呂布飛馬直殺過來。董卓慌走，建陽率軍掩殺。卓兵大敗，退三十餘里下寨，聚眾商議。卓曰：「吾看呂布非常人也。吾若得此人，何慮天下哉？」帳前一人出曰：「主公勿憂。某與呂布同鄉，知其勇而無謀，見利忘義。某憑三寸不爛之舌，說呂布拱手來降，可乎？」

卓大喜；觀其人，乃虎賁中郎將李肅也。卓曰：「汝將何以說之？」肅曰：「某聞主公有名馬一匹，

④ 都堂：議論政事的地方。

號曰『赤兔』，日行千里。須得此馬，再用金珠，以利結其心，某更進說詞，呂布必反丁原，來投主公矣。」卓問李儒曰：「此言可乎？」儒曰：「主公欲取天下，何惜一馬？」卓欣然與之，更與黃金一千兩，明珠數十顆，玉帶一條。

李肅齎了禮物，投奔呂布寨來。伏路軍人圍住。肅曰：「可速報呂將軍，有故人來見。」軍人報知，布命入見。肅見布曰：「賢弟別來無恙？」布揖曰：「久不相見，今居何處？」肅曰：「見任虎賁中郎將之職。聞賢弟匡扶社稷，不勝之喜。有良馬一匹，日行千里，渡水登山，如履平地，名曰『赤兔』；特獻與賢弟，以助虎威。」布便令牽過來看。果然那馬渾身上下火炭般赤，無半根雜毛；從頭至尾，長一丈；從蹄至項，高八尺；嘶喊咆哮，有騰空入海之狀。後人有詩單道赤兔馬曰：

奔騰千里蕩塵埃，渡水登山紫霧開。
掣斷絲韁搖玉轡，火龍飛下九天來。

極寫名將愛名馬。

布見了此馬大喜，謝肅曰：「兄賜此良駒，將何以為報？」肅曰：「某為義氣而來！豈望報乎？」布置酒相待。酒酣，肅曰：「肅與賢弟少得相見，令尊卻嘗會來。」布曰：「兄醉矣。先父棄世多年，安得與兄相會？」肅大笑曰：「非也；某說今日丁刺史耳。」布惶恐曰：「某在丁建陽處，亦出於無奈。」肅曰：「賢弟有擎天駕海之才，四海孰不欽敬？功名富貴，如探囊取物，何言無奈，而在人之下乎？」布曰：「恨不逢其主耳。」肅笑曰：「『良禽擇木而棲，賢臣擇主而事』。見機不早，悔之晚矣。」布曰：「兄在朝廷，觀何人為世之英雄？」肅曰：「某遍視群臣，皆不如董卓，董卓為人敬賢禮士，賞罰分明，終成大業。」布曰：「某欲從之，恨無門路。」

肅取金珠玉帶列於布前。布驚曰：「何為有此？」肅令叱退左右，告布曰：「此是董公久慕大名，特令某將此奉獻。赤兔馬亦董公所贈也。」布曰：「董公如此見愛，某將何以報之？」肅曰：「如某之不才，尚為虎賁中郎將；公若到彼，貴不可言。」布曰：「恨無涓埃❺之功，以為進見之禮。」肅曰：「功在翻手之間，公不肯為耳。」布沈吟良久曰：「吾欲殺丁原，引軍歸董卓，如何？」肅曰：「賢弟若能如此，真莫大之功也！但事不宜遲，在於速決。」

布與肅約於明日來降，肅別去。是夜二更時分，布提刀逕入丁原帳中。原正秉燭觀書，見布至，曰：「吾兒來有何事故？」布曰：「吾堂堂丈夫，安肯為汝子乎！」丁原曰：「奉先何故變心？」布向前一刀，砍下丁原首級，大呼：「左右！丁原不仁，吾已殺之。肯從吾者在此，不從者自去！」軍士散去大半。

次日，布持丁原首級，往見李肅。肅遂引布見卓。卓大喜，置酒相待。卓先下拜曰：「卓今得將軍，如旱苗之得甘雨也。」布納卓坐而拜之曰：「公若不棄，請拜為義父。」卓以金甲錦袍賜布，暢飲而散。卓自是威勢越大，自領前將軍事，封弟董旻為左將軍鄠侯，封呂布為騎都尉中郎將都亭侯，李儒勸卓早定廢立之計。卓乃於省中設宴，會集公卿，令呂布將甲士千餘，侍衛左右。

是日，太傅袁隗與百官皆到。酒行數巡，卓按劍曰：「今上闇弱，不可以奉宗廟；吾將依伊尹、霍光故事，廢帝為弘農王，立陳留王為帝，有不從者斬！」群臣惶怖莫敢對。中軍校尉袁紹挺身出曰：「今

❺ 涓埃：涓，細流；埃，灰塵。涓埃，就是微小的意思。

方殺一義父，又拜一義父，殺得容易，亦拜得容易。

上即位未幾，並無失德；汝欲廢嫡立庶，非反而何？」卓怒曰：「天下事在我！我今為之，誰敢不從？汝視我之劍不利否？」袁紹亦拔劍曰：「汝劍利，吾劍未嘗不利！」兩個在筵前對敵。正是：丁原仗義身先喪，袁紹爭鋒勢又危。畢竟袁紹性命如何，且看下文分解。

第四回　廢漢帝陳留為皇　謀董賊孟德獻刀

且說董卓欲殺袁紹，李儒止之曰：「事未可定，不可妄殺。」袁紹手提寶劍，辭別百官而出，懸節東門，奔冀州去了。卓謂太傅袁隗曰：「汝姪無禮，吾看汝面，姑恕之。廢立之事若何？」隗曰：「太尉所見是也。」卓曰：「敢有阻大議者，以軍法從事。」群臣震恐，皆云：「悉聽尊命。」宴罷，卓問侍中周毖、校尉伍瓊曰：「袁紹此去若何？」周毖曰：「袁紹忿忿而去，若購之急，勢必有變。且袁氏樹恩四世，門生故吏，徧於天下；倘收豪傑以聚徒眾，英雄因之而起，山東非公有也。不如赦之，拜為一郡守，則紹喜於免罪，必無患矣。」伍瓊曰：「袁紹好謀無斷，不足為慮；誠不若加之一郡守，以收民心。」

卓從之，即日差人拜紹為渤海太守。九月朔，請帝陞嘉德殿，大會文武。卓拔劍在手，對眾曰：「天子闇弱，不足以君天下。今有策文一道，宜為宣讀。」乃命李儒讀策曰：

孝靈皇帝，早棄臣民；皇帝海內仰望。而帝天資輕佻，威儀不恪，居喪慢惰；否德既彰，有忝大位。皇太后教無母儀，統政荒亂。永樂太后暴崩，眾論惑焉。三綱之道，天地之紀，毋乃有闕？陳留王協，聖德偉懋❶，規矩肅然；居喪哀戚，言不以邪；休聲美譽，天下所聞；宜承皇業，為萬世統。茲廢皇帝為弘農王，皇太后還政。請奉陳留王為皇帝，應天順人，以慰生靈❷之望。

李儒讀策畢，卓叱左右扶帝下殿，解其璽綬，北面長跪，稱臣聽命。又呼何太后去服候帝敕。帝后皆號哭群臣無不悲慘。階下一大臣憤怒，高叫曰：「賊臣董卓，敢為欺天之謀，吾當以頸血濺之！」揮手中象簡❸，直擊董卓。卓大怒，喝武士拏下，乃尚書丁管也。卓命牽出斬之。管罵不絕口，至死神色不變。後人有詩歎曰：

董賊潛懷廢立圖，漢家宗社委丘墟。
滿朝臣宰皆囊括，惟有丁公是丈夫！

卓請陳留王登殿。群臣朝賀畢，卓命扶何太后並弘農王及帝妃唐氏於永安宮閒住，封鎖宮門，禁群臣無得擅入。可憐少帝四月登基，至九月即被廢。卓所立陳留王協，表字伯和，靈帝中子，即獻帝也；時年九歲。改元初平。董卓為相國，贊拜不名，入朝不趨，劍履上殿，威福莫比。李儒勸卓擢用名流，以收人望，因薦蔡邕之才。卓命徵之，邕不赴。卓怒，使人謂邕曰：「如不來，當滅汝族。」邕懼，只得應命而至。卓見邕大喜，一月三遷其官，拜為侍中，甚見親厚。

從來權臣大都如此。

❶ 偉懋：盛大。
❷ 生靈：指人民。
❸ 象簡：大臣上朝時拿的手版。

卻說少帝與何太后、唐妃，困於永安宮中，衣服飲食，漸漸少缺，少帝淚不曾乾。一日，偶見雙燕飛於庭中，遂吟詩一首。詩曰：

嫩草綠凝煙，裊裊雙飛燕。洛水一條青，陌上人稱羨。
遠望碧雲深，是吾舊宮殿。何人仗忠義，洩我心中怨！

董卓時常使人探聽，是日獲得此詩，來呈董卓。卓曰：「怨望作詩，殺之有名矣。」遂命李儒帶武士十人，入宮弒帝。帝與后妃正在樓上；宮女報李儒至，帝大驚。儒以鴆酒奉帝，帝問何故。儒曰：「春日融和，董相國特上壽酒。」太后曰：「既云壽酒，汝可先飲。」儒怒曰：「汝不飲耶？」呼左右持短刀白練於前曰：「壽酒不飲，可領此二物！」唐妃跪告曰：「妾身代帝飲酒，願公存母子性命。」儒叱曰：「汝何人，可代王死？」乃舉酒與何太后曰：「汝可先飲！」后大罵何進無謀，引賊入京，致有今日之禍。儒催逼帝，帝曰：「容我與太后作別。」乃大慟而作歌。其歌曰：

天地易兮日月翻，棄萬乘兮退守藩。為臣逼兮命不久，大勢去兮空淚潸！

唐妃亦作歌曰：

皇天將崩兮，后土頹；身為帝姬兮，恨不隨。生死異路兮，從此別；奈何煢速兮，心中悲！

歌罷，相抱而哭。李儒叱曰：「相國立等回報，汝等俄延，望誰救耶？」太后大罵：「董賊逼我母

天子亦以文字取禍，千古異聞。

李儒之

罪浮於董卓。

子，皇天不佑！汝等助惡，必當滅族！」儒大怒，雙手扯住太后，直攛下樓。叱武士絞死唐妃，以鴆酒灌殺少帝。還報董卓。卓命葬於城外。自此每夜入宮，姦淫宮女，夜宿龍牀。嘗引軍出城，行到陽城地方，時當二月，村民社賽。男女皆集，卓命軍士圍住，盡皆殺之，掠婦女財物，裝載車上，懸頭千餘顆於車下，連軫❹還都，揚言殺賊大勝而回；於城下焚燒人頭，以婦女財物分散眾軍。

越騎校尉伍孚字德瑜，見卓殘暴，憤恨不平。嘗於朝服內披小鎧，藏短刀，欲伺便殺卓，一日，卓入朝，孚迎至閣下，拔刀直刺卓。卓氣力大，兩手摳住；呂布便入，揪倒伍孚。卓問曰：「誰教汝反？」孚瞪目大喝曰：「汝非吾君，吾非汝臣，何反之有？汝罪惡盈天，人人願得而誅之！吾恨不車裂汝，以謝天下！」卓大怒，命牽出剖剮之。孚至死罵不絕口。後人有詩讚之曰：

漢末忠臣說伍孚，沖天豪氣世間無。
朝堂殺賊名猶在，萬古堪稱大丈夫！

董卓自此出入，常帶甲士護衛。時袁紹在渤海，聞知董卓弄權，乃差人齎密書來見王允。書略曰：

卓賊欺天廢主，人不忍言；而公恣其跋扈，如不聽聞，豈報國效忠之臣哉？紹今集兵練卒，欲掃清王室，未敢輕動。公若有心，當乘間❺圖之。若有驅使，即當奉命。

❹ 連軫：軫，指車尾。連軫，是車頭車尾相連接，表示車子很多。

❺ 乘間：趁機會。

王允得書，尋思無計。一日，於侍班閣子內見舊臣俱在，允曰：「今日老夫賤降❻，晚間敢屈眾位到舍小酌。」眾官皆曰：「必來祝壽。」當晚王允設宴後堂，公卿皆至。酒行數巡，王允忽然掩面大哭。眾官驚問曰：「司徒貴誕，何故發悲？」允曰：「今日並非賤降，因欲邀眾位一敘，恐董卓見疑，故託言耳。董卓欺主弄權，社稷旦夕難保。想高皇誅秦滅楚，奄有天下；誰想傳至今日，乃喪於董卓之手，此吾所以哭也。」

於是眾官皆哭。坐中一人獨撫掌大笑曰：「滿朝公卿，夜哭到明，明哭到夜，還能哭死董卓否？」允視之，乃驍騎校尉曹操也。允怒曰：「汝祖宗亦食祿漢朝，今不思報國而反笑耶？」操曰：「吾非笑別事，笑眾位無一計殺董卓耳。操雖不才，願即斷董卓頭，懸之都門，以謝天下。」允避席問曰：「孟德有何高見？」操曰：「近日操屈身以事卓者，實欲乘間圖之耳。今卓頗信操，操因得時近卓。聞司徒有七星寶刀一口，願借與操入相府刺殺之，雖死不恨。」允曰：「孟德果有是心，天下幸甚！」遂親自酌酒奉操。操瀝酒設誓，允隨取寶刀與之。操藏刀，飲酒畢，即起身辭別眾官而去。眾官又坐了一回，亦俱散訖。

寫得慷慨動色。

次日，曹操佩寶刀，來至相府，問丞相何在。從人云：「在小閣中。」操竟入見。董卓坐於牀上。呂布侍立於側。卓曰：「孟德來何遲？」操曰：「馬羸行遲耳。」卓顧謂布曰：「吾有西涼進來好馬，奉先可親去揀一騎賜與孟德。」布領命而去。操暗忖曰：「此賊合死！」即欲拔刀刺之。懼卓力大，未敢輕動。卓胖大不耐久坐，遂倒身而臥，轉面向內。操又思曰：「此賊當休矣！」急掣寶刀在手。恰待

❻ 賤降：對自己生日的謙稱。

要刺，不想董卓仰面看衣鏡中，照見曹操在背後拔刀，急回身問曰：「孟德何為？」時呂布已牽馬至閣外，操惶遽，乃持刀跪下曰：「操有寶刀一口，獻上恩相。」卓接視之，見其刀長尺餘，七寶嵌飾，極其鋒利，果寶刀也；遂遞與呂布收了。操解鞘付布。卓引操出閣看馬。操謝曰：「願借試一騎。」卓就教與鞍轡。操牽馬出相府，加鞭望東南而去。布對卓曰：「適來曹操似有行刺之狀；及被喝破，故推獻刀。」卓曰：「吾亦疑之。」

正說話間，適李儒至，卓以其事告之。儒曰：「操無妻小在京，只獨居寓所。今差人往召，如彼無疑而便來，則是獻刀；如推託不來，則必是行刺，便可擒而問也。」卓然其說，即差獄卒四人往喚操。去了良久，回報曰：「操不曾回寓，乘馬飛出東門。門吏問之，操曰：『丞相差我有緊急公事』，縱馬而去矣。」儒曰：「操賊心虛逃竄，行刺無疑矣。」卓大怒曰：「我如此重用，反欲害我！」儒曰：「此必有同謀者，待拏住曹操便可知矣。」卓遂令徧行文書，畫影圖形，捉拏曹操。擒獻者，賞千金，封萬戶侯；窩藏者同罪。

且說曹操逃出城外，飛奔譙郡。路經中牟縣，為守關軍士所獲，擒見縣令。操言：「我是客商，覆姓皇甫。」縣令熟視曹操，沈吟半晌，乃曰：「吾前在洛陽求官時，曾認得汝是曹操，如何隱諱？且把來監下，明日解去京師請賞。」把關軍士，賜以酒食而去。

至夜分，縣令喚親隨人暗地取出曹操，且至後院中審究；問曰：「我聞丞相待汝不薄，何故自取其禍？」操曰：「『燕雀安知鴻鵠志哉』？汝既拏住我，便當解去請賞。何必多問！」縣令屏退左右，謂操曰：「汝休小覷我。我非俗吏，奈未遇其主耳。」操曰：「吾祖宗世食漢祿，若不思報國，與禽獸何異？

偏是奸

雄會說道學話。

吾屈身事卓者，欲乘間圖之，為國除害耳。今事不成，乃天意也！」縣令曰：「孟德此行，將欲何往？」操曰：「吾將歸鄉里，發矯詔，召天下諸侯興兵共誅董卓，吾之願也。」

縣令聞言，乃親釋其縛，扶之上坐，再拜曰：「公真天下忠義之士也！」曹操亦拜，問縣令姓名。縣令曰：「吾姓陳，名宮，字公臺。老母妻子，皆在東郡。今感公忠義，願棄一官，從公而逃。」操甚喜。是夜陳宮收拾盤費，與曹操更衣易服，各背劍一口，乘馬投故鄉來。

行了三日，至成皐地方，天色向晚。操以鞭指深林處，謂宮曰：「此間有一人姓呂，名伯奢，是吾父結義兄弟；就往問家中消息，覓一宿，如何？」宮曰：「最好。」二人至莊前下馬，入見伯奢。奢曰：「我聞朝廷徧行文書，捉汝甚急，汝父已避陳留去了。汝如何得至此？」操告以前事曰：「若非陳縣令，已粉骨碎身矣。」伯奢拜陳宮曰：「小姪若非使君，曹氏滅門矣。使君寬懷安坐，今晚便可下榻草舍。」說罷，即起身入內，良久乃出，謂陳宮曰：「老夫家無好酒，容往西村沽一樽來相待。」言訖，匆匆上驢而去。

操與宮坐久，忽聞莊後有磨刀之聲。操曰：「呂伯奢非吾至親，此去可疑，當竊聽之。」二人潛步入草堂後，但聞人語曰：「縛而殺之，如何？」操曰：「是矣！今若不先下手，必遭擒獲。」遂與宮拔劍直入，不問男女，皆殺之，一連殺死八口。搜至廚下，卻見縛一豬欲殺。宮曰：「孟德心多，誤殺好人矣！」急出莊上馬而行。

行不到二里，只見伯奢驢鞍前鞽懸酒二瓶，手攜果菜而來，叫曰：「賢姪與使君何故便去？」操曰：「被罪之人，不敢久住。」伯奢曰：「吾已分付家人宰一豬相款，賢姪、使君，何憎一宿？速請轉騎。」

操不顧，策馬便行。行不數步，忽拔劍復回，叫伯奢曰：「此來者何人？」伯奢回頭看時，操揮劍砍伯奢於驢下。宮大驚曰：「適纔誤耳，今何為也？」操曰：「伯奢到家，見殺死多人，安肯干休？若率眾來追，必遭其禍矣。」宮曰：「知而故殺，大不義也！」操曰：「寧教我負天下人，休教天下人負我。」陳宮默然。

忽然說出奸雄心事。

當夜行數里，月明中敲開客店門投宿。喂飽了馬，曹操先睡。陳宮尋思：「我將謂曹操是好人，棄官跟他；原來是個狠心之人！今日留之，必為後患。」便欲拔劍來殺曹操。正是：設心狠毒非良士，操卓原來一路人。畢竟曹操性命如何，且看下文分解。

第五回　發矯詔諸鎮應曹公　破關兵三英戰呂布

卻說陳宮正欲下手殺曹操，忽轉念曰：「我為國家跟他到此，殺之不義。不若棄而他往。」插劍上馬，不等天明，自投東郡去了。操覺，不見陳宮，尋思「此人見我說了這兩句，疑我不仁，棄我而去；吾當急行，不可久留」。遂連夜到陳留，尋見父親，備說前事；欲散家資，招募義兵。父言「資少恐不成事。此間有孝廉衛弘，疏財仗義，其家巨富。若得相助，事可圖矣」。

陳宮不隨曹操，可謂知人。

操置酒張筵，拜請衛弘到家，告曰：「今漢室無主，董卓專權，欺君害民，天下切齒。操欲力扶社稷，恨力不足。公乃忠義之士，敢求相助。」衛弘曰：「吾有是心久矣，恨未遇英雄耳。既孟德有大志，願將家資相助。」操大喜；於是先發矯詔，馳報各道，然後招集義兵，豎起招兵白旗一面，上書「忠義」二字。不數日間，應募之士，如雨駢集。

古來真正奸雄，未有不借此二字而起者。

一日，有一個陽平衛國人，姓樂，名進，字文謙，來投曹操。又有一個山陽鉅鹿人，姓李，名典，字曼成，也來投曹操。操皆留為帳前吏。又有沛國譙人，夏侯惇，字元讓，乃夏侯嬰之後；自小習槍棒；年十四從師習武，有人辱罵其師，惇殺之，逃於外方；聞知曹操起兵，與其族弟夏侯淵，兩個各引壯士千人來會。此二人本操之弟兄。操父曹嵩原是夏侯氏之子，過房與曹家，因此是同族。

不數日，曹氏兄弟曹仁、曹洪，各引兵千餘來助。曹仁字子孝，曹洪字子廉。二人兵馬嫻熟，武藝精通。操大喜，於村中操練軍馬。衛弘盡出家財，置辦衣甲旗幡。四方送糧者，不計其數。

時袁紹得操矯詔，乃聚麾下文武，引兵三萬，離渤海來與曹操會盟。操作檄文以達諸郡。檄文曰：

操等謹以大義布告天下：董卓欺天罔地，滅國弒君；穢亂宮禁，殘害生靈；狼戾❶不仁，罪惡充積！今奉天子密詔，大集義兵，誓欲掃清華夏，剿戮群凶。望興義師，共洩公憤；扶持王室，拯救黎民。檄文到日，可速奉行。

操發檄文去後，各鎮諸侯，皆起兵相應：

第一鎮，後將軍南陽太守袁術。第二鎮，冀州刺史韓馥。第三鎮，豫州刺史孔伷。第四鎮，兗州刺史劉岱。第五鎮，河內郡太守王匡。第六鎮，陳留太守張邈。第七鎮，東郡太守喬瑁。第八鎮，山陽太守劉遺。第九鎮，濟北相鮑信。第十鎮，北海太守孔融。第十一鎮，廣陵太守張超。第十二鎮，徐州刺史陶謙。第十三鎮，西涼太守馬騰。第十四鎮，北平太守公孫瓚。第十五鎮，上黨太守張揚。第十六鎮，烏程侯長沙太守孫堅。第十七鎮，祁鄉侯渤海太守袁紹。

諸路軍馬，多少不等，——有三萬者，有一二萬者，——各領文官武將，投洛陽來。

且說北平太守公孫瓚，統領精兵一萬五千，路經德州平原縣。正行之間，遙見桑樹叢中，一面黃旗，數騎來迎。瓚視之，乃劉玄德也。瓚問曰：「賢弟何故在此？」玄德曰：「舊日蒙兄保備為平原縣令，

千古英雄往往如此！

❶ 狼戾：像狼一樣的貪狠。

今聞大軍過此，特來奉候，就請兄長入城歇馬。」瓚指關、張而問曰：「此何人也？」玄德曰：「此關羽、張飛，備結義兄弟也。」瓚曰：「乃同破黃巾者乎？」玄德曰：「皆此二人之力。」瓚曰：「今居何職？」玄德答曰：「關羽為馬弓手，張飛為步弓手。」瓚歎曰：「如此可謂埋沒英雄！今董卓作亂，天下諸侯，共往誅之。賢弟可棄此卑官，一同討賊，力扶漢室，若何？」玄德曰：「願往。」張飛曰：「當時若容我殺了此賊，免有今日之事。」雲長曰：「事已至此，即當收拾前去。」

玄德、關、張，引數騎跟公孫瓚來。曹操接著，眾諸侯亦陸續皆至，各自安營下寨，連接三百餘里。操乃宰牛殺馬，大會諸侯，商議進兵之策。太守王匡曰：「今奉大義，必立盟主；眾聽約束，然後進兵。」操曰：「袁本初四世三公，門多故吏，漢朝名相之裔，可為盟主。」紹再三推辭。眾皆曰：「非本初不可。」紹方應允。次日築臺三層，遍列五方旗幟，上建白旄黃鉞❷，兵符將印，請紹登壇。紹整衣佩劍，慨然而上，焚香再拜。其盟曰：

漢室不幸，皇綱❸失統。賊臣董卓，乘釁❹縱害，禍加至尊，虐流百姓。紹等懼社稷淪喪，糾合義兵，並赴國難。凡我同盟，齊心戮力，以致臣節，必無二志。有渝❺此盟，俾墜其命，無克遺育❻。皇天后土，祖宗明靈，實皆鑒之。

---

❷ 白旄黃鉞：白旄，竿頭有犛牛尾的旗幟；黃鉞，金斧頭。
❸ 皇綱：指朝廷的法紀。
❹ 釁：機會、空隙、藉口。
❺ 渝：變更。

讀畢，歃血❼。眾因其辭氣慷慨，皆涕泗橫流。歃血已罷，下壇。眾扶紹升帳而坐，兩行依爵位年齒，分列坐定。操行酒數巡，言曰：「今既立盟主，各聽調遣，同扶國家，勿以強弱計較。」袁紹曰：「紹雖不才，既承公等推為盟主，有功必賞，有罪必罰。國有常刑，軍有紀律；各宜遵守，勿得違犯。」眾皆曰：「惟命是聽。」紹曰：「吾弟袁術總督糧草，應付諸營，無使有缺。更須一人為先鋒，直抵汜水關挑戰。餘各據險要，以為接應。」

長沙太守孫堅出曰：「堅願為前部。」紹曰：「文臺勇烈，可當此任。」堅遂引本部人馬殺奔汜水關來。守關軍士，差流星馬往洛陽丞相府告急。董卓自專大權之後，每日飲宴。李儒接得告急文書，逕來稟卓。卓大驚，急聚眾將商議。溫侯呂布挺身出曰：「父親勿慮。關外諸侯，布視之如草芥❽。願提虎狼之師，盡斬其首，懸於都門。」卓大喜曰：「吾有奉先，高枕無憂矣！」

言未絕，呂布背後一人，高聲出曰：「『割雞焉用牛刀？』不勞溫侯親往。吾斬眾諸侯首級，如探囊取物耳。」卓視之，其人身長九尺，虎體狼腰，豹頭猿臂；關西人也；姓華，名雄。卓聞言大喜，加為驍騎校尉，撥馬步軍五萬，同李肅、胡軫、趙岑，星夜赴關迎敵。眾諸侯內有濟北相鮑信。尋思孫堅既為前部，怕他奪了頭功，暗撥其弟鮑忠，先將馬步軍三千，逕抄小路，直到關下搦戰。華雄引鐵騎五百，飛下關來，大喝：「賊將休走！」鮑忠急待退，被華雄手起刀落，斬於馬下，生擒將校極多。華雄遣人

---

❻ 無克遺育：不能留下一代。

❼ 歃血：古人盟誓時，喝一點血，表示遵守盟約的決心。

❽ 草芥：指輕微的，不值得重視的東西。

將鮑忠首級來相府報捷，卓加雄為都督。

卻說孫堅引四將直至關前。那四將：第一個，右北平土垠人，姓程，名普，字德謀，使一條鐵脊蛇矛；第二個，姓黃，名蓋，字公覆，零陵人也，使鐵鞭；第三個，姓韓，名當，字義公，遼西令支人也，使一口大刀；第四個，姓祖，名茂，字大榮，吳郡富春人也，使雙刀。孫堅披爛銀鎧，裹赤幘，橫古錠刀，騎花鬃馬，指關上而罵曰：「助惡匹夫，何不早降！」

華雄副將胡軫，引兵五千出關迎戰。程普飛馬挺矛，直取胡軫，鬭不數合，程普刺中胡軫咽喉，死於馬下。堅揮軍殺至關前，關上矢石如雨。孫堅引兵回至梁東屯住，使人於袁紹處報捷，就於袁術處催糧。或說術曰：「孫堅乃江東猛虎；若打破洛陽殺了董卓，正是除狼而得虎也。今不與糧，彼軍必敗。」術聽之，不發糧草。孫堅軍缺食，軍中自亂，細作❾報上關來。李肅為華雄謀曰：「今夜我引一軍從小路下關襲孫堅寨後，將軍攻其前寨，堅可擒矣。」

袁術誤事，可恨可恨！

雄從之，傳令軍士飽餐，乘夜下關。是夜月白風清。到堅寨時，已是半夜，鼓譟直進。堅慌忙披掛上馬，正遇華雄，兩馬相交，鬭不數合，後面李肅軍到，令軍士放起火來。堅軍亂竄。眾將各自混戰，止有祖茂跟定孫堅突圍而走。背後華雄追來。堅取箭，連放兩箭，皆被華雄躲過。再放第三箭時，因用力太猛，拽折了鵲畫弓，只得棄弓縱馬而奔。祖茂曰：「主公頭上赤幘射目，為賊所識認。可脫幘與某戴之。」堅就脫幘換茂盔，分兩路而走。雄軍只望赤幘者追趕，堅乃從小路得脫。祖茂被華雄追急，將赤幘挂於人家燒不盡的庭柱上，卻入樹林潛躲。

---

❾ 細作：偵探、間諜。

華雄軍於月下遙見赤幘，四面圍定，不敢近前。用箭射之，方知是計，遂向前取了赤幘。祖茂於林後殺出，揮雙刀欲劈華雄；雄大喝一聲，將祖茂一刀砍於馬下。殺至天明，雄方引兵上關。程普、黃蓋、韓當都來尋見孫堅，再收拾軍馬屯紮。堅為折了祖茂，傷感不已，星夜遣人報知袁紹。紹大驚曰：「不想孫文臺敗於華雄之手！」便聚眾諸侯商議。眾人都到，只有公孫瓚後至，紹請入帳列坐。紹曰：「前日鮑將軍之弟不遵調遣，擅自進兵，殺身喪命，折了許多軍士。今者孫文臺又敗於華雄，挫動銳氣，為之奈何？」諸侯並皆不語。

紹舉目遍視，見公孫瓚背後立著三人，容貌異常，都在那裡冷笑。紹問曰：「公孫太守背後何人？」瓚呼玄德出曰：「此吾自幼同舍兄弟，平原令劉備是也。」曹操曰：「莫非破黃巾劉玄德乎？」瓚曰：「然。」即令劉玄德拜見。瓚將玄德功勞，並其出身，細說一遍。紹曰：「既是漢室宗派，取坐來。」命坐。備遜謝。紹曰：「吾非敬汝名爵，吾敬汝是帝室之冑耳。」玄德乃坐於末位，關、張叉手侍立於後。

忽探子來報：「華雄引鐵騎下關，用長竿挑著孫太守赤幘，來寨前大罵搦戰。」紹曰：「誰敢去戰？」袁術背後轉出驍將俞涉曰：「小將願往。」紹喜，便著俞涉出馬。即時報來：「俞涉與華雄戰不三合，被華雄斬了。」眾大驚。太守韓馥曰：「吾有上將潘鳳，可斬華雄。」紹急令出戰。潘鳳手提大斧上馬。去不多時，飛馬來報：「潘鳳又被華雄斬了。」眾皆失色。紹曰：「可惜吾上將顏良、文醜未至！得一人在此，何懼華雄！」

言未畢，階下一人大呼出曰：「小將願往斬華雄頭，獻於帳下！」眾視之！見其人身長九尺，髯長二尺；丹鳳眼，臥蠶眉；面如重棗，聲若巨鐘；立於帳前。紹問何人。公孫瓚曰：「此劉玄德之弟關羽也。」紹問現居何職。瓚曰：「跟隨劉玄德充馬弓手。」帳中袁術大喝曰：「汝欺吾眾諸侯無大將耶？量一弓手，安敢亂言！與我打出！」曹操急止之曰：「公路息怒。此人既出大言，必有勇略；試教出馬，如其不勝，責之未遲。」袁紹曰：「使一弓手出戰，必被華雄所笑。」操曰：「此人儀表不俗，華雄安知他是弓手？」關公曰：「如不勝，請斬某頭。」

阿瞞尚是可兒。

操教釃熱酒一盃，與關公飲了上馬。關公曰：「酒且斟下，某去便來。」出帳提刀，飛身上馬。眾諸侯聽得關外鼓聲大振，喊聲大舉，如天摧地塌，岳撼山崩，眾皆失驚。正欲探聽，鸞鈴響處，馬到中軍，雲長提華雄之頭，擲於地上，其酒尚溫。後人有詩讚之曰：

威鎮乾坤第一功，轅門畫鼓響鼕鼕。
雲長停盞施英勇，酒尚溫時斬華雄。

曹操大喜。只見玄德背後轉出張飛，高聲大叫：「俺哥哥斬了華雄，不就這裡殺入關去，活拿董卓，更待何時！」袁術大怒，喝曰：「俺大臣尚自謙讓，量一縣令手下小卒，安敢在此耀武揚威！都與趕出帳去！」曹操曰：「得功者賞，何計貴賤乎？」袁術曰：「既然公等只重一縣令，我當告退。」操曰：「豈可因一言而誤大事耶？」即命公孫瓚且帶玄德、關、張回寨。眾官皆散。曹操暗使人齎牛酒撫慰三人。

卻說華雄手下敗軍，報上關來。李肅慌忙寫告急文書，申聞董卓。卓急聚李儒、呂布等商議。儒曰：

「今失了上將華雄，賊勢浩大。袁紹為盟主，紹叔袁隗，現為太傅；倘或裡應外合，深為不便，可先除之。請丞相親領大軍，分撥剿捕。」

卓然其說，喚李傕、郭汜，領兵五百，圍住太傅袁隗家，不分老幼，盡皆誅絕，先將袁隗首級去關前號令。卓遂起兵二十萬，分為兩路而來：一路先令李傕、郭汜，引兵五萬，把住汜水關，不要廝殺；卓自將十五萬，同李儒、呂布、樊稠、張濟等，守虎牢關。這關離洛陽五十里。軍馬到關，卓令呂布領三萬大軍，去關前紮住大寨。卓自在關上屯住。

流星馬探聽得，報入袁紹大寨裡來。紹聚眾商議。操曰：「董卓屯兵虎牢，截我諸侯中路，今可勒兵一半迎敵。」紹乃分王匡、喬瑁、鮑信、袁遺、孔融、張楊、陶謙、公孫瓚，八路諸侯，往虎牢關迎敵。操引軍往來救應。八路諸侯，各自起兵。河內太守王匡，引兵先到。呂布帶鐵騎三千，飛奔來迎。王匡將軍馬列成陣勢，勒馬門旗下看時，見呂布出陣，頭帶三叉束髮紫金冠；體掛西川紅錦百花袍；身披獸面吞頭連環鎧；腰繫勒甲玲瓏獅蠻帶；弓箭隨身，手持畫戟；坐下嘶風赤兔馬：果然是人中呂布，馬中赤兔。

寫呂布聲勢，愈襯劉關張聲勢。

王匡回頭問曰：「誰敢出戰？」後面一將，縱馬挺槍而出。匡視之，乃河內名將方悅。兩馬相交，無五合，被呂布一戟刺於馬下，挺戟直衝過來。匡軍大敗，四散奔走。布東西衝殺，如入無人之境。幸得喬瑁、袁遺兩軍皆至，來救王匡，呂布方退。三路諸侯，各折了些人馬，退三十里下寨。隨後五路軍馬都至，一路商議，言呂布英雄，無人可敵。

正慮間，小校來報，呂布搦戰。八路諸侯，一齊上馬。軍分八隊，布在高崗遙望。呂布一簇軍馬，繡旗招颭，先來衝陣。上黨太守張揚部將穆順出馬，挺槍迎戰，被呂布手起一戟，刺於馬下。眾大驚。北海太守孔融部將武安國，使鐵鎚飛馬而出。呂布揮戟拍馬來迎。戰到十餘合，一戟砍斷安國手腕，棄鎚於地而走。八路軍兵齊出，救了武安國，呂布退回去了。眾諸侯回寨商議。曹操曰：「呂布英勇無敵，可會十八路諸侯，共議良策。若擒了呂布，董卓易誅。」

正議間，呂布復引兵搦戰。八路諸侯齊出。公孫瓚揮槊親戰呂布。戰不數合，瓚敗走。呂布縱赤兔馬趕來。那馬日行千里，飛走如風。看看趕上，布舉畫戟望瓚後心便刺。旁邊一將，圓睜環眼，倒豎虎鬚，挺丈八蛇矛，飛馬大叫：「三姓家奴休走！燕人張飛在此！」

呂布見了，棄了公孫瓚，便戰張飛。飛抖擻精神，酣戰呂布。連鬬五十餘合，不分勝負。雲長見了，把馬一拍，舞八十二斤青龍偃月刀，來夾攻呂布。三匹馬丁字兒廝殺。戰到三十合，戰不倒呂布。劉玄德掣雙股劍，驟黃鬃馬，刺斜裡也來助戰。

這三個圍住呂布，轉燈兒般廝殺。八路人馬，都看得呆了。呂布架隔遮攔不定，看著玄德面上，虛刺一戟，玄德急閃。呂布蕩開陣角，倒拖畫戟，飛馬敗回。三個那裡肯捨，拍馬趕來。八路軍兵，喊聲大震，一齊掩殺。呂布軍馬，望關上奔走。玄德、關、張隨後趕來。古人曾有篇言語，單道著玄德、關、張三戰呂布：

漢朝天數當桓靈，炎炎紅日將西傾。奸臣董卓廢少帝，劉協懦弱魂夢驚。曹操傳檄告天下，諸侯奮怒皆興兵。議立袁紹作盟主，誓扶王室定太平。溫侯呂布世無比，雄才四海誇英偉。護軀銀鎧砌龍鱗，束髮金冠簪雉尾。參差寶帶獸平吞，錯落錦袍鳳飛起。龍駒跳踏起天風，畫戟熒煌射秋水。出關搦戰誰敢當？諸侯膽裂心惶惶。踴出燕人張翼德，手持蛇矛丈八槍。虎鬚倒豎翻金線，環眼圓睜起電光。酣戰未能分勝敗，陣前惱起關雲長。青龍寶刀燦霜雪，鸚鵡戰袍飛蛺蝶。馬蹄到處鬼神嚎，目前一怒應流血。英雄玄德掣雙鋒，抖擻天威施勇烈。三人圍繞戰多時，遮攔架隔無休歇。喊聲震動天地翻，殺氣迷漫牛斗寒。呂布力窮尋走路，遙望山塞拍馬還。倒拖畫桿方天戟，亂散銷金五彩旛。頓斷絨縧走赤兔，翻身飛上虎牢關。

三人直趕呂布到關下，看見關上西風飄動青羅傘蓋。張飛大叫：「此必董卓！追呂布有甚強處；不如先拿董賊，便是斬草除根！」拍馬上關來擒董卓。正是：擒賊定須擒賊首，奇功端的⑩待奇人。未知勝負如何，且看下文分解。

⑩ 端的：真的、果然。

第六回　焚金闕董卓行兇　匿玉璽孫堅背約

卻說張飛拍馬趕到關下，關上矢石如雨，不得進而回。八路諸侯，同請玄德、關、張賀功，使人去袁紹寨中報捷。紹遂移檄孫堅，令其進兵。堅引黃蓋、程普至袁術寨中相見。堅以杖畫地曰：「董卓與我本無讎隙。今我奮不顧身，親冒矢石，來決死戰者，上為國家討賊，下為將軍家門之私，而將軍卻聽讒言，不發糧草，致堅敗績，將軍何安？」

術惶恐無言，命斬進讒之人，以謝孫堅，忽人報堅曰：「關上有一將，乘馬來寨中，要見將軍。」堅辭袁術，歸到本寨，喚來問時，乃董卓愛將李傕。堅曰：「汝來何為？」傕曰：「丞相所敬者，唯將軍耳，今特使傕來結親，丞相有女，欲配將軍之子。」堅大怒，叱曰：「董卓逆天無道，蕩覆王室，吾欲夷其九族，以謝天下，安肯與逆賊結親耶！吾不斬汝！汝當速去！早早獻關，饒你性命！倘若遲誤，粉骨碎身！」

孫堅是漢子，與呂布大異。

李傕抱頭鼠竄，回見董卓，說孫堅如此無禮。卓怒，問李儒，儒曰：「溫侯新敗，兵無戰心；不若引兵回洛陽，遷帝於長安，以應童謠。近日街中童謠曰：『西頭一個漢，東頭一個漢。鹿走入長安，方可無斯難。』臣思此言，『西頭一個漢』，乃應高祖王於西都長安，傳一十二帝；『東頭一個漢』，乃應光武王於東都洛陽，今亦傳一十二帝。天運合回，丞相遷回長安，方可無虞。」卓大喜曰：「非汝言，吾實不悟。」遂引呂布星夜回洛陽，商議遷都。聚文武於朝堂，卓曰：「漢東都洛陽，二百餘年，氣數已衰。吾觀王氣實在長安，吾欲奉駕西幸，汝等各宜促裝。」

司徒楊彪曰：「關中殘破零落，今無故捐宗廟，棄皇陵，恐百姓驚動。天下動之至易，安之至難，望丞相鑒察。」卓怒曰：「汝阻國家大計耶？」太尉黃琬曰：「楊司徒之言是也。往者王莽篡逆，更始赤眉之時，焚燒長安，盡為瓦礫之地；更兼人民流移，百無一二；今棄宮室而就荒地，非所宜也。」卓曰：「關東賊起，天下播亂；長安有崤函之險，更近隴右，木石磚瓦，剋日可辦，宮室營造，不須月餘。汝等再休亂言。」司徒荀爽諫曰：「丞相若欲遷都，百姓騷動不寧矣。」卓大怒曰：「吾為天下計，豈惜小民哉！」即日罷楊彪、黃琬、荀爽為庶民。

卓出上車，只見二人望車而揖；視之，乃尚書周毖、城門校尉伍瓊也。卓問「有何事？」毖曰：「今聞丞相欲遷都長安，故來諫耳。」卓大怒曰：「我始初聽你兩個，保用袁紹；今紹已反，是汝等一黨！」叱武士推出都門斬首。遂下令遷都，限來日便行。李儒曰：「今錢糧缺少，洛陽富戶極多，可籍沒入官；但是袁紹等門下，殺其宗黨而抄其家貲，必得巨萬。」

卓即差鐵騎五千，遍行捉拏洛陽富戶，共數千家，插旗頭上，大書「反臣逆黨」，盡斬於城外，取其金貲。李傕、郭汜盡驅洛陽之民數百萬口，前赴長安。每百姓一隊，間軍一隊，互相拖押。死於溝壑者，不可勝數。又縱軍士淫人妻女，奪人糧食。啼哭之聲，震動天地。

卓臨行，教諸門放火，焚燒居民房屋，并放火燒宗廟官府。南北兩宮，火焰相接。洛陽宮庭，盡為焦土。又差呂布發掘先皇及后妃陵寢，取其金寶。軍士乘勢掘官民墳塚殆盡。董卓裝載金珠緞疋好物數千餘車，劫了天子并后妃等，竟望長安去了。

反不如此之甚。

卻說卓將趙岑，見卓已棄洛陽而去，便獻了汜水關。孫堅驅兵先入，玄德、關、張殺入虎牢關，諸侯各引軍入。

且說孫堅飛奔洛陽，遙望火焰沖天，黑煙鋪地，二三百里，並無雞犬人煙；先發兵救滅了火，令眾諸侯各於荒地上屯住軍馬。曹操來見袁紹曰：「今董賊西去，正可乘勢追趕；本初按兵不動，何也？」紹曰：「諸侯疲困，進恐無益。」操曰：「董賊焚燒宮室，劫遷天子，海內震動，不知所歸；此天亡之時也，一戰而天下定矣，諸侯何疑而不進？」眾諸侯皆言「不可輕動」。操大怒曰：「豎子不足與謀！」遂自引兵萬餘，令夏侯惇、夏侯淵、曹仁、曹洪、李典、樂進，星夜來趕董卓。

且說董卓行至滎陽地方，太守徐榮出接。李儒曰：「丞相新棄洛陽，防有追兵。可教徐榮伏軍滎陽城外山塢之旁；若有兵追來可竟放過。待我這裡殺敗，然後截住掩殺，令後來者不敢復追。」卓從其計，又令呂布引精兵斷後。

布正行間，曹操一軍趕上。呂布大笑曰：「不出李儒所料也！」將軍馬擺開。曹操出馬，大叫「逆賊！劫遷天子，流徙百姓，將欲何往？」呂布罵曰：「背主懦夫，何得妄言！」夏侯惇挺槍躍馬，直取呂布。戰不數合，李傕引一軍，從左邊殺來，操令夏侯淵迎敵。右邊喊聲又起，郭汜領軍殺到，操急令曹仁迎敵。三路軍馬，勢不可當。夏侯惇抵敵呂布不住，飛馬回陣。布引驍騎掩殺，操軍大敗，回望滎陽而走。走至一荒山腳下，時約二更，月明如晝，方纔聚集殘兵。

此敗非曹操之罪，乃眾諸侯之罪也。

正欲埋鍋造飯，只聽得四圍喊聲，徐榮伏兵盡出。曹操慌忙策馬，奪路奔逃，正遇徐榮，轉身便走。

孫堅此中舉動，大是可觀。

榮搭上箭，射中操肩膊。操帶箭逃命，轉過山坡。兩個軍士伏於草中，見操馬來，二槍齊發，操馬中槍而倒。操翻身落馬。被二卒擒住。只見一將飛馬而來，揮刀砍死兩個軍士，下馬救起曹操，操視之，乃曹洪也。操曰：「吾死於此矣，賢弟可速去！」洪曰：「公急上馬。洪願步行。」操曰：「賊兵趕來，汝將奈何？」洪曰：「天下可無洪，不可無公。」操曰：「吾若再生，汝之力也。」

操上馬，洪脫去衣甲，拖刀跟馬而走。約走至四更餘，只見前面一條大河，阻住去路，後面喊聲漸近。操曰：「命已至此，不得復活矣！」洪急扶操下馬，脫去袍鎧，負操渡水。纔過彼岸，追兵已到，隔水放箭。操帶水而走。比及天明，又走三十餘里，土岡下少歇。忽然喊聲起處，一彪人馬趕來，卻是徐榮從上流渡河來追。

操正慌急間，只見夏侯惇、夏侯淵，引十數騎飛至，大喝「徐榮勿傷吾主！」徐榮便奔夏侯惇，惇挺槍來迎。交馬數合，惇刺徐榮於馬下，殺散餘兵。隨後曹仁、李典、樂進，各引兵尋到；見了曹操，憂喜交集；聚集殘兵五百餘人，同回河內。

卻說眾諸侯分屯洛陽。孫堅救滅宮中餘火，屯兵城內，設帳於建章殿基上。堅令軍士掃除宮殿瓦礫；凡董卓所掘陵寢，盡皆掩閉；於太廟基上，草創殿屋三間，請眾諸侯立列聖神位，宰太牢祀之。祭畢，皆散。堅歸寨中，是夜星月交輝，乃按劍露坐，仰觀天文。見紫微垣中白氣漫漫，堅歎曰：「帝星不明，賊臣亂國，萬民塗炭，京城一空！」言訖，不覺淚下。

旁有軍士指曰：「殿南有五色豪光起於井中。」堅喚軍士點起火把，下井打撈，撈起一婦人屍首。雖然日久，其屍不爛；宮樣裝束，項下帶一錦囊。取開看時，內有硃紅小匣，用金鎖鎖著。啟視之，乃一玉璽。方圓四寸，上鐫五龍交紐；旁缺一角，以黃金鑲之；上有篆文八字云：「受命於天，既壽永昌。」

堅得璽，乃問程普。普曰：「此傳國璽也。此玉是昔日卞和於荊山之下，見鳳凰棲於石上，載而進之楚文王。解之，果得玉。秦二十六年，令玉工琢為璽，李斯篆此八字於其上。二十八年，始皇巡狩至洞庭湖，風浪大作，舟將覆，急投玉璽於湖而止。至三十八年，始皇巡狩至華陰，有人持璽遮道，與從者曰：『將此還祖龍。』言訖不見。此璽復歸於秦。明年，始皇崩。後來子嬰將玉璽獻於漢高祖，後至王莽篡逆，孝元皇太后將璽打王尋、蘇獻，崩其一角，以金鑲之。光武得此寶於宜陽，傳位至今。近聞十常侍作亂，劫少帝出北邙，回宮失此寶。今天授主公，必有登九五之分。此處不可久留，宜速回江東，別圖大事。」堅曰：「汝言正合吾意。明日便當託疾辭歸。」商議已定，密諭軍士勿得洩漏。

誰想內中一軍，是袁紹鄉人，欲假此為進身之計，連夜偷出營寨，來報袁紹，紹與之賞賜，暗留軍中。次日，孫堅來辭袁紹曰：「堅抱小疾，欲歸長沙，特來別公。」紹笑曰：「吾知公疾乃害傳國璽耳。」堅失色曰：「此言何來？」紹曰：「今興兵討賊，為國除害。玉璽乃朝廷之寶，公既獲得，當對眾留於盟主處，候誅了董卓，復歸朝廷；今匿之而去，意欲何為？」堅曰：「玉璽何由在吾處？」紹曰：「建章殿井中之物何在？」堅曰：「吾本無之，何強相迫？」紹曰：「作速取出，免自生禍。」堅指天為誓曰：「吾若果得此寶，私自藏匿，異日不得善終，死於刀箭之下！」眾諸侯曰：「文臺如此說誓，想必無之。」紹喚軍士出曰：「打撈之時，有此人否。」堅大怒，拔所佩之劍，要斬那軍士。紹亦拔劍曰：「汝斬軍士，乃欺我也。」紹背後顏良、文醜，皆拔劍出鞘。堅背後程普、黃蓋、韓當，亦掣刀在手。眾諸侯一齊勸住。堅隨即上馬，拔寨離洛陽而去。紹大怒，遂寫書一封，差心腹人連夜往荊州，送與刺史劉表，教就路上截住奪之。

次日，人報曹操追董卓，戰於滎陽，大敗而回。紹令人接至寨中，會眾置酒，與操解悶。飲宴間，操歎曰：「吾始興大義，為國除賊。諸公既仗義而來，操之初意，欲煩本初引河內之眾，臨孟津、酸棗；諸君固守成皋，據廒倉，塞轘轅大谷，制其險要；公路率南陽之軍，駐丹折，入武關，以震三輔：皆深溝高壘，勿與戰，益為疑兵，示天下形勢，以順誅逆，可立定也。今遲疑不進，大失天下之望，操竊恥之！」紹等無言可對。

既而席散，操見紹等各懷異心，料不能成事，自引軍投揚州去了。公孫瓚謂玄德、關、張曰：「袁紹無能為也，久必有變。吾等且歸。」遂拔寨北行。至平原，令玄德為平原相，自去守地養軍。兗州太守劉岱，問東郡太守喬瑁借糧；瑁推辭不與，岱引軍突入瑁營，殺死喬瑁，盡降其眾。袁紹見眾人各自分散，就領兵拔寨，離洛陽，投關東去了。

盟主走了。

卻說荊州刺史劉表，字景升，山陽高平人也；乃漢室宗親；幼好結納，與名士七人為友，時號「江夏八俊」。那七人：汝南陳翔，字仲麟；同郡范滂，字孟博；魯國孔昱，字世元；渤海范康，字仲真；山陽檀敷，字文友；同郡張儉，字元節；南陽岑晊，字公孝。劉表與此七人為友，有延平人蒯良、蒯越、襄陽人蔡瑁為輔。當時看了袁紹書，隨令蒯越、蔡瑁引兵一萬來截孫堅。

堅軍方到，蒯越將陣擺開，當先出馬。孫堅問曰：「蒯英度何故引兵截吾去路？」越曰：「汝既為漢臣，如何私匿傳國之寶？可速留下，放汝歸去！」堅大怒，命黃蓋出戰。蔡瑁舞刀來迎。鬭到數合，黃蓋揮鞭打瑁，正中護心鏡。瑁撥馬回走，孫堅乘勢殺過界口。山背後金鼓齊鳴，乃劉表親自引軍來到。

孫堅就馬上施禮曰：「景升何故信袁紹之書，相迫鄰郡？」表曰：「汝匿傳國璽，將欲反耶？」堅曰：「吾若有此物，死於刀箭之下！」表曰：「汝若要吾聽信，將隨軍行李任吾搜看。」堅怒曰：「汝有何力，敢小覷我！」方欲交兵，劉表便退。堅縱馬趕去，兩山後伏兵齊出，背後蒯越、蔡瑁趕來，將孫堅困在垓心。正是：玉璽得來無用處，反因此寶動刀兵。畢竟孫堅怎地脫身，且看下文分解。

第七回　袁紹磐河戰公孫　孫堅跨江擊劉表

卻說孫堅被劉表圍住，虧得程普、黃蓋、韓當三將死救得脫，折兵大半，奪路引兵回江東。自此孫堅與劉表結怨。

且說袁紹屯兵河內，缺少糧草。冀州牧韓馥，遣人送糧以資軍用。謀士逢紀說紹曰：「大丈夫縱橫天下，何待人送糧為食？冀州乃錢糧廣盛之地，將軍何不取之？」紹曰：「未有良策。」紀曰：「可暗使人馳書與公孫瓚，令進兵取冀州，約以夾攻，瓚必興兵。韓馥無謀之輩，必請將軍領州事；就中取事，垂手可得。」

紹大喜，即發書到瓚處。瓚得書，見說共攻冀州，平分其地，大喜，即日興兵。紹卻使人密報韓馥。馥慌聚荀諶、辛評，二謀士商議。諶曰：「公孫瓚將燕代之眾，長驅而來，其鋒不可當；兼有劉備、關、張助之，難以抵敵。今袁本初智勇過人，手下名將極多，將軍可請彼同治州事，彼必厚待將軍，無患公孫瓚矣。」

韓馥即差別駕關純去請袁紹。長史耿武諫曰：「袁紹孤客窮軍，仰我鼻息，譬如嬰兒在股掌之上，絕其乳哺，立可餓死。奈何欲以州事委之？此引虎入羊群也。」馥曰：「吾乃袁氏之故吏，才能又不如本初。古者擇賢者而讓之，諸君何嫉妒耶？」耿武歎曰：「冀州休矣！」於是棄職而去者三十餘人；獨耿武與關純伏於城外，以待袁紹。

數日後，紹引兵至。耿武、關純拔刀而出，欲刺殺紹。紹將顏良立斬耿武，文醜砍死關純，紹入冀州，以馥為奮威將軍，以田豐、沮授、許攸、逢紀分掌州事，盡奪韓馥之權。馥懊悔無及，遂棄下家小，匹馬往投陳留太守張邈去了。

卻說公孫瓚知袁紹已據冀州，遣弟公孫越來見紹，欲分其地。紹曰：「可請汝兄自來，吾有商議。」越辭歸。行不到五十里，道旁閃出一彪軍馬，口稱「我乃董丞相家將也！」亂箭射死公孫越。從人逃回見公孫瓚，報越已死。瓚大怒曰：「袁紹引我起兵攻韓馥，他卻就裡取事；今又詐董卓兵射死吾弟，此冤如何不報！」盡起本部兵，殺奔冀州來。

袁紹不能討董卓，反作董家兵以殺人，如此舉動，有愧盟主多矣。

紹知瓚兵至，亦領軍出。二軍會於磐河之上：紹軍於磐河橋東，瓚軍於橋西。瓚立馬橋上，大呼曰：「背義之徒，何敢賣我？」紹亦策馬至橋邊，指瓚曰：「韓馥無才，願讓冀州於吾，與爾何干？」瓚曰：「昔日以汝為忠義，推為盟主；今之所為，真狼心狗行之徒，有何面目立於世間！」袁紹大怒曰：「誰可擒之？」

言未畢，文醜策馬挺槍，直殺上橋。公孫瓚就橋邊與文醜交鋒。戰不到十餘合，瓚抵擋不住，敗陣而走。文醜乘勢追趕。瓚走入陣中，文醜飛馬逕入中軍，往來衝突。瓚手下健將四員，一齊迎戰；被文醜一槍，刺一將下馬，三將俱走。文醜直趕公孫瓚出陣後，瓚望山谷而逃。文醜驟馬厲聲大叫：「快下馬受降！」瓚弓箭盡落，頭盔墜地；披髮縱馬，奔轉山坡；其馬前失❶，瓚翻身落於坡下。文醜急捻槍

❶ 前失：馬的前蹄跪下，仆倒。

來刺，忽見草坡左側轉出一個少年將軍，飛馬挺槍，直取文醜。

公孫瓚爬上坡去看，那少年生得身長八尺，濃眉大眼，闊面重頤，威風凜凜；與文醜大戰五六十合，勝負未分。瓚部下救軍到，文醜撥馬回去了。那少年也不追趕。瓚忙下山坡，問那少年姓名。那少年欠身答曰：「某乃常山真定人也；姓趙，名雲，字子龍；本袁紹轄下之人。因見紹無忠君救民之心，故特棄彼而投麾下；不期於此處相見。」瓚大喜，遂同歸寨，整頓甲兵。

次日，瓚將軍馬分作左右兩隊，勢如羽翼。馬五千餘匹，大半皆白馬。因公孫瓚曾與羌人戰，盡選白馬為先鋒，號為「白馬將軍」。羌人但見白馬便走，因此白馬極多。袁紹令顏良、文醜為先鋒，各引弓弩手一千，亦分作左右兩隊；令在左者射公孫瓚右軍，在右者射公孫瓚左軍。再令麴義引八百弓手，步兵一萬五千，列於陣中。袁紹自引馬步軍數萬，於後接應。

公孫瓚初得趙雲，不知心腹，令其另領一軍在後，遣大將嚴綱為先鋒。瓚自領中軍，立馬橋上，傍豎大紅圈金線帥字旗於馬前。從辰時擂鼓，直到巳時，紹軍不進。麴義令弓手皆伏於遮箭牌下，只聽砲響發箭。嚴綱鼓譟吶喊，直取麴義，義軍見嚴綱兵來，都伏而不動；直到來得至近，一聲砲響，八百弓弩手一齊俱發。綱急待回，被麴義拍馬舞刀，斬於馬下，瓚軍大敗。左右兩軍，欲來救應，都被顏良、文醜引弓弩手射住。紹軍並進，直殺到界橋邊。麴義馬到，先斬執旗將，把繡旗砍倒。

公孫瓚見砍倒繡旗，回馬下橋而走。麴義引軍直衝到後軍，正撞著趙雲，挺槍躍馬，直取麴義。戰不數合，一槍刺麴義於馬下。趙雲一騎馬飛入紹軍，左衝右突，如入無人之境。公孫瓚引軍殺回，紹軍大敗。

卻說袁紹先使探馬看時，回報麴義斬將搴旗，追趕敗兵；因此不作準備，與田豐引著帳下持戟軍士數百人，弓箭手數十騎，乘馬出觀，呵呵大笑：「公孫瓚無能之輩！」正說之間，忽見趙雲衝到面前。弓箭手急待射時，雲連刺數人，眾軍皆走。後面瓚軍團團圍裏上來。田豐慌對紹曰：「主公可於空牆中躲避！」紹以兜鍪撲地，大呼曰：「大丈夫願臨陣鬭死，豈可入牆而望活乎！」眾軍士齊心死戰，趙雲衝突不入。紹兵大隊掩至，顏良亦引軍來到，兩路并殺。趙雲保公孫瓚殺透重圍，回到界橋。紹驅兵大進，復趕過橋，落水死者，不計其數。

此時氣概惜不用之於討董卓之時。

袁紹當先趕來，不到五里，只聽得山背後喊聲大起，閃出一彪人馬；為首三員大將，乃是劉玄德、關雲長、張翼德。因在平原探知公孫瓚與袁紹相爭，特來助戰。當下三匹馬，三般兵器，飛奔前來，直取袁紹。紹驚得魂飛天外，手中寶刀墜於馬下，忙撥馬而逃，眾人死救過橋。公孫瓚亦收軍歸寨。玄德、關、張動問畢，瓚曰：「若非玄德遠來救我，幾乎狼狽❷。」教與趙雲相見。玄德甚相敬愛，便有不捨之心。

卻說袁紹輸了一陣，堅守不出。兩軍相拒月餘，有人來長安報知董卓。李儒對卓曰：「袁紹與公孫瓚，亦當今豪傑。見在磐河廝殺❸，宜假天子之詔，差人往和解之。二人感德，必順太師矣。」卓大喜。次日便使太傅馬日磾、太僕趙岐，齎詔前去。二人來至河北，紹出迎於百里之外，再拜奉詔。次日二人至瓚營宣諭，瓚乃遣使致書於紹，互相解和，二人自回京復命。瓚即日班師，又表薦劉玄德為平原相。

❷ 狼狽：此非狼狽本義。實有喪命的意思。

❸ 廝殺：相殺。

曹家兄弟相救，袁家兄弟相仇，袁曹優劣，又見於此。

玄德與趙雲分別，執手垂淚，不忍相離。雲歎曰：「昔日某誤認公孫瓚為英雄；今觀所為，亦袁紹等輩耳！」玄德曰：「公且屈身事之，相見有日。」灑淚而別。

卻說袁術在南陽，聞袁紹新得冀州，遣使來求馬千匹。紹不與，術怒。自此，兄弟不睦。又遣使往荊州，問劉表借糧二十萬，表亦不與。術恨之，密遣人遺書於孫堅，使伐劉表。其書略曰：

前者劉表截路，乃吾兄本初之謀也。今本初又與表私議欲襲江東，公可速興兵伐劉表，吾為公取本初。二讎可報，公取荊州，吾取冀州，切勿誤也！

堅得書曰：「叵耐❹劉表，昔日斷吾歸路，今不乘時報恨，更待何時？」聚帳下程普、黃蓋、韓當等相議。程普曰：「袁術多詐，未可准信。」堅曰：「吾自欲報讎，豈望袁術之助乎？」便差黃蓋先來江邊，安排戰船，多裝軍器糧草，大船裝載戰馬，剋日興師。江中細作探知，來報劉表。表大驚，急聚文武將士商議。蒯良曰：「不必憂慮。可令黃祖部領江夏之兵為前驅，主公率荊襄之眾為援。孫堅跨江涉湖而來，安能用武乎？」表襄然之，令黃祖設備，隨後便起大軍。

卻說孫堅有四子，皆吳夫人所生：長子名策，字伯符；次子名權，字仲謀；三子名翊，字叔弼；四子名匡，字季佐。吳夫人之妹，即為孫堅次妻，亦生一子一女：子名朗，字早安；女名仁。堅又過房俞氏，一子名韶，字公禮。堅有一弟，名靜，字幼臺。

堅臨行，靜引諸子列拜於馬前而諫曰：「今董卓專權，天子懦弱，海內大亂，各霸一方，江東方稍

❹ 叵耐：猶言無奈。

寧；以一小恨而起重兵，非所宜也。願兄詳之。」堅曰：「弟勿多言。吾欲縱橫天下，有仇豈可不報？」長子孫策曰：「如父親必欲往，兒願隨行。」堅許之，遂與策登舟，殺奔樊城。

黃祖伏弓弩手於江邊，見船傍岸，亂箭俱發。堅令諸軍不可輕動，只伏於船中來往誘之；一連三日，船數十次傍岸。黃祖軍只顧放箭，箭已放盡。堅卻拔船上所得之箭，約十數萬。當日正值順風，堅令軍士一齊放箭。岸上支持不住，只得退走。

堅軍登岸，程普、黃蓋，分兵兩路，直取黃祖營寨。背後韓當驅兵大進。三面夾攻，黃祖大敗，棄卻樊城，退入鄧城。堅令黃蓋守住船隻，親自統兵追襲。黃祖引軍出迎，布陣於野。堅列成陣勢，出馬於門旗之下。孫策也全副披掛，挺槍立馬於父側。黃祖引二將出馬：一個是江夏張虎，一個是襄陽陳生。黃祖揚鞭大罵：「江東鼠賊，安敢侵犯漢室宗親境界！」便令張虎搦戰，堅陣內韓當出迎。兩馬相交，戰三十餘合，陳生見張虎力怯，飛馬來助。孫策望見，按住手中槍，扯弓搭箭，正射中陳生面門，應弦落馬。張虎見陳生墜地，吃了一驚，措手不及；被韓當一刀，削去半個腦袋。程普縱馬直來陣前捉黃祖。黃祖棄卻頭盔戰馬，雜於步軍內逃命。孫堅掩殺敗軍，直到漢水，命黃蓋將船隻進泊漢江。

黃祖聚敗軍，來見劉表，備言堅勢不可當。表慌請蒯良商議。良曰：「目今新敗，兵無戰心；只可深溝高壘，以避其鋒；卻潛令人求救於袁紹，此圍自可解也。」蔡瑁曰：「子柔之言，直拙計也。兵臨城下，將至河邊，豈可束手待斃？某雖不才，願請軍出城，以決一戰。」劉表許之。

蔡瑁引軍萬餘，出襄陽城外，於峴山布陣。孫堅將得勝之兵，長驅大進。蔡瑁出馬。堅曰：「此人是劉表後妻之兄也，誰與吾擒之？」程普挺鐵脊矛出馬，與蔡瑁交戰。不到數合，蔡瑁敗走。堅驅大軍，殺得尸橫遍野。蔡瑁逃入襄陽。蒯良言瑁不聽良策，以致大敗，按軍法當斬。劉表以新娶其妹，不肯加刑。

卻說孫堅分兵四面，圍住襄陽攻打。忽一日，狂風驟起，將中軍帥字旗杆吹折。韓當曰：「此非吉兆，可暫班師。」堅曰：「吾屢戰屢勝，取襄陽只在旦夕；豈可因風折旗杆，遽爾罷兵？」遂不聽韓當之言，攻城愈急。蒯良謂劉表曰：「某夜觀天象，見一將星欲墜。以分野❺度之，當應在孫堅。主公可即速致書與袁紹，求其相助。」

劉表寫書問誰敢突圍而出。健將呂公應聲願往，蒯良曰：「汝既敢去，可聽吾計，與汝軍馬五百，多帶能射者衝出陣去，即奔峴山。他必引軍來趕，汝分一百人上山，尋石子準備；一百人執弓弩伏於林中。但有追兵到時，不可逕走；可盤旋曲折，引到埋伏之處，矢石俱發。若能取勝，放起連珠號砲，城中便出接應。如無追兵，不可放砲，趲程而去。今夜月不甚明，黃昏便可出城。」

呂公領了計策，拴束軍馬。黃昏時分，密開東門，引兵出城。孫堅在帳中，忽聞喊聲，急上馬引三十餘騎，出營來看。軍士報說：「有一彪人馬殺將出來，望峴山而去。」堅不會諸將，只自引三十餘騎趕來。呂公已於山林叢雜處，上下埋伏。堅馬快，單騎獨來，前軍不遠。堅大叫「休走！」呂公勒回馬來戰孫堅。交馬只一合，呂公便走，閃入山路去。堅隨後趕入，卻不見呂公。堅方欲上山，忽然一聲鑼響，山上石子亂下，林中亂箭齊發。堅身中石箭，腦漿迸流，人馬皆死於峴山之內；壽止三十七歲。呂公截住三十騎，並皆殺盡，放起連珠號砲。城中黃祖、蒯越、蔡瑁，分頭引兵殺出，江東諸軍大

劉備、曹操、孫堅，並起一時，而備則及身而帝，操亦

❺ 分野：按照星宿的位置來劃分地上的區域，叫做分野。

亂。黃蓋聽得喊聲震天，引水軍殺來，正迎著黃祖。戰不兩合，生擒黃祖。程普保著孫策，急待尋路，正遇呂公。程普縱馬向前，戰不數合，一矛刺呂公於馬下。兩軍大戰，殺到天明，各自收軍。劉表軍自入城。孫策回到漢水，方知父親被亂箭射死，屍首已被劉表軍士扛抬入城去了，放聲大哭。眾軍俱號泣。策曰：「父屍在彼，安得回鄉！」黃蓋曰：「今活捉黃祖在此，得一人入城講和，將黃祖去換主公屍首。」

言未畢，軍吏桓楷出曰：「某與劉表有舊，願入城為使。」策許之。桓楷入城見劉表，具說其事。表曰：「文臺屍首，吾已用棺木盛貯於此。可速放回黃祖，兩家各罷兵，再休侵犯。」桓楷拜謝欲行，階下蒯良出曰：「不可！不可！吾有一言，令江東諸軍片甲不回。請先斬桓楷，然後用計。」正是：追敵孫堅方殞命，求和桓楷又遭殃。未知桓楷性命如何，且看下文分解。

及身而王，獨堅不帝不王而死，豈非有幸有不幸哉！

第八回　王司徒巧使連環計　董太師大鬧鳳儀亭

死孫堅換活黃祖，人道劉表便宜，我道劉表不便宜。

卻說蒯良曰：「今孫堅已喪，其子皆幼。乘此虛弱之時，火速進軍，江東一鼓可得。若還屍罷兵，容其養成氣力，荊州之患也。」表曰：「吾有黃祖在彼營中，安忍棄之？」良曰：「捨一無謀黃祖而取江東，有何不可？」表曰：「吾與黃祖心腹之交，捨之不義。」遂送桓楷回營，相約以孫堅尸換黃祖。孫策換回父屍，迎接靈柩，罷戰回江東，葬父於曲阿之原。喪事已畢，引軍居江都，招賢納士，屈己待人，四方豪傑，漸漸投之。不在話下。

卻說董卓在長安，聞孫堅已死，乃曰：「吾除卻一心腹之患也！」問：「其子年幾歲矣？」或答曰：「十七歲。」卓遂不以為意。自此愈加驕橫，自號為「尚父」，出入僭❶天子儀仗；封弟董旻為左將軍鄠侯，姪董璜為侍中，總領禁軍。董氏宗族，不問老幼，皆封列侯。離長安城二百五十里，別築郿塢，役民夫二十五萬人築之；其城郭高下厚薄，一如長安，內蓋宮室倉庫，屯積二十年糧食。選民間少年美女八百人實其中。金玉、彩帛、珍珠，堆積不知其數。家屬都住在內。卓往來長安，或半月一回，或一月一回，公卿皆候送於橫門外。

卓嘗設帳於路，與公卿聚飲。一日，卓出橫門，百官皆送。卓留宴，適北地招安降卒數百人到。卓

❶ 僭：假冒。

即命於座前，或斷其手足，或鑿其眼睛，或割其舌，或以大鍋煮之。哀號之聲震天，百官戰慄失筯，卓飲食談笑自若。

又一日，卓於省臺大會百官，列坐兩行。酒至數巡，呂布逕入，向卓耳邊言不數句，卓笑曰：「原來如此。」命呂布於筵上揪司空張溫下堂。百官失色。不多時，侍從將一紅盤，托張溫頭來獻。百官魂不附體。卓笑曰：「諸公勿驚。張溫結連袁術，欲圖害我。因使人寄書來，錯下在吾兒奉先處，故斬之。公等無故，不必驚畏。」眾官唯唯而散。

司徒王允歸到府中，尋思今日席間之事，坐不安席。至夜深月明，策杖步入後園。立於荼蘼架側，仰天垂淚。忽聞有人在牡丹亭畔，長吁短歎。允潛步窺之，乃府中歌伎貂蟬也。其女自幼選入府中，教以歌舞，年方二八，色伎俱佳，允以親女待之。是夜允聽良久，喝曰：「賤人將有私情耶！」蟬跪曰：「賤妾安敢有私？」允曰：「無私，何夜深長歎？」蟬曰：「容妾伸肺腑之言。」允曰：「汝勿隱匿，當實告我。」蟬曰：「妾蒙大人恩養，訓習歌舞，優禮相待，妾雖粉骨碎身，莫報萬一。近見大人兩眉愁鎖，必有國家大事，又不敢問。今晚又見行坐不安，因此長歎；不想為大人窺見。倘有用妾之處，萬死不辭。」允以杖擊地曰：「誰想大漢天下卻在汝手中耶！隨我到畫閣中來。」

貂蟬跟允到閣中，允盡叱出婢妾，納貂蟬於坐，叩頭便拜。貂蟬驚伏於地曰：「大人何故如此？」允曰：「汝可憐大漢天下生靈！」言訖，淚如泉湧。貂蟬曰：「適間賤妾曾言：但有使令，萬死不辭。」允跪而言曰：「百姓有倒懸之危，君臣有纍卵之急，非汝不能救也。賊臣董卓，將欲篡位；朝中文武，無計可施。董卓有一義兒，姓呂，名布，驍勇異常。我看二人皆好色之徒，今欲用連環計，先將汝許嫁呂布，後獻董卓。汝於中取便，謀間❷他父子反顏，令布殺卓，以絕大惡。重扶社稷，再立江山，皆汝之力也。不知汝意若何？」貂蟬曰：「妾許大人萬死不辭，望即獻妾與彼。妾自有道理。」允曰：「事若洩漏，我滅門矣。」貂蟬曰：「大人勿憂。妾若不報大義，死於萬刃之下。」

允拜謝；次日將家藏明珠數顆，令良匠嵌造金冠一頂，使人密送呂布，布大喜，親到王允宅致謝，允預備嘉殽美饌，候呂布至，允出門迎迓，接入後堂，延之上坐。布曰：「呂布乃相府一將，司徒是朝廷大臣，何故錯敬？」允曰：「方今天下別無英雄，惟有將軍耳。允非敬將軍之職，敬將軍之才也。」布大喜。允殷勤敬酒，口稱董太師并布之德不絕。布大笑暢飲。允叱退左右，只留侍妾數人勸酒。酒至半酣，允曰：「喚孩兒來。」

少頃，二青衣引貂蟬豔妝而出。布驚問何人。允曰：「小女貂蟬也。允蒙將軍錯愛，不異至親，故令其與將軍相見。」便命貂蟬與呂布把盞。貂蟬送酒與布，兩下眉來眼去。允佯醉曰：「孩兒央及將軍痛飲幾杯。吾一家全靠著將軍哩。」布請貂蟬坐，貂蟬假意欲入。允曰：「將軍吾之至友，孩兒便坐何妨？」貂蟬便坐於允側。呂布目不轉睛地看。

又飲數杯，允指蟬謂布曰：「吾欲將此女送與將軍為妾，還肯納否？」布出席謝曰：「若得如此，布當效犬馬之報。」允曰：「早晚選一良辰，送至府中。」布欣喜無限，頻以目視貂蟬。貂蟬亦以秋波送情。少頃席散，允曰：「本欲留將軍止宿，恐太師見疑。」布再三拜謝而去。

過數日，允在朝堂見了董卓，趁呂布不在側，伏地拜請曰：「允欲屈太師車騎，到草舍赴宴，未審

❷ 謀間：設計離間。

鈞意如何？」卓曰：「司徒見招，即當趨赴。」允拜謝歸家，水陸畢陳於前廳，正中設座，錦繡鋪地，內外各設幔帳。次日晌午，董卓來到。允具朝服出迎，再拜起居。卓下車，左右持戟甲士百餘，簇擁入堂，分列兩旁。允於堂下再拜，卓命扶上，賜坐於側。允曰：「太師盛德巍巍，伊周不能及也。」卓大喜。進酒作樂，允極其致敬。

天晚酒酣，允請卓入後堂，卓叱退甲士。允捧觴稱賀曰：「允自幼頗習天文，夜觀乾象，漢家氣數已盡。太師功德，振於天下，若舜之受堯，禹之繼舜，正合天心人意。」卓曰：「安敢望此？」允曰：「自古『有道伐無道，無德讓有德』，豈過分乎？」卓笑曰：「若果天命歸我，司徒當為元勳。」允拜謝，堂中點上畫燭，止留女使進酒供食。允曰：「教坊之樂，不足供奉；偶有家伎，敢使承應。」卓曰：「甚妙。」允教放下簾櫳，笙簧繚繞，簇捧貂蟬舞於簾外。有詞讚之曰：

原是昭陽宮裡人，驚鴻宛轉掌中身，只疑飛過洞庭春。

按徹梁州蓮步穩，好花風裊一枝新，畫堂香煖不勝春。

又詩曰：

紅牙催拍燕飛忙，一片行雲到畫堂。眉黛促成遊子恨，臉容初斷故人腸。

榆錢不買千金笑，柳帶何須百寶妝？舞罷高簾偷目送，不知誰是楚襄王。

舞罷，卓命近前。貂蟬轉入簾內，深深再拜。卓見貂蟬顏色美麗，便問：「此女何人？」允曰：「歌伎貂蟬也。」卓曰：「能唱否？」允命貂蟬執檀板低謳一曲。正是：

一點櫻桃啟絳唇，兩行碎玉噴陽春。
丁香舌吐橫鋼劍，要斬奸邪亂國臣。

卓稱賞不已。允命貂蟬把盞。卓擎杯問曰：「青春幾何？」貂蟬曰：「賤妾年方二八。」卓笑曰：「真神仙中人也！」允起曰：「允欲將此女獻上太師，未審肯容納否？」卓曰：「如此見惠，何以報德？」允曰：「此女得侍太師，其福不淺。」卓再三稱謝，允即命備氈車，先將貂蟬送到相府。卓亦起身告辭。允親送董卓直到相府，然後辭回。乘馬而行，不到半路，只見兩行紅燈照道，呂布騎馬執戟而來，正與王允撞見，便勒住馬，一把揪住衣襟，厲聲問曰：「司徒既以貂蟬許我，今又送與太師，何相戲耶？」允急止之曰：「此非說話處，且請到草舍去。」

布同允到家，下馬入後堂。敘禮畢，允曰：「將軍何故怪老夫？」布曰：「有人報我說，你把氈車送貂蟬入相府，是何緣故？」允曰：「將軍原來不知。昨日太師在朝堂中，對老夫說：『我有一事，要到你家。』允因此準備，等候太師。飲酒中間說：『我聞你有一女，名喚貂蟬，已許吾兒奉先。我恐你言未准，特來相求，並請一見。』老夫不敢有違，隨引貂蟬出拜公公。太師曰：『今日良辰，吾即當取此女回去，配與奉先。』將軍試思，太師親臨，老夫焉敢推阻？」布曰：「司徒少罪。布一時錯見，來日自當負荊❸。」允曰：「小女稍有妝奩，待過將軍府下，便當送至。」

布謝去。次日，呂布在府中打聽，絕不聞音耗❹。布逕入中堂，尋問諸侍妾。侍妾答曰：「夜來太

---

❸ 負荊：荊是楚木，古作鞭杖之用。負荊，就是背著鞭杖，去請求責罰。一般用作道歉、賠罪的意思。

師與新人共寢，至今未起。」布大怒，潛入卓臥房後窺探。時貂蟬已起，於窗下梳頭；忽見窗下池中一人影，極長大，頭帶束髮冠，偷眼視之，正是呂布。貂蟬故蹙雙眉，做憂愁不樂之態，復以香羅頻拭淚眼。呂布窺視良久，乃出；少頃又入。卓已坐於中堂，見布來，問曰：「外面無事乎？」布曰：「無事。」侍立卓側。卓方食，布偷目竊望，見繡簾內一女子往來觀覷，微露半面，以目送情。布知是貂蟬，神魂飄蕩。卓見布如此光景，心中疑忌，曰：「奉先無事且退。」布怏怏而出。

董卓自納貂蟬後，為色所迷，月餘不出理事。卓偶染小疾，貂蟬衣不解帶，曲意逢迎，卓心愈喜。呂布入內問安，正值卓睡。貂蟬於床後探半身望布，以手指心，又以手指董卓，揮淚不止。布心如碎。卓矇矓雙目，見布注視床後；目不轉睛；回身一看，見貂蟬立於床後，卓大怒，叱布曰：「汝敢戲吾愛姬耶！」──喚左右逐出──「今後不許入堂！」

呂布怒恨而歸，路遇李儒告知其故。儒急入見卓曰：「太師欲取天下，何故以小過見責溫侯？倘彼心變，大事去矣。」卓曰：「奈何？」儒曰：「來朝喚入，賜以金帛，好言慰之，自然無事。」卓依言；次日，使人喚布入堂，慰之曰：「吾前日病中，心神恍惚，誤言傷汝，汝勿記心。」隨賜金十斤，錦二十疋。布謝歸；然身雖在卓左右，心實繫念貂蟬。

卓疾既愈，入朝議事。布執戟相隨，見卓與獻帝共談，便乘間提戟出內門，上馬逕投相府來；繫馬府前，提戟入後堂，尋見貂蟬。蟬曰：「汝可去後園中鳳儀亭邊等我。」布提戟逕往，立於亭下曲欄之旁。良久，貂蟬分花拂柳而來，果然如月宮仙子，泣謂布曰：「我雖非王司徒親女，然待之如己出。自

花下看佳人，

❹ 音耗：猶言音訊。

馬上看壯士，加倍動目。

見將軍，許侍箕帚❺，妾已平生願足；誰想太師起不良之心，將妾淫污。妾恨不即死；止因未與將軍一訣，故且忍辱偷生。今幸得見，妾願畢矣。此身已污，不得復事英雄；願死於君前，以明妾志！」言訖，手攀曲欄，望荷花池便跳。呂布慌忙抱住，泣曰：「我知汝心久矣！只恨不能共語！」貂蟬手扯布曰：「妾今生不能與君為妻，願相期於來世。」布曰：「我今生不能以汝為妻，非英雄也。」蟬曰：「妾度日如年，願君憐而救之。」布曰：「我今偷空而來，恐老賊見疑，必當速去。」貂蟬牽其衣曰：「君如此懼怕老賊，妾身無見天日之期矣！」

諺云：請將不如激將。是絕妙說士聲口。

布立住曰：「容我徐圖良策。」說罷，提戟欲去。貂蟬曰：「妾在深閨，聞將軍之名，如雷灌耳，以為當世一人而已；誰想反受他人之制乎！」言訖，淚下如雨。布羞慚滿面，重復倚戟，回身摟抱貂蟬，用好言安慰。兩個偎偎倚倚，不忍相離。

卻說董卓在殿上，回頭不見呂布，心下懷疑，連忙辭了獻帝，登車回府；見布馬繫於府前，問門吏。吏答曰：「溫侯入後堂去了。」卓叱退左右，逕入後堂中，尋覓不見；喚貂蟬，蟬亦不見，急問侍妾。侍妾曰：「貂蟬在後園看花。」

卓尋入後園，正見呂布和貂蟬在鳳儀亭下共語，畫戟倚在一邊。卓怒，大喝一聲。布見卓至，大驚，回身便走。卓搶了畫戟，挺著趕來。呂布走得快，卓肥胖趕不上，擲戟刺布。布打戟落地。卓拾戟再趕，布已走遠。卓趕出園門，一人飛奔前來，與卓胸膛相撞，卓倒於地。正是：沖天怒氣高千丈，仆地肥軀做一堆。未知此人是誰，且看下文分解。

❺ 侍箕帚：就是服侍洒掃，充當婢妾的意思。

第九回　除暴兇呂布助司徒　犯長安李傕聽賈詡

卻說那撞倒董卓的人，正是李儒。當下李儒扶起董卓，至書院中坐下。卓曰：「汝為何來此？」儒曰：「儒適至府門，知太師怒入後園，尋問呂布。因急走來，正遇呂布奔出云：『太師殺我！』儒慌趕入園中勸解，不意誤撞恩相。死罪！死罪！」卓曰：「叵耐逆賊戲吾愛姬，誓必殺之！」儒曰：「恩相差矣，昔楚莊王『絕纓』之會❶，不究戲愛姬之蔣雄，後為秦兵所困，得其死力相救。今貂蟬不過一女子，而呂布乃太師心腹猛將也。太師若就此機會，以蟬賜布，布感大恩，必以死報太師。太師請自三思。」卓沈吟良久曰：「汝言亦是，我當思之。」

儒謝而出。卓入後堂，喚貂蟬問曰：「汝何與呂布私通耶？」蟬泣曰：「妾在後園看花，呂布突至。妾方驚避，布曰：『我乃太師之子，何必相避？』提戟趕妾至鳳儀亭。妾見其心不良，恐為所迫，欲投荷池自盡，卻被這廝抱住。正在生死之間，得太師來，救了性命。」董卓曰：「我今將汝賜與呂布，何如？」貂蟬大驚，哭曰：「妾身已事貴人，今忽欲下賜家奴，妾寧死不辱！」遂掣壁間寶劍欲自刎。

---

❶ 絕纓之會：春秋時候，楚莊王某次夜宴群臣，燭熄了，有人乘機拉王后的衣襟。王后立時把那人的帽纓扯了下來，請求追查。但莊王並未追究。後來在一次戰役中，那人非常勇敢，建立了大功。但這裡蔣雄這個名字，是作者捏造的。

卓慌奪劍擁抱曰：「吾戲汝！」貂蟬倒於卓懷，掩面大哭曰：「此必李儒之計也！儒與布交厚，故設此計！卻不顧惜太師體面，與賤妾性命。妾當生噬其肉！」卓曰：「吾安忍捨汝耶？」蟬曰：「雖蒙太師憐愛，但恐此處不宜久居，必被呂布所害。」卓曰：「吾明日和你歸郿塢去，同受快樂，慎勿憂疑。」蟬方收淚拜謝。

次日，李儒入見曰：「今日良辰，可將貂蟬送與呂布。」卓曰：「布與我有父子之分，不便賜與。我只不究其罪。汝傳我意，以好言慰之，可也。」儒曰：「太師不可為婦人所惑。」卓變色曰：「汝之妻肯與呂布否？貂蟬之事，再勿多言；言則必斬！」李儒出，仰天歎曰：「吾等皆死於婦人之手矣！」後人讀書至此，有詩歎之曰：

司徒妙算託紅裙，不用干戈不用兵。
三戰虎牢徒費力，凱歌卻奏鳳儀亭。

董卓即日下令還郿塢，百官俱拜送。貂蟬在車上，遙見呂布於稠人之內，眼望車中。貂蟬虛掩其面，如痛哭之狀。車已去遠，布緩轡於土岡之上，眼望車塵，嘆惜痛恨。忽聞背後一人問曰：「溫侯何不從太師去，乃在此遙望而發歎？」布視之，乃司徒王允也。

相見畢，允曰：「老夫日來因染微恙，閉門不出，故久未得與將軍一見。今日太師駕歸郿塢，只得扶病出送，卻喜得晤將軍。請問將軍，為何在此長歎？」布曰：「正為公女耳。」允佯驚曰：「許多時尚未與將軍耶？」布曰：「老賊自寵幸久矣！」允佯大驚曰：「不信有此事！」布將前事一一告允。允

雙股劍、青龍刀、丈八蛇矛，俱不及女將軍兵器。

仰面跌足，半晌不語；良久乃言曰：「不意太師作此禽獸之行！」因挽布手曰：「且到寒舍商議。」布隨允歸。允延入密室，置酒款待，布又將鳳儀亭相遇之事，細說一遍。允曰：「太師淫吾之女，奪將軍之妻，誠為天下恥笑！——非笑太師，笑允與將軍耳！然允老邁無能之輩，不足為道；可惜將軍蓋世英雄，亦受此污辱也！」

布怒氣沖天，拍案大叫。允急曰：「老夫失語，將軍息怒。」布曰：「誓當殺此老賊，以雪吾恥！」允急掩其口曰：「將軍勿言，恐累及老夫。」布曰：「大丈夫生居天地間，豈能鬱鬱久居人下！」允曰：「以將軍之才，誠非董太師所可限制。」布曰：「吾欲殺此老賊，奈是父子之情，恐惹後人議論。」允微笑曰：「將軍自姓呂，太師自姓董，擲戟之時，豈有父子情耶？」布奮然曰：「非司徒言，布幾自誤！」

允見其意已決，便說之曰：「將軍若扶漢室，乃忠臣也，青史傳名，流芳百世；將軍若助董卓，乃反臣也，載之史筆，遺臭萬年。」布避席下拜曰：「布意已決，司徒勿疑。」允曰：「但恐事或不成，反招大禍。」布拔帶刀，刺臂出血為誓。允跪謝曰：「漢祀不斬，皆出將軍之賜也！切勿泄漏！臨期有計，自當相報。」

布慨諾而去。允即請僕射士孫瑞、司隸校尉黃琬商議。瑞曰：「方今主上有疾新愈。可遣一能言之人，往郿塢請卓議事；一面以天子密詔付呂布，使伏甲兵於朝門之內，引卓入誅之，此上策也。」琬曰：「何人敢去？」瑞曰：「呂布同郡騎都尉李肅，以董卓不遷其官，甚是懷怨。若令此人去，卓必不疑。」允曰：「善。」請呂布共議。布曰：「昔日勸吾殺丁建陽，亦此人也。今若不去，吾先斬之。」使人密請肅至。

布曰：「昔日公說布，使殺丁建陽而投董卓，今卓上欺天子，下虐生靈，罪惡貫盈，人神共憤。公可傳天子詔往郿塢宣卓入朝，伏兵誅之，力扶漢室，共作忠臣。尊意若何？」肅曰：「吾亦欲除此賊久矣，恨無同心者耳。今將軍若此，是天賜也，肅豈敢有二心？」遂折箭為誓，允曰：「公若能幹此事，何患不得顯官？」

次日，李肅引十數騎，前到郿塢。人報天子有詔，卓叫喚入。李肅入拜。卓曰：「天子有何詔？」肅曰：「天子病體新痊，欲會文武於未央殿，議將禪位於太師，故有此詔。」卓曰：「王允之意若何？」肅曰：「王司徒已命人築『受禪臺』，只等主公到來。」卓大喜曰：「吾夜夢一龍罩身，今日果得此喜信。時哉不可失！」便命心腹將李傕、郭汜、張濟、樊稠四人，領飛熊軍三千守郿塢，自己即日排駕回京；顧謂李肅曰：「吾為帝，汝當為執金吾。」肅拜謝稱臣。

卓入辭其母。母時年九十餘矣，問曰：「吾兒何往？」卓曰：「現將往受漢禪，母親早晚為太后也。」母曰：「吾近日肉顫心驚，恐非吉兆。」卓曰：「將為國母，豈不預有驚報？」遂辭母而行。臨行謂貂蟬曰：「吾為天子，當立汝為貴妃。」貂蟬已明知就裡，假作歡喜拜謝。

卓出塢上車，前遮後擁，望長安來。行不到三十里，所乘之車，忽折一輪，卓下車乘馬。又行不到十里，那馬咆哮嘶喊，掣斷轡頭。卓問肅曰：「車折輪，馬斷轡，其兆若何？」肅曰：「乃太師應受漢禪，棄舊換新，將乘玉輦金鞍之兆也。」卓喜而信其言。

次日，正行間，忽然狂風驟起，昏霧蔽天。卓問肅曰：「此何祥也？」肅曰：「主公登龍位，必有紅光紫霧，以壯天威耳。」卓又喜而不疑。既至城外，百官俱出迎接。只有李儒抱病在家，不能出迎。

卓進至相府，呂布入賀。卓曰：「吾登九五，汝當總督天下兵馬。」布拜謝，就帳前歇宿。是夜有十數小兒於郊外作歌，風吹歌聲入帳。歌曰：「千里草，何青青！十日上，不得生！」歌聲悲切。卓問李肅曰：「童謠主何吉凶？」肅曰：「亦只是言劉氏滅，董氏興之意。」

次日侵晨，董卓擺列儀從入朝，忽見一道人，青袍白巾，手執長竿，上縛布一丈，兩頭各書一「口」字。卓問肅曰：「此道人何意？」肅曰：「乃心恙❷之人也。」呼將士驅去。卓進朝，群臣各具朝服，迎謁於道。李肅手執寶劍扶車而行。到北掖門，軍兵盡擋在門外，獨有御車二十餘人同入。董卓遙見王允等各執寶劍立於殿門，驚問肅曰：「持劍是何意？」

肅不應，推車直入。王允大呼曰：「反賊至此，武士何在？」兩旁轉出百餘人，持戟挺槊刺之。卓裹甲不入，傷臂墮車，大呼曰：「吾兒奉先何在？」呂布從車後厲聲出曰：「有詔討賊！」一戟直刺咽喉，李肅早割頭在手。呂布左手持戟，右手懷中取詔，大呼曰：「奉詔討賊臣董卓，其餘不問！」將吏皆呼萬歲。後人有詩歎董卓曰：

伯業成時為帝王，不成且作富家郎。
誰知天意無私曲，郿塢方成已滅亡！

卻說呂布當下大呼曰：「助卓為虐者，皆李儒也！誰可擒之？」李肅應聲願往。忽聽朝門外發喊，人報李儒家奴已將李儒綁縛來獻。王允命縛赴市曹斬之；又將董卓尸首，號令通衢。卓尸肥胖，看尸軍

❷ 心恙：心病，猶言瘋子。

士以火置其臍中為燈，膏油滿地。百姓過者，莫不手擲其頭，足踐其尸。王允又命呂布同皇甫嵩、李肅領兵五萬至郿塢抄籍董卓家產人口。

卻說李傕、郭汜、張濟、樊稠聞董卓已死，呂布將至，便引了飛熊軍連夜奔涼州去了。呂布至郿塢，先取了貂蟬。皇甫嵩命將塢中所藏良家子女，盡行釋放；但係董卓親屬，不分老幼，悉皆誅戮。卓母亦被殺。卓弟董旻、姪董璜皆斬首號令。收籍塢中所蓄黃金數十萬，白金數百萬，綺羅珠寶器皿糧食不計其數，回報王允。允乃大犒軍士，設宴於都堂，召集眾官，酌酒稱慶。

正飲宴間，忽人報曰：「董卓暴尸於市，忽有一人伏其尸而大哭。」允怒曰：「董卓伏誅，士民莫不稱賀，此何人，獨敢哭耶？」遂喚武士：「與吾擒來！」

須臾擒至，眾官見之，莫不驚駭。原來那人不是別人，乃侍中蔡邕也。允叱曰：「董卓逆賊，今日伏誅，國之大幸。汝為漢臣，乃不為國慶，反為賊哭，何也？」邕伏罪曰：「邕雖不才，亦知大義，豈肯背國而向卓，只因一時知遇之感，不覺為之一哭。自知罪大，願公見原。倘得黥首刖足，使續成漢史，以贖其罪，邕之幸也。」

眾官惜邕之才，皆力救之。太傅馬日磾亦密謂允曰：「伯喈曠世逸才，若使續成漢史，誠為盛事。且其孝行素著，若遽殺之，恐失人望。」允曰：「昔孝武不殺司馬遷，後使作史，遂致謗書流於後世。方今國運衰微，朝政錯亂，不可令佞臣執筆於幼主左右，使吾等蒙其訕議也。」日磾無言而退，私謂眾官曰：「王允其無後乎！『善人，國之紀也；制作，國之典也。』滅紀廢典，豈能久乎？」

當下王允不聽馬日磾之言，命將蔡邕下獄縊死。一時士大夫聞者，盡為流涕。後人論蔡邕之哭董卓同一死固自不是；允之殺邕，亦為已甚。有詩歎曰：

董卓專權肆不仁，侍中何自竟亡身？
當時諸葛隆中臥，安肯輕身事亂臣？

且說李傕、郭汜、張濟、樊稠逃居陝西，使人至長安上表求赦。王允曰：「卓之跋扈，皆此四人助之；今雖大赦天下，獨不赦此四人。」使者回報李傕。傕曰：「求赦不得，各自逃生可也。」謀士賈詡曰：「諸君若棄軍單行，則一亭長能縛君矣。不如誘集陝人，并本部軍馬，殺入長安，與董卓報讎。事濟，奉朝廷以正天下；若其不勝，走亦未遲。」

傕等然其說，遂流言於西涼州曰：「王允將欲洗蕩此方之人矣。」眾皆驚惶。乃復揚言曰：「徒死無益，能從我反乎？」眾皆願從。於是聚眾十餘萬，分作四路，殺奔長安來。路逢董卓女壻中郎將牛輔，引軍五千人，欲去與丈人報讎，李傕便與合兵，使為前驅。四人陸續進發。

王允聽知西涼兵來，與呂布商議。布曰：「司徒放心。量此鼠輩，何足數也！」遂引李肅將兵出敵。肅當先迎戰，正與牛輔相遇，大殺一陣。牛輔抵敵不過，敗陣而去。不想是夜二更，牛輔乘李肅不備，竟來劫寨。肅軍亂竄，敗走三十餘里，折軍大半，來見呂布。布大怒曰：「汝何挫吾銳氣！」遂斬李肅，懸頭軍門。

次日，呂布進兵與牛輔對敵。牛輔如何敵得呂布，仍復大敗而走。是夜牛輔喚心腹人胡赤兒商議曰：「呂布驍勇，萬不能敵；不如瞞了李傕等四人，暗藏金珠，與親隨三五人棄軍而去。」胡赤兒應允。是

也，若前日不從董卓，而為卓所殺，豈不善乎！

夜收拾金珠，棄營而走，隨行者三四人。將渡一河，赤兒欲謀取金珠，竟殺死牛輔，將頭來獻呂布。布問起情由，從人出首：「胡赤兒謀殺牛輔，奪其金寶。」布怒，即將赤兒誅殺。領軍前進，正迎著李傕軍馬。呂布不等他列陣，便挺戟躍馬，麾軍直衝過來。傕軍不能抵擋，退走五十餘里，依山下寨，請郭汜、張濟、樊稠共議曰：「呂布雖勇，然而無謀，不足為慮。我引軍守住谷口，每日誘他廝殺。郭將軍可領軍抄擊其後，效彭越撓楚之法❸：鳴金進兵，擂鼓收兵。張、樊二公卻分兵兩路，逕取長安。彼首尾不能救應，必然大敗。」眾用其計。

卻說呂布勒兵到山下，李傕引兵搦戰。布忿怒衝殺過去，傕退走上山。山上矢石如雨，布軍不能進。忽報郭汜在陣後殺來，布急回戰。只聞鼓聲大震，汜軍已退。布方欲收軍，鑼聲響處，傕軍又來。未及對敵，背後郭汜又領軍殺到。及至呂布來時，卻又擂鼓收軍去了，激得呂布怒氣填胸。一連如此幾日，欲戰不得，欲止不得。

正在惱怒，忽然飛馬報來，說張濟、樊稠兩路軍馬，竟犯長安，京城危急。布急領軍回，背後李傕、郭汜殺來。布無心戀戰，只顧奔走，折了好些人馬。比及到長安城下，賊兵雲屯雨集，圍定城池，布軍與戰不利。軍士畏呂布暴厲，多有降賊者，布心甚憂。

數日之後，董卓餘黨李蒙、王方在城中為賊內應，偷開城門，四路賊軍一齊擁入。呂布左衝右突，攔擋不住，引數百騎往青瑣門外，呼王允曰：「勢急矣！請司徒上馬，同出關去，別圖良策。」允曰：「若蒙社稷之靈，得安國家，吾之願也；若不獲已，則允奉身而死。臨難苟免，吾不為也。為吾謝關東

❸ 彭越撓楚之法：彭越是漢高祖的大將。楚漢交戰的時候，彭越常率軍騷擾楚的後方，以助高祖。

諸公，努力以國家為念！」

呂布再三相勸，王允只是不肯去。不一時，各門火燄沖天，呂布只得棄卻家小，引百餘騎飛奔出關，投袁術去了。李傕、郭汜縱兵大掠。太常卿种拂、太僕魯馗、大鴻臚周奐、城門校尉崔烈、越騎校尉王頎，皆死於國難。賊兵圍繞內庭至急，侍臣請天子上宣平門止亂。李傕等望見黃蓋，約住軍士，口呼萬歲。獻帝倚樓問曰：「卿不候奏請，輒入長安，意欲何為？」李傕、郭汜仰面奏曰：「董太師乃陛下社稷之臣，無端被王允謀殺，臣等特來報讎，非敢造反。但見王允，臣便退兵。」

王允時在帝側，聞知此言，奏曰：「臣本為社稷計。事已至此，陛下不可惜臣，以誤國家。臣請下見二賊。」帝徘徊不忍。允自宣平門樓上跳下樓去，大呼曰：「王允在此！」李傕、郭汜拔劍叱曰：「董太師何罪而見殺？」允曰：「董賊之罪，彌天亙地，不可勝言。受誅之日，長安士民，皆相慶賀，汝獨不聞乎？」傕汜曰：「太師有罪；我等何罪，不肯相赦？」王允大罵：「逆賊何必多言！我王允今日有死而已！」二賊手起，把王允殺於樓下。史官有詩讚曰：

王允運機謀，奸臣董卓休，心懷安國恨，眉鎖廟堂憂。
英氣連霄漢，忠心貫斗牛。至今魂與魄，猶遶鳳凰樓。

眾賊殺了王允，一面又差人將王允宗族老幼，盡行殺害。士民無不下淚。當下李傕、郭汜尋思曰：「既到這裡，不殺天子謀大事，更待何時？」便持劍大呼，殺入內來。正是：巨魁伏罪災方息，從賊縱橫禍又來。未知獻帝性命如何，且看下文分解。

王允之死無益，不如隨呂布而去。然不忍棄天子而走，乃其忠也。

第一〇回　勤王室馬騰舉義　報父讎曹操興師

卻說李、郭二賊，欲弒獻帝。張濟、樊稠諫曰：「不可。今日若便殺之，恐眾人不服；不如仍舊奉之為主，賺諸侯入關，先去其羽翼，然後殺之，天下可圖也。」李、郭二人從其言，按住兵器。帝在樓上宣諭曰：「王允既誅，軍馬何故不退？」李傕、郭汜曰：「臣等有功王室，未蒙賜爵，故不敢退軍。」帝曰：「卿欲封何爵？」

李、郭、張、樊四人，各自寫職銜獻上，勒要如此官品。帝只得從之，封李傕為車騎將軍池陽侯，領司隸校尉，假節鉞；郭汜為後將軍，假節鉞，同秉朝政；樊稠為右將軍萬年侯，張濟為驃騎將軍平陽侯，領兵屯弘農。其餘李蒙、王方等，各為校尉。然後謝恩，領兵出城。又下令追尋董卓屍首，獲得些零碎皮骨，以香木雕成形體，安湊停當，大設祭祀，用王者衣冠棺槨，選擇吉日，遷葬郿塢，臨葬之期，天降大雷雨，平地水深數尺，霹靂震開其棺，屍首提出棺外。李傕候晴再葬，是夜又復如是。三次改葬，皆不能葬。零皮碎骨，悉為雷火消滅。天之怒卓，可謂甚矣！

今道士受籙，每自擬職銜，以奏天庭，想亦用此法也。

且說李傕、郭汜既掌大權，殘虐百姓，密遣心腹侍帝左右，觀其動靜。獻帝此時舉動荊棘❶。朝廷官員，並由二賊陞降。因採人望，特宣朱儁入朝，封為太僕，同領朝政。一日，人報西涼太守馬騰、并

❶ 舉動荊棘：一舉一動，就像在滿生著刺的矮樹叢裡一樣艱難。

州刺史韓遂，二將引軍十餘萬，殺奔長安來，聲言討賊。原來二將先曾使人入長安，結連侍中馬宇、諫議大夫种邵、左中郎將劉範三人為內應，共謀賊黨。三人密奏獻帝，封馬騰為征西將軍，韓遂為鎮西將軍，各受密詔，併力討賊。

當下李傕、郭汜、張濟、樊稠聞二將軍至，一同商議禦敵之策。謀士賈詡曰：「二軍遠來，只宜深溝高壘，堅守以拒之。不過百日，彼兵糧盡，必將自退，然後引兵追之，二將可擒矣。」李蒙、王方出曰：「此非好計。願借精兵萬人，立斬馬騰、韓遂之頭，獻於麾下。」賈詡曰：「今若即戰，必當敗績。」李蒙、王方齊聲曰：「若吾二人敗，情願斬首；吾若戰勝，公亦當輸首級與我。」詡謂李傕、郭汜曰：「長安西二百里盩厔山，其路險峻，可使張、樊兩將軍屯兵於此，堅壁守之；待李蒙、王方自引兵迎敵，可也。」

李傕、郭汜從其言，點一萬五千人馬與李蒙、王方，二人忻喜而去，離長安二百八十里下寨。西涼兵到，兩個引軍迎去。西涼軍馬攔路，擺開陣勢。馬騰、韓遂聯轡而出，指李蒙、王方罵曰：「反國之賊，誰去擒之？」

言未絕，只見一位少年將軍，面如冠玉，眼若流星；虎體猿臂，彪腹狼腰；手執長槍，坐騎駿馬，從陣中飛出。原來那將即馬騰之子馬超，字孟起，年方十七歲，英勇無敵。王方欺他年幼，躍馬迎戰。戰不到數合，早被馬超一槍刺於馬下。馬超勒馬便回。李蒙見王方刺死，一騎馬從馬超背後趕來。超只做不知。馬騰在陣門下大叫：「背後有人追趕！」

聲猶未絕。只見馬超已將李蒙擒在馬上。原來馬超明知李蒙追趕，卻故意俄延；等他馬近，舉槍刺

馬超乃五虎將之一，此處極寫其英勇。

來，超將身一閃，李蒙撲個空，兩馬相並，被馬超輕舒猿臂，生擒過去。軍士無主，望風奔逃。馬騰、韓遂乘勢追殺，大獲全勝，直迫隘口下寨，把李蒙斬首號令。

李傕、郭汜聽知李蒙、王方皆被馬超殺了，方信賈詡有先見之明，重用其計，只理會緊守關防，由他搦戰，並不出迎。果然西涼軍未及兩月，糧草俱乏，商議回軍。恰好長安城中馬宇家僮出首家主與劉範、种邵，外連馬騰、韓遂，欲為內應等情。李傕、郭汜大怒，盡收三家老少良賤斬於市，把三顆首級，直來門前號令。

馬騰、韓遂見軍糧已盡，內應又泄，只得拔寨退軍。李傕、郭汜令張濟引軍趕馬騰，樊稠引軍趕韓遂，西涼軍大敗。馬超在後死戰，殺退張濟。樊稠去趕韓遂，看看趕上，相近陳倉，韓遂勒馬向樊稠曰：「吾與公乃同鄉之人，今日何太無情？」樊稠也勒住馬答曰：「上命不可違！」韓遂曰：「吾此來亦為國家耳，公何相迫之甚也？」

樊稠聽罷，撥轉馬頭，收兵回寨，讓韓遂去了。不提防李傕之姪李別，見樊稠放走韓遂，回報其叔。李傕大怒，便欲興兵討樊稠。賈詡曰：「目今人心未寧，頻動干戈，深為不便；不若設一宴，請張濟、樊稠慶功，就席間擒稠斬之，毫不費力。」

李傕大喜，便設宴請張濟、樊稠。二將欣然赴宴。酒半闌，李傕忽然變色曰：「樊稠何故交通韓遂，欲謀造反？」稠大驚；未及回言，只見刀斧手擁出，早把樊稠斬首於案下。嚇得張濟俯伏於地。李傕扶起曰：「樊稠謀反，故而誅之；公乃吾之心腹，何須驚懼？」就將樊稠軍撥與張濟管領。張濟自回弘農去了。

李傕、郭汜自戰敗西涼兵，諸侯莫敢誰何。賈詡屢勸安撫百姓，結納賢豪，自是朝廷微有生意。不想青州黃巾又起，聚眾數十萬。頭目不等，劫掠良民。太僕朱儁保舉一人，可破群賊。李傕、郭汜問是何人。朱儁曰：「要破山東群賊，非曹孟德不可。」李傕曰：「孟德今在何處？」儁曰：「見任東郡太守，廣有軍兵。若命此人討賊，賊可剋日而破也。」

李傕大喜，星夜草詔，差人齎往東郡，命曹操與濟北相鮑信一同破賊。操領了聖旨，會合鮑信，一同興兵，擊賊於壽陽。鮑信殺入重地，為賊所害。操追趕賊兵，直到濟北，降者數萬。操即用賊為前驅，兵馬到處，無不降順。不過百餘日，招安到降兵三十餘萬，男女百餘萬口。曹操擇精銳者，號為「青州兵」，其餘盡令歸農。操自此威名日重。捷書報到長安，朝廷加曹操為鎮東將軍。

操在兗州招賢納士，有叔姪二人來投曹操。乃潁州潁陰人，姓荀，名彧，字文若，荀昆之子也；舊事袁紹，今棄紹投操，操與語大悅，曰：「此吾之子房也！」遂以為行軍司馬。其姪荀攸，字公達，海內名士，曾拜黃門侍郎，後棄官歸鄉，今與其叔同投曹操，操以為行軍教授。荀彧曰：「某聞兗州有一賢士，今此人不知何在。」操問是誰。彧曰：「乃東郡東阿人，姓程，名昱，字仲德。」操曰：「吾亦聞名久矣。」遂遣人於鄉中尋問。訪得他在山中讀書，操拜請之。程昱來見，曹操大喜。

昱謂荀彧曰：「某孤陋寡聞，不足當公之薦。公之鄉人姓郭，名嘉，字奉孝，乃當今賢士，何不羅而致之？」彧猛省曰：「吾幾忘卻！」遂啟操徵聘郭嘉到兗州，共論天下之事。郭嘉薦光武嫡派子孫，淮南成德人，姓劉，名曄，字子陽。操即聘曄至。曄又薦二人：一個是山陽昌邑人，姓滿，名寵，字伯寧；一個是武城人，姓呂，名虔，字子恪。曹操亦素知這兩個名譽，就聘為軍中從事。滿寵、呂虔共薦曹操不去勤王，先去迎父，是先私而後公。

一人，乃陳留平丘人，姓毛，名玠，字孝先。曹操亦聘為從事。又有一將引軍數百人，來投曹操。乃泰山鉅平人，姓于，名禁，字文則。操見其人弓馬熟嫻，武藝出眾，命為典軍司馬。

一日，夏侯惇引一大漢來見，操問何人。惇曰：「此乃陳留人，姓典，名韋，勇力過人。舊跟張邈，與帳下人不和，手殺數十人，逃竄山中。惇出射獵，見韋逐虎過澗，因收於軍中。今特薦之於公。」操曰：「吾觀此人容貌魁梧，必有勇力。」惇曰：「他曾為友報讎殺人，提頭直出鬧市，數百人不敢近。只今所使兩枝鐵戟，重八十斤，挾之上馬，運使如飛。」操即令韋試之。韋挾戟驟馬，往來馳騁。忽見帳下大旗為風所吹，岌岌欲倒，眾軍士挾持不定；韋下馬，喝退眾軍，一手執定旗杆，立於風中，巍然不動。操曰：「此古之惡來❷也！」遂命為帳前都尉，解身上錦襖，及駿馬雕鞍賞之。自是曹操部下文有謀臣，武有猛將，威鎮山東。乃遣泰山太守應劭，往瑯琊郡迎父曹嵩。

嵩自陳留避難，隱居瑯琊。當日接了書信，便與弟曹德及一家老小四十餘人，帶從者百餘人，車百餘輛，逕望兗州而來。道經徐州，太守陶謙，字恭祖，為人溫厚純篤，向欲結納曹操，正無其由；知操父經過，遂出境迎接，再拜致敬，大設筵宴，款待兩日。曹嵩要行，陶謙親送出郭，特差都尉張闓，將部兵五百護送。

曹嵩率家小行到華費，時夏末秋初，大雨驟至，只得投一古寺歇宿。寺僧接入，嵩安頓家小，命張闓將軍馬屯於兩廊。眾軍衣裝，都被雨打濕，同聲嗟怨。張闓喚手下頭目於靜處商議曰：「我們本是黃巾餘黨，勉強降順陶謙，未有好處；如今曹嵩輜重車輛無數，你們欲得富貴不難，只就今夜三更，大家

❷ 惡來：殷紂的臣子，極有勇力。

斫將入去，把曹嵩一家殺了，取了財物，同往山中落草❸。此計如何？」眾皆應允。是夜風雨未息，曹嵩正坐，忽聞四壁喊聲大舉。曹德提劍出看，就被搠死。曹嵩方引一妾奔入方丈後，欲越墻而走；妾肥胖不能出，嵩慌急，與妾躲於廁中，被亂軍所殺。應劭死命逃脫，投袁紹去了。張闓殺盡曹嵩全家，取了財物，放火燒寺，與五百人逃奔淮南去了。後人有詩曰：

是曹操殺呂伯奢全家之報。

曹操奸雄世所誇，曾將呂氏殺全家。
如今闔戶逢人殺，天理循環報不差。

當下應劭部下有逃命的軍士，報與曹操。操聞之，哭倒於地。眾人救起。操切齒曰：「陶謙縱兵殺吾父，此讎不共戴天！吾今悉起大軍，洗蕩徐州，方雪吾恨！」遂留荀彧、程昱領軍三萬守鄄城、范縣、東阿三縣，其餘盡殺奔徐州來。夏侯惇、于禁、典韋為先鋒。操令但得城池，將城中百姓，盡行屠戮，以雪父讎。當有九江太守邊讓，與陶謙交厚，聞知徐州有難，自引兵五千來救。操聞之大怒，使夏侯惇於路截殺之。

時陳宮為東郡從事，亦與陶謙交厚；聞曹操起兵報讎，欲盡殺百姓，星夜前來見操。操知是為陶謙作說客，欲待不見，又滅不過舊恩❹，只得請入帳中相見。宮曰：「今聞明公以大兵臨徐州，報尊父之讎，所到欲盡殺百姓，某因此特來進言。陶謙乃仁人君子，非好利忘義之輩；尊翁遇害，乃張闓之惡，

❸ 落草：古稱強盜為草寇，謂其潛伏山林草莽的意思。因此，入夥做強盜，俗稱落草。

❹ 滅不過舊恩：滅，是消除的意思。此言除不去已往的恩德。

非謙罪也。且州縣之民，與明公何讎？殺之不祥。望三思而行。」操怒曰：「公昔棄我而去，今有何面目復來見我？陶謙殺吾一家，誓當摘膽剜心，以雪吾恨。公雖為陶謙遊說，其如吾不聽何？」陳宮辭出，歎曰：「吾亦無面目見陶謙也！」遂馳馬投陳留太守張邈去了。

且說操大軍所到之處，殺戮人民，發掘墳墓。陶謙在徐州，聞曹操起軍報讎，殺戮百姓，仰天慟哭曰：「我獲罪於天，致使徐州之民，受此大難！」急聚眾官商議。曹豹曰：「曹軍既至，豈可束手待死？某願助使君破之。」

陶謙只得引兵出迎，遠望操軍如鋪霜湧雪，中軍豎起白旗一面，大書「報讎雪恨」四字。軍馬列成陣勢，曹操縱馬出陣，身穿縞素，揚鞭大罵。陶謙亦出馬於門旗下，欠身施禮曰：「謙本欲結好明公，故託張闓護送。不想賊心不改，致有此事。實不干陶謙之故，望明公察之。」操大罵曰：「老匹夫殺吾父，尚敢亂言！誰可生擒老賊？」夏侯惇應聲而出。陶謙慌走入陣。夏侯惇趕來，曹豹挺槍躍馬，前來迎敵。兩馬相交，忽然狂風大作，飛沙走石，兩軍皆亂，各自收兵。

陶謙入城，與眾計議曰：「曹兵勢大難敵，吾當自縛往操營，任其剖割，以救徐州百姓之命。」言未絕，一人進前言曰：「府君久鎮徐州，人民感恩。今曹兵雖眾，未能即破我城。府君與百姓堅守勿出；某雖不才，願施小策，教曹操死無葬身之地！」眾人大驚，便問計將安出。正是：本為納交反成怨，那知絕處又逢生？畢竟此人是誰，且看下文分解。

憂在百姓，仁人之言。

第一一回　劉皇叔北海救孔融　呂溫侯濮陽破曹操

卻說獻計之人，乃東海朐縣人，姓糜，名竺，字子仲。此人家世富豪，嘗往洛陽買賣。乘車而回，路遇一美婦人，來求同載，竺乃下車步行，讓車與婦人坐。婦人請竺同載。竺上車端坐，目不邪視。行及數里，婦人辭去；臨別對竺曰：「我乃南方火德星君也，奉上帝勅，往燒汝家。感君相待以禮，故明告君。君可速歸，搬出財物。吾當夜來。」言訖不見。竺大驚，飛奔到家，將家中所有，疾忙搬出。是晚果然廚中火起，盡燒其屋。竺因此廣捨家財，濟貧救苦。後陶謙聘為別駕從事❶。當日獻計曰：「某願親往北海郡，求孔融起兵救援；更得一人往青州田楷處求救。若二處軍馬齊來，操必退兵矣。」

心火不動，天火亦不為害。

謙從之，遂寫書二封，問帳下誰人敢去青州求救。一人應聲願往。眾視之，乃廣陵人，姓陳，名登，字元龍。陶謙先打發陳元龍往青州去訖，然後命糜竺齎書赴北海，自己率眾守城，以備攻擊。

卻說北海孔融，字文舉，魯國曲阜人也；孔子二十世孫，泰山都尉孔宙之子。自小聰明。年十歲時，往謁河南尹李膺，閽人難之，融曰：「我係李相通家。」及入見，膺問曰：「汝祖與吾祖何親？」融曰：「昔孔子曾問禮於老子，融與君豈非累世通家？」膺大奇之。

少頃，大中大夫陳煒至。膺指融曰：「此奇童也。」煒曰：「小時聰明，大時未必聰明。」融即應

❶ 別駕從事：官名。州刺史的佐吏。

聲曰：「如君所言，幼時必聰明者。」煒等皆笑曰：「此子長成，必當代之偉器也。」自此得名。後為中郎將，累遷北海太守，極好賓客。常曰：「座上客常滿，樽中酒不空，吾之願也。」在北海六年，甚得民心。

當日正與客坐，人報徐州糜竺至。融請入見，問其來意。竺出陶謙書，言「曹操攻圍甚急，望明公垂救」。融曰：「吾與陶恭祖交厚，子仲又親到此，如何不去？只是曹孟德與我無讎，當先遣人送書解和。如其不從，然後起兵。」竺曰：「曹操倚重兵威，決不肯和。」融教一面點兵，一面差人送書。正商議間，忽報黃巾賊黨管亥部領❷群寇數萬殺奔前來。孔融大驚，急點本部人馬，出城與賊迎戰。管亥出馬曰：「吾知北海糧廣，可借一萬石，即便退兵；不然，打破城池，老幼不留！」孔融叱曰：「吾乃大漢之臣，守大漢之地，豈有糧米與賊耶！」管亥大怒，拍馬舞刀，直取孔融。融將宗寶挺槍出馬；戰不數合，被管亥一刀，砍宗寶於馬下。孔融兵大亂，奔入城中。管亥分兵四面圍城，孔融心中鬱悶。糜竺懷愁，更不待言。

次日，孔融登城遙望，賊勢浩大，倍添憂惱。忽見城外一人挺槍躍馬殺入賊陣，左衝右突，如入無人之境，直到城下大叫「開門！」孔融不識其人，不敢開門。賊眾趕到河邊，那人回身連搠十數人下馬，賊眾倒退，融急命開門引入。其人下馬棄槍，逕到城上，拜見孔融。融問其姓名，對曰：「某東萊黃縣人也。覆姓太史，名慈，字子義。老母重蒙恩顧，某昨自遼東回家省親，知賊寇城，老母說『屢受府君深恩，汝當往救』，某故單馬而來。」孔融大喜。原來孔融與太史慈，雖未識面，卻曉得他是個英雄。因

❷ 部領：統領。

他遠出，有老母住在離城二十里之外，融常使人遺以粟帛；母感融德，故特使慈來救。

當下孔融重待太史慈，贈與衣甲鞍馬。慈曰：「某願借精兵一千，出城殺賊。」融曰：「君雖英勇，然賊勢甚盛，不可輕出。」慈曰：「老母感君厚德，特遣慈來；如不能解圍，慈亦無顏見母矣。願決一死戰。」融曰：「吾聞劉玄德乃當世英雄，若請得他來相救，此圍自解；只無人可使耳。」慈曰：「府君修書，某當急往。」融喜，修書付慈。慈擐甲上馬，腰帶弓矢，手持鐵槍，飽食嚴裝，城門開處，一騎飛出。近河賊將，率眾來戰，慈連搠死數人，透圍而出。管亥知有人出城，料必是請救兵的，便自引數百騎趕來，八面圍定。慈倚住槍，拈弓搭箭，八面射之，無不應弦落馬，賊眾不敢來追。

的是孝子聲口。

太史慈得脫，星夜投平原，來見劉玄德。施禮罷，具言孔北海被圍求救之事，呈上書札。玄德看畢，問慈曰：「足下何人？」慈曰：「某太史慈，東海之鄙人❸也。與孔融親非骨肉，比非鄉黨，特以氣誼相投，有分憂共患之意。今管亥暴亂，北海被圍，孤窮無告，危在旦夕。聞君仁義素著，能救人危急，故特令某冒鋒突圍，前來求救。」玄德斂容答曰：「孔北海知世間有劉備耶？」乃同雲長、翼德點精兵三千，往北海郡進發。

管亥望見救軍來到，親自引兵迎敵；因見玄德兵少，不以為意。玄德與關、張、太史慈，立馬陣前，管亥忿怒直出。太史慈卻待向前，雲長早出，直取管亥。兩馬相交，眾軍大喊；量管亥怎敵得雲長，數十合之間，青龍刀起，劈管亥於馬下。太史慈、張飛，兩騎齊出，雙槍並舉，殺入賊陣。玄德驅兵掩殺。城上孔融望見太史慈與關、張趕殺賊眾，如虎入羊群，縱橫莫當，便驅兵出城。兩下夾攻，大敗群賊，

❸ 鄙人：鄉野之人。

降者無數，餘黨潰散。

孔融迎接玄德入城，敘禮畢，大設筵宴慶賀。又引糜竺出見玄德，具言張闓殺曹嵩之事，今曹操縱兵大掠，圍住徐州，特來求救，玄德曰：「陶恭祖乃仁人君子，不意受此無辜之冤。」孔融曰：「公乃漢室宗親，今曹操殘害百姓，倚強欺弱，何不與融同往救之？」玄德曰：「備非敢推辭，奈兵微將寡，恐難輕動。」孔融曰：「融之欲救陶恭祖，雖因舊誼，亦為大義。公豈獨無仗義之心耶？」玄德曰：「既如此，請文舉先行，容備去公孫瓚處，借三五千人馬，隨後便來。」融曰：「公切勿失信。」玄德曰：「公以備為何如人也？聖人云：『自古皆有死，人無信不立。』劉備借得軍，或借不得軍，必然親至。」

孔融應允；教糜竺先回徐州去報，融便收拾起程。太史慈拜謝曰：「慈奉母命前來相助，今幸無虞。有揚州刺史劉繇，與慈同郡，有書來喚，不敢不去，容圖再見。」融以金帛相酬，慈不肯受而歸。其母見之，喜曰：「我喜汝有以報北海也！」遂遣慈往揚州去了。

子是孝子，母是賢母。

不說孔融起兵。且說玄德投北海來見公孫瓚，具說欲救徐州之事。瓚曰：「曹操與君無讎，何苦替人出力？」玄德曰：「備已許人，不敢失信。」瓚曰：「我借與君馬步軍二千。」玄德曰：「更望借趙子龍一行。」瓚許之，玄德遂與關、張引本部三千人為前部，子龍引二千軍隨後，往徐州來。

卻說糜竺回報陶謙，言北海又請得劉玄德來助；陳元龍也回報青州田楷欣然領兵來救；陶謙心安。原來孔融、田楷兩路軍馬，懼怕曹兵勢猛，遠遠依山下寨，未敢輕進。曹操見兩路軍到，亦分了軍勢，不敢向前攻城。

卻說劉玄德軍到，見孔融。融曰：「曹兵勢大，操又善於用兵，未可輕戰。且觀其動靜，然後進兵。」玄德曰：「但恐城中無糧，難以久持。備令雲長、子龍領軍四千，在公部下相助；備與張飛殺奔曹營，逕投徐州去見陶使君商議。」融大喜，會合田楷，為犄角之勢❹；雲長、子龍領兵兩邊接應。

是日玄德、張飛引一千人馬殺入曹兵寨邊。正行之間，寨內一聲鼓響，馬軍步軍，如潮似浪，擁將出來。當頭一員大將，乃是于禁，勒馬大叫：「何處狂徒！往那裡去！」張飛見了，更不打話，直取于禁。兩馬相交，戰到數合，玄德掣雙股劍麾兵大進，于禁敗走。張飛當前追殺，直到徐州城下。城上望見紅旗白字，大書「平原劉玄德」，陶謙急令開門。玄德入城，陶謙接著，共到府衙。禮畢，設宴相待，一面勞軍。

陶謙見玄德儀表軒昂，語言豁達，心中大喜，便命糜竺取徐州牌印，讓與玄德。玄德愕然曰：「公何意也？」謙曰：「今天下擾亂，王綱不振，公乃漢室宗親，正宜力扶社稷。老夫年邁無能，情願將徐州相讓。公勿推辭。謙當自寫表文，申奏朝廷。」玄德離席再拜曰：「劉備雖漢朝苗裔，功微德薄，為平原相，猶恐不稱職；今為大義，故來相助；公出此言，莫非疑劉備有吞併之心耶？若有此念，皇天不佑！」謙曰：「此老夫之實情也。」再三相讓，玄德那裡肯受。糜竺進曰：「今兵臨城下，且當商議退敵之策。待事平之日，再當相讓，可也。」玄德曰：「備當遺書於曹操，勸令解和。操若不從，廝殺未遲。」於是傳檄三寨，且按兵不動，遣人齎書以達曹操。

卻說曹操正在軍中，與諸將議事，人報徐州有戰書到。操拆而觀之，乃劉備書也。書略曰：

❹ 犄角之勢：牛的兩角是各自獨立，兩下分開的。把軍隊分布兩處，以便相互呼應，叫做犄角之勢。

備自關外得拜君顏，嗣後天各一方，不及趨侍。向者，尊父曹侯，實因張闓不仁，以致被害，非陶恭祖之罪也。目今黃巾遺孽，擾亂於外；董卓餘黨，盤踞於內。願明公先朝廷之急，而後私讎；撤徐州之兵，以救國難；則徐州幸甚，天下幸甚！

曹操看書，大罵「劉備何人，敢以書來勸我！且中間有譏諷之意！」命斬來使，一面竭力攻城。郭嘉諫曰：「劉備遠來救援，先禮後兵，主公當用好言答之，以慢備心；然後進兵攻城，城可破也。」操從其言，款留來使，候發回書。

正商議間，忽流星馬飛報「禍事！」操問其故，報說呂布已襲破兗州，進據濮陽。原來呂布自遭李郭之亂逃出武關，竟投袁術；術怪呂布反覆不定，拒而不納。投袁紹，紹納之，與布共破張燕於常山；布自以為得志，傲慢袁紹手下將士。紹欲殺之，布乃去投張揚，揚納之。時龐舒在長安城中，私藏呂布妻小，送還呂布。李傕、郭汜知之，遂斬龐舒，寫書與張揚，教殺呂布；布因棄張揚去投張邈。恰好張邈弟張超引陳宮來見張邈。宮說邈曰：「今天下分崩，英雄並起，君以千里之眾，而反受制於人，不亦鄙乎？今曹操征東，兗州空虛，而呂布乃當世勇士，君與之共取兗州，伯業可圖也。」張邈大喜，便令呂布襲破兗州，隨據濮陽。止有鄄城、東阿、范縣三處，被荀彧、程昱設計死守得全，其餘俱破。曹仁屢戰，皆不能勝，特此告急。

操聞報大驚曰：「兗州有失，使吾無家可歸矣，不可不亟圖之！」郭嘉曰：「主公正好賣個人情與劉備，退軍去復兗州。」操然之，即時答書與劉備，拔寨退兵。

欲報父仇，奈何顧家？

且說來使回徐州，入城見陶謙，呈上書札，言曹兵已退。謙大喜，差人請孔融、田楷、雲長、子龍等赴城大會。飲宴既畢，謙延玄德於上座，拱手對眾曰：「老夫年邁，二子不才，不堪國家重任。劉公乃帝室之胄❺，德高才廣，可領徐州。老夫情願乞閒養病。」玄德曰：「孔文舉令備來救徐州，為義也；今無端據而有之，天下將以備為無義人矣。」糜竺曰：「今漢室凌遲❻，海宇顛覆，樹功立業，正在此時。徐州殷富，戶口百萬，劉使君領此，不可辭也。」玄德曰：「此事決不敢應命。」陳登曰：「陶府君多病，不能視事，明公勿辭。」玄德曰：「袁公路四世三公，海內所歸，近在壽春，何不以州讓之？」孔融曰：「袁公路塚中枯骨，何足掛齒！今日之事，天與不取，悔不可追。」

玄德堅執不肯，陶謙泣下曰：「君若捨我而去，吾死不瞑目矣！」雲長曰：「既承陶公相讓，兄且權領州事。」張飛曰：「又不是我強要他的州郡；他好意相讓，何必苦苦推辭？」玄德曰：「汝等欲陷我於不義耶？」陶謙推讓再三，玄德只是不受。陶謙曰：「如玄德必不肯從，此間近邑，名曰小沛，足可屯軍。請玄德暫駐軍此邑，以保徐州，何如？」眾皆勸玄德留小沛，玄德從之。陶謙勞軍已畢，趙雲辭去，玄德執手揮淚而別。孔融、田楷亦各相別，引軍自回。玄德與關、張引本部軍來至小沛，修葺城垣，撫諭居民。

卻說曹操回軍，曹仁接著，言呂布勢大，更有陳宮為輔，兗州、濮陽已失，其鄄城、東阿、范縣三處，賴荀彧、程昱二人設計相連，死守城郭。操曰：「吾料呂布有勇無謀，不足慮也。」教且安營下寨，

❺ 胄：貴族的後代。

❻ 凌遲：衰微的意思。

高祖起於沛，玄德亦居小沛，可稱小沛公。

再作商議。呂布知曹操回兵，已過滕縣，召副將薛蘭、李封曰：「吾欲用汝二人久矣。汝可引軍一萬，堅守兗州。我自率兵，前去破曹。」

二人應諾。陳宮急入見曰：「將軍棄兗州，欲何往乎？」布曰：「吾欲屯兵濮陽，以成鼎足之勢。」宮曰：「差矣。薛蘭必守兗州不住。此去正南一百八十里，泰山路險，可伏精兵萬人在彼。曹兵聞失兗州，必然倍道而進，待其過半，一擊可擒也。」布曰：「吾屯濮陽別有良謀，汝豈知之？」遂不用陳宮之言，而用薛蘭守兗州而行。

曹操兵行至泰山險路，郭嘉曰：「且不可進；恐此處有伏兵。」曹操笑曰：「呂布無謀之輩，故教薛蘭守兗州，自往濮陽；安得此處有埋伏耶？」教曹仁：「領一軍圍兗州，吾進兵濮陽，速攻呂布。」

陳宮聞曹兵至近，乃獻計曰：「今曹兵遠來疲困，利在速戰，不可養成氣力。」布曰：「吾匹馬縱橫天下，何愁曹操！待其下寨，吾自擒之。」

卻說曹操兵近濮陽，下住寨腳。次日引眾將出，陳兵於野。操立馬於門旗下，遙望呂布兵到。陣圓處，呂布當先出馬，兩邊排開八員健將：第一個雁門馬邑人，姓張，名遼，字文遠；第二個泰山華陰人，姓臧，名霸，字宣高；兩將又各引六員健將：郝萌、曹性、成廉、魏續、宋憲、侯成。布軍五萬，鼓聲大震。

操指呂布而言曰：「吾與汝自來無讎，何得奪吾州郡？」布曰：「漢家城池，諸人有分，偏爾合得！」便叫臧霸出馬搦戰。曹軍內樂進出迎，兩馬相交，雙槍齊舉。戰到三十餘合，勝負不分，夏侯惇拍馬便出助戰。呂布陣上，張遼截住廝殺。惱得呂布性起，挺戟驟馬，衝出陣來，夏侯惇、樂進皆走，呂布掩殺，曹軍大敗，退三四十里，布自收軍。

曹操輸了一陣，回寨與諸將商議。于禁曰：「某今日上山觀望，濮陽之西，呂布有一寨，約無多軍。今夜彼將謂我軍敗走，必不準備，可引兵擊之；若得寨，布軍必懼。此為上策。」操從其言，帶曹洪、李典、毛玠、呂虔、于禁、典韋六將，選馬步二萬人，連夜從小路進發。

卻說呂布在寨中勞軍。陳宮曰：「西寨是個要緊去處，倘或曹操襲之，奈何？」布曰：「他今日輸了一陣，如何敢來？」宮曰：「曹操是極善用兵之人，須防他攻我不備。」布乃撥高順并魏續、侯成引兵往守西寨。

卻說曹操於黃昏時分，引軍至西寨，四面突入。寨兵不能抵擋，四散奔走，曹操奪了寨。將及四更，高順方引軍到，殺將入來。曹操自引軍馬來迎，正逢高順，三軍混戰。將及天明，正西鼓聲大震，人報呂布自引救軍來了。操棄寨而走。背後高順、魏續、侯成趕來，當頭呂布親自引軍來到。于禁、樂進，雙戰呂布不住，操望北而行。山後一彪軍出，左有張遼，右有臧霸。操使呂虔、曹洪戰之，不利，操望西而走。忽又喊聲大震，一彪軍至，郝萌、曹性、成廉、宋憲四將，攔住去路。眾將死戰，操當先衝陣。梆子響處，箭如驟雨射將來。操不能前進，無計可脫，大叫「誰人救我！」

馬軍隊裡，一將踴出，乃典韋也。手挺雙鐵戟，大叫「主公勿憂！」飛身下馬，撐住雙戟，取短戟十數枝，挾在手中，顧從人曰：「賊來十步乃呼我！」遂放開腳步，冒箭前行。布軍數十騎追至，從人大叫曰：「十步矣！」韋曰：「五步乃呼我！」從人又曰：「五步矣！」韋乃飛戟刺之，一戟一人墜馬，並無虛發，立殺十數人。眾皆奔走。韋復飛身上馬，挺一雙大鐵戟，衝殺入去。郝、曹、宋、侯四將，不能抵擋，各自逃去。典韋殺散敵軍，救出曹操，眾將隨後也到，尋路歸寨。

看看天色傍晚，背後喊聲起處，呂布驟馬提戟趕來，大叫「操賊休走！」此時人馬困乏，大家面面相覷，各欲逃生。正是：雖能暫把重圍脫，只怕難當勁敵追。不知曹操性命如何，且看下文分解。

第一二回　陶恭祖三讓徐州　曹孟德大戰呂布

曹操正慌走間，正南上一彪軍到，乃夏侯惇引軍來救援，截住呂布大戰。鬬到黃昏時分，大雨如注，各自引軍分散。操回寨，重賞典韋，加為領軍都尉。

卻說呂布到寨，與陳宮商議。宮曰：「濮陽城中有富戶田氏，家僮千百，為一郡之巨室；可令彼密使人往操寨中下書，言呂溫侯殘暴不仁，民心大怨，今欲移兵黎陽，止有高順在城內，可連夜進兵，我為內應。操若來，誘之入城，四門放火，外設伏兵，曹操雖有經天緯地之才❶，到此安能得脫也？」呂布從其計，密諭田氏使人逕到操寨。操因新敗，正在躊躇，忽報田氏人到，呈上密書云：「呂布已往黎陽，城中空虛。萬望速來，當為內應。城上插白旗，大書『義』字，便是暗號。」操大喜曰：「天使我得濮陽也！」重賞來人，一面收拾起兵。劉曄曰：「布雖無謀，陳宮多計。只恐其中有詐，不可不防。明公欲去，當分三軍為三隊：兩隊伏城外接應，一隊入城方可。」

操從其言，分軍三隊，來至濮陽城下。操先往觀之，見城上遍豎旗旛，西門角上，有一「義」字白旗，心中暗喜。是日午牌❷，城門開處，兩員將引軍出戰：前軍侯成，後軍高順。操即使典韋出馬，直

---

❶ 經天緯地之才：布的直線叫經，橫線叫緯，經緯交錯，便編織成布。這裡用來形容才能極大的人，好像他可以安排天地一樣。

取侯成。侯成抵敵不過，回馬望城中走。韋趕到弔橋邊，高順亦攔擋不住，都退入城中去了。內有數軍人乘勢混過陣來見操，說是田氏之使，呈上密書。約云：「今夜初更時分，城上鳴鑼為號，便可進兵。某當獻門。」操撥夏侯惇引軍在左，曹洪引軍在右，自己引夏侯淵、李典、樂進、典韋四將，率兵入城。李典曰：「主公且在城外，容某等先入城去。」操喝曰：「我自不往，誰肯向前！」遂當先領兵直入。

時約初更，月光未上。只聽得西門上吹贏殼❸聲，喊聲忽起，門上火把繚亂，城門大開，弔橋放落。曹操爭先拍馬而入。直到州衙，路上不見一人。操知是計，忙撥回馬，大叫：「退兵！」州衙中一聲砲響，四門烈火，轟天而起；金鼓齊鳴，喊聲如江翻海沸。東巷內轉出張遼，西巷內轉出臧霸，夾攻掩殺。操走北門，道旁轉出郝萌、曹性，又殺一陣。操急走南門，高順、侯成攔住。典韋怒目咬牙，衝殺出去。高順、侯成，倒走出城。

典韋殺到弔橋，回頭不見了曹操，翻身復殺入城來，門內撞著李典。典韋問：「主公何在？」典曰：「吾亦尋不見。」韋曰：「汝在城外催救軍，我入去尋主公。」李典去了。典韋殺入城中，尋覓不見，再殺出城河邊，撞著樂進，進曰：「主公何在？」韋曰：「我往復兩遭，尋覓不見。」進曰：「同殺入去救主！」兩人到門邊，城上火砲滾下，樂進馬不能入，典韋衝煙突火，又殺入去，到處尋覓。

卻說曹操見典韋殺出去了，四下裡人馬截來，不得出南門；再轉北門，火光裡正撞見呂布挺戟躍馬而來。操以手掩面加鞭，縱馬竟過。呂布從後拍馬趕來，將戟於操盔上一擊，問曰：「曹操何在？」操

典韋三入火城，可謂忠勇。

諺云：方說曹操，曹操就到

❷ 午牌：正午，約當現在上午十二時。

❸ 贏殼：海螺螄的殼。古人用來代替號角。贏，音ㄌㄨㄛˊ。

。當面錯過，豈不可笑。

反指曰：「前面騎黃馬者是也。」

呂布聽說，棄了曹操，縱馬向前追趕。曹操撥轉馬頭，望東門而走，正逢典韋。韋擁護曹操，殺條血路，到城門邊，火焰甚盛，城上推下柴草，遍地都是火。韋用戟撥開，飛馬冒煙突火先出。曹操隨後亦出。方到門道邊，城門上崩下一條火梁來，正打著曹操戰馬後胯，那馬撲地倒了。操用手托梁推放地上，手臂鬚髮，盡被燒傷。

典韋回馬來救，恰好夏侯淵亦到。兩個同救起曹操，突火而出。操乘淵馬，典韋殺條大路而走。直混戰到天明，操方回寨。眾將拜伏問安，操仰面笑曰：「誤中匹夫之計，吾必當報之！」郭嘉曰：「計可速發。」操曰：「今只將計就計。詐言我被火傷，火毒攻發，五更已經身死，布必引兵來攻。我伏兵於馬陵山中，候其兵半渡而擊之，布可擒矣。」嘉曰：「真良策也！」於是令軍士挂孝發喪，詐言操死。

早有人來濮陽報呂布，說曹操被火燒傷肢體，到寨身死。布隨點起軍馬，殺奔馬陵山來。將到操寨，一聲鼓響，伏兵四起。呂布死戰得脫，折了好些人馬，敗回濮陽，堅守不出。

是年蝗蟲忽起，食盡禾稻。關東一境，每穀一斛，值錢五十貫，人民相食。曹操因軍中糧盡，引兵回鄄城暫住。呂布亦引兵出屯山陽就食。因此二處權且罷兵。

卻說陶謙在徐州，時年已六十三歲，忽然染病；看看沈重，請糜竺、陳登議事。竺曰：「曹兵之去，止為呂布襲兗州故也。今因歲荒罷兵，來春又必至矣。府君兩番欲讓位與劉玄德，時府君尚強健，故玄德不肯受；今病已沈重，正可就此而與之，玄德必不辭矣。」

謙大喜，使人來小沛，請劉玄德商議軍務。玄德引關、張，帶數十騎到徐州，陶謙教請入臥內。玄以漢家城池為重，的是仁人之言。

德問安畢，謙曰：「請玄德公來，不為別事；止因老夫病已危篤，朝夕難保；萬望明公可憐漢家城池為重，受取徐州牌印，老夫死亦瞑目矣！」玄德曰：「君有二子，何不傳之？」謙曰：「長子商、次子應，其才皆不堪重任。老夫死後，猶望明公教誨，切勿令掌州事。」玄德曰：「備一身安能當此重任？」謙曰：「某舉一人，可為公輔。係北海人，姓孫，名乾，字公祐。此人可使為從事。」又謂糜竺曰：「劉公當世人傑，汝當善事之。」

玄德終是推託。陶謙以手指心而死。眾軍舉哀畢，即捧牌印，交送玄德。玄德固辭。次日，徐州百姓，擁擠府前，拜哭曰：「劉使君若不領此郡，我等皆不能安生矣！」關、張二公亦再三相勸。玄德乃許權領徐州事；使孫乾、糜竺為輔，陳登為幕官；盡取小沛軍馬入城，出榜安民；一面安排喪事。玄德與大小軍士，盡皆挂孝，大設祭奠。祭畢，葬於黃河之原❹。將陶謙遺表，申奏朝廷。

操在鄄城知陶謙已死，劉玄德領徐州牧，大怒曰：「我讎未報，汝不費半箭之功，坐得徐州，吾必先殺劉備，後戮謙屍，以雪先君之怨！」即傳號令，剋日起兵，去打徐州。

荀彧入諫曰：「昔高祖保關中、光武據河內，皆深根固本，以正天下。進足以勝敵，退足以堅守，故雖有困，終濟大業。明公本首事兗州，河濟乃天下之要地，是亦昔之關中河內也。今若取徐州，多留兵則不足用，少留兵則呂布乘虛寇之，是無兗州也。若徐州不得，明公安所歸乎？今陶謙雖死，已有劉備守之。徐州之民，既已服備，必助備死戰。明公棄兗州而取徐州，是棄大而就小，去本而求末，以安而易危也。願熟思之。」

❹ 黃河之原：濱河的平地上。

操曰：「今歲荒乏糧，軍士坐守於此，終非良策。」或曰：「不如東略陳地，使軍就食汝南潁州，黃巾餘黨何儀、黃劭等劫掠州郡，多有金帛糧食。此等賊徒，又容易破。破而取其糧，以養三軍，朝廷喜，百姓悅，乃順天之事也。」

操喜，從之，乃留夏侯惇、曹仁守鄄城等處，自引兵先略陳地，次及汝潁。黃巾何儀、黃劭知曹兵到，引眾來迎，會於羊山。時賊兵雖眾，都是狐群狗黨，並無隊伍行列。操令強弓硬弩射住，令典韋出馬。何儀令副元帥出戰，不三合，被典韋一戟刺於馬下。操引眾乘勢趕過羊山下寨。

次日，黃劭自引軍來。陣圓處，一將步行出戰，頭裹黃巾，身披綠襖，手提鐵棒，大叫「我乃截天夜叉何曼也！誰敢與我廝鬭？」曹洪見了，大喝一聲，飛身下馬，提刀步出。兩下向陣前廝殺，四五十合，勝負未分。曹洪詐敗而走，何曼趕來；洪用拖刀背砍計，轉身一跳，砍中何曼，再復一刀殺死。李典乘勢飛馬直入賊陣。黃劭不及提備，被李典生擒活捉過來。曹兵掩殺賊眾，奪其金帛糧食無數。何儀勢孤，引數百騎，奔走葛陂。

正行之間，山背後撞出一軍。為頭一個壯士，身長八尺，腰大十圍；手提大刀，截住去路。何儀挺槍出迎，只一合，被那壯士活挾過去。餘眾著忙，皆下馬受縛，被壯士盡驅入葛陂塢中。

卻說典韋追襲何儀到葛陂，壯士引軍迎住。典韋曰：「汝亦黃巾賊耶？」壯士曰：「黃巾數百騎，盡被我擒在塢內！」韋曰：「何不獻出？」壯士曰：「你若贏得手中寶刀，我便獻出！」韋大怒，挺雙戟向前來戰。兩個從辰至午，不分勝負，各自少歇。不一時，那壯士又出來搦戰，典韋亦出。直戰到黃昏，各因馬乏暫止。典韋手下軍士，飛報曹操。操大驚，忙引眾將來看。

次日，壯士又出來搦戰。操見其人威風凜凜，心中暗喜，分付典韋，今日且詐敗。韋領命出戰；戰到三十合，敗走回陣。壯士趕到陣門中，弓弩射回。操急引軍退五里，密使人掘下陷坑，暗伏鉤手。次日，再令典韋引百餘騎出戰。壯士笑曰：「敗將何敢復來！」便縱馬接戰。典韋略戰數合，便回馬走。壯士只顧望前趕來，不提防連人帶馬，都落於陷坑之內，被鉤手縛來見曹操。操下帳叱退軍士，親解其縛，急取衣衣之，命坐，問其鄉貫姓名。

壯士曰：「我乃譙國譙縣人也。姓許，名褚，字仲康。向遭寇亂，聚宗族數百人，築堅壁於塢中以禦之。一日寇至，吾令眾人多取石子準備，吾親自飛石擊之，無不中者，寇乃退去。又一日寇至，塢中無糧，遂與賊和，約以耕牛換米。米已送到，賊驅牛至塢外，牛皆奔走回還，被我雙手掣二牛尾，倒行百餘步。賊大驚，不敢取牛而走。因此保守此處無事。」操曰：「吾聞大名久矣，還肯降否？」褚曰：「固所願也。」遂招引宗族數百人俱降。操拜許褚為都尉，賞勞甚厚，隨將何儀、黃劭斬訖。汝、潁悉平。

曹操班師，曹仁、夏侯惇接見，言近日細作報說，兗州薛蘭、李封軍士皆出擄掠，城邑空虛，可引得勝之兵攻之，一鼓可下。操遂引軍逕奔兗州。薛蘭、李封出其不意，只得引兵出城迎戰。許褚曰：「吾願取此二人，以為贄見之禮。」操大喜，遂令出戰。李封使畫戟，向前來迎。交馬兩合，許褚斬李封於馬下。薛蘭急走回陣，弔橋邊李典攔住；薛蘭不敢回城，引軍投鉅野而去；卻被呂虔飛馬趕來，一箭射於馬下，軍皆潰散。

曹操復得兗州，程昱便請進兵取濮陽。操令典韋、許褚為先鋒，夏侯惇、夏侯淵為左軍，李典、樂

此可謂

大戰呂布。

進為右軍，操自領中軍，于禁、呂虔為合後。兵至濮陽，呂布欲自將出迎，陳宮諫「不可出戰。待眾將聚會後方可」。呂布曰：「吾怕誰來？」遂不聽宮言，引兵出陣，橫戟大罵。許褚便出。鬬二十合，不分勝負。操曰：「呂布非一人可勝。」便差典韋助戰。兩將夾攻，左邊夏侯惇、夏侯淵，右邊李典、樂進齊到，六員將共攻呂布。布遮攔不住，撥轉馬回城。城上田氏，見布敗回，急令人拽起弔橋。布大叫「開門！」田氏曰：「吾已降曹將軍。」

布大罵，引軍奔定陶而去。陳宮急開東門，保護呂布老小出城。操遂得濮陽，恕田氏舊日之罪。劉曄曰：「呂布乃猛虎也，今日困乏，不可少容。」操令劉曄等守濮陽，自己引軍趕至定陶。時呂布與張邈、張超盡在城中，高順、張遼、臧霸、侯成巡海打糧未回。操軍至定陶，連日不戰，引軍退四十里下寨。正值濟郡麥熟，操即令軍割麥為食。細作報知呂布，布引軍趕來。將近操寨，見左邊一望林木茂盛，恐有伏兵而回。

操知布軍回去，乃謂諸將曰：「布疑林中有伏兵耳，可多插旌旗於林中以疑之。寨西一帶，長堤無水，可盡伏精兵。明日呂布必來燒林，堤中軍斷其後，布可擒矣。」於是止留鼓手五十人於寨中擂鼓，將村中擄來男女在寨吶喊，精兵多伏堤中。

卻說呂布回報陳宮。宮曰：「操多詭計，不可輕敵。」布曰：「吾用火攻，可破伏兵。」乃留陳宮、高順守城。布次日引大軍來，遙見林中有旗，驅兵大進，四面放火，竟無一人；欲投寨中，卻聞鼓聲大震。

正自疑惑不定，忽然寨後一彪軍出，呂布縱馬趕來。砲聲響處，堤內伏兵盡出，夏侯惇、夏侯淵、處處寫呂布老小，呂布所注意者在此也。

許褚、典韋、李典、樂進，驟馬殺來。呂布料敵不過，落荒而走。從將成廉，被樂進一箭射死。布軍三停❺去了二停，敗卒回報陳宮。宮曰：「空城難守，不若急去。」遂與高順保著呂布老小，棄定陶而走。曹操將得勝之兵，殺入城中，勢如破竹。張超自焚，張邈投袁術去了。山東一境，盡被曹操所得。安民修城，不在話下。

卻說呂布正走，逢諸將皆回。陳宮亦已尋著。布曰：「吾軍雖少，尚可破曹。」遂再引軍來。正是：

兵家勝敗真常事，捲甲重來未可知。不知呂布勝負如何，且看下文分解。

❺ 三停：三分。

第一三回 李傕郭汜大交兵 楊奉董承雙救駕

卻說曹操大破呂布於定陶，布乃收集敗殘軍馬於海濱，眾將皆來會集，擬再與曹操決戰。陳宮曰：「今曹兵勢大，未可與爭；先尋取安身之地，那時再來未遲。」布曰：「吾欲再投袁紹，何如？」宮曰：「先使人往冀州探聽消息，然後可去。」布從之。

且說袁紹在冀州，聞知曹操與呂布相持，謀士審配進曰：「呂布豺虎也；若得兗州，必圖冀州。不若助操攻之，方可無患。」紹遂遣顏良將兵五萬，往助曹操。細作探知這個消息，飛報呂布。布大驚，與陳宮商議。宮曰：「聞劉玄德新領徐州，可往投之。」布從其言，竟投徐州來。

有人報知玄德。玄德曰：「布乃當今英勇之士，可出迎之。」糜竺曰：「呂布乃虎狼之徒，不可收留；收則傷人矣。」玄德曰：「前者非布襲兗州，怎解此郡之禍？今彼窮而投我，豈有他心？」張飛曰：「哥哥心腸忒好。雖然如此，也要準備。」

老張卻是粗中有細。

玄德領眾出城三十里，接著呂布，並馬入城。都到州衙廳上，講禮畢，坐下。布曰：「某自與王司徒計殺董卓之後，又遭傕汜之變，飄零關東，諸侯多不能相容。近因曹賊不仁，侵犯徐州，蒙使君力救陶謙，布因襲兗州以分其勢；不料反墮奸計，敗兵折將。今投使君，共圖大事，未審尊意如何？」玄德曰：「陶使君新逝，無人管領徐州，因令備權攝州事。今幸將軍至此，合當相讓。」遂將牌印送與呂布。

以此時大勢觀之，其才其力足以勤王者，必曹操也。

呂布卻待要接，只見玄德背後關、張二人，各有怒色。布乃佯笑曰：「量呂布一勇夫，何能作州牧乎？」玄德又讓。陳宮曰：「『強賓不壓主』。請使君勿疑。」玄德方止。遂設宴相待，收拾宅院安下。

次日，呂布回席請玄德，玄德乃與關、張同往。飲酒至半酣，布請玄德入後堂，關、張隨入。布令妻女出拜玄德，玄德再三謙讓。布曰：「賢弟不必推讓。」張飛聽了，瞋目大叱曰：「我哥哥是金枝玉葉，你是何等人，敢稱我哥哥為賢弟！你來！我和你鬬三百合！」玄德連忙喝住，關公勸飛出。玄德與呂布陪話曰：「劣弟酒後狂言，兄勿見責。」布默然無語。須臾席散，布送玄德出門，張飛躍馬橫槍而來，大叫「呂布！我和你拼三百合！」玄德即令關公勸止。

次日呂布來辭玄德曰：「蒙使君不棄，但恐令弟輩不能相容，布當別投他處。」玄德曰：「將軍若去，某罪大矣。劣弟冒犯，另日當令陪話。近邑小沛，乃備昔日屯兵之處。將軍不嫌淺狹，權且歇馬，如何？糧食軍需，謹當應付。」呂布謝了玄德，自引軍投小沛安身去了。玄德自去埋怨張飛不題。

卻說曹操平了山東，表奏朝廷，加操為建德將軍費亭侯。其時李傕自為大司馬，郭汜自為大將軍，橫行無忌，朝廷無人敢言。太尉楊彪、大司農朱儁，暗奏獻帝曰：「今曹操擁兵二十餘萬，謀臣武將數十員，若得此人扶持社稷，剿除奸黨，天下幸甚。」獻帝泣曰：「朕被二賊欺凌久矣，若得誅之，誠為大幸！」彪奏曰：「臣有一計，先令二賊自相殘害，然後詔曹操引兵殺之，掃清賊黨，以安朝廷。」獻帝曰：「計將安出？」彪曰：「聞郭汜之妻最妒，可令人於汜妻處用反間計，則二賊自相害矣。」

帝乃書密詔付楊彪。彪即暗使夫人以他事入郭汜府，乘間告汜妻曰：「聞郭將軍與李司馬夫人有染，其情甚密。倘司馬知之，必遭其害，夫人宜絕其往來為妙。」汜妻訝曰：「怪見他經宿不歸！卻幹出如此無恥之事！非夫人言，妾不知也，當慎防之。」彪妻告歸，汜妻再三稱謝而別。

過了數日，郭汜又將往李傕府中飲宴。妻曰：「傕性不測；況今兩雄不並立，倘彼酒後置毒，妾將奈何？」汜不肯聽，妻再三勸住。至晚間，傕使人送酒筵至。汜妻乃暗置毒於中，方始獻入。汜便欲食，妻曰：「食自外來，豈可便食？」乃先與犬試之，犬立死，自此汜心懷疑。

一日朝罷，李傕力邀郭汜赴家飲酒。至夜席散，汜醉而歸，偶然腹痛。妻曰：「必中其毒矣！」急令將糞汁灌之，一吐方定。汜大怒曰：「吾與李傕共圖大事，今無端欲謀害我，我不先發，必遭毒手。」遂密整本部甲兵，欲攻李傕。早有人報知傕，傕亦大怒曰：「郭亞多安敢如此！」遂點本部甲兵，來殺郭汜。兩處合兵數萬，就於長安城下混戰，乘勢擄掠居民。

傕姪李暹引兵圍住宮院，用車二乘，一乘載天子，一乘載伏皇后，使賈詡、左靈監押車駕；其餘宮人內侍，並皆步走。擁出後宰門，正遇郭汜兵到，亂箭齊發，射死宮人不知其數。李傕隨後掩殺，郭汜兵退，車駕冒險出城，不由分說，竟擁到李傕營中。郭汜領兵入宮，盡搶擄宮嬪采女入營，放火燒宮殿。次日，郭汜知李傕劫了天子，領軍來營前廝殺，帝后都受驚恐。後人有詩歎之曰：

光武中興興漢世，上下相承十二帝。桓靈無道宗社隳，閹臣擅權為叔季。
無謀何進作三公，欲除社鼠招奸雄。豺獺雖驅虎狼入，西州逆豎生淫凶。
王允赤心託紅粉，致令董呂成矛盾。渠魁殄滅天下寧，誰知李郭心懷憤。
神州荊棘爭奈何，六宮饑饉愁干戈。人心既離天命去，英雄割據分山河。

後王規此存兢業，莫把金甌等閒缺。生靈糜爛肝腦塗，剩水殘山多怨血。
我觀遺史不勝悲，今古茫茫歎黍離。人君當守苞桑戒，太阿誰執金綱維？

卻說郭汜兵到，李傕出營接戰。汜軍不利，暫且退去。傕乃移帝后車駕於郿塢，使姪李暹監之，斷絕內使，飲食不繼，侍臣皆有饑色，帝令人問傕取米五斛，牛骨五具，以賜左右。傕怒曰：「朝夕上飯，何又他求？」乃以腐肉朽糧與之，皆臭不可食，帝罵曰：「逆賊直如此相欺！」侍中楊彪急奏曰：「傕性殘暴；事勢至此，陛下且忍之，不可攖其鋒也。」帝乃低頭無語，淚盈龍袖。

忽左右報曰：「有一路軍馬，槍刀映日，金鼓震天，前來救駕。」帝教打聽是誰，乃郭汜也。帝心轉憂，只聞塢外喊聲大起。原來李傕引兵出迎郭汜，鞭指郭汜而罵曰：「我待你不薄，你如何謀害我？」汜曰：「你乃反賊，如何不殺你！」傕曰：「我保駕在此，何為反賊？」汜曰：「此乃劫駕，何為保駕？」傕曰：「不須多言！我兩個各不許用軍士，只自拼輸贏，贏的便把皇帝取去罷了。」二人便就陣前廝殺。戰到十合，不分勝負。只見楊彪拍馬而來，大叫「二位將軍少歇，老夫特邀眾官，來與二位講和」。傕、汜乃各自還營。

楊彪與朱儁，會合朝廷官僚六十餘人，先詣郭汜營中勸和，郭汜竟將眾官盡行監下。眾官曰：「我等為好而來，何乃如此相待？」郭汜曰：「李傕劫天子，偏我劫不得公卿！」楊彪曰：「一劫天子，一劫公卿，意欲何為？」汜大怒，便拔劍欲殺彪。中郎將楊密力勸，汜乃放了楊彪、朱儁，其餘都監在營中。彪謂儁曰：「為社稷之臣，不能匡君救主，空生天地間耳！」言訖，相抱而哭，昏絕於地，儁歸家

固是正論，惜未得匡君救主之法。

成病而死。自此之後，傕、汜每日廝殺，一連五十餘日，死者不知其數。

卻說李傕平日最喜左道妖邪之術，常使女巫擊鼓降神於軍中，賈詡屢諫不聽。侍中楊琦密奏帝曰：「臣觀賈詡雖為李傕腹心，然實未嘗忘君，陛下當與謀之。」

正說之間，賈詡來到。帝屏退左右，泣諭詡曰：「卿能憐漢朝，救朕命乎？」詡拜伏於地曰：「固臣所願也。陛下且勿言，臣自圖之。」帝收淚而謝。

少頃李傕來見，帶劍直入，帝面如土色。傕謂帝曰：「郭汜不臣，監禁公卿，欲劫陛下，非臣則駕被擄矣。」帝拱手稱謝，傕乃出。時皇甫酈入見帝，帝知酈能言，又與李傕同鄉，詔使往兩邊解和。酈奉詔，走至汜營說汜，汜曰：「如李傕送出天子，我便放出公卿。」

酈即來見李傕曰：「今天子以某是西涼人，與公同鄉，特令某來勸和二公。汜已奉詔，公意若何？」傕曰：「吾有敗呂布之大功，輔政四年，多著勳績。天下共知郭亞多盜馬賊耳，乃敢擅劫公卿，與我相抗，誓必誅之！君試觀吾方略士眾，足勝郭亞多否？」酈答曰：「不然。昔有窮后羿，恃其善射，不思患難，以致滅亡。近董太師之強，君所目見也，呂布受恩而反圖之，斯須❶之間，頭懸國門，則強固不足恃矣。將軍身為上將，持鉞仗節，子孫宗族，皆居顯位，國恩不可謂不厚。今郭亞多劫公卿，而將軍劫至尊，果誰輕誰重耶？」

李傕大怒，拔劍叱曰：「天子使汝來辱我乎？我先斬汝頭！」騎都尉楊奉諫曰：「今郭汜未除，而殺天使，則汜興兵有名，諸侯皆助之矣。」賈詡亦力勸，傕怒少息。詡遂推皇甫酈出，酈大叫曰：「李

❶ 斯須：猶言少頃。

傕不奉詔，欲弒君自立！」侍中胡邈急止之曰：「無出此言！恐於身不利。」酈叱之曰：「胡敬才！汝亦為朝廷之臣，如何附賊？『君辱臣死』，吾被李傕所殺，乃分也！」大罵不止。帝知之，急令皇甫酈回西涼。

卻說李傕之軍，大半是西涼人氏，更賴羌兵為助。卻被皇甫酈揚言於西涼人曰：「李傕謀反，從之者即為賊黨，後患不淺。」西涼人多有聽酈之言，軍心漸渙。傕聞酈言，大怒，差虎賁王昌追之。昌知酈乃忠義之士，竟不往追，只回報曰：「酈已不知何往矣。」賈詡又密諭羌人曰：「天子知汝等忠義，久戰勞苦，密詔使汝還郡，後當有重賞。」羌人本怨李傕不與爵賞，遂聽詡言，都引兵去。

詡又密奏帝曰：「李傕貪而無謀，今兵散心怯，可以重爵餌之。」帝乃降詔，封傕為大司馬。傕喜曰：「此女巫降神祈禱之力也！」遂重賞女巫，卻不賞軍將。騎都尉楊奉大怒，謂宋果曰：「吾等出生入死，身冒矢石，功反不及女巫耶？」宋果曰：「何不殺此賊，以救天子？」奉曰：「你於軍中放火為號，吾當引兵外應。」

二人約定，是夜二更時分舉事。不料其事不密，有人報知李傕。傕大怒，令人擒宋果先殺之。楊奉引兵在外，不見號火。李傕自將兵出，恰遇楊奉，就寨中混戰到四更。奉不勝，引軍投西安去了。李傕自此軍勢漸衰。更兼郭汜常來攻擊，殺死者甚多。忽人來報：「張濟統領大軍，自陝西來到，欲與二公解和；聲言如不從者，引兵擊之。」傕便賣個人情，先遣人赴張濟軍中許和，郭汜亦只得許諾。張濟上表，請天子駕幸弘農。帝喜曰：「朕思東都久矣，今乘此得還，乃萬幸也！」詔封張濟為驃騎將軍。濟進糧食酒肉，供給百官。汜放公卿出營，傕收拾車駕東行，遣舊軍御林軍數百，持戟護送。

霸陵秋景雖佳，天子過橋不易。

鑾輿過新豐，至霸陵，時值秋天，金風❷驟起。忽聞喊聲大作，數百軍兵來至橋上攔住車駕，厲聲問曰：「來者何人？」侍中楊琦拍馬上橋曰：「聖駕過此，誰敢攔阻？」有二將出曰：「吾等奉郭將軍命，把守此橋，以防奸細。既云聖駕，須親見帝，方可准信。」楊琦高揭珠簾，帝諭曰：「朕躬在此，卿何不退？」眾將皆呼萬歲，分於兩邊，駕乃得過。

二將回報郭汜曰：「駕已去矣。」汜曰：「我正欲哄過張濟，劫駕再入郿塢，爾如何擅自放了過去？」遂斬二將，起兵趕來。車駕正到華陰縣，背後喊聲震天，大叫「車駕且休動！」帝泣告大臣曰：「方離狼窩，又逢虎口，如之奈何！」眾皆失色。賊軍漸近，只聽得一派鼓聲，山背後轉出一將，當先一面大旗，上書「大漢楊奉」四字，引軍千餘殺來。原來楊奉自為李傕所敗，便引軍屯終南山下；今聞駕至，特來保護。

當下列開陣勢。汜將崔勇出馬，大罵楊奉反賊。奉大怒，回顧陣中曰：「公明何在？」一將手執大斧，飛驟驊騮，直取崔勇，兩馬相交，只一合，斬崔勇於馬下。楊奉乘勢掩殺，汜軍大敗，退走二十餘里。奉乃收軍來見天子，帝慰諭曰：「卿救朕躬，其功不小！」奉頓首拜謝。帝曰：「適斬賊將者何人？」奉乃引此將拜於車下曰：「此人河東楊郡人，姓徐，名晃，字公明。」帝慰勞之。楊奉保駕至華陰駐蹕，將軍段煨，具衣服飲膳上獻。是夜天子宿於楊奉營中。

郭汜敗了一陣，次日又點軍殺至營前來，徐晃當先出馬，郭汜大軍八面圍來，將天子、楊奉，困在

❷ 金風：秋風、西風。古人以五行（金、木、水、火、土）配四方和四時，西方和秋季屬金，所以稱西風為金風。

垓心。正在危急之中，忽然東南上喊聲大震，一將引軍縱馬殺來，賊眾奔潰。徐晃乘勢攻擊，大敗汜軍。那人來見天子，乃國戚董承也。帝哭訴前事，承曰：「陛下免憂，臣與楊將軍誓斬二賊，以靖天下。」帝命早赴東都。連夜起駕，前幸弘農。

卻說郭汜引敗軍回，撞著李傕，言「楊奉、董承救駕往弘農去了。若到山東，立腳得定，必然布告天下，令諸侯共伐我等，三族不能保矣」。傕曰：「今張濟兵據長安，未可輕動。我和你乘間合兵一處，至弘農殺了漢君，平分天下，有何不可？」汜喜諾。二人合兵，於路劫掠，所過一空。楊奉、董承知賊兵遠來，遂勒兵回，與賊大戰於東澗。

傕、汜二人商議：「彼眾我寡，只可以混戰勝之。」於是李傕在左，郭汜在右，漫山遍野擁來。楊奉、董承兩邊死戰，剛保帝后車出；百官宮人，符冊典籍，一應御用之物，盡皆拋棄。郭汜引軍入弘農擄掠。承、奉保駕走陝北，傕、汜分兵趕來。承、奉一面差人與傕、汜講和，一面密傳聖旨往河東，急召故白波帥韓暹、李樂、胡才三處軍兵前來救應。那李樂亦是嘯聚山林之賊，今不得已而召之。三處軍聞天子赦罪賜官，如何不來；並拔本營軍士，來與董承相會，一齊再取弘農。

以賊攻賊，豈是善計。

其時李傕、郭汜但到之處，劫掠百姓，老弱者殺之，強壯者充軍；臨敵則驅民兵在前，名曰「敢死軍」，賊勢浩大。李樂軍到，會於渭陽。郭汜令軍士將衣服物件拋棄於道。樂軍見衣服滿地，爭往取之，隊伍盡失。傕、汜二軍，四面混戰，樂軍大敗。楊奉、董承遮攔不住，保駕北走，背後賊軍趕來。李樂曰：「事急矣！請天子上馬先行！」帝曰：「朕不可捨百官而去。」眾皆號泣相隨，胡才被亂軍所殺。承、奉見賊追急，請天子棄車駕步行。至黃河岸邊，李樂等尋得一隻小舟，作渡船。時值天氣嚴寒，帝與后強扶到岸。邊岸又高，不得下船，後面追兵將至。楊奉曰：「可解馬韁繩接連，拴縛帝腰，放下船去。」人叢中國舅伏德，挾白絹十數疋至曰：「吾於亂軍中拾得此絹，可接連拽輦。」行軍校尉尚弘用絹包帝及后，令眾先挂帝往下放之，乃得下船。李樂仗劍立於船頭上，后兄伏德，負后下船中。岸上有不得下船者，爭扯船纜。李樂盡砍於水中，渡過帝后，再放船渡眾人。其爭渡者，皆被砍下手指，哭聲震天。

既渡彼岸，帝左右止剩得十餘人。楊奉尋得牛車一輛，載帝至大陽。絕食，晚宿於瓦屋中，野老進粟飯，上與后共食，粗糲不能下咽。次日詔封李樂為征北將軍，韓暹為征東將軍，起駕前行。有二大臣尋至，哭拜車前，乃太尉楊彪、太僕韓融也。帝后俱哭。韓融曰：「傕、汜二賊，頗信臣言；臣捨命去說二賊罷兵，陛下善保龍體。」

韓融去了，李樂請帝入楊奉營暫歇。楊彪請帝都安邑縣，駕至安邑，苦無高房，帝后都居於茅屋中；又無門關閉，四邊插荊棘以為屏蔽。帝與大臣議事於茅屋之下，諸將引兵於籬外鎮壓。李樂等專權，百官稍有觸犯，竟於帝前毆罵；故意送濁酒粗食與帝，帝勉強納之。李樂、韓暹又連名保奏黥徒部曲❸巫醫走卒二百餘名，並為校尉御史等官。刻印不及，以錐畫之❹，全不成體統。

卻說韓融曲說傕、汜二賊，二賊從其言，乃放百官及宮人歸。是歲大荒，百姓皆食野菜，餓莩遍野。河內太守張揚獻米肉，河東太守王邑獻絹帛，帝稍得寧。董承、楊奉商議，一面差人修洛陽宮院，欲奉

---

❸ 部曲：部下軍隊。

❹ 以錐畫之：意思是說，封官太多，一時刻印不及，就用錐畫字作印。

車駕還東都，李樂不從，董承謂李樂曰：「洛陽本天子建都之地。安邑乃小地面，如何容得車駕？今奉駕還洛陽是正理。」李樂曰：「汝等奉駕去，我只在此處住。」

承、奉乃奉駕起程，李樂暗令人結連李傕、郭汜，一同劫駕。董承、楊奉、韓暹，知其謀，連夜擺布軍士，護送車駕前奔箕關。李樂聞知，不等傕、汜軍到，自引本部人馬前來追趕。四更左側，趕到箕山下，大叫「車駕休行！李傕、郭汜在此！」唬得獻帝心驚膽戰，山上火光遍起。正是：前番兩賊分為二，今番三賊合為一。不知漢天子怎離此難，且看下文分解。

前則以賊攻賊，今則以賊合賊。

第一四回　曹孟德移駕幸許都　呂奉先乘夜襲徐郡

卻說李樂引軍詐稱李傕、郭汜來追車駕，天子大驚。楊奉曰：「此李樂也。」遂令徐晃出迎之，李樂親自出戰。兩馬相交，只一合，被徐晃一刀砍於馬下，殺散餘黨，保護車駕出箕關。太守張揚，具粟帛迎駕於軹道，帝封張揚為大司馬，揚辭帝屯兵野王去了。

帝入洛陽，見宮室燒盡，街市荒蕪，滿目皆是蒿草，宮院中只有頹牆壞壁，命楊奉且蓋小宮居住。百官朝賀，皆立於荊棘之中。詔改興平為建安元年。

是歲又大荒。洛陽居民，僅有數百家，無可為食，盡去城中，剝樹皮掘草根食之。尚書郎以下，皆自出城樵採，多有死於頹牆壞壁之間者。漢末氣運之衰，無甚於此！後人有詩歎之曰：

血流芒碭❶白蛇亡，赤幟縱橫遊四方。秦鹿逐翻興社稷，楚騅推倒立封疆。

天王懦弱奸邪起，宗社凋零盜賊狂。看到兩京遭難處，鐵人無淚也悽惶。

太尉楊彪奏帝曰：「前蒙降詔，未曾發遣。今曹操在山東，兵強將盛，可宣入朝，以輔王室。」帝曰：「朕前既降詔，卿何必再奏？今即差人前去便了。」彪領旨，即差使命赴山東，宣召曹操。

❶ 芒碭：二山名。漢高祖起義的地方。

卻說曹操在山東，聞知車駕已還洛陽，聚謀士商議。荀彧進曰：「昔晉文公納周襄王，而諸侯服從；漢高祖為義帝發喪，而天下歸心！今天子蒙塵，將軍誠因此時首倡義兵，奉天子以從眾望，不世❷之略也。若不早圖，人將先我而為之矣。」曹操大喜。正要收拾起兵，忽報有天使齎詔宣召。操接詔，剋日興師。

此時此事，除卻曹操亦無人能為。

卻說帝在洛陽，百事未備，城郭崩倒，欲修未能。人報李傕、郭汜領兵將至，帝大驚，問楊奉曰：「山東之使未回，李、郭之兵又至，為之奈何？」楊奉、韓暹曰：「臣願與賊決死戰，以保陛下。」董承曰：「城郭不堅，兵甲不多，戰如不勝，當復如何？不若且奉駕❸往山東避之。」帝從其言，即日起駕望山東進發。百官無馬，皆隨駕步行。

出了洛陽，行無一箭之地，但見塵頭蔽日，金鼓喧天，無限人馬來到，帝后戰慄不能言。忽見一騎飛來，乃前差往山東之使命也；至車前拜啟曰：「曹將軍盡起山東之兵，應詔前來。聞李傕、郭汜犯洛陽，先差夏侯惇為先鋒，引上將十員，精兵五萬，前來保駕。」帝心方安。少頃，夏侯惇引許褚、典韋等，至駕前面君，俱以軍禮見。帝慰諭方畢，忽報正東又有一路軍到。帝即命夏侯惇往探之，回奏曰：「乃曹操步軍也。」

須臾，曹洪、李典、樂進來見駕。通名畢，洪奏曰：「臣兄知賊兵將近，恐夏侯惇孤力難為，故又差臣等倍道而來協助。」帝曰：「曹將軍真社稷臣也！」遂命護駕前行。探馬來報：「李傕、郭汜領兵

---

❷ 不世：非比尋常的意思。

❸ 奉駕：奉侍皇帝車駕。

長驅而來。」帝命夏侯惇分兩路迎之。惇乃與曹洪分為兩翼，馬軍先出，步軍後隨，儘力攻擊。傕、汜賊兵大敗，斬首萬餘。於是請帝還洛陽故宮，夏侯惇屯兵於城外。

次日，曹操引大隊人馬到來。安營畢，入城見帝，拜於殿階之下。帝賜平身，宣諭慰勞。操曰：「臣向蒙國恩，刻思圖報。今傕、汜二賊，罪惡貫盈，臣有精兵二十餘萬，以順討逆，無不克捷。陛下善保龍體，以社稷為重。」帝乃封操領司隸校尉，假節鉞，錄尚書事。

卻說李傕、郭汜，知操遠來，議欲速戰。賈詡諫曰：「不可。操兵精將勇，不如降之，求免本身之罪。」傕怒曰：「你敢滅吾銳氣！」拔劍欲斬詡，眾將勸免。是夜賈詡單馬走回鄉里去了。

次日，李傕軍馬來迎操兵。操先令許褚、曹仁、典韋，領三百鐵騎，於傕陣中衝突三遭，方纔布陣。陣圓處，李傕侄李暹、李別出馬。陣前未及開言，許褚飛馬過去，一刀先斬李暹。李別吃了一驚，倒撞下馬，褚亦斬之，雙挽人頭回陣。曹操撫許褚之背曰：「子真吾之樊噲也！」隨令夏侯惇領兵左出，曹仁領兵右出，操自領中軍衝陣。鼓響一聲，三軍齊進。賊兵抵敵不住，大敗而走。操親掣寶劍押陣，率眾連夜追殺，剿戮極多，降者不計其數。傕、汜望西逃命，忙忙似喪家之狗；自知無處容身，只得往山中落草去了。

曹操回兵，仍屯於洛陽城外。楊奉、韓暹兩個商議：「今曹操成了大功，必拿重權，如何容得我等？」乃入奏天子，只以追殺傕、汜為名，引本部軍屯於大梁去了。

帝一日命人至操營，宣操入宮議事。操聞天使至，請入相見。只見那人眉清目秀，精神充足。操暗想曰：「今東郡大荒，官僚軍民，皆有饑色，此人何得獨肥？」因問之曰：「公尊顏充腴，以何調理而至此？」對曰：「某無他法，只食淡三十年矣。」操乃頷❹之；又問曰：「君居何職？」對曰：「某舉孝廉。原為袁紹、張揚從事。今聞天子還都，特來朝覲。官封正議郎，濟陰定陶人，姓董，名昭，字公仁。」曹操避席曰：「聞名久矣！幸得於此相見。」遂置酒帳中相待，令與荀彧相會。忽人報曰：「一隊軍往東而去，不知何人。」操急令人探之。董昭曰：「此乃李傕舊將楊奉，與白波帥韓暹，因明公來此，故引兵欲投大梁去耳。」操曰：「莫非疑操乎？」昭曰：「此乃無謀之輩，明公何足慮也？」操又曰：「李、郭二賊，此去若何？」昭曰：「虎無爪，鳥無翼，不久當為明公所擒，無足介意。」

操見昭語言投機，便問以朝廷大事。昭曰：「明公興義兵以除暴亂，入朝輔佐天子，此五伯之功也。但諸將人殊意異，未必服從。今若留此，恐有不便，惟移駕幸❺許都為上策。然朝廷播越❻，新還京師，遠近仰望，以冀一朝之安，今復徙駕，不厭眾心。夫行非常之事，乃有非常之功，願將軍決計之。」操執昭手而笑曰：「此吾之本志也。但楊奉在大梁，大臣在朝，不有他變否？」昭曰：「易也。以書與楊奉，先安其心；明告大臣，以京師無糧，欲車駕幸許都，近魯陽，轉運糧食，庶無欠缺懸隔之憂。大臣聞之，當欣從也。」操大喜。昭謝別。操執其手曰：「凡操有所圖，唯公教之。」昭稱謝而去。

操由是日與眾謀士密議遷都之事，時侍中太史令王立私謂宗正劉艾曰：「吾仰觀天文，自去春太白犯鎮星於斗牛，過天津，熒惑又逆行，與太白會於天關，金火交會，必有新天子出。吾觀大漢氣數將終，

此策非為朝廷，專為曹操。

❹ 頷：點頭。

❺ 幸：皇帝車駕到那裡去叫幸。

❻ 播越：到處流亡的意思。

晉魏之地，必有興者。」又密奏獻帝曰：「天命有去就，五行不常盛。代火者土也。代漢而有天下者，當在魏。」操聞之，使人告立曰：「知公忠於朝廷，然天道深遠，幸勿多言。」操以是告彧。彧曰：「漢以火德王，而明公乃土命也。許都屬土，到彼必興。火能生土，土能旺木，正合董昭、王立之言，他日必有興者。」

操意遂決；次日，入見帝，奏曰：「東都荒廢久矣，不可修葺；更兼轉運糧食艱辛。許都地近魯陽，城郭宮室，錢糧民物，足可備用。臣敢請駕幸許都，惟陛下從之。」帝不敢不從；群臣皆懼操勢，亦莫敢有異議；遂擇日起駕。操引軍護行，百官皆從。行不到數程，前至一高陵。忽然喊聲大舉，楊奉、韓暹，領兵攔路。徐晃當先，大叫「曹操欲劫駕何往！」

操出馬視之，見徐晃威風凜凜，暗暗稱奇；便令許褚出馬與徐晃交鋒。刀斧相交，戰五十餘合，不分勝敗。操即鳴金收軍，召謀士議曰：「楊奉、韓暹誠不足道；徐晃乃真良將也，吾不忍以力併之，當以計招之。」行軍從事滿寵曰：「主公勿慮。某向與徐晃有一面之交，今晚扮作小卒，偷入其營，以言說之，管教他傾心來降。」操欣然從之。

是夜滿寵扮作小卒，混入彼軍隊中，偷至徐晃帳前，只見晃秉燭披甲而坐。寵突至其前，揖曰：「故人別來無恙乎？」徐晃驚起，熟視之曰：「子非山陽滿伯寧耶？何以至此？」寵曰：「某現為曹將軍從事。今日於陣前得見故人，欲進一言，故特冒死而來。」晃乃延之坐，問其來意。寵曰：「公之勇略，世所罕有，奈何屈身於楊、韓之徒？曹將軍當世英雄，其好賢禮士，天下所知也；今日陣前見公之勇，十分敬愛，故不忍以健將決死戰，特遣寵來奉邀。公何不棄暗投明，共成大業？」

曹操見才便愛，安得不成大業！

晃沈吟良久，乃喟然歎曰：「吾固知奉、暹非立業之人，奈從之久矣，不忍相捨。」寵曰：「豈不聞『良禽擇木而棲，賢臣擇主而事』？遇可事之主，而交臂失之，非丈夫也。」晃起謝曰：「願從公言。」寵曰：「何不就殺奉、暹而去，以為進見之禮？」晃曰：「以臣弒主，大不義也。吾決不為。」寵曰：「公真義士也。」晃遂引帳下數十騎，連夜同滿寵來投曹操。早有人報知楊奉。奉大怒，自引千騎來追，大叫「徐晃反賊休走！」

正追趕間，忽然一聲砲響，山上山下，火把齊明，伏軍四出。曹操親自引軍，當先大喝：「我在此等候多時，休教走脫。」楊奉大驚；急待回軍，早被曹兵圍住。恰好韓暹引兵來救，兩軍混戰，楊奉走脫。曹操趁彼軍亂，乘勢攻擊，兩家軍士大半多降。楊奉、韓暹勢孤，引敗兵投袁術去了。

曹操收軍回營，滿寵引徐晃入見。操大喜，厚待之。於是迎鑾駕到許都，蓋造宮室殿宇，立宗廟社稷，省臺司院衙門，修城郭府庫，封董承等十三人為列侯。賞功罰罪，並聽曹操處置。

操自封大將軍武平侯，以荀彧為侍中尚書令；荀攸為軍師；郭嘉為司馬祭酒；劉曄為司空掾曹；毛玠、任峻，為典農中郎將，催督錢糧；程昱為東平相；范成、董昭，為洛陽令；滿寵為許都令；夏侯惇、夏侯淵、曹仁、曹洪，皆為將軍；呂虔、李典、樂進、于禁、徐晃，皆為校尉；許褚、典韋，皆為都尉；其餘將士，各各封官。自此大權皆歸於曹操。朝廷大務，先稟曹操，然後方奏天子。

自此皇帝又在曹操手中矣。

操既定大事，乃設宴後堂，聚眾謀士共議曰：「劉備屯兵徐州，自領州事；近呂布以兵敗投之，備使居於小沛，若二人同心引兵來犯，乃心腹之患也。公等有何妙計可圖之？」許褚曰：「願借精兵五萬，斬劉備、呂布之頭，獻於丞相。」荀彧曰：「將軍勇則勇矣，不知用謀。今許都新定，未可造次用兵。

或有一計，名曰『二虎競食之計』。今劉備雖領徐州，未得詔命。明公可奏請詔命實授備為徐州牧，因密與一書，教殺呂布。事成則備無猛士為輔，亦漸可圖；事不成，則呂布必殺備矣；此乃『二虎競食之計』也。」操從其言，即時奏請詔命，遣使齎往徐州，封劉備為征東將軍宜城亭侯，領徐州牧，並附密書一封。

卻說劉玄德在徐州，聞帝幸許都，正欲上表慶賀。忽報天使至，出郭迎接入郡，拜受恩命畢，設宴款待來使。使曰：「君侯得此恩命，實曹將軍於帝前保薦之力也。」玄德稱謝，使者乃取出私書遞與玄德，玄德看罷曰：「此事尚容計議。」席散，安歇來使於館驛。玄德連夜與眾商議此事，張飛曰：「呂布本無義之人，殺之何礙？」玄德曰：「他勢窮而來投我，我若殺之，亦是不義。」張飛曰：「好人難做！」玄德不從。

次日，呂布來賀，玄德教請入見。布曰：「聞公受朝廷恩命，特來相賀。」玄德遜謝。只見張飛扯劍上廳，要殺呂布，玄德慌忙阻住。布大驚曰：「翼德何故只要殺我？」張飛叫曰：「曹操道你是無義之人，教我哥哥殺你！」玄德連聲喝退，乃引呂布同入後堂，實告前因；就將曹操所送密書與呂布看。布看畢，泣曰：「此乃曹賊欲令我二人不和耳！」玄德曰：「兄勿憂，劉備誓不為此不義之事。」

呂布再三拜謝，備留布飲酒，至晚方回。關、張曰：「兄長何故不殺呂布？」玄德曰：「此曹孟德恐我與呂布同謀伐之，故用此計，使我兩人自相吞併，彼卻於中取利。奈何為所使乎？」關公點頭道是。張飛曰：「我只要殺此賊以絕後患！」玄德曰：「此非大丈夫之所為也。」

次日，玄德送使命回京，就拜表謝恩，並回書與曹操，只言容緩圖之。使命回見曹操，言玄德不殺呂布之事。操問荀彧曰：「此計不成，奈何？」彧曰：「又有一計，名曰『驅虎吞狼之計』。」操曰：「其計如何？」彧曰：「可暗令人往袁術處通問，報說劉備上密表，要略南郡。術聞之，必怒而攻備，公乃明詔劉備討袁術。兩邊相併，呂布必生異心。此『驅虎吞狼之計』也。」操大喜，先發人往袁術處；次假天子詔，發人往徐州。

卻說玄德在徐州，聞使命至，出郭迎接；開讀詔書，卻是要起兵討袁術。玄德領命，送使者先回。糜竺曰：「此又是曹操之計。」玄德曰：「雖是計，王命不可違也。」

曹操所以能令人者，只為假託王命。

遂點軍馬，剋日起程。孫乾曰：「可先定守城之人。」玄德曰：「二弟之中，誰人可守？」關公曰：「弟願守此城。」玄德曰：「吾早晚欲與你議事，豈可相離？」張飛曰：「小弟願守此城。」玄德曰：「你守不得此城。你一者酒後剛強，鞭撻士卒；二者作事輕易，不從人諫。吾不放心。」

張飛曰：「弟自今以後，不飲酒，不打軍士，諸般聽人勸諫便了。」糜竺曰：「只恐口不應心。」飛怒曰：「吾跟哥哥多年，未嘗失信，你如何輕料我！」玄德曰：「弟言雖如此，吾終不放心。還請陳元龍輔之。早晚令其少飲酒，勿致失事。」陳登應諾。玄德吩咐了當，乃統馬步軍三萬，離徐州望南陽進發。

卻說袁術聞說劉備上表，欲吞其州縣，乃大怒曰：「汝乃織席編屨之夫，今輒占據大郡，與諸侯同列；吾正欲伐汝，汝卻反欲圖我！深為可恨！」乃使上將紀靈起兵十萬，殺奔徐州。兩軍會於盱眙。玄德兵少，依山傍水下寨。

那紀靈乃山東人，使一口三尖刀，重五十斤。是日引兵出，大罵「劉備村夫，安敢侵吾境界！」玄德曰：「吾奉天子詔，以討不臣。汝今敢來相拒，罪不容誅！」紀靈大怒，拍馬舞刀，來取玄德。關公大喝曰：「匹夫休得逞強！」出馬與紀靈大戰。一連三十合，不分勝負。紀靈大叫少歇，關公便撥馬回陣，立於陣前候之。紀靈卻遣副將荀正出馬。關公曰：「只教紀靈來，與他決個雌雄！」荀正曰：「汝乃無名下將，非紀將軍對手！」關公大怒，直取荀正；交馬一合，砍荀正於馬下。玄德驅兵殺將過去，紀靈大敗，退守淮陰河口，不敢交戰；只教軍士來偷營劫寨，皆被徐州兵殺敗。兩軍相拒，不在話下。

卻說張飛自送玄德起身後，一應雜事，俱付陳元龍管理；軍機大務，自家斟酌。一日，設宴請各官赴席。眾人坐定，張飛開言曰：「我兄臨去時，吩咐我少飲酒，恐致失事。眾官今日盡此一醉，明日都各戒酒，幫我守城。今日卻都要滿飲。」言罷，起身與眾官把盞。酒至曹豹面前，豹曰：「我從天戒，不飲酒。」飛曰：「廝殺漢，如何不飲酒？我要你吃一盞。」豹懼怕，只得飲了一杯。

張飛把遍各官，自斟巨觥，連飲了幾十杯，不覺大醉，卻又起身與眾官把盞。酒至曹豹，豹曰：「某實不能飲矣。」飛曰：「汝恰纔吃了，如今為何推卻？」豹再三不飲，飛醉後使酒，便發怒曰：「你違我將令，該打一百！」便喝軍士拏下。陳元龍曰：「玄德公臨去時，吩咐你甚來？」飛曰：「你文官，只管文官事，休來管我！」

曹豹無奈，只得告求曰：「翼德公，看我女壻之面，且恕我罷。」飛曰：「你女壻是誰？」豹曰：「呂布是也。」飛大怒曰：「我本不欲打你；你把呂布來唬我，我偏要打你！我打你，便是打呂布！」諸人勸不住。將曹豹鞭至五十，眾人苦苦告饒，方止。

席散，曹豹回去，深恨張飛，連夜差人齎書一封，逕投小沛見呂布，備說張飛無禮；且云玄德已往淮南，今夜可乘飛醉，引兵來襲徐州，不可錯此機會。呂布見書，便請陳宮來議。宮曰：「小沛原非久居之地。今徐州既有可乘之隙，失此不取，悔之晚矣。」

布從之，隨即披挂上馬，領五百騎先行；使陳宮引大軍繼進，高順亦隨後進發。小沛離徐州只四五十里，上馬便到。呂布到城下時，恰纔四更，月色澄清，城上更不知覺。布到城門邊叫曰：「劉使君有機密，使人至。」城上有曹豹軍，報知曹豹，豹上城觀之，便令軍士開門。呂布一聲暗號，眾軍齊入，喊聲大舉。

張飛正醉臥府中，左右急忙搖醒，報說「呂布賺開城門，殺將進來了！」張飛大怒，慌忙披挂，綽了丈八蛇矛；纔出府門，上得馬時，呂布軍馬已到，正與相迎。張飛此時酒猶未醒，不能力戰。呂布素知飛勇，亦不敢相逼。十八騎燕將，保著張飛，殺出東門，玄德家眷在府中，都不及顧了。

卻說曹豹見張飛只十數人護從，又欺他醉，遂引百十人趕來。飛見豹，大怒，拍馬來迎。戰了三合，曹豹敗走，飛趕到河邊，一槍正刺中曹豹後心，連人帶馬，死於河中。飛於城外招呼士卒，出城者，盡隨飛投淮南而去。呂布入城安撫居民，令軍士一百人守把玄德宅門，諸人不許擅入。

卻說張飛引數十騎，直到盱眙來見玄德，具說曹豹與呂布裡應外合，夜襲徐州，眾皆失色。玄德歎曰：「得何足喜，失何足憂？」關公曰：「嫂嫂安在？」飛曰：「皆陷於城中矣。」玄德默然無語。關公頓足埋怨曰：「你當初要守城時，說甚來？兄長吩咐你甚來？今日城池又失了，嫂嫂又陷了，如何是好？」張飛聞言，惶恐無地，掣劍欲自刎。正是：舉杯暢飲情何放？拔劍捐生悔已遲！不知性命如何，且看下文分解。

聞家眷失陷，只默默不語，後見翼德欲自刎，卻放聲大哭。是至情亦是妙用。

第一五回　太史慈酣鬪小霸王　孫伯符大戰嚴白虎

卻說張飛拔劍要自刎，玄德向前抱住，奪劍擲地曰：「古人云：『兄弟如手足，妻子如衣服。衣服破，尚可縫；手足斷，安可續？』吾三人桃園結義，不求同生，但願同死。今雖失了城池家小，安忍教兄弟中道而亡？況城池本非吾有；家眷雖被陷，呂布必不謀害，尚可設計救之。賢弟一時之誤，何至遽欲捐生耶！」說罷大哭，關、張俱感泣。

且說袁術知呂布襲了徐州，星夜差人至呂布處，許以糧五萬斛，馬五百匹，金銀一萬兩，綵緞一千疋，使夾攻劉備。布喜，令高順領兵五萬襲玄德之後。玄德聞得此信，乘陰雨撤兵，棄盱眙而走，思欲東取廣陵。比及高順軍來，玄德已去。高順與紀靈相見，就索所許之物。靈曰：「公且回軍，容某見主公計之。」高順乃別紀靈回軍，見呂布具述紀靈語。

布正在遲疑，忽有袁術書至。書意云：「高順雖來，而劉備未除；且待捉了劉備，那時方以所許之物相送。」布怒罵袁術失信，欲起兵伐之。陳宮曰：「不可。術據壽春，兵多糧廣，不可輕敵。不如請玄德還屯小沛，使為我羽翼。他日令玄德為先鋒，那時先取袁術，後取袁紹，可縱橫天下矣。」布聽其言，令人齎書迎玄德回。

識時達勢語。

卻說玄德引兵東取廣陵，被袁術劫寨，折兵大半；回來正遇呂布之使，呈上書札，玄德大喜。關、張曰：「呂布乃無義之人，不可信也。」玄德曰：「彼既以好情待我，奈何疑之？」遂來到徐州。布恐玄德疑惑，先令人送還家眷。甘、糜二夫人見玄德，具說呂布令兵把守宅門，禁諸人不得入；又常使侍妾送物，未嘗有缺。玄德謂關、張曰：「我知呂布必不害我家眷也。」乃入城謝呂布。張飛恨呂布，不肯隨往，先奉二嫂往小沛去了。

玄德入見呂布拜謝。呂布曰：「我非欲奪城；因令弟張飛在此恃酒殺人，恐有失事，故來守之耳。」玄德曰：「備欲讓兄久矣。」布假意仍讓玄德。玄德力辭，還屯小沛住劄，關、張心中不平。玄德曰：「屈身守分，以待天時，不可與命爭也。」呂布令人送糧米緞疋。自此兩家和好，不在話下。

能屈然後能伸，確是至話。

卻說袁術大宴將士於壽春。人報孫策征廬江太守陸康，得勝而回。術喚策至，策拜於堂下。問勞已畢，便令侍坐飲宴。原來孫策自父喪之後，退居江南，禮賢下士；後因陶謙與策母舅丹陽太守吳璟不和，策乃移母并家屬居於曲阿，自己卻投袁術。術甚愛之，常歎曰：「使術有子如孫郎，死復何恨！」因使為懷義校尉，引兵攻涇縣，太師祖郎得勝。術見策勇，復使攻陸康。今又得勝而回。

當日筵散，策歸營寨。見術席間相待之禮甚傲，心中鬱悶，乃步月❶於中庭。因思父孫堅如此英雄，我今淪落至此，不覺放聲大哭。忽見一人自外而入，大笑曰：「伯符何故如此？尊父在日，多曾用我。君若有不決之事，何不問我，乃自哭耶？」策視之，乃丹陽故漳人；姓朱，名治，字君理；孫堅舊從事官也。策收淚而延之坐曰：「策所哭者，恨不能繼父之志耳。」治曰：「君何不告袁公路，借兵往江東，假名救吳璟，實圖大業，而乃久困於人之下乎？」

❶ 步月：在月下漫步之意。

正商議間，一人忽入曰：「公等所謀，吾已知之。吾手下有精壯百人，暫助伯符一臂之力。」策視其人。乃袁術謀士，汝南細陽人；姓呂，名範，字子衡。策大喜，延坐共議。呂範曰：「只恐袁公路不肯借兵。」策曰：「吾有亡父留下傳國玉璽，以為質當。」範曰：「公路欲得此久矣；以此相質，必肯發兵。」

三人計議已定。次日，策入見袁術，哭拜曰：「父讎不能報；今母舅吳璟，又為揚州刺史劉繇所逼；策老母家小，皆在曲阿，必將被害；策敢借雄兵數千，渡江救難省親。恐明公不信，有亡父遺下玉璽，權為質當。」術聞有玉璽，取而視之，大喜曰：「吾非要你玉璽，今且權留在此。我借兵三千，馬五百匹與你。平定之後，可速回來。你職位卑微，難掌大權。我表你為折衝校尉殄寇將軍，剋日領兵便行。」策拜謝，遂引軍馬，帶領朱治、呂範，舊將程普、黃蓋、韓當等，擇日起兵。行至歷陽，見一軍到。當先一人，姿質風流，儀容秀麗；見了孫策，下馬便拜。策視其人，乃廬江舒城人；姓周，名瑜，字公瑾。原來孫堅討董卓之時，移家舒城，瑜與孫策同年，交情甚密，因結為昆仲。策長瑜兩月，瑜以兄事策。瑜叔周尚，為丹陽太守，今往省親，到此與策相遇。

策見瑜大喜，訴以衷情。瑜曰：「某願效犬馬之力，共圖大事。」策喜曰：「吾得公瑾，大事諧矣。」便令與朱治、呂範等相見。瑜謂策曰：「吾兄欲濟大事，亦知江東有二張乎？」策曰：「何為『二張』？」瑜曰：「一人乃彭城張昭，字子布；一人乃廣陵張紘，字子綱。二人皆有經天緯地之才，因避亂隱居於此。吾兄何不聘之？」

策喜，即便令人齎禮往聘，俱辭不至。策乃親到其家，與語大悅，力聘之。二人許允，策遂拜張昭

孫策是小霸王，此人亦小范增也。

為長史，兼撫軍中郎將；張紘為參謀正議校尉；商議攻擊劉繇。

卻說劉繇字正禮，東萊牟平人也，亦是漢室宗親，太尉劉寵之姪，兗州刺史劉岱之弟；舊為揚州刺史，屯於壽春，被袁術趕過江東，故來曲阿。當下聞孫策兵至，急聚眾將商議。部將張英曰：「某領一軍屯於牛渚，縱有百萬之兵，亦不能近。」言未畢，帳下一人高叫曰：「某願為前部先鋒。」眾視之，乃東萊黃縣人太史慈也。慈自解了北海之圍，後便來見劉繇，繇留於帳下。當日聽得孫策來到，願為前部先鋒。繇曰：「你年尚輕，未可為大將，只在吾左右聽命。」太史慈不喜而退。

張英領兵至牛渚，積糧十萬於邸閣。孫策引兵到，張英出迎，兩軍會於牛渚灘上。孫策出馬，張英大罵，黃蓋便出與張英戰。不數合，忽然張英軍中大亂，報說寨中有人放火。張英急回軍，孫策引軍前來，乘勢掩殺。張英棄了牛渚，望深山而逃。

原來那寨後放火的，乃是兩員健將：一人乃九江壽春人，姓蔣，名欽，字公奕；一人乃九江下蔡人，姓周，名泰，字幼平。二人皆遭世亂，聚人在揚子江中，劫掠為生；久聞孫策為江東豪傑，能招賢納士，故特引其黨三百餘人，前來相投。策大喜，用為軍前校尉，收得牛渚邸閣糧食軍器，并降卒四千餘人，遂進兵神亭。

卻說張英敗回見劉繇，繇怒欲斬之。謀士笮融、薛禮勸免，使屯兵零陵城拒敵。劉繇自領兵於神亭嶺南下營，孫策於嶺北下營，策問土人曰：「近山有漢光武廟否？」土人曰：「有廟在嶺上。」策曰：「吾夜夢光武召我相見，當往祈之。」長史張昭曰：「不可。嶺南乃劉繇寨，倘有伏兵，奈何？」策曰：「神人佑我，吾何懼焉？」遂披挂綽槍上馬，引程普、黃蓋、韓當、蔣欽、周泰等共十三騎，出寨上嶺，到廟焚香。下馬參拜已畢，策向前跪祝曰：「若孫策能於江東立業，復興故父之基，即當重修廟宇，四時祭祀。」

祝畢，出廟上馬，回顧眾將曰：「吾欲過嶺，探看劉繇寨柵。」諸將皆以為不可。策不從，遂同上嶺。南望村林，早有伏路小軍，飛報劉繇。繇曰：「此必是孫策誘敵之計，不可追之。」太史慈踴躍曰：「此時不捉孫策，更待何時？」遂不候劉繇將令，竟自披挂上馬，綽槍出營，大叫曰：「有膽氣者，都跟我來！」諸將不動。惟有一小將曰：「太史慈真猛將也！吾可助之！」拍馬同行。眾將皆笑。

卻說孫策看了半晌，方始回馬。正行過嶺，只聽得嶺上叫「孫策休走！」策回頭視之，見兩匹馬飛下嶺來。策將十三騎一齊擺開。策橫槍立馬於嶺下待之。太史慈高叫曰：「那個是孫策？」策曰：「你是何人？」答曰：「我便是東萊太史慈也，特來捉孫策。」策笑曰：「只我便是。你兩個一齊來併我一個，我不懼你！我若怕你，非孫伯符也！」慈曰：「你便眾人都來，我亦不怕！」縱馬橫槍，直取孫策，策挺槍來迎。兩馬相交，戰五十合，不分勝負，程普等暗暗稱奇。

從容之極。

慈見孫策槍法無半點兒差漏，乃佯輸詐敗，引孫策趕來。慈卻不由舊路上嶺，竟轉過山背後。策趕到，大喝曰：「走的不算好漢！」慈心中自忖：「這廝有十二從人，我只一個，便活捉了他，也被眾人奪去。再引一程，教這廝沒尋處，方好下手。」於是且戰且走。

策那裡肯捨，一直趕到平川之地。慈兜回馬再戰，又戰五十合。策一槍搠去，慈閃過，挾住槍；慈也一槍搠去，策亦閃過，挾住槍。兩個用力只一拖，都滾下馬來。馬不知走到那裡去了。兩個棄了槍，揪住廝打，戰袍扯得粉碎。策手快，掣了太史慈背上的短戟；慈亦掣了策頭上的兜鍪。策把戟來刺慈，

不打不成相識。

慈把兜鍪遮架。

忽然喊聲後起，乃劉繇接應軍到來，約有千餘。策正慌急，程普等十二騎亦衝到，策與慈方纔放手。慈於軍中討了一匹馬，取了槍，上馬復來。孫策的馬，卻是程普收得，策亦取槍上馬。劉繇一千餘軍，和程普等十二騎混戰，逶迤殺到神亭嶺下。喊聲起處，周瑜領軍來到，劉繇自引大軍殺下嶺來。時近黃昏，風雨暴至，兩下各自收軍。

次日，孫策引軍到劉繇營前，劉繇引軍出迎。兩陣圓處，孫策把槍挑太史慈的小戟於陣前，令軍士大叫曰：「太史慈若不是走的快，已被刺死了！」太史慈亦將孫策兜鍪挑於陣前，也令軍士大叫曰：「孫策頭已在此！」

兩軍吶喊，這邊誇勝，那邊道強。太史慈出馬，要與孫策決個勝負，策遂欲出。程普曰：「不須主公勞力，某自擒之。」程普出到陣前，太史慈曰：「你非我之敵手，只教孫策出馬來！」程普大怒，挺槍直取太史慈。兩馬相交，戰到三十合，劉繇急鳴金收軍。太史慈曰：「我正要捉拿賊將，何故收軍？」劉繇曰：「人報周瑜領軍襲取曲阿，有廬江松滋人陳武，字子烈，接應周瑜入去。吾家基業已失，不可久留。速往秣陵，會薛禮、笮融軍馬，急來接應。」

太史慈跟著劉繇退軍，孫策不趕，收住人馬。長史張昭曰：「彼軍被周瑜襲取曲阿，無戀戰之心，今夜正好劫營。」孫策然之，當夜分軍五路，長驅大進。劉繇軍兵大敗，眾皆四分五裂。太史慈獨力難當，引十數騎連夜投涇縣去了。

卻說孫策又得陳武為輔。其人身長七尺，面黃睛赤，形容古怪，策甚敬愛之，拜為校尉，使作先鋒，攻薛禮。武引十數騎突入陣去，斬首級五十餘顆。薛禮閉門不敢出。

策正攻城，忽有人報劉繇會合笮融去取牛渚。孫策大怒，自提大軍竟奔牛渚。劉繇、笮融二人出馬迎敵。孫策曰：「吾今到此，你如何不降？」劉繇背後一人挺槍出馬，乃部將于糜也；與策戰不三合，被策生擒過去，撥馬回陣。繇將樊能，見捉了于糜，挺槍來趕。那槍剛搠到策後心，策陣上軍士大叫：「背後有人暗算！」策回頭，忽見樊能馬到，乃大喝一聲，聲如巨雷。樊能驚駭，倒翻身撞下馬來，破頭而死。策到門旗下，將于糜丟下，已被挾死。一霎時挾死一將，喝死一將；自此，人皆呼孫策為「小霸王」。

當日劉繇兵大敗，人馬大半降策。策斬首級萬餘。劉繇與笮融走豫章，投劉表去了。孫策還兵復攻秣陵，親到城河邊，招諭薛禮投降。城上暗放一冷箭，正中孫策左腿，翻身落馬。眾將急救起，還營拔箭，以金瘡藥敷之。策令軍中詐稱主將中箭身死。軍中舉哀，拔寨齊起。

孫策不死，無異孫堅復生。

薛禮聽知孫策已死，連夜起城內之軍，與驍將張英、陳橫殺出城來追之。忽然伏兵四起，孫策當先出馬，高聲大叫曰：「孫郎在此！」眾軍皆驚，盡棄槍刀，拜於地下，策令休殺一人。張英撥馬回走，被陳武一槍刺死。陳橫被蔣欽一箭射死。薛禮死於亂軍之中。策入秣陵，安輯居民，移兵至涇縣來捉太史慈。

卻說太史慈招得精壯二千餘人，并所部兵，正要來與劉繇報讎。孫策與周瑜商議活捉太史慈之計。瑜令三面攻縣，只留東門放走；離縣二十五里，三路各伏一軍，太史慈到那裡，人困馬乏，必然被擒。原來太史慈所招軍大半是山野之民，不諳紀律。涇縣城頭，苦不甚高。當夜孫策命陳武短衣持刀，首先爬上城放火。太史慈見城上火起，上馬投東門走，背後孫策引軍趕來。

太史慈正走，後軍趕至三十里，卻不趕了。太史慈走了五十里，人困馬乏，蘆葦之中，喊聲忽起。慈急待走，兩下裡絆馬索齊來，將馬絆翻了，生擒太史慈，解投大寨。策知解到太史慈，親自出營喝散士卒，自釋其縛，將自己錦袍衣之，請入寨中，謂曰：「吾知子義真丈夫也。劉繇蠢輩，不能用為大將，以致此敗。」

慈見策待之甚厚，遂請降。策執慈手笑曰：「神亭相戰之時，若公獲我，還相害否？」慈笑曰：「未可知也。」策大笑，請入帳，邀之上坐，設宴款待。慈曰：「劉君新破，士卒離心，某欲自往收拾餘眾，以助明公，不識能相信否？」策起謝曰：「此誠策所願也。今與公約：明日日中，望公來還。」慈應諾而去。諸將曰：「太史慈此去必不來矣。」策曰：「子義乃信義之士，必不背我。」眾皆未信。

次日，立竿於營門以候日影。恰將日中，太史慈引一千餘眾到寨，孫策大喜，眾皆服策之知人。於是孫策聚數萬之眾，下江東，安民恤眾，投者無數。江東之民，皆呼策為孫郎。但聞孫郎兵至，皆喪膽而走。及策軍到，並不許一人擄掠，雞犬不驚，人民皆悅，齎牛酒到寨勞軍。策以金帛答之，懽聲遍野。其劉繇舊軍願從軍者聽從，不願為軍者給賞歸農。江南之民，無不仰頌，由是兵勢大盛。策乃迎母叔諸弟俱歸曲阿，使弟孫權與周泰守宣城。策領兵東取吳郡。

時有嚴白虎，自稱東吳德王，據吳郡，遣部將守住烏程、嘉興。當日白虎聞策兵至，令弟嚴輿出兵，會於楓橋。輿橫刀立馬於橋上。有人報入中軍，策便欲出。張紘諫曰：「夫主將乃三軍之所繫命，不宜輕敵小寇，願將軍自重。」策謝曰：「先生之言如金石；但恐不親冒矢石，則將士不用命耳。」遂遣韓當出馬。

比及韓當到橋上時，蔣欽、陳武，早駕小舟從河岸邊殺過橋來，亂箭射倒岸上軍。二人飛身上岸砍殺，嚴輿退走。韓當引軍直殺到閶門下，賊退入城裡去了。策分兵水陸並進，圍住吳城。一圍三日，無人出戰。策引眾軍到閶門外招諭，城上一員裨將，左手托定護梁，右手指著城下大罵。太史慈就馬上拈弓取箭，顧軍將曰：「看我射中這廝左手！」

說聲未絕，弓弦響處，果然射個正中，把那將的左手射透，反牢釘在護梁上。城上城下人見者，無不喝采。

眾人救了這人下城。白虎大驚曰：「彼軍有如此人，安能敵乎？」遂商量求和。次日，使嚴輿出城，來見孫策。策請輿入帳飲酒。酒酣，問輿曰：「令兄意欲如何？」輿曰：「欲與將軍平分江東。」策大怒曰：「鼠輩安敢與吾相等！」命斬嚴輿。輿拔劍起身，策飛劍砍之，應手而倒，割下首級，令人送入城中。白虎料敵不過，棄城而走。

策進兵追襲，黃蓋攻取嘉興，太史慈攻取烏程，數州皆平。白虎奔餘杭，於路劫掠，被土人凌操，領鄉人殺敗，望會稽而走。凌操父子二人，來接孫策，策使為從征校尉，遂同引兵渡江。嚴白虎聚寇，分布於西津渡口。程普與戰，復大敗之，連夜趕到會稽。

會稽太守王朗，欲引兵救白虎。忽一人出曰：「不可。孫策用仁義之師，白虎乃暴虐之將，還宜擒白虎以獻孫策。」朗視之，乃會稽餘姚人，姓虞，名翻，字仲翔，見為郡吏。朗怒叱之，翻長歎而出。朗遂引兵會合白虎，同陳兵於山陰之野。兩陣對圓，孫策出馬，謂王朗曰：「吾興仁義之兵，來安浙江，孫郎每虧周郎接應。孫郎之下江東，周郎之功居多。

汝何故助賊？」朗罵曰：「汝貪心不足？既得吳郡，而又強併吾界！今日特與嚴氏報讎！」

孫策大怒，正待交戰，太史慈早出。王朗拍馬舞刀，與慈戰不數合，朗將周昕，殺出助戰。孫策陣中，黃蓋飛馬接住周昕交鋒。兩下鼓聲大震，互相鏖戰。忽王朗陣後先亂，一彪軍從背後抄來。朗大驚，急回馬來迎。原來周瑜、程普引軍刺斜殺來，前後夾攻。王朗寡不敵眾，與白虎、周昕，殺條血路，走入城中；拽起弔橋，堅閉城門。

孫策大軍，乘勢趕到城下，分布眾軍，四門攻打。王朗在城中，見孫策攻城甚急，欲再出兵決一死戰。嚴白虎曰：「孫策兵勢甚大，足下只宜深溝高壘，堅壁勿出。不消一月，彼軍糧盡，自然退走。那時乘虛掩之，可不戰而破也。」朗依其議，乃固守會稽城而不出。

孫策一連攻了數日，不能成功，乃與眾將計議。孫靜曰：「王朗負固守城，難可卒❷拔；會稽錢糧，大半屯於查瀆；其地離此數十里，莫若以兵先據其內，所謂攻其無備，出其不意也。」策大喜曰：「叔父妙用，足破賊人矣！」即下令於各門燃火，虛張旗號，設為疑兵，連夜撤圍南去。周瑜進曰：「主公大兵一起，王朗必出城來趕，可用奇兵勝之。」策曰：「吾今準備了，取城只在今夜。」遂令軍馬起行。

卻說王朗聞報孫策軍馬退去，自引眾人來敵樓❸上觀望；見城下煙火併起，旌旗不雜，心下遲疑。周昕曰：「孫策走矣，特設此計，以疑我耳。可出兵襲之。」嚴白虎曰：「孫策此去，莫非要去查瀆。我引部兵與周將軍追之。」朗曰：「查瀆是我屯糧之所，正須提防。汝引兵先行，吾隨後接應。」白虎

---

❷ 卒：同「猝」。短暫急促的意思。

❸ 敵樓：城樓可用以觀察敵人動靜，故又名敵樓。

與周昕領五千兵出城追趕。將近初更，離城二十餘里。忽密林裡一聲鼓響，火把齊明。白虎大驚，便勒馬回走。一將當先攔住，火光中視之，乃孫策也。周昕舞刀來迎，被策一槍刺死。餘眾皆降。白虎殺條血路，望餘杭而走。

王朗聽知前軍已敗，不敢入城，引部下奔逃海隅去了。孫策復回大軍，乘勢取了城池，安定人民。不隔一日，只見一人將著嚴白虎首級來孫策軍前投獻。策視其人，身長八尺，面方口闊。問其姓名，乃會稽餘姚人，姓董，名襲，字元代。策喜，命為別部司馬。自是東路皆平，令叔孫靜守之，令朱治為吳郡太守，收軍回江東。

卻說孫權與周泰守宣城，忽山賊竊發，四面殺至。時值更深，不及抵敵，泰抱權上馬。賊用刀來砍。泰赤體步行，提刀殺賊，砍殺十餘人。隨後一賊躍馬挺槍直取周泰，被泰扯住槍，拖下馬來，奪了槍馬，殺條血路，救出孫權。餘賊遠遁。周泰身被十二槍，金瘡發脹，命在須臾。

策聞之大驚。帳下董襲曰：「某曾與海寇相持，身遭數槍，得會稽一個賢郡吏虞翻，薦一醫者，半月而愈。」策曰：「虞翻莫非虞仲翔乎？」襲曰：「然。」策曰：「此賢士也，我當用之。」乃令張昭與董襲同往聘請虞翻。翻至，策優禮相待，拜為功曹，因言及求醫之意。翻曰：「此人乃沛國譙郡人，姓華，名佗，字元化。真當世之神醫也。當引之來見。」

不一日引至。策見其人，童顏鶴髮，飄然有出世之姿，乃待為上賓，請視周泰瘡。佗曰：「此易事耳。」投之以藥，一月而愈。策大喜，厚謝華佗，遂進兵，殺除山賊。江南皆平。孫策分撥將士，守把各處隘口；一面寫表申奏朝廷；一面結交曹操；一面使人致書與袁術取玉璽。

有如此用命之將，安得不興！

卻說袁術暗有稱帝之心，乃回書推託不還，急聚長史楊大將，都督張勳、紀靈、橋蕤，上將雷薄、陳蘭等，三十餘人，商議曰：「孫策借我軍馬起事，今日盡得江東地面，乃不思報本，而反來索璽，殊為無禮。當以何策圖之？」長史楊大將曰：「孫策據長江之險，兵精糧廣，未可圖也。今當先伐劉備，以報前日無故相攻之恨，然後圖取孫策未遲。某獻一計，使備即日就擒。」正是：不去江東圖虎豹，卻來徐郡鬪蛟龍。不知其計若何，且看下文分解。

第一六回　呂奉先射戟轅門　曹孟德敗師淯水

卻說楊大將獻計欲攻劉備。袁術曰：「計將安出？」大將曰：「劉備軍屯小沛，雖然易取，奈呂布虎踞徐州，前次許他金帛糧馬，至今未與，恐其助備，今當令人送與糧食，以結其心，使其按兵不動，則劉備可擒。先擒劉備，後圖呂布，徐州可得也。」術喜，便具粟二十萬斛。令韓胤齎密書往見呂布。呂布甚喜，重待韓胤。胤回告袁術，術遂遣紀靈為大將，雷薄、陳蘭為副將，統兵數萬，進攻小沛。玄德聞知此信，聚眾商議。張飛要出戰。孫乾曰：「今小沛糧寡兵微，如何抵敵？可修書告急於呂布。」張飛曰：「那廝如何肯來！」玄德曰：「乾之言善。」遂修書與呂布。書略曰：

> 伏自將軍垂念，今備於小沛容身，實拜雲天之德。今袁術欲報私讎，遣紀靈領兵到縣，亡在旦夕，非將軍莫能救。望驅一旅之師，以救倒懸之急，幸甚幸甚！

呂布看了書，與陳宮計議曰：「前者袁術送糧致書，蓋欲使我不救玄德也。今玄德又來求救，吾想玄德屯軍小沛，未必遂能為我害；若袁術併了玄德，則北連泰山諸將以圖我，我不能安枕矣；不若救玄德。」遂點兵起程。

呂布從來沒主張，獨此番大有定見。

卻說紀靈起兵長驅大進，已到沛縣東南，劄下營寨。晝列旌旗，遮映山川；夜設火鼓，震崩天地。

玄德縣中，止有五千餘人，也只得勉強領兵出縣，布陣安營。忽報呂布引軍離縣一里，西南上箚下營寨。紀靈知呂布領兵來救劉備，急令人致書於呂布，責其無信。布笑曰：「我有一計，使袁、劉兩家都不怨我。」乃發使往紀靈、劉備寨中，請二人飲宴。

玄德聞布相請，即便欲往。關、張曰：「兄長不可去，呂布必有異心。」玄德曰：「我待彼不薄，彼必不害我。」遂上馬而行。關、張隨往。到呂布寨中，入見。布曰：「吾今特解公之危，異日得志，不可相忘。」玄德稱謝，布請玄德坐。關、張按劍立於背後。人報紀靈到，玄德大驚，欲避之。布曰：「吾特請你二人來會議，勿得生疑。」

玄德未知其意，心下不安。紀靈下馬入寨，卻見玄德在帳上坐，大驚，抽身便回，左右留之不住。呂布向前一把扯回，如提童稚。靈曰：「將軍欲殺紀靈耶？」布曰：「非也。」靈曰：「莫非殺大耳兒乎？」布曰：「亦非也。」靈曰：「然則為何？」布曰：「玄德與布乃兄弟也，今為將軍所困，故而救之。」靈曰：「若此則殺靈也？」布曰：「無有此理。布平生不好鬭，惟好解鬭，吾今為兩家解之。」靈曰：「請問今日解之之法。」布曰：「吾有一法，從天所決。」乃拉靈入帳與玄德相見。二人各懷疑忌。布乃居中坐，使靈居左，備居右，且教設宴行酒。

酒行數巡，布曰：「你兩家看我面上，俱各罷兵。」玄德無語。靈曰：「吾奉主公之命，提十萬之兵，專捉劉備，如何罷得？」張飛大怒，拔劍在手，叱曰：「吾雖兵少，覷汝輩如兒戲耳！你比百萬黃巾何如？你敢傷我哥哥！」關公急止之曰：「且看呂將軍如何主意，那時各回營寨廝殺未遲。」呂布曰：「我請你兩家解鬭，須不教你廝殺。」

這邊紀靈大忿，那邊張飛只要廝殺。布大怒，教「左右！取我戟來！」布提畫戟在手。紀靈、玄德，盡皆失色。布曰：「我勸你兩家不要廝殺，盡在天命。」令左右接過畫戟，去轅門外遠遠插定，乃回顧紀靈、玄德，曰：「轅門離中軍一百五十步。吾若一箭射中戟上小枝，你兩家罷兵；如射不中時，各自回營，安排廝殺。有不從吾言者，併力拒之。」紀靈私忖：「戟在一百五十步之外，安能便中？且落得應允，待其不中，那時憑我廝殺。」便一口許諾。玄德自無不允。布都教坐，再各飲一杯酒。

酒畢，布教取弓箭來。玄德暗祝曰：「只願他射得中便好！」只見呂布挽起袍袖，搭上箭，扯滿弓，叫一聲「著！」正是弓開如秋月行天，箭去似流星落地，一箭正中畫戟小枝。帳上帳下將校，齊聲喝采。

讀者至此，亦為之喝采。

後人有詩讚之曰：

溫侯神射世間稀，曾向轅門獨解危。落日果然欺后羿，號猿直欲勝由基。
虎觔弦響弓開處，雕羽翎飛箭到時。豹子尾搖穿畫戟，雄兵十萬脫征衣。

當下呂布射中畫戟小枝，呵呵大笑，擲弓於地，執紀靈、玄德之手曰：「此天令你兩家罷兵也！」喝教軍士斟酒來，各飲一大觥，玄德暗稱慚愧。紀靈默然半晌，告布曰：「將軍之言，不敢不聽；奈紀靈回去，主人如何肯信？」布曰：「吾自作書覆之便了。」酒又數巡，紀靈求書先回。布謂玄德曰：「非我則公危矣。」玄德拜謝，與關、張回。次日，三處軍馬都散。

不說玄德入小沛，呂布歸徐州。卻說紀靈回淮南見袁術，說呂布轅門射戟解和之事，呈上書信。袁術大怒曰：「呂布受吾許多糧米，反以此兒戲之事，偏護劉備；吾當自提重兵，親征劉備，兼討呂布！」

紀靈曰：「主公不可造次。呂布勇力過人，兼有徐州之地；若布與備首尾相連，不易圖也。靈聞布妻嚴氏有一女，年已及笄。主公有一子，可令人求親於布。布若嫁女於主公，必殺劉備。此乃『疏不間親之計』也。」

袁術從之，即日遣韓胤為媒，齎禮物往徐州求親。胤到徐州見布，稱說「主公仰慕將軍，欲求令嬡為兒婦，永結秦晉之好」。布入謀於妻嚴氏。原來呂布有二妻一妾：先娶嚴氏為正妻，後娶貂蟬為妾；及居小沛時，又娶曹豹之女為次妻。曹氏先亡無出，貂蟬亦無所出，惟嚴氏生一女，布最鍾愛。

當下嚴氏謂布曰：「吾聞袁公路久鎮淮南，兵多糧廣，早晚將為天子。若成大事，則吾女有后妃之望；——只不知他有幾子？」布曰：「止有一子。」妻曰：「既如此，即當許之。縱不為皇后，吾徐州亦無憂矣。」布意遂決，厚款韓胤，許了親事。韓胤回報袁術。術即備聘禮，仍令韓胤送至徐州。呂布受了，設席相待，留於館驛安歇。

次日，陳宮竟往館驛內拜望韓胤，講禮畢，坐定。宮乃叱退左右，對胤曰：「誰獻此計？教袁公與奉先聯姻，意在取劉玄德之頭乎？」胤失驚，起謝曰：「乞公臺勿洩！」宮曰：「吾自不洩，只恐其事若遲，必被他人識破，事將中變。」胤曰：「然則奈何？願公教之。」宮曰：「吾見奉先，使其即日送女就親，何如？」胤大喜，稱謝曰：「若如此，袁公感佩明德不淺矣！」

宮遂辭別韓胤，入見呂布曰：「聞公女許嫁袁公路，甚善。但不知於何日結親？」布曰：「尚容徐議。」宮曰：「古者自受聘至成婚之期，各有定例：天子一年，諸侯半年，大夫一季，庶民一月。」布曰：「袁公路天賜國寶，早晚當為帝，今從天子例，可乎？」宮曰：「不可。」布曰：「然則仍從諸侯例？」宮曰：「亦不可。」布曰：「然則將從卿大夫例矣？」宮曰：「亦不可。」布笑曰：「公豈欲吾依庶民例耶？」宮曰：「非也。」布曰：「然則公意欲如何？」

宮曰：「方今天下諸侯，互相爭雄；今公與袁公路結親，諸侯保無有嫉妒者乎？若復遠擇吉期，或竟乘我良辰，伏兵半路以奪之，如之奈何？為今之計，不許便休；既已許之，當趁諸侯未知之時，即便送女到壽春，另居別館，然後擇吉成親，萬無一失也。」布喜曰：「公臺之言甚當。」遂入告嚴氏。連夜具辦妝奩，收拾寶馬香車，令宋憲、魏續一同韓胤送女前去。鼓樂喧天，送出城外。

時陳元龍之父陳珪，養老在家，聞鼓樂之聲，遂問左右。左右告以故。珪曰：「此乃『疏不間親之計』也。玄德危矣。」遂扶病來見呂布。布曰：「大夫何來？」珪曰：「聞將軍死，故特來弔喪。」布驚曰：「何出此言？」

珪曰：「前者袁公路以金帛送公，欲殺劉玄德，而公以射戟解之；今忽來求親，其意蓋欲以公女為質，隨後就來攻玄德而取小沛。小沛亡，徐州危矣。且彼或來借糧，或來借兵。公若應之，是疲於奔命，而又結怨於人；若是不允，是棄親而啟兵端也。況聞袁術已有稱帝之意，是造反也。彼若造反，則公乃反賊親屬矣，得無❶為天下所不容乎？」

布大驚曰：「陳宮誤我！」急命張遼引兵追趕之。三十里之外將女搶歸；連韓胤都拏回監禁，不放歸去；卻令人回復袁術，只說女兒妝奩未備，俟備畢便自送來。陳珪又說呂布，使解韓胤赴許都，布猶豫未決。忽人報：「玄德在小沛招軍買馬，不知何意？」布曰：「此為將者本分事，何足為怪？」

❶ 得無：猶言能不。

正話間，宋憲、魏續至，告布曰：「我二人奉明公之命，往山東買馬，買得好馬三百餘匹；回至沛縣界首，被強寇劫去一半，打聽得是劉備之弟張飛，詐裝山賊，搶劫馬匹去了。」呂布聽了大怒，隨即點兵往小沛，來攻張飛。玄德聞之大驚，慌忙引軍出迎。

兩陣圓處，玄德出馬曰：「兄長何故領兵到此？」布指罵曰：「我轅門射戟，救你大難，你何故奪我馬匹？」玄德曰：「備因缺馬，令人四下收買，安敢奪兄馬匹？」布曰：「你便使張飛奪了我好馬一百五十匹，尚自抵賴！」張飛挺鎗出馬曰：「是我奪了你好馬！你今待怎麼？」布罵曰：「環眼賊！你累次藐視我！」飛曰：「我奪你馬你便惱，你奪我哥哥的徐州便不說了！」

布挺戟出馬來戰張飛，飛亦挺鎗來迎。兩個酣戰一百餘合，未見勝負。玄德恐有疏失，急鳴金收軍入城。呂布分軍四面圍定。玄德喚張飛責之曰：「都是你奪他馬匹，惹起事端！如今馬匹在何處？」飛曰：「都寄在各寺院內。」玄德隨令人出城，至呂布營中說情，願送還馬匹，兩相罷兵，布欲從之。陳宮曰：「今不殺劉備，久後必為所害。」

布聽之，不從所請，攻城愈急。玄德與糜竺、孫乾商議。孫乾曰：「曹操所恨者，呂布也。不若棄城走許都，投奔曹操，借軍破布，此為上策。」玄德曰：「誰可當先破圍而出？」飛曰：「小弟情願死戰。」玄德令飛在前；雲長在後；自居其中，保護老少。當夜三更，乘著月明出北門而走，正遇宋憲、魏續，被翼德一陣殺退，得出重圍。後面張遼趕來，關公敵住。呂布見玄德去了，也不來趕，隨即入城安民，令高順守小沛，自己仍回徐州去了。

卻說玄德前奔許都，到城外下寨，先使孫乾來見曹操，言被呂布追迫，特來相投。操曰：「玄德與吾兄弟也。」便請入城相見。次日，玄德留關、張在城外，自帶孫乾、糜竺入見操，操待以上賓之禮。玄德備訴呂布之事，操曰：「布乃無義之輩，吾與賢弟併力誅之。」玄德稱謝。操設宴相待，至晚送出。荀彧入見曰：「劉備英雄也，今不早圖，後必為患。」

操不答。彧出，郭嘉入。操曰：「荀彧勸我殺玄德，當如何？」嘉曰：「不可。主公興義兵，為百姓除暴，惟仗信義以招俊傑，猶懼其不來也；今玄德素有英雄之名，以困窮而來投，若殺之，是害賢也。天下智謀之士，聞而自疑，將裹足不前，主公與誰定天下乎？夫除一人之患，以阻四海之望，安危之機，不可不察。」

操大喜曰：「君言正合吾心。」次日，即表薦劉備領豫州牧。程昱諫曰：「劉備終不為人之下，不如早圖之。」操曰：「方今正用英雄之時，不可殺一人而失天下之心，此郭奉孝與吾有同見也。」遂不聽昱言，以兵三千，糧萬斛，送與玄德，使往豫州到任，進兵屯小沛，招集原散之兵，攻呂布。玄德至豫州，令人約會曹操。

操正欲起兵，自往征呂布，忽流星馬報說張濟自關中引兵攻南陽，為流矢所中而死；濟姪張繡統其眾，用賈詡為謀士，結連劉表，屯兵宛城，欲興兵犯闕奪駕。操大怒，欲興兵討之，又恐呂布來攻許都，乃問計於荀彧。彧曰：「此易事耳。呂布無謀之輩，見利必喜；明公可遣使往徐州，加官賜賞，令與玄德解和。布喜，則不思遠圖矣。」操曰：「善。」遂差奉車都尉王則，齎官誥併和解書，往徐州去訖；一面起兵十五萬，親討張繡。分軍三路而行，以夏侯惇為先鋒。軍馬至淯水下寨。

賈詡勸張繡曰：「操兵勢大，不可與敵，不如舉城投降。」張繡從之，使賈詡至操寨通款❷。操見

操非不欲殺劉備，但欲使呂布殺之，奸雄奸甚。

因酒及色，阿瞞頗露本相。

詡應對如流，甚愛之，欲用為謀士。詡曰：「某昔從李傕，得罪天下；今從張繡，言聽計從，未忍棄之。」乃辭去。次日引繡來見操，操待之甚厚。引兵入宛城屯紮，餘軍分屯城外，寨柵聯絡十餘里。一住數日，繡每日設宴請操。一日操醉，退入寢所，私問左右曰：「此城中有妓女否？」操之兄子曹安民，知操意，乃密對曰：「昨晚小姪窺見館舍之側，有一婦人，生得十分美麗。問之，即繡叔張濟之妻也。」

操聞言，便令安民領五十甲兵往取之。須臾，取到軍中。操見之，果然美麗，問其姓名。婦答曰：「妾乃張濟之妻鄒氏也。」操曰：「夫人識吾否？」鄒氏曰：「久聞丞相威名，今夕幸得瞻拜。」操曰：「吾為夫人，故特納張繡之降；不然滅族矣。」鄒氏拜曰：「實感再生之恩。」操曰：「今日得見夫人，乃天幸也。今宵願同枕席，隨吾還都，安享富貴，何如？」

鄒氏即拜謝。是夜共宿於帳中。鄒氏曰：「久住城中，繡必生疑，亦恐外人議論。」操曰：「明日同夫人寨中去住。」次日，移於城外安歇，喚典韋就中軍帳房外宿衛。他人非奉呼喚，不許輒入，因此內外不通。操每日與鄒氏取樂，不想歸期。張繡家人密報繡。繡怒曰：「操賊辱我太甚！」便請賈詡商議。詡曰：「此事不可泄漏。來日等操出帳議事，如此如此。……」

次日，操在帳中，張繡入告曰：「新降兵多有逃亡者，乞移屯中軍。」操許之，繡乃移屯其軍，分為四寨，刻期舉事。因畏典韋勇猛，急切難近，乃與偏將胡車兒商議。那胡車兒力能負五百斤，日行七百里，亦異人也。當下獻計於繡曰：「典韋之可畏者，雙鐵戟耳。主公明日可請他來吃酒，使盡醉而歸。那時某便溷入他跟來軍士數內，偷入帳房，盜其戟，此人不足畏矣。」

❷ 通款：向敵人表示願意降服。

繡甚喜，預先準備弓箭甲兵，告示各寨。至期令賈詡致意請典韋到寨，殷勤待酒。至晚醉歸，胡車兒雜在眾人隊裡，直入大寨。是夜曹操於帳中，與鄒氏飲酒。忽聽帳外人言馬嘶，操使人觀之。回報是張繡軍夜巡，操乃不疑。時近二更，忽聞寨後吶喊，報說草車上火起。操曰：「軍中失火，勿得驚動。」須臾，四下裡火起，操始著忙，急喚典韋。韋方醉臥，睡夢中聽得金鼓喊殺之聲，便跳起身來，卻尋不見了雙戟。時敵兵已到轅門，韋急掣步卒腰刀在手。只見門首無數軍馬，各挺長槍，搶入寨來。韋奮力向前，砍死二十餘人。軍馬方退，步軍又到，兩邊槍如葦列。韋身無片甲，上下被數十槍，兀自死戰。刀砍缺不堪用，韋即棄刀，雙手提著兩個軍人迎敵，擊死者八九人。群賊不敢近，只遠遠以箭射之。箭如驟雨，韋猶死拒寨門。爭奈寨後賊軍已入，韋背上又中一槍，乃大叫數聲，血流滿地而死。死了半晌，還無一人敢從前門而入者。

卻說曹操賴典韋當住寨門，乃得從寨後上馬逃奔，只有曹安民步隨。操右臂中了一箭，馬亦中了三箭。虧得那馬是大宛良馬，熬得痛，走得快。剛剛走到淯水河邊，賊兵追至，安民被砍為肉泥。操急驟馬衝波過河，纔上得岸，賊兵一箭射來，正中馬眼，那馬撲地倒了。操長子曹昂，即以己所乘之馬奉操。操上馬急奔。曹昂卻被亂箭射死。操乃走脫。路逢諸將，收集殘兵。

時夏侯惇所領青州之兵，乘勢下鄉，劫掠民家；平虜校尉于禁，即將本部軍於路剿殺，安撫鄉民。青州兵走回，迎操泣拜於地，言于禁造反，趕殺青州軍馬。操大驚。須臾，夏侯惇、許褚、李典、樂進都到。操言于禁造反，可整兵迎之。

卻說于禁見操等俱到，乃引軍射住陣角，鑿塹安營。或告之曰：「青州軍言將軍造反，今丞相已到，此是曹操得人心處，然必用自說，便知是假。

何不分辯，乃先立營寨耶？」于禁曰：「今賊追兵在後，不時即至；若不先準備，何以拒敵？分辯小事，退敵大事。」安營方畢，張繡軍兩路殺至。于禁身先出寨迎敵。繡急退兵。左右諸將，見于禁向前，各引兵擊之，繡軍大敗，追殺百餘里。繡勢窮力孤，引敗兵投劉表去了。

曹操收軍點將，于禁入見，備言青州之兵，肆行劫掠，大失民望，某故殺之。操曰：「不告我，先下寨，何也？」禁以前言對。操曰：「將軍在悤忙之中，能整兵堅壘，任謗任勞，使反敗為勝，雖古之名將，何以加茲！」乃賜以金器一副，封益壽亭侯，責夏侯惇治兵不嚴之過；又設祭，祭典韋。操親自哭而奠之，顧謂諸將曰：「吾折長子、愛姪，俱無深痛；獨號泣典韋也。」眾皆感歎。次日下令班師❸。

不說曹操還兵許都。且說王則齎詔至徐州，布迎接入府，開讀詔書，——封布為平東將軍，特賜印綬。——又出操私書。王則在呂布面前，極道曹公相敬之意。布大喜。忽報袁術遣人至，布喚入問之。使言：「袁公早晚即皇帝位，立東宮，催取皇妃早到淮南。」布大怒曰：「反賊焉敢如此！」遂殺來使，將韓胤用枷釘了，遣陳登齎謝表，解韓胤一同王則上許都來謝恩；且答書於操，欲求實授徐州牧。

操知布絕婚袁術，大喜，遂斬韓胤於市曹。陳登密諫操曰：「呂布豺狼也，勇而無謀，輕於去就，宜早圖之。」操曰：「吾素知呂布狼子野心，誠難久養。非公父子莫能究其情，公當與吾謀之。」登曰：「丞相若有舉動，某當為內應。」操大喜，表贈陳珪治中二千石，登為廣陵太守。登辭回，操執登手曰：「東方之事，便以相付。」

登點頭允諾，回徐州見呂布。布問之，登言父贈祿，某為太守。布大怒曰：「汝不為吾求徐州牧，

---

❸ 班師：回師。

而乃自求爵祿！汝父教我協同曹公，絕婚公路，今吾所求，終無一獲❹，而汝父子俱各顯貴，吾為汝父子所賣耳！」遂拔劍欲斬之。登大笑曰：「將軍何其不明之甚也！」布曰：「吾何不明？」登曰：「吾見曹公，言養將軍譬如養虎，當飽其肉；不飽則將噬人。曹公笑曰：『不如卿言。吾待溫侯，如養鷹耳。狐兔未息，不敢先飽。饑則為用，飽則颺去。』某問：『誰為狐兔？』曹公曰：『淮南袁術、江東孫策、冀州袁紹、荊州劉表、益州劉璋、漢中張魯，皆狐兔也。』」布擲劍笑曰：「曹公知我也！」正說話間，忽報袁術軍來取徐州。呂布聞言失驚。正是：秦晉未諧吳越鬬，婚姻惹出甲兵來。畢竟後事如何，且看下文分解。

---

❹ 終無一獲：猶言結果一無所得。

第一七回　袁公路大起七軍　曹孟德會合三將

卻說袁術在淮南，地廣糧多，又有孫策所質玉璽，遂思僭稱帝號；大會群下議曰：「昔漢高祖不過泗上一亭長，而有天下；今歷年四百，氣數已盡，海內鼎沸。吾家四世三公，百姓所歸；吾欲應天順人，正位九五，爾眾人以為如何？」主簿閻象曰：「不可。昔周后稷積德累功，至於文王，三分天下有其二，猶以服事殷。明公家世雖貴，未若有周之盛；漢室雖微，未若殷紂之暴也。此事決不可行。」術怒曰：「吾袁姓出於陳。陳乃大舜之後。以土承火，正應其運。又讖云：『代漢者，當塗高也。』吾字公路，正應其讖。又有傳國玉璽，若不為君，背天道也。吾意已決，多言者斬！」

薄視亭長，重稱四世三公，只是自矜家世。

遂建號仲氏，立臺省等官，乘龍鳳輦，祀南北郊，立馮方女為后，立子為東宮。因命使催取呂布之女為東宮妃，卻聞布已將韓胤解赴許都，為曹操所斬，乃大怒；遂拜張勳為大將軍，統領大軍二十餘萬，分七路征徐州：第一路大將張勳居中，第二路上將橋蕤居左，第三路上將陳紀居右，第四路副將雷薄居左，第五路副將陳蘭居右，第六路降將韓暹居左，第七路降將楊奉居右。各領部下健將，剋日起行。命兗州刺史金尚為太尉，監運七路錢糧。尚不從，術殺之，以紀靈為七路都救應使。術自引軍三萬，使李豐、梁剛、樂就為催進使，接應七路之兵。

呂布使人探聽得張勳一軍從大路逕取徐州，橋蕤一軍取小沛，陳紀一軍取沂都，雷薄一軍取瑯琊，陳蘭一軍取碣石，韓暹一軍取下邳，楊奉一軍取浚山；七路軍馬，日行五十里，於路劫掠將來，乃急召眾謀士商議。陳宮與陳珪父子俱至。陳宮曰：「徐州之禍，乃陳珪父子所招；媚朝廷以求爵祿，今日移禍於將軍，可斬二人之頭獻袁術，其軍自退。」

布聽其言，即命擒下陳珪、陳登。陳登大笑曰：「何如是之懦也？吾觀七路之兵，如七堆腐草，何足介意！」布曰：「汝若有計破敵，免汝死罪。」陳登曰：「將軍若用愚夫之言，徐州可保無虞。」布曰：「試言之。」登曰：「術兵雖眾，皆烏合之師，素不親信；我以正兵守之，出奇兵勝之，無不成功。更有一計，不止保安徐州，并可生擒袁術。」布曰：「計將安出？」登曰：「韓暹、楊奉，乃漢舊臣，因懼曹操而走，無家可依，暫歸袁術；術必輕之，彼亦不樂為術用。若憑尺書結為內應，更連劉備為外合，必擒袁術矣。」布曰：「汝須親到韓暹、楊奉處下書。」陳登允諾。

布乃發表上許都，并致書與豫州，然後令陳登引數騎，先於下邳道上候韓暹。暹引兵至，下寨畢，登入見。暹問曰：「汝乃呂布之人，來此何幹？」登笑曰：「某為大漢公卿，何謂呂布之人？若將軍，向為漢臣，今乃為叛賊之臣，使昔日關中保駕之功，化為烏有，竊為將軍不取也。且袁術性最多疑，將軍後必為其所害。今不早圖，悔之無及。」暹歎曰：「吾欲歸漢，恨無門耳。」登乃出布書。暹覽書畢曰：「吾已知之。公先回。吾與楊將軍反戈擊之。但看火起為號，溫侯以兵相應可也。」

登辭暹，急回報呂布。布乃分兵五路：高順引一軍進小沛，敵橋蕤；陳宮引一軍進沂都，敵陳紀；張遼、臧霸，引一軍出瑯琊，敵雷薄；宋憲、魏續，引一軍出碣石，敵陳蘭；呂布自引一軍，出大道，敵張勳。各領軍一萬，餘者守城。呂布出城三十里下寨。張勳軍到，料敵呂布不過，且退二十里屯住，待四下兵接應。

是夜二更時分，韓暹、楊奉分兵到處放火，接應呂家軍入寨。勳軍大亂。呂布乘勢掩殺，張勳敗走。呂布趕到天明，正撞著紀靈接應。兩軍相迎，恰待交鋒，韓暹、楊奉兩路殺來。紀靈大敗而走，呂布引兵追殺，山後一彪軍到。門旗開處，只見一隊軍馬，打龍鳳日月旗旛，四斗五方旌幟，金瓜銀斧，黃鉞白旄，黃羅銷金傘蓋之下，袁術身披金甲，腕懸兩刀，立於陣前，大罵呂布：「背主家奴！」布怒，挺戟向前。術將李豐挺鎗來迎；戰不三合，被布刺傷其手，豐棄鎗而走。呂布麾兵衝殺，術軍大亂。呂布引軍從後追趕，搶奪馬匹衣甲無數。袁術引著敗軍，走不上數里，山背後一彪軍出，截住去路。當先一將，乃關雲長也。大叫「反賊！還不受死！」袁術慌走，餘眾四散奔逃，被雲長大殺了一陣。袁術收拾敗軍，奔回淮南去了。

呂布得勝，邀請雲長并楊奉、韓暹等一行人馬到徐州大排筵宴款待。軍士都有犒賞。次日，雲長辭歸。布保韓暹為沂都牧，楊奉為瑯琊牧，商議欲留二人在徐州。陳珪曰：「不可。韓、楊二人據山東不出一年，則山東城郭皆屬將軍也。」布然之。遂送二將暫於沂都、瑯琊二處屯箚，以候恩命。陳登私問父曰：「何不留二人在徐州，為殺呂布之根？」珪曰：「倘二人協助呂布，是反為虎添爪牙也。」登乃服父之高見。

卻說袁術敗回淮南，遣人往江東問孫策借兵報讎。策怒曰：「汝賴吾玉璽，僭稱帝號，背反漢室，大逆不道！吾方欲加兵問罪，豈肯反助叛賊乎？」遂作書以絕之。使者齎書回見袁術。術看畢，怒曰：「黃口孺子，何敢乃爾！吾先伐之！」長史楊大將力諫方止。

猶以年

幼輕之，殊屬夢夢。

卻說孫策自發書後，防袁術兵來，點軍守住江口。忽曹操使至，拜策為會稽太守，令起兵征討袁術。策乃商議，便欲起兵。長史張昭曰：「術雖新敗，兵多糧足，未可輕敵；不如遺書曹操，勸他南征，吾為後應。兩軍相援，術軍必敗。萬一有失，亦望操救援。」策從其言，遣使以此意達曹操。

卻說曹操至許都，思慕典韋，立祀祭之；封其子典滿為中郎，收養在府。忽報孫策遣使致書。操覽書畢，又有人報袁術乏糧，劫掠陳留，欲乘虛攻之。遂興兵南征，令曹仁守許都，其餘皆從征，馬步兵十七萬，糧食輜重千餘車；一面先發人會合孫策與劉備、呂布。

兵至豫章界上，玄德早引兵來迎，操命請入營。相見畢，玄德獻上首級二顆。操驚曰：「此是何人首級？」玄德曰：「此韓暹、楊奉之首級也。」操曰：「何以得之？」玄德曰：「呂布令二人權住沂都、瑯琊兩縣，不意二人縱兵掠民，人人嗟怨；因此備乃設一宴，詐請議事；飲酒間，擲盞為號，使關、張二弟殺之，盡降其眾。今特來請罪。」操曰：「君為國家除害，正是大功，何言罪也？」

遂厚勞玄德，合兵到徐州界。呂布出迎，操善言❶撫慰，封為左將軍，許於還都之時，換給印綬。布大喜。操即分呂布一軍在左，玄德一軍在右，自統大軍居中，令夏侯惇、于禁為先鋒。

袁術知曹兵至，令大將橋蕤引兵五萬作先鋒。兩軍會於壽春界口；橋蕤當先出馬，與夏侯惇戰不三合，被夏侯惇搠死。術軍大敗，奔走回城。忽報孫策發船攻江邊西面，呂布引兵攻東面，劉備、關、張引兵攻南面，操自引兵十七萬攻北面。術大驚，急聚眾文武商議。楊大將曰：「壽春水旱連年，人皆缺食；今又動兵擾民，民既生怨，兵至難以拒敵。不如留軍在壽春，不必與戰。待彼糧盡，必然生變。陛

❶ 善言：好話。

下且統御林軍渡淮，一者就熟，二者暫避其銳❷。」術用其言，留李豐、樂就、梁剛、陳紀四人，分兵十萬，堅守壽春；其餘將卒，并庫藏金玉寶貝，盡數收拾過淮去了。

卻說曹兵十七萬，日費糧食浩大，諸郡又荒旱，接濟不及；操催軍速戰，李豐等閉門不出。操軍相拒月餘，糧食將盡，致書於孫策，借得糧米十萬斛，不敷支散。管糧官任峻、部下倉官王垕，入稟操曰：「兵多糧少，當如之何？」操曰：「可將小斛散之，權且救一時之急。」垕曰：「兵士倘怨，如何？」操曰：「吾自有策。」

垕依命，以小斛分散。操暗使人各寨探聽，無不嗟怨，皆言丞相欺眾。操乃密召王垕入曰：「吾欲問汝借一物，以壓眾心，汝必勿吝。」垕曰：「丞相欲用何物？」操曰：「欲借汝頭以示眾耳。」垕大驚曰：「某實無罪。」操曰：「吾亦知汝無罪；但不殺汝，軍心變矣。汝死後，汝妻子吾自養之，汝勿慮也。」垕再欲言時，操早呼刀斧手推出門外，一刀斬訖，懸頭高竿，出榜曉示曰：「王垕故行小斛，盜竊官糧，謹按軍法。」於是眾怨始解。

純用霸術。

次日，操傳令各營將領：「如三日內不併力破城，皆斬！」操親至城下，督諸軍搬土運石，填壕塞塹。城上矢石如雨，有兩員裨將畏避而回，操掣劍親斬於城下，遂自下馬接土填坑。於是大小將士，無不向前，軍威大振。城上抵敵不住。曹兵爭先上城，斬關落鎖，大隊擁入。李豐、陳紀、樂就、梁剛，都被生擒。操令皆斬於市。焚燒偽造宮室殿宇，一應犯禁之物。壽春城中，收掠一空。商議欲進兵渡淮，

❷ 銳：鋒芒的意思。

追趕袁術。荀彧諫曰：「年來荒旱，糧食艱難，若更進兵，勞軍損民，未必有利；不若暫回許都，待來春麥熟，軍糧足備，方可圖之。」

操躊躇未決。忽報馬到，報說「張繡依託劉表復肆猖獗；南陽諸縣復反；曹洪拒敵不住，連輸數陣，今特來告急」。操乃馳書與孫策，令其跨江布陣，以為劉表疑兵，使不敢妄動；自己即日班師，別議征張繡之事。臨行，令玄德仍屯兵小沛，與呂布結為兄弟，互相救助，無再相侵。呂布引兵自回徐州。操密謂玄德曰：「吾令汝屯兵小沛，是『掘坑待虎』之計也。公但與陳珪父子商議，勿致有失。某當為公外援。」話畢而別。

陽使合，陰使離。

卻說曹操引軍回許都，人報段煨殺了李傕，伍習殺了郭汜，將頭來獻。段煨併將李傕合族老小二百餘口活解入許都。操令分於各門處斬，傳首號令，人民稱快。天子陞殿，會集文武，作太平筵宴。封段煨為盪寇將軍，伍習為殄虜將軍，各引兵鎮守長安。二人謝恩而去。操即奏張繡作亂，當興兵伐之。天子乃親排鑾駕，送操出師。時建安三年夏四月也。

操留荀彧在許都，調遣兵將，自統大軍進發。行軍之次，見一路麥已熟。民因兵至，逃避在外，不敢刈麥。操使人遠近遍諭村人父老，及各處守境官吏曰：「吾奉天子明詔，出兵討逆，與民除害。方今麥熟之時，不得已而起兵，大小將校，凡過麥田，但有踐踏者，並皆斬首。軍法甚嚴，爾民勿得驚疑。」百姓聞諭，無不歡喜稱頌，望塵遮道而拜。官軍經過麥田，皆下馬以手扶麥，遞相傳送而過，並不敢踐踏。

操乘馬正行，忽田中驚起一鳩，那馬眼生，竄入麥中，踐壞了一大塊麥田。操隨呼行軍主簿，擬議自己踐麥之罪。主簿曰：「丞相豈可議罪？」操曰：「吾自制法，吾自犯之，何以服眾？」即掣所佩之劍欲自刎。眾急救住。郭嘉曰：「古者春秋之義，法不加於尊。丞相總統大軍，豈可自戕？」操沈吟良久，乃曰：「既春秋有法不加於尊之義，吾姑免死。」乃以劍割自己之髮，擲於地曰：「割髮權代首。」使人以髮傳示三軍曰：「丞相踐麥，本當斬首號令，今割髮以代。」於是三軍悚然，無不懍遵軍令。後人有詩論之曰：

> 十萬貔貅十萬心，一人號令眾難禁。
> 拔刀割髮權為首，方見曹瞞詐術深。

權詐可愛。

卻說張繡知操引兵來，急發書報劉表，使為後應；一面與雷敘、張先二將領兵出城迎敵。兩陣對圓，張繡出馬，指操罵曰：「汝乃假仁義無廉恥之人，與禽獸何異！」操大怒，令許褚出馬，繡令張先接戰。只三合，許褚斬張先於馬下，繡軍大敗。操引軍趕至南陽城下。繡入城，閉門不出。

操圍城攻打，見城壕甚闊，水勢又深，急難近城，乃令軍士運土填濠；又用土布袋并柴薪草把相雜於城邊作梯凳；又立雲梯窺望城中。操自騎馬遶城觀之。如此三日，操傳令教軍士於西門角上，堆積柴薪，會集諸將，就那裡上城。

城中賈詡見如此光景，便謂張繡曰：「某已知曹操之意矣；今可將計就計而行。」正是：強中自有強中手，用詐還逢識詐人。不知其計若何，且看下文分解。

第一八回　賈文和料敵決勝　夏侯惇拔矢啖睛

卻說賈詡料知曹操之意，便欲將計就計而行，乃謂張繡曰：「某在城上，見曹操遶城而觀者三日。他見城東南角磚土之色，新舊不等，鹿角❶多半毀壞，意將從此處攻進；卻虛去西北上積草，詐為聲勢，欲哄我撤兵守西北，彼乘夜黑，必爬東南角而進也。」繡曰：「然則奈何？」詡曰：「此易事耳。來日可令精壯之兵，飽食輕裝，盡藏於東南房屋內，卻教百姓假扮軍士，虛守西北，夜間任他在東南角上爬城。俟其爬進城時，一聲砲響，伏兵齊起，操可擒矣。」

繡喜從其計。早有探馬報曹操，說張繡盡撤兵在西北角上，吶喊守城，東南卻甚空虛。操曰：「中吾計矣！」遂命軍中密備鍬钁，爬城器具，日間只引軍攻西北角；至二更時分，卻領精兵於東南角上爬入濠去，砍開鹿角。城中全無動靜，眾軍一齊擁入。只聽得一聲砲響，伏兵四起。曹軍急退，背後張繡親驅勇壯殺來。曹軍大敗，退出城外，奔走數十里。張繡直殺至天明方收軍入城。曹操計點敗軍，已折五萬餘人，失去輜重無數。呂虔、于禁，俱各被傷。

以詐待詐，正是將計就計。

卻說賈詡見操敗走，急勸張繡遺書劉表，使起兵截其後路。表得書，即欲起兵，忽探馬報孫策屯兵湖口。蒯良曰：「策屯兵湖口，乃曹操之計也。今操新敗，若不乘勢擊之，後必有患。」表乃令黃祖堅

❶ 鹿角：把帶枝的樹木削尖，埋在營寨門前或交通要道以阻止敵人兵馬前進的障礙物。

守隘口，自己統兵至安眾縣截操後路；一面約會張繡。繡知表兵已起，即同賈詡引兵襲操。

且說操軍緩緩而行，至襄城到淯水，操忽於馬上放聲大哭。眾驚問其故。操曰：「吾思去年於此地折了吾大將典韋，不由不哭耳！」因即下令屯住軍馬，大設祭筵，弔奠典韋亡魂。操親自拈香哭拜，三軍無不感歎。祭典韋畢，方祭姪曹安民及長子曹昂，并祭陣亡軍士；連那匹射死的大宛馬，也都致祭。

此老得將士心，慣用斯法。

次日，忽荀彧差人報說：「劉表助張繡屯兵安眾，截吾歸路。」操答彧書曰：「吾日行數里，非不知賊來追我；然吾計畫已定，若到安眾，破繡必矣。君等勿疑。」便催軍行至安眾縣界。劉表軍已守險要，張繡隨後引軍趕來。操乃令眾軍黑夜鑿險開道，暗伏奇兵。

及天色微明，劉表、張繡軍會合，見操兵少，疑操遁去，俱引兵入險擊之。操縱奇兵出，大破兩家之兵。曹兵出了安眾界口，於隘外下寨，劉表、張繡，各整敗兵相見。表曰：「何期反中曹操奸計！」繡曰：「容再圖之。」於是兩軍集於安眾。

且說荀彧探知袁紹欲興兵犯許都，星夜馳書報曹操。操得書心慌，即日回兵。細作報知張繡，繡欲追之。賈詡曰：「不可追也，追之必敗。」劉表曰：「今日不追，坐失機會矣。」力勸繡引軍萬餘同往追之。約行十餘里。趕上曹軍後隊，曹軍奮力接戰，繡、表兩軍大敗而還。繡謂詡曰：「不用公言，果有此敗。」詡曰：「今可整兵再往追之。」繡與表俱曰：「今已敗，奈何復追？」詡曰：「今番追去，必獲大勝；如其不然，請斬吾首。」繡信之。劉表疑慮，不肯同往，繡乃自引一軍往追。操兵果然大敗，車馬輜重，連路散棄而走。

繡正往前追趕，忽山後一彪軍擁出。繡不敢前追，收軍回安眾。劉表問賈詡曰：「前以精兵追退兵，而公曰必敗；後以敗卒擊勝兵，而公曰必克；究竟悉如公言，何其事不同而皆驗也？願公明教我。」詡曰：「此易知耳。將軍雖善用兵，非曹操敵手。操軍雖敗，必有勁將為殿❷，以防追兵；我兵雖銳，不能敵之也；故知必敗。夫操之急於退兵者，必因許都有事；既破我追軍之後，必輕車速回，不復為備；我乘其不備而更追之，故能勝也。」劉表、張繡，俱服其高見。詡勸表回荊州，繡守襄城，以為脣齒，兩軍各散。

且說曹操正行間，聞報後軍為繡所追，急引眾將回身救應。只見繡軍已退，敗兵回告操曰：「若非山後這一路人馬阻住中路，我等皆被擒矣。」操急問何人，那人綽槍下馬，拜見曹操，乃鎮威中郎將，江夏平春人；姓李，名通，字文達。操問何來，通曰：「近守汝南，聞丞相與張繡、劉表戰，特來接應。」操喜，封通為建功侯，守汝南西界，以防表、繡。李通拜謝而去。

操還許都，表奏孫策有功，封為討逆將軍，賜爵吳侯，遣使齎詔江東，諭令防剿劉表。操回府，眾官參見畢。荀彧問曰：「丞相緩行至安眾，何以知必勝賊兵？」操曰：「彼退無歸路，必將死戰，吾緩誘之而暗圖之，是以知其必勝也。」

荀彧拜服。郭嘉入。操曰：「公來何暮也？」嘉袖出一書，白操曰：「袁紹使人致書丞相，言欲出兵攻公孫瓚，特來借糧借兵。」操曰：「吾聞紹欲圖許都，今見吾歸，又別生他議。」遂拆書觀之。見其詞意驕慢，乃問嘉曰：「袁紹如此無狀，吾欲討之，恨力不及，如何？」

嘉曰：「劉項之不敵，公所知也。高祖惟智勝，項羽雖強，終為所擒。今紹有十敗，公有十勝；紹

隱然以高祖待

❷ 殿：即後衛。

操。

兵雖盛，不足懼也。紹繁禮多儀，公體任自然，此道勝也；紹以逆動，公以順率，此義勝也；桓靈以來，政失於寬，紹以寬濟，公以猛糾，此治勝也；紹外寬內忌，所任多親戚，公外簡內明，用人惟才，此度勝也；紹多謀少決，公得策輒行，此謀勝也；紹專收名譽，公以至誠待人，此德勝也；紹恤近忽遠，公慮無不周，此仁勝也；紹聽讒惑亂，公浸潤❸不行，此明勝也；紹是非混淆，公法度嚴明，此文勝也；紹好為虛勢，不知兵要，公以少克眾，用兵如神，此武勝也：——公有此十勝，於以敗紹無難矣。」

操笑曰：「如公所言，孤何足以當之？」荀彧曰：「郭奉孝十勝十敗之說，正與愚見相合。紹兵雖眾，何足懼耶！」嘉曰：「徐州呂布，實心腹大患。今紹北征公孫瓚，我當乘其遠出，先取呂布，掃除東南，然後圖紹，乃為上計；否則我方攻紹，布必乘虛來犯許都，為害不淺也。」

操然其言，遂議東征呂布。荀彧曰：「可先使人往約劉備，待其回報，方可動兵。」操從之，一面發書與玄德，一面厚遣紹使，奏封紹為大將軍太尉，兼都督冀、青、幽、并四州，密書答之云：「公可討公孫瓚吾當相助。」紹得書大喜，便進兵攻公孫瓚。

且說呂布在徐州，每當賓客宴會之際，陳珪父子必盛稱布德。陳宮不悅，乘間告布曰：「陳珪父子面諛將軍，其心不可測，宜善防之。」布怒叱曰：「汝無端獻讒，欲害好人耶？」宮出歎曰：「忠言不入，吾輩必受殃矣。」意欲棄布他往，卻又不忍；又恐被人嗤笑，乃終日悶悶不樂。

一日，帶領數騎去小沛地面圍獵解悶，忽見官道上一騎驛馬，飛奔前去。宮疑之，棄了圍場，引從騎從小路趕上，問曰：「汝是何處使命？」那使者知是呂布部下人，慌不能答。陳宮令搜其身，得玄德

❸ 浸潤：「浸潤之譖」的省語。意思是不時用讒言誣害別人，以達自己的目的。

回答曹操密書一封。宮即連人與書，拿見呂布。布問其故。來使曰：「曹丞相差我往劉豫州處下書，今得回書，不知書中所言何事。」布乃拆書細看。書略曰：

奉明命欲圖呂布，敢不夙夜用心？但備兵微將少，不敢輕動。丞相若興大師，備當為前驅。謹嚴兵整甲，專待鈞命。

呂布見了，大驚曰：「操賊焉敢如此！」遂將使者斬首，先使陳宮、臧霸，結連泰山寇孫觀、吳敦、尹禮、昌豨，東取山東兗州諸郡。令高順、張遼取沛城攻玄德。令宋憲、魏續，西取汝潁。布自總中軍為三路救應。

且說高順等引兵出徐州，將至小沛，有人報知玄德。玄德急與眾商議。孫乾曰：「可速告急於曹操。」玄德曰：「誰可去許都告急？」階下一人出曰：「某願往。」視之，乃玄德同郡人，姓簡，名雍，字憲和，現為玄德幕賓。玄德即修書付簡雍，使星夜赴許都求援；一面整頓守城器具。玄德自守南門，孫乾守北門，雲長守西門，張飛守東門，令糜竺與其弟糜芳守護中軍。原來糜竺有一妹，嫁與玄德為次妻。玄德與他兄弟有郎舅之親，故令其守中軍保護妻小。

高順軍至，玄德在敵樓上問曰：「吾與奉先無隙，何故引兵至此？」順曰：「你結連曹操，欲害吾主，今事已露，何不就縛？」言訖，便麾軍攻城。玄德閉門不出。次日，張遼引兵攻打西門。雲長從城上謂之曰：「公儀表非俗，何故失身於賊？」張遼低頭不語。雲長知此人有忠義之氣，更不以惡言相加，亦不出戰。

壯士惜壯士，

豪傑愛豪傑。

遼引兵退至東門，張飛便出迎戰。早有人報知關公。關公急來東門看時，只見張飛方出城，張遼軍已退。飛欲追趕，關公急召入城。飛曰：「彼懼而退，何不追之？」關公曰：「此人武藝不在你我之下。因我以正言感之，頗有自悔之心，故不與我等戰耳。」飛乃悟，只令士卒堅守城門，更不出戰。

卻說簡雍至許都見曹操，具言前事。操即聚眾謀士議曰：「吾欲攻呂布，不憂袁紹掣肘❹，只恐劉表、張繡擾其後耳。」荀攸曰：「二人新破，未敢輕動。呂布驍勇，若更結連袁術，縱橫淮泗，急難圖矣。」郭嘉曰：「今可乘其初叛，眾心未附疾往擊之。」

操從其言，即命夏侯惇與夏侯淵、呂虔、李典領兵五萬先行，自統大軍陸續進發，簡雍隨行。早有探馬報知高順。順飛報呂布，布先令侯成、郝萌、曹性引二百餘騎接應高順，使離沛城三十里去迎曹軍，自引大軍隨後接應。

玄德在小沛城中見高順退去，知是曹家兵至，乃只留孫乾守城，糜竺、糜芳守家，自己卻與關、張二公，提兵盡出城外，分頭下寨，接應曹軍。

卻說夏侯惇引軍前進，正與高順軍相遇，便挺槍出馬搦戰。高順迎敵。兩馬相交，戰有四五十合，高順抵敵不住，敗下陣來。惇縱馬追趕，順遶陣而走。惇不捨，亦遶陣追之。陣上曹性看見，暗地拈弓搭箭，覷得真切，一箭射去，正中夏侯惇左目。惇大叫一聲，急用手拔箭，不想連眼珠拔出；乃大呼曰：「父精母血，不可棄也！」遂納於口內啖之，仍復挺槍縱馬，直取曹性。性不及提防，早被一槍搠透面門，死於馬下。兩邊軍士見者，無不駭然。

❹ 掣肘：牽掣留難的意思。

夏侯惇既殺曹性，縱馬便回。高順從背後趕來，麾軍齊上，曹軍大敗。夏侯淵救護其兄而走。呂虔、李典，將敗軍退去濟北下寨。高順得勝，引軍回擊玄德，恰好呂布大軍亦至。布與張遼、高順分兵三路，來攻玄德、關、張三寨。正是：

啖睛猛將雖能戰，中箭先鋒難久持。未知玄德勝負如何，且看下文分解。

第一九回　下邳城曹操鏖兵　白門樓呂布殞命

卻說高順引張遼擊關公寨，呂布自擊張飛寨，關、張各出迎戰，玄德引兵兩路接應。呂布分軍從背後殺來，關、張兩軍皆潰，玄德引數十騎奔回沛城。呂布趕來，玄德急喚城上軍士放下弔橋。呂布隨後也到。城上欲待放箭，又恐射了玄德。被呂布乘勢殺入城門，把門將士，抵敵不住，都四散奔避。呂布招軍入城。玄德見勢已急，到家不及，只得棄了妻小，穿城而過，走出西門，匹馬逃難。

呂布趕到玄德家中，糜竺出迎，告布曰：「吾聞大丈夫不廢人之妻子。今與將軍爭天下者，曹公耳。玄德常念轅門射戟之恩，不敢背將軍也；今不得已而投曹公，惟將軍憐之。」布曰：「吾與玄德舊交，豈忍害他妻子？」便令糜竺引玄德妻小，去徐州安置，布自引軍投山東兗州境上，留高順、張遼守小沛，此時孫乾已逃出城外。關、張二人亦各自收得些人馬，往山中住劄。

且說玄德匹馬逃難。正行間，背後一人趕至，視之乃孫乾也。玄德曰：「吾今兩弟不知存亡，妻小失散，為之奈何？」孫乾曰：「不若且投曹操，以圖後計。」玄德依言，尋小路投許都途次絕糧，嘗往村中求食。但到處，聞劉豫州，皆爭進飲食。一日，到一家投宿，其家一少年出拜，問其姓名，乃獵戶劉安也。

當下劉安聞豫州牧至，欲尋野味供食，一時不能得，乃殺其妻以食之。玄德曰：「此何肉也？」安曰：「乃狼肉也。」玄德不疑，遂飽食了一頓，天晚就宿。至曉將去，往後院取馬，忽見一婦人殺於廚下，臂上肉已都割去。玄德驚問，方知昨夜食者，乃其妻之肉也。玄德不勝傷感，洒淚上馬。劉安告玄德曰：「本欲相隨使君，因老母在堂，未敢遠行。」

玄德稱謝而別，取路出梁城，忽見塵頭蔽日，一彪大軍來到。玄德知是曹操之軍，同孫乾徑至中軍旗下，與曹操相見，具說失沛城，散二弟，陷妻小之事。操亦為之下淚。又說劉安殺妻為食之事。操乃令孫乾以金百兩往賜之。

軍行至濟北，夏侯淵等迎接入寨，備言兄夏侯惇損其一目，臥病未痊。操臨臥處視之，令先回許都調理；一面使人打探呂布現在何處。探馬回報云：「呂布與陳宮、臧霸，結連泰山賊寇，共攻兗州諸郡。」操即令曹仁引三千兵打沛城。操親提大軍，與玄德來戰呂布。前至山東，路近蕭關，正遇泰山寇孫觀、吳敦、尹禮、昌豨，領兵三萬餘攔住去路。操令許褚迎戰，四將一齊出馬。許褚奮力死戰，四將抵敵不住，各自敗走。操乘勢掩殺，追至蕭關，探馬飛報呂布。

時布已回徐州，欲同陳登往救小沛，令陳珪守徐州，陳登臨行，珪謂之曰：「昔曹公曾言東方事盡付與汝。今布將敗，可便圖之。」登曰：「外面之事，兒自為之；倘布敗回，父親便請糜竺一同守城，休放布入，兒自有脫身之計。」珪曰：「布妻小在此，心腹頗多，為之奈何？」登曰：「兒亦有計了。」乃入見呂布曰：「徐州四面受敵，操必力攻，我當先思退步。可將錢糧移於下邳，倘徐州被圍，下邳有糧可救。主公盍早為計？」布曰：「元龍之言甚善。吾當并妻小移去。」遂令宋憲、魏續保護妻小與錢糧移屯下邳；一面自引軍與陳登往救蕭關。到半路，登曰：「容某先到關探曹兵虛實，主公方可行。」

只一陳登，弄得他七顛八倒。

布許之，登乃先到關上。陳宮等接見。登曰：「溫侯深怪公等不肯向前，要來責罰。」宮曰：「今曹兵勢大，未可輕敵。吾等緊守關隘，可勸主公深保沛城，乃為上策。」陳登唯唯。至晚上關而望，見曹兵直逼關下，乃乘夜連寫三封書，拴在箭上，射下關去。次日辭了陳宮，飛馬來見呂布曰：「關上孫觀等皆欲獻關，某已留下陳宮把守，將軍可於黃昏時殺去救應。」

布曰：「非公則此關休矣。」便教陳登飛騎先至關，約陳宮為內應，舉火為號。登徑往報宮曰：「曹兵已抄小路到關內，恐徐州有失。公等宜急回。」宮遂引眾棄關而走。登就關上放起火來。呂布乘黑殺至，陳宮軍和呂布軍在黑暗裡自相掩殺。

曹兵望見號火，一齊殺到，乘勢攻擊。孫觀等各自四散逃避去了。呂布直殺到天明，方知是計，急與陳宮回徐州。到得城邊叫門時，忽城上亂箭射下。糜竺在敵樓上喝曰：「汝奪吾主城池，今當仍還吾主，汝不得復入此城也。」布大怒曰：「陳珪何在？」竺曰：「吾已殺之矣。」布回顧宮曰：「陳登安在？」宮曰：「將軍尚執迷而問此佞賊乎？」

布令徧尋軍中，卻只不見。宮勸布急投小沛，布從之。行至半路，只見一彪軍驟至，視之乃高順、張遼也。布問之，答曰：「陳登來報說主公被圍，令某等急來救解。」宮曰：「此又佞賊之計也。」布怒曰：「吾必殺此賊！」急驅馬至小沛。只見城上盡插曹兵旗號。原來曹操已令曹仁襲了城池，引軍守把。呂布於城下大罵陳登。登在城上指布罵曰：「吾乃漢臣，安肯事汝反賊耶！」布大怒。正待攻城，忽聽背後喊聲大起，一隊人馬來到。當先一將，乃是張飛。高順出馬迎敵，不能取勝。布親自接戰。正鬬間，陣外喊聲復起，曹操親統大軍衝殺前來。

呂布料難抵敵，引軍東走。曹兵隨後追趕。呂布走得人困馬乏，忽又閃出一彪軍攔住去路。為首一將，立馬橫刀，大喝「呂布休走！關雲長在此！」呂布慌忙接戰。背後張飛趕來。布無心戀戰，與陳宮等殺開條路，徑奔下邳。侯成引兵接應去了。關、張相見，各洒淚言失散之事。雲長曰：「我在海州路上住劄，探得消息，故來至此。」張飛曰：「弟在芒碭山住了這幾時，今日幸得相遇。」兩個敘話畢；一同引兵來見玄德，哭拜於地。玄德悲喜交集，引二人見曹操，便隨操入徐州。糜竺接見，具言家屬無恙。玄德甚喜。陳珪父子亦來參拜曹操。操設一大宴，犒勞諸將。操自居中，使陳珪居左，玄德居右。其餘將士，各依次坐。宴罷，操嘉陳珪父子之功，加封十縣之祿，授登為伏波將軍。

且說曹操得了徐州，心中大喜，商議起兵攻下邳。程昱曰：「布今止有下邳一城，若逼之太急，必死戰而投袁術矣。布與術合，其勢難攻，今可使能事者守往淮南徑路，內防呂布，外當袁術。況今山東尚有臧霸、孫觀之徒，未曾歸順，防之亦不可忽也。」

操曰：「吾自當山東諸路，其淮南徑路，請玄德當之。」玄德曰：「丞相將令，安敢有違？」次日，玄德留糜竺、簡雍在徐州，帶孫乾、關、張引軍往守淮南徑路。曹操自引兵攻下邳。

且說呂布在下邳，自恃糧食足備，且有泗水之險，安心坐守，可保無虞。陳宮曰：「今操兵方來，可乘其寨柵未定，以逸擊勞，無不勝者。」布曰：「吾方屢敗，不可輕出。待其來攻而後擊之，皆落泗水矣。」遂不聽陳宮之言。

過數日，曹兵下寨已定。操統眾將至城下，大叫呂布答話。布上城而立。操謂布曰：「聞奉先又欲結婚袁術，吾故領兵至此。夫術有反逆大罪，而公有討董卓之功，今何自棄其前功而從逆賊耶？倘城池一破，悔之晚矣！若早來降，共扶王室，當不失封侯之位。」布曰：「丞相且退，尚容商議。」

陳宮在布側大罵曹操奸賊，一箭射中其麾蓋。操指宮恨曰：「吾誓殺汝！」遂引兵攻城。宮謂布曰：「曹操遠來，勢不能久。將軍可以步騎出屯於外，宮將餘眾閉守於內。操若攻將軍，宮引兵擊其背；若來攻城，將軍為救於後。不過旬日，操軍食盡，可一鼓而破。此乃犄角之勢也。」布曰：「公言極是。」遂歸府收拾戎裝。時方冬寒，吩咐從人多帶綿衣。

布妻嚴氏聞之，出問曰：「君欲何往？」布告以陳宮之謀。嚴氏曰：「君委全城，捐妻子，孤軍遠出，倘一旦有變，妾豈得為將軍之妻乎？」布躊躇未決，三日不出。宮入見曰：「操軍四面圍城，若不早出，必受其困。」布曰：「吾思遠出不如堅守。」宮曰：「近聞操軍糧少，遣人往許都去取，早晚將至。將軍可引精兵往斷其糧道。此計大妙。」

布然其言，復入內對嚴氏說知此事。嚴氏泣曰：「將軍若出，陳宮、高順，安能堅守城池？倘有差失，悔無及矣！妾昔在長安，已為將軍所棄，幸賴龐舒私藏妾身，再得與將軍相聚；孰知今又棄妾而去乎？將軍前程萬里，請勿以妾為念！」言罷痛哭。

先以危詞動之，又以哀詞訣之，然後繼之一哭，不由丈夫不聽。

布聞言愁悶不決，入告貂蟬。貂蟬曰：「將軍與妾作主，勿輕騎自出。」布曰：「汝無憂慮。吾有畫戟、赤兔馬，誰敢近我！」乃出謂陳宮曰：「操軍糧至者，詐也。操多詭計，吾未敢動。」宮出歎曰：「吾等死無葬身之地矣！」

布於是終日不出，只同嚴氏、貂蟬飲酒解悶。謀士許汜、王楷入見布，進計曰：「今袁術在淮南，聲勢大振。將軍舊曾與彼約婚，今何不仍求之？彼兵若至，內外夾攻，操不難破也。」布從其計，即日修書，就著二人前去。許汜曰：「須得一軍引路衝出方好。」布令張遼、郝萌兩個引兵一千，送出隘口。是夜二更，張遼在前，郝萌在後，保著許汜、王楷殺出城去。抹過玄德寨，眾將追趕不及，已出隘口。郝萌將五百人，跟許汜、王楷而去。張遼引一半軍回來，到隘口時，雲長攔住。未及交鋒，高順引兵出城救應，接入城中去了。

且說許汜、王楷至壽春，拜見袁術，呈上書信。術曰：「前者殺吾使命，賴我婚姻，今又來相問，何也？」汜曰：「此為曹操奸計所誤，願明公詳之。」術曰：「汝主不因曹兵困急，豈肯以女許我？」楷曰：「明公今不相救，恐脣亡齒寒，亦非明公之福也。」術曰：「奉先反覆無信，可先送女，然後發兵。」許汜、王楷，只得拜辭，和郝萌回來。到玄德寨邊。汜曰：「日間不可過。夜半吾二人先行，郝將軍斷後。」

商量停當，夜過玄德寨，許汜、王楷先過去了。郝萌正行之次，張飛出寨攔路。郝萌交馬只一合，被張飛生擒過去，五百人馬盡被殺散。張飛解郝萌來見玄德，玄德押往大寨見曹操。郝萌備說求救許婚一事。操大怒，斬郝萌於軍門，使人傳諭各寨，小心防守；如有走透呂布，及彼軍士者，依軍法處治。各寨悚然。

玄德回營，分付關、張曰：「我等正當淮南衝要之處。二弟切宜小心在意，勿犯曹公軍令。」飛曰：「捉了一員賊將，曹操不見有甚褒賞，卻反來唬嚇，何也？」玄德曰：「非也。曹操統領多軍，不以軍令，何能服人？弟勿犯之。」關、張應諾而退。

且說許汜、王楷，回見呂布，具言袁術先欲得婦，然後起兵救援。布曰：「如何送去？」汜曰：「今郝萌被獲，操必知我情，預作準備。若非將軍親自護送，誰能突出重圍？」布曰：「今日便送去，如何？」汜曰：「今日乃凶神值日，不可去。明日大利，宜用戌亥時。」布命張遼、高順引三千人馬，安排小車一輛：「我親送至二百里外，卻使你兩個送去。」

次夜二更時分，呂布將女以緜纏身，用甲包裹，負於背上，提戟上馬。放開城門，布當先出城，張遼、高順跟著。將次到玄德寨前，一聲鼓響，關、張二人攔住去路，大叫「休走！」布無心戀戰，只顧奪路而行。玄德自引一軍殺來。兩軍混戰，呂布雖勇，終是縛一女在身上，只恐有傷，不敢衝突重圍。後面徐晃、許褚皆殺來，眾軍皆大叫曰：「不要走了呂布！」

趙雲懷小兒卻能衝陣，呂布背女子不能突圍。

布見軍來太急，只得仍退入城。玄德收軍，徐晃等各歸寨，端的不曾走透一個。呂布回到城中，心中憂悶，只是飲酒。

卻說曹操攻城，兩月不下，忽報「河內太守張揚，出兵東市，欲救呂布；部將楊醜殺之，欲將頭獻丞相，卻被張揚心腹將眭固所殺，反投大城去了」。操聞報，即遣史渙追斬眭固，因聚眾將曰：「張揚雖幸自滅，然北有袁紹之憂，南有表、繡之患，下邳久圍不克。吾欲捨布還都，暫且息戰，何如？」荀攸急止曰：「不可。呂布屢敗，銳氣已墮。軍以將為主，將衰則軍無戰心。彼陳宮雖有謀而遲。今布之氣未復，宮之謀未定，作速攻之，布可擒也。」郭嘉曰：「某有一計，下邳城可立破，勝於二十萬師。」荀彧曰：「莫非決沂、泗之水乎？」嘉笑曰：「正是此意。」

操大喜，即令軍士決兩河之水。曹兵皆居高原，坐視水淹下邳。下邳一城，只剩得東門無水；其餘各門，都被水淹。眾軍飛報呂布。布曰：「吾有赤兔馬，渡水如平地，又何懼哉！」乃日與妻妾痛飲美酒。因酒色過傷，形容銷減。一日取鏡自照，驚曰：「吾被酒色傷矣！自今日始，當戒之。」遂下令城中，但有飲酒者皆斬。

卻說侯成有馬十五匹，被後槽人盜去，欲獻與玄德。侯成知覺，追殺後槽人，將馬奪回；諸將與侯成作賀。侯成釀得五六斛酒，欲與諸將會飲；恐呂布見罪，乃先以酒五瓶詣布府，稟曰：「托將軍虎威，追得失馬。眾將皆來作賀，釀得些酒，未敢擅飲，特先奉上微意。」

布大怒曰：「吾方禁酒，汝卻釀酒會飲，莫非同謀伐我乎？」命推出斬之。宋憲、魏續等諸將俱入告饒。布曰：「故犯吾令，理合斬首。今看眾將之面，且打一百！」眾將又哀告，打了五十背花❶，然後放歸。眾將無不喪氣。

宋憲、魏續，至侯成家探視，侯成泣曰：「非公等則吾死矣！」憲曰：「布只戀妻子，視吾等如草芥。」續曰：「軍圍城下，水遶濠邊，吾等死無日矣！」憲曰：「布無仁無義，我等棄之而走，何如？」續曰：「非丈夫也。不若擒布獻曹公。」侯成曰：「我因追馬受責，而布所倚恃者，赤兔馬也。汝二人果能獻門擒布，吾當先盜馬去見曹公。」

三人商議定了。是夜侯成暗至馬院，盜了那匹赤兔馬，飛奔東門來。魏續便開門放出，卻佯作追趕之狀。侯成到曹操寨，獻上馬匹，備言宋憲、魏續，插白旗為號，準備獻門。曹操聞此言，便押榜❷數十張射入城去。其榜曰：

---

❶ 背花：用棍子打脊背，破傷的地方，叫做背花。

❷ 押榜：在布告上簽名。押，簽字。榜，張貼布告。

大將軍曹，特奉明詔，征伐呂布。如有抗拒大軍者，破城之日，滿門誅戮。上至將校，下至庶民，有能擒呂布來獻，或獻其首級者，重加官賞。為此榜諭，各宜知悉。

次日平明，城外喊聲震地。呂布大驚，提戟上城，各門點視，責罵魏續走透侯成，失了戰馬，欲待治罪。城下曹兵望見城上白旗，竭力攻城，布只得親自抵敵。從平明直打到日中，曹兵稍退，布少憩門樓，不覺睡著在椅上。宋憲趕退左右，先盜其畫戟，便與魏續，一齊動手，將呂布繩纏索綁，緊緊縛住。布從睡夢中驚醒，急喚左右，卻都被二人殺散，把白旗一招，曹兵齊至城下。魏續大叫：「已生擒呂布矣！」夏侯淵尚未信。宋憲在城上擲下呂布畫戟來，大開城門，曹兵一擁而入。高順、張遼在西門，水圍難出，為曹兵所擒。陳宮奔至南門，為徐晃所獲。

曹操入城，即傳令退了所決之水，出榜安民；一面與玄德同坐白門樓上，關、張侍立於側，提過擒獲一干人來。呂布雖然長大，卻被繩索綑作一團。布叫曰：「縛太急，乞緩之！」操曰：「縛虎不得不急。」布見侯成、魏續、宋憲，皆立於側，乃謂之曰：「我待諸將不薄，汝等何忍背反？」憲曰：「聽妻妾言，不聽將計，何謂不薄？」布默然。

須臾，眾擁高順至。操問曰：「汝有何言？」順不答。操怒命斬之。徐晃解陳宮至。操曰：「公臺別來無恙？」宮曰：「汝心術不正，吾故棄汝！」操曰：「吾心不正，公又奈何獨事呂布？」宮曰：「布雖無謀，不似你詭詐奸險。」操曰：「公自謂足智多謀，今竟如何？」宮顧呂布曰：「恨此人不從吾言！若從吾言，未必被擒也。」操曰：「今日之事當如何？」宮大聲曰：「今日有死而已！」操曰：「公如硬漢。

是，奈公之老母妻子何？」宮曰：「吾聞以孝治天下者，不害人之親；施仁政於天下者，不絕人之祀。老母妻子之存亡，亦在於明公耳。吾身既被擒，請即就戮，並無挂念。」

操有留戀之意。宮徑步下樓，左右牽之不住。操起身泣而送之。宮並不回顧。操謂從者曰：「即送公臺老母妻子回許都養老。怠慢者斬。」宮聞言亦不開口，伸頸就刑。眾皆下淚。操以棺槨盛其尸，葬於許都。後人有詩歎之曰：

生死無二志，丈夫何壯哉！不從金石論，空負棟樑材。
輔主真堪敬，辭親實可哀。白門身死日，誰肯似公臺！

方操送宮下樓時，布告玄德曰：「公為坐上客，布為階下囚，何不發一言而相寬乎？」玄德點頭。及操上樓來，布叫曰：「明公所患，不過於布。布今已服矣，公為大將，布副之，天下不難定也。」操回顧玄德曰：「何如？」玄德答曰：「公不見丁建陽、董卓之事乎？」布目視玄德曰：「是兒最無信者！」操令牽下樓縊之。布回顧玄德曰：「大耳兒不記轅門射戟時耶？」

忽一人大叫曰：「呂布匹夫！死則死耳，何懼之有！」眾視之，乃刀斧手擁張遼至。操令將呂布縊死，然後梟首。後人有詩歎曰：

洪水滔滔淹下邳，當年呂布受擒時。空如赤兔馬千里，漫有方天戟一枝。
縛虎望寬今太懦，養鷹休飽昔無疑。戀妻不納陳宮諫，枉罵無恩大耳兒。

又有詩論玄德曰：

傷人餓虎縛休寬，董卓、丁原血未乾。
玄德既知能啖父，爭如留取害曹瞞？

卻說武士擁張遼至。操指遼曰：「這人好生面善。」遼曰：「濮陽城中曾相遇，如何忘卻？」操笑曰：「你原來也記得！」遼曰：「只是可惜！」操曰：「可惜甚的？」遼曰：「可惜當日火不大，不曾燒死你這國賊！」操大怒曰：「敗將安敢辱吾！」拔劍在手，親自來殺張遼。遼全無懼色，引頸待殺。曹操背後一人攀住臂膊，一人跪於面前，說道：「丞相且莫動手！」正是：乞哀呂布無人救，罵賊張遼反得生。畢竟救張遼的是誰，且看下文分解。

所謂死則死耳，何懼之有！

第二〇回　曹阿瞞許田打圍　董國舅內閣受詔

話說曹操舉劍欲殺張遼，玄德攀住臂膊，雲長跪於面前。玄德曰：「此等赤心之人，正當留用。」雲長曰：「關某素知文遠忠義之士，願以性命保之。」操擲劍笑曰：「我亦知文遠忠義，故戲之耳。」乃親釋其縛，解衣衣之，延之上坐。遼感其意，遂降。操拜遼為中郎將，賜爵關內侯，使招安臧霸。

霸聞呂布已死，張遼已降，遂亦引本部軍投降。操厚賞之。臧霸又招安孫觀、吳敦、尹禮來降，獨昌豨未肯歸順。操封臧霸為瑯琊相。孫觀等亦各加官，令守青、徐沿海地面。將呂布妻女載回許都。大犒三軍，拔寨班師。路過徐州百姓焚香遮道，請留劉使君為牧。操曰：「劉使君功大，且待面君封爵，回來未遲。」百姓叩謝。操喚車騎將軍車冑權領徐州。操軍回許昌，封賞出征人員，留玄德在相府左近宅院歇定。

次日，獻帝設朝，操表奏玄德軍功，引玄德見帝。玄德具朝服拜於丹墀。帝宣上殿問曰：「卿祖何人？」玄德奏曰：「臣乃中山靖王之後，孝景皇帝閣下玄孫，劉雄之孫，劉弘之子也。」帝教取宗族世譜❶檢看，令宗正卿宣❷讀曰：

恐他人做了人情，便說自己是戲。奸雄權勢真不可及。

❶ 宗族世譜：就是皇族的世系宗譜。

❷ 宣：傳達皇帝的命令叫宣。

孝景皇帝生十四子。第七子乃中山靖王劉勝。勝生陸城亭侯劉貞。貞生沛侯劉昂。昂生漳侯劉祿。祿生沂水侯劉戀。戀生欽陽侯劉英。英生安國侯劉建。建生廣陵侯劉哀。哀生膠水侯劉憲。憲生祖邑侯劉舒。舒生祁陽侯劉誼。誼生原澤侯劉必。必生潁川侯劉達。達生豐靈侯劉不疑。不疑生濟川侯劉惠。惠生東郡范令劉雄。雄生劉弘。弘不仕。劉備乃劉弘之子也。

帝排世譜，則玄德乃帝之叔也。帝大喜，請入偏殿敘叔姪之禮。帝暗思：「曹操弄權，國事都不由朕主，今得此英雄之叔，朕有助矣！」遂拜玄德為左將軍宜城亭侯。設宴款待畢，玄德謝恩出朝。自此人皆稱為劉皇叔。

曹操回府，荀彧等一班謀士入見曰：「天子認劉備為叔，恐無益於明公。」操曰：「彼既認為皇叔，吾以天子之詔令之，彼愈不敢不服矣。況吾留彼在許都，名雖近君，實在吾掌握之內，吾何懼哉？吾所慮者，太尉楊彪係袁術親戚；倘與二袁為內應，為害不淺。當即除之。」乃密使人誣告彪交通袁術，遂收彪下獄，命滿寵按治之。

時北海太守孔融在許都，因諫操曰：「楊公四世清德，豈可因袁氏而罪之乎？」操曰：「此朝廷意也。」融曰：「使成王殺召公，周公可得言不知耶？」操不得已，乃免彪官，放歸田里。議郎趙彥憤操專橫，上疏劾操不奉帝旨，擅收大臣之罪。操大怒，即收趙彥殺之。於是百官無不悚懼。謀士程昱說操曰：「今明公威名日盛，何不乘此時行王霸之事？」操曰：「朝廷股肱尚多，未可輕動。吾當請天子田獵，以觀動靜。」

歷按宗譜，章章可考。

於是揀選良馬，名鷹俊犬，弓矢俱備，先聚兵城外，操入請天子田獵。帝曰：「田獵恐非正道。」操曰：「古之帝王，春蒐夏苗，秋獮冬狩，四時出郊，以示武於天下。今四海擾攘之時，正當借田獵以講武。」

帝不敢不從，隨即上逍遙馬，帶寶雕弓、金鈚箭，排鑾駕出城。玄德與關、張各彎弓插箭，內穿掩心甲，手持兵器，引數十騎隨駕出許昌。曹操騎爪黃飛電馬，引十萬之眾，與天子獵於許田。軍士排開圍場，周廣二百餘里。操與天子並馬而行，只爭一馬頭。背後都是操之心腹將校。文武百官，遠遠侍從，誰敢近前。

當日獻帝馳馬到許田，劉玄德起居❸道旁。帝曰：「朕今欲看皇叔射獵。」玄德領命上馬，忽草中趕起一兔。玄德射之，一箭正中那兔。帝喝采。轉過土坡，忽見荊棘中趕出一隻大鹿。帝連射三箭不中，顧謂操曰：「卿射之。」操就討天子寶雕弓、金鈚箭，扣滿一射，正中鹿背，倒於草中。群臣將校，見了金鈚箭，只道天子射中，都踴躍向帝呼萬歲。曹操縱馬直出，遮於天子之前以迎受之。眾皆失色。

玄德背後雲長大怒，豎起臥蠶眉，睜開丹鳳眼，提刀拍馬便出，要斬曹操。玄德見了，慌忙搖手送目。關公見兄如此，便不敢動。玄德欠身向操稱賀曰：「丞相神射，世所罕及！」操笑曰：「此天子洪福耳。」乃回馬向天子稱賀，竟不獻還寶雕弓，親自懸帶。

趙高以指鹿察左右之順逆，曹操以射鹿驗眾心之從違。奸臣心事，如出一轍。

圍場已罷，宴於許田。宴畢，駕回許都。眾人各自歸歇。雲長問玄德曰：「操賊欺君罔上，我欲殺之，為國除害，兄何止我？」玄德曰：「『投鼠忌器』。操與帝相離只一馬頭，其心腹之人，周迴擁侍；

❸ 起居：這裡是問候的意思。

吾弟若逞一時之怒，輕有舉動，倘事不成，有傷天子，罪反坐我等矣。」雲長曰：「今日不殺此賊，後必為禍。」玄德曰：「且宜秘之，不可輕言。」

卻說獻帝回宮，泣謂伏皇后曰：「朕自即位以來，奸雄並起：先受董卓之殃，後遭傕、汜之亂。常人未受之苦，吾與汝當之。後得曹操，以為社稷之臣，不意專國弄權，擅作威福。朕每見之，背若芒刺。今日在圍場上，身迎呼賀，無禮已極，早晚必有異謀。吾夫婦不知死所也！」伏皇后曰：「滿朝公卿，俱食漢祿，竟無一人能救國難乎？」

言未畢，忽一人自外而入曰：「帝后休憂；吾舉一人，可除國害。」帝視之，乃伏皇后之父伏完也。帝掩淚問曰：「皇丈亦知操賊之專橫乎？」完曰：「許田射鹿之事，誰人見之？但滿朝之中，非操宗族，則其門下。若非國戚，誰肯盡忠討賊？老臣無權，難行此事。車騎將軍國舅董承可託也。」帝曰：「董國舅多赴國難，朕躬素知；可宣入內，共議大事。」完曰：「陛下左右皆操賊心腹，倘事機泄漏，為禍不淺。」帝曰：「然則奈何？」完曰：「臣有一計：陛下可製衣一領，取玉帶一條，密賜董承；卻於帶襯內縫一密詔以賜之，令到家見詔，可以晝夜畫策；神鬼不覺矣。」

帝然之，伏完辭出。帝乃自作一密詔，咬破指尖，以血寫之，暗令伏皇后縫於玉帶紫錦襯內，卻自穿錦袍，自繫此帶，令內史宣董承入。承見帝禮畢，帝曰：「朕夜來與后說霸河之苦，念國舅大功，故特宣入慰勞。」承頓首謝。帝引承出殿，到太廟，轉上功臣閣內。帝焚香禮畢，引承觀畫像。中間畫漢高祖容像。帝曰：「吾高祖皇帝起身何地？如何創業？」承大驚曰：「陛下戲臣耳。聖祖之事，何為不知？高皇帝起自泗上亭長，提三尺劍，斬蛇起義，縱橫四海，三載亡秦，五年滅楚，遂有天下，立萬世之基業。」

帝曰：「祖宗如此英雄，子孫如此懦弱，豈不可歎！」因指左右二輔之像曰：「此二人非留侯張良、酇侯蕭何耶？」承曰：「然也。高祖開基創業，實賴二人之力。」帝回顧左右較遠，乃密謂承曰：「卿亦當如此二人立於朕側。」承曰：「臣無寸功，何以當此？」帝曰：「朕想卿西都救駕之功，未嘗少忘，無可為賜。」因指所著袍帶曰：「卿當衣朕此袍，繫朕此帶，常如在朕左右也。」承頓首謝。帝解袍帶賜承，密語曰：「卿歸可細視之，勿負朕意。」

承會意，穿袍繫帶，辭帝下閣。早有人報知曹操曰：「帝與董承登功臣閣說話。」操即入朝來看。董承出閣，纔過宮門，恰遇操來；急無躲避處，只得立於路側施禮。操問曰：「國舅何來？」承曰：「適蒙天子宣召，賜以錦袍玉帶。」操問曰：「何故見賜？」承曰：「因念某舊日西都救駕之功，故有此賜。」操曰：「解帶我看。」承心知衣帶中必有密詔，恐操看破，遲延不解。操叱左右急解下來，看了半晌，笑曰：「果然是條好玉帶！再脫下錦袍來借看。」

承心中畏懼，不敢不從，遂脫袍獻上。操親自以手提起，對日影中細細詳看。看畢，自己穿在身上，繫了玉帶，回顧左右曰：「長短如何？」左右稱美。操謂承曰：「國舅即以此袍帶轉賜與吾，何如？」承告曰：「君恩所賜，不敢轉贈；容某別製奉獻。」操曰：「國舅受此衣帶，莫非其中有謀乎？」承驚曰：「某焉敢？丞相如要，便當留下。」操曰：「公受君賜，吾何相奪？聊為戲耳。」遂脫袍帶還承。

承辭操歸家，至夜獨坐書院中，將袍仔細反覆看了，並無一物。承思曰：「天子賜我袍帶，命我細觀，必非無意；今不見其蹤跡，何也？」隨又取玉帶檢看，乃白玉玲瓏，碾成小龍穿花，背用紫錦為襯，

董承不肯獻，操卻偏要；董承願獻，操便不要。奸雄真

奸滑之極。

縫綴端整，亦並無一物。承心疑，放於桌上，反覆尋之。良久，倦甚。正欲伏几而寢，忽然燈花落於帶上，燒著背襯。承驚拭之，已燒破一處，微露素絹，隱見血跡。急取刀拆開視之，乃天子手書血字密詔也。詔曰：

朕聞人倫之大，父子為先；尊卑之殊，君臣為重。近日操賊弄權，欺壓君父；結連黨伍，敗壞朝綱；勅賞封罰，不由朕主。朕夙夜憂思，恐天下將危。卿乃國之大臣，朕之至戚，當念高帝創業之艱難，糾合忠義兩全之烈士，殄滅奸黨，復安社稷，祖宗幸甚！破指洒血，書詔付卿，再四慎之，勿負朕意！建安四年春三月詔。

董承覽畢，涕淚交流，一夜寢不能寐。晨起復至書院中，將詔再三觀看，無計可施，乃放詔於几上，沈思滅操之計。忖量未定，隱几而臥，忽侍郎王子服至。門吏知子服與董承交厚，不敢攔阻。竟入書院，見承伏几不醒，袖底壓著素絹，微露「朕」字，子服疑之，默取看畢，藏於袖中，呼承曰：「國舅好自在！虧你如何睡得著？」

承驚覺，不見詔書，魂不附體，手腳慌亂。子服曰：「汝欲殺曹公，吾當出首。」承泣告曰：「若兄如此，漢室休矣！」子服曰：「吾戲耳。吾祖宗世食漢祿，豈無忠心？願助兄一臂之力，共誅國賊。」承曰：「兄有此心，國之大幸。」子服曰：「當於密室同立義狀，各捨三族，以報漢君。」承大喜，取白絹一幅，先書名畫字。子服亦即書名畫字。書畢，子服曰：「將軍吳子蘭，與吾至厚，可與同謀。」承曰：「滿朝大臣，惟有長水校尉种輯、議郎吳碩，是吾心腹，必能與我同事。」

正商議間，家僮入報种輯、吳碩來探。承曰：「此天助我也！」教子服暫避於屏後。承接二人入書院。坐定茶畢，輯曰：「許田射獵之事，君亦懷恨乎？」承曰：「雖懷恨，無可奈何。」碩曰：「吾誓殺此賊，恨無助我者耳！」輯曰：「為國除害，雖死無怨。」王子服從屏後出曰：「汝二人欲殺曹丞相，我當出首。董國舅便是證見。」种輯怒曰：「忠臣不怕死。吾等死作漢鬼，強似你阿附國賊！」承笑曰：「吾等正為此事，欲見二公。王侍郎之言乃戲耳。」便於袖中取出詔來與二人看。二人讀詔，揮淚不止。承遂請書名。子服曰：「二公在此少待，吾去請吳子蘭來。」

子服去不多時，即同子蘭至，與眾相見，亦書名畢。承邀於後堂會飲。忽報西涼太守馬騰相探。承曰：「只推我病，不能接見。」門吏回報。騰大怒曰：「我夜來在東華門外，親見他錦袍玉帶而出，何故推病耶！吾非無事而來，奈何拒我！」門吏入報，備言騰怒。承起曰：「諸公少待，暫容承出。」隨即出廳延接。禮畢，坐定。騰曰：「騰入覲將還，故來相辭，何見拒也？」承曰：「賤軀暴疾，有失迎候，罪甚。」騰曰：「面帶春色❹，未見病容。」

承無言可答。騰拂袖便起，嗟歎下階曰：「皆非救國之人也！」承感其言，挽留之，問曰：「公謂何人非救國之人？」騰曰：「許田射獵之事，吾尚氣滿胸膛；公乃國之至戚，猶自滯於酒色，而不思討賊，安得為皇家救難扶災之人乎！」承恐其詐，佯驚曰：「曹丞相乃國之大臣，朝廷所倚賴，公何出此言？」騰大怒曰：「汝尚以曹賊為好人耶？」承曰：「耳目甚近，請公低聲。」騰曰：「貪生怕死之徒，不足以論大事！」說罷，又欲起身。承知騰忠義，乃曰：「公且息怒。某請公看一物。」遂邀騰入書院。

---

❹ 春色：臉色健康和悅。

取詔示之。

騰讀畢，毛髮倒豎，咬齒嚼脣，滿口流血，謂承曰：「公若有舉動，吾即統西涼兵為外應。」承請騰與諸公相見，取出義狀，教騰書名。騰乃取酒歃血為盟曰：「吾等誓死不負所約！」指坐上五人言曰：「若得十人，大事諧矣。」承曰：「忠義之士，不可多得。若所與非人，則反相害矣。」騰教取鴛行鷺序簿❺來檢看。檢到劉氏宗族，乃拍手言曰：「何不共此人商議？」眾皆問何人。馬騰不慌不忙，說出那人來。正是：本因國舅承明詔，又見宗潢❻佐漢朝。畢竟馬騰之言如何，且看下文分解。

此言不祥。

❺ 鴛行鷺序簿：即政府官員名冊。

❻ 宗潢：皇家的宗族子孫。

第二一回　曹操煮酒論英雄　關公賺城斬車冑

卻說董承等問馬騰曰：「公欲用何人？」馬騰曰：「見有豫州牧劉玄德在此，何不求之？」承曰：「此人雖則係是皇叔，今正依附❶曹操，安肯行此事耶？」騰曰：「吾觀前日圍場之中，曹操迎受眾賀之時，雲長在玄德背後挺刀欲殺操，玄德以目視之而止。玄德非不欲圖操，恨操爪牙多，恐力不及耳。公試求之，當必應允。」吳碩曰：「此事不宜太速，當從容商議。」眾皆散去。

次日黑夜裡，董承懷詔，逕往玄德公館中來。門吏入報，玄德出迎，請入小閣坐定。關、張侍立於側。玄德曰：「國舅夤夜至此，必有事故。」承曰：「白日乘馬相訪，恐操見疑，故黑夜相見。」玄德命取酒相待。承曰：「前日圍場之中，雲長欲殺曹操，將軍動目搖頭而退之，何也？」玄德失驚曰：「公何以知之？」承曰：「人皆不見，某獨見之。」

玄德依附曹操與曹操依附董卓，同一識見。

玄德不能隱諱，遂曰：「舍弟見操僭越，故不覺發怒耳。」承掩面而哭曰：「朝廷臣子，若盡如雲長，何憂不太平哉！」玄德恐是曹操使他來試探，乃佯言曰：「曹丞相治國，為何憂不太平乎？」承變色而起曰：「公乃漢朝皇叔，故剖肝瀝膽以相告，公何詐也？」玄德曰：「恐國舅有詐，故相試耳。」

於是董承取衣帶詔令觀之。玄德不勝悲憤。又將義狀出示，上止有六位：一，車騎將軍董承；二，

❶ 依附：靠著。

劉備一人可當百矣，何必湊足十人耶？

工部侍郎王子服；三，長水校尉种輯；四，議郎吳碩；五，昭信將軍吳子蘭；六，西涼太守馬騰。玄德曰：「公既奉詔討賊，備敢不效犬馬之勞？」承拜謝，便請書名。玄德亦書左將軍劉備，押了字付承收訖。承曰：「尚容再請三人，共聚十義，以圖國賊。」玄德曰：「切宜緩緩而行，不可輕洩。」共議到五更，相別去了。玄德也防曹操謀害，就下處後園種菜，親自澆灌，以為韜晦❷之計。關、張曰：「兄不留心天下大事，而學小人之事，何也？」玄德曰：「此非二弟所知也。」二人乃不復言。

一日，關、張不在，玄德正在後園澆菜，許褚、張遼引數十人入園中曰：「丞相有命，請使君便行。」玄德驚問曰：「有甚緊事？」許褚曰：「不知。只教我來相請。」玄德只得隨二人來相府見操。操笑曰：「在家做得好大事！」唬得玄德面如土色。操執玄德手，直至後園曰：「玄德學圃不易。」玄德方纔放心，答曰：「無事消遣耳。」操曰：「適見枝頭梅子青青，忽感去年征張繡時，道上缺水，將士皆渴。吾心生一計，以鞭虛指曰：『前面有梅林。』軍士聞之，口皆生唾，由是不渴。今見此梅，不可不賞。又值煮酒正熟，故邀使君小亭一會。」玄德心神方定，隨至小亭，已設樽俎；盤置青梅，一樽煮酒。二人對坐，開懷暢飲。

酒至半酣，忽陰雲漠漠，驟雨將至。從人遙指天外龍挂，操與玄德憑欄觀之。操曰：「使君知龍之變化否？」玄德曰：「未知其詳。」操曰：「龍能大能小，能升能隱；大則興雲吐霧，小則隱芥藏形；升則飛騰於宇宙之間，隱則潛伏於波濤之內。方今春深，龍乘時變化，猶人得志而縱橫四海。龍之為物，可比世之英雄。玄德久歷四方，必知當世英雄。請試指言之。」

❷ 韜晦：韜光養晦的省語。意思是說把光芒收斂起來，把蹤跡隱藏起來。

玄德曰：「備肉眼安識英雄？」操曰：「休得過謙。」玄德曰：「備叨恩庇，得仕於朝，天下英雄，實有未知。」操曰：「既不識其面，亦聞其名。」玄德曰：「淮南袁術，兵糧足備，可謂英雄。」操笑曰：「塚中枯骨，吾早晚必擒之！」玄德曰：「河北袁紹，四世三公，門多故吏；今虎踞冀州之地，部下能事者極多，可謂英雄。」操笑曰：「袁紹色厲膽薄❸，好謀無斷；幹大事而惜身，見小利而忘命；非英雄也。」玄德曰：「有一人名稱八駿，威鎮九州，——劉景升可為英雄。」操曰：「劉表虛名無實，非英雄也。」玄德曰：「有一人血氣方剛，江東領袖，——孫伯符乃英雄也。」操曰：「孫策藉父之名，非英雄也。」玄德曰：「益州劉季玉，可為英雄乎？」操曰：「劉璋雖係宗室，乃守戶之犬耳，何足為英雄！」玄德曰：「如張繡、張魯、韓遂等輩，皆何如？」操鼓掌大笑曰：「此等碌碌小人，何足挂齒！」玄德曰：「舍此之外，備實不知。」操曰：「夫英雄者，胸懷大志，腹有良謀；有包藏宇宙之機，吞吐天地之志者也。」玄德曰：「誰能當之？」操以手指玄德，後自指曰：「今天下英雄，惟使君與操耳。」

一味裝呆作癡。

玄德聞言，吃了一驚，手中所執匙筯，不覺落於地下。時正值天雨將至，雷聲大作。玄德乃從容俯首拾筯曰：「一震之威，乃至於此。」操笑曰：「丈夫亦畏雷乎？」玄德曰：「聖人迅雷風烈必變，安得不畏？」將聞言失筯緣故，輕輕掩飾過了，操遂不疑玄德。後人有詩讚曰：

半晌裝呆，卻被一語道破，安得不驚。

勉從虎穴暫棲身，說破英雄驚殺人。
巧借聞雷來掩飾，隨機應變信如神！

❸ 色厲膽薄：外貌剛強，內心怯懦的意思。

天雨方住。見兩個人撞入後園，手提寶劍，突至亭前，左右攔擋不住。操視之，乃關、張二人也。原來二人從城外射箭方回，聽得玄德被許褚、張遼請將去了，慌忙來相府打聽；聞說在後園，只恐有失，故衝突而入。卻見玄德與操對坐飲酒，二人按劍而立。操問二人何來？雲長曰：「聽知丞相和兄飲酒，特來舞劍，以助一笑。」操笑曰：「此非鴻門會，安用項莊、項伯乎？」玄德亦笑。操命取酒與「二樊噲」壓驚。關、張拜謝。

須臾席散，玄德辭操而歸。雲長曰：「險些驚殺我兩個！」玄德以落筯事說與關、張。關、張問是何意。玄德曰：「吾之學圃，正欲使操知我無大志；不意操竟指我為英雄，我故失驚落筯。又恐操生疑，故借懼雷以掩飾之耳。」關、張曰：「兄真高見！」

操次日又請玄德。正飲間，人報滿寵去探聽袁紹而回。操召入問之。寵曰：「公孫瓚已被袁紹破了。」玄德急問曰：「願聞其詳。」

寵曰：「瓚與紹戰不利，築城圍圈，圈上建樓高十丈，名曰易京樓；積粟三十萬以自守，戰士出入不息。或有被紹圍者，眾請救之。瓚曰：『若救一人，後之戰者只望人救，不肯死戰矣。』遂不肯救。因此袁紹兵來多有降之者。瓚勢孤，使人持書赴許都求救，不意中途為紹軍所獲。瓚又遺書張燕，暗約舉火為號，裡應外合。下書人又被袁紹擒住，卻來城外放火誘敵。瓚自出戰，伏兵四起，軍馬折其大半。退守城中，被袁紹穿地直入瓚所居之樓下，放起火來。瓚無路走，先殺妻子，然後自縊，全家都被火焚了。今袁紹得了瓚軍，聲勢甚盛。紹弟袁術在淮南驕奢過度，不恤軍民，眾皆背反。術使人歸帝號於袁紹。紹欲取玉璽。術約親自送至。見今棄淮南欲歸河北。若二人協力，急難收復。乞丞相作急圖之。」

玄德聞公孫瓚已死，追念昔日薦己之恩，不勝傷感；又不知趙子龍如何下落，放心不下；因暗想曰：「我不就此時尋個脫身之計，更待何時？……」遂起身對操曰：「術若投紹，必從徐州過。備請一軍就半路截擊，術可擒矣。」操笑曰：「來日奏帝，即便起兵。」

次日，玄德面奏獻帝。操令玄德總督五萬人馬，又差朱靈、路昭，二人同行。玄德辭帝，帝泣送之。玄德到寓，星夜收拾軍器鞍馬，挂了將軍印，催促便行。董承趕出十里長亭來送。玄德曰：「國舅忍耐，某此行必有以報命。」承曰：「公宜留意，勿負帝心。」二人分別。關、張在馬上問曰：「兄今番出征，何故如此慌速？」玄德曰：「吾乃籠中鳥、網中魚。此一行如魚入大海、鳥上青霄，不受籠網之羈絆也。」因命關、張催朱靈、路昭，軍馬速行。

時郭嘉、程昱，考較錢糧方回，知曹操已遣玄德進兵徐州，慌入諫曰：「丞相何故令劉備督軍？」操曰：「欲截袁術耳。」程昱曰：「昔劉備為豫州牧時，某等請殺之，丞相不聽；今日又與之兵，此放龍入海、縱虎歸山也。後欲治之，其可得乎？」郭嘉曰：「丞相縱不殺備，亦不當使之去。古人云：『一日縱敵，萬世之患。』望丞相察之。」操然其言，遂令許褚將兵五百前往，務要追玄德轉來。許褚應諾而去。

卻說玄德正行之間，只見後面塵頭驟起，謂關、張曰：「此必曹兵追至也。」遂下了營寨，令關、張各執軍器，立於兩邊。許褚至，見嚴兵整甲，乃下馬入營見玄德。玄德曰：「公來此何幹？」褚曰：「奉丞相命，特請將軍回去，別有商議。」玄德曰：「『將在外，君命有所不受』。吾面過君，又蒙丞相鈞語，今別無他議。公可速回，為我稟覆丞相。」

許褚尋思：「丞相與他一向交好，今番又不曾教我來廝殺，只得將他言語回覆，另候裁奪便了。」遂辭了玄德領兵而回；回見曹操，備述玄德之言。操猶豫未決。程昱、郭嘉曰：「備不肯回兵，可知其心變。」操曰：「我有朱靈、路昭二人在彼，料玄德未必敢心變。況我既遣之，何可復悔？」遂不復追玄德。後人有詩讚玄德曰：

束兵秣馬去匆匆，心念天言衣帶中。
撞破鐵籠逃虎豹，頓開金鎖走蛟龍。

卻說馬騰見玄德已去，邊報又急，亦回西涼州去了。玄德兵至徐州，刺史車胄出迎。公宴畢，孫乾、糜竺等都來參見。玄德回家探視老小，一面差人探聽袁術。探子回報：「袁術奢侈太過，雷薄、陳蘭，皆投嵩山去了。術聲勢甚衰，乃作書讓帝號於袁紹。紹命人召術，術乃收拾人馬，宮禁御用之物，先到徐州來。」

玄德知袁術將至，乃引關、張、朱靈、路昭，五萬軍出，正迎著先鋒紀靈至。張飛更不打話，直取紀靈。鬭無十合，張飛大喝一聲，刺紀靈於馬下。敗軍奔走，袁術自引軍來鬭。玄德分兵三路，——朱靈、路昭在左，關、張在右，玄德自引兵居中，——與術相見，在門旗下責罵曰：「汝反逆不道，吾今奉明詔前來討汝。汝當束手受降，免你罪犯。」袁術罵曰：「織蓆編屨小輩，安敢輕我！」麾兵趕來。玄德暫退，讓左右兩路軍殺出。殺得術軍尸橫徧野，血流成渠；士卒逃亡，不可勝計。又被嵩山雷薄、陳蘭，劫去錢糧草料。欲回壽春，又被群盜所襲，只得住於江亭。止有一千餘眾，皆老弱之輩。時當盛

代漢當塗，竟

成虛讖。公路，公路，竟是走投無路。

暑，糧食盡絕，只剩麥三十斛，分派軍士。家人無食，多有餓死者。術嫌飯粗，不能下咽，乃命庖人取蜜水止渴。庖人曰：「止有血水，安得蜜水？」術坐於牀上，大叫一聲，倒於地下，吐血斗餘而死。時建安四年六月也。後人有詩曰：

漢末刀兵起四方，無端袁術太猖狂。不思累世為公相，便欲孤身作帝王。
強暴枉誇傳國璽，驕奢妄說應天祥。渴思蜜水無由得，獨臥空牀嘔血亡。

袁術已死，姪袁胤將靈柩及妻子奔廬江來，被徐璆盡殺之。璆奪得玉璽，赴許都獻於曹操。操大喜，封徐璆為高陵太守。此時玉璽歸操。

卻說玄德知袁術已喪，寫表申奏朝廷，書呈曹操，令朱靈、路昭，回許都，留下軍馬保守徐州，一面親自出城，招諭流散人民復業。

且說朱靈、路昭，回許都見曹操，說玄德留下軍馬。操怒，欲斬二人。荀彧曰：「權歸劉備，二人亦無奈何。」操乃赦之。彧又曰：「可寫書與車冑就內圖之。」

操從其計，暗使人來見車冑，傳曹操鈞旨。冑隨即請陳登商議此事。登曰：「此事極易。今劉備出城安民，不日將還；將軍可命軍士伏於甕城❹邊，只作接他，待馬到來，一刀斬之；某在城上射住後軍，大事濟矣。」冑從之。陳登回見父陳珪，備言其事。珪命登先往報知玄德。登領父命，飛馬去報，正迎著關、張，報說如此如此。原來關、張先回，玄德在後。

---

❹ 甕城：在城門外保護城門的小城。

張飛聽得，便要去廝殺。雲長曰：「他伏甕城邊待我，去必有失。我有一計，可殺車胄。乘夜扮作曹軍到徐州，引車胄出迎，襲而殺之。」飛然其言。那部下軍原有曹操旗號，衣甲都同。當夜三更，到城邊叫門。城上問是誰，眾應是曹丞相差來張文遠的人馬，報知車胄。胄急請陳登議曰：「若不迎接，誠有疑；若出迎之，又恐有詐。」胄乃上城回言：「黑夜難以分辨，待明早相見。」城下答應：「只怕劉備知道，疾快開門！」

車胄猶豫未定，城外一片聲叫開門。車胄只得披挂上馬，引一千軍出城；跑過弔橋，大叫「文遠何在？」火光中只見雲長提刀縱馬直迎車胄，大叫曰：「匹夫安敢懷詐，欲殺吾兄！」車胄大驚，戰未數合，遮攔不住，撥馬便回。到弔橋邊，城上陳登亂箭射下，車胄繞城而走。雲長趕來，手起一刀，砍於馬下，割下首級，提回望城上呼曰：「反賊車胄，吾已殺之；眾等無罪，投降免死。」諸軍倒戈投降，軍民皆安。

雲長將胄頭去迎玄德，具言車胄欲害之事，今已斬首。玄德大驚曰：「曹操若來，如之奈何？」雲長曰：「弟與張飛迎之。」玄德懊悔不已，遂入徐州。百姓父老，伏道而接。玄德到府，尋張飛，飛已將車胄全家殺盡。玄德曰：「殺了曹操心腹之人，如何肯休？」陳登曰：「某有一計，可退曹操。」正是：既把孤身離虎穴，還將妙計息狼煙❺。不知陳登說出甚計來，且看下文分解。

---

❺狼煙：晒乾的狼糞，燃燒起來，煙直上不散，因而古代軍中用作報警的烽火；後人常用這兩字代表兵亂。

第二十二回 袁曹各起馬步三軍 關張共擒王劉二將

卻說陳登獻計於玄德曰：「曹操所懼者袁紹。紹虎踞冀、青、幽、并諸郡，帶甲百萬，文官武將極多，今何不寫書遣人到彼求救？」玄德曰：「紹向與我未通往來，今又新破其弟，安肯相助？」登曰：「此間有一人與袁紹三世通家。若得其一書致紹，紹必來相助。」玄德問何人。登曰：「此人乃公平日所折節敬禮者，何故忘之？」玄德猛省曰：「莫非鄭康成先生乎？」登笑曰：「然也。」

原來鄭康成，名玄，好學多才，嘗受業於馬融。融每當講學，必設絳帳，前聚生徒，後陳聲妓，侍女環列左右。玄往聽講三年，目不邪視。融甚奇之。及學成而歸，融歎曰：「得我學之秘者，惟鄭玄一人耳。」玄家中侍婢俱通毛詩，一婢嘗忤玄意，玄命長跪階前。一婢戲謂之曰：『胡為乎泥中？』此婢應聲曰：『薄言往愬，逢彼之怒。』其風雅如此。桓帝朝，玄官至尚書。後因十常侍之亂，棄官歸田，居於徐州。玄德在涿郡時，曾師事之。及為徐州牧，時時造廬請教，敬禮特甚。

當下玄德想出此人，大喜，便同陳登親至鄭玄家中，求其作書。玄慨然依允，寫書一封，付與玄德。玄德便差孫乾星夜齎往袁紹處投遞。紹覽畢，自忖曰：「玄德攻滅吾弟，本不當相助；但重以鄭尚書之命，不得不往救之。」遂聚文武官，商議興兵伐曹操。

謀士田豐曰：「兵起連年，百姓疲弊，倉廩無積，不可復興大軍。宜先遣人獻捷天子，若不得通，乃表稱曹操隔我王路，然後提兵屯黎陽，更於河內增益舟楫，繕置軍器，分遣精兵，屯箚邊鄙。三年之中，大事可定也。」謀士審配曰：「不然。以明公之神武，撫河朔之強盛，興兵討曹賊，易如反掌，何必遷延日月？」謀士沮授曰：「制勝之策，不在強盛。曹操法令既行，士卒精練，比公孫瓚坐受困者不同。今棄獻捷良策，而興無名之兵，竊為明公不取。」謀士郭圖曰：「非也。兵加曹操，豈曰無名？公正當及時早定大業。願從鄭尚書之言，與劉備共仗大義，剿滅曹賊，上合天意，下合民情，實為萬幸！」

四人爭論未定，紹躊躇未決。忽許攸、荀諶，自外而入。紹曰：「二人多有見識，且看如何主張。」二人施禮畢。紹曰：「鄭尚書有書來，令我起兵助劉備，攻曹操。起兵是乎？不起兵是乎？」二人齊聲應曰：「明公以眾克寡，以強攻弱，討漢賊以扶王室，起兵是也。」紹曰：「二人所見，正合我心。」一便商議興兵。先令孫乾回報鄭玄，並約玄德準備接應；一面令審配、逢紀為統軍，田豐、荀諶、許攸為謀士，顏良、文醜為將軍，起馬軍一十五萬，步兵一十五萬，共精兵三十萬，望黎陽進發。

分撥已定，郭圖進曰：「以明公大舉伐操，必須數操之惡，馳檄各郡，聲罪致討❶，然後名正言順。」紹從之，遂令書記陳琳草檄。琳字孔璋，素有才名，桓帝時為主簿。因諫何進不聽，復遭董卓之亂，避難冀州，紹用為記室。當下令草檄，援筆立就。其文曰：

蓋聞明主圖危以制變，忠臣慮難以立權。是以有非常之人，然後有非常之事；有非常之事，然後立非常之功。夫非常者，固非常人所擬也。

❶ 聲罪致討：宣布對方的罪惡，發兵討伐。

曩者，強秦弱主，趙高執柄，專制朝權，威福由己；時人迫脅，莫敢正言；終有望夷之禍，祖宗焚滅，污辱至今，永為世鑒。及臻呂后季年，產、祿專政，內兼二軍，外統梁趙，擅斷萬機，決事省禁；下陵上替，海內寒心。於是絳侯、朱虛，興威奮怒，誅夷逆暴，尊立太宗；故能王道興隆，光明顯融；此則大臣立權之明表也。

司空曹操，祖父中常侍騰，與左悺、徐璜，並作妖孽；饕餮放橫，傷化虐民。父嵩乞匄攜養，因贓假位；輿金輦璧，輸貨權門；竊盜鼎司，傾覆重器。操贅閹遺醜，本無懿德；僄狡鋒俠，好亂樂禍。

幕府董統鷹揚，掃除兇逆，續遇董卓，侵官暴民；於是提劍揮鼓，發命東夏，收羅英雄，棄瑕取用。故遂與操同諮合謀，授以裨師；謂其鷹犬之才，爪牙可任。至乃愚佻短略，輕進易退；傷夷折衄，數喪師徒。幕府輒復分兵命銳，修完補輯，表行東郡領兗州刺史，被以虎文，獎成威柄，冀獲秦師一尅之報。而操遂乘資跋扈，恣行凶忒，割剝元元，殘賢害善。

故九江太守邊讓，英才俊偉，天下知名；直言正色，論不阿諂；身首被梟懸之誅，妻孥受灰滅之咎。自是士林憤痛，民怨彌重；一夫奮臂，舉州同聲。故躬破於徐方，地奪於呂布，彷徨東裔，蹈據無所。幕府惟強幹弱枝之義，且不登叛人之黨，故復援旌擐甲，席捲起征。金鼓響振，布眾奔沮。拯其死亡之患，復其方伯之位。則幕府無德於兗土之民，而大有造於操也。

後會鑾駕返旆，群賊亂政。時冀州方有北鄙之警，匪遑離局；故使從事中郎徐勛，就發遣操，使繕修郊廟，翊衛幼主。操便放志；專行脅遷，當御省禁；卑侮王室，敗法亂紀；坐領三臺，專制朝政；爵賞由心，刑戮在口；所愛光五宗，所惡滅三族；群談者受顯誅，腹議者蒙隱戮；百僚鉗口，道路以目；尚書記朝會，公卿充員品而已。

故太尉楊彪，典歷二司，享國極位。操因緣睚眥，被以非罪；榜楚參并，五毒備至；觸情任忒，不顧憲綱。又議郎趙彥，忠諫直言，義有可納，是以聖朝含聽，改容加錫。操欲迷奪時權，杜絕言路，擅收立殺，不俟報聞。又梁孝王先帝母昆，墳陵尊顯，桑梓松柏，猶宜肅恭；而操率將校吏士，親臨發掘，破棺裸屍，掠取金寶。至今聖朝流涕，士民傷懷！

操又特置發丘中郎將，摸金校尉，所過隳突，無骸不露。身處三公之位，而行盜賊之態，污國害民，毒施人鬼！加其細政慘苛，科防互設；罾繳充蹊，坑阱塞路；舉手挂網羅，動足觸機陷；是以兗、豫有無聊之民，帝都有吁嗟之怨。歷觀載籍，無道之臣，貪殘酷烈，於操為甚！

幕府方詰外姦，未及整訓；加緒含容，冀可彌縫。而操豺狼野心，潛包禍謀，乃欲摧撓棟梁，孤弱漢室；除滅忠正，專為梟雄。往者伐鼓北征公孫瓚，強寇桀逆，拒圍一年。操因其未破，陰交書命，外助王師，內相掩襲。會其行人發露，瓚亦梟夷，故使鋒芒挫縮，厥圖不果。

今乃屯據敖倉，阻河為固，欲以螳螂之斧，御隆車之隧。幕府奉漢威靈，折衝宇宙；長戟百萬，驍騎千群；奮中黃育獲之士，騁良弓勁弩之勢；并州越太行，青州涉濟漯，大軍汎黃河以角其前，荊州下宛葉而掎其後；雷震虎步，並集虜廷，若舉炎火以焫飛蓬，覆滄海以沃熛炭，有何不滅者哉？

又操軍吏士，其可戰者，皆出自幽、冀，或故營部曲，咸怨曠思歸，流涕北顧。其餘兗、豫之民，及呂布、張揚之餘眾，覆亡迫脅，權時苟從；各被創夷，人為讎敵。若回旆反徂，登高岡而擊鼓吹，揚素揮以啟降路，必土崩瓦解，不俟血刃。

方今漢室陵遲，綱維弛絕；聖朝無一介之輔，股肱無折衝之勢；方畿之內，簡練之臣，皆垂頭搨翼❷，莫所憑恃；雖有忠義之佐，脅於暴虐之臣，焉能展其節？

又操持部曲精兵七百，圍守宮闕，外託宿衛，內實拘執，懼其篡逆之萌，因斯而作。此乃忠臣肝腦塗地之秋，烈士立功之會，可不勗哉？

操又矯命稱制，遣使發兵。恐邊遠州郡，過聽給與，違眾旅叛，舉以喪名，為天下笑，則明哲不取也。

即日幽、并、青、冀四州並進。書到荊州，便勒見兵，與建忠將軍，協同聲勢。州郡各整義兵，羅落境界，舉武揚威，並匡社稷，則非常之功於是乎著。

其得操首者，封五千戶侯，賞錢五千萬。部曲偏裨將校諸吏降者，勿有所問。廣宣恩信，班揚符賞，布告天下，咸使知聖朝有拘迫之難。如律令。

紹覽檄大喜，即命使將此檄遍行州郡，並於各處關津隘口張挂。檄文傳至許都，時曹操方患頭風，臥病在牀。左右將此檄傳進，操見之，毛骨悚然，出了一身冷汗，不覺頭風頓愈，從牀上一躍而起，顧謂曹洪曰：「此檄何人所作？」洪曰：「聞是陳琳之筆。」操笑曰：「有文事者，必須以武略濟之。陳

陳琳之文，勝似華佗之藥。

❷ 搨翼：猶言失意。

琳文事雖佳，其如袁紹武略之不足何？」遂聚眾謀士商議迎敵。

孔融聞之，來見操曰：「袁紹勢大，不可與戰，只可與和。」荀彧曰：「袁紹無用之人，何必議和？」融曰：「袁紹土廣民強。其部下如許攸、郭圖、審配、逢紀，皆智謀之士；田豐、沮授，皆忠臣也；顏良、文醜，勇冠三軍；其餘高覽、張郃、淳于瓊等，俱世之名將：——何謂紹為無用之人乎？」彧笑曰：「紹兵多而不整；田豐剛而犯上，許攸貪而不智，審配專而無謀，逢紀果而無用。此數人者，勢不相容，必生內變。顏良、文醜，匹夫之勇，一戰可擒。其餘碌碌等輩，縱有百萬，何足道哉！」

孔融默然。操大笑曰：「皆不出荀文若之料。」遂喚前軍劉岱、後軍王忠，引軍五萬，打著丞相旗號，云徐州攻劉備。原來劉岱舊為兗州刺史；及操取兗州，岱降於操，操用為偏將，故今差他與王忠一同領兵。操卻自引大軍二十萬，進黎陽，拒袁紹。程昱曰：「誠恐劉岱、王忠，不稱其使。」操曰：「吾亦知非劉備敵手，權且虛張聲勢。」分付「不可輕進。待我破紹，再勒兵破備」。

劉岱、王忠，領兵去了。曹操自引兵至黎陽。兩軍隔八十里，各自深溝高壘，相持不戰。自八月守至十月。原來許攸不樂審配領兵，沮授又恨紹不用其謀，各不相和，不圖進取。袁紹心懷疑惑，不思進兵。操乃喚呂布手下降將臧霸，把守青、徐；于禁、李典，屯兵河上，曹仁總督大軍，屯於官渡。操自引一軍，竟回許都。

且說劉岱、王忠，引軍五萬，離徐州一百里下寨。中軍虛打曹丞相旗號，未敢進兵，只打聽河北消息。這裡玄德也不知曹操虛實，未敢擅動，亦只探聽河北。忽曹操差人催劉岱、王忠進戰。二人在寨中商議。岱曰：「丞相催促攻城，你可先去。」王忠曰：「丞相先差你。」岱曰：「我是主將，如何先相推諉好笑。

去？」忠曰：「我和你同引兵去。」岱曰：「我與你拈鬮，拈著的便去。」王忠拈著「先」字，只得分一半軍馬，來攻徐州。

玄德聽知軍馬到來，請陳登商議曰：「袁本初雖屯兵黎陽，奈謀臣不和，尚未進取。曹操不知在何處。聞黎陽軍中，無操軍旗號，如何這裡卻反有他的旗號？」登曰：「操詭計百出，必以河北為重，親自監督，卻故意不建旗號，乃於此處虛張旗號。吾意操必不在此。」玄德曰：「兩弟誰可探聽虛實？」張飛曰：「小弟願往。」玄德曰：「汝為人暴躁，不可去。」飛曰：「便是有曹操也拏將來！」雲長曰：「待弟往觀其動靜。」玄德曰：「雲長若去，我卻放心。」

於是雲長引三千人馬出徐州來。時值初冬，陰雲布合，雪花亂飄，軍馬皆冒雪布陣。雲長驟馬提刀而出，大叫王忠打話。忠出曰：「丞相到此，緣何不降？」雲長曰：「請丞相出陣，我自有話說。」忠曰：「丞相豈肯輕見你？」雲長大怒，驟馬向前。王忠挺槍來迎。兩馬相交，雲長撥馬便走。王忠趕來，轉過山坡，雲長回馬，大叫一聲，舞刀直取。王忠攔截不住，恰待驟馬奔逃，雲長左手倒提寶刀，右手揪住王忠勒甲絛，拖下鞍轎，橫擔於馬上，回本陣來。王忠軍四散奔走。

老實人原是沒用表號。

雲長押解王忠，回徐州見玄德。玄德問：「你乃何人？見居何職？敢詐稱曹丞相！」忠曰：「焉敢有詐？奉命教我虛張聲勢，以為疑兵。丞相實不在此。」玄德教付衣服酒食，且暫監下，待捉了劉岱再作商議。雲長曰：「某知兄有和解之意，故生擒將來。」玄德曰：「吾恐翼德暴躁，殺了王忠，故不教去。此等人殺之無益，留之可為解和之地。」

張飛曰：「二哥捉了王忠，我去生擒劉岱來！」玄德曰：「劉岱昔為兗州刺史，虎牢伐董卓時，也是一鎮諸侯。今日為前軍，不可輕敵。」飛曰：「量此輩何足道哉！我也似二哥生擒將來便了！」玄德曰：「只恐壞了他性命，誤我大事。」飛曰：「如殺了，我償他命！」玄德遂與軍三千。飛引兵前進。

卻說劉岱知王忠被擒，堅守不出。張飛每日在寨前叫罵，岱聽知是張飛越不敢出。飛守了數日，見岱不出，心生一計：傳令今夜二更去劫寨，日間卻在帳中飲酒，詐醉尋軍士罪過，打了一頓，縛在營中曰：「待我今夜出兵時，將來祭旗！」卻暗使左右縱之去。軍士得脫，偷走出營，徑往劉岱營中，來報劫寨之事。劉岱見降卒身受重傷，遂聽其說，虛紮空寨，伏兵在外。

甘言卑詞，一味虛假。

是夜張飛卻分兵三路，中間使三十餘人，劫寨放火；卻教兩路軍抄出他寨後，看火起為號，夾擊之。二更時分，張飛自引精兵，先斷劉岱後路；中路三十餘人，搶入寨中放火。劉岱伏兵恰待殺入，張飛兩路兵齊出。岱軍自亂，正不知飛兵多少，各自潰散。劉岱引一隊殘軍，奪路而走，正撞見張飛狹路相逢，急難回避；交馬只一合，早被張飛生擒過去。餘眾皆降。

飛使人先報入徐州。玄德聞之，謂雲長曰：「翼德自來粗莽，今亦用智，吾無憂矣。」乃親自出郭迎之。飛曰：「哥哥道我暴躁，今日如何？」玄德曰：「不用言語相激，如何肯使機謀？」飛大笑。玄德見縛劉岱過來，慌下馬解其縛曰：「小弟張飛，誤有冒瀆，望乞恕罪。」遂迎入徐州，放出王忠，一同款待。玄德曰：「前因車冑欲害備，故不得不殺之。丞相錯疑備反，遣二將軍前來問罪。備受丞相大恩，正思報效，安敢反耶？二將軍至許都，望善言為備分訴，備之幸也。」劉岱、王忠曰：「深荷使君不殺之恩，當於丞相處方便，以某兩家老小保使君。」

玄德稱謝。次日盡還原領軍馬，送出郭外。劉岱、王忠行不上十餘里，一聲鼓響。張飛攔路大喝曰：

「我哥哥忒沒分曉！捉住賊將，如何又放了？」唬得劉岱、王忠在馬上發顫。張飛睜眼挺槍趕來，背後一人飛馬大叫：「不得無禮！」視之，乃雲長也。劉岱、王忠方纔放心。雲長曰：「既兄長放了，吾弟如何不遵法令？」飛曰：「今番放了，下次又來。」雲長曰：「待他再來，殺之未遲。」劉岱、王忠，連聲告退曰：「便丞相誅我三族，也不來了。望將軍寬恕。」飛曰：「便是曹操自來，也殺他片甲不回！今番權且記下兩顆頭！」劉岱、王忠抱頭鼠竄而去。

雲長、翼德回見玄德曰：「曹操必然復來。」孫乾謂玄德曰：「徐州受敵之地，不可久居；不若分兵屯小沛，守邳城，為犄角之勢，以防曹操。」玄德用其言，令雲長守下邳，甘、糜二夫人亦於下邳安置；——甘夫人乃小沛人也，糜夫人乃糜竺之妹也。——孫乾、簡雍、糜竺、糜芳守徐州。玄德與張飛屯小沛。

劉岱、王忠回見曹操，具言劉備不反之事。操怒罵「辱國之徒，留你何用！」喝令左右推出斬之。

正是：犬豕何堪共虎鬬，魚蝦空自與龍爭。不知二人性命如何，且看下文分解。

第二三回　禰正平裸衣罵賊　吉太醫下毒遭刑

卻說曹操欲斬劉岱、王忠。孔融諫曰：「二人本非劉備敵手，若斬之，恐失將士之心。」操乃免其死，黜罷爵祿，欲自起兵伐玄德。孔融曰：「方今隆冬盛寒，未可動兵；待來春未為晚也。可先使人招安張繡、劉表，然後再圖徐州。」操然其言，先遣劉曄往說張繡。曄至襄城，先見賈詡，陳說曹公盛德。詡乃留曄於家口。

次日來見張繡。說曹公遣劉曄招安❶之事。正議間，忽報袁紹有使至。繡命入。使者呈上書信。繡覽之，亦是招安之意。詡問來使曰：「近日興兵破曹操，勝負何如？」使曰：「隆冬寒月，權且罷兵。今以將軍與荊州劉表，俱有國士之風，故來相請耳。」詡大笑曰：「汝可回見本初，道『汝兄弟尚不能容，何能容天下國士乎！』」

當面扯碎書，叱退來使。張繡曰：「方今袁強曹弱；今毀書叱使，袁紹若至，當如之何？」詡曰：「不如去從曹操。」繡曰：「吾先與操有讎，安得相容？」詡曰：「從操其便有三：夫曹公奉天子明詔，征伐天下，其宜從一也；紹強盛，我以少從之，必不以我為重，操雖弱，得我必喜，其宜從二也；曹公五霸之志，必釋私怨，以明德於四海，其宜從三也。願將軍無疑焉。」

袁術始而誤糧，紹不能以軍法斬之

❶ 招安：招降安撫。

；繼而僭號，紹不能以大義諫之。責紹者，正當責其不能討術，不當責其不能容衡。

繡從其言，請劉曄相見。曄盛稱操德，且曰：「丞相若記舊怨，安肯使某來結好將軍乎？」繡大喜，即同賈詡等赴許都投降。繡見操，拜於階下。操忙扶起，執其手曰：「有小過失，勿記於心。」遂封繡為揚武將軍，封賈詡為執金吾使。操即命繡作書招安劉表，賈詡進曰：「劉景升好結納名流，今必得一有文名之士往說之，方可降耳。」操問荀攸曰：「誰人可去？」攸曰：「孔文舉可當其任。」操然之。攸出見孔融曰：「丞相欲得一有文名之士，以備行人之選。公可當此任否？」融曰：「吾友禰衡，字正平，其才十倍於我。此人宜在帝左右，不但可備行人而已。我當薦之天子。」於是遂上表奏帝。其文曰：

臣聞洪水橫流，帝思俾乂；旁求四方，以招賢俊。昔世宗繼統，將弘基業；疇咨熙載，群士響臻。陛下叡聖，纂承基緒，遭遇厄運，勞謙日昃；維嶽降神，異人並出。竊見處士平原禰衡，——年二十四，字正平，——淑質貞亮，英才卓犖；初涉藝文，升堂覩奧。目所一見，輒誦之口；耳所暫聞，不忘於心。性與道合，思若有神。弘羊潛計，安世默識，以衡準之，誠不足怪。忠果正直，志懷霜雪；見善若驚，嫉惡若讎。任座抗行，史魚厲節，殆無以過也。鷙鳥累百，不如一鶚。使衡立朝，必有可觀。飛辯騁詞，溢氣坌涌；解疑釋結，臨敵有餘。

昔賈誼求試屬國，詭係單于；終軍欲以長纓，牽制勁越。弱冠慷慨，前世美之。近日路粹、嚴象，亦用異才擢拜臺郎，衡宜與為比。如得龍躍天衢，振翼雲漢，揚聲紫微，垂光虹蜺，足以昭近署之多士，增四門之穆穆。鈞天廣樂，必有奇麗之觀；帝室王居，必蓄非常之寶。若衡等輩，不可多得。激楚陽阿至妙之容，掌伎者之所貪；飛兔、騕褭，絕足奔放，良樂之所急也。臣等區區，敢不以聞？陛下篤慎取士，必須效試。乞令衡以褐衣召見。如無可觀采，臣等受面欺之罪。

帝覽表，以付曹操。操遂使人召衡至。禮畢，操不命坐。禰衡仰天歎曰：「天地雖闊，何無一人也！」操曰：「吾手下有數十人，皆當世英雄，何謂無人？」衡曰：「願聞。」操曰：「荀彧、荀攸、郭嘉、程昱，機深智遠，雖蕭何、陳平，不及也。張遼、許褚、樂進、李典，勇不可當，雖岑彭、馬武，不及也。呂虔、滿寵，為從事；于禁、徐晃，為先鋒。夏侯惇，天下奇才；曹子孝，世間福將。安得無人？」

衡笑曰：「公言差矣。此等人物，吾盡識之。荀彧可使弔喪問疾，荀攸可使看墳守墓。程昱可使關門閉戶，郭嘉可使白詞念賦。張遼可使擊鼓鳴金，許褚可使牧牛放馬。樂進可使取狀讀詔，李典可使傳書送檄。呂虔可使磨刀鑄劍，滿寵可使飲酒食糟。于禁可使負版築牆，徐晃可使屠豬殺犬。夏侯惇稱為『完體將軍』，曹子孝呼為『要錢太守』。其餘皆是衣架！飯囊！酒桶！肉袋耳！」

罵得痛快！

操怒曰：「汝有何能？」衡曰：「天文地理，無一不通；三教九流，無一不曉；上可以致君為堯、舜，下可以配德於孔、顏。豈與俗子共論乎！」

時只有張遼在側，掣劍欲斬之。操曰：「吾正少一鼓吏！早晚朝賀燕享，可令禰衡充此職。」衡不推辭，應聲而去。遼曰：「此人出言不遜，何不殺之？」操曰：「此人素有虛名，遠近所聞。今日殺之，天下必謂我不能容物。彼自以為能，故令為鼓吏以辱之。」

奸雄作用，固欲辱衡，誰知

來日，操於省廳上，大宴賓客，令鼓吏撾鼓。舊吏云：「撾鼓必換新衣。」衡穿舊衣而入，遂擊鼓反為衡所辱。

為「漁陽三撾」，音節殊妙，淵淵有金石聲。坐客聽之，莫不慷慨流涕。左右喝曰：「何不更衣！」衡當面脫下舊破衣服，裸體而立，渾身盡露。坐客皆掩面。衡乃徐徐著褲，顏色不變。

索性罵個盡興。

操叱曰：「廟堂之上，何太無禮！」衡曰：「欺君罔上，乃謂無禮！吾露父母之形，以顯清白之體耳！」操曰：「汝為清白，誰為汙濁？」衡曰：「汝不識賢愚，是眼濁也；不讀詩書，是口濁也；不納忠言，是耳濁也；不通古今，是身濁也；不容諸侯，是腹濁也；常懷篡逆，是心濁也！吾乃天下名士，用為鼓吏，是猶陽貨輕仲尼，臧倉毀孟子耳！欲成王霸之業，而如此輕人耶？」

時孔融在坐，恐操殺衡，乃從容進曰：「禰衡罪同胥靡❷，不足發明王之夢。」操指衡而言曰：「令汝往荊州為使。如劉表來降，便用汝作公卿。」衡不肯往。操教備馬三匹，令二人扶挾而行；卻教手下文武，整酒於東門外送之，荀彧曰：「如禰衡來，不可起身。」

衡至，下馬入見，眾皆端坐。衡放聲大哭。荀彧問曰：「何為而哭？」衡曰：「行於死柩之中，如何不哭？」眾皆曰：「吾等是死屍，汝乃無頭狂鬼耳！」衡曰：「吾乃漢朝大臣，不作曹瞞之黨，安得無頭？」眾欲殺之。荀彧急止之曰：「量鼠雀之輩，何足汙刀！」衡曰：「吾乃鼠雀，尚有人性；汝等只可謂之蜾蟲！」眾恨而散。

衡至荊州，見劉表畢，雖頌德，實譏諷。表不喜，令去江夏見黃祖。或問表曰：「禰衡戲謔主公，何不殺之？」表曰：「禰衡數辱曹操，操不殺者，恐失人望；故令作使於我，欲借我手殺之，使我受害賢之名也。吾今遣去見黃祖，使曹操知我有識。」眾皆稱善。

❷ 胥靡：服勞役的囚徒。

時袁紹亦遣使至，表問眾謀士曰：「袁本初又遣使來，曹孟德又差禰衡在此，當從何便？」從事中郎將韓嵩進曰：「今兩雄相持，將軍若欲有為，乘此破敵可也。如其不然，將擇其善者而從之。今曹操善能用兵，賢俊多歸，其勢必先取袁紹，然後移兵向江東，恐將軍不能禦；莫若舉荊州以附操，操必重待將軍矣。」表曰：「汝且去許都，觀其動靜，再作商議。」嵩曰：「君臣各有定分。嵩今事將軍，雖赴湯蹈火，一唯所命。將軍若能上順天子，下從曹公，使嵩可也；如持疑未定，嵩到京師，天子賜嵩一官，則嵩為天子之臣，不得復為將軍死矣。」表曰：「汝且先往觀之。吾別有主意。」

嵩辭表，到許都見操，操遂拜嵩為侍中，領零陵太守。荀彧曰：「韓嵩來觀動靜，未有微功，重加此職；禰衡又無音耗，丞相遣而不問，何也？」操曰：「禰衡辱吾太甚，故借劉表手殺之，何必再問？」遂遣韓嵩回荊州說劉表。嵩回見表，稱頌朝廷盛德，勸表遣子入侍。表大怒曰：「汝懷二心耶？」欲斬之。嵩大叫曰：「將軍負嵩，嵩不負將軍！」蒯良曰：「嵩未去之前，先有此言矣。」劉表遂赦之。

人報黃祖斬了禰衡，表問其故。對曰：「黃祖與禰衡共飲，皆醉。祖問衡曰：『君在許都有何人物？』衡曰：『大兒孔文舉、小兒楊德祖，除此二人，別無人物。』祖曰：『似我何如？』衡曰：『汝似廟中之神，雖受祭祀，恨無靈驗！』祖大怒曰：『汝以我為土木偶人耶！』遂斬之。衡至死罵不絕口。」劉表聞衡死，亦嗟呀不已，令葬於鸚鵡洲邊。後人有詩歎曰：

黃祖才非長者儔，禰衡喪首此江頭。
今來鸚鵡洲邊過，惟有無情碧水流。

此非黃祖殺之，亦非劉表殺之，而曹操殺之也。

卻說曹操知禰衡受害，笑曰：「腐儒舌劍，反自殺矣！」因不見劉表來降，便欲興兵問罪，荀彧諫曰：「袁紹未平，劉備未滅，而欲用兵江漢，是猶舍心腹而顧手足也。可先滅袁紹，後滅劉備，江漢可一掃而平矣。」操從之。

且說董承自玄德去後，日夜與王子服等商議，無計可施。建安五年，元旦朝賀，見曹操驕橫愈甚，感憤成疾。帝知國舅染病，令隨朝太醫前去醫治。此醫乃洛陽人，姓吉，名太，字稱平，人皆呼為吉平，當時名醫也。平到董承府用藥調治，旦夕不離；常見董承長吁短歎，不敢動問。

時值元宵，吉平辭去，承留住，二人共飲。飲至更餘，承覺困倦，就和衣而睡。忽報王子服等四人至，承出接入。服曰：「大事諧矣。」承曰：「願聞其說。」服曰：「劉表結連袁紹，起兵五十萬，共分十路殺來。馬騰結連韓遂，起西涼軍七十二萬，從北殺來。曹操盡起許昌兵馬，分頭迎敵，城中空虛。若聚五家僮僕，可得千餘人。乘今夜府中大宴，慶賞元宵，將府圍住，突入殺之。不可失此機會！」承大喜，隨即喚家奴各人收拾兵器自己披挂綽鎗上馬，約會都在內門前相會，同時進兵。夜至二鼓，眾兵皆到。董承手提寶劍，徒步直入，見操設宴後堂，大叫「操賊休走！」一劍剁去，隨手而倒。霎時覺來，乃南柯一夢，口中猶罵操賊不止。吉平向前叫曰：「汝欲害曹公乎？」承驚懼不能答。吉平曰：「國舅休慌，某雖醫人，未嘗忘漢。某連日見國舅嗟嘆不敢動問。恰纔夢中之言，已見真情。幸勿相瞞。倘有用某之處，雖滅九族，亦無後悔。」承掩面而哭曰：「只恐汝非真心！」

滿朝文武，不及一醫生多矣。

平遂咬下一指為誓。承乃取出衣帶詔，令平視之；且曰：「今之謀望不成者，乃劉玄德、馬騰各自去了，無計可施，因此感而成疾。」平曰：「不消諸公用心。操賊性命，只在某手中。」承問其故。平曰：「操常患頭風，痛入骨髓；纔一舉發，便召某醫治。如早晚有召，只用一服毒藥，必然死矣，何必舉刀兵乎？」承曰：「若得如此，救漢朝社稷者，皆賴君也！」

時吉平辭歸。承心中暗喜，步入後堂，忽見家奴秦慶童同侍妾雲英在暗處私語。承大怒，喊左右捉下，欲殺之。夫人勸免其死，各人杖脊四十，將慶童鎖於冷房。慶童懷恨，夤夜將鐵鎖扭斷，跳牆而出，逕入曹操府中，告有機密事。操喚入密室問之。慶童云：「王子服、吳子蘭、种輯、吳碩、馬騰五人，在家主府中商議機密，必然是謀丞相。家主將出白絹一段，不知寫著甚的。近日吉平咬指為誓，我也曾見。」

曹操藏匿慶童於府中，董承只道逃往他方去了，也不追尋。次日，曹操詐患頭風，召吉平用藥。平自思曰：「此賊合休！」暗藏毒藥入府。操臥於床上，令平下藥。平曰：「此病可一服即愈。」教取藥罐，當面煎之。藥已半乾，平已暗下毒藥，親自送上。操知有毒，故意遲延不服。平曰：「乘熱服之，少汗即愈。」操起曰：「汝既讀儒書，必知禮義。『君有疾飲藥，臣先嘗之；父有疾飲藥，子先嘗之』。汝為我心腹之人，何不先嘗而後進？」平曰：「藥以治病，何用人嘗？」

平知事已泄，縱步向前，扯住操耳而灌之，操推藥潑地，磚皆迸裂。操未及言，左右已將吉平執下。操曰：「吾豈有病，特試汝耳！汝果有害我之心！」遂喚二十個精壯獄卒，執平至後園拷問。操坐於亭上，將吉平縛倒於地。吉平面不改容，略無懼怯。操笑曰：「量汝是個醫人，安敢下毒害我？必有人唆使你來。你說出那人，我便饒你。」平叱之曰：「汝乃欺君罔上之賊，天下皆欲殺汝，豈獨我乎！」

操再三盤問。平怒曰：「我自欲殺汝，安有人使我來？今事不成，惟死而已！」操怒，教獄卒痛打。

事雖未成，而平之勇過於專諸矣。

打到兩個時辰，皮開肉裂，血流滿階。操恐打死，無可對證，令獄卒揪去靜處，權且將息。傳令次日設宴，請眾大臣飲酒。惟董承託病不來。王子服等皆恐操生疑，只得俱至。操於後堂設席。酒行數巡，曰：「筵中無可為樂，我有一人，可為眾官醒酒。」——教二十個獄卒——「與吾牽來！」

須臾，只見一長枷釘著吉平，拖至階下。操曰：「眾官不知。此人結連惡黨，欲反背朝廷，謀害曹某；今日天敗，請聽口詞。」操教先打一頓，昏絕於地，以水噴面。吉平甦醒，睜目切齒而罵曰：「操賊不殺我，更待何時？」操曰：「同謀者先有六人，與汝共七人耶？」平只是大罵。王子服等四人，面面相覷，如坐鍼氈。操教一面打，一面噴。平並無求饒之意。操見不招，且教牽去。

硬漢！

還不許他死，惡極。

眾官席散，操只留王子服等四人夜宴。四人魂不附體，只得留待。操曰：「本不相留，爭奈有事相問。汝四人不知與董承商議何事？」子服曰：「並未商議甚事。」操曰：「白絹中寫著何事？」子服等皆隱諱。操教喚出慶童對證。子服曰：「汝於何處見來？」慶童曰：「你迴避了眾人，六人在一處畫字，如何賴得？」子服曰：「此賊與國舅侍妾通姦，被責誣主，不可聽也。」操曰：「吉平下毒，非董承所使而誰？」子服等皆言不知。操曰：「今晚自首，尚猶可恕；若待事發，其實難容！」

子服等皆言並無此事。操叱左右將四人拏住監禁。次日，帶領眾人徑投董承家探病。承只得出迎。操曰：「緣何夜來不赴宴？」承曰：「微疾未痊，不敢輕出。」操曰：「此是憂國家病耳。」承愕然。操曰：「國舅知吉平事乎？」承曰：「不知。」操冷笑曰：「國舅如何不知？」喚左右：「牽來與國舅起病。」承舉措無地。

此為三

須臾，二十獄卒推吉平至階下，吉平大罵「曹操逆賊！」操指謂承曰：「此人曾攀下王子服等四人，拷吉平。立誓以殺曹操，是其忠也；至死不招董承，是其義也。被禍最慘、性骨最烈，不意醫生中乃有此人！

吾已挐下廷尉。尚有一人，未曾捉獲。」因問平曰：「誰使汝來藥我？可速招出！」平曰：「天使我來殺逆賊！」操怒教打。身上無容刑之處。承在座觀之，心如刀割。操又問平曰：「你原有十指，今如何只有九指？」平曰：「嚼以為誓，誓殺國賊！」操教取刀來，就階下截去其九指，曰：「一發截了，教你為誓！」平曰：「尚有口可以吞賊，有舌可以罵賊！」操令割其舌。平曰：「且勿動手。吾今熬刑不過，只得供招。可釋吾縛。」操曰：「釋之何礙？」遂命解其縛。平起身望闕拜曰：「臣不能為國家除賊，乃天數也！」拜畢，撞階而死。操令分其肢體號令❸。時建安五年正月也。史官有詩曰：

漢朝無起色，醫國有稱平。立誓除姦黨，捐軀報聖明。
極刑詞愈烈，慘死氣如生。十指淋漓處，千秋仰異名。

操見吉平已死，教左右牽過秦慶童至面前。操曰：「國舅認得此人否？」承大怒曰：「逃奴在此，即當誅之！」操曰：「他首告謀反，今來對證，誰敢誅之？」承曰：「丞相何故聽逃奴一面之說？」操曰：「王子服等，吾已擒下，皆招證明白，汝尚抵賴乎？」即喚左右挐下，命從人直入董承臥房內，搜出衣帶詔并義狀。操看了，笑曰：「鼠輩安敢如此！」遂命將董承全家良賤，盡皆監禁，休教走脫一個。操回府以詔狀示眾謀士商議，要廢獻帝更立新君。正是：數行丹詔成虛望，一紙盟書惹禍殃。未知獻帝性命如何，且看下文分解。

❸ 號令：這裡是示眾的意思。

第二四回　國賊行兇殺貴妃　皇叔敗走投袁紹

卻說曹操見了衣帶詔，與眾謀士商議，欲廢卻獻帝，更擇有德者立之。程昱諫曰：「明公所以能威震四方，號令天下者，以奉漢家名號故也。今諸侯未平，遽行廢立之事，必起兵端矣。」操乃止。只將董承等五人，并其全家老小，押送各門處斬。死者共七百餘人。城中官民見者，無不下淚。後人有詩歎董承曰：

密詔傳衣帶，天言出禁門。當年曾救駕，此日更承恩。
憂國成心疾，除奸入夢魂。忠貞千古在，成敗復誰論！

又有歎王子服等四人詩曰：

書名尺素矢忠謀，慷慨思將君父酬。
赤膽可憐捐百口，丹心自是足千秋！

且說曹操既殺了董承等眾人，怒氣未消，遂帶劍入宮，來弒董貴妃，貴妃乃董承之妹，帝幸之，已懷孕五月。當日帝在後宮，正與伏皇后私論董承之事，至今尚無音耗。忽見曹操帶劍入宮，面有怒容，巍巍至尊，不能庇一女子，真天翻地覆時也。

帝大驚失色。操曰：「董承謀反，陛下知否？」帝曰：「董卓已誅矣。」操大聲曰：「不是董卓，是董承。」帝戰慄曰：「朕實不知。」操曰：「忘了破指修詔耶？」

帝不能答。操叱武士擒董妃至。帝告曰：「董妃有五月身孕，望丞相見憐。」操曰：「若非天敗，吾已被害。豈得復留此女，為吾後患？」伏后告曰：「貶於冷宮，待分娩了，殺之未遲。」操曰：「若留此逆種，為母報讎乎？」董妃泣告曰：「乞全屍而死，勿令彰露❶。」操令取白練至面前。帝泣謂妃曰：「卿於九泉之下，勿怨朕躬！」言訖，淚下如雨。伏后亦大哭。操怒曰：「猶作兒女態耶？」叱武士牽出，勒死於宮門之外。後人有詩歎董妃曰：

春殿承恩亦枉然，傷哉龍種並時捐。
堂堂帝主難相救，掩面徒看淚湧泉。

獻帝此時如坐牢獄中。

操諭宮監官曰：「今後但有外戚宗族，不奉吾旨，輒入宮門者斬。守禦不嚴與同罪。」又撥心腹人三千充御林軍，令曹洪統領，以為防察。操謂程昱曰：「今董承等雖誅，尚有馬騰、劉備，亦在此數，不可不除。」昱曰：「馬騰屯軍西涼，未可輕敵；但當以書慰勞，勿使生疑，誘入京師圖之，可也。劉備現在徐州，分布犄角之勢，亦不可輕敵。況今袁紹屯兵官渡，常有圖許都之心。若我一旦東征劉備，勢必求救於紹。紹乘虛來襲，何以當之？」操曰：「非也。備乃人傑也。今若不擊，待其羽翼既成，急難圖矣。袁紹雖強，事多懷疑不決，何足憂乎？」

---

❶ 彰露：暴露。

正議間，郭嘉自外而入。操問曰：「吾欲東征劉備，奈有袁紹之憂，如何？」嘉曰：「紹性遲而多疑，其謀士各相妒忌，不足憂也。劉備新整軍兵，眾心未服，丞相引兵東征，一戰可定矣。」操大喜曰：「正合吾意。」遂起二十萬大軍，分兵五路下徐州。

細作探知，報入徐州。孫乾先往下邳報知關公，隨至小沛報知玄德。玄德與孫乾計議曰：「此必求救於袁紹，方可解危。」於是玄德修書一封，遣孫乾至河北。乾乃先見田豐，具言其事，求其引進。豐即引孫乾入見紹，呈上書信。只見紹形容憔悴，衣冠不整。豐曰：「今日主公何故如此？」紹曰：「我將死矣！」豐曰：「主公何出此言？」紹曰：「吾生五子，惟最幼者，極快吾意。今患疥瘡，命已垂絕。吾有何心更論他事乎？」豐曰：「今曹操東征劉玄德，許昌空虛，若以義兵乘虛而入，上可以保天子，下可以救萬民。此不易得之機會也，惟明公裁之。」

紹曰：「吾亦知此最好；奈我心中恍惚，恐有不利。」豐曰：「何恍惚之有？」紹曰：「五子中惟此子生得最異，倘有疎虞，吾命休矣。」遂決意不肯發兵，乃謂孫乾曰：「汝回見玄德可言其故。倘有不如意，可來相投，吾自有相助之處。」田豐以杖擊地曰：「遭此難遇之時，乃以嬰兒之病，失此機會，大事去矣！可痛惜哉！」跌足長歎而出。

孫乾見紹不肯發兵，只得星夜回小沛見玄德，具言此事。玄德大驚曰：「似此如之奈何？」張飛曰：「兄長勿憂。曹兵遠來，必然困乏；乘其初至，先去劫寨，可破曹操。」玄德曰：「素以汝為一勇夫耳，前者捉劉岱時，頗能用計。今獻此策，亦中兵法。」乃從其言，分兵劫寨。

且說曹操引軍往小沛來。正行間，狂風驟至，忽聽一聲響亮，將一面牙旗吹折。操便令軍兵且住，聚眾謀士問吉凶。荀彧曰：「風從何方來？吹折甚顏色旗？」操曰：「風自東南方來，吹折角上牙旗，旗乃青紅二色。」彧曰：「不主別事，今夜劉備必來劫寨。」操點頭。忽毛玠入見曰：「方纔東南風起，吹折青紅牙旗一面。主公以為主何吉凶？」操曰：「公意若何？」毛玠曰：「愚意以為今夜必主有人來劫寨。」後人有詩歎曰：

吁嗟帝冑勢孤窮，全仗分兵劫寨功。
爭奈牙旗折有兆，老天何故縱奸雄？

操曰：「天報應我，即當防之。」遂分兵九隊，只留一隊，向前虛紮營寨，餘眾八面埋伏。是夜月色微明。玄德在左，張飛在右，分兵兩隊進發，只留孫乾守小沛。

且說張飛自以為得計，領輕騎在前，突入操寨，但見零零落落，無多人馬，四邊火光大起，喊聲齊舉。飛知中計，急出寨外。正東張遼、正西許褚、正南于禁、正北李典、東南徐晃、西南樂進、東北夏侯惇、西北夏侯淵，八處軍馬殺來。張飛左衝右突，前遮後當；所領軍兵，原是曹操手下舊軍，見事勢已急，盡皆投降去了。

飛正殺間，逢著徐晃大殺一陣，後面樂進趕到。飛殺條血路突圍而出，只有數十騎跟定。欲還小沛，去路已斷；欲投徐州下邳，又恐曹軍截住；尋思無路，只得望芒碭山而去。

卻說玄德引兵劫寨，將近寨門，喊聲大震，後面衝出一軍，先截去了一半人馬。夏侯惇又到。玄德突圍而走，夏侯淵又從後趕來。玄德回顧，止有三十餘騎跟隨；急欲奔還小沛，早望見小沛城中火起；

只得棄了小沛，欲投徐州下邳，又見曹軍漫山塞野，截住去路。玄德自思無路可歸，想袁紹有言，「倘不如意，可來相投」，今不若暫往依棲，別作良圖；遂望青州路而走，正逢李典攔住。玄德匹馬落荒望北而逃，李典擄將從騎去了。

且說玄德匹馬投青州，日行三百里，奔至青州城下叫門；門吏問了姓名，來報刺史。刺史乃袁紹長子袁譚。譚素敬玄德，聞知匹馬到來，即便開門出迎，接入公廨，細問其故。玄德備言兵敗相投之意，譚乃留玄德於館驛中住下，發書報父袁紹，一面差本州人馬，護送玄德。至平原界口，袁紹親自引眾出鄴郡三十里迎接玄德。玄德拜謝，紹忙答禮曰：「昨為小兒抱病，有失救援，於心怏怏不安。今幸得相見，大慰平生渴想之思。」玄德曰：「孤窮劉備，久欲投於門下，奈機緣未遇；今為曹操所攻，妻子俱陷，想將軍容納四方之士，故不避羞慚，逕來相投。望乞收錄，誓當圖報。」紹大喜，相待甚厚，同居冀州。

袁譚較勝乃翁。

且說曹操當夜取了小沛，隨即進兵攻徐州。糜竺、簡雍，守把不住，只得棄城而走。陳登獻了徐州。曹操大軍入城，安民已畢，隨喚眾謀士議取下邳。荀彧曰：「雲長保護玄德妻小，死守此城；若不速取，恐為袁紹所得。」操曰：「吾素愛雲長武藝人材，欲得之以為己用，不若令人說之使降。」郭嘉曰：「雲長義氣深重，必不肯降。若使人說之，恐被其害。」帳下一人出曰：「某與關公有一面之交，願往說之。」眾視之，乃張遼也。程昱曰：「文遠雖與雲長有舊，吾觀此人，非可以言詞說也。某有一計，使其進退無路，然後用文遠說之，彼必歸丞相矣。」正是：整備窩弓❷射猛虎，安排香餌釣鼇魚。未知其計若何，且看下文分解。

❷ 窩弓：獵人所用的伏弩，常安設草中，以射猛獸。

第二五回　屯土山關公約三事　救白馬曹操解重圍

卻說程昱獻計曰：「雲長有萬人之敵，非智謀不能取之。今可即差劉備手下投降之兵，入下邳，見關公，只說是逃回的，伏於城中為內應；卻引關公出戰，詐敗佯輸，誘入他處，以精兵截其歸路，然後說之可也。」操聽其謀，即令徐州降兵數十，逕投下邳來見關公。關公以為舊兵，留而不疑。

次日，夏侯惇為先鋒，領兵五千來搦戰。關公不出，惇即使人於城下辱罵。關公大怒，引三千人馬出城，與夏侯惇交戰。約戰十餘合，惇撥回馬走。關公趕來，惇且戰且走。關公約趕二十里，恐下邳有失，提兵便回。只聽得一聲砲響；左有徐晃，右有許褚，兩隊軍截住去路。關公奪路而走，兩邊伏兵排下硬弩百張，箭如飛蝗。關公不得過，勒兵再回，徐晃、許褚，接住交戰。關公奮力殺退二人，引軍欲回下邳，夏侯惇又截住廝殺。

公戰至日晚，無路可歸，只得到一座土山，引兵屯於山頭，權且少歇。曹兵團團將土山圍住。關公於山上遙望下邳城中火光沖天。卻是那詐降兵卒偷開城門，曹操自提大軍殺入城中，只教舉火以惑關公之心。

關公見下邳火起，心下驚惶，連夜幾番衝下山來，皆被亂箭射回。捱到天曉，再欲整頓下山衝突，忽見一人跑馬上山來，視之乃張遼也。關公迎謂曰：「文遠欲來相敵耶？」遼曰：「非也。想故人舊日

以己度

人，各為其主。

之情，特來相見。」遂棄刀下馬，與關公敘禮畢，坐於山頂。公曰：「文遠莫非說關某乎？」遼曰：「不然。昔日蒙兄救弟，今日弟安得不救兄？」公曰：「然則文遠將欲助我乎？」遼曰：「亦非也。」公曰：「既不助我，來此何幹？」

遼曰：「玄德不知存亡，翼德未知生死。昨夜曹公已破下邳，軍民盡無傷害，差人護衛玄德家眷，不許驚擾。如此相待，弟特來報兄。」關公怒曰：「此言特說我也。吾今雖處絕地，視死如歸。汝當速去，吾即下山迎戰。」張遼大笑曰：「兄此言豈不為天下笑乎？」公曰：「吾仗忠義而死，安得為天下笑？」遼曰：「兄今即死，其罪有三。」公曰：「汝且說我那三罪。」

遼曰：「當初劉使君與兄結義之時，誓同生死；今使君方敗，而兄即戰死，倘使君復出，欲求兄相助，而不可得，豈不負當年之盟誓乎？其罪一也。劉使君以家眷付託於兄，兄今戰死，二夫人無所倚賴，負卻使君付託之重。其罪二也。兄武藝超群，兼通經史，不思共使君匡扶漢室，徒欲赴湯蹈火，以成匹夫之勇，安得為義？其罪三也。——兄有此三罪，弟不得不告。」

公沈吟曰：「汝說我有三罪，欲我如何？」遼曰：「今四面皆曹公之兵，兄若不降，則必死；徒死無益，不若且降曹公，卻打聽劉使君音信，知在何處，即往投之。一者可以保二夫人，二者不背桃園之約，三者可留有用之身。有此三便，兄宜詳之。」

辨君臣之義，

公曰：「兄言三便，吾有三約。若丞相能從我，即當卸甲；如其不允，吾寧受三罪而死。」遼曰：「丞相寬洪大量，何所不容？願聞三事。」公曰：「一者，吾與皇叔設誓，共扶漢室，吾今只降漢帝，不降曹操；二者，公二嫂處請給皇叔俸祿贍，一應上下人等，皆不許到門；三者，但知劉皇叔去向，不嚴男女之義，明兄弟之義。

管千里萬里，便當辭去。三者缺一，斷不肯降。望文遠急急回報。」

張遼應諾，遂上馬，回見曹操，先說降漢不降曹之事。操笑曰：「吾為漢相，漢即吾也。此可從之。」遼又言「二夫人欲請皇叔俸給，并上下人等不許到門」。操曰：「吾於皇叔俸內，更加倍與之。至於嚴禁內外，乃是家法，又何疑焉？」遼又曰：「但知玄德信息，雖遠必往。」操搖首曰：「然則吾養雲長何用？此事卻難從。」遼曰：「豈不聞豫讓眾人國士之論❶乎？劉玄德待雲長不過恩厚耳，丞相更施厚恩以結其心，何憂雲長之不服也？」操曰：「文遠之言甚當，吾願從此三事。」

曹操生平以詐待人，獨於關公則信之。

張遼再往山上回報關公。關公曰：「雖然如此，暫請丞相退軍，容我入城見二嫂，告知其事，然後投降。」張遼再回，以此言報曹操。操即傳令，退軍至十里。荀彧曰：「不可。恐有詐。」操曰：「雲長義士，必不失信。」遂引軍退。關公引兵入下邳，見人民安妥不動，竟到府中，來見二嫂。

甘、糜二夫人聽得關公到來，急出迎之。公拜於階下曰：「使二嫂受驚，某之罪也。」二夫人曰：「皇叔今在何處？」公曰：「不知去向。」二夫人曰：「二叔今將若何？」公曰：「關某出城死戰，被困土山，張遼勸我投降，我以三事相約。曹操已皆允從，故特退兵，放我入城。我不曾得嫂嫂主意，未敢擅便。」二夫人問那三事。關公將上項三事，備述一遍。甘夫人曰：「昨日曹軍入城，我等皆以為必死；誰想毫髮不動，一軍不敢入門。叔叔既已領諾，何必問我二人？只恐曹操日後不肯容叔叔去尋皇

❶豫讓眾人國士之論：豫讓，戰國晉人。智伯被趙襄子所滅，讓為智伯報仇未能成功。他曾有這樣的議論：國君若以對待眾人（一般人）的態度對待我，我當以眾人的態度回答他；如果他以國士的態度對待我，那末，我也以國士的態度報答他。

叔。」公曰：「嫂嫂放心，關某自有主張。」二夫人曰：「叔叔自家裁處，凡事不必問俺女流。」

關公辭退遂引數十騎來見曹操。操自出轅門相接。關公下馬入拜，操慌忙答禮。關公曰：「敗兵之將，深荷不殺之恩。」操曰：「素慕雲長忠義，今日幸得相見，足慰平生之望。」關公曰：「文遠代稟三事，蒙丞相應允，諒不食言。」操曰：「吾言既出，安敢失信？」關公曰：「關某若知皇叔所在，雖蹈水火，必往從之。是時恐不及拜辭，伏乞見原。」操曰：「玄德若在，必從公去；但恐亂軍中亡矣。公且寬心，尚容緝聽❷。」

關公拜謝。操設宴相待。次日班師還許昌。關公收拾車仗，請二嫂上車，親自護車而行。於路安歇館驛，操欲亂其君臣之禮，使關公與二嫂共處一室。關公乃秉燭立於戶外，自夜達旦，毫無倦色。操見公如此，愈加敬服。既到許昌，操撥一府與關公居住。關公分一宅為兩院，內門撥老軍十人把守。關公自居外宅。操引關公朝見獻帝，帝命為偏將軍。公謝恩歸宅。

操次日設大宴，會眾謀臣武士，以客禮待關公，延之上座；又備綾錦及金銀器皿相送。關公都送與二嫂收貯。關公自到許昌，操待之甚厚：小宴三日，大宴五日；又送美女十人，使侍關公。關公盡送入內門，令伏侍二嫂。卻又三日一次於內門外躬身施禮，動問二嫂安否。二夫人回問皇叔之事畢，曰：「叔叔自便。」關公方敢退回。操聞之，又歎服關公不已。

一日，操見關公所穿綠錦戰袍已舊，即度其身品，取異錦作戰袍一領相贈。關公受之，穿於衣底，上仍用舊袍罩之。操笑曰：「雲長何如此之儉乎？」公曰：「某非儉也。舊袍乃劉皇叔所賜也，某穿之

至性至情，讀

❷ 緝聽：向各方面去搜集消息。

如見兄面，不敢以丞相之新賜而忘兄長之舊賜，故穿於上。」操歎曰：「真義士也！」然口雖稱羨，心實不悅。

至此令人淚下。

一日，關公在府，忽報「內院二夫人哭倒於地，不知為何，請將軍速入」。關公乃整衣跪於內門外，問二嫂為何悲泣。甘夫人曰：「我夜夢皇叔身陷於土坑之內，覺來與糜夫人論之，想在九泉之下矣；是以相哭。」關公曰：「夢寐之事，不可憑信。此是嫂嫂想念之故，請勿憂愁。」

正說間，適曹操命使來請關公赴宴。公辭二嫂，往見操。操見公有淚容，問其故。公曰：「二嫂思兄痛哭，不由某心不悲。」操笑而寬解之，頻以酒相勸。公醉，自綽其髯而言曰：「生不能報國家，而背其兄，徒為人也！」操問曰：「雲長髯有數乎？」公曰：「約數百根。每秋月約退三五根。冬月多以皂紗囊裹之，恐其斷也。」操以紗錦作囊，與關公護髯。次日，早朝見帝。帝見關公一紗錦囊垂於胸次，帝問之。關公奏曰：「臣髯頗長，丞相賜囊貯之。」帝令當殿披拂，過於其腹。帝曰：「真美髯公也！」因此人皆呼為美髯公。

忽一日，操請關公宴。臨散，送公出府，見公馬瘦，操曰：「公馬因何而瘦？」關公曰：「賤軀頗重，馬不能載，因此常瘦。」操令左右備一馬來。須臾牽至。那馬身如火炭，狀甚雄偉。操指曰：「公識此馬否？」公曰：「莫非呂布所騎赤兔馬乎？」操曰：「然也。」遂并鞍轡送與關公，關公再拜稱謝。操不悅曰：「吾累送美女金帛，公未嘗下拜；今吾贈馬，乃喜而再拜，何賤人而貴畜耶？」關公曰：「吾知此馬日行千里，今幸得之，若知兄長下落，可一日而見面矣。」操愕然而悔。關公辭去。後人有詩歎曰：

威傾三國著英豪，一宅分居義氣高。
奸相枉將虛禮待，豈知關羽不降曹？

操問張遼曰：「吾待雲長不薄，而彼常懷去心，何也？」遼曰：「容某探其情。」次日，往見關公。禮畢，遼曰：「我薦兄在丞相處，不曾落後。」公曰：「深感丞相厚意；只是吾身雖在此，心念皇叔，未嘗去懷。」遼曰：「兄言差矣。處世不分輕重，非丈夫也。玄德待兄，未必過於丞相，兄何故只懷去志？」公曰：「吾固知曹公待吾甚厚；奈吾受劉皇叔厚恩，誓以共死，不可背之。吾終不留此。要必立效以報曹公，然後去耳。」遼曰：「倘玄德已棄世，公何所歸乎？」公曰：「願從於地下。」

心口如一，略無隱諱。

遼知公終不可留，乃告退，回見曹操，具以實告。操歎曰：「事主不忘其本，乃天下之義士也！」荀彧曰：「彼言立功方去，若不教彼立功，未必便去。」操然之。

關公之義，能使奸雄心折。

卻說玄德在袁紹處，旦夕煩惱。紹曰：「玄德何故常憂？」玄德曰：「二弟不知音耗，妻小陷於曹賊；上不能報國，下不能保家，安得不憂？」紹曰：「吾欲進兵赴許都久矣。方今春煖，正好興兵。」便商議破曹之策。田豐諫曰：「前操攻徐州，許都空虛，不及此時進兵；今徐州已破，操兵方銳，未可輕敵。不如以久持之，待其有隙而後可動也。」

紹曰：「待我思之。」因問玄德曰：「田豐勸我固守，何如？」玄德曰：「曹操欺君之賊，明公若不討之，恐失大義於天下。」紹曰：「玄德之言甚善。」遂欲興兵。田豐又諫。紹怒曰：「汝等弄文輕武，使我失大義！」田豐頓首曰：「若不聽臣良言，出師不利。」紹大怒，欲斬之。玄德力勸，乃囚於獄中。沮授見田豐下獄，乃會其宗族，盡散其家財，與之訣曰：「吾隨軍而去，勝則威無不加，敗則一身不保矣！」眾皆下淚送之。

紹遣大將顏良作先鋒，進攻白馬。沮授諫曰：「顏良性狹，雖驍勇，不可獨任。」紹曰：「吾之上將，非汝等可料。」大軍進發至黎陽，東郡太守劉延，告急許昌。曹操急議興兵抵敵。關公聞知，遂入相府見操曰：「聞丞相起兵，某願為前部。」操曰：「未敢煩將軍，早晚有事，當來相請。」關公乃退。操引兵十五萬，分三隊而行。於路又連接劉延告急文書，操先提五萬軍親臨白馬，靠土山劄住。遙望山前平川曠野之地，顏良前部精兵十萬，排成陣勢。操駭然，回顧呂布舊將宋憲曰：「吾聞汝乃呂布部下猛將，今可與顏良一戰。」

宋憲領諾，綽槍上馬，直出陣前。顏良橫刀立馬於門旗下；見宋憲馬至，良大喝一聲，縱馬來迎。戰不三合，手起刀落，斬宋憲於陣前。曹操大驚曰：「真猛將也！」魏續曰：「殺我同伴，願去報讎！」操許之。續上馬持矛，徑至陣前，大罵顏良，良更不打話，交馬一合，照頭一刀，劈魏續於馬下。操曰：「今誰敢當之？」徐晃應聲而出，與顏良戰二十合，敗歸本陣。諸將慄然。曹操收軍，良亦引軍退去。

操見連折二將，心中憂悶。程昱曰：「某舉一人可敵顏良。」操問是誰。昱曰：「非關公不可。」操曰：「吾恐他立了功便去。」昱曰：「劉備若在，必投袁紹；今若使雲長破袁紹之兵，紹必疑劉備而殺之矣。備既死，雲長又安往乎？」操大喜，遂差人去請關公。關公即入辭二嫂。二嫂曰：「叔叔此去，可打聽皇叔消息。」

關公領諾而出，提青龍刀，上赤兔馬，引從者數人，直至白馬，來見曹操。操敘說顏良連誅二將，勇不可當，特請雲長商議。關公曰：「容某觀之。」操置酒相待。忽報顏良搦戰，操引關公上土山觀看。操與關公坐，諸將環立。曹操指山下顏良排的陣勢，旗幟鮮明，槍刀森布，嚴整有威，乃謂關公曰：「河北人馬，如此雄壯！」關公曰：「以吾觀之，如土雞瓦犬耳！」操又指曰：「麾蓋之下，銹袍金甲，持刀立馬者，乃顏良也。」關公舉目一望，謂操曰：「吾觀顏良，如插標賣首耳！」操曰：「未可輕視。」關公起身曰：「某雖不才，願去萬軍中取其首級，來獻丞相。」張遼曰：「軍中無戲言，雲長不可忽也。」

關公奮然上馬，倒提青龍刀，跑下山來，鳳目圓睜，蠶眉直豎，直衝彼陣，河北軍如波開浪裂。關公徑奔顏良。顏良正在麾蓋下，見關公衝來，方欲問時，關公赤兔馬快，早已跑到面前；顏良措手不及，被雲長手起一刀，刺於馬下。忽地下馬，割了顏良首級，拴於馬項之下，飛身上馬，提刀出陣，如入無人之境。河北兵將大驚，不戰自亂。曹軍乘勢攻擊，死者不可勝數；馬匹器械，搶奪極多。關公縱馬上山，眾將盡皆稱賀。公獻首級於操前。操曰：「將軍真神人也！」關公曰：「某何足道哉！吾弟張翼德於百萬軍中取上將之首，如探囊取物耳。」操大驚，回顧左右曰：「今後如遇張翼德，不可輕敵。」令寫於衣袍襟底以記之。

描寫神威，如生龍活虎。

卻說顏良敗軍奔回，半路迎見袁紹，報說被赤面長鬚使大刀一勇將，匹馬入陣，斬顏良而去，因此大敗。紹驚問曰：「此人是誰？」沮授曰：「此必是劉玄德之弟關雲長也。」紹大怒，指玄德曰：「汝弟殺吾愛將，汝必通謀，留你何用！」喚刀斧手推出玄德斬之。正是：初見方為座上客，此日幾同階下囚。未知玄德性命如何，且看下文分解。

第二六回　袁本初敗兵折將　關雲長挂印封金

卻說袁紹欲斬玄德。玄德從容進曰：「明公只聽一面之詞，而絕向日之情耶？備自徐州失散，二弟雲長，未知存否；天下同貌者不少，豈赤面長鬚之人，即為關某也？明公何不察之？」袁紹是個沒主張的人，聞玄德之言，責沮授曰：「誤聽汝言，險殺好人。」遂仍請玄德上帳坐，議報顏良之讎。帳下一人應聲而進曰：「顏良與我如兄弟，今被曹賊所殺，我安得不洩此恨？」

玄德視其人，身長八尺，面如獬豸，乃河北名將文醜也。袁紹大喜曰：「非汝不能報顏良之讎。吾與十萬軍兵，便渡黃河，追殺曹賊！」沮授曰：「不可。今宜留屯延津，分兵官渡，乃為上策。若輕舉渡河，設或有變，眾皆不能還矣。」紹怒曰：「皆是汝等遲緩軍心，遷延日月，有妨大事！豈不聞『兵貴神速』乎？」沮授出歎曰：「上盈其志，下務其功；悠悠黃河，吾其濟乎！」遂託疾不出議事。

玄德曰：「備蒙大恩，無可報效，意欲與文將軍同行：一者報明公之德，二者就探雲長的實信。」紹喜，喚文醜與玄德同領前部。文醜曰：「劉玄德屢敗之將，於軍不利。既主公要他去時，某分三萬軍，教他為後部。」於是文醜自領七萬軍先行，令玄德引三萬軍隨後。

若使玄德在前，文醜不至於死。

且說曹操見雲長斬了顏良，倍加欽敬，表奏朝廷，封雲長為漢壽亭侯，鑄印貽公。忽報袁紹又使大將文醜渡黃河，已據延津之上。操乃先使人移徙居民於西河，然後自領兵迎之；傳下將令，以後軍為前軍，以前軍為後軍；糧草先行，軍兵在後。呂虔曰：「糧草在先，軍兵在後，何意也？」操曰：「糧草在後，多被剽掠❶，故令在前。」虔曰：「倘遇敵兵劫去，如之奈何？」操曰：「且待敵軍到時，卻有理會。」

虔心疑未決。操令糧食輜重，沿河塹至延津。操在後軍，聽得前軍發喊，急教人看時，報說「河北大將文醜兵至，我軍皆棄糧草，四散奔走。後軍又遠，將如之何？」操以鞭指兩阜曰：「此可暫避。」人馬急奔土阜。操令軍士皆解衣卸甲少歇，盡放其馬。文醜軍掩至。眾將曰：「賊至矣！可急收馬匹，退回白馬。」荀攸急止之曰：「此正可以餌敵，何故反退？」操急以目視荀攸而笑。攸知其意，不復言。

文醜軍既得糧草車仗，又來搶馬。軍士不依隊伍，自相雜亂。曹操卻令軍將一齊下土阜擊之，文醜軍大亂。曹兵圍裹將來，文醜挺身獨戰，軍士自相踐踏。文醜止遏不住，只得撥馬回走。操在土阜上指曰：「文醜為河北名將，誰可擒之？」張遼、徐晃，飛馬齊出，大叫「文醜休走！」文醜回頭見二將趕上，遂按住鐵槍，拈弓搭箭，正射張遼。徐晃大叫：「賊將休放箭！」張遼低頭急躲，一箭射中頭盔，將簪纓射去。遼奮力再趕，坐下戰馬，又被文醜一箭射中面頰。那馬跪倒前蹄，張遼落地。

文醜回馬復來，徐晃急輪大斧，截住廝殺。只見文醜後面軍馬齊到，晃料敵不過撥馬而回。文醜沿河趕來，忽見十餘騎馬，旗號翩翻，一將當頭提刀飛馬而來，乃關雲長也。大喝「賊將休走！」與文醜交馬，戰不三合，文醜心怯，便撥馬遶河而走，那關公馬快，趕上文醜腦後一刀，將文醜斬下馬來。曹操在土阜上，見關公砍了文醜，大驅人馬掩殺。河北軍大半落水，糧草馬匹，仍被曹操奪回。

❶ 摽掠：劫掠。

雲長引數騎東衝西突，正殺之間，劉玄德領三萬軍隨後到。前面哨馬探知報與玄德云：「今番又是紅面長髯的斬了文醜。」玄德慌忙驟馬來看，隔河望見一簇人馬，往來如飛，旗上寫著「漢壽亭侯關雲長」七字。玄德暗謝天地曰：「原來吾弟果然在曹操處！」欲待招呼相見，被曹兵大隊擁來，只得收兵回去。袁紹接應至官渡，下定寨柵。郭圖、審配入見袁紹說：「今番又是關某殺了文醜，劉備佯推不知。」袁紹大怒，罵曰：「大耳賊焉敢如此！」

少頃，玄德至，紹令推出斬之。玄德曰：「某有何罪？」紹曰：「你故使汝弟又壞我一員大將，如何無罪？」玄德曰：「容伸一言而死。曹操素忌備，今知備在明公處，恐備助公，故特使雲長誅殺二將，公知必怒，此借公之手以殺劉備也，願明公思之。」袁紹曰：「玄德之言是也，汝等幾使我受害賢之名。」喝退左右，請玄德上帳而坐。

玄德謝曰：「荷明公寬大之恩，無可補報，欲令一心腹人持密書去見雲長，使知劉備消息，彼必星夜來到，輔佐明公，共誅曹操，以報顏良、文醜之讎，若何？」袁紹大喜曰：「吾得雲長，勝顏良、文醜十倍也。」玄德修下書札，未有人送去。紹令退軍武陽，連營數十里，按兵不動。操乃使夏侯惇領兵守住官渡隘口，自己班師回許都，大宴眾官，賀雲長之功；因謂呂虔曰：「昔日吾以糧草在前者，乃餌敵之計也。惟荀公達知吾心耳。」眾皆歎服。

正飲宴間，忽報「汝南有黃巾劉辟、龔都，甚是猖獗。曹洪累戰不利，乞遣兵救之。」雲長聞言，進曰：「關某願施犬馬之勞，破汝南賊寇。」操曰：「雲長建立大功。未曾重酬，豈可復勞征進❷？」

知其在曹而反喜者，信其必不降曹也。

❷ 征進：出發征戰。

公曰：「關某久閑，必生疾病。」曹操壯之，點兵五萬，使于禁、樂進為副將，次日便行。荀彧密謂操曰：「雲長常有歸劉之心，倘知消息必去，不可頻令出征。」操曰：「今次取功，吾不復教臨敵矣。」

且說雲長領兵將近汝南，箚住營寨。當夜營外拏了兩個細作人來。雲長視之，內中認得一人，乃孫乾也。關公叱退左右，問乾曰：「公自潰散之後，一向蹤跡不聞，今為何在此處？」乾曰：「某自逃難，飄泊汝南，幸得劉辟收留。今將軍為何在曹操處？未識甘、糜二夫人無恙否？」

關公因將上項事，細說一遍。乾曰：「近聞玄德公在袁紹處，欲往投之，未得其便。今劉、龔二人歸順袁紹，相助攻曹，又幸得將軍到此，因特令小軍引路，教某為細作來報將軍。來日二人當虛敗一陣，公可速引二夫人投袁紹處，與玄德公相見。」關公曰：「既兄在袁紹處，吾必星夜而往。但恨吾斬紹二將，恐今事變矣。」乾曰：「吾當先往探彼虛實，再來報將軍。」公曰：「吾見兄長一面，雖萬死不辭。今回許昌，便辭曹操也。」當夜密送孫乾去了。

次日，關公引兵出，龔都披挂出陣。關公曰：「汝等何故背反朝廷？」都曰：「汝乃背主之人，何反責我？」關公曰：「我為何背主？」都曰：「劉玄德在袁本初處，汝卻從曹操何也？」關公更不打話，拍馬舞刀向前。龔都便走，關公趕上。都回身告關公曰：「故主之恩，不可忘也。公當速進，我讓汝南。」關公會意，驅軍掩殺。劉、龔二人佯輸詐敗，四散去了。雲長奪得州縣，安民已定，班師回許昌。曹操出郭迎接，賞勞軍士。

宴罷，雲長回家，參拜二嫂於門外。甘夫人曰：「叔叔兩番出軍，可知皇叔音信與否？」公答曰：「未也。」關公退，二夫人於門內痛哭曰：「想皇叔休矣！二叔恐我姊妹煩惱，故隱而不言。」

正哭間，有一隨行老軍，聽得哭聲不絕，於門外告曰：「夫人休哭。主人現在河北袁紹處。」夫人曰：「汝何由知之？」軍曰：「跟關將軍出征，有人在陣上說來。」夫人急召雲長責之曰：「皇叔未嘗負汝，汝今受曹操之恩，頓忘舊日之義，不以實情告我，何也？」關公頓首曰：「兄今委實在河北；未敢教嫂嫂知者，恐有泄漏也。事須緩圖，不可欲速。」甘夫人曰：「叔宜上緊。」公退，尋思去計，坐立不安。原來于禁探知劉備在河北，報與曹操，操令張遼來探關公意。

關公正在悶坐，張遼入賀曰：「聞兄在陣上知玄德音信，特來賀喜。」關公曰：「故主雖在，未得一見，何喜之有？」遼曰：「公與玄德交，比弟與兄交何如？」公曰：「我與兄，朋友之交也；我與玄德是朋友而兄弟，兄弟而又君臣也。豈可共論乎？」遼曰：「今玄德在河北，兄往從否？」關公曰：「昔日之言，安肯背之？文遠須為我致意丞相。」張遼將關公之言，回告曹操。操曰：「吾自有計留之。」

且說關公正尋思間，忽報有故人相訪。及請入，卻不相識。關公問曰：「公何人也？」答曰：「某乃袁紹部下南陽陳震也。」關公大驚，急退左右，問曰：「先生此來，必有所為？」震出書一緘，遞與關公。公視之，乃玄德書也。其略云：

> 備與足下，自桃園締盟，誓以同死；今何中道相違，割恩斷義？君必欲取功名，圖富貴，願獻備首級以成全功！書不盡言，死待來命！

關公看書畢，大哭曰：「某非不欲尋兄，奈不知所在也。安肯圖富貴而背舊盟乎？」震曰：「玄德望公甚切，公既不背舊盟，宜速往見。」關公曰：「人生天地間，無終始者，非君子也。吾來時明白，

明明白

白，是公一生過人處。

去時不可不明白。吾今作書，煩公先達知兄長，容某辭卻曹操，奉二嫂來相見。」震曰：「倘曹操不允，為之奈何？」公曰：「吾寧死，豈肯留於此？」震曰：「公速作回書，免致劉使君懸望。」關公寫書答云：

竊聞義不負心，忠不顧死。羽自幼讀書，粗知禮義，觀羊角哀、左伯桃之事，未嘗不三歎而流涕也。前守下邳，內無積粟，外無援兵；欲即效死，奈有二嫂之重，未敢斷首捐軀，致負所託；故爾暫且羈身，冀圖後會。近至汝南，方知兄信；即當面辭曹操，奉二嫂歸。羽但懷異心，神人共戮。披肝瀝膽，筆楮難窮。瞻拜有期，伏惟照鑒！

陳震得書自回。關公入內告知二嫂，隨即至相府，拜辭曹操。操知來意，乃懸迴避牌於門。關公怏怏而回，命舊日跟隨人役，收拾車馬，早晚伺候；分付宅中，所有原賜之物，盡皆留下，分毫不可帶去。次日再往相府辭謝，門首又挂迴避牌。關公一連去了數次，皆不得見；乃往張遼家相探，欲言其事，遼亦託疾不出。關公思曰：「此曹丞相不容我去之意。我去志已決，豈可復留？」即寫書一封，辭謝曹操。書略曰：

羽少事皇叔，誓同生死；皇天后土，實聞斯言。前者下邳失守，所請三事，已蒙恩諾。今探知故主現在袁紹軍中，回思昔日之盟，豈容違背？新恩雖厚，舊義難忘。茲特奉書告辭，伏惟照察。其有餘恩未報，願以俟之異日。

寫畢封固，差人去相府投遞；一面將累次所受金銀，一一封置庫中，懸漢壽亭侯印於堂上，請二夫人上車。關公上赤兔馬，手提青龍刀，率領舊日跟隨人役，護送車仗，逕出北門。門吏擋之。關公怒目橫刀，大喝一聲，門吏皆退避。關公既出門，謂從者曰：「汝等護送車仗先行，但有追趕者，吾自當之，勿得驚動二位夫人。」從者推車，望官道進發。

封金挂印，至今傳為千古美談。

卻說曹操正論關公之事未定，左右報關公呈書。操即看畢，大驚曰：「雲長去矣！」忽北門守將飛報：「關公奪門而去。車仗鞍馬二十餘人，皆望北行。」又關公宅中人來報說：「關公盡封所賜金銀等物。美女十人，另居內室。其漢壽亭侯印懸於堂上。丞相所撥人役，皆不帶去，只帶原跟從人，及隨身行李，出北門去了。」眾皆愕然。一將挺身出曰：「某願將鐵騎三千，去生擒關某獻與丞相！」眾視之，乃將軍蔡陽也。正是：欲離萬丈蛟龍穴，又遇三千狼虎兵。蔡陽要趕關公，畢竟如何，且看下文分解。

第二十七回　美髯公千里走單騎　漢壽侯五關斬六將

卻說曹操部下諸將中，自張遼而外，只有徐晃與雲長交厚，其餘亦皆敬服；獨蔡陽不服關公，故今日聞其去，欲往追之。操曰：「不忘故主，來去明白，真丈夫也。汝等皆當效之。」遂叱退蔡陽，不令去趕。程昱曰：「丞相待關某甚厚，今彼不辭而去，亂言片楮，冒瀆鈞威，其罪大矣。若縱之使歸袁紹，是與虎添翼也。不若追而殺之，以絕後患。」

操曰：「吾昔已許之，豈可失信？彼各為其主，勿追也。」因謂張遼曰：「雲長封金掛印，財賄不足以動其心，爵祿不足以移其志，此等人吾深敬之，想他去此不遠，我一發結識他做個人情。汝可先去請住他，待我與他送行，更以路費征袍贈之，使為後日記念。」張遼領命，單騎先往。曹操引數十騎隨後而來。

卻說雲長所騎赤兔馬，日行千里，本是趕不上；因欲護送車仗，不敢縱馬，按轡徐行。忽聽背後有人大叫：「雲長且慢行！」回頭視之，見張遼拍馬而至。關公教車仗從人，只管望大路緊行；自己勒住赤兔馬，按定青龍刀，問曰：「文遠莫非欲追我回乎？」遼曰：「非也。丞相知兄遠行，欲來相送，特先使我請住臺駕，別無他意。」關公曰：「便是丞相鐵騎來，吾願決一死戰！」遂立馬於橋上望之。見曹操引數十騎，飛奔前來；背後乃是許褚、徐晃、于禁、李典之輩。

袁紹欲殺玄德，曹操不追關公。有始有終，是操高紹一頭也。

操見關公橫刀立馬於橋上，令諸將勒住馬匹，左右排開。關公見眾人手中皆無軍器，方始放心。操曰：「雲長行何太速？」關公於馬上欠身答曰：「關某前曾稟過丞相，今故主在河北，不由某不急去。累次造府，不得參見，故拜書告辭，封金挂印，納還丞相。望丞相勿忘昔日之言。」操曰：「吾欲取信於天下，安肯有負前言？恐將軍途中乏用，特具路資相送。」一將便從馬上托過黃金一盤。

關公曰：「累蒙恩賜，尚有餘資。留此黃金以賞將士。」操曰：「特以少酬大功於萬一，何必推辭？」關公曰：「區區微勞，何足挂齒？」操笑曰：「雲長天下義士，恨吾福薄，不得相留。錦袍一領，略表寸心。」令一將下馬，雙手捧袍過來。雲長恐有他變，不敢下馬，用青龍刀尖挑錦袍披於身上，勒馬回頭稱謝曰：「蒙丞相賜袍，異日更得相會。」遂下橋望北而去。

其人光明，其言磊落。

許褚曰：「此人無禮太甚，何不擒之？」操曰：「彼一人一騎，吾數十餘人，安得不疑？吾言既出，不可追也。」曹操自引眾將回城，於路歎想雲長不已。

不說曹操自回。且說關公來追車仗，約行三十里，卻只不見。雲長心慌，縱馬四下尋之。忽見山頭一人，高叫「關將軍且住！」關公舉目視之，只見一少年，黃巾錦衣，持槍跨馬，馬項下懸著首級一顆，引百餘步卒，飛奔前來。公問曰：「汝何人也？」

少年棄槍下馬，拜伏於地。雲長恐是詐，勒馬持刀問曰：「壯士，願通姓名。」答曰：「吾本襄陽人；姓廖，名化，字元儉。因世亂流落江湖，聚眾五百餘人，劫掠為生。恰纔同伴杜遠，下山巡哨，誤將兩夫人劫掠上山。吾問從者，知是大漢劉皇叔夫人。且聞將軍護送在此，吾即欲送下山來。杜遠出言不遜，被某殺死。今獻頭與將軍請罪。」關公曰：「二夫人何在？」化曰：「現在山中。」關公教急取下山。不移時，百餘人簇擁車仗前來。

關公下馬停刀，叉手於車前問候曰：「二嫂受驚否？」二夫人曰：「若非廖將軍保全，已被杜遠所辱。」關公問左右曰：「廖化怎生救夫人？」左右曰：「杜遠劫上山去，就要與廖化各分一人為妻。廖化問起根由，好生拜敬；杜遠不從，已被廖化殺了。」關公聞言，乃拜謝廖化。廖化欲以部下人送關公。關公尋思此人終是黃巾餘黨，未可作伴，乃謝卻之。廖化又拜送金帛，關公亦不受。廖化拜別，自引人伴投山谷中去了。

雲長將曹操贈袍事，告知二嫂，催促車仗前行。至天晚，投一村莊安歇。莊主出迎，鬚髮皆白，問曰：「將軍姓甚名誰？」關公施禮曰：「吾乃劉玄德之弟關某也。」老人曰：「莫非斬顏良、文醜的關公否？」公曰：「便是。」老人大喜，便請入莊。關公曰：「車上還有二位夫人。」老人便喚妻女出迎。二夫人至草堂上，關公叉手立於二夫人之側。老人請公坐，公曰：「尊嫂在上，安敢就坐？」老人乃令妻女請二夫人入內室款待，自於草堂款待關公。關公問老人姓名。老人曰：「吾姓胡，名華。桓帝時曾為議郎，致仕歸鄉。今有小兒胡班，在滎陽太守王植部下為從事。將軍若從此處經過，某有一書寄與小兒。」

第一關

關公允諾。次日早膳畢，請二嫂上車，取了胡華書信，相別而行，取路投洛陽來。前至一關，名東嶺關。把關將姓孔，名秀，引五百軍兵在嶺上把守。當日關公押車仗上嶺，軍士報知孔秀，秀出關來迎。關公下馬，與孔秀施禮。秀曰：「將軍何往？」公曰：「某辭丞相，特往河北尋兄。」秀曰：「河北袁紹正是丞相對頭；將軍此去，必有丞相文憑。」公曰：「因行期怱迫，不曾討得。」秀曰：「既無文憑，待我差人稟過丞相，方可放行。」關公曰：「待公稟時，須誤了我行程。」秀曰：「法度所拘，不得不如此。」關公曰：「汝不容我過關乎？」秀曰：「汝要過去，留下老小為質。」

關公大怒，舉刀就殺孔秀。秀退入關去，鳴鼓聚軍，披挂上馬，殺下關來，大喝曰：「汝今敢過去麼！」關公約退車仗，縱馬提刀，竟不打話，直取孔秀，秀挺槍來迎。兩馬相交，只一合，鋼刀起處，孔秀屍橫馬下，眾軍便走。關公曰：「軍士休走。吾殺孔秀，不得已也，與汝等無干。借汝眾軍之口，傳語曹丞相，言孔秀欲害我，我故殺之。」

第二關

眾軍俱拜於馬前。關公即請二夫人車仗出關，望洛陽進發。早有軍士報知洛陽太守韓福。韓福急聚眾將商議。牙將孟坦曰：「既無丞相文憑，即係私行；若不阻擋，必有罪責。」韓福曰：「關公猛勇，顏良、文醜俱為所殺。今不可力敵，只須設計擒之。」孟坦曰：「吾有一計：先將鹿角攔定關口，待他到時，小將引兵和他交鋒，佯敗誘他來追，公可用暗箭射之。若關某墜馬，即擒解許都，必得重賞。」

商議停當，人報關公車仗已到。韓福彎弓插箭，引一千人馬，排列關口，問：「來者何人？」關公馬上欠身言曰：「吾漢壽亭侯關某，敢借過路。」韓福曰：「有曹丞相文憑否？」關公曰：「事冗不曾討得。」韓福曰：「吾奉丞相鈞命，鎮守此地，專一盤詰往來奸細。若無文憑，即係逃竄。」關公怒曰：「東嶺孔秀已被吾殺。汝亦欲尋死耶？」韓福曰：「誰人與我擒之？」

孟坦出馬，掄雙刀來取關公。關公約退車仗，拍馬來迎。孟坦戰不三合，撥回馬便走。關公趕來。孟坦只指望引誘關公，不想關公馬快，早已趕上，只一刀砍為兩段。關公勒馬回來，韓福閃在門首，盡力放了一箭，正射中關公左臂。公用口拔出箭，血流不住，飛馬徑奔韓福，衝散眾軍。韓福急閃不及，關公手起刀落，帶頭連肩，斬於馬下；殺散眾軍，保護車仗。

第三關

關公割帛束住箭傷，於路恐人暗算，不敢久住，連夜投汜水關來。把關將乃并州人氏，姓卞，名喜，善使流星鎚。原是黃巾餘黨，後投曹操，撥來守關。當下聞知關公將到，尋思一計；就關前鎮國寺中，埋伏下刀斧手二百餘人，誘關公至寺，約擊盞為號，欲圖相害。安排已定，出關迎接關公。公見卞喜來迎，便下馬相見。喜曰：「將軍名震天下，誰不敬仰！今歸皇叔，足見忠義！」關公訴說斬孔秀、韓福之事。卞喜曰：「將軍殺之是也。某見丞相，代稟衷曲。」關公甚喜，同上馬過了汜水關，到鎮國寺前下馬。眾僧鳴鐘出迎。原來那鎮國寺乃漢明帝御前香火院，本寺有僧三十餘人。內有一僧，卻是關公同鄉人，法名普淨。

當下普淨已知其意，向前與關公問訊，曰：「將軍離蒲東幾年矣？」關公曰：「將及二十年矣。」普淨曰：「還認得貧僧否？」公曰：「離鄉多年，不能相識。」普淨曰：「貧僧家與將軍家只隔一條河。」卞喜見普淨敘出鄉里之情，恐有走泄，乃叱之曰：「吾欲請將軍赴宴，汝僧人何得多言！」關公曰：「不然。鄉人相遇，安得不敘舊情耶？」

普淨請關公方丈待茶。關公曰：「二位夫人在車上，可先獻茶。」普淨教取茶先奉夫人，然後請關公入方丈。普淨以手舉所佩戒刀，以目視關公。公會意，命左右持刀緊隨。卞喜請關公於法堂筵席。關公曰：「卞君請關某，是好意？還是歹意？」卞喜未及回言，關公早望見壁衣中有刀斧手，乃大喝卞喜曰：「吾以汝為好人，安敢如此！」

卞喜知事泄，大叫「左右下手！」左右方欲動手，皆被關公拔劍砍之。卞喜下堂遶廊而走，關公棄

第四關

劍執大刀來趕。卞喜暗取飛鎚擲打關公。關公用刀隔開鎚，趕將入去，一刀劈卞喜為兩段，隨即回身來看二嫂。早有軍人圍住，見關公來，四散奔走。關公趕散，謝普淨曰：「若非吾師，已被此賊害矣。」普淨曰：「貧僧此處難容，收拾衣鉢，亦往他處雲遊也。後會有期，將軍保重。」

關公稱謝，護送車仗，望滎陽進發。滎陽太守王植，卻與韓福是兩親家；聞得關公殺了韓福，商議欲暗害關公，乃使人守住關口。待關公到時，王植出關，喜笑相迎。關公訴說尋兄之事。植曰：「將軍於路馳驅，夫人車上勞困，且請入城，館驛中暫歇一宵，來日登途未遲。」

關公見王植意甚殷勤，遂請二嫂入城。館驛中皆鋪陳了當。王植請公赴宴，公辭不往；植使人送筵席至館驛。關公因於路辛苦，請二嫂晚膳畢，就正房歇定；令從者各自安歇，飽喂馬匹，關公亦解甲憩息。

卻說王植密喚從事胡班聽令曰：「關某背丞相而逃，又於路殺太守并守關將校，犯罪不輕！此人武勇難敵。汝今晚點一千軍圍住館驛，一人一個火把，待三更時分，一齊放火；不問是誰，盡皆燒死！吾亦自引軍接應。」胡班領命，便點起軍士，密將乾柴引火之物，搬於館驛門首，約時舉事。胡班尋思：「我久聞關雲長之名，不識如何模樣，試往窺之。」乃至驛中，問驛吏曰：「關將軍在何處？」答曰：「正廳上觀書者是也。」

胡班潛至廳前，見關公左手綽髯，於燈下憑几看書。班見了，失聲歎曰：「真天人也！」公問何人。胡班入拜曰：「滎陽太守部下從事胡班。」關公曰：「莫非許都城外胡華之子否？」班曰：「然也。」公喚從者於行李中取書付班。班看畢，歎曰：「險些誤殺忠良！」遂密告曰：「王植心懷不仁，欲害將軍，暗令人四面圍住館驛，約於三更放火。今某當先去開了城門，將軍急收拾出城。」

關公大驚，忙披挂提刀上馬，請二嫂上車，盡出館驛，果見軍士各執火把聽候。關公急來到城邊，只見城門已開。關公催車仗急急出城。胡班還去放火。關公行不到數里，背後火把照耀，人馬趕來。當先王植大叫：「關某休走！」關公勒馬，大罵「匹夫！我與你無讎，如何令人放火燒我？」王植拍馬挺槍，徑奔關公，被關公攔腰一刀，砍為兩段。人馬都趕散。關公催車仗速行，於路感胡班不已。

第五關

行至滑州界首，有人報與劉延。延引十數騎，出郭而迎。關公馬上欠身而言曰：「太守別來無恙？」延曰：「公今欲何往？」公曰：「辭了丞相，去尋吾兄。」延曰：「玄德在袁紹處。紹乃丞相讎人，如何容公去？」公曰：「昔日曾言定來。」延曰：「今黃河渡口關隘，夏侯惇部將秦琪據守。恐不容將軍過去。」公曰：「太守應付船隻，若何？」延曰：「船隻雖有，不敢應付。」公曰：「我前者誅顏良、文醜，亦曾與足下解厄。今日求一渡船而不與，何也？」延曰：「只恐夏侯惇知之，必然罪我。」

關公知劉延無用之人，遂自催車仗前進。到黃河渡口，秦琪引軍出問來者何人。關公曰：「漢壽亭侯關某也。」琪曰：「今欲何往？」關公曰：「欲投河北去尋兄長劉玄德，故來借渡。」琪曰：「丞相公文何在？」公曰：「吾不受丞相節制，有甚公文？」琪曰：「吾奉夏侯將軍將令，守把關隘，你便插翅，也飛不過去！」關公大怒曰：「你知我於路斬戮攔截者乎？」琪曰：「你只殺得無名下將，敢殺我麼？」關公怒曰：「汝比顏良、文醜，若何？」

秦琪大怒，縱馬提刀，直取關公。二馬相交，只一合，關公刀起，秦琪頭落。關公曰：「當吾者已死，餘人不必驚走。速備船隻，送我渡河。」軍士急撐舟傍岸。關公請二嫂上船渡河。渡過黃河，便是袁紹地方。關公所歷關隘五處，斬將六員，後人有詩歎曰：

掛印封金辭漢相，尋兄遙望遠途還。馬騎赤兔行千里，刀偃青龍出五關。
忠義慨然沖宇宙，英雄從此震江山。獨行斬將應無敵，今古留題翰墨間。

關公於馬上自歎曰：「吾非欲沿途殺人，奈事不得已也。曹公知之，必以我為負恩之人矣。」正行間，忽見一騎自北而來，大叫「雲長少住！」關公勒馬視之，乃孫乾也。關公曰：「自汝南相別，一向消息若何？」

乾曰：「劉辟、龔都自將軍回兵之後，復奪了汝南；遣某往河北約結好袁紹，請玄德同謀破曹之計。不想河北將士，各相妒忌。田豐尚囚獄中；沮授黜退不用；審配、郭圖各自爭權；袁紹多疑，主持不定。某與劉皇叔商議，先求脫身之計。今皇叔已往汝南會合劉辟去了。恐將軍不知，反到袁紹處，或為所害，特遣某於路迎接將來。幸於此得見將軍。可速往汝南與皇叔相會。」

關公教孫乾拜見夫人。夫人問其動靜。孫乾備說：「袁紹二次欲斬皇叔，今幸脫身往汝南去了。夫人可與皇叔此處相會。」二夫人皆掩面垂淚。關公依言，不投河北去，徑取汝南來。

正行之間，背後塵埃起處，一彪人馬趕來。當先夏侯惇，大叫「關某休走！」正是：六將阻關徒受死，一軍攔路復爭鋒。畢竟關公怎生脫身，且看下文分解。

未赴河北忽轉汝南，只因古人蹤跡無常，遂使後人文字變幻。

第二八回 斬蔡陽兄弟釋疑 會古城主臣聚義

卻說關公同孫乾保二嫂向汝南進發，不想夏侯惇領三百餘騎，從後追來。孫乾保車仗前行。關公回身勒馬按刀問曰：「汝來趕我，有失丞相大度。」夏侯惇曰：「丞相無明文傳報，汝於路殺人，又斬吾部將，無禮太甚！我特來擒你，獻與丞相發落！」

言訖，便拍馬挺槍欲鬭。只見後面一騎飛來，大叫「不可與雲長交戰！」關公按轡不動。來使於懷中取出公文，謂夏侯惇曰：「丞相敬愛關將軍忠義，恐於路關隘攔截，故遣某特齎公文，遍行諸處。」惇曰：「關某於路，殺把關將士，丞相知否？」來使曰：「此卻未知。」惇曰：「我只活捉他去見丞相，待丞相自放他。」關公怒曰：「吾豈懼汝耶！」拍馬持刀，直取夏侯惇。惇挺槍來迎。

兩馬相交，戰不十合，忽又一騎飛至，大叫「二將軍少歇！」惇挺槍問來使曰：「丞相叫擒關某乎？」使者曰：「非也。丞相恐守關諸將阻擋關將軍，故又差某馳公文來放行。」惇曰：「丞相知其於路殺人否？」使者曰：「未知。」惇曰：「既未知其殺人，不可放去。」指揮手下軍士，將關公圍住。關公大怒，舞刀迎戰。

兩個正欲交鋒，陣後一人飛馬而來，大叫「雲長、元讓，休得爭戰！」眾視之，乃張遼也。二人各勒住馬。張遼近前言曰：「奉丞相鈞旨：因聞知雲長斬關殺將，恐於路有阻，特差我傳諭各處關隘，任便放行。」惇曰：「秦琪是蔡陽之甥。他將秦琪託付我處，今被關某所殺，怎肯干休？」遼曰：「我見蔡將軍自有分解。既丞相大度，教放雲長去，公等不可廢丞相之意。」夏侯惇只得將軍馬約退。遼曰：「雲長今欲何往？」關公曰：「聞兄長又不在袁紹處，吾今將遍天下尋之。」遼曰：「既未知玄德下落，且再回見丞相，若何？」關公笑曰：「安有是理！文遠回見丞相，幸為我謝罪。」說畢，與張遼拱手而別。

於是張遼與夏侯惇領軍自回。關公趕上車仗，與孫乾說知此事。二人並馬而行。行了數日，忽值大雨滂沱，行裝盡濕。遙望山崗邊有一莊院，關公引著車仗，到彼借宿。莊內一老人出迎。關公具言來意。老人曰：「某姓郭，名常，世居於此。久聞大名，幸得瞻拜。」遂宰羊置酒相待，請二夫人於後堂暫歇。郭常陪關公、孫乾於草堂飲酒。一邊烘焙行李，一邊喂養馬匹。

至黃昏時候，忽見一少年，引數人入莊，徑上草堂。郭常喚曰：「吾兒來拜將軍。」因謂關公曰：「此愚男也。」關公問何來。常曰：「射獵方回。」少年見過關公，即下堂去了。常流涕言曰：「老夫耕讀傳家，止生此子，不務本業，惟以遊獵為事。是家門不幸也！」關公曰：「方今亂世，若武藝精熟，亦可以取功名，何云不幸？」常曰：「他若肯習武藝，便是有志之人；今專務遊蕩，無所不為，老夫所以憂耳！」

關公亦為歎息。至更深，郭常辭出。關公與孫乾方欲就寢，忽聞後院馬嘶人叫。關公急喚從人，卻都不應，乃與孫乾提劍往視之。只見郭常之子倒在地上叫喚，從人正與莊客廝打。公問其故。從人曰：「此人要來盜赤兔馬，被馬踢倒，我等聞叫喚之聲，起來巡看，莊客們反來廝鬧。」公怒曰：「鼠賊焉人情多愛獨子，而婦人之情又每憐不肖之子，則此子之不肖，未必非憐愛釀成之也。

篤於兄弟者，不絕人之父子。

敢盜吾馬！」

恰待發作，郭常奔至告曰：「不肖子為此歹事，罪合萬死！奈老妻最憐愛此子，乞將軍仁慈寬恕！」關公曰：「此子果然不肖！適纔老翁所言，真『知子莫若父』也。我看翁面，且姑恕之。」遂分付從人看好了馬，喝散莊客，與孫乾回草堂歇息。次日，郭常夫婦出拜於堂前，謝曰：「犬子冒瀆虎威，深感將軍恩恕。」關公令將出，我以正言教之。常曰：「他於四更時分，又引數個無賴之徒，不知何處去了。」

關公謝別郭常，奉二嫂上車，出了莊院，與孫乾並馬，護著車仗，取山路而行。不及三十里，只見山背後擁出百餘人，為首兩騎馬。前面那人，頭裹黃巾，身穿戰袍；後面乃郭常之子也。黃巾者曰：「我乃天公將軍張角部將也！來者快留下赤兔馬，放你過去！」關公大笑曰：「無知狂賊！汝既從張角為盜，亦知劉、關、張兄弟三人名字否？」黃巾者曰：「我只聞赤面長髯者名關雲長，卻未識其面。汝何人也？」

公乃停刀立馬，解開鬚囊，出長髯令視之。其人滾鞍下馬，腦揪❶郭常之子拜獻於馬前。關公問其姓名，告曰：「某姓裴，名元紹。自張角死後，一向無主，嘯聚山林，權於此處藏伏。今早這廝來報，『有一客人，騎一匹千里馬，在我家投宿』，特邀某來劫奪此馬。不想卻遇將軍。」郭常之子拜伏乞命。關公曰：「吾看汝父之面，饒你性命！」

郭子抱頭鼠竄而去。公謂元紹曰：「汝不識吾面，何以知吾名？」元紹曰：「離此二十里有一臥牛山。山上有一關西人，姓周名倉。兩臂有千斤之力。黑面虬髯❷，形容甚偉。原在黃巾張寶部下為將。

❶ 腦揪：抓住腦後的頭髮。

❷ 虬髯：蜷曲的鬍鬚。

張寶死，嘯聚山林。他多曾與某說將軍盛名，恨無門路相見。」關公曰：「綠林中非豪傑託足之處。公等今後可各去邪歸正，勿自陷其身。」元紹拜謝。

正說話間，遙望一彪人馬來到。元紹曰：「此必周倉也。」關公乃立馬待之。果見一人，黑面長身，持槍乘馬，引眾而至；見了關公，驚喜曰：「此關將軍也！」疾忙下馬，俯伏道旁曰：「周倉參拜。」關公曰：「壯士何處曾識關某來？」倉曰：「舊隨黃巾張寶時，曾識尊顏；恨失身賊黨，不得相隨。今日幸得拜見。願將軍不棄，收為步卒，早晚執鞭隨鐙，死亦甘心！」公見其意甚誠，乃謂曰：「汝若隨我，汝手下人伴若何？」倉曰：「願從則俱從；不願從者，聽之可也。」

於是眾人皆曰：「願從。」關公乃下馬至車前稟問二嫂。甘夫人曰：「叔叔自離許都，於路獨行至此，歷過多少艱難，並未嘗要軍馬相隨；前廖化欲相投，叔既卻之，今何獨容周倉之眾耶？我輩女流淺見，叔自斟酌。」公曰：「嫂嫂之言是也。」遂謂周倉曰：「非關某寡情，奈二夫人不從。汝等且回山中，待我尋見兄長，必來相招。」周倉頓首告曰：「倉乃一粗莽之夫，失身為盜；今遇將軍，如重見天日，豈忍復錯過？若以眾人相隨為不便，可令其盡跟裴元紹去。倉隻身步行，跟隨將軍，雖萬里不辭也！」關公再以此言告二嫂。甘夫人曰：「一二人相從，無妨於事。」公乃令周倉撥人伴隨裴元紹去。元紹曰：「我亦願隨關將軍。」周倉曰：「汝若去時，人伴皆散；且當權時統領。我隨關將軍去，但有住箚處，便來取你。」

元紹怏怏而別。周倉跟著關公，往汝南進發。行了數日，遙見一座山城。公問土人：「此何處也？」土人曰：「此名古城。數月前有一將軍，姓張，名飛。引數十騎到此，將縣官逐去，占住古城，招軍買馬，積草屯糧。今聚有三五千人馬，四遠無人敢敵。」關公喜曰：「吾弟自徐州失散，一向不知下落，誰想卻在此！」乃令孫乾先入城通報，教來迎接二嫂。

卻說張飛在芒碭山中，住了月餘，因出外探聽玄德消息，偶過古城，入縣借糧；縣官不肯，飛怒，因就逐去縣官，奪了縣印，占住城池，權且安身。當日孫乾領關公命，入城見飛。施禮畢，具言：「玄德離了袁紹處，投汝南去了。今雲長直從許都送二位夫人至此，請將軍出迎。」

張飛聽罷，更不回言，隨即披挂持丈八矛上馬，引一千餘人，逕出城門。孫乾驚訝，又不敢問，只得隨出城來。關公望見張飛到來，喜不自勝，付刀與周倉接了，拍馬來迎。只見張飛圓睜環眼，倒豎虎鬚；吼聲如雷，揮矛望關公便搠。關公大驚，連忙閃過，便叫：「賢弟何故如此？豈忘了桃園結義耶？」飛喝曰：「你既無義，有何面目來與我相見！」關公曰：「我如何無義？」飛曰：「你背了兄長，降了曹操，封侯賜爵，今又來賺我！我今與你拚個死活！」關公曰：「你原來不知，我也難說。現放著二位嫂嫂在此，賢弟請自問。」

二夫人聽得，揭簾呼曰：「三叔何故如此？」飛曰：「嫂嫂住著，且看我殺了負義的人，然後請嫂嫂入城。」甘夫人曰：「二叔因不知你等下落，故暫時棲身曹氏。今知你哥哥在汝南，特不避險阻。送我們到此，三叔休錯見了。」糜夫人曰：「二叔向在許都，原出於無奈。」飛曰：「嫂嫂休要被他瞞過！忠臣寧死而不辱。大丈夫豈有事二主之理！」關公曰：「賢弟休屈了我。」孫乾曰：「雲長特來尋將軍。」飛喝曰：「如何你也胡說！他那裡有好心！必是來捉我！」關公曰：「我若捉你，須帶軍馬來。」飛把手指曰：「兀的❸不是軍馬來也！」

關公回顧，果見塵埃起處，一彪人馬來到。風吹旗號，正是曹軍。張飛大怒曰：「今還敢支吾麼？」挺丈八蛇矛便搠將來。關公急止之曰：「賢弟且住。你看我斬此來將，以表我真心。」飛曰：「你果有真心，我這裡三通鼓罷，便要你斬來將！」關公應諾。

須臾，曹軍至。為首一將，乃是蔡陽，提刀縱馬大喝曰：「你殺吾外甥秦琪，卻原來逃在此！吾奉丞相命，特來拿你！」關公更不打話，舉刀便砍。張飛親自擂鼓。只見一通鼓未盡，關公刀起處，蔡陽頭已落地。眾軍士俱走。關公活捉執認旗❹的小卒過來，問取來由。小卒告說：「蔡陽聞將軍殺了他外甥，十分忿怒，要來河北與將軍交戰。丞相不肯，因差他往汝南攻劉辟。不想在這裡遇著將軍。」關公聞言，教去張飛前告說其事。飛將關公在許都時事細問小卒。小卒從頭至尾，說了一遍，飛方纔信。

正說間，忽城中軍士來報：「城南門外有十數騎來的甚緊，不知是甚人。」張飛心中疑慮，便轉出南門看時，果見十數騎輕弓短箭而來。見了張飛，滾鞍下馬。視之，乃糜竺、糜芳也。飛亦下馬相見。竺曰：「自徐州失散，我兄弟二人，逃難回鄉。使人遠近打聽，知雲長降了曹操，主公在於河北；又聞簡雍亦投河北去了。只不知將軍在此，昨於路上遇見一夥客人說：『有一姓張的將軍，如此模樣，今據古城。』我兄弟度量必是將軍，故來尋訪，幸得相見！」飛曰：「雲長兄與孫乾送二嫂方到，已知哥哥下落。」

二糜大喜，同來見關公，并參見二夫人。飛遂迎請二嫂入城。至衙中坐定，二夫人訴說關公歷過之

不知則大怒欲殺，知之則大

❸ 兀的：這個的意思。

❹ 認旗：就是認軍旗，旗上繡有將領的官銜或姓氏。

哭下拜。英雄血性，固應爾爾。

事，張飛方纔大哭，參拜雲長。二糜亦俱傷感。張飛亦自訴別後之事，一面設宴賀喜。

次日，張飛欲與關公同赴汝南見玄德。關公曰：「賢弟可保護二嫂，暫住此城，待我與孫乾先去探聽兄長消息。」飛允諾。關公與孫乾引數騎奔汝南來。劉辟、龔都接著，關公便問皇叔何在。劉辟曰：「皇叔到此住了數日，為見軍少，復往河北袁本初處商議去了。」關公怏怏不樂。孫乾曰：「不必憂慮。再苦一番驅馳，仍往河北去報知皇叔，同至古城便了。」

關公依言，辭了劉辟、龔都，回至古城，與張飛說知此事。張飛便欲同至河北。關公曰：「有此一城，便是我等安身之處，未可輕棄。我還與孫乾同往袁紹處，尋見兄長，來此相會。賢弟可堅守此城。」飛曰：「兄斬他顏良、文醜，如何去得？」關公曰：「不妨，我到彼當見機而行。」遂喚周倉問曰：「臥牛山裴元紹處，共有多少人馬？」倉曰：「約有四五百。」關公曰：「我今抄近路去尋兄長，汝可往臥牛山招此一枝人馬，從大路上接來。」

倉領命而去。關公與孫乾只帶二十餘騎投河北來。將至界首，乾曰：「將軍未可輕入，只在此間暫歇。待某先入見皇叔，別作商議。」關公依言，先打發孫乾去了。遙望前村有一所莊院，便與從人到彼投宿。莊內一老翁攜杖而出，與關公施禮，公具以實告。老翁曰：「某亦姓關，名定。久聞大名，幸得瞻謁。」遂命二子出見。款留關公，并從人俱留於莊內。

且說孫乾匹馬入冀州，見玄德具言前事。玄德曰：「簡雍亦在此間，可暗請來同議。」少頃簡雍至，與孫乾相見畢，共議脫身之計。雍曰：「主公明日見袁紹，只說要往荊州，說劉表共破曹操，便可乘機而去。」玄德曰：「此計大妙！但公能隨我去否？」雍曰：「某亦自有脫身之計。」

商議已定；次日，玄德入見袁紹，告曰：「劉景升鎮守荊襄九郡，兵精糧足，宜與相約，共攻曹操。」紹曰：「吾嘗遣使約之，奈彼未肯相從。」玄德曰：「此人是備同宗，備往說之，必無推阻。」紹曰：「若得劉表，勝劉辟多矣。」遂命玄德行。紹又曰：「近聞關雲長已離了曹操，欲來河北；吾當殺之，以雪顏良、文醜之恨。」玄德曰：「明公前欲用之，吾故召之。今何又欲殺之耶？且顏良、文醜比之二鹿耳，雲長乃一虎也。失二鹿而得一虎，何恨之有？」紹笑曰：「吾固愛之，故戲言耳。公可再使人召之，令其速來。」玄德曰：「即遣孫乾往召之可也。」

紹大喜從之。玄德出，簡雍進曰：「玄德此去，必不回矣。某願與偕往；一則同說劉表，二則監住玄德。」紹然其言，便命簡雍與玄德同行。郭圖諫紹曰：「劉備前去說劉辟，未見成事；今又使與簡雍同往荊州，必不返矣。」紹曰：「汝勿多疑，簡雍自有識見。」郭圖嗟呀而出。

卻說玄德先命孫乾出城，回報關公；一面與簡雍辭了袁紹，上馬出城。行至界首，孫乾接著，同往關定莊上。關公迎門接拜，執手啼哭不止。關定領二子拜於草堂之前。玄德問其姓名。關公曰：「此人與弟同姓，有二子：長子關寧，學文；次子關平，學武。」關定曰：「今愚意欲遣次子跟隨關將軍，未識肯容納否？」玄德曰：「年幾何矣？」定曰：「十八歲矣。」玄德曰：「既蒙長者厚意，吾弟尚未有子，今即以賢郎為子，若何？」關定大喜；便命關平拜關公為父，呼玄德為伯父。玄德恐袁紹追之，急收拾起行。關平隨著關公一齊起身。關定送了一程自回；關公教取路往臥牛山來。

正行間。忽見周倉引數十人帶傷而來。關公引他見了玄德，問其何故受傷？倉曰：「某未至臥牛山之前，先有一將單騎而來，與裴元紹交鋒，只一合，刺死裴元紹，盡數招降人伴，占住山寨。周倉到彼，

劉關至此，方才相見。

招誘人伴時，止有這幾個過來，餘者俱懼怕，不敢擅離。倉不忿❺，與那將交戰，被他連勝數次，身中三槍；因此來報主公。」玄德曰：「此人怎生模樣？姓甚名誰？」倉曰：「極其雄壯，不知姓名。」於是關公縱馬當先，玄德在後，逕投臥牛山來。周倉在山下叫罵，只見那將全副披挂，持槍驟馬，引眾下山。玄德早揮鞭出馬，大叫曰：「來者莫非子龍否？」那將見了玄德，滾鞍下馬，拜伏道旁。原來果然是趙子龍。玄德、關公，俱下馬相見，問其何由至此。雲曰：「雲自別使君，不想公孫瓚不聽人言，以致兵敗自焚。袁紹屢次招雲，雲想紹亦非用人之人，因此未往。後欲至徐州投使君，又聞徐州失守，雲長已歸曹操，使君又在袁紹處。雲幾番欲來相投，只恐袁紹見怪。四海飄零，無容身之地。前偶過此處，適遇裴元紹下山來欲奪我馬，雲因殺之，借此安身。近聞翼德在古城，欲往投之，未知真實。今幸得遇使君。」玄德大喜，訴說從前之事。關公亦訴前事。玄德曰：「吾初見子龍，便有留戀不捨之情。今幸得相遇。」雲曰：「雲奔走四方，擇主而事，未有如使君者。今得相隨，大稱平生。雖肝腦塗地，無恨矣。」當日就燒燬山寨，率領人眾，盡隨玄德前赴古城。張飛、糜竺、糜芳，迎接入城，各相拜訴。二夫人具言雲長之事，玄德感歎不已。於是殺牛宰馬，先拜謝天地，然後徧勞諸軍。玄德見兄弟重聚，將佐無缺，又新得了趙雲，關公又得了關平、周倉二人，歡喜無限，連飲數日。後人有詩讚之曰：

當時手足似瓜分，信斷音稀杳不聞。

宛如桃園結義之時。

❺不忿：猶言不服；不甘。

今日君臣重聚義，正如龍虎會風雲。

時玄德、關、張、趙雲、孫乾、簡雍、糜竺、糜芳、關平、周倉，統領馬步軍校共四五千人。玄德欲棄了古城去守汝南，恰好劉辟、龔都，差人來請。於是遂起軍往汝南駐紮，招軍買馬，徐圖征進，不在話下。

且說袁紹見玄德不回，大怒，欲起兵伐之。郭圖曰：「劉備不足慮，曹操乃勁敵也，不可不除。劉表雖據荊州，不足為強。江東孫伯符威鎮三江，地連六郡，謀臣武士極多，可使人結之，共攻曹操。」紹從其言，即修書遣陳震為使，來會孫策。正是：只因河北英雄去，引出江東豪傑來。未知其事如何，且看下文分解。

第二九回　小霸王怒斬于吉　碧眼兒坐領江東

卻說孫策自霸江東，兵精糧足。建安四年，襲取廬江，敗劉勳，使虞翻馳檄豫章，豫章太守華歆投降。自此聲勢大振，乃遣張紘往許昌上表獻捷。曹操知孫策強盛，歎曰：「獅兒難與爭鋒也！」遂以曹仁之女許配孫策幼弟孫匡，兩家結婚。留張紘在許昌。孫策求為大司馬，曹操不許。策恨之，常有襲許都之心。於是吳郡太守許貢，乃暗遣使赴許都，上書於曹操。其略曰：

孫策驍勇，與項籍相似。朝廷宜外示榮寵，召還京師；不可使居外鎮，以為後患。

使者齎書渡江，被防江將士所獲，解赴孫策處。策觀書大怒，斬其使，遣人假意請許貢議事。貢至，策出書示之，叱曰：「汝欲送我於死地耶！」命武士絞殺之。貢家屬皆逃散。有家客❶三人，欲為許貢報仇，恨無其便。一日，孫策引軍會獵於丹徒之西山，趕起一大鹿。策縱馬上山逐之。

正趕之間，只見樹林之內，有三個人持槍帶弓而立。策勒馬問曰：「汝等何人？」答曰：「乃韓當軍士也。在此射鹿。」策方舉轡欲行，一人挺槍望策左腿便刺。策大驚，急取佩劍從馬上砍去，劍刃忽墜，止存劍靶在手。一人早拈弓搭箭射來，正中孫策面頰。策就拔面上箭，取弓回射，放箭之人，應弦

❶ 家客：家人。

而倒。那二人舉槍向孫策亂搠，大叫曰：「我等是許貢家客，特來為主人報仇！」策別無器械，只以弓拒之，且拒且走。二人死戰不退。策身被數槍，馬亦帶傷。

正危急之時，程普引數人至。孫策大叫「殺賊！」程普引眾齊上，將許貢家客砍為肉泥。看孫策時，血流滿面，被傷至重；乃以刀割袍，裹其傷處，救回吳會養病。後人有詩讚許家三客曰：

孫郎智勇冠江湄，射獵山中受困危。
許客三人能死義，殺身豫讓未為奇。

卻說孫策受傷而回，使人尋請華佗醫治。不想華佗已往中原去了，止有徒弟在吳，命其治療。其徒曰：「箭頭有藥，毒已入骨，須靜養百日，方可無虞，若怒氣衝激，其瘡難治。」孫策為人最是性急，恨不得即日便愈。將息到二十餘日，忽聞張紘有使者自許昌回，策喚問之。使者曰：「曹操甚懼主公；其帳下謀士，亦俱敬服；惟有郭嘉不服。」策曰：「郭嘉曾有何說？」使者不敢言。策怒，固問之。使者只得從實告曰：「郭嘉曾對曹操言：主公不足懼也。輕而無備，性急少謀，乃匹夫之勇耳。他日必死於小人之手。」策聞言，大怒曰：「匹夫安敢料吾！吾誓取許昌！」遂不待瘡愈，便欲商議出兵。張昭諫曰：「醫者戒主公百日休動，今何因一時之忿，自輕萬乘之軀？」

正談話間，忽報袁紹遣使陳震至。策喚入問之。震具言袁紹欲結東吳為外應，共攻曹操。策大喜，即日會諸將於城樓上，設宴款待陳震。飲酒之間，忽見諸將互相偶語，紛紛下樓。策怪問何故？左右曰：「有于神仙者，今從樓下過，諸將欲往拜之耳。」

策起身憑欄視之，見一道人，身披鶴氅，手攜藜杖，立於當道，百姓俱焚香伏道而拜。策怒曰：「是何妖人，快與我擒來！」左右告曰：「此人姓于，名吉。寓居東方，往來吳會。普施符水，救人萬病，無有不驗。當世呼為神仙，未可輕瀆。」策愈怒，喝令「速速擒來！違者斬！」左右不得已，只得下樓，擁于吉至樓上。策叱曰：「狂士怎敢煽惑人心！」于吉曰：「貧道乃瑯琊宮道士。順帝時曾入山採藥，得神書於曲陽泉水上，號曰太平青領道。凡百餘卷，皆治人疾病方術。貧道得之，惟務代天宣化，普救萬人。未曾取人毫釐之物，安得煽惑人心？」策曰：「汝毫不取人，衣服飲食，從何而得？汝即黃巾張角之流，今若不誅，必為後患？」叱左右斬之。張昭諫曰：「于道人在江東數十年，並無過犯，不可殺害。」策曰：「此等妖人，吾殺之，何異屠豬狗！」眾官皆苦諫，陳震亦勸。策怒未息，命且囚於獄中。眾官俱散。陳震自歸館驛安歇。孫策歸府，早有內侍傳說此事與策母吳太夫人知道。夫人喚孫策入後堂，謂曰：「吾聞汝將于神仙下於縲絏。此人多曾醫人疾病，軍民敬仰，不可加害。」策曰：「此乃妖人，能以妖術惑眾，不可不除！」夫人再三勸解。策曰：「母親勿聽外人妄言。兒自有區處。」乃出喚獄吏取于吉來問。原來獄吏皆敬信于吉，吉在獄中時，盡去其枷鎖；及策喚取，方帶枷鎖而出。

策訪知，大怒，痛責獄吏，仍將于吉械繫下獄。張昭等數十人，連名作狀，拜求孫策，乞保于神仙，策曰：「公等皆讀書人，何不達理？昔交州有一刺史張津，聽信邪教，鼓瑟焚香，常以紅帕裹頭，自稱可助出軍之威，後竟為敵軍所殺。此等事甚無益，諸君自未悟耳。吾欲殺于吉，正思禁邪覺迷也。」呂範曰：「某素知于道人能祈風禱雨。方今天旱，何不令其祈雨以贖罪？」策曰：「吾且看此妖人若何。」

策之殺吉，皆眾人激之也。

遂命於獄中取出于吉，開其枷鎖，令登壇求雨。

吉領命，即沐浴更衣，取繩自縛於烈日之中。百姓觀者，填街塞巷。于吉謂眾人曰：「吾求三尺甘霖，以救萬民，然我終不免一死。」眾人曰：「若有靈驗，主公必然敬服。」于吉曰：「氣數至此，恐不能逃。」

少頃，孫策親至壇中下令：若午時無雨，即焚死于吉。先令人堆積乾柴伺候。將及午時，狂風驟起。風過處，四下陰雲漸合。策曰：「時已近午，空有陰雲，而無甘雨，正是妖人！」叱左右將于吉扛上柴堆，四下舉火，燄隨風起。忽見黑煙一道，沖上空中，一聲響亮，雷電齊發，大雨如注。頃刻之間，街市成河，溪澗皆滿，足有三尺甘雨。于吉仰臥於柴堆之上，大喝一聲，雲收雨住，復見太陽。

於是眾官及百姓，共將于吉扶下柴堆，解去繩索，再拜稱謝。孫策見官民俱羅拜於水中，不顧衣服，乃勃然大怒，叱曰：「晴雨乃天地之定數，妖人偶乘其便，你等何得如此惑亂！」掣寶劍令左右殺了于吉。眾官力諫，策怒曰：「爾等皆欲從于吉造反耶？」眾官乃不敢復言。策叱武士將于吉一刀斬頭落地，只見一道青氣，投東北去了。策命將其屍號令於市，以正妖妄之罪。

是夜風雨交作，及曉不見了于吉屍首。守屍軍士報知孫策。策怒，欲殺守屍軍士，忽見一人，從堂前徐步而來，視之，卻是于吉，策大怒，正欲拔劍砍之，忽然昏倒於地。左右急救入臥內，半晌方甦。吳太夫人來視疾，謂策曰：「吾兒屈殺神仙，故招此禍。」策笑曰：「兒自幼隨父出征，殺人如麻，何曾有為禍之理？今殺妖人，正絕大禍，安得反為我禍？」夫人曰：「因汝不信，以致如此；今可作好事以禳之。」策曰：「吾命在天，妖人決不能為禍，何必禳耶？」夫人料勸不信，乃自令左右暗修善事

神仙不死，死者必非神仙。

孫策明理，畢竟英雄。

禳解❷。

是夜三更，策臥於內宅，忽然陰風驟起，燈滅而復明。燈影之下，見于吉立於牀前。策大喝曰：「吾平生誓誅妖妄，以靖天下！汝既為陰鬼，何敢近我！」取牀頭劍擲之，忽然不見。吳太夫人聞之，轉生憂悶。策乃扶病強行，以寬母心。母謂策曰：「聖人云：『鬼神之為德，其盛矣乎！』又云：『禱爾于上下神祇。』鬼神之事，不可不信。汝屈殺于先生，豈無報應？吾已令人設醮於郡之玉清觀內，汝可親往拜禱，自然安妥。」

策不敢違母命，只得勉強乘轎至玉清觀。道士接入，請策焚香，策焚香而不拜。忽香爐中煙起不散，結成一座華蓋，上面端坐著于吉，策怒，唾罵之；走離殿宇，又見于吉立於殿門，怒目視策。策顧左右曰：「汝等見妖鬼否？」左右皆云：「未見。」策愈怒，拔佩劍望于吉擲去，一人中劍而倒。眾視之，乃前日動手殺于吉之小卒，被劍砍入腦袋，七竅流血而死，策命扛出葬之。比及出觀，又見于吉走入觀門來。策曰：「此觀亦藏妖之所也！」遂坐於觀前，命武士五百人拆毀之。武士方上屋揭瓦，卻見于吉立於屋上，飛瓦擲地。策大怒，傳令逐出本觀道士，放火燒毀殿宇。火起處，又見于吉立於火光之中。策怒歸府，又見于吉立於府門前。策乃不入府，隨點起三軍，出城外下寨，傳喚眾將商議，欲起兵助袁紹夾攻曹操。眾將俱曰：「主公玉體違和，未可輕動，且待平愈，出兵未遲。」

孫策事母至孝，豈有神仙而害孝子者？

是夜孫策宿於寨內，又見于吉披髮而來。策於帳中叱喝不絕。次日，吳太夫人傳命，召策回府，策

❷ 禳解：用祈禱求神的方式，以求免除災禍。

種種興妖作怪，神仙必不如此。

乃歸見其母。夫人見策形容憔悴，泣曰：「兒失形矣！」策即引鏡自照，果見形容十分瘦損，不覺失驚，顧左右曰：「吾奈何憔悴至此耶？」

言未已，忽見于吉立於鏡中。策拍鏡大叫一聲，金瘡迸裂，昏絕於地。夫人命扶入臥內。須臾甦醒，自歎曰：「吾不能復生矣！」隨召張昭等諸人，及弟孫權，至臥榻前，囑付曰：「天下方亂，以吳越之眾，三江之固，大可有為。子布等幸善相吾弟。」乃取印綬與孫權，曰：「若舉江東之眾，決機於兩陣之間，與天下爭衡，卿不如我；舉賢任能，使各盡力以保江東，我不如卿。卿宜念父兄創業之艱難，善自圖之！」

孫策可謂孝於父母，友於兄弟。

權大哭，拜受印綬。策告母曰：「兒天年已盡，不能奉慈母。今將印綬付弟，望母朝夕訓之。父兄舊人，慎勿輕怠。」母哭曰：「恐汝弟年幼，不能任大事，當復如何？」策曰：「弟才勝兒十倍，足當大任。倘內事不決，可問張昭，外事不決，可問周瑜。——恨周瑜不在此，不得面囑之也！」又喚諸弟囑曰：「吾死之後，汝等並輔仲謀。宗族中敢有生異心者，眾共誅之。骨肉為逆，不得入祖墳安葬。」諸弟泣受命。又喚妻喬夫人謂曰：「吾與汝不幸中途相分，汝須孝養尊姑。早晚汝妹入見，可囑其轉致周郎，盡心輔佐吾弟，休負我平日相知之雅。」言訖，瞑目而逝，年止二十六歲。後人有詩讚曰：

獨戰東南地，人稱小霸王。運籌如虎踞，決策似鷹揚。
威鎮三江靖，名聞四海香。臨終遺大事，專意屬周郎。

孫策既死，孫權哭倒於牀前。張昭曰：「此非將軍哭時也，宜一面治喪事，一面理軍國大事。」權乃收淚。張昭令孫靜理會喪事，請孫權出堂，受眾文武謁賀。孫權生得方頤大口，碧眼紫髯。昔漢使劉琬入吳，見孫家諸昆仲，因語人曰：「吾徧觀孫氏兄弟，雖各才氣秀達，然皆祿祚❸不終。惟仲謀形貌奇偉，骨格非常，乃大貴之表，又享高壽，眾皆不及也。」

且說當時孫權承孫策遺命，掌江東之事。經理未定，人報周瑜自巴丘提兵回吳。權曰：「公瑾已回，吾無憂矣。」原來周瑜守禦巴丘，聞知孫策中箭被傷，因此回來問候；將至吳郡，聞策已亡，故星夜來奔喪。當下周瑜哭拜於孫策靈柩之前，吳太夫人出，以遺囑之語告瑜。瑜拜伏於地曰：「敢不效犬馬之力，繼之以死。」

少頃，孫權入。周瑜拜見畢，權曰：「願公無忘先兄遺命。」瑜頓首曰：「願以肝腦塗地，報知己之恩。」權曰：「今承父兄之業，將何策以守之？」瑜曰：「自古『得人者昌，失人者亡』。為今之計，須求高明遠見之人為輔，然後江東可定也。」權曰：「先兄遺言，內事託子布，外事全賴公瑾。」瑜曰：「子布賢達之士，足當大任。瑜不才，恐負倚託之重，願薦一人以輔將軍。」

權問何人？瑜曰：「姓魯，名肅，字子敬，臨淮東川人也。此人胸懷韜略，腹隱機謀。早年喪父，事母至孝。其家極富，嘗散財以濟貧乏。瑜當居巢長之時，將數百人過臨淮，因乏糧，聞魯肅家有兩囷米，各三千斛，因往求助。肅即指一囷相贈，其慷慨如此。平生好擊劍騎射，寓居曲阿。祖母亡，還葬東城。其友劉子揚欲約彼往巢湖投鄭寶，肅尚躊躇未往。今主公可速召之。」

權大喜，即命周瑜往聘。瑜奉命親往，見肅敘禮畢，具道孫權相慕之意。肅曰：「近劉子揚約某往

❸ 祿祚：壽命、福分。

天下大事已了然胸中，其識見不在孔明之下。

巢湖，某將就之。」瑜曰：「昔馬援對光武云：『當今之世，非但君擇臣，臣亦擇君。』今吾孫將軍親賢禮士，納奇錄異❹，世所罕有。足下不須他計，只同我往投東吳為是。」肅從其言，遂同周瑜來見孫權。權甚敬之，與之談論，終日不倦。

一日，眾官皆散，權留魯肅共飲，至晚同榻抵足而臥。夜半，權謂肅曰：「方今漢室傾危，四方紛擾，孤承父兄餘業，思為桓文之事，君將何以教我？」肅曰：「昔漢高祖欲尊事義帝❺而不獲者，以項羽為害也。今之曹操可比項羽，將軍何由得為桓文乎？肅竊料漢室不可復興，曹操不可卒除。為將軍計，惟有鼎足江東以觀天下之釁。今乘北方多務，剿除黃祖，進伐劉表，竟長江所極而據守之，然後建號帝王以圖天下，此高祖之業也。」

權聞言大喜，披衣起謝；次日，厚賜魯肅，并將衣服幃帳等物，賜肅之母。肅又薦一人見孫權，此人博學多才，事母至孝。覆姓諸葛，名瑾，字子瑜，瑯琊南陽人也。權拜之為上賓。瑾勸權勿通袁紹，且順曹操，然後乘便圖之。權依言，乃遣陳震回，以書絕袁紹。

卻說曹操聞孫策已死，欲起兵下江南。侍御史張紘諫曰：「乘人之喪而伐之，既非義舉；若其不克，棄好成仇；不如因而善遇之。」操然其說，乃即奏封孫權為將軍，兼領會稽太守；即令張紘為會稽都尉，齎印往江東。孫權大喜，又得張紘回吳，即命與張昭同理政事。張紘又薦一人於孫權。此人姓顧，名雍，字元歎。乃中郎蔡邕之徒。其為人少言語，不飲酒，嚴厲正大。權以為丞，行太守事。自是孫權威震江

❹ 納奇錄異：意思是說延攬奇才異能的人。

❺ 義帝：指秦朝末年，項羽所立的楚懷王。項羽入關後尊之為義帝。

東，深得民心。

且說陳震回見袁紹，具說「孫策已亡，孫權繼立。曹操封之為將軍，結為外應矣」。袁紹大怒，遂起冀、青、幽、并等處人馬七十餘萬，復來攻取許昌。正是：江南兵革方休息，冀北干戈又復興。未知勝負如何，且看下文分解。

第三〇回　戰官渡本初敗績　劫烏巢孟德燒糧

卻說袁紹興兵，望官渡進發。夏侯惇發書告急。曹操起軍七萬，前往迎敵，留荀彧守許都。紹兵臨發，田豐從獄中上書諫曰：「今且宜靜守以待天時，不可妄興大兵，恐有不利。」逢紀譖曰：「主公興仁義之師，田豐何得出此不祥之語？」

紹因怒，欲斬田豐。眾官告免。紹恨曰：「待吾破了曹操，明正其罪！」遂催軍進發。旌旗遍野，刀劍如林。行至陽武，下定寨柵。沮授曰：「我軍雖眾，而勇猛不及彼軍；彼軍雖精，而糧草不如我軍。彼軍無糧，利在急戰；我軍有糧，宜且緩守。若能曠以日月，則彼軍不戰自敗矣。」紹怒曰：「田豐慢我軍心，吾回日必斬之，汝安敢又如此！」——叱左右將沮授鎖禁軍中。——「待我破曹之後，與田豐一體治罪！」

於是下令，將大軍七十萬，東西南北，周圍安營，連絡九十餘里。細作探知虛實，報至官渡。曹軍新到，聞之皆懼。曹操與眾謀士商議。荀攸曰：「紹軍雖多，不足懼也。我軍俱精銳之士，無不以一當十。但利在急戰。若遷延日月，糧草不敷，事可憂矣。」操曰：「所言正合吾意。」遂傳令軍將鼓譟而進。紹軍來迎，兩邊排成陣勢。審配撥弩手一萬，伏於兩翼；弓箭手五千，伏於門旗內，約砲響齊發。三通鼓罷，袁紹金盔金甲，錦袍玉帶，立馬陣前。左右排列著張郃、高覽、韓猛、淳于瓊等諸將。

旌旗節鉞，甚是嚴整。曹陣上門旗開處，曹操出馬。許褚、張遼、徐晃、李典等，各持兵器，前後擁衛。曹操以鞭指袁紹曰：「吾於天子之前，保奏你為大將軍，今何故謀反？」紹怒曰：「汝託名漢相，實為漢賊，罪惡彌天，甚於莽、卓，乃反誣人造反耶！」操曰：「吾今奉詔討汝！」紹曰：「吾奉衣帶詔討賊！」

操怒，使張遼出戰。張郃躍馬來迎。二將鬬了四五十合，不分勝負。曹操見了，暗暗稱奇。許褚揮刀縱馬，直出助戰，高覽挺槍接住。四員將捉對兒❶廝殺。曹操令夏侯惇、曹洪，各引三千軍，齊衝彼陣。審配見曹軍來衝陣，便令放起號砲。兩下萬弩並發，中軍內弓箭手一齊擁出陣前亂射。曹軍如何抵敵，望南急走。袁紹驅兵掩殺，曹軍大敗，盡退至官渡。袁紹移軍逼近官渡下寨。審配曰：「今可撥兵十萬守官渡，就曹操寨前築起土山，令軍人下視寨中放箭。操若棄此而去，吾得此隘口，許昌可破矣。」

袁軍慣以戰取勝，此北人長伎也。

紹從之，於各寨內選精壯軍人，用鐵鍬土擔，齊來曹操寨邊，壘土成山。曹營內見袁軍堆築土山，欲待出去衝突，被審配弓弩手，當住咽喉要路，不能前進。十日之內，築成土山五十餘座，上立高櫓，分撥弓弩手於其上射箭。曹軍大懼，皆頂著遮箭牌守禦。土山上一聲梆子響處，箭下如雨。曹軍皆蒙楯伏地，袁軍吶喊而笑。曹操見軍慌亂，集眾謀士問計。劉曄進曰：「可作發石車以破之。」操令曄進車式，連夜造發石車數百乘。分布營牆內，正對著土山上雲梯。候弓箭手射箭時，營內一齊拽動石車，砲石飛空，往上亂打。人無躲處，弓箭手死者無數。袁軍皆號其車為「霹靂車」。

由是袁軍不敢登高射箭。審配又獻一計：令軍人用鐵鍬暗打地道，直透曹營內，號為「掘子軍」。曹

---

❶ 捉對兒：各找對手的意思。

兵望見袁軍於山後掘土坑，報知曹操。操又問計於劉曄。曄曰：「此袁軍不能攻明而攻暗，發掘伏道，欲從地下透營而入耳。」操曰：「何以禦之？」曄曰：「可遶營掘長塹，則彼伏道無用也。」操連夜差軍掘塹。袁軍掘伏道到塹邊，果不能入，空費軍力。

卻說曹操守官渡，自八月起，至九月終，軍力漸乏，糧草不繼，意欲棄官渡退回許昌，遲疑未決，乃作書遣人赴許昌問荀彧，彧以書報之，書略曰：

承尊命使決進退之疑，愚以袁紹悉聚眾於官渡，欲與明公決勝負，公以至弱當至強，若不能制，必為所乘；是天下之大機也。紹軍雖眾，而不能用；以公之神武明哲，何向而不濟？今軍實雖少，未若楚、漢在滎陽、成皐間也。公今畫地而守，扼其喉而使不能進，情見勢竭，必將有變。此用奇之時，斷不可失。惟明公裁察焉。

此袁曹成敗關頭。

曹操得書大喜，令將士效力死守。紹軍約退三十餘里，操遣將出營巡哨。有徐晃部將史渙獲得袁軍細作，解見徐晃，晃問其軍中虛實。答曰：「早晚大將韓猛運糧至軍前接濟，先令我等探路。」徐晃便將此事報知曹操。荀攸曰：「韓猛匹夫之勇耳；若遣一人引輕騎數千，從半路擊之，斷其糧草，紹軍自亂。」操曰：「誰人可往？」攸曰：「即遣徐晃可也。」

操遂差徐晃帶將史渙并所部兵先出；後使張遼、許褚，引兵救應。當夜韓猛押糧車數千輛，解赴紹寨，正走之間，山谷內徐晃、史渙，引軍截住去路，韓猛飛馬來戰，徐晃接住廝殺，史渙便殺散人夫，放火焚燒糧車。韓猛抵當不住，撥馬回走，徐晃催軍燒盡輜重。袁紹軍中，望見西北上火起，正驚疑間，敗軍來報：「糧草被劫。」紹急遣張郃、高覽，去截大路，正遇徐晃燒糧而回。恰欲交鋒，背後許褚、張遼軍到。兩下夾攻，殺散袁軍，四將合兵一處，回官渡寨中。曹操大喜，重加賞勞；又分軍於寨前結營，為犄角之勢。

卻說韓猛敗軍還營，紹大怒，欲斬韓猛，眾官勸免。審配曰：「行軍以糧食為重，不可不用心提防。烏巢乃屯糧之處，必得重兵守之。」袁紹曰：「吾籌策已定，汝可回鄴都監督糧草，休教缺乏。」審配領命而去。袁紹遣大將淳于瓊，督領部將眭元進、韓莒子、呂威璜、趙叡等，引二萬人馬，守烏巢。那淳于瓊性剛好酒，軍士多畏之；既至烏巢，終日與諸將聚飲。

且說曹操軍糧告竭，急發使往許昌教荀彧作速措辦糧草，星夜解赴軍前接濟。使者齎書而往；行不上三十里，被袁軍捉住，縛見謀士許攸。那許攸，字子遠，少時曾與曹操為友，此時卻在袁紹處為謀士。當下搜得使者所齎曹操催糧書信，逕來見紹曰：「曹操屯軍官渡，與我相持已久，許昌必空虛；若分一軍星夜掩襲許昌，則許昌可拔，而曹操可擒也。今操糧草已盡，正可乘此機會，兩路擊之。」紹曰：「曹操詭計極多，此書乃誘敵之計也。」攸曰：「今若不取，後將反受其害。」

正話間，忽有使者自鄴郡來，呈上審配書。書中先說運糧事，後言許攸在冀州時，嘗濫受民間財物；且縱令子姪輩多科稅錢糧入己，今已收其子姪下獄矣。紹見書大怒曰：「濫行匹夫，尚有面目於吾前獻計耶！汝與曹操有舊，想今亦受他財賄，為他作奸細，啜賺❷吾軍耳！本當斬首，今權且寄頭在項！可速退出，今後不許相見！」

此疑所不當疑，是教之投曹也。

❷ 啜賺：欺騙調唆的意思。

許攸出，仰天歎曰：「『忠言逆耳』，『豎子不足與謀！』吾子姪已遭審配之害，吾何顏復見冀州之人乎！」遂欲拔劍自刎。左右奪劍勸曰：「公何輕生至此？袁紹不納直言，後必為曹操所擒。公既與曹公有舊，何不棄暗投明？」只這兩句言語，點醒許攸；於是許攸逕投曹操。後人有詩歎曰：

本初豪氣蓋中華，官渡相持枉歎嗟。
若使許攸謀見用，山河豈得屬曹家？

卻說許攸暗步出營，逕投曹寨，伏路軍人拏住。攸曰：「我是曹丞相故友，快與我通報，說南陽許攸來見。」軍士忙報入寨中。時操方解衣歇息，聞說許攸私奔到寨，大喜，不及穿履，跣足出迎。遙見許攸，撫掌歡笑，攜手共入，操先拜於地。攸慌扶起曰：「公乃漢相，吾乃布衣，何謙恭如此？」操曰：「公乃操故友，豈敢以名爵相上下乎？」攸曰：「某不能擇主，屈身袁紹，言不聽，計不從，今特棄之來見故人，願賜收錄。」操曰：「子遠肯來，吾事濟矣。願即教我以破紹之計。」攸曰：「吾曾教袁紹以輕騎乘掩許都，首尾相攻。」操大驚曰：「若袁紹用子言，吾事敗矣。」攸曰：「公今軍糧尚有幾何？」操曰：「可支一年。」攸笑曰：「恐未必。」操曰：「有半年耳。」

看老奸何等慇懃。

攸拂袖而起，趨步出帳曰：「吾以誠相投，而公見欺如是，豈吾所望哉！」操挽留曰：「子遠勿嗔，尚容實訴。軍中糧實可支三月耳。」攸笑曰：「世人皆言孟德奸雄，今果然也。」操亦笑曰：「豈不聞兵不厭詐？」遂附耳低言曰：「軍中止有此月之糧。」攸大聲曰：「休瞞我，糧已盡矣！」操愕然曰：「何以知之？」攸乃出操與荀彧之書以示之曰：「此書何人所寫？」操驚問曰：「何處得之？」攸以獲使之事相告。操執其手曰：「子遠既念舊交而來，願即有以教我。」攸曰：「明公以孤軍抗大敵，而不求急勝之方，此取死之道也。攸有一策，不過三日，使袁紹百萬之眾，不戰自破。明公還肯聽否？」操喜曰：「願聞良策。」攸曰：「袁紹軍糧輜重，盡積烏巢，今撥淳于瓊把守。瓊嗜酒無備；公可選精兵詐稱袁將蔣奇領兵到彼護糧，乘間燒其糧草輜重，則紹軍不三日將自亂矣。」操大喜，重待許攸，留於寨中。

次日，操自選馬步軍士五千，準備往烏巢劫糧。張遼曰：「袁紹屯糧之所，安得無備？丞相未可輕往，恐許攸有詐。」操曰：「不然。許攸此來，天敗袁紹。今吾軍糧不給，難以久持；若不從許攸之計，是坐而待困也。彼若有詐，安肯留我寨中？且吾亦欲劫寨久矣。今劫糧之舉，計在必行。君請勿疑。」遼曰：「亦須防袁紹乘虛來襲。」操笑曰：「吾已籌之熟矣。」便教荀攸、賈詡、曹洪，同許攸守大寨，夏侯惇、夏侯淵領一軍伏於左，曹仁、李典領一軍伏於右，以備不虞；教張遼、許褚在前，徐晃、于禁在後，操自引諸將居中，共五千人馬，打著袁軍旗號，軍士皆束草負薪，人啣枚，馬勒口，黃昏時分，望烏巢進發。是夜星光滿天。

且說沮授被袁紹拘禁在軍中，是夜因見眾星朗列，乃命監者引出中庭，仰觀天象，忽見太白逆行，侵犯斗、牛之分，大驚曰：「禍將至矣！」遂連夜求見袁紹。時紹已醉臥，聽說沮授有密事啟報，喚入問之。授曰：「適觀天象，見太白逆行於柳、鬼之間，流光射入牛、斗之分，恐有賊兵劫掠之害。烏巢屯糧之所，不可不提備。宜速遣精兵猛將，於間道山路巡哨，免為曹操所算。」

袁紹一誤再誤，天下事能堪幾誤也？

紹怒叱曰：「汝乃得罪之人，何敢妄言惑眾！」因叱監者曰：「吾命汝拘囚之，何敢放出！」遂命斬監者，別喚人監押沮授。授出，掩淚歎曰：「我軍亡在旦夕，我屍骸不知落於何處也！」後人有詩歎曰：

逆耳忠言反見仇，獨夫袁紹少機謀；
烏巢糧盡根基拔，猶欲區區守冀州！

卻說曹操領兵夜行，前過袁紹別寨，寨兵問是何處軍馬，操使人應曰：「蔣奇奉命往烏巢護糧。」袁軍見是自家旗號，遂不疑惑。凡過數處，皆詐稱蔣奇之兵，並無阻礙。及到烏巢，四更已盡。操教軍士將束草周圍舉火，眾將校鼓譟直入。時淳于瓊方與眾將飲了酒，醉臥帳中；聞鼓譟之聲，連忙跳起，問「何故喧鬧？」

言未已，早被撓鉤拖翻。睦元進、趙叡運糧方回，見屯上火起，急來救應。曹軍飛報曹操，說「賊兵在後，請分軍拒之。」操大喝曰：「諸將只顧奮力向前，待賊至背後，方可回戰！」於是眾軍將無不爭先掩殺。一霎時，火燄四起，煙迷太空。睦、趙二將驅兵來救，操勒馬回戰。二將抵敵不住，皆被曹軍所殺，糧草盡行燒絕。淳于瓊被擒見操。操命割去其耳鼻手指，縛於馬上，放回紹營以辱之。

卻說袁紹在帳中，聞報正北上火光滿天，知是烏巢有失，急出帳召文武各官商議，遣兵往救。張郃曰：「某與高覽同往救之。」郭圖曰：「不可。曹軍劫糧，曹操必然親往；操既自出，寨必空虛，可縱兵先擊曹操之寨；操聞之，必速還，此孫臏『圍魏救趙』之計❸也。」張郃曰：「非也。曹操多謀，外

❸ 孫臏圍魏救趙之計：孫臏，戰國時有名的軍事家。有一次，魏國圍攻趙國的都城邯鄲，齊王命田忌、孫臏率

出必為內備，以防不虞。今若攻操營而不拔，瓊等見獲，吾屬皆被擒矣。」郭圖曰：「曹操只顧劫糧，豈留兵在寨耶？」再三請劫曹營。紹乃遣張郃、高覽，引軍五千，往官渡擊曹營；遣蔣奇領兵一萬，往救烏巢。

且說曹操殺散淳于瓊部卒，盡奪其衣甲旗幟，偽作淳于瓊部下敗軍回寨，至山僻小路，正遇蔣奇軍馬。奇軍問之，稱是烏巢敗軍奔回。奇遂不疑，驅馬逕過。張遼、許褚忽至，大喝：「蔣奇休走！」奇措手不及，被張遼斬於馬下，盡殺蔣奇之兵；又使人當先偽報云：「蔣奇已自殺散烏巢兵了。」袁紹因不復遣人接應烏巢，只添兵往官渡。

卻說張郃、高覽攻打曹營，左邊夏侯惇、右邊曹仁、中路曹洪，一齊衝出，三下攻擊，袁軍大敗。比及接應軍到，曹操又從背後殺來，四下圍住掩殺。張郃、高覽奪路走脫。袁紹收得烏巢敗殘軍馬歸寨，見淳于瓊耳鼻皆無，手足盡落。紹問：「如何失了烏巢？」敗軍告說：「淳于瓊醉臥，因此不能抵敵。」紹怒，立斬之。郭圖恐張郃、高覽回寨證對是非，先於袁紹譖曰：「張郃、高覽見主公兵敗，心中必喜。」紹曰：「何出此言乎？」圖曰：「二人素有降曹之意，今遣擊寨，故意不肯用力，以致損折士卒。」紹大怒，遂遣使急召二人歸寨問罪。郭圖先使人報二人云：「主公將殺汝矣。」及紹使至，高覽問曰：「主公喚我等為何？」使者曰：「不知何故。」覽遂拔劍斬來使。郃大驚。覽曰：「袁紹聽信讒言，必為曹操所擒；吾等豈可坐而待死？不如去投曹操。」郃曰：「吾亦有此心久矣。」

軍救趙。孫臏認為魏國的精銳部隊在趙，內部空虛；乃引軍攻魏，魏軍回救本國，齊軍乘其疲憊，大敗魏軍。趙國之圍遂告解除。

純用甘言撫慰，是老奸慣技。

於是二人領本部兵馬，往曹操寨中投降。夏侯惇曰：「張、高二人來降，未知虛實。」操曰：「吾以恩遇之，雖有異心，亦可變矣。」遂開營門命二人入。二人倒戈卸甲，拜伏於地。操曰：「若使袁紹肯從二將軍之言，不至有敗。今二將軍肯來相投，如微子去殷、韓信歸漢也。」遂封張郃為偏將軍都亭侯，高覽為偏將軍東萊侯。二人大喜。

卻說袁紹既去了許攸，又去了高覽、張郃，又失了烏巢糧，軍心皇皇。許攸又勸曹操作速進兵。張郃、高覽請為先鋒，操從之，即令張郃、高覽，領兵往劫紹寨。當夜三更時分，出軍三路劫寨。混戰到明，各自收兵，紹軍折其大半。荀攸獻計曰：「今可揚言調撥人馬，一路取酸棗，攻鄴郡；一路取黎陽，斷袁兵歸路。袁紹聞之，必然驚惶，分兵拒我；我乘其兵動時擊之，紹可破也。」

操用其計，使大小三軍，四遠揚言。紹軍聞此言，來寨中報說：「曹操分兵兩路，一路取鄴郡，一路取黎陽去也。」紹大驚，急遣袁尚分兵五萬救鄴郡，辛明分兵五萬救黎陽，連夜起行。曹操探知袁紹兵動，便分大隊軍馬，八路齊出，直衝紹營。袁軍俱無鬭志，四散奔走，遂大潰。袁紹披甲不迭，單衣幅巾上馬。長子袁譚後隨。張遼、許褚、徐晃、于禁四員將，引軍追趕袁紹。紹急渡河，盡棄圖書車仗金帛，止引隨行八百餘騎而去。

操軍追之不及，盡獲遺下之物。所殺八萬餘人，血流盈溝，溺水死者不計其數。操獲全勝，將所得金寶緞疋，給賞軍士。於圖書中檢出書信一束，皆許都及軍中諸人與紹暗通之書。左右曰：「可逐一點對姓名，收而殺之。」操曰：「當紹之強，孤亦不能自保，況他人乎！」遂命盡焚之，更不再問。

卻說袁紹兵敗而奔，沮授因被囚禁，急走不脫，為曹軍所獲，擒見曹操。操素與沮授相識。授見操，有人如此，可謂群空冀北。

大呼曰：「授不降也！」操曰：「本初無謀，不用君言，君何尚執迷耶？吾若早得足下，天下不足慮也。」因厚待之，留於軍中。授乃於營中盜馬，欲歸袁氏。操怒，乃殺之。授至死神色不變。操歎曰：「吾誤殺忠義之士也！」命厚禮殯殮，為建墳安葬於黃河渡口，題其墓曰：「忠烈沮君之墓。」後人有詩讚曰：

河北多名士，忠貞推沮君。凝眸知陣法，仰面識天文。
至死心如鐵，臨危氣似雲。曹公欽義烈，特與建孤墳。

操下令攻冀州。正是：勢弱只因多算勝，兵強卻為寡謀亡。未知勝負若何，且看下文分解。

第三一回　曹操倉亭破本初　玄德荊州依劉表

卻說曹操乘袁紹之敗，整頓軍馬，迤邐追襲。袁紹幅巾單衣，引八百餘騎，奔至黎陽北岸，大將蔣義渠出寨迎接。紹以前事訴與義渠，義渠乃招諭離散之眾。眾聞紹在，又皆蟻聚。軍勢復振，議還冀州。軍行之次，夜宿荒山。紹於帳中聞遠遠有哭聲，遂私往聽之。卻是敗軍相聚，訴說喪兄失弟，棄伴亡親之苦，各各搥胸大哭；皆曰：「若聽田豐之言，我等怎遭此禍！」紹大悔曰：「吾不聽田豐之言，兵敗將亡，今回去，有何面目見之耶！」

次日上馬，正行間，逢紀引軍來接。紹對逢紀曰：「吾不聽田豐之言，致有此敗。吾今歸去，羞見此人。」逢紀因譖曰：「豐在獄中聞主公兵敗，撫掌大笑曰：『固不出吾之所料！』」袁紹大怒曰：「豎儒怎敢笑我！我必殺之！」遂命使者齎寶劍先往冀州獄中殺田豐。

卻說田豐在獄中。一日，獄吏來見豐曰：「與別駕賀喜。」豐曰：「何喜可賀？」獄吏曰：「袁將軍大敗而回，君必見重矣。」豐笑曰：「吾今死矣！」獄吏問曰：「人皆為君喜，君何言死也？」豐曰：「袁將軍外寬而內忌，不念忠誠。若勝而喜，猶能赦我；今戰敗則羞，吾不望生矣。」

獄吏未信。忽使者齎劍至，傳袁紹命，欲取田豐之首，獄吏方驚。豐曰：「吾固知必死也。」獄吏皆流淚。豐曰：「大丈夫生於天地間，不識其主而事之，是無智也！今日受死，夫何足惜！」乃自刎於

知人必敗，又

獄中。後人有詩曰：

昨朝沮授軍中死，今日田豐獄內亡。
河北棟樑皆折斷，本初焉不喪家邦？

知其必羞。田豐真知人哉！

田豐既死，聞者皆為歎惜。袁紹回冀州，心煩意亂，不理政事。其妻劉氏勸立後嗣。紹所生三子，長子袁譚，字顯忠，出守青州，次子袁熙，字顯奕，出守幽州，三子袁尚，字顯甫，是紹後妻劉氏所出，生得形貌俊偉，紹甚愛之，因此留在身邊。自官渡兵敗之後，劉氏勸立尚為後嗣，紹乃與審配、逢紀、辛評、郭圖四人商議。原來審、逢二人，向輔袁尚，辛、郭二人，向輔袁譚。四人各為其主。

一家之中又分兩黨。

當下袁紹謂四人曰：「今外患未息，內事不可不早定，吾將議立後嗣。長子譚為人性剛好殺，次子熙為人柔懦難成。三子尚有英雄之表，禮賢敬士，吾欲立之，公等之意若何？」郭圖曰：「三子之中，譚為長，今又居外；主公若廢長立幼，此亂萌也。目下軍威稍挫，敵兵壓境，豈可復使父子兄弟自相爭亂耶？主公且理會拒敵之策，立嗣之事，再容後議。」

袁紹躊躇未決，忽報袁熙引兵六萬自幽州來，袁譚引兵五萬自青州來，外甥高幹亦引兵五萬自并州來，各至冀州助戰。紹喜，再整人馬來戰曹操。時操引得勝之兵，陳列於河上，有土人簞食壺漿以迎之。操見父老數人，鬚髮盡白，乃命入帳中賜坐，問之曰：「老丈多少年紀？」答曰：「皆近百歲矣。」操曰：「吾軍士驚擾汝鄉，吾甚不安。」父老曰：「桓帝時，有黃星見於楚、宋之分，遼東人殷馗善觀天文，夜宿於此，對老漢等言：『黃星見於乾象，正照此間。後五十年，當有真人❶起於梁、沛之間。』

今以年計之，整整五十年。袁本初重斂於民，民皆怨之。丞相興仁義之師，弔民伐罪，官渡一戰，破袁紹百萬之眾，正應當時殷馗之言，兆民可望太平矣。」操笑曰：「何敢當老丈所言？」遂取酒食絹帛賜老人而遣之，號令三軍：如有下鄉殺人家雞犬者，如殺人之罪。

於是軍民震服。操亦心中暗喜。人報袁紹聚四州之兵，得二三十萬，前至倉亭下寨。操提兵前進，下寨已定。次日，兩軍相對，各布成陣勢。操引諸將出陣，紹亦引三子一甥及文官武將出到陣前。操曰：「本初計窮力盡，何尚不思投降？直待刀臨項上，悔無及矣！」紹大怒，回顧眾將曰：「誰敢出馬？」袁尚欲於父前逞能，便舞雙刀，揮馬出陣，來往奔馳。操指問眾將曰：「此何人？」有識者答曰：「此袁紹三子袁尚也。」

言未畢，一將挺槍早出。操視之，乃徐晃部將史渙也。兩騎相交，不三合，尚撥馬刺斜❷而走。史渙趕來，袁尚拈弓搭箭，翻身背射，正中史渙左目，墜馬而死。袁紹見子得勝，揮鞭一指，大隊人馬，擁將過來混戰。大殺一場，各鳴金收軍還寨。操與諸將商議破紹之策。程昱獻「十面埋伏」之計，勸操退軍於河上，伏兵十隊，誘紹追至河上，我軍無退路，必將死戰，可勝紹矣。

操然其計，左右各分五隊：左一隊夏侯惇、二隊張遼、三隊李典、四隊樂進、五隊夏侯淵；右一隊曹洪、二隊張郃、三隊徐晃、四隊于禁、五隊高覽。中軍許褚為先鋒。次日，十隊先進，埋伏左右已定。至半夜，操令許褚引兵前進，偽作劫寨之勢。袁紹五寨人馬，一齊俱起。許褚回軍便走。袁紹引軍趕來，

---

❶ 真人：這裡是「真命天子」的意思。

❷ 刺斜：穿小徑（斜路）而出的意思。

喊聲不絕；比及天明，趕至河上，曹軍無去路。操大呼曰：「前無去路，諸軍何不死戰？」眾軍回身奮力向前。許褚飛馬當先，力斬十數將。袁軍大亂。袁紹退軍急回，背後曹軍趕來。

正行間，一聲鼓響，左邊夏侯淵、右邊高覽，兩軍衝出。袁紹聚三子一甥，死衝血路奔走。又行不到十里，左邊樂進、右邊于禁殺出，殺得袁軍屍橫遍野，血流成渠。又行不到數里，左邊李典、右邊徐晃，兩軍截殺一陣。袁紹父子膽喪心驚，奔入舊寨，令三軍造飯。方欲待食，左邊張遼、右邊張郃，逕來衝寨。紹慌上馬，前奔倉亭，人馬困乏，欲待歇息，後面曹操大軍趕來，袁紹捨命而走。

正行之間，左邊曹洪、右邊夏侯惇，擋住去路。紹大呼曰：「若不決死戰，必為所擒矣！」奮力衝突，得脫重圍。袁熙、高幹皆被箭傷。軍馬死亡殆盡。紹抱三子痛哭一場，不覺昏倒。眾人急救，紹口吐鮮血不止，歎曰：「吾自歷戰數十場，不意今日狼狽至此！此天喪吾也！汝等各回本州，誓與曹賊一決雌雄！」便教辛評、郭圖，火急隨袁譚前往青州整頓；恐曹操犯境，令袁熙仍回幽州，高幹仍回并州，各去收拾人馬，以備調用。袁紹引袁尚等入冀州養病，令尚與審配、逢紀，暫掌軍事。

卻說曹操自倉亭大勝，重賞三軍，令人探察冀州虛實。細作回報：「紹臥病在牀。袁尚、審配緊守城池。袁譚、袁熙、高幹皆回本州。」眾皆勸操急攻之。操曰：「冀州糧食極廣，審配又有機謀，未可急拔。見今禾稼在田，恐廢民業，姑待秋成後取之未晚。」

正議間，忽荀彧有書到，報說「劉備在汝南得劉辟、龔都，數萬之眾。聞丞相提軍出征河北，乃令劉辟守汝南，備親自引兵乘虛來攻許昌。丞相可速回軍禦之」。操大驚，留曹洪屯兵河上，虛張聲勢；操自提大兵往汝南來迎劉備。

卻說玄德與關、張、趙雲等，引兵欲襲許都。行近穰山地面，正遇曹兵殺來，玄德便於穰山下寨。軍分三隊：雲長屯兵於東南角上，張飛屯兵於西南角上，玄德與趙雲於正南立寨。曹操兵至，玄德鼓譟而出。操布成陣勢，叫玄德打話。玄德出馬於門旗下。操以鞭指罵曰：「吾待汝為上賓，汝何背義忘恩？」玄德曰：「汝託名漢相，實為國賊！吾乃漢室宗親，奉天子密詔，來討反賊！」遂於馬上朗誦衣帶詔。

操大怒，教許褚出戰。玄德背後趙雲，挺槍出馬。二將相交三十合，不分勝負。忽然喊聲大振，東南角上，雲長衝突而來。西南角上，張飛引軍衝突而來。三軍一齊掩殺。曹軍遠來疲困，不能抵當，大敗而走。玄德得勝回營。次日，又使趙雲搦戰。操兵旬日不出。玄德再使張飛搦戰，操兵亦不出。玄德愈疑。忽報龔都運糧至，被曹軍圍住，玄德急令張飛去救。忽又報夏侯惇引軍抄背後徑取汝南。玄德大驚曰：「若如此，吾前後受敵，無所歸矣！」急遣雲長救之。兩軍皆去。

不一日，飛馬來報夏侯惇已打破汝南，劉辟棄城而走，雲長現今被圍。玄德大驚。又報張飛去救龔都，也被圍住了。玄德急欲回兵，又恐操兵後襲。忽報寨外許褚搦戰，玄德不敢出馬。候至天明，教軍士飽餐，步軍先起，馬軍隨後，寨中虛傳更點。玄德等離寨約行數里，轉過土山，火把齊明，山頭上大呼曰：「休教走了劉備，丞相在此專等！」玄德慌尋路走。趙雲曰：「主公勿憂，但跟某來。」趙雲挺槍躍馬，殺開條路，玄德掣雙股劍後隨。

正戰間，許褚追至，與趙雲力戰。背後于禁、李典又到。玄德見勢危，落荒而走。聽得背後喊聲漸遠，玄德望深山僻路，單馬逃生。捱到天明，側首一彪軍衝出。玄德大驚，視之，乃劉辟引敗軍千餘騎，護送玄德家小前來；孫乾、簡雍、糜芳亦至，訴說「夏侯惇軍勢甚銳，因此棄城而走。曹兵趕來，幸得雲長當住，因此得脫」。玄德曰：「不知雲長今在何處？」劉辟曰：「將軍且行，卻再理會。」

行到數里，一棒鼓響，前面擁出一彪人馬。當先大將，乃是張郃，大叫「劉備快下馬受降！」玄德方欲退後，只見山頭上紅旗麾動，一軍從山塢內擁出。為首大將，乃高覽也。玄德兩頭無路，仰天大呼曰：「天何使我受此窘極耶！事勢至此，不如就死！」欲拔劍自刎。劉辟急止之曰：「容某死戰，奪路救君。」言訖，便來與高覽交鋒。戰不三合，被高覽一刀砍於馬下。

玄德正慌，方欲自戰，高覽後軍忽然自亂，一將衝陣而來。槍起處，高覽翻身落馬，視之乃趙雲也。玄德大喜。雲縱馬挺槍，殺散後隊，又來前軍獨戰張郃。郃與雲戰三十餘合，撥馬敗走。雲乘勢衝殺，卻被郃兵守住山隘，路窄不得出。

正奪路間，只見雲長、關平、周倉，引三百軍到。兩下夾攻，殺退張郃，各出隘口，占住山險下寨。玄德使雲長尋覓張飛。原來張飛去救龔都，龔都已被夏侯淵所殺。飛奮力殺退夏侯淵，迤邐趕去。卻被樂進引軍圍住。雲長路逢敗軍，尋蹤而去，殺退樂進，與飛同回見玄德。

人報曹軍大隊趕來，玄德教孫乾等保護老小先行。玄德與關、張、趙雲在後，且戰且走。操見玄德去遠，收軍不趕。玄德敗軍不滿一千，狼狽而奔。前至一江，喚土人問之，乃漢江也。玄德權且安營。土人知是玄德，奉獻羊酒，乃聚飲於沙灘之上。玄德歎曰：「諸君皆有王佐之才，不幸跟隨劉備。備之命窘，累及諸君。今日身無立錐，誠恐有誤諸君。君等何不棄備而投明主，以取功名乎？」

眾皆掩面而哭。雲長曰：「兄言差矣。昔日高祖與項羽爭天下，數敗於羽，後九里山一戰成功，而開四百年基業。勝負兵家之常，何可自隳其志？」孫乾曰：「成敗有時，不必傷心。此離荊州不遠。劉

前老人獻酒於曹操，是畏其勝；今土人獻酒於玄德，是

憐其敗。勝時之酒易得，敗時之酒難得。

景升坐鎮九州，兵強糧足，更且與公皆漢室宗親，何不往投之？」玄德曰：「但恐不容耳。」乾曰：「某願先往說之，使景升出境而迎主公。」

玄德大喜，便令孫乾星夜往荊州。到郡入見劉表，禮畢。劉表問曰：「公從玄德，何故至此？」乾曰：「劉使君天下英雄。雖兵微將寡，而志欲匡扶社稷。汝南劉辟、龔都，素無親故，亦以死報之。明公與使君，同為漢室之胄；今使君新敗，欲往江東投孫仲謀。乾諫言曰：『不可背親而向疎。荊州劉將軍禮賢下士，士歸之如水之投東，何況同宗乎？』因此使君特使乾先來拜白，唯明公命之。」

表大喜曰：「玄德，吾弟也。久欲相會，而不可得。今肯惠顧，實為幸甚。」蔡瑁譖曰：「不可。劉備先從呂布，後事曹操，近投袁紹，皆不克終，足可見其為人。今若納之，曹操必加兵於我，枉動干戈；不如斬孫乾之首，以獻曹操，操必重待主公也。」孫乾正色曰：「乾非懼死之人也。劉使君忠心為國，非曹操、袁紹、呂布等比。前此相從，不得已也。今聞劉將軍漢朝苗裔，誼切同宗，故千里相投。爾何獻讒而妬賢如此耶？」

劉表聞言，乃叱蔡瑁曰：「吾主意已定，汝勿多言。」蔡瑁慚恨而出。劉表遂命孫乾先往報玄德，一面親自出郭三十里迎接。玄德見表，執禮甚恭。表亦相待甚厚。玄德引關、張等拜見劉表，表遂與玄德等同入荊州，分撥院宅居住。

卻說曹操探知玄德已往荊州，投奔劉表，便欲引兵攻之。程昱曰：「袁紹未除，而遽攻荊、襄，倘袁紹從北而起，勝負未可知矣。不如還兵許都，養軍蓄銳，待來年春煖，然後引兵先破袁紹，後取荊、襄。南北之利，一舉可收也。」

操然其言，遂提兵回許都。至建安八年，春正月，操復商議興師。先差夏侯惇、滿寵，鎮守汝南，以拒劉表；留曹仁、荀彧，守許都，親統大軍前赴官渡屯紮。

且說袁紹自舊歲感冒吐血症候，今方稍愈，商議欲攻許都。審配諫曰：「舊歲官渡、倉亭之敗，軍心未振，尚當深溝高壘，以養軍民之力。」

正議間，忽報曹操進兵官渡，來攻冀州。紹曰：「若候兵臨城下，將至河邊，然後拒敵，事已遲矣，吾當自領大軍出迎。」袁尚曰：「父親病體未痊，不可遠征。兒願提兵前去迎敵。」紹許之，遂使人往青州取袁譚，幽州取袁熙，并州取高幹，四路同破曹操。正是：纔向汝南鳴戰鼓，又從冀北動征鼙。未知勝負如何，且看下文分解。

第三二回　奪冀州袁尚爭鋒　決漳河許攸獻計

卻說袁尚自斬史渙之後，自負其勇，不待袁譚等兵至，自引兵數萬，出黎陽，與曹軍前隊相迎。張遼當先出馬，袁尚挺槍來戰，不三合，架隔遮攔不住，大敗而走。張遼乘勢掩殺，袁尚不能主張，急急引軍奔回冀州。袁紹聞袁尚敗回，又受了一驚，舊病復發，吐血數斗，昏倒在地。劉夫人慌救入臥內，病勢漸危。劉夫人急請審配、逢紀，直至袁紹榻前，商議後事。紹但以手指而不能言。劉夫人曰：「尚可繼後嗣否？」紹點頭。審配便就榻前寫了遺囑。紹翻身大叫一聲，又吐血斗餘而死。後人有詩曰：

累世公卿立大名，少年意氣自縱橫。空招俊傑三千客，漫有英雄百萬兵。
羊質虎皮功不就，鳳毛雞膽事難成。更憐一種傷心處，家難徒延兩弟兄。

袁紹既死，審配等主持喪事。劉夫人便將袁紹所愛寵妾五人，盡行殺害；又恐其陰魂於九泉之下，再與紹相見，乃髡其髮，刺其面，毀其屍：其妒惡如此。袁尚恐寵妾家屬為害，並收而殺之。審配、逢紀立袁尚為大司馬將軍，領冀、青、幽、并四州牧，遣使報喪。此時袁譚已發兵離青州；知父死，便與郭圖、辛評商議。圖曰：「主公不在冀州，審配、逢紀必立顯甫為主矣。當速行。」辛評曰：「審、逢二人，必預定機謀。今若速往，必遭其禍。」袁譚曰：「若此當如何？」郭圖曰：「可屯兵城外，觀其動靜。某當親往察之。」

譚依言，郭圖遂入冀州。見袁尚禮畢，尚問「兄何不至？」圖曰：「因抱病在軍中，不能相見。」尚曰：「吾受父親遺命，立我為主，加兄為車騎將軍。目下曹軍壓境，請兄為前部，吾隨後便調兵接應也。」圖曰：「軍中無人商議良策，願乞審正南、逢元圖二人為輔。」尚曰：「吾亦欲仗此二人早晚畫策，如何離得？」圖曰：「然則於二人內遣一人去，何如？」尚不得已，乃令二人拈鬮，拈著者便去。逢紀拈著，尚即命逢紀齎印綬，同郭圖赴袁譚軍中。紀隨圖至譚軍，見譚無病，心中不安，獻上印綬。譚大怒，欲斬逢紀。郭圖密諫曰：「今曹軍壓境，且只款留逢紀在此，以安尚心。待破曹之後，卻來爭冀州不遲。」

譚從其言，即時拔寨起行，前至黎陽，與曹兵相抵。譚遣大將汪昭出戰，操遣徐晃迎敵。二將戰不數合，徐晃一刀斬汪昭於馬下。曹軍乘勢掩殺，譚軍大敗。譚收敗軍入黎陽，遣人求救於尚。尚與審配計議，只發兵五千餘人相助。曹操探知救軍已到，遣樂進、李典，引兵於半路接著，兩頭圍住盡殺之。袁譚知尚止撥兵五千，又被半路坑殺，大怒，乃喚逢紀責罵。紀曰：「容某作書致主公，求其親自來救。」譚即令紀作書，遣人到冀州致袁尚，尚與審配共議。配曰：「郭圖多謀，前次不爭而去者，為曹軍在境也。今若破曹，必來爭冀州矣。不如不發救兵，借操之力以除之。」

尚從其言，不肯發兵。使者回報，譚大怒，立斬逢紀，議欲降曹。早有細作密報袁尚。尚與審配議曰：「使譚降曹，並力來攻，則冀州危矣。」乃留審配並大將蘇由固守冀州，自領大軍來黎陽救譚。尚問軍中誰敢為前部，大將呂曠、呂翔，兄弟二人願去。尚點兵三萬，使為先鋒，先至黎陽。譚聞尚自來，

尚既僭立，譚不奔喪，尚固不弟，譚亦不子。

大喜，遂罷降曹之議。譚屯兵城中，尚屯兵城外，為犄角之勢。

不一日，袁熙、高幹皆領軍到城外，屯兵三處，每日出兵與操相持。尚屢敗，操兵屢勝。至建安八年春三月，操分路攻打，袁譚、袁熙、袁尚、高幹，皆大敗，棄黎陽而走。操引兵追至冀州，譚與尚入城堅守，熙與幹離城三十里下寨，虛張聲勢。操兵連日攻打不下。郭嘉進曰：「袁氏廢長立幼，而兄弟之間，權力相併，各自樹黨，急之則相救，緩之則相爭，不如舉兵南向荊州，征討劉表，以候袁氏兄弟之變；變成而後擊之，可一舉而定也。」

操善其言，命賈詡為太守，守黎陽；曹洪引兵守官渡。操引大軍向荊州進兵。譚、尚聽知曹軍自退，遂相慶賀。袁熙、高幹各自辭去。袁譚與郭圖、辛評議曰：「我為長子，反不能承父業；尚乃繼母所生，反承大爵；心實不甘。」圖曰：「主公可勒兵城外，只做請顯甫、審配飲酒，伏刀斧手殺之，大事定矣。」譚從其言。適別駕王修自青州來，譚將此計告之。修曰：「兄弟者，左右手也。今與他人爭鬪，自斷其手，而曰我必勝，安可得乎？夫棄兄弟而不親，天下其誰親之？彼讒人離間骨肉，以求一朝之利，願塞耳勿聽也。」

譚怒，叱退王修，使人去請袁尚。尚與審配商議。配曰：「此必郭圖之計也。主公若往，必遭奸計；不如乘勢攻之。」袁尚依言，便披挂上馬，引兵五萬出城。袁譚見袁尚引軍來，情知事泄，亦即披挂上馬，與尚交鋒。尚見譚大罵。譚亦罵曰：「汝藥死父親，篡奪爵位，今又來殺兄耶！」二人親自交鋒，袁譚大敗。尚親冒矢石，衝突掩殺。譚引敗軍奔平原，尚收兵還。袁譚與郭圖再議進兵，令岑璧為將，領兵前來。尚自引兵出冀州。

戰操何其怯，戰兄何其猛。

兩陣對圓，旗鼓相望。譚出罵陣，尚欲自戰。大將呂曠，拍馬舞刀，來戰岑璧。二將戰無數合，曠斬岑璧於馬下。譚兵又敗，再奔平原。審配勸尚進兵，追至平原，譚抵當不住，退入平原堅守不出，尚三面圍城攻打，譚與郭圖計議。圖曰：「今城中糧少，彼軍方銳，勢不相敵。愚意可遣人投降曹操，使操將兵攻冀州，尚必還救。將軍引兵夾擊之，尚可擒矣，若操擊破尚軍，我因而斂其軍實以拒操，操軍遠來，糧食不繼，必自退去；我可以仍據冀州，以圖進取也。」

譚從其言，問曰：「何人可為使？」圖曰：「辛評之弟辛毗字佐治，現為平原令。此人乃能言之士，可命為使。」譚即召辛毗，毗欣然而至，譚修書付毗，使三千軍送毗出境。毗星夜齎書往見曹操。時操屯軍西平伐劉表，表遣玄德引兵為前部以迎之。未及交鋒，辛毗到操寨。見操禮畢，操問其來意，毗具言袁譚相求之意，呈上書信。

操看書畢，留辛毗於寨中，聚文武計議。程昱曰：「袁譚被袁尚攻擊太急，不得已而來降，不可准信。」呂虔、滿寵亦曰：「丞相既引兵至此，安可復舍表而助譚？」荀攸曰：「三公之言未善。以愚意度之，天下方有事，而劉表坐保江漢之間，不敢展足，其無四方之志可知矣。袁氏據四州之地，帶甲數十萬，若二子和睦，共守成業，天下事未可知也。今乘其兄弟相攻，勢窮而投我，我提兵先除袁尚，後觀其變。並滅袁譚，天下定矣，此機會不可失也。」

操大喜，便邀辛毗飲酒，謂之曰：「袁譚之降，真耶詐耶？袁尚之兵，果可必勝耶？」毗對曰：「明公勿問真與詐也。只論其勢可耳。袁氏連年喪敗，兵革疲於外，謀臣誅於內；兄弟讒隙，國分為二；加之饑饉並臻，天災人困；無問智愚，皆知土崩瓦解。此乃天滅袁氏之時也。今明公提兵攻鄴，袁尚不還救，則失巢穴；若還救，則譚踵襲其後。以明公之威，擊疲憊之眾，如迅風之掃秋葉也。不此之圖，而伐荊州，荊州豐樂之地，國和民順，未可搖動。況四方之患，莫大於河北，河北既平，則霸業成矣。願明公詳之。」操大喜曰：「恨與辛佐治相見之晚也！」即日督軍還取冀州，玄德恐操有謀，不敢追襲，引兵自回荊州。

卻說袁尚知曹軍渡河，急急引軍還鄴，命呂曠、呂翔斷後。袁譚見尚退軍，乃大起平原軍馬，隨後趕來。行不到數十里，一聲砲響，兩軍齊出，左邊呂曠、右邊呂翔，兄弟二人截住袁譚，譚勒馬告二將曰：「吾父在日，吾並未慢待二將軍，今何從吾弟而見迫耶。」

二將聞言，乃下馬降譚。譚曰：「勿降我，可降曹丞相。」二將因隨譚歸營。譚候曹軍至，引二將見操。操大喜，以女許譚為妻，即令呂曠、呂翔為媒。譚請操攻取冀州。操曰：「方今糧草不接，搬運勞苦，我由濟河遏淇水入白溝以通糧道，然後進兵。」令譚且居平原。操引軍退屯黎陽，封呂曠、呂翔為列侯，隨軍聽用。郭圖謂袁譚曰：「曹操以女許婚，恐非真意。今又封賞呂曠、呂翔，帶去軍中，此乃牢籠河北人心。後必將為我禍。主公可刻將軍印二顆，暗使人送與二呂，令作內應。待操破了袁尚，可乘便圖之。」

譚依言，遂刻將軍印二顆，暗送與二呂。二呂受訖，徑將印來稟曹操。操大笑曰：「譚暗送印者，欲汝等為內助，待我破袁尚之後，就中取事耳。汝等權且受之，我自有主張。」自此曹操便有殺譚之心。

且說袁尚與審配商議：「今曹兵運糧入白溝，必來攻冀州，如之奈何？」配曰：「可發檄使武安長尹楷屯毛城，通上黨運糧道，令沮授之子沮鵠守邯鄲，遙為聲援。主公可進兵平原，急攻袁譚，先絕袁譚，然後破曹。」袁尚大喜，留審配與陳琳守冀州，使馬延、張顗二將為先鋒，連夜起兵攻打平原，譚知尚兵來近，告急於操。操曰：「吾此番必得冀州矣。」

正說間，適許攸自許昌來；聞尚又攻譚，入見操曰：「丞相坐守於此，豈欲待天雷擊殺二袁乎？」操笑曰：「吾已料定矣。」遂令曹洪先進兵攻鄴，操自引一軍來攻尹楷，兵臨本境，楷引軍來迎，楷出馬，操曰：「許仲康安在？」許褚應聲而出，縱馬直取尹楷，楷措手不及，被許褚一刀斬於馬下，餘眾奔潰，操盡招降之，即勒兵取邯鄲，沮鵠進兵來迎，張遼出馬，與鵠交鋒，戰不三合，鵠大敗，遼從後追趕，兩馬相離不遠，遼急取弓射之，應弦落馬。操指揮軍馬掩殺，眾皆奔散。

於是操引大軍前抵冀州。曹洪已近城下，操令三軍遶城，築起土山，又暗掘地道以攻之。審配設守堅固，法令甚嚴。東門守將馮禮，因酒醉有誤巡警，配痛責之。馮禮懷恨，潛地❶出城降操。操問破城之策。禮曰：「突門內土厚，可掘地道而入。」操便命馮禮引三百壯士，夤夜掘地道而入。

卻說審配自馮禮出降之後，每夜親自登城點視軍馬。當夜在突門閣上，望見城外無燈火。配曰：「馮禮必引兵從地道而入也。」急喚精兵運石擊突閘門，門閉，馮禮及三百壯士，皆死於土內。操折了這一場，遂罷地道之計，退軍於洹水之上，以候袁尚回兵。袁尚攻平原，聞曹操已破尹楷、沮鵠，大軍圍困冀州，乃掣兵❷回救。部將馬延曰：「從大路去，曹操必有伏兵；可取小路，從西山出滏水口去劫曹營，必解圍也。」

---

❶ 潛地：暗地。

❷ 掣兵：抽兵。

尚從其言，自領大軍先行，令馬延與張顗斷後。早有細作去報曹操。操曰：「彼若從大路上來，吾當避之；若從西山小路而來，一戰可擒也。吾料袁尚必舉火為號，令城中接應。吾可分兵擊之。」於是分撥已定。

卻說袁尚出滏水界口，東至陽平，屯軍陽平亭，離冀州十七里，一邊靠著滏水。尚令軍士堆積柴薪乾草，至夜焚燒為號，遣主簿李孚扮作曹軍都督，直至城下，大叫「開門！」審配認得李孚聲音，放入城中，說：「袁尚已陳兵在陽平亭，等候接應；若城中兵出，亦舉火為號。」配教城中堆草放火，以通音信。孚曰：「城中無糧，可發老弱殘兵并婦人出降；彼必不為備，我即以兵繼百姓之後出攻之。」配從其論。

次日，城上豎起白旗，上寫「冀州百姓投降」。操曰：「此是城中無糧，教老弱百姓投降；後必有兵出也。」操教張遼、徐晃各引三千軍馬，伏於兩邊。操自乘馬，張麾蓋至城下。果見城門開處，百姓扶老攜幼，手持白旗而出。百姓纔出盡，城中兵突出。操教將紅旗一招，張遼、徐晃，兩路兵齊出亂殺，城中兵只得復回。操自飛馬趕來，到弔橋邊，城中弩箭如雨，射中操盔，險透其頂。眾將急救回陣。操更衣換馬，引眾將來攻尚寨，尚自迎敵。

時各路軍馬一齊殺至，兩軍混戰，袁尚大敗。尚引敗兵退往西山下寨，令人催取馬延、張顗軍來。不知曹操已使呂曠、呂翔，去招安二將。二將隨二呂來降，操亦封為列侯。即日進兵攻打西山，先使二呂、馬延、張顗，截斷袁尚糧道。

尚情知西山守不住，夜走濫口。安營未定，四下火光并起，伏兵齊出，人不及甲，馬不及鞍。尚軍大潰，退走五十里，勢窮力竭，只得遣豫州刺史陰夔至操營請降。操佯許之，卻連夜使張遼、徐晃，去劫寨。尚盡棄印綬節鉞，衣甲輜重，望中山而逃。操回軍攻冀州。許攸獻計曰：「何不決漳河之水以渰之？」

操然其計，先差軍於城外掘河塹，周圍四十里。審配在城上見操軍在城外掘塹，卻掘得甚淺。配暗笑曰：「此欲決漳河之水以灌城耳。河深可灌，如此之淺，有何用哉？」遂不為備。

當夜曹操添十倍軍士並力發掘，比及天明，廣深二丈，引漳水灌入城中，水深數尺。更兼糧絕，軍士皆餓死。辛毗在城外，用槍挑袁尚印綬衣服，招安城內之人。審配大怒，將辛毗家屬老小八十餘口，就於城上斬之，將頭擲下。辛毗號哭不已。審配之姪審榮，素與辛毗相厚；見辛毗家屬被害，心中懷恨，乃密寫獻門之書，拴於箭上，射下城來。軍士拾獻辛毗，毗將書獻操。操先下令：如入冀州，休得殺害袁氏一門老小，軍民降者免死。

次日天明，審榮大開西門，放曹兵入。辛毗躍馬先入，軍將隨後殺入冀州。審配在東南城樓上，見操軍已入城中，引數騎下城死戰，正迎徐晃交馬。徐晃生擒審配，綁出城來，路逢辛毗。毗咬牙切齒，以鞭指配首曰：「賊殺才❸！今日死矣！」配大罵辛毗「賊徒！引曹操破我冀州，我恨不殺汝也！」徐晃解配見操。操曰：「汝知獻門接我者乎？」配曰：「不知。」操曰：「此汝姪審榮所獻也。」配怒曰：「小兒無行❹，乃至於此！」操曰：「昨孤至城下，何城中弩箭之多耶？」配曰：「恨少！恨

袁氏兄弟相左，審氏叔姪亦相左，俱是骨肉之變。

❸ 賊殺才：罵人語。意思是賊殺的奴才。
❹ 無行：品行惡劣的意思。

少！」操曰：「卿忠於袁氏，不容不如此；今肯降吾否？」配曰：「不降！不降！」辛毗哭拜於地曰：「家屬八十餘口，盡遭此賊殺害。願丞相戮之，以雪此恨！」配曰：「吾生為袁氏臣，死為袁氏鬼，不似汝輩讒諂阿諛之賊！可速斬我！」操教牽出。臨受刑，叱行刑者曰：「吾主在北，不可使我面南而死！」乃向北跪，引頸就刃。後人有詩歎曰：

河北多名士，誰如審正南？命因昏主喪，心與古人參。
忠直言無隱，廉能志不貪。臨亡猶北面，降者盡羞慚。

審配既死，操憐其忠義，命葬於城北。眾將請曹操入城。操方欲起行，只見刀斧手擁一人至。操視之，乃陳琳也。操謂之曰：「汝前為本初作檄，但罪狀孤，可也；何乃辱及祖父耶？」琳答曰：「箭在弦上，不得不發耳。」左右勸操殺之。操憐其才，乃赦之，命為從事。

卻說操長子曹丕字子桓，時年十八歲。丕初生時，有雲氣一片，其色青紫，圓如車蓋，覆於其室，終日不散。有望氣者，密謂操曰：「此天子氣也。令嗣貴不可言。」丕八歲能屬文，有逸才，博古通今，善騎射，好擊劍。時操破冀州，丕隨父在軍中，先領隨身軍，逕投袁紹家下馬，拔劍而入。有一將當之曰：「丞相有命，諸人不許入紹府。」丕叱退，提劍入後堂。見兩個婦人相抱而哭，丕向前欲殺之。正是：四世公侯已成夢，一家骨肉又遭殃。未知性命如何，且看下文分解。

第三三回　曹丕乘亂納甄氏　郭嘉遺計定遼東

卻說曹丕見二婦人啼哭，拔劍欲斬之。忽見紅光滿目，遂按劍而問曰：「汝何人也？」一婦人告曰：「妾乃袁將軍之妻劉氏也。」丕曰：「此女何人？」劉氏曰：「此次男袁熙之妻甄氏也。因熙出鎮幽州，甄氏不肯遠行，故留於此。」

丕拖此女近前，見披髮垢面。丕以衫袖拭其面而觀之，見甄氏玉肌花貌，有傾國之色，遂對劉氏曰：「吾乃曹丞相之子也。願保汝家，汝勿憂慮。」遂按劍坐於堂上。

卻說曹操統領眾將，入冀州城。將入城門，許攸縱馬近前，以鞭指城門而呼操曰：「阿瞞，汝不得我，安得入此門？」操大笑。眾將聞言，俱懷不平。操至紹府門下，問曰：「誰曾入此門來？」守將對曰：「世子在內。」操喚出責之。劉氏出拜曰：「非世子不能保全妾家，願獻甄氏為世子執箕帚。」操教喚出甄氏拜於前。操視之曰：「真吾兒婦也！」遂令曹丕納之。

操既定冀州，親往袁紹墓下設祭，再拜而哭甚哀，顧謂眾將曰：「昔日吾與本初共起兵時，本初問我曰：『若事不濟，方面何所可據？』吾問之曰：『足下意欲若何？』本初曰：『吾南據河北，阻燕代，兼沙漠之眾，南向以爭天下，庶可以濟乎？』吾答曰：『吾任天下之智力，以道御之，無所不可。』此言如昨，而今本初已喪，吾不能不為流涕也！」眾皆歎息。操以金帛糧米賜紹妻劉氏，乃下令曰：「河此奸雄收拾民心處。

北居民遭兵革之難，盡免今年租賦。」一面寫表申奏朝廷。操自領冀州牧。

一日，許褚走馬入東門，正迎許攸。攸喚褚曰：「汝等無我，安能出入此門乎？」褚怒曰：「吾等千生萬死，身冒血戰，奪得城池，汝安敢誇口！」攸罵曰：「汝等皆匹夫耳，何足道哉！」褚大怒，拔劍殺攸，提頭來見曹操，說許攸如此無禮，某殺之矣。操曰：「子遠與吾舊交，故相戲耳。何故殺之？」深責許褚，令厚葬許攸，乃令人遍訪冀州賢士。冀民曰：「騎都尉崔琰，字季珪，清河東武城人也。數曾獻計於袁紹，紹不從，因此託疾在家。」

此奸雄收拾士心處。

操即召琰為本州別駕從事，因謂曰：「昨按本州戶籍，共計三十萬眾，可謂大州。」琰曰：「今天下分崩，九州幅裂，二袁兄弟相爭，冀民暴骨原野，丞相不急存問風俗，救其塗炭，而先計校戶籍，豈本州士女所望於明公哉？」

操聞言，改容謝之，待為上賓。操已定冀州，使人探袁譚消息。時譚引兵劫掠甘陵、安平、渤海、河間等處，聞袁尚敗走中山乃統軍攻之。尚無心於戰鬬，徑奔幽州投袁熙。譚盡降其眾，欲復圖冀州，操使人召之，譚不至。操大怒，馳書絕其婚，自統大軍征之，直抵平原。

譚聞操自統軍來，遣人求救於劉表。表請玄德商議。玄德曰：「今操已破冀州，兵勢正盛，袁氏兄弟，不久必為操擒，救之無益。況操常有窺荊、襄之意，我只養兵自守，未可妄動。」表曰：「然則何以謝之？」玄德曰：「可作書與袁氏兄弟，以和解為名，婉詞謝之。」

表然其言，先遣人以書遺譚。書略曰：

君子違難，不適讎國。日前聞君屈膝降曹，則是忘先人之讎，棄手足之誼，而遺同盟之恥矣。若「冀州」不弟，當降心相從。待事定之後，使天下平其曲直，不亦高義耶？

又與袁尚書曰：

「青州」天性峭急，迷於曲直。君當先除曹操，以卒先公之恨。事定之後，乃計曲直，不亦善乎？若迷而不返，則是韓盧東郭❶，自困於前，而遺田父之獲也。

譚得表書，知表無發兵之意；又自料不能敵操，遂棄平原，走保南皮。曹操追至南皮，時天氣寒肅，河道盡凍，糧船不能行動，操令本處百姓敲冰拽船，百姓聞令而逃。操大怒，欲捕斬之。百姓聞得，乃親往營中投首。操曰：「若不殺汝等，則吾號令不行；若殺汝等，吾又不忍。汝等快往山中逃避，休被我軍士擒獲。」

露出奸雄本相。

百姓皆垂淚而去。袁譚引兵出城，與曹軍相敵。兩陣對圓，操出馬以鞭指譚而罵曰：「吾厚待汝，何生異心？」譚曰：「汝犯吾境界，奪吾城池，賴吾妻子，反說我有異心耶？」操大怒，使徐晃出馬。譚使彭安接戰。兩馬相交，不數合，晃斬彭安於馬下。譚軍敗走，退入南皮。操遣軍四面圍住。譚著慌，使辛評見操約降。操曰：「袁譚小子，反覆無常，吾難准信。汝弟辛毗，吾已重用，汝亦留此可也。」評曰：「丞相差矣。某聞主貴臣榮，主憂臣辱。某久事袁氏，豈可背之？」

己則放之，而又使軍士獲之。則曰：殺人者是軍士也。

❶ 韓盧東郭：都是古代著名的獵犬。

奸雄之極。

操知其不可留，乃遣回。評回見譚，言操不准投降。譚叱曰：「汝弟見事曹操，汝懷二心耶？」評聞言，氣滿填胸，昏絕於地。譚令扶出，須臾而死。譚亦悔之。郭圖謂譚曰：「來日盡驅百姓當先，以軍繼其後，與曹操決一死戰。」

譚從其言，當夜盡驅南皮百姓，皆執刀槍聽令。次日平明，大開四門，軍在後驅，百姓在前，喊聲大舉，一齊擁出，直抵曹寨。兩軍混戰，自辰至午，勝負未分，殺人徧地。操見未獲全勝，乘馬上山，親自擊鼓。將士見之，奮力向前。譚軍大敗，百姓被殺者無數。曹洪奮威突陣，正迎袁譚，舉刀亂砍，譚竟被曹洪殺於陣中。郭圖見陣大亂，急馳入城中。樂進望見，拈弓搭箭，射下城壕，人馬俱陷。

操引兵入南皮，安撫百姓。忽有一彪軍來到，乃袁熙部將焦觸、張南也。操自引軍迎之。二將倒戈卸甲，特來投降。操封為列侯。又黑山賊張燕，引軍十萬來降，操封為平北將軍。下令將袁譚首級號令，敢有哭者斬。頭挂北門外。一人布冠衰衣，哭於頭下，左右拏來見操。操問之，乃青州別駕王修也，因諫袁譚被逐，今知譚死，故來哭之。

操曰：「汝知吾令否？」修曰：「知之。」操曰：「汝不怕死耶？」修曰：「我生受其祿，今亡而不哭，非義也。畏死忘義，何以立世乎？若得收葬譚屍，受戮無恨。」操曰：「河北義士，何其如此之多也？可惜袁氏不能用！若能用，則吾安敢正眼覷此地哉？」遂命收葬譚屍；禮修為上賓，以為司金中郎將；因問之曰：「今袁尚已投袁熙，取之當用何策？」修不答。操曰：「忠臣也。」問郭嘉。嘉曰：「可使袁氏降將焦觸、張南等自攻之。」

操用其言，隨差焦觸、張南、呂曠、呂翔、馬延、張顗，各引本部兵，分三路進攻幽州，一面又使李典、樂進，會合張燕，打并州，攻高幹。

且說袁尚、袁熙，知曹兵將至，料難迎敵，乃棄城引兵星夜奔遼西，投烏桓去了。幽州刺史烏桓觸，聚幽州眾官，歃血為盟，共議背袁向曹之事。烏桓觸先言曰：「吾知曹丞相當世英雄，今往投降，有不遵令者斬。」依次歃血，循至別駕韓珩。珩乃擲劍於地，大呼曰：「吾受袁公父子厚恩，今主敗亡，智不能救，勇不能死！於義缺矣！若北面而降曹，吾不為也！」

眾皆失色。烏桓觸曰：「夫興大事，當立大義。事之濟否，不待一人。韓珩既有志如此，聽其自便。」推珩而出。烏桓觸乃出城迎接三路軍馬，徑來降操。操大喜，加為鎮北將軍。忽探馬來報：「樂進、李典、張燕，攻打并州，高幹守住壺口關，不能下。」操自勒兵前往。三將接著說：「幹拒關難擊。」操集眾將共議破幹之計。荀攸曰：「若破幹，須用詐降計方可。」

操然之，喚降將呂曠、呂翔，附耳低言，如此如此。呂曠等引軍數十，直抵關下，叫曰：「吾等原係袁氏舊將，不得已而降曹。曹操為人詭譎，薄待吾等，吾今還扶舊主，可疾開關相納。」高幹未信，只教二將自上關說話。二將卸甲棄馬而入，謂幹曰：「曹軍新到，可乘其軍心未定，今夜劫寨，某等願當先。」

幹喜從其言，是夜教二呂當先，引萬餘軍前去。將至曹寨，忽聽背後喊聲大震，伏兵四起。高幹知是中計，急回壺關城。樂進、李典已奪了關。高幹奪路走脫，往投單于。操領兵拒住關口，使人追襲高幹。幹到單于界，正迎北番左賢王。幹下馬拜伏於地，曰：「曹操吞併疆土，今欲犯王子地面，萬乞救援，同力克復，以保北方。」左賢王曰：「吾與曹操無讎，豈有侵我土地？汝欲使我結怨於曹氏耶？」

叱退高幹。幹尋思無路，只得去投劉表。行至上潞，被都尉王琰所殺，將頭解送曹操，操封琰為列侯。

并州既定，操商議西擊烏桓。曹洪等曰：「袁熙、袁尚，兵敗將亡，勢窮力盡，遠投沙漠，我今引兵西擊。倘劉備、劉表，乘虛襲許都，我救應不及，為禍不淺矣。請回師勿進為上。」郭嘉曰：「諸公所言差矣。主公雖威震天下，沙漠之人，恃其邊遠，必不設備；乘其無備，卒然擊之，必可破也。且袁紹與烏桓有恩，而尚與熙兄弟猶存，不可不除。劉表坐談之客耳，自知才不足以御劉備，重任之，則恐不能制；輕任之，則備不為用。雖虛國遠征，公無憂也。」操曰：「奉孝之言極是。」

遂率大小三軍，車數千輛，望前進發。但見黃沙漠漠，狂風四起；道路崎嶇，人馬難行。操有回軍之心，問於郭嘉。嘉此時不服水土，臥病車中。操泣曰：「因我欲平沙漠，使公遠涉艱辛，以至染病，吾心何安？」嘉曰：「某感丞相大恩，雖死不能報萬一。」操曰：「吾見北地❷崎嶇，意欲回軍，若何？」嘉曰：「兵貴神速。今千里襲人，輜重多而難以趨利，不如輕兵兼道以出，掩其不備，但須得識徑路者為引導耳。」

遂留郭嘉於易州養病，求鄉導官以引路。人薦袁紹舊將田疇深知此境，操召而問之，疇曰：「此道夏秋間有水，淺不通車馬，深不載舟楫，最難行動；不如回軍，從盧龍口越白檀之險，出空虛之地，前近柳城，掩其不備，冒頓可一戰而擒也。」

操從其言，封田疇為靖北將軍，作鄉導官為前驅，張遼為次；操自押後，倍道輕騎而進。田疇引張遼前至白狼山，正遇袁熙、袁尚，會合冒頓等數萬騎前來。張遼飛報曹操。操自勒馬登高望之，見冒頓

❷ 北地：北方。

兵無隊伍，參差不整。操謂張遼曰：「敵兵不整，便可擊之。」乃以麾授遼。遼引許褚、于禁、徐晃，分四路下山，奮力急攻，冒頓大亂。遼拍馬斬冒頓於馬下，餘眾皆降。袁熙、袁尚，引數千騎投遼東去了。

操收軍入柳城，封田疇為柳亭侯，以守柳城。疇涕泣曰：「某負義逃竄之人耳，蒙厚恩全活，為幸多矣；豈可賣盧龍之寨，以邀賞祿哉？死不敢受侯爵。」操義之，乃拜疇為議郎。操撫慰單于人等，收得駿馬萬匹，即日回兵。時天氣寒且旱，二百里無水，軍又乏糧，殺馬為食；鑿地三四丈，方得水。操回至易州，重賞先曾諫者；因謂眾將曰：「孤前者乘危遠征，僥倖成功。雖得勝，天所佑也，不可以為法。諸君之諫，乃萬安之計，是以相賞，後勿難言❸。」

操到易州時，郭嘉已死數日，停柩在公廨。操往祭之，大哭曰：「奉孝死，乃天喪吾也！」回顧眾官曰：「諸君年齒，皆孤等輩，惟奉孝最少。吾欲託以後事，不期中年夭折，使吾心腸崩裂矣！」嘉之左右，將嘉臨死所封之書呈上曰：「郭公臨死親筆書此，囑曰：『丞相若從書中所言，遼東事定矣。』」操拆書視之，點頭嗟歎，諸人皆不知其意。

次日，夏侯惇引眾人稟曰：「遼東太守公孫康，久不賓服。今袁熙、袁尚又往投之，必為後患。不如乘其未動，速往征之，遼東可得也。」操笑曰：「不煩諸公虎威，數日之後，公孫康自送二袁之首至矣。」諸將皆不肯信。

卻說袁熙、袁尚，引數千騎奔遼東。遼東太守公孫康，本襄平人，武威將軍公孫度之子也。當日知

---

❸ 難言：這裡是不言、勿言的意思。

不出郭嘉所料。

袁熙、袁尚來投，遂聚本部屬官商議此事。公孫恭曰：「袁紹存日，常有吞遼東之心；今袁熙、袁尚，兵敗將亡，無處依棲，來此相投，是鳩奪鵲巢❹之意也。若容納之，後必相圖。不如賺入城中殺之，獻頭與曹公，曹公必重待我。」康曰：「只怕曹操引兵下遼東，又不如納二袁使為我助。」恭曰：「可使人探聽。如曹兵來攻，則留二袁；如其不動，則殺二袁，送與曹公。」康從之，使人去探消息。

卻說袁熙、袁尚至遼東，二人密議曰：「遼東軍兵數萬，足可與曹操爭衡。今暫投之，後當殺公孫康而奪其地，養成氣力而抗中原，可復河北也。」

商議已定，乃入見公孫康，康留於館驛，只推有病，不即相見。不一日，細作回報：「曹操兵屯易州，並無下遼東之意。」公孫康大喜，乃先伏刀斧手於壁衣中，使二袁入。相見禮畢，命坐。時天氣嚴寒，尚見牀榻上無裀褥，謂康曰：「願鋪坐席。」康瞋目言曰：「汝二人之頭，將行萬里，何席之有？」尚大驚。康叱曰：「左右何不下手？」刀斧手擁出，就坐席上砍下二袁之頭，用木匣盛貯，使人送到易州，來見曹操。

時操在易州，按兵不動。夏侯惇、張遼入稟曰：「如不下遼東，可回許都；恐劉表生心。」操曰：「待二袁首級至，即便回兵。」眾皆暗笑。忽報遼東公孫康遣人送袁熙、袁尚首級至，眾皆大驚。使者呈上書信，操大笑曰：「果不出奉孝之所料！」遂重賞來使，封公孫康為襄平侯左將軍。眾官問曰：「何為不出奉孝之所料？」操遂出郭嘉書以示之。書略曰：

---

❹ 鳩奪鵲巢：或作鳩占鵲巢。相傳鳲鳩自己不會作巢，等到鵲把巢做好了，便奪取占據作為自己的巢。

今聞袁熙、袁尚，投往遼東，明公切不可加兵。公孫康久畏袁氏吞併，二袁往投必疑。若以兵擊之，必併力迎敵，急不可下；若緩之，公孫康、袁氏，必自相圖，其勢然也。

衆皆踴躍稱善。操引衆官復設祭於郭嘉靈前，亡年三十八歲。從征十有一年，多立奇勳。後人有詩讚曰：

天生郭奉孝，豪傑冠群英。腹內藏經史，胸中隱甲兵。
運謀如范蠡，決策似陳平。可惜身先喪，中原樑棟傾。

操領兵還冀州，使人先扶郭嘉靈柩於許都安葬。程昱等請曰：「北方既定，今還許都，可早建下江南之策。」操笑曰：「吾有此志久矣，諸君所言，正合吾意。」是夜宿於冀州城東角樓上，憑欄仰觀天文。時荀攸在側，操指曰：「南方旺氣燦然，恐未可圖也。」攸曰：「以丞相天威，何所不服？」

正看間，忽見一道金光，從地而起。攸曰：「此必有寶於地下。」操下樓令人隨光掘之。正是：星文方向南中指，金寶旋從北地生。不知所得何物，且看下文分解。

第三四回　蔡夫人隔屏聽密語　劉皇叔躍馬過檀溪

卻說曹操於金光處，掘出一銅雀，問荀攸曰：「此何兆也？」攸曰：「昔舜母夢玉雀入懷而生舜。今得銅雀，亦吉祥之兆也。」操大喜，遂命作高臺以慶之。乃即日破土斷木，燒瓦磨磚，築銅雀臺於漳河之上。約計一年而工畢。少子曹植進曰：「若建層臺，必立三座：中間高者，名為銅雀；左邊一座，名為玉龍；右邊一座，名為金鳳。更作兩條飛橋，橫空而上，乃為壯觀。」操曰：「吾兒所言甚善，他日臺成，足可娛吾老矣！」原來曹操有五子，惟植性敏慧，善文章，曹操平日最愛之。

於是留曹植與曹丕在鄴郡造臺，使張燕守北寨。操將所得袁紹之兵，共五六十萬，班師回許都，大封功臣；又表贈郭嘉為貞侯，養其子奕於府中。復聚眾謀士商議，欲南征劉表。荀彧曰：「大軍方北征而回，未可復動。且待半年，養精蓄銳，劉表、孫權，可一鼓而下也。」操從之，遂分兵屯田，以候調用。

大兵之後，復興大役。愛民者如是乎？

卻說玄德自到荊州，劉表待之甚厚。一日正相聚飲酒，忽報降將張武、陳孫，在江夏擄掠人民，共謀造反。表驚曰：「二賊又反，為禍不小。」玄德曰：「不須兄長憂慮，備請往討之。」表大喜，即點三萬軍，與玄德前去。玄德領命即行，不一日來到江夏，張武、陳孫引兵來迎。玄德與關、張、趙雲出馬，在門旗下，望見張武所騎之馬，極其雄駿。玄德曰：「此必千里馬也。」

言未畢，趙雲挺鎗而出，徑衝彼陣。張武縱馬來迎，不三合，被趙雲一鎗刺落馬下，隨手扯住轡頭，牽馬回陣。陳孫見了，隨趕來奪。張飛大喝一聲，挺矛直出，將陳孫刺死。眾皆潰散。玄德招安餘黨，平復江夏諸縣，班師而回。表出郭迎接入城，設宴慶功。酒至半酣，表曰：「吾弟如此雄才，荊州有倚賴也。但憂南越不時來寇；張魯、孫權，皆足為慮。」玄德曰：「弟有三將，足可委用：使張飛巡南越之境；雲長拒固子城，以鎮張魯；趙雲拒三江，以當孫權，何足慮哉？」

表喜，欲從其言。蔡瑁告其姊蔡夫人曰：「劉備遣三將居外，而自居荊州，久必為患。」蔡夫人乃夜對劉表曰：「我聞荊州人多與劉備往來，不可不防之。今容其住居城中，無益，不若遣使他往。」表曰：「玄德，仁人也。」蔡氏曰：「只恐他人不似汝心。」

表沈吟不答。次日出城，見玄德所乘之馬極駿，問之知是張武之馬，表稱讚不已。玄德遂將此馬送與劉表，表大喜，騎回城中。蒯越見而問之。表曰：「此玄德所送也。」越曰：「昔先兄蒯良，最善相馬。越亦頗曉。此馬眼下有淚槽，額邊生白點，名為的盧，騎則妨主。張武為此馬而亡，主公不可乘之。」

表聽其言，次日請玄德飲宴，因言曰：「昨承惠良馬，深感厚意。但賢弟不時征進，可以用之，敬當送還。」玄德起謝。表又曰：「賢弟久居此間，恐廢武事。襄陽屬邑新野縣，頗有錢糧。弟可引本部軍馬於本縣屯紮，何如？」

玄德領諾，次日謝別劉表，便引本部軍馬逕往新野。方出城門，只見一人在馬前長揖曰：「公所騎馬，不可乘也。」玄德視之，乃荊州幕賓伊籍，字機伯，山陽人也。玄德忙下馬問之，籍曰：「昨聞蒯異度對劉荊州云：『此馬名的盧，乘則妨主。』因此還公，公豈可復乘之？」玄德曰：「深感先生見愛。

但凡人死生有命，豈馬所能妨哉？」籍深服其高見，自此常與玄德往來。

玄德自到新野，軍民皆喜，政治一新。建安十二年春，甘夫人生劉禪。是夜有白鶴一隻，飛來縣衙屋上，高鳴四十餘聲，望西飛去。臨分娩時，異香滿室。甘夫人嘗夜夢仰吞北斗，因而懷孕，故乳名阿斗。

此時曹操正統兵北征。玄德乃往荊州，說劉表曰：「今曹操悉兵北征，許昌空虛，若以荊、襄之眾，乘間襲之，大事可就也。」表曰：「吾坐據荊州足矣，豈可別圖？」玄德默然。表邀入後堂飲酒，酒至半酣，表忽然長歎，玄德曰：「兄長何故長歎？」表曰：「吾有心事，未易明言。」玄德再欲問時，蔡夫人出立屏後，劉表乃垂頭不語。

須臾席散，玄德自歸新野。至是年冬，聞曹操自柳城回，玄德甚歎表之不用其言。忽一日，劉表遣使至，請玄德赴荊州相會。玄德隨使而往，劉表接著，敘禮畢，請入後堂飲宴；因謂玄德曰：「近聞曹操提兵回許都，勢日強盛，必有吞併荊、襄之心。昔日悔不聽賢弟之言，失此好機會！」玄德曰：「今天下分裂，干戈日起，機會豈有盡乎？若能應之於後，未足為恨也。」表曰：「吾弟之言甚當。」相與對飲。

酒酣，表忽潸然下淚。玄德問其故。表曰：「吾有心事，前者欲訴與賢弟，未得其便。」玄德曰：「兄長有何難決之事？倘有用弟之處，弟雖死不辭。」表曰：「前妻陳氏所生長子琦，為人雖賢，而柔懦不足立大事；後妻蔡氏所生少子琮，頗聰明。吾欲廢長立幼，恐礙於禮法。欲立長子，爭奈蔡氏族中，皆掌軍務，後必生亂；因此委決不下。」玄德曰：「自古廢長立幼，取亂之道。若憂蔡氏權重，可徐徐削之，不可溺愛而立少子也。」表默然。原來蔡夫人素疑玄德，凡遇玄德與表敘論，必來竊聽；是時正在屏風後，聞玄德此言，心甚恨之。

玄德自知語失❶，遂起身如廁。因見己身髀肉復生，亦不覺潸然流淚。少頃復入席，表見玄德有淚容，怪問之。玄德長歎曰：「備往常身不離鞍，髀肉皆散；今久不騎。髀裡肉生，日月蹉跎，老將至矣，而功業不建，是以悲耳！」表曰：「吾聞賢弟在許昌，與曹操青梅煮酒，共論英雄；賢弟盡舉當世名士，操皆不許，而獨曰：『天下英雄，惟使君與操耳。』以曹操之權力，猶不敢居吾弟之先，何慮功業不建乎？」玄德乘著酒興，失口答曰：「備若有基本，天下碌碌之輩，誠不足慮也。」表聞言默然。玄德自知語失，託醉❷而起，歸館舍安歇。後人有詩讚玄德曰：

曹公屈指從頭數，天下英雄獨使君。
髀肉復生猶感歎，爭教寰宇不三分？

劉表下淚是兒女態，玄德下淚是英雄氣。

卻說劉表聞玄德語，口雖不言，心懷不樂，別了玄德，退入內宅。蔡夫人曰：「適間吾於屏後聽得劉備之言，甚輕覷人，足見其有吞併荊州之意。今若不除，必為後患。」表不答，但搖頭而已。蔡氏乃密召蔡瑁入，商議此事。瑁曰：「請先就館舍殺之，然後告知主公。」蔡氏然其言。瑁出，便連夜點軍。

卻說玄德在館舍中秉燭而坐，三更以後，方欲就寢，忽一人叩門而入，視之乃伊籍也。原來伊籍探

❶ 語失：失言。
❷ 託醉：以飲酒過量為藉口的意思。

知蔡瑁欲害玄德，特夤夜來報。當下伊籍將蔡瑁之謀，報知玄德，催促玄德速速起身。玄德曰：「未辭景升，如何便去？」籍曰：「公若辭，必遭蔡瑁之害矣。」

玄德乃謝別伊籍，急喚從者一齊上馬。不待天明，星夜奔回新野。比及蔡瑁領軍到館舍時，玄德已去遠矣。瑁悔恨無及，乃寫詩一首於壁間，逕入見表曰：「劉備有反叛之意，題反詩於壁上，不辭而去矣。」表不信，親詣館舍觀之，果有詩四句。詩曰：

數年徒守困，空對舊山川。
龍豈池中物？乘雷欲上天！

劉表見詩大怒，拔劍言曰：「誓殺此無義之徒！」行數步，猛省曰：「吾與玄德相處許多時，不曾見他作詩，此必外人離間之計也。」遂回步入館舍，用劍尖削去此詩，棄劍上馬。蔡瑁請曰：「軍士已點齊，可就往新野擒劉備。」表曰：「未可造次，容徐圖之。」

蔡瑁見表持疑不決，乃暗與蔡夫人商議，即日大會眾官於襄陽，就彼處謀之。次日，瑁稟表曰：「近年豐熟，合聚❸眾官於襄陽，以示撫慰之意，請主公一行。」表曰：「吾近日氣疾作，實不能行，可令二子為主待客。」瑁曰：「公子年幼，恐失於禮節。」表曰：「可往新野請玄德待客。」瑁暗喜正中其計，便差人請玄德赴襄陽。

卻說玄德奔回新野，自知失言取禍，未對眾人言之。忽使者至，請赴襄陽。孫乾曰：「昨見主公匆

❸ 合聚：應聚。

匆而回，意甚不樂。愚意度之，在荊州必有事故。今忽請赴會，不可輕往。」玄德方將前項事訴與諸人。雲長曰：「兄自疑心語失，劉荊州並無嗔責之意。外人之言，未可輕信。襄陽離此不遠，若不去則荊州反生疑矣。」玄德曰：「雲長之言是也。」張飛曰：「筵無好筵，會無好會，不如休去。」趙雲曰：「某將馬步軍三百人同往，可保主公無事。」玄德曰：「如此甚好。」

遂與趙雲即日赴襄陽。蔡瑁出郭迎接，意甚謙謹。隨後劉琦、劉琮二子，引一班文武官僚出迎。玄德見二公子俱在，並不疑忌。是日請玄德於館舍暫歇，趙雲引三百軍圍繞保護，雲披甲掛劍，行坐不離左右。劉琦告玄德曰：「父親氣疾作，不能行動，特請叔父待客，撫勸各處守牧之官。」玄德曰：「吾本不敢當此，既有兄命，不敢不從。」

次日，人報九郡四十二州官員，俱已到齊。蔡瑁預請蒯越計議曰：「劉備世之梟雄，久留於此，後必為害；可就今日除之。」越曰：「恐失士民之望。」瑁曰：「吾已密領劉荊州言語在此。」越曰：「既如此，可預作準備。」瑁曰：「東門峴山大路，已使吾弟蔡和引軍守把；南門外已使蔡中守把；北門外已使蔡勳守把；止有西門不必守把，──前有檀溪阻隔，雖數萬之眾，不易過也。」越曰：「吾見趙雲行坐不離玄德，恐難下手。」瑁曰：「吾伏五百軍在城內準備。」越曰：「可使文聘、王威二人另設一席於外廳，以待武將，先請住趙雲，然後可行事。」

瑁從其言，當日殺牛宰馬，大張筵席。玄德乘的盧馬至州衙，命牽入後園拴繫。眾官皆至堂中，玄德主席，二公子兩邊分坐，其餘各依次而坐，趙雲帶劍立於玄德之側。文聘、王威入請趙雲赴席，雲推辭不去。玄德令雲就席，雲勉強應命而出。蔡瑁在外收拾得鐵桶相似，將玄德帶來三百軍，都遣歸館舍，只待半酣，號起下手。

酒至三巡，伊籍起把盞，至玄德前，以目視玄德，低聲謂曰：「請更衣。」玄德會意，即起如廁。伊籍把盞畢，疾入後園，接著玄德，附耳報曰：「蔡瑁設計害君，城外東南北三處，皆有軍馬守把；惟西門可走，公宜急逃。」玄德大驚，急解的盧馬，開後園門牽出，飛身上馬，不顧從者，匹馬望西門而走。門吏問之，玄德不答，加鞭而出。門吏當之不住，飛報蔡瑁。瑁即上馬，引五百軍隨後追趕。

卻說玄德撞出西門，行無數里，前有一大溪，攔住去路。那檀溪闊數丈，水通襄江，其波甚緊。玄德到溪邊，見不可渡，勒馬再回，遙望城西塵頭大起，追兵將至。玄德曰：「今番死矣！」遂回馬到溪邊。回頭看時，追兵已近。玄德著慌，急縱馬下溪。行不數步，馬前蹄忽陷，浸濕衣袍。玄德乃加鞭大呼曰：「的盧！的盧！今日妨吾！」

言畢，那馬忽從水中湧身而起，一躍三丈，飛上西岸。玄德如從雲霧中起。後來蘇學士有古風一篇，單咏劉玄德躍馬檀溪事。詩曰：

老去花殘春日暮，宦游偶至檀溪路。停驂遙望獨徘徊，眼前零落飄紅絮。
暗想咸陽火德衰，龍爭虎鬬交相持。襄陽會上王孫飲，坐中玄德身將危。
逃生獨出西門道，背後追兵復將到。一川煙水漲檀溪，急叱征騎往前跳。
馬蹄踏碎青玻璃，天風響處金鞭揮。耳畔但聞千騎走，波中忽見雙龍飛。
西川獨霸真英主，坐上龍駒兩相遇。檀溪溪水自東流，龍駒英主今何處？

臨流三歎心欲酸，斜陽寂寂照空山。三分鼎足渾如夢，蹤跡空留在世間。

玄德躍過溪西，顧望東岸。蔡瑁已引軍趕到溪邊，大叫「使君何故逃席而去？」玄德曰：「吾與汝無仇，何故欲相害？」瑁曰：「吾並無此心，使君休聽人言。」玄德見瑁手將拈弓取箭，乃急撥馬望西南而去。瑁顧謂左右曰：「是何神助也！」方欲收軍回城，只見西門內趙雲引三百軍趕來。正是：躍去龍駒能救主，追來虎將欲誅仇。未知蔡瑁性命如何，且看下文分解。

本是逃死，乃云逃席。

第三五回　玄德南漳逢隱淪　單福新野遇英主

卻說蔡瑁方欲回城，趙雲引軍趕出城來。原來趙雲正飲酒間，忽見人馬動，急入內觀之，席上不見了玄德。雲大驚，出投館舍，聽得人說：「蔡瑁引軍望西趕去了。」雲火急綽槍上馬，引著原帶來的三百軍，奔出西門，正迎著蔡瑁，急問曰：「吾主何在？」瑁曰：「使君逃席而去，不知何往。」趙雲是謹細之人，不肯造次，即策馬前行；遙望大溪，別無去路，乃復回馬喝問蔡瑁曰：「汝請吾主赴宴，何故引著軍馬追來？」瑁曰：「九郡四十二州縣官僚俱在此，吾為上將，豈可不防護？」雲曰：「汝迫吾主何處去了？」瑁曰：「聞使君匹馬出西門，到此卻又不見。」

雲驚疑不定，直來溪邊看時，只見隔岸一帶水跡。雲暗忖曰：「難道連馬跳過了溪去？……」令三百軍四散觀望，並不見蹤跡。雲再回馬時，蔡瑁已入城去了。雲乃拏守門軍士追問，皆說劉使君飛馬出西門而去。雲再欲入城，又恐有埋伏，遂急引軍歸新野。

卻說玄德躍馬過溪，似醉如痴；想此闊澗一躍而過，豈非天意？迤邐望南漳，策馬而行，日將沈西。正行之間，見一牧童跨於牛背上，口吹短笛而來，玄德歎曰：「吾不如也！」遂立馬觀之。牧童亦停牛罷笛，熟視玄德曰：「將軍莫非破黃巾劉玄德否？」玄德驚問曰：「汝乃村僻小童，何以知吾姓字？」牧童曰：「我本不知；因常侍師父，有客到日，多曾說有一劉玄德，身長七尺五寸，垂手過膝，目能自

馬背不如牛背穩，誰云騎馬勝騎牛

顧其耳，乃當世之英雄。今觀將軍如此模樣，想必是也。」

玄德曰：「汝師何人也？」牧童曰：「吾師覆姓司馬，名徽，字德操，潁川人也。道號水鏡先生。」玄德曰：「汝師與誰為友？」小童曰：「與襄陽龐德公、龐統為友。」玄德曰：「龐德公乃龐統何人？」童子曰：「叔姪也。龐德公字山民，長俺師父十歲；龐統字士元，小俺師父五歲。一日，吾師父在樹上採桑，適龐統來相訪，坐於樹下，共相議論，終日不倦。吾師甚愛龐統，呼之為弟。」玄德曰：「汝師今居何處？」牧童遙指曰：「前面林中，便是莊院。」玄德曰：「吾正是劉玄德，汝可引吾去拜見你師父。」

童子便引玄德，行二里餘，到莊前下馬，入至中門，忽聞琴聲甚美，玄德教童子且休通報，側耳聽之，琴聲忽住而不彈。一人笑而出曰：「琴韻清幽，音中忽起高亢之調，必有英雄竊聽。」童子指謂玄德曰：「此即吾師水鏡先生也。」玄德視其人，松形鶴骨，器宇不凡，慌忙進前施禮，衣襟尚濕。水鏡曰：「公今日幸免大難！」玄德驚訝不已。小童曰：「此劉玄德也。」

水鏡請入草堂，分賓主坐定。玄德見架上滿堆書卷，窗外盛栽松竹，橫琴於石床之上，清氣飄然。水鏡問曰：「明公何來？」玄德曰：「偶爾經由此地，因小童相指，得拜尊顏，不勝欣幸。」水鏡笑曰：「公不必隱諱，公今必逃難至此。」玄德遂以襄陽一事告之。水鏡曰：「吾觀公氣色，已知之矣。」因問玄德曰：「吾久聞明公大名，何故至今猶落魄不偶❶耶？」玄德曰：「命途多蹇，所以至此。」水鏡曰：「不然；蓋因將軍左右不得其人耳。」玄德曰：「備雖不才，文有孫乾、糜竺、簡雍之輩，武有關、

❶ 落魄不偶：落魄，倒楣的樣子。不偶，命運不好。

張、趙雲之流，竭忠輔相，頗賴其力。」水鏡曰：「關、張、趙雲，皆萬人敵，惜無善用之人。若孫乾、糜竺輩，乃白面書生耳，非經綸濟世之才也。」

玄德曰：「備亦嘗側身以求山谷之遺賢，奈未遇其人何？」水鏡曰：「豈不聞孔子云：『十室之邑，必有忠信。』❷何謂無人？」玄德曰：「備愚昧不識，願求指教。」水鏡曰：「公聞荊、襄諸郡小兒之謠乎？其謠曰：『八九年間始欲衰，至十三年無子遺。到頭天命有所歸，泥中蟠龍向天飛。』此謠始於建安初。建安八年，劉景升喪卻前妻，便生家亂，此所謂『始欲衰』也。『無子遺』者，謂景升將逝，文武零落無子遺矣。『天命有歸』，『龍向天飛』，蓋應在將軍也。」

玄德聞言驚謝曰：「備安敢當此？」水鏡曰：「今天下之奇才，盡在於此，公當往求之。」玄德急問曰：「奇才安在？果係何人？」水鏡曰：「伏龍、鳳雛，兩人得一，可安天下。」玄德曰：「伏龍、鳳雛，何人也？」水鏡撫掌大笑曰：「好！好！」玄德再問時，水鏡曰：「天色已晚，將軍可於此暫宿一宵，明日當言之。」即命小童具飲饌相待，馬牽入後院喂養。

玄德飲膳畢，即宿於草堂之側。玄德因思水鏡之言，寢不成寐。約至更深，忽聽一人叩門而入。水鏡曰：「元直何來？」玄德起床密聽之，聞其人答曰：「久聞劉景升善善惡惡❸，特往謁之。及至相見，徒有虛名。蓋善善而不能用，惡惡而不能去者也。故遺書別之，而來至此。」水鏡曰：「公懷王佐之才，宜擇人而事，奈何輕身往見景升乎？且英雄豪傑，只在眼前，公自不識耳。」其人曰：「先生之言是也。」

---

❷ 十室之邑二句：意思是說：儘管只有十家人家的小地方，裡面也必定有講忠信的好人。

❸ 善善惡惡：上一個善字和惡字，都是作動詞用。這句話的意思是：喜歡好人，憎恨壞人。

玄德聞之大喜，暗忖此人必是伏龍、鳳雛，即欲出見，又恐造次。候至天曉，玄德求見水鏡，問曰：「昨夜來者是誰？」水鏡曰：「此吾友也。」玄德求與相見。水鏡曰：「此人欲往投明主，已到他處去了。」玄德請問其姓名。水鏡笑曰：「好！好！」玄德再問：「伏龍、鳳雛，果係何人？」水鏡亦只笑言：「好！好！」玄德拜請水鏡出山相助，同扶漢室。水鏡曰：「山野閒散之人，不堪世用。自有勝吾十倍者來助公，公宜訪之。」

正談論間，忽聞莊外人喊馬嘶，小童來報：「有一將軍，引數百人到莊來也。」玄德大驚，急出視之，乃趙雲也。玄德大喜。雲下馬入見曰：「某夜來回縣，尋不見主公，連夜跟問到此，主公可作速回縣，只恐有人來縣中廝殺。」玄德辭了水鏡，與趙雲上馬，投新野來。行不數里，一彪人馬來到，視之，乃雲長、翼德也，相見大喜。玄德訴說躍馬檀溪之事，共相嗟訝。到縣中與孫乾等商議。乾曰：「可先致書於景升，訴告此事。」

極寫趙雲之忠。

玄德從其言，即令孫乾齎書至荊州，劉表喚入問曰：「吾請玄德襄陽赴會，緣何逃席而去？」孫乾呈上書札，具言蔡瑁設謀相害，賴躍馬檀溪得脫。表大怒，急喚蔡瑁責罵曰：「汝焉敢害吾弟！」命推出斬之。蔡夫人出，哭求免死，表怒猶未息。孫乾告曰：「若殺蔡瑁，恐皇叔不能安居於此矣。」表乃責而釋之，使長子劉琦同孫乾至玄德處請罪。

琦奉命赴新野，玄德接著，設宴相待。酒酣，琦忽然墮淚。玄德問其故。琦曰：「繼母蔡氏，常懷謀害之心；姪無計免禍，幸叔父指教。」玄德勸以「小心盡孝，自然無禍」。

次日，琦泣別。玄德乘馬送琦出郭，因指馬謂琦曰：「若非此馬，吾已為泉下之人矣。」琦曰：「此非馬之力，乃叔父之洪福也。」說罷，相別。劉琦涕泣而去。玄德回馬入城，忽見市上一人，葛巾布袍，皂絛烏履，長歌而來。歌曰：

天地反覆兮，火欲殂④；大廈將崩兮，一木難扶。
山谷有賢兮，欲投明主；明主求賢兮，卻不知吾。

玄德聞歌，暗思「此人莫非水鏡所言伏龍、鳳雛乎？」遂下馬相見，邀入縣衙，問其姓名。答曰：「某乃潁上人也，姓單，名福。久聞使君納士招賢，欲來投託，未敢輒造；故行歌於市，以動尊聽耳。」玄德大喜，待為上賓。單福曰：「適使君所乘之馬，再乞一觀。」玄德命去鞍牽於堂下，單福曰：「此非的盧馬乎？雖是千里馬，卻要妨主，不可乘也。」玄德曰：「已應之矣。」遂具言躍檀溪之事。福曰：「此乃救主，非妨主也。終必妨一主，某有一法可禳。」玄德曰：「願聞禳法。」福曰：「公意中有仇怨之人，可將此馬賜之；待妨過了此人，然後乘之，自然無事。」

玄德聞言變色曰：「公初至此，不教吾以正道，便教作利己妨人之事，備不敢聞教。」福笑謝曰：「向聞使君仁德，未敢便信，故以此言相試耳。」玄德亦改容起謝曰：「備安能有仁德及人，唯先生教之。」福曰：「吾自潁上來此，聞新野之人歌曰：『新野牧，劉皇叔，自到此，民豐足。』可見使君之仁德及人也。」玄德乃拜單福為軍師，調練本部人馬。

卻說曹操自冀州回許都，常有取荊州之意，特差曹仁、李典，並降將呂曠、呂翔等領兵三萬，屯樊

④ 火欲殂：古時用五行生剋來講朝代興亡替代的道理。火，代表漢朝。殂，是滅亡。意思是說漢朝將亡。

沒用人偏說大話。

城，虎視荊、襄，就探看虛實。時呂曠、呂翔，稟曹仁曰：「今劉備屯兵新野，招軍買馬，積草儲糧，其志不小，不可不早圖之。吾二人自降丞相之後，未有寸功；願請精兵五千，取劉備之頭，以獻丞相。」曹仁大喜，與二呂兵五千，前往新野廝殺。探馬飛報玄德。玄德請單福商議。福曰：「既有敵兵，不可令其入境。可使關公引一軍從左而出，以敵來軍中路；張飛引一軍從右而出，以敵來軍後路；公自引趙雲出兵前路相迎，敵可破矣。」

玄德從其言，即差關、張二人去訖；然後與單福、趙雲等，共引二千人馬出關相迎。行不數里，只見山後塵頭大起，呂曠、呂翔引軍來到。兩邊各射住陣角。玄德出馬於旗門下大呼曰：「來者何人？敢犯吾境！」呂曠出馬曰：「吾乃大將呂曠也。奉丞相命，特來擒汝！」玄德大怒，使趙雲出馬。二將交戰，不數合，趙雲一槍刺呂曠於馬下。玄德麾軍掩殺，呂翔抵敵不住，引軍便走。

正行間，路傍一軍突出，為首大將，乃關雲長也。衝殺一陣。呂翔折兵大半，奪路走脫。行不到十里，又一軍攔住去路。為首大將，挺矛大叫「張翼德在此！」直取呂翔。翔措手不及，被張飛一矛刺中，翻身落馬而死。餘眾四散奔走。玄德合軍追趕，大半多被擒獲。玄德班師回縣，重待單福，犒賞三軍。

卻說敗軍回見曹仁，報說「二呂被殺，軍士多被活捉」。曹仁大驚，與李典商議。典曰：「二將欺敵而亡，今只宜按兵不動，申報丞相，起大兵來征剿，乃為上策。」仁曰：「不然。今二將陣亡，又折許多兵馬，此仇不可不急報。量新野彈丸之地，何勞丞相大軍？」典曰：「劉備人傑也，不可輕視。」仁曰：「公何怯也？」典曰：「兵法云：『知彼知己，百戰百勝。』某非怯戰，但恐不能必勝耳。」仁怒曰：「公懷二心耶？吾必欲生擒劉備！」典曰：「將軍若去，某守樊城。」仁曰：「汝若不同去，真懷二心矣。」典不得已，只得與曹仁點起二萬五千軍馬，渡河投新野而來。正是：偏裨❺既有輿尸❻辱，主將重興雪恥兵。未知勝負如何，且看下文分解。

❺ 偏裨：將佐，副將。

❻ 輿尸：戰敗而死，把屍體抬回。

第三六回 玄德用計襲樊城 元直走馬薦諸葛

極寫曹仁聲勢，以顯單福之能。

卻說曹仁忿怒，遂大起本部之兵，星夜渡河，意欲踏平新野。

且說單福得勝回縣，謂玄德曰：「曹仁屯兵樊城，今知二將被誅，必起大軍來戰。」玄德曰：「當何以迎之？」福曰：「彼若盡提兵而來，樊城空虛，可乘間襲之。」玄德問計。福附耳低言，如此如此。玄德大喜，預先準備已定。忽探馬報說「曹仁引大軍渡河來了」。單福曰：「果不出吾之料。」遂請玄德出軍迎敵。兩陣對圓，趙雲出馬，喚彼將答話。曹仁命李典出陣，與趙雲交鋒。約戰十數合，李典料敵不過，撥馬回陣。雲縱馬追趕，兩翼軍射住，遂各罷兵歸寨。

極寫曹仁弄巧，以顯單福之智。

李典回見曹仁，言：「彼軍精銳，不可輕敵，不如回樊城。」曹仁大怒曰：「汝未出軍時，已慢吾軍心；今又賣陣，罪當斬首！」便喝刀斧手，推出李典要斬。眾將苦告方免。乃調李典領後軍，仁自引兵為前部。次日鳴鼓進軍，布成一個陣勢，使人問玄德曰：「識吾陣否？」

單福便上高處觀望畢，謂玄德曰：「此『八門金鎖陣』也。八門者：休、生、傷、杜、景、死、驚、開。如從生門、景門、開門而入則吉，從傷門、驚門、休門而入則傷，從杜門、死門而入則亡。今八門雖布得整齊，只是中間還欠主持。如從東南角上生門擊入，往正西景門而出，其陣必亂。」

玄德傳令，教軍士把住陣角，命趙雲引五百軍，從東南而入，逕往西出。雲得令，挺槍躍馬，引兵逕投東南角上吶喊，殺入中軍。曹仁便投北走。雲不追趕，卻突出西門，又從西殺轉東南角上來。曹仁軍大亂。玄德麾軍衝擊，曹兵大敗而退。單福命休追趕，收軍自回。

卻說曹仁輸了一陣，方信李典之言；因復請典商議，言「劉備軍中必有能者，吾陣竟為所破」。李典曰：「吾雖在此，甚憂樊城。」曹仁曰：「今晚去劫寨。如得勝，再行計議；如不勝，便退軍回樊城。」李典曰：「不可。劉備必有準備。」仁曰：「若如此多疑，何以用兵？」遂不聽李典之言，自引軍為前隊，使李典為後應，當夜二更劫寨。

卻說單福正與玄德在寨中議事，忽狂風驟起。福曰：「今夜曹仁必來劫寨。」玄德曰：「何以敵之？」福笑曰：「吾已預算定了。」遂密密分撥已畢。至二更，曹仁兵將近寨，只見寨中四圍火起，燒著寨柵。曹仁知有準備，急令退軍。趙雲掩殺將來。仁不及收兵回寨，急望北河而走；將到河邊，纔欲尋船渡河，岸上一彪軍殺到，為首大將乃張飛也。曹仁死戰，李典保護曹仁下船渡河。曹軍大半淹死水中。

曹仁渡過河面，上岸奔至樊城，令人叫門，只見城上一聲鼓響，一將引軍而出，大喝曰：「吾已取樊城多時矣！」眾驚視之，乃關雲長也。仁大驚，撥馬便走。雲長追殺過來。曹仁又折了好些軍馬，星夜投許昌；於路打聽，方知有單福為軍師，設謀定計。

不說曹仁敗回許昌。且說玄德大獲全勝，引軍入樊城，縣令劉泌出迎。玄德安民已定。那劉泌乃長沙人，亦漢室宗親，遂請玄德到家，設宴相待。只見一人侍立於側，玄德視其人器宇軒昂，因問泌曰：「此何人？」泌曰：「此吾之甥寇封，本羅侯寇氏之子也。因父母雙亡，故依於此。」

玄德愛之，欲嗣為義子。劉泌欣然從之，遂使寇封拜玄德為父，改名劉封。玄德帶回，令拜雲長、

此皆在附耳低言之中。

翼德為叔。雲長曰：「兄長既有子，何必用螟蛉？後必生亂。」玄德曰：「吾待之如子，彼必事吾如父，何亂之有？」雲長不悅。玄德與單福計議，令趙雲引一千軍守樊城。玄德領眾自回新野。

卻說曹仁與李典回許都，見曹操，泣拜於地請罪，具言損將折兵之事。操曰：「勝負乃兵家之常。但不知誰為劉備畫策？」曹仁言是單福之計。操曰：「單福何人也？」程昱笑曰：「此非單福也。此人幼好學擊劍。中平末年，嘗為人報讎殺人，披髮塗面而走，為吏所獲。問其姓名不答，吏乃縛於車上，擊鼓行於市，令市人識之，雖有識者不敢言。而同伴竊解救之，乃更姓名而逃，折節向學，遍訪名師。嘗與司馬徽談論。此人乃潁川徐庶，字元直。單福乃其託名耳。」操曰：「徐庶之才，比君何如？」昱曰：「十倍於昱。」操曰：「惜乎賢士歸於劉備！羽翼成矣，奈何？」昱曰：「徐庶雖在彼，丞相要用，召來不難。」操曰：「安得彼來歸？」昱曰：「徐庶為人至孝。幼喪其父，止有老母在堂。現今其弟徐康已亡，老母無人侍養。丞相可使人賺其母至許昌，令作書召其子，則徐庶必至矣。」

操大喜，使人星夜前去取徐庶母。不一日取至。操厚待之，因謂之曰：「聞令嗣徐元直，乃天下奇才也。今在新野，助逆臣劉備背叛朝廷，正猶美玉落於汙泥之中，誠為可惜。今煩老母作書，喚回許都，吾於天子之前保奏，必有重賞。」

求忠臣於孝子之門，庶既孝子，安肯為操用乎！

遂命左右捧過文房四寶，令徐母作書。徐母曰：「劉備何如人也？」操曰：「沛郡小輩，妄稱皇叔，全無信義，所謂外君子而內小人者也。」徐母厲聲曰：「汝何虛誑之甚也！吾久聞玄德乃中山靖王之後，孝景皇帝閣下玄孫，屈身下士，恭己待人，仁聲素著。世之黃童、白叟、牧子、樵夫，皆知其名。真當世之英雄也。吾兒輔之，得其主矣。汝雖託名漢相，實為漢賊，乃反以玄德為逆臣，欲使吾兒背明投暗，豈不自恥乎！」

言訖，取石硯便打曹操。操大怒，叱武士執徐母出，將斬之。程昱急止之，入諫操曰：「徐母觸忤丞相者，欲求死也。丞相若殺之，則招不義之名，而成徐母之德。徐母既死，徐庶必死心助劉備以報讎矣；不如留之，使徐庶身心兩處，縱使助劉備，亦不盡力也。且留得徐母在，昱自有計賺徐庶至此，以輔丞相。」

操然其言，遂不殺徐母，送於別室養之。程昱日往問候，詐言曾與徐庶結為兄弟，待徐母如親母；時常餽送物件，必具手啟。徐母因亦作手啟答之。程昱賺得徐母筆跡，乃倣其字體，詐修家書一封，差一心腹人，持書逕奔新野縣，尋問單福行幕。軍士引見徐庶。庶知母有家書至，急喚入問之。來人曰：「某乃館下走卒，奉老夫人言語。有書附達。」庶拆封視之。書曰：

近汝弟康喪，舉目無親。正悲慘間，不期曹丞相使人賺至許昌，言汝背反，下我於縲絏，賴程昱等救免。若得汝來降，能免我死。如書到日，可念劬勞之恩，星夜前來，以全孝道；然後徐圖歸耕故園，免遭大禍。吾今命若懸絲，專望救援！更不多囑。

徐庶覽畢，淚如泉湧，持書來見玄德曰：「某本潁川徐庶，字元直；為因逃難，更名單福。前聞劉景升招賢納士，特往見之。及與論事，方知是無用之人；故作書別之，夤夜至司馬水鏡莊上，訴說其事。水鏡深責庶不識主，因說：『劉豫州在此，何不事之？』庶故作狂歌於市，以動使君。幸蒙不棄，即賜重用。爭奈老母，今被曹操奸計，賺至許昌囚禁，將欲加害。老母手書來喚，庶不容不去。非不欲效犬玄德更不相留，真善體孝子之情。

馬之勞，以報使君；奈慈親被執，不得盡力。今當告歸，容圖後會。」

玄德聞言，大哭曰：「母子乃天性之親，元直無以備為念。待與老夫人相見之後，或者再得奉教。」徐庶便拜謝欲行。玄德曰：「乞再聚一宵，來日餞行。」孫乾密謂玄德曰：「元直天下奇才，久在新野，盡知我軍中虛實。今若使歸曹操，必然重用，我其危矣。主公宜苦留之，切勿放去。操見元直不去，必斬其母。元直知母死，必為母報讎，力攻曹操也。」玄德曰：「不可。使人殺其母，而吾用其子，不仁也；留之不使去，以絕其母子之道，不義也。吾寧死，不為不仁不義之事。」眾皆感歎。玄德請徐庶飲酒。庶曰：「今聞老母被囚，雖金波玉液，不能下咽矣。」玄德曰：「備聞公將去，如失左右手，雖龍肝鳳髓，亦不甘味。」

是血性語。

二人相對而泣，坐以待旦。諸將已於郭外安排筵席餞行。玄德與徐庶並馬出城，至長亭，下馬相辭。玄德舉杯謂徐庶曰：「備分淺緣薄，不能與先生相聚，望先生善事新主，以成功名。」庶泣曰：「某才微智淺，深荷使君重用。今不幸半途而別，實為老母故也。縱使曹操相迫，庶亦終身不設一謀。」玄德曰：「先生既去，劉備亦將遠遁山林矣。」庶曰：「某所以與使君共圖王霸之業者，恃此方寸耳。今以老母之故，方寸亂矣，縱使在此，無益於事。使君宜別求高賢輔佐，共圖大業，何便灰心如此？」玄德曰：「天下高賢，恐無出先生右者。」庶曰：「某樗櫟庸材，何敢當此重譽？」臨別又顧謂諸將曰：「願諸公善事使君，以圖名垂竹帛，功標青史，切勿效庶之無始終也。」諸將無不傷感。玄德不忍相離，送了一程。又送一程。庶辭曰：「不勞使君遠送，庶就此告別。」玄德就馬上執庶之手曰：「先生此去，天各一方，未知相會卻在何日！」說罷，淚如雨下。庶亦涕泣而別。

依依不捨，極寫玄德愛賢之

篤。

玄德立馬於林畔，看徐庶乘馬與從者悤悤而去。玄德哭曰：「元直去矣！吾將奈何？」凝淚而望，卻被一樹林隔斷。玄德以鞭指曰：「吾欲盡伐此處樹木。」眾問何故。玄德曰：「因阻吾望徐元直之目也。」

正望間，忽見徐庶拍馬而回。玄德曰：「元直復回，莫非無去意乎？」遂欣然拍馬向前迎問曰：「先生此回，必有主意？」庶勒馬謂玄德曰：「某因心緒如麻，忘卻一語。此間有一奇士，只在襄陽城外二十里隆中。使君何不求之？」玄德曰：「敢煩元直為備請來相見。」庶曰：「此人不可屈致，使君可親往求之。若得此人，無異周得呂望、漢得張良也。」玄德曰：「此人比先生才德如何？」庶曰：「以某比之，譬猶駑馬並麒麟，寒鴉配鸞鳳耳。此人每嘗自比管仲、樂毅。以吾觀之，管、樂殆不及此人。此人有經天緯地之才，蓋天下一人也。」

玄德喜曰：「願聞此人姓名。」庶曰：「此人乃瑯琊陽都人，覆姓諸葛，名亮，字孔明。乃漢司隸校尉諸葛豐之後。其父名珪，字子貢，為泰山郡丞，早卒。亮從其叔玄。玄與荊州劉景升有舊，因往依之，遂家於襄陽。後玄卒，亮與弟諸葛均躬耕於南陽，嘗好為梁父吟。所居之地，有一岡名臥龍岡，因自號為臥龍先生。此人乃絕代奇才，使君急宜枉駕見之。若此人肯相輔佐，何愁天下不定乎？」玄德曰：「昔水鏡先生曾為備言：『伏龍、鳳雛，兩人得一，可安天下。』今所云莫非即伏龍、鳳雛乎？」庶曰：「鳳雛乃襄陽龐統也。伏龍正是諸葛孔明。」玄德踴躍曰：「今日方知伏龍、鳳雛之語。何期大賢只在目前。非先生言，備有眼如盲也！」後人有詩讚徐庶走馬薦諸葛。詩曰：

痛恨高賢不再逢，臨歧泣別兩情濃。
片言卻似春雷震，能使南陽起臥龍。

徐庶薦了孔明，再別玄德，策馬而去。玄德聞徐庶之語，方悟司馬德操之言，似醉方醒，如夢初覺，引眾將回至新野，便具厚幣，同關、張前去南陽請孔明。

且說徐庶既別玄德，感其留戀之情，恐孔明不肯出山輔之，遂乘馬直至臥龍岡下，入草廬見孔明。孔明問其來意。庶曰：「庶本欲事劉豫州，奈老母為曹操所囚，馳書來召，只得捨之而往。臨行時，將公薦與玄德。玄德即日將來奉謁，望公勿推阻，即展生平之大才以輔之，幸甚。」孔明聞言作色曰：「君以我為享祭之犧牲乎？」說罷，拂袖而入。庶羞慚而退，上馬趲程，赴許昌見母。正是：囑友一言因愛主，赴家千里為思親。未知後事若何，且看下文分解。

寫玄德求賢之急。

寫徐庶為人之忠。

寫孔明處己之高。

第三七回　司馬徽再薦名士　劉玄德三顧草廬

卻說徐庶趲程赴許昌，曹操知徐庶已到，遂命荀彧、程昱等一班謀士往迎之。庶入相府拜見曹操。操曰：「公乃高明之士，何故屈身而事劉備乎？」庶曰：「某幼逃難，流落江湖。偶至新野，遂與玄德交厚。老母在堂，幸蒙顧念，不勝愧感。」操曰：「公今至此，正可晨昏侍奉令堂，吾亦得聽清誨矣。」庶拜謝而出，急往見其母，泣拜於堂下。母大驚曰：「汝何故至此？」庶曰：「近於新野事劉豫州，因得母書，故星夜至此。」徐母勃然大怒，拍案罵曰：「辱子飄蕩江湖數年，吾以為汝學業有進，何其反不如初也！汝既讀書，須知忠孝不能兩全。豈不識曹操欺君罔上之賊？劉玄德仁義布於四海，況又漢室之胄，汝既事之，得其主矣。今憑一紙偽書，更不詳察，遂棄明投暗，自取惡名，真愚夫也！吾有何面目與汝相見！汝玷辱祖宗，空生於天地間耳！」罵得徐庶拜伏於地，不敢仰視。母自轉入屏風後去了。少頃，家人出報曰：「老夫人自縊於梁間。」徐庶慌入救時，母氣已絕。後人有徐庶母讚曰：

賢哉徐母！流芳千古！守節無虧，於家有補。
教子多方，處身自苦。氣若丘山，義出肺腑。
讚美豫州，毀觸魏武。不畏鼎鑊，不懼刀斧。

惟恐後嗣，玷辱先祖。伏劍同流，斷機堪伍。
生得其名，死得其所。賢哉徐母！流芳千古！

徐庶見母已死，哭絕於地，良久方甦。曹操使人齎禮弔問，又親往祭奠。徐庶葬母柩於許昌之南原，居喪守墓。凡操有所賜，庶俱不受。時操欲商議南征。荀彧諫曰：「天寒未可用兵。姑待春暖，方可長驅大進。」操從之，乃引漳河之水作一池，名玄武池，於內教練水軍，準備南征。

卻說玄德正安排禮物，欲往隆中謁諸葛亮，忽人報：「門外有一先生，峨冠博帶，道貌非常，特來相探。」玄德曰：「此莫非即孔明否？」遂整衣出迎。視之，乃司馬徽也。玄德大喜，請入後堂高坐，拜問曰：「備自別仙顏，日因軍務倥傯，有失拜訪。今得光降，大慰仰慕之私。」徽曰：「聞徐元直在此，特來一會。」玄德曰：「近因曹操囚其母，徐母遣人馳書喚回許昌去矣。」徽曰：「此中曹操之計矣。吾素聞徐母最賢，雖為操所囚，必不肯馳書召其子。此書必詐也。元直不去，其母尚存；今若去，母必死矣。」

玄德驚問其故。徽曰：「徐母高義，必羞見其子也。」玄德曰：「元直臨行，薦南陽諸葛亮，其人若何？」徽笑曰：「元直欲去自去便了，何又惹他出來嘔心血也？」玄德曰：「先生何出此言？」徽曰：「孔明與博陵崔州平、潁川石廣元、汝南孟公威，與徐元直四人為密友。此四人務於精純，惟孔明獨觀其大略。嘗抱膝長吟，而指四人曰：『公等仕進可至刺史、郡守。』眾問孔明之志若何，孔明但笑而不答。每常自比管仲、樂毅，其才不可量也。」玄德曰：「何潁川之多賢乎？」徽曰：「昔有殷馗善觀天文，嘗謂群星聚於潁分，其地必多賢士。」

時雲長在側曰：「某聞管仲、樂毅，乃春秋戰國名人，功蓋寰宇。孔明自比此二人，毋乃太過？」徽笑曰：「以吾觀之，不當比此二人。我欲另以二人比之。」雲長問那二人。徽曰：「可比興周八百年之姜子牙，旺漢四百年之張子房也。」眾皆愕然。徽下階相辭欲行。玄德留之不住。徽出門仰天大笑曰：「臥龍雖得其主，不得其時，惜哉！」言罷，飄然而去。玄德歎曰：「真隱居賢士也！」次日，玄德同關、張并從人等來隆中，遙望山畔數人，荷鋤耕於田間，而作歌曰：

蒼天如圓蓋，陸地如棋局。世人黑白分，往來爭榮辱。
榮者自安安，辱者定碌碌。南陽有隱居，高眠臥不足。

玄德聞歌，勒馬喚農夫問曰：「此歌何人所作？」答曰：「乃臥龍先生所作也。」玄德曰：「臥龍先生住何處？」農夫曰：「自此山之南，一帶高岡，乃臥龍岡也。岡前疎林內茅廬中，即諸葛先生高臥之地。」玄德謝之，策馬前行。不數里，遙望臥龍岡，果然清景異常。後人有古風一篇，單道臥龍居處。詩曰：

襄陽城西二十里，一帶高岡枕流水。高岡屈曲壓雲根，流水潺湲飛石髓。
勢若困龍石上蟠，形如單鳳松陰裡。柴門半掩閉茅廬，中有高人臥不起。
修竹交加列翠屏，四時籬落野花馨。牀頭堆積皆黃卷，座上往來無白丁。

叩戶蒼猿時獻果，守門老鶴夜聽經。囊裡名琴藏古錦，壁間寶劍映松文。

廬中先生獨幽雅，閒來親自勤耕稼。專待春雷驚夢回，一聲長嘯安天下。

玄德來到莊前下馬，親叩柴門，一童出問。玄德曰：「漢左將軍宜城亭侯領豫州牧皇叔劉備，特來拜見先生。」童子曰：「我記不得許多名字。」玄德曰：「你只說劉備來訪。」童子曰：「先生今早已出。」玄德曰：「何處去了？」童子曰：「蹤跡不定，不知何處去了。」玄德曰：「幾時歸？」童子曰：「歸期亦不定，或三五日，或十數日。」

玄德惆悵不已。張飛曰：「既不見，自歸去罷了。」玄德曰：「且待片時。」雲長曰：「不如且歸，再使人來探聽。」玄德從其言，囑咐童子：「如先生回，可言劉備拜訪。」遂上馬，行數里，勒馬回觀隆中景物，果然山不高而秀雅，水不深而澄清；地不廣而平坦，林不大而茂盛；猿鶴相親，松篁交翠，觀之不已。忽見一人容貌軒昂，丰姿俊爽，頭戴逍遙巾，身穿皂布袍，杖藜從山僻小路而來。玄德曰：「此必臥龍先生也。」急下馬向前施禮，問曰：「先生非臥龍否？」其人曰：「將軍是誰？」玄德曰：「劉備也。」其人曰：「吾非孔明，乃孔明之友，博陵崔州平也。」玄德曰：「久聞大名，幸得相遇。乞即席地權坐，請教一言。」

二人對坐於林間石上，關、張侍立於側。州平曰：「將軍何故欲見孔明？」玄德曰：「方今天下大亂，四方雲擾，欲見孔明，求安邦定國之策耳。」州平笑曰：「公以定亂為主，雖是仁心，但自古以來，治亂無常。自高祖斬蛇起義，誅無道秦，是由亂而入治也；至哀、平之世，二百年太平日久，王莽篡逆，又由治而入亂；光武中興，重整基業，復由亂而入治；至今二百年，民安已久，故干戈又復四起。此正由治入亂之時，未可猝定也。將軍欲使孔明斡旋天地，補綴乾坤❶，恐不易為，徒費心力耳。豈不聞『順天者逸，逆天者勞』；『數之所在，理不得而奪之；命之所在，人不得而強之』乎？」

玄德曰：「先生所言，誠為高見。但備身為漢胄，合當匡扶漢室，何敢委之數與命？」州平曰：「山野之夫，不足與論天下事。適承明問，故妄言之。」玄德曰：「蒙先生見教，但不知孔明何處去了？」州平曰：「吾亦欲訪之，正不知其何往。」玄德曰：「請先生同至敝縣，若何？」州平曰：「愚性頗樂閒散，無意功名久矣。容他日再見。」言訖，長揖而去。玄德與關、張上馬而行。張飛曰：「孔明又訪不著，卻遇此腐儒，閒談許久！」玄德曰：「此亦隱者之言也。」

三人回至新野，過了數日，玄德使人探聽孔明。回報曰：「臥龍先生已回矣。」玄德便教備馬。張飛曰：「量一村夫，何必哥哥自去？可使人喚來便了。」玄德叱曰：「汝豈不聞孟子云：『欲見賢而不以其道，猶欲其入而閉之門也。』孔明當世大賢，豈可召乎？」遂上馬再往訪孔明。關、張亦乘馬相隨。

時值隆冬，天氣嚴寒，彤雲❷密布。行不數里，忽然朔風凜凜，瑞雪霏霏；山如玉簇，林似銀妝。張飛曰：「天寒地凍，尚不用兵，豈宜遠見無益之人乎？不如回新野以避風雪。」玄德曰：「吾正欲使孔明知我慇懃之意。如弟輩怕冷，可先回去。」飛曰：「死且不怕，豈怕冷乎？但恐哥哥空勞神思。」

---

❶ 補綴乾坤：乾坤，原指天地；這裡是指國土。補綴，意思是縫補破裂的衣服。補綴乾坤，是說把破裂的國土，重新使之完整。

❷ 彤雲：就是同雲。下雪時，雲的顏色全是一樣，所以叫同雲。

玄德曰：「勿多言，只相隨同去。」將近茅廬，忽聞路旁酒店中有人作歌。玄德立馬聽之。其歌曰：

壯士功名尚未成，嗚呼久不遇陽春。君不見東海老叟辭荊榛，後車遂與文王親？八百諸侯不期會，
白魚入舟涉孟津？牧野一戰血流杵，鷹揚偉烈冠武臣？又不見高陽酒徒起草中，長揖芒碭隆準公？
高談王霸驚人耳，輟洗延坐欽英風？東下齊城七十二，天下無人能繼蹤？——兩人非際聖天子，
至今誰復識英雄？

歌罷，又有一人擊桌而歌。其歌曰：

吾皇提劍清寰海，創業垂基四百載。桓、靈季業火德衰，奸臣賊子調鼎鼐。
青蛇飛下御座旁，又見妖虹降玉堂。群盜四方如蟻聚，奸雄百輩皆鷹揚。
吾儕長嘯空拍手，悶來村店飲村酒。獨善其身盡日安，何須千古名不朽？

二人歌罷，撫掌大笑。玄德曰：「臥龍其在此間乎？」遂下馬入店。見二人憑桌對飲，上首者白面長鬚，下首者清奇古貌。玄德揖而問曰：「二公誰是臥龍先生？」長鬚者曰：「公何人？欲尋臥龍何幹？」玄德曰：「某乃劉備也。欲訪先生，求濟世安民之術。」長鬚者曰：「吾等非臥龍，皆臥龍之友也。吾乃潁川石廣元。此位是汝南孟公威。」玄德喜曰：「備久聞二公大名，幸得邂逅。今有隨行馬匹在此，敢請二公同往臥龍莊上一談。」廣元曰：「吾等皆山野慵懶之徒，不省治國安民之事，不勞下問。明公請自上馬，尋訪臥龍。」

玄德乃辭二人，上馬投臥龍岡來；到莊前下馬，扣門問童子曰：「先生今日在莊否？」童子曰：「現在堂上讀書。」玄德大喜，遂跟童子而入。至中門，只見門上大書一聯云：「淡泊以明志，寧靜而致遠。」玄德正看間，忽聞吟詠之聲，乃立於門側窺之，見草堂之上，一少年擁爐抱膝，歌曰：

鳳翱翔於千仞兮，非梧不棲；士伏處於一方兮，非主不依。
樂躬耕於隴畝兮，吾愛吾廬。聊寄傲於琴書兮，以待天時。

玄德待其歌罷，上草堂施禮曰：「備久慕先生，無緣拜會。昨因徐元直稱薦，敬至仙莊，不遇空回。今特冒風雪而來，得瞻道貌，實為萬幸！」那少年慌忙答禮曰：「將軍莫非劉豫州，欲見家兄否？」玄德驚訝曰：「先生又非臥龍耶？」少年曰：「某乃臥龍之弟諸葛均也。愚兄弟三人，長兄諸葛瑾，現在江東孫仲謀處為幕賓。孔明乃二家兄。」玄德曰：「臥龍今在家否？」均曰：「昨為崔州平相約，出外閒遊去矣。」玄德曰：「何處閒遊？」均曰：「或駕小舟，游於江湖之中；或訪僧道於山嶺之上；或尋朋友於村落之間；或樂琴棋於洞府之內；往來莫測，不知去所。」

玄德曰：「劉備直如此緣分淺薄，兩番不遇大賢！」均曰：「小坐獻茶。」張飛曰：「那先生既不在，請哥哥上馬。」玄德曰：「我既到此間，如何無一語而回？」因問諸葛均曰：「聞令兄臥龍先生熟諳韜略，日看兵書，可得聞乎？」均曰：「不知。」張飛曰：「問他則甚！風雪甚緊，不如早歸。」玄德叱止之。均曰：「家兄不在，不敢久留車騎，容日卻來回禮。」玄德曰：「豈敢望先生枉駕。數日之後，備當再至。願借紙筆作一書，留達令兄。以表劉備慇懃之意。」均遂進文房四寶。玄德呵開凍筆，拂展雲箋，寫書曰：

備久慕高名，兩次晉謁，不遇空回，惆悵何似！竊念備漢朝苗裔，濫叨名爵，伏覩朝廷陵替，綱紀崩摧，群雄亂國，惡黨欺君，備心膽俱裂。雖有匡濟之誠，實乏經綸之策。仰望先生仁慈忠義，慨然展呂望之大才，施子房之鴻略，天下幸甚！社稷幸甚！先此布達，再容齋戒薰沐，特拜尊顏，面傾鄙悃，統希鑒原。

玄德寫罷，遞與諸葛均收了，拜辭出門。均送出玄德，再三慇懃致意而別。方上馬欲行，忽見童子招手籬外叫曰：「老先生來也。」玄德視之，見小橋之西，一人煖帽遮頭，狐裘蔽體，騎著一驢，後隨一青衣小童，攜一葫蘆酒，踏雪而來；轉過小橋，口吟詩一首。詩曰：

一夜北風寒，萬里彤雲厚。長空雪亂飄，改盡江山舊。
仰面觀太虛，疑是玉龍鬬。紛紛鱗甲飛，頃刻遍宇宙。
騎驢過小橋，獨歎梅花瘦。

玄德聞歌曰：「此真臥龍矣！」滾鞍下馬，向前施禮曰：「先生冒寒不易。劉備等候久矣。」那人慌忙下驢答禮。諸葛均在後曰：「此非臥龍家兄，乃家兄岳父黃承彥也。」玄德曰：「適聞所吟之句，極其高妙。」承彥曰：「老夫在小壻家觀梁父吟，記得這一篇；適過小橋，偶見籬落間梅花，故感而誦之。不期為尊客所聞。」玄德曰：「曾見賢壻否？」承彥曰：「便是老夫也來看他。」玄德聞言，辭別承彥上馬而歸。正值風雪又大，回望臥龍岡，悒怏不已。後人有詩，單道玄德風雪訪孔明。詩曰：

一天風雪訪賢良，不遇空回意感傷。凍合溪橋山石滑，寒侵鞍馬路途長。
當頭片片梨花落，撲面紛紛柳絮狂。回首停鞭遙望處，爛銀堆滿臥龍岡。

玄德回新野之後，光陰荏苒❸，又早新春。乃令卜者揲蓍❹，選擇吉期，齋戒三日，薰沐更衣，再往臥龍岡謁孔明。關、張聞之不悅，遂一齊入諫玄德。正是：高賢未服英雄志，屈節偏生傑士疑。未知其言若何，且看下文分解。

---

❸ 荏苒：時間漸進的意思。
❹ 揲蓍：古人卜卦的時候，把四十九根蓍草分作兩部分，然後四根一數，以定陰爻或陽爻。這種動作，叫做揲蓍。

第三八回 定三分隆中決策 戰長江孫氏報仇

卻說玄德訪孔明兩次不遇，欲再往訪之。關公曰：「兄長兩次親往拜謁，其禮太過矣。想諸葛亮有虛名而無實學，故避而不敢見。兄何惑於斯人之甚也？」玄德曰：「不然。昔齊桓公欲見東郭野人，五反而方得一面。況吾欲見大賢耶？」張飛曰：「哥哥差矣。量此村夫，何足為大賢？今番不須哥哥去；他如不來，我只用一條麻繩縛將來！」玄德叱曰：「汝皆不聞周文王謁姜子牙之事乎？文王且如此敬賢，汝何太無禮！今番汝休去，我自與雲長去。」飛曰：「既兩位哥哥都去，小弟如何落後？」玄德曰：「汝若同往，不可失禮。」

飛應諾。於是三人乘馬引從者往隆中。離草廬半里之外，玄德便下馬步行，正遇諸葛均。玄德忙施禮，問曰：「令兄在莊否？」均曰：「昨暮方歸。將軍今日可與相見。」言罷，飄然自去。玄德曰：「今番僥倖，得見先生矣！」張飛曰：「此人無禮！便引我等到莊也不妨！何故竟自去了！」玄德曰：「彼各有事，豈可相強？」

其恭也如是。

三人來到莊前叩門，童子開門出問。玄德曰：「有勞仙童轉報，劉備專來拜見先生。」童子曰：「今日先生雖在家，但現在草堂上晝寢未醒。」玄德曰：「既如此，且休通報。」分付關、張二人，只在門首等著。玄德徐步而入，見先生仰臥於草堂几席之上。玄德拱立階下。

半晌，先生未醒。關、張在外立久，不見動靜，入見玄德，猶然侍立。張飛大怒，謂雲長曰：「這先生如何傲慢！見我哥哥侍立階下，他竟高臥，推睡不起！等我去屋後放一把火，看他起不起！」雲長再三勸住。玄德仍命二人出門外等候。望堂上時，見先生翻身將起，忽又朝裡壁睡著。童子欲報。玄德曰：「且勿驚動。」又立了一個時辰，孔明纔醒，口吟詩曰：

大夢誰先覺？平生我自知。
草堂春睡足，窗外日遲遲。

孔明吟罷，翻身問童子曰：「有俗客來否？」童子曰：「劉皇叔在此，立候多時。」孔明乃起身曰：「何不早報？尚容更衣。」遂轉入後堂。又半晌，方整衣冠出迎。玄德見孔明身長八尺，面如冠玉，頭戴綸巾，身披鶴氅，飄飄然有神仙之概。玄德下拜曰：「漢室末冑，涿郡愚夫，久聞先生大名，如雷貫耳。昨兩次晉謁，不得一見，已書賤名於文几，未審得入覽否？」孔明曰：「南陽野人，疎懶成性，屢蒙將軍枉臨，不勝愧赧。」

二人敘禮畢，分賓主而坐。童子獻茶。茶罷，孔明曰：「昨觀書意，足見將軍憂國憂民之心；但恨亮年幼才疏，有誤下問。」玄德曰：「司馬德操之言，徐元直之語，豈虛談哉？望先生不棄鄙賤，曲賜教誨。」孔明曰：「德操、元直，世之高士。亮乃一耕夫耳，安敢談天下事？二公謬舉矣。將軍奈何舍美玉而求頑石乎？」玄德曰：「大丈夫抱經世奇才，豈可空老於林泉之下？願先生以天下蒼生為念，開備愚魯而賜教。」孔明笑曰：「願聞將軍之志。」玄德移坐促席而告曰：「漢室傾頹，奸臣竊命，備不量力，欲伸大義於天下，而智術淺短，迄無所就。唯先生開其愚而拯其厄，實為萬幸。」

孔明曰：「自董卓造逆以來，天下豪傑並起。曹操勢不及袁紹，而竟能克紹者，非唯天時，抑亦人謀也。今操已擁百萬之眾，挾天子以令諸侯，此誠不可與爭鋒。孫權據有江東，已歷三世，國險而民附，此可用為援，而不可圖之也。荊州北據漢沔，利盡南海，東連吳會，西通巴蜀，此用武之地，非其主不能守。是殆天所以資將軍，將軍豈可棄乎？益州險塞，沃野千里，天府之國，高祖因之以成帝業。今劉璋闇弱，民殷國富，而不知存恤，智能之士，思得明君。將軍既帝室之冑，信義著於四海，總攬英雄，思賢如渴，若跨有荊、益，保其巖阻，西和諸戎，南撫彝越，外結孫權，內修政理；待天下有變，則命一上將，將荊州之兵，以向宛洛；將軍身率益州之眾，以出秦川，百姓有不簞食壺漿以迎將軍者乎？誠如是，則大業可成，漢室可興矣。此亮所以為將軍謀者也。唯將軍圖之。」言罷，命童子取出畫一軸，挂於中堂，指謂玄德曰：「此西川五十四州之圖也。將軍欲成霸業，北讓曹操占天時，南讓孫權占地利，將軍可占人和。先取荊州為家，後即取西川，建基業，以成鼎足之勢，然後可圖中原也。」

先說曹操不可取，次說孫權不可取，此言益州可取。未下棋時，先將一盤局勢算得停停當當，豈非天下第一手？

玄德聞言，避席拱手謝曰：「先生之言，頓開茅塞，使備如撥雲霧而覩青天；但荊州劉表、益州劉璋，皆漢室宗親，備安忍奪之？」孔明曰：「亮夜觀天象，劉表不久人世。劉璋非立業之主，久後必歸將軍。」玄德聞言，頓首拜謝。只這一席話，乃孔明未出茅廬，已知三分天下。真萬古之人不及也！後人有詩讚曰：

豫州當日歎孤窮，何幸南陽有臥龍。

欲識他年分鼎處，先生笑指畫圖中。

玄德拜請孔明曰：「備雖名微德薄，願先生不棄鄙賤，出山相助。備當拱聽明誨。」孔明曰：「亮久樂耕鋤，懶於應世，不能奉命。」玄德泣曰：「先生不出，如蒼生何？」言畢，淚沾袍袖，衣襟盡濕。孔明見其意甚誠，乃曰：「將軍既不相棄，願效犬馬之勞。」

玄德大喜，遂命關、張入拜，獻金帛禮物。孔明固辭不受。玄德曰：「此非聘大賢之禮，但表劉備寸心耳。」孔明方受。於是玄德等在莊中共宿一宵。次日，諸葛均回，孔明囑付曰：「吾受劉皇叔三顧之恩，不容不出。汝可躬耕於此，勿得荒蕪田畝。待吾功成之日，即當歸隱。」後人有詩歎曰：

身未升騰思退步，功成應憶去時言。
只因先主丁寧後，星落秋風五丈原。

又有古風一篇曰：

高皇手提三尺雪，芒碭白蛇夜流血。平秦滅楚入咸陽，二百年前幾斷絕。
大哉光武興洛陽，傳至桓、靈又崩裂。獻帝遷都幸許昌，紛紛四海生豪傑。
曹操專權得天時，江東孫氏開鴻業。孤窮玄德走天下，獨居新野愁民危。
南陽臥龍有大志，腹內雄兵分正奇。只因徐庶臨行語，茅廬三顧心相知。
先生爾時年三九，收拾琴書離隴畝。先取荊州後取川，大展經綸補天手。

方出山，便思退步，是真淡泊寧靜之人。

縱橫舌上鼓風雷，談笑胸中煥星斗。龍驤虎視安乾坤，萬古千秋名不朽。

玄德等三人，別了諸葛均，與孔明同歸新野。玄德待孔明如師，食則同桌，寢則同榻，終日共論天下之事。孔明曰：「曹操於冀州作玄武池以練水軍，必有侵江南之意。可密令人過江探聽虛實。」玄德從之，使人往江東探聽。

卻說孫權自孫策死後，據住江東，承父兄基業，廣納賢士，開賓館於吳會，命顧雍、張紘延接四方賓客。連年以來，你我相薦。時有會稽闞澤，字德潤；彭城嚴峻，字曼才；沛縣薛綜，字敬文；汝南程秉，字德樞；吳郡朱桓，字休穆；陸績，字公紀；吳人張溫，字惠恕；會稽凌統，字公續；烏程吳粲，字孔休：此數人皆至江東。孫權敬禮甚厚。又得良將數人，乃汝陽呂蒙，字子明；吳郡陸遜，字伯言；琅琊徐盛，字文嚮；東郡潘璋，字文珪；廬江丁奉，字承淵。文武諸人，共相輔佐。由此江東稱得人之盛。

方寫玄德求賢，又寫孫權好士。

建安七年，曹操破袁紹，遣使往江東，命孫權遣子入朝隨駕。權猶豫未決。吳太夫人命周瑜、張昭等面議。張昭曰：「操欲令我遣子入朝，是牽制諸侯之法也。然若不令去，恐其興兵下江東，勢必危矣。」周瑜曰：「將軍承父兄遺業，兼六郡之眾，兵精糧足，將士用命，有何逼迫而欲送質於人？質一入，不得不與曹氏連和；彼有命召，不得不往；如此則見制於人也。不如勿遣，徐觀其變，別以良策禦之。」吳夫人曰：「公瑾之言是也。」權遂從其言，謝使者不遣子。自此曹操有下江南之意。但正值北方未寧無暇南征。

建安八年十一月，孫權引兵伐黃祖，戰於大江之中。祖軍敗績。權部將凌操，輕舟當先，殺入夏口，被黃祖部將甘寧一箭射死。凌操子凌統，時年方十五歲，奮力往奪父屍而歸。權見風色不利，收軍還東吳。

卻說孫權弟孫翊為丹陽太守。翊性剛好酒，醉後嘗鞭撻士卒。丹陽督將媯覽、郡丞戴員，二人常有殺翊之心，乃與翊從人邊洪結為心腹，共謀殺翊。時諸將縣令，皆集丹陽。翊設宴相待。翊妻徐氏美而慧，極善卜易；是日卜一卦，其象大凶，勸翊勿出會客。翊不從，遂與眾大會。

至晚席散，邊洪帶刀跟出門外，即抽刀砍死孫翊。媯覽、戴員乃歸罪邊洪，斬之於市。二人乘勢擄翊家資侍妾。媯覽見徐氏美貌，乃謂之曰：「吾為汝夫報仇，汝當從我；不從則死。」徐氏曰：「夫死未幾，不忍便相從。可待至晦日，設祭除服，然後成親未遲。」

覽從之。徐氏乃密召孫翊心腹舊將孫高、傅嬰二人入府，泣告曰：「先夫在日，常言二公忠義。今媯、戴二賊，謀殺我夫，只歸罪邊洪，將我家資童婢盡皆分去。媯覽又欲強占妾身，妾已詐許之，以安其心。二將軍可差人星夜報知吳侯，一面設密計以圖二賊，雪此仇辱，生死啣恩！」言畢再拜。孫高、傅嬰皆泣曰：「我等平日感府君恩遇，今日所以不即死難者，正欲為復仇計耳。夫人所命，敢不效力？」

於是密遣心腹使者往報孫權。至晦日，徐氏先召孫、傅二人，伏於密室幃幕之中，然後設祭於堂上。祭畢，即除去孝服，沐浴薰香，濃裝豔裹，言笑自若。

媯覽聞之甚喜。至夜，徐氏遣婢妾請覽入府，設席堂中飲酒。飲既醉，徐氏乃邀覽入密室。覽喜，乘醉而入。徐氏大呼曰：「孫、傅二將軍何在？」二人即從幃幕中持刀躍出。媯覽措手不及，被傅嬰一刀砍倒在地，孫高再復一刀，登時殺死，徐氏復傳請戴員赴宴。員入府來，至堂中，亦被孫、傅二將所殺。一面使人誅戮二賊家小，及其餘黨。徐氏遂重穿孝服，將媯覽、戴員首級，祭於孫翊靈前。

不一日，孫權自領軍馬至丹陽，見徐氏已殺媯、戴二賊，乃封孫高、傅嬰為牙門將，令守丹陽，取徐氏歸家養老。江東人無不稱徐氏之德。後人有詩讚曰：

才節雙全世所無，姦回一旦受摧鋤。
庸臣從賊忠臣死，不及東吳女丈夫。

且說東吳各處山賊，盡皆平復。大江之中，有戰船七千餘隻。孫權拜周瑜為大都督，總統江東水陸軍馬。建安十二年，冬十月，權母吳太夫人病危，召周瑜、張昭二人至，謂曰：「吾本吳人，幼亡父母，與弟吳景徙居越中。後嫁與孫氏，生四子。長子策，生時，吾夢月入懷。後生次子權，又夢日入懷。卜者云：『夢日月入懷者，其子必貴。』不幸策早喪，今將江東基業付權。望公等同心助之，吾死不朽矣！」又囑權曰：「汝事子布、公瑾，以師傅之禮，不可怠慢。吾妹與我共嫁汝父，則亦汝之母也。吾死之後，事吾妹如事我。汝妹亦當恩養，擇佳壻以嫁之。」

言訖遂終。孫權哀哭，具喪葬之禮，自不必說。至來年春，孫權商議欲伐黃祖。張昭曰：「居喪未及期年，不可動兵。」周瑜曰：「報仇雪恨，何待期年？」權猶豫未定。適北平都尉呂蒙入見，告權曰：「某守龍湫水口，忽有黃祖部將甘寧來降。某細詢之。寧字興霸，巴郡臨江人也；頗通書史，有氣力，好遊俠；嘗招合亡命，縱橫於江湖之中；腰懸銅鈴，人聽鈴聲，盡皆避之。又嘗以西川錦作帆幔，時人

伐人之喪不可，喪中伐人亦

不可。然以報父仇則無不可也。

皆稱為『錦帆賊』。後悔前非，改行從善，引眾投劉表。見表不能成事，即欲來投東吳，卻被黃祖留住在夏口。」

「前東吳破祖時，祖得甘寧之力，救回夏口；乃待寧甚薄。都督蘇飛屢薦寧於祖。祖曰：『寧乃劫江之賊，豈可重用？』寧因此懷恨。蘇飛知其意，乃置酒邀寧到家，謂之曰：『吾薦公數次，奈主公不能用。日月逾邁，人生幾何；宜自遠圖。吾當保公為鄂縣長，自作去就之計。』寧因此得過夏口，欲投江東，恐江東恨其救黃祖殺凌操之事。某具言主公求賢若渴，不記舊恨；況各為其主，又何恨焉？寧欣然引眾渡江，來見主公。乞鈞旨定奪。」

孫權大喜曰：「吾得興霸，破黃祖必矣。」遂命呂蒙引甘寧入見。參拜已畢，權曰：「興霸來此，大獲我心，豈有記恨之理？請無懷疑。願教我以破黃祖之策。」寧曰：「今漢祚日危，曹操終必篡竊。荊南之地，操所必爭也。劉表無遠慮，其子又愚劣，不能承業傳基。明公宜早圖之。若遲則操先圖之矣。今宜先取黃祖。祖今年老昏邁，務於貨利；侵刻吏民，人心皆怨；戰具不修，軍無法律。明公若往攻之，其勢必破。既破祖軍，鼓行而西，據楚關而圖巴蜀，霸業可定也。」

孫權曰：「此金玉之論也！」遂命周瑜為大都督，總水陸軍兵；呂蒙為前部先鋒；董襲與甘寧為副將；權自領大軍十萬，征討黃祖。細作探知，報至江夏。黃祖急聚眾商議，令蘇飛為大將，陳就、鄧龍為先鋒，盡起江夏之兵迎敵。陳就、鄧龍各引一隊艨艟截住沔口，艨艟上各設強弓硬弩千餘張，將大索繫定艨艟於水面上。東吳兵至，艨艟上鼓響，弓弩齊發，兵不敢進，約退數里水面。甘寧謂董襲曰：「事已至此，不得不進。」乃選小船百餘隻，每船用精兵五十人。——二十人撐船，三十人各披衣甲，手執鋼刀，——不避矢石，直至艨艟傍邊，砍斷大索，艨艟遂橫。甘寧飛上艨艟，將鄧龍砍死。陳就乘船而走。呂蒙見了，跳下小船，自舉櫓棹，直入船隊，放火燒船。陳就急待上岸，呂蒙捨命趕到跟前，當胸一刀砍翻。比及蘇飛引軍於岸上接應時，吳軍一齊上岸，勢不可當。祖軍大敗。蘇飛落荒而走，正遇東吳大將潘璋。兩馬相交，戰不數合，被璋生擒過去，逕至船中來見孫權。權命左右以檻車囚之，待活捉了黃祖，一并誅戮；催動三軍，不分晝夜，攻打夏口。正是：只因不用錦帆賊，至令衝開大索船。不知黃祖勝負如何，且看下文分解。

第三九回　荊州城公子三求計　博望坡軍師初用兵

卻說孫權督眾攻打夏口，黃祖兵敗將亡，情知守把不住，遂棄江夏，望荊州而走。甘寧料得黃祖必走荊州，乃於東門外伏兵等候。祖帶數十騎突出東門。正走之間，一聲喊起，甘寧攔住。祖於馬上謂寧曰：「我向日不曾輕待汝，今何相逼耶？」寧叱曰：「吾昔在江夏，多立功績。汝乃以劫江賊待我，今日尚有何說？」

黃祖自知難免，撥馬而走。甘寧衝開士卒，直趕將來，只聽得後面喊聲起處，又有數騎趕來。寧視之，乃程普也。寧恐普來爭功，慌忙拈弓搭箭，背射黃祖。祖中箭翻身落馬，寧梟其首級，回馬與程普合兵一處，回見孫權，獻黃祖首級。權命以木匣盛貯，待回江東祭獻於亡父靈前，重賞三軍，陞甘寧為都尉，商議欲分兵守江夏。張昭曰：「孤城不可守，不如且回江東。劉表知我破黃祖，必來報仇。我以逸待勞，必敗劉表。表敗而後乘勢攻之，荊襄可得也。」權從其言，遂棄江夏，班師回江東。

蘇飛在檻車內，密使人告甘寧求救。寧曰：「飛即不言，吾豈忘之？」大軍即至吳會，權命將蘇飛梟首，與黃祖首級一同祭獻。甘寧乃入見權，頓首哭告曰：「某向日若不得蘇飛，則骨填溝壑矣，安能效命於將軍麾下哉？今飛罪當誅，某念其昔日之恩情，願納還官爵，以贖飛罪。」權曰：「彼既有恩於君，吾為君赦之；但彼若逃去，奈何？」寧曰：「飛得免誅戮，感恩無地，豈肯走乎？若飛去，寧願將首級獻於階下。」權乃赦蘇飛，止將黃祖首級祭獻。祭畢設宴，大會文武慶功。

正飲酒間，只見座上一人大哭而起，拔劍在手，直取甘寧。寧忙舉坐椅以迎之。權驚視其人，乃凌統也。因甘寧在江夏時，射死他父親凌操，今日相見，故欲報仇。權連忙勸住，謂統曰：「興霸射死卿父，彼時各為其主，不容不盡力。今既為一家人，豈可復理舊讎？萬事皆看吾面。」凌統叩頭大哭曰：「不共戴天之讎，豈容不報？」權與眾官再三勸之，凌統只是怒目而視甘寧。權即日命甘寧領兵五千，戰船一百隻，往夏口鎮守，以避凌統。寧拜謝，領兵自往夏口去了。權又加封凌統為丞烈都尉，統只得含恨而止。

東吳自此廣造戰船，分兵守把江岸；又命孫靜引一枝軍守吳會，孫權自領大軍，屯柴桑；周瑜日於鄱陽湖教練水軍，以備攻戰。

話分兩頭。卻說玄德差人打探江東消息，回報東吳已攻殺黃祖，現今屯兵柴桑，玄德便請孔明計議。正話間，忽劉表差人來請玄德赴荊州議事。孔明曰：「此必因江東破了黃祖，故請主公商議報讎之策也。某當與主公同往，相機而行，自有良策。」

玄德從之，留雲長守新野，令張飛引五百人馬跟隨往荊州來。玄德在馬上謂孔明曰：「今見景升，當若何對答？」孔明曰：「當先謝襄陽之事。他若令主公去征討江東，切不可應允。但說容歸新野，整頓軍馬。」

玄德依言，來到荊州，館驛安下，留張飛屯兵城外。玄德與孔明入城見劉表。禮畢，玄德請罪於階下。表曰：「吾已悉知賢弟被害之事。當時即欲斬蔡瑁之首，以獻賢弟。因眾人告免，故姑恕之。賢弟幸勿見罪。」玄德曰：「非干蔡將軍之事。想皆下人所為耳。」表曰：「今江夏失守，黃祖遇害，故請賢弟共議報復之策。」玄德曰：「黃祖性暴，不能用人，故致此禍。今若興兵南征，倘曹操北來，又當奈何？」表曰：「吾今年老多病，不能理事，賢弟可來助我。我死之後，弟便為荊州之主也。」玄德曰：「兄何出此言？量備安敢當此重任？」

孔明以目視玄德。玄德曰：「容徐思良策。」遂辭出，回至館驛。孔明曰：「景升欲以荊州付主公，奈何卻之？」玄德曰：「景升待我，恩禮交至，安忍乘其危而奪之？」孔明歎曰：「真仁慈之主也！」

正商議間，忽報公子劉琦來見。玄德接入。琦泣拜曰：「繼母不能相容，性命只在旦夕，望叔父憐而救之。」玄德曰：「此賢姪家事耳，奈何問我？」孔明微笑，玄德求計於孔明。孔明曰：「此家事，亮不敢與聞。」

少時，玄德送琦出，附耳低言曰：「來日我使孔明回拜賢姪，可如此如此。彼定有妙計相告。」琦謝而去。

次日，玄德只推腹痛，乃挽孔明代往回拜劉琦。孔明允諾，來至公子宅前下馬，入見公子。公子邀入後堂。茶罷，琦曰：「琦不見容於繼母，幸先生一言相救。」孔明曰：「亮客寄於此，豈敢與人骨肉之事？倘有泄漏，為害不淺。」說罷，起身告辭。琦曰：「既承光顧，安敢慢待？」乃挽留孔明入密室共飲。

此劉琦第一番求計。

飲酒之間，琦又曰：「繼母不見容，乞先生一言救我。」孔明曰：「此非亮所敢謀也。」言訖，又欲辭去。琦曰：「先生不言則已，何便欲去？」孔明乃復坐。琦曰：「琦有一古書，請先生一觀。」乃

此劉琦第二番

求計。

引孔明登一小樓。孔明曰：「書在何處？」琦泣拜曰：「繼母不見容，琦命在旦夕，先生忍無一言相救乎？」

此劉琦第三番求計。

孔明作色而起，便欲下樓，只見樓梯已撤去。琦告曰：「琦欲求教良策，先生恐有泄漏，不肯出言；今日上不至天，下不至地，出君之口，入琦之耳，可以賜教矣。」孔明曰：「『疏不間親』，亮何能為公子謀？」琦曰：「先生終不肯教琦乎？琦命固不保矣。請即死於先生之前。」乃掣劍欲自刎。孔明止之曰：「已有良計。」琦拜曰：「願即賜教。」孔明曰：「公子豈不聞申生、重耳之事乎？申生在內而亡，重耳在外而安。今黃祖新亡，江夏乏人守禦，公子何不上言，乞屯兵守江夏？則可以避禍矣。」琦再拜謝教，乃命人取梯送孔明下樓。孔明辭別，回見玄德，具言其事。玄德大喜。次日，劉琦上言，欲守江夏。劉表猶豫未決，請玄德共議。玄德曰：「江夏重地，固非他人可守，正須公子自往。東南之事，兄父子當之；西北之事，備願當之。」表曰：「近聞曹操於鄴郡作玄武池以練水軍，必有南征之意，不可不防。」玄德曰：「備已知之，兄勿憂慮。」遂拜辭回新野。劉表令劉琦引兵三千往江夏鎮守。

卻說曹操罷三公之職，自以丞相兼之，以毛玠為東曹掾；崔琰為西曹掾；司馬懿為文學掾。懿字仲達，河內溫人也；潁川太守司馬雋之孫，京兆尹司馬防之子，主簿司馬朗之弟也。自是文官大備，乃聚武將商議南征。夏侯惇進曰：「近聞劉備在新野，每日教演士卒，必為後患，可早圖之。」

不窺荊襄而窺

操即令夏侯惇為都督；于禁、李典、夏侯蘭、韓浩為副將；領兵十萬，直抵博望城，以窺新野。荀彧諫曰：「劉備英雄，今更兼諸葛亮為軍師，不可輕敵。」惇曰：「劉備鼠輩耳，吾必擒之。」徐庶曰：

新野，操固輕視劉表而重視玄德也。

「將軍勿輕視劉玄德。今玄德得諸葛亮為輔，如虎生翼矣。」操曰：「諸葛亮何人也？」庶曰：「亮字孔明，道號臥龍先生。有經天緯地之才，出鬼入神之計。真當世之奇士，非可小覷。」

操曰：「比公若何？」庶曰：「庶安敢比亮？庶如螢火之光，亮乃皓月之明也。」夏侯惇曰：「元直之言謬矣。吾看諸葛亮如草芥耳，何足懼哉！吾若不一陣生擒劉備，活捉諸葛，願將首級獻與丞相。」操曰：「汝早報捷書，以慰吾心。」惇奮然辭曹操，引軍登程。

卻說玄德自得孔明，以師禮待之。關、張二人不悅曰：「孔明年幼，有甚才學！兄長待之太過！又未見他真實效驗！」玄德曰：「吾得孔明，猶魚之得水也。兩弟勿復多言。」關、張見說，不言而退。一日，有人送犛牛尾至。玄德取尾親自結帽。孔明入見，正色曰：「明公無復有遠志，但事此而已耶？」玄德投帽於地而謝曰：「吾聊假此以忘憂耳。」孔明曰：「明公自度比曹操若何？」玄德曰：「不如也。」孔明曰：「明公之眾，不過數千人，萬一曹兵至，何以迎之？」玄德曰：「吾正愁此事，未得良策。」孔明曰：「可速招募民兵，亮自教之，可以待敵。」玄德遂招新野之民，得三千人。孔明朝夕教演陣法。忽報曹操差夏侯惇引兵十萬，殺奔新野來了。張飛聞知，謂雲長曰：「可著孔明前去迎敵便了。」

正說之間，玄德召二人入，謂曰：「夏侯惇引兵到來，如何迎敵？」張飛曰：「哥哥何不使『水』去？」玄德曰：「智賴孔明，勇須二弟，何可推諉？」關、張出，玄德請孔明商議。孔明曰：「但恐關、張二人，不肯聽吾號令。主公若欲亮行兵，乞假劍印。」玄德便以劍印付孔明。孔明遂聚集眾將聽令。張飛謂雲長曰：「且聽令去。看他如何調度。」

不識地理者，不可為軍師。

孔明令曰：「博望之左有山，名曰豫山；右有林，名曰安林；可以埋伏軍馬。雲長可引一千軍往豫山之前，先且埋伏。等彼軍至，放過休敵。其輜重糧草，必在後面。但看南面火起，可縱兵出擊，就焚其糧草。翼德可引一千軍去安林背後山谷中埋伏，只看南面火起，便可出，向博望城舊屯糧草處縱火燒之。關平、劉封可引五百軍，預備引火之物於博望坡後，兩邊等候。至初更兵到，便可放火矣。」——又命於樊城取回趙雲，令為前部，不要贏，只要輸。——「主公自引一軍為後援。各須依計而行，勿使有失」。

雲長曰：「我等皆出迎敵，未審軍師卻作何事？」孔明曰：「我只坐守此城。」張飛大笑曰：「我們都去廝殺，你卻在家裡坐地，好自在！」孔明曰：「劍印在此，違令者斬！」玄德曰：「豈不聞『運籌帷幄之中，決勝千里之外』？二弟不可違令。」張飛冷笑而去。雲長曰：「我們且看他的計，應也不應，那時卻來問他未遲。」

二人去了。眾將皆未知孔明韜略，今雖聽令，卻都疑惑不定。孔明謂玄德曰：「主公今日可便引兵就博望山下屯住。來日黃昏，敵軍必到，主公便棄營而走。但見火起，即回軍掩殺。亮與糜竺、糜芳，引五百軍守縣，命孫乾、簡雍準備慶喜筵席，安排『功勞簿』伺候。」派撥已畢，玄德亦疑惑不定。

卻說夏侯惇與于禁等引兵至博望，分一半精兵作前隊，其餘盡護糧車而行。時當秋月，商飆❶徐起。人馬趲行之間，望見前面塵頭忽起。惇便將人馬擺開，問鄉導官曰：「此間是何處？」答曰：「前面便是博望坡，後面是羅川口。」

❶ 商飆：秋天的大風。

惇令于禁、李典押住陣腳，親自出馬陣前。遙望軍馬來到，惇忽然大笑。眾問「將軍為何而笑？」惇曰：「吾笑徐元直在丞相面前，誇諸葛亮為天人！今觀其用兵，乃以此等軍馬為前部，與吾對敵，正如驅犬羊與虎豹鬭耳！吾於丞相前誇口，要活捉劉備、諸葛亮，今必應吾言矣。」遂自縱馬向前。趙雲出馬。惇罵曰：「汝等隨劉備如孤魂隨鬼耳！」

雲大怒，縱馬來戰。兩馬相交，不數合，雲詐敗而走。夏侯惇從後追趕。雲約走十餘里，回馬又戰，不數合又走。韓浩拍馬向前諫曰：「趙雲誘敵，恐有埋伏。」惇曰：「敵軍如此，雖十面埋伏，吾何懼哉！」遂不聽浩言，直趕至博望坡。一聲砲響，玄德自引軍衝將過來，接應交戰。夏侯惇笑謂韓浩曰：「此即埋伏之兵也！吾今晚不到新野，誓不罷兵！」乃催軍前進。玄德、趙雲退後便走。

極寫夏侯惇之驕。

時天色已晚，濃雲密布，又無月色；晝風既起，夜風愈大。夏侯惇只顧催軍趕殺。于禁、李典趕到窄狹處，兩邊俱是蘆葦。典謂禁曰：「欺敵者必敗。南道路狹，山川相逼，樹木叢雜，倘彼用火攻，奈何？」禁曰：「君言是也。吾當往前為都督言之。君可止住後軍。」李典便勒回馬，大叫「後軍慢行！」人馬走發，那裡攔當得住。于禁驟馬大叫：「前軍都督且住！」

夏侯惇正走之間，見于禁從後軍奔來，便問何故。禁曰：「南道路狹，山川相逼，樹木叢雜，應防火攻。」夏侯惇猛省，即回馬令軍馬勿進。

言未已，只聽背後喊聲震起，早望見一派火光燒著；隨後兩邊蘆葦亦著。一霎時，四方八面，盡皆是火。又值風大。火勢愈猛。曹家人馬，自相踐踏，死者不計其數。趙雲回軍趕殺，夏侯惇冒煙突火而走。

且說李典見勢頭不好，急奔回博望城。時火光中一軍攔住。當先大將，乃關雲長也。李典縱馬混戰，奪路而走。于禁見糧草車輛，都被火燒，便投小路奔逃去了。夏侯蘭、韓浩來救糧草，正遇張飛。戰不數合，張飛一槍刺夏侯蘭於馬下。韓浩奪路走脫。直殺到天明，卻纔收軍。殺得屍横遍野，血流成河。後人有詩曰：

博望相持用火攻，指揮如意笑談中。
直須驚破曹公膽，初出茅廬第一功。

夏侯惇收拾殘軍，自回許昌。

卻說孔明收軍，關、張二人相謂曰：「孔明真英傑也！」行不數里，見糜竺、糜芳，引軍簇擁著一輛小車，車中端坐一人，乃孔明也。關、張下馬拜伏於車前。須臾，玄德、趙雲、劉封、關平等皆至，收聚眾軍，把所獲糧草輜重，分賞將士，班師回新野。新野百姓望塵遮道而拜曰：「吾屬生全，皆使君得賢人之力也！」

孔明回至縣中，謂玄德曰：「夏侯惇雖敗去，曹操必自引大軍來。」玄德曰：「似此如之奈何？」孔明曰：「亮有一計，可敵曹軍。」正是：破敵未堪息戰馬，避兵又必賴良謀。未知其計若何，且看下文分解。

不寫玄德褒孔明，卻寫百姓頌玄德。頌玄德甚於頌孔明也。

第四〇回　蔡夫人議獻荊州　諸葛亮火燒新野

卻說玄德問孔明求拒曹兵之計。孔明曰：「新野小縣，不可久居。近聞劉景升病在危篤，可乘此機會，取彼荊州為安身之地，庶可拒曹操也。」玄德曰：「公言甚善。但備受景升之恩，安忍圖之？」孔明曰：「今若不取，後悔何及？」玄德曰：「吾寧死不忍作負義之事。」孔明曰：「且再作商議。」

卻說夏侯惇敗回許昌，自縛見曹操，伏地請死。操釋之。惇曰：「惇遭諸葛亮詭計，用火攻破我軍。」操曰：「汝自幼用兵，豈不知狹處須防火攻？」惇曰：「李典、于禁曾言及此，悔之不及！」操乃賞二人。惇曰：「劉備如此猖獗，真腹心之患也，不可不急除。」操曰：「吾所慮者，劉備、孫權耳。餘皆不足介意。今當乘此時掃平江南。」便傳令起大兵五十萬，令曹仁、曹洪，為第一隊；張遼、張郃，為第二隊；夏侯淵、夏侯惇，為第三隊；于禁、李典，為第四隊；操自領諸將為第五隊。每隊各引兵十萬。又令許褚為折衝將軍，引兵三千為先鋒。選定建安十三年秋七月丙午日出師。

兵敗而有賞，是曹操勝人處。

大中大夫孔融諫曰：「劉備、劉表，皆漢室宗親，不可輕伐。孫權虎踞六郡，且有大江之險，亦不易取。今丞相興此無義之師，恐失天下之望。」操怒曰：「劉備、劉表、孫權，皆逆命之臣，豈容不討？」遂叱退孔融，下令如有再諫者必斬。孔融出府，仰天歎曰：「以至不仁伐至仁，安得不敗乎！」

時御史大夫郗慮家客聞此言，報知郗慮，慮常被孔融侮慢，心正恨之，乃以此言入告曹操；且曰：

「融平日每每狎侮丞相，又與禰衡相善。衡贊融曰：『仲尼不死。』融贊衡曰：『顏回復生。』向者禰衡之辱丞相，乃融使之也。」操大怒，遂命廷尉捕捉孔融。融有二子，年尚幼，時方在家，對坐弈棋。左右急報曰：「尊君被廷尉執去，將斬矣。二公子何不急避？」二子曰：「覆巢之下，安有完卵乎？」言未已，廷尉又至，盡收融家小并二子，皆斬之，號令融屍於市。京兆脂習伏屍而哭。操聞之，大怒，欲殺之。荀彧曰：「彧聞脂習常諫融曰：『公剛直太過，乃取禍之道。』今融死而來哭，乃義人也，不可殺。」操乃止。習收融父子屍首，皆葬之。後人有詩讚孔融曰：

孔融居北海，豪氣貫長虹。坐上客常滿，樽中酒不空。
文章驚世俗，談笑侮王公。史筆褒忠直，存官紀大中。

曹操既殺孔融，傳令五隊軍馬次第起行，只留荀彧等守許昌。

卻說荊州劉表病重，使人請玄德來託孤。玄德引關、張至荊州見劉表。表曰：「我病已入膏肓，不久便死矣；特託孤於賢弟。我子無才，恐不能承父業。我死之後，賢弟可自領荊州。」玄德泣拜曰：「備當竭力以輔賢姪，安敢有他意乎？」

正說間，人報曹操自統大兵至。玄德急辭劉表，星夜回新野，劉表病中聞此信，吃驚不小，商議寫遺囑，令玄德輔佐長子劉琦為荊州之主。蔡夫人聞之大怒，關上內門，使蔡瑁、張允二人，把住外門。時劉琦在江夏，知父病危，來至荊州探病。方到外門，蔡瑁當住曰：「公子奉父命鎮守江夏，其任至重。今擅離職守，倘東吳兵至，如之奈何？若入見主公，主公必生嗔怒，病將轉增，非孝也。宜速回。」

劉琦立於門外，大哭一場，上馬仍回江夏。劉表病勢危篤，望劉琦不來；至八月戊申日，大叫數聲而死。後人有詩歎劉表曰：

昔聞袁氏居河朔，又見劉君霸漢陽。
總為牝晨致家累，可憐不久盡消亡。

劉表既死，蔡夫人與蔡瑁、張允，商議假寫遺囑，令次子劉琮為荊州之主，然後舉哀報喪。時劉琮年方十四歲，頗聰明，乃聚眾言曰：「吾父棄世，吾兄現在江夏，更有叔父玄德在新野。汝等立我為主，倘兄與叔父興兵問罪，如何解釋？」

眾官未及對，幕官李珪答曰：「公子之言甚善。今可急發哀書至江夏，請大公子為荊州之主；就命玄德一同理事。北可以敵曹操，南可以拒孫權，此萬全之策也。」蔡瑁叱曰：「汝何人，敢亂言以逆主公遺命！」李珪大罵曰：「汝內外朋謀，假稱遺命，廢長立幼，眼見荊、襄九郡，送於蔡氏之手！故主有靈，必當殛汝！」

蔡瑁大怒，喝令左右推出斬之，李珪至死大罵不絕。於是蔡瑁遂立劉琮為主。蔡氏宗族，分領荊州之兵，命治中鄧義、別駕劉先守荊州。蔡夫人自與劉琮前赴襄陽駐紮，以防劉琦、劉備，就葬劉表之棺於襄陽城東漢陽之原，竟不訃告劉琦與玄德。

劉琮至襄陽，方纔歇馬，忽報曹操引大軍逕望襄陽而來。琮大驚，遂請蒯越、蔡瑁等商議。東曹掾傅巽進言曰：「不特曹操兵來為可憂；今大公子在江夏，玄德在新野，我皆未往報喪，若彼興兵問罪，荊、襄危矣。巽有一計，可使荊、襄之民，安如泰山，又可保全主公名爵。」琮曰：「計將安出？」巽曰：「不如將荊、襄九郡，獻與曹操。操必重待主公也。」

琮叱曰：「是何言也！孤受先君之基業，坐尚未穩，豈可便棄之他人？」蒯越曰：「傅公悌之言是也。夫逆順有大體，強弱有定勢。今曹操南征北討，以朝廷為名，主公拒之，其名不順。且主公新立，外患未寧，內憂將作。荊、襄之民，聞曹兵至，未戰而膽先寒，安能與之敵哉？」琮曰：「諸公之言，非我不從；但以先君之業，一旦棄與他人，恐貽笑於天下耳。」

言未已，一人昂然而進曰：「傅公悌、蒯異度之言甚善，何不從之？」眾視之，乃山陽高平人，姓王，名粲，字仲宣。粲容貌瘦弱，身材短小；幼時往見中郎蔡邕。時邕高朋滿座，聞粲至，倒履迎之。賓客皆驚曰：「蔡中郎何獨敬此小子耶？」邕曰：「此子有異才，吾不如也。」粲博聞強記，人皆不及；嘗觀道旁碑文一過，便能記誦；觀人弈棋，棋局亂，粲復為擺出，不差一子。又善算術。其文詞妙絕一時。年十七，辟為黃門侍郎，不就。後因避亂至荊、襄，劉表以為上賓。

當日謂劉琮曰：「將軍自料比曹公何如？」琮曰：「不如也。」粲曰：「曹公兵多將勇，足智多謀。擒呂布於下邳，摧袁紹於官渡，逐劉備於隴右，破烏桓於白登，梟除蕩定者，不可勝計。今以大軍南下荊、襄，勢難抵敵。傅、蒯二君之謀，乃長策也。將軍不可遲疑，致生後悔。」琮曰：「先生見教極是，但須稟告母親知道。」只見蔡夫人從屏後轉出，謂琮曰：「既是仲宣、公悌、異度三人所見相同，何必告我？」

於是劉琮意決，便寫降書，令宋忠潛地往曹操軍前投獻。宋忠領命，直至宛城，接著曹操，獻上降假話騙小兒。

此哀劉表而哭，非畏曹操而哭也。

書。操大喜，重賞宋忠，分付教劉琮出城迎接，便著他永為荊州之主。宋忠拜辭曹操，取路回荊、襄。將欲渡江，忽見一枝人馬到來。視之，乃關雲長也。宋忠迴避不及，被雲長喚住，細問荊州之事。忠初時隱諱；後被雲長盤問不過，只得將前後事情，一一實告。雲長大驚，隨捉宋忠至新野見玄德，備言其事。

玄德聞之大哭。張飛曰：「事已如此，可先斬宋忠，隨起兵渡江，奪了襄陽，殺了蔡氏、劉琮，然後與曹操交戰。」玄德曰：「你且緘口，我自有斟酌。」乃叱宋忠曰：「你知眾人作事，何不早來報我？今雖斬汝，無益於事，可速去。」忠拜謝，抱頭鼠竄而去。

玄德正憂悶間，忽報公子劉琦差伊籍到來。玄德感伊籍昔日相救之恩，降階迎之，再三稱謝。籍曰：「大公子在江夏，聞荊州已故，蔡夫人與蔡瑁等商議，不來報喪，竟立劉琮為主。公子差人往襄陽探聽，回說是實；恐使君不知，特差某齎哀書呈報，並求使君盡起麾下精兵，同往襄陽問罪。」

玄德看書畢，謂伊籍曰：「機伯只知劉琮僭立，更不知劉琮已將荊、襄九郡，獻與曹操矣！」籍大驚曰：「使君何從知之？」玄德具言拿獲宋忠之事。籍曰：「若如此，使君不如以弔喪為名，前赴襄陽，誘劉琮出迎，就便擒下，誅其黨類，則荊州屬使君矣。」

孔明曰：「機伯之言是也，主公可從之。」玄德垂淚曰：「吾兄臨危託孤於我，今若執其子而奪其地，異日死於九泉之下，何面目復見吾兄乎？」孔明曰：「如不行此事，今曹兵已至宛城，何以拒敵？」玄德曰：「不如走樊城以避之。」

正商議間，探馬飛報曹兵已到博望了。玄德慌忙發付伊籍回江夏，整頓軍馬，一面與孔明商議拒敵先言百姓後及各官家眷，足見愛民之至。

之計。孔明曰：「主公且寬心，前番一把火，燒了夏侯惇大半人馬；今番曹軍又來，必教他中這條計。我等在新野住不得了，不如早到樊城去。」便差人四門張榜，曉諭居民：「無論老幼男女，願從者，即於今日皆跟我往樊城暫避，不可自誤。」差孫乾往河邊調撥船隻，救濟百姓；差糜竺護送各官家眷到樊城。一面聚諸將聽令，先教雲長引一千軍去白河上流頭埋伏：「各帶布袋，多裝沙土，遏住白河之水；至來日三更後，只聽下流頭人喊馬嘶，急取起布袋，放水淹之，卻順水殺將下來接應。」又喚張飛引一千軍去博陵渡口埋伏：「此處水勢最慢，曹軍被淹，必從此逃難，可便乘勢殺來接應。」又喚趙雲「引軍三千，分為四隊，自領一隊伏於東門外，其三隊分伏西南北三門，卻先於城內人家屋上，多藏硫磺焰硝引火之物。曹軍入城，必安歇民房。來日黃昏後，必有大風。但看風起，便令西南北三門伏軍盡將火箭射入城去。待城中火勢大作，卻於城外吶喊助威，只留東門放他出走，汝卻於東門外從後擊之。天明會合關、張二將，收軍回樊城」。再令糜芳、劉封二人，帶二千軍，一半紅旗，一半青旗，去新野城外三十里鵲尾坡前屯住：「一見曹軍到，紅旗軍走在左，青旗軍走在右，他心疑必不敢追，汝二人卻去分頭埋伏。只望城中火起，便可追殺敗兵，然後卻來白河上流頭接應。」

孔明分撥已定，乃與玄德登高瞭望，只候捷音。

卻說曹仁、曹洪，引軍十萬為前隊，前面已有許褚引三千鐵甲軍開路，浩浩蕩蕩，殺奔新野來。是日午牌時分，來到鵲尾坡，望見坡前一簇人馬，盡打青紅旗號。許褚催軍向前，劉封、糜芳分為四隊，青紅旗各歸左右。許褚勒馬，教「且休進，前面必有伏兵，我兵只在此處住下」。許褚一騎馬飛報前隊曹仁。曹仁曰：「此是疑兵，必無埋伏。可速進兵。我當催軍繼至。」

許褚復回坡前，提兵殺入。至林下追尋時，不見一人。時日已墜西，許褚方欲前進，只聽得山上大吹大擂。抬頭看時，只見山頂上一簇旗，旗叢中兩把傘蓋，左玄德，右孔明，二人對坐飲酒。許褚大怒，引軍尋路上山。山上擂木砲石打將下來，不能前進。又聞山後喊聲大震，欲尋路廝殺，天色已晚。曹仁領兵到，教且奪新野城歇馬。軍士至城下時，只見四門大開。曹兵突入，並無阻當。城中亦不見一人，竟是一座空城了。

曹洪曰：「此是勢孤計窮，故盡帶百姓逃竄去了。我軍權且在城安歇，來日平明進兵。」此時各軍走乏，都已饑餓，皆去尋房造飯。曹仁、曹洪，就在衙內安歇。初更已後，狂風大作。守門軍士飛報火起。曹仁曰：「此必軍士造飯不小心，遺漏之火，不可自驚。」說猶未了，接連幾次飛報，西南北三門皆火起。曹仁急令眾將上馬時，滿縣火起，上下通紅。是夜之火，更勝前日博望燒屯之火。後人有詩歎曰：

奸雄曹操守中原，九月南征到漢川。
風伯怒臨新野縣，祝融飛下焰摩天。

曹仁引眾將突煙冒火，尋路奔走，聞說東門無火，急急奔出東門。軍士自相踐踏，死者無數。曹仁等方纔脫得火厄，背後一聲喊起，趙雲引軍趕來混戰。敗軍各逃性命，誰肯回身廝殺。

正奔走間，糜芳引一軍至，又衝殺一陣。曹仁大敗，奪路而走，劉封又引一軍截殺一陣。到四更時分，人馬困乏，軍士大半焦頭爛額。奔至白河邊，喜得河水不甚深，人馬都下河吃水。人相喧嚷，馬盡嘶鳴。

卻說雲長在上流用布袋遏住河水。黃昏時分望見新野火起，至四更，忽聽得下流頭人語馬嘶，急令軍士一齊掣起布袋，水勢滔天，望下流衝去。曹軍人馬俱溺於水中，死者極多。曹仁引眾將望水勢慢處奪路而走。行到博陵渡口，只聽喊聲大起，一軍攔路。當先大將，乃張飛也，大叫「曹賊快來納命！」曹軍大驚。正是：城內纔看紅焰吐，水邊又遇黑風來。未知曹仁性命如何，且看下文分解。

第四一回　劉玄德攜民渡江　趙子龍單騎救主

卻說張飛因關公放了上流水，遂引軍從下流殺將來，截住曹仁混殺。忽遇許褚，便與交鋒。許褚不敢戀戰，奪路走脫。張飛趕來，接著玄德、孔明，一同沿河到上流。劉封、糜芳已安排船隻等候，遂一齊渡河，盡望樊城而去。孔明教將船筏放火燒毀。

卻說曹仁收拾殘軍，就新野屯住，使曹洪去見曹操，具言失利之事。操大怒曰：「諸葛村夫，安敢如此！」催動三軍，漫山塞野，盡至新野下寨；傳令軍士一面搜山，一面填塞白河；令大軍分作八路，一齊去取樊城。劉曄曰：「丞相初至襄陽，必須先買民心。今劉備盡遷新野百姓入樊城，若我兵逕進，二縣為齏粉矣；不如先使人招降劉備。備即不降，亦可見我愛民之心；若其來降，則荊州之地，可不戰而定也。」

操從其言，便問：「誰可為使？」劉曄曰：「徐庶與劉備至厚，今現在軍中，何不命他一往？」操曰：「他去恐不復來。」曄曰：「他若不來，貽笑於人矣。丞相勿疑。」操乃召徐庶至，謂曰：「我本欲踏平樊城，奈憐眾百姓之命。公可往說劉備：如肯來降，免罪賜爵；若更執迷，軍民共戮，玉石俱焚。吾知公忠義，故特使公往，願勿相負。」

徐庶受命而行，至樊城。玄德、孔明接見，共訴舊日之情。庶曰：「曹操使庶來招降使君，乃假買

明知備之不降而招之，又明知徐庶之不勸備降而

遣之，皆詐也。

民心也。今彼分兵八路，填白河而進，樊城恐不可守，宜速作行計。」玄德欲留徐庶。庶謝曰：「某若不還，恐惹人笑。今老母已喪，抱恨終天。身雖在彼，誓不為設一謀。公有臥龍輔佐，何愁大業不成？庶請辭。」

玄德不敢強留。徐庶辭回，見了曹操，言玄德並無降意。操大怒，即日進兵。玄德問計於孔明，孔明曰：「可速棄樊城，取襄陽暫歇。」玄德曰：「奈百姓相隨許久，安忍棄之？」孔明曰：「可令人遍告百姓：有願隨者同去，不願者留下。」先使雲長往江岸整頓船隻，令孫乾、簡雍，在城中聲揚曰：「今曹兵將至，孤城不可久守，百姓願隨者便同過江。」

兩縣之民，齊聲大呼曰：「我等雖死，亦願隨使君！」即日號泣而行。扶老攜幼，將男帶女，滾滾渡河，兩岸哭聲不絕。玄德於船上望見，大慟曰：「為吾一人而使百姓遭此大難，吾何生哉！」欲投江而死，左右急救止，聞者莫不痛哭。船到南岸，回顧百姓，有未渡者，望南而哭。玄德急令雲長催船渡之，方纔上馬。行至襄陽東門，只見城上遍插旌旗，壕邊密布鹿角。玄德勒馬大叫曰：「劉琮賢姪，吾但欲救百姓，並無他念，可快開門。」

劉琮聞玄德至，懼而不出。蔡瑁、張允逕來敵樓上，叱軍士亂箭射下。城外百姓，皆望敵樓而哭。城中忽有一將，引數百人逕上城樓，大喝：「蔡瑁、張允，賣國之賊！劉使君乃仁德之人，今為救民而來投，何得相拒？」眾觀其人，身長八尺，面如重棗；乃義陽人也，姓魏，名延，字文長。

當下魏延輪刀砍死守門將士，開了城門，放下弔橋，大叫「劉皇叔快領兵入城，共殺賣國之賊！」張飛便躍馬欲入。玄德急止之曰：「休驚百姓！」魏延只管招呼玄德軍馬入城。只見城內一將飛馬引軍而出，大喝「魏延無名小卒，安敢造亂！認得我大將文聘麼？」魏延大怒，挺槍躍馬，便來交戰。

兩下軍兵在城邊混殺，喊聲大震。玄德曰：「本欲保民，反害民也！吾不願入襄陽！」孔明曰：「江陵乃荊州要地，不如先取江陵為家。」玄德曰：「正合吾心。」於是引著百姓，盡離襄陽大路，望江陵而走。襄陽城中百姓，多有乘亂逃出城來，跟玄德而去。魏延與文聘交戰，從巳至未，手下兵卒，皆已折盡。延乃撥馬而逃，卻尋不見玄德自投長沙太守韓玄去了。

卻說玄德同行軍民十餘萬，大小車數千輛，挑擔背負者不計其數。路過劉表之墓，玄德率眾將拜於墓前，哭告曰：「辱弟備無德無才，負兄寄託之重，罪在備一身，與百姓無干。望兄英靈，垂救荊、襄之民！」言甚悲切，軍民無不下淚。

曹操哭袁紹之墓是假哭，玄德哭劉表之墓是真哭。

忽哨馬報說：「曹操大軍已屯樊城，使人收拾船筏，即日渡江趕來也。」眾將皆曰：「江陵要地，足可拒守。今擁民眾數萬，日行十餘里，似此幾時得至江陵？倘曹兵到，如何迎敵？不如暫棄百姓先行為上。」玄德泣曰：「舉大事者必以人為本。今人歸我，奈何棄之？」百姓聞玄德此言，莫不傷感。後人有詩讚之曰：

臨難仁心存百姓，登舟揮淚動三軍。
至今憑弔襄江口，父老猶然憶使君。

卻說玄德擁著百姓，緩緩而行。孔明曰：「追兵不久即至，可遣雲長往江夏求救於公子劉琦，教他速起兵乘船會於江陵。」玄德從之，即修書令雲長同孫乾領五百軍往江夏求救；令張飛斷後；趙雲保護老小；其餘俱管顧❶百姓而行。每日只走十餘里便歇。

卻說曹操在樊城，使人渡江至襄陽，召劉琮相見。琮懼怕不敢往見，蔡瑁、張允請行。王威密告琮曰：「將軍既降，玄德又走，曹操必懈弛無備。願將軍奮整奇兵，設於險處擊之，操可獲矣。獲操則威震天下，中原雖廣，可傳檄而定。此難遇之機，不可失也。」

琮以其言告蔡瑁。瑁叱王威曰：「汝不知天命，安敢妄言！」威怒罵曰：「賣國之徒，吾恨不生啖汝肉！」瑁欲殺之，蒯越勸止。瑁遂與張允同至樊城拜見曹操。瑁等辭色甚是諂佞。操問：「荊州軍馬錢糧，今有多少？」瑁曰：「馬軍五萬，步軍十五萬，水軍八萬：共二十八萬。錢糧大半在江陵。其餘各處，亦足供給一載。」操曰：「戰船多少？原是何人管領？」瑁曰：「大小戰船，共七千餘隻，原是瑁等二人掌管。」

操遂加瑁為鎮南侯水軍大都督，張允為助順侯水軍副都督。二人大喜拜謝。操又曰：「劉景升既死，其子降順，吾當表奏天子，使永為荊州之主。」二人大喜而退。荀攸曰：「蔡瑁、張允乃諂佞之徒，主公何遂加以如此顯爵，更教都督水軍乎？」操笑曰：「吾豈不識人？止因吾所領北地之眾，不習水戰，故且權用此二人。待成事之後，別有理會。」

連許兩番，誰知都是假話。

卻說蔡瑁、張允歸見劉琮，具言曹操許保奏將軍永鎮荊、襄。琮大喜；次日與母蔡夫人齎捧印綬兵符，親自渡江拜迎曹操。操撫慰畢，即引隨征軍將，進屯襄陽城外。蔡瑁、張允令襄陽百姓，焚香拜接。曹操俱用好言撫諭；入城至府中坐定，即召蒯越近前，撫慰曰：「吾不喜得荊州，喜得異度也。」遂封

❶ 管顧：照管看顧。

蒯越為江陵太守樊城侯。傅巽、王粲等，皆為關內侯；而以劉琮為青州刺史，便教起程。

琮聞命大驚，辭曰：「琮不願為官，願守父母鄉土。」操曰：「青州近帝都，教你隨朝為官，免在荊、襄，被人圖害。」琮再三推辭，曹操不准。琮只得與母蔡夫人同赴青州。只有故將王威相隨，其餘官員俱送至江口而回。操喚于禁囑付曰：「你可引輕騎追劉琮母子殺之，以絕後患。」

于禁得令，領眾趕上，大喝曰：「我奉丞相令，教來殺汝母子！可早納下首級！」蔡夫人抱劉琮而大哭。于禁喝令軍士下手。王威忿怒，奮力相鬬，竟被眾軍所殺。軍士殺死劉琮及蔡夫人。于禁回報曹操，操重賞于禁，便使人往隆中搜尋孔明妻小，卻不知去向。原來孔明先已令人搬送至三江內隱避矣，操深恨之。

早知今日，悔不當初。

襄陽既定，荀攸進言曰：「江陵乃荊、襄重地，錢糧極廣。劉備若據此地，急難動搖。」操曰：「孤豈忘之？」隨命於襄陽諸將中，選一員引軍開道。諸將中卻獨不見文聘。操使人尋問，方纔來見。操曰：「汝來何遲？」對曰：「為人臣而不能使其主保全境土，心實悲慚，無顏早見耳。」言訖，欷歔流涕。操曰：「真忠臣也！」除江夏太守，賜爵關內侯，便教引軍開道。探馬報說：「劉備帶領百姓，日行止十數里，計程只有三百餘里。」操教各部下精選五千鐵騎，星夜前進，限一日一夜，趕上劉備。大軍陸續隨後而進。

卻說玄德引十數萬百姓，三千餘軍馬，一程程挨著往江陵進發。趙雲保護老小，張飛斷後。孔明曰：「雲長往江夏去了，絕無回音，不知若何。」玄德曰：「敢煩軍師親自走一遭，劉琦感公昔日之教，今若見公親至，事必諧矣。」孔明允諾，便同劉封引五百軍，先往江夏求救去了。

當日玄德自與簡雍、糜竺、糜芳同行。正行間，忽然一陣狂風在馬前刮起，塵土沖天，平遮紅日。玄德驚曰：「此何兆也？」簡雍頗明陰陽，袖占一課，失驚曰：「此大凶之兆也，應在今夜，主公可速棄百姓而走。」玄德曰：「百姓從新野相隨至此，吾安忍棄之？」雍曰：「主公若戀而不棄，禍不遠矣。」玄德問：「前面是何處？」左右答曰：「前面是當陽縣。有座山名為景山。」玄德便教「就此山紮住」。

時秋末冬初，涼風透骨；黃昏將近，哭聲遍野。至四更時分，只聽得西北喊聲震地而來。玄德大驚，急上馬引本部精兵二千餘人迎敵。曹兵掩至，勢不可當。玄德死戰。

正在危迫之際，幸得張飛引軍至，殺開一條血路，救玄德望東而走。文聘當先攔住。玄德罵曰：「背主之賊，尚有何面目見人！」文聘羞慚滿面，引兵自投東北去了。

張飛保著玄德，且戰且走。奔至天明，聞喊聲漸漸遠去，玄德方纔歇馬。看手下隨行人，止有百餘騎；百姓老小並糜竺、糜芳、簡雍、趙雲等一干人，皆不知下落。玄德大哭曰：「十數萬生靈，皆因戀我，遭此大難；諸將及老小皆不知存亡，雖土木之人，寧不悲乎！」

正悽惶間，忽見糜芳面帶數箭，踉蹌而來，口言「趙子龍反投曹操去了也！」玄德叱曰：「子龍是我故交，安肯反乎？」張飛曰：「他今見我等勢窮力盡，或者反投曹操，以圖富貴耳。」玄德曰：「子龍從我於患難，心如鐵石，非富貴所能動搖也。」糜芳曰：「我親見他投西北去了。」張飛曰：「待我親自尋他去，若撞見時，一槍刺死！」玄德曰：「休錯疑了。豈不見你二兄誅顏良、文醜之事乎？子龍此去，必有事故，我料子龍必不棄我也。」

張飛那裡肯聽，引二十餘騎，至長坂橋。見橋東有一帶樹木，飛生一計，教所從二十餘騎，都砍下樹枝，拴在馬尾上，在樹林內往來馳騁，衝起塵土，以為疑兵。飛卻親自橫矛立馬於橋上，向西而望。

卻說趙雲自四更時分，與曹軍廝殺，往來衝突，殺至天明，尋不見玄德，又失了玄德老小。雲自思曰：「主人將甘、糜二夫人，與小主人阿斗，託付在我身上；今日軍中失散，有何面目去見主人？不如去決一死戰，好歹❷要尋主母與小主人下落！」回顧左右，只有三四十騎相隨。雲拍馬在亂軍中尋覓，二縣百姓號哭之聲，震天動地。中箭著槍，拋男棄女而走者，不計其數。

趙雲正走之間，見一人臥在草中，視之乃簡雍也。雲急問曰：「曾見兩位主母否？」雍曰：「二主母棄了車仗，抱阿斗而走。我飛馬趕去，轉過山坡，被一將刺了一槍，跌下馬來，馬被奪了去。我爭鬪不得，故臥在此。」雲乃將從人所騎之馬，借一匹與簡雍騎坐；又著二卒扶護簡雍先去，報與主人：「我上天入地，好歹尋主母與小主人來。如尋不見，死在沙場上也！」

說罷，拍馬望長坂坡而去。忽一人大叫「趙將軍那裡去？」雲勒馬問曰：「你是何人？」答曰：「我乃劉使君帳下護送車仗的軍士，被箭射倒在此。」趙雲便問二夫人消息。軍士曰：「恰纔見甘夫人披頭跣足，相隨一夥百姓婦女，投南而走。」

雲見說，也不顧軍士，急縱馬望南趕去。只見一夥百姓，男女數百人，相攜而走。雲大叫曰：「內中有甘夫人否？」夫人在後面望見趙雲，放聲大哭。雲下馬插槍而泣曰：「使主母失散，雲之罪也！糜夫人與小主人安在？」甘夫人曰：「我與糜夫人被逐，棄了車仗，雜於百姓內步行，又撞見一枝軍馬衝散。糜夫人與阿斗不知何往，我獨自逃生至此。」

❷ 好歹：猶言無論吉凶。無論如何。

正言間，百姓發喊，又撞出一枝軍來。趙雲拔槍上馬看時，面前馬上綁著一人，乃糜竺也。背後一將，手提大刀，引著千餘軍，乃曹仁部將淳于導，拿住糜竺，正要解去獻功。趙雲大喝一聲，挺槍縱馬，直取淳于導。導抵敵不住，被雲一槍，刺落馬下，向前救了糜竺，奪得馬二匹。

雲請甘夫人上馬，殺開條血路，直送至長坂坡。只見張飛橫矛立馬於橋上，大叫「子龍！你如何反我哥哥？」雲曰：「我尋不見主母與小主人，因此落後，何言反耶？」飛曰：「若非簡雍先來報信，我今見你，怎肯干休也！」雲曰：「主公在何處？」飛曰：「只在前面不遠。」雲謂糜竺曰：「糜子仲保甘夫人先行，待我仍往尋覓糜夫人與小主人去。」言罷，引數騎再回舊路。

正走之間，見一將手提鐵槍，背著一口劍，引十數騎躍馬而來。趙雲更不打話，直取那將。交馬只一合，把那將一槍刺倒，從騎皆走。原來那將乃曹操隨身背劍之將夏侯恩也。曹操有寶劍二口：一名「倚天」，一名「青釭」。倚天劍自佩之，青釭劍令夏侯恩佩之。那青釭劍砍鐵如泥，鋒利無比。

當時夏侯恩自恃勇力，背著那劍，只顧引人搶奪擄掠，不想撞著趙雲，被他一槍刺死，奪了那口劍，看靶上有金嵌「青釭」二字，方知是寶劍也。雲插劍提槍，復殺入重圍；回顧手下從騎，已沒一人，只剩得孤身。雲並無半點退心，只顧往來尋覓。但逢百姓，便問糜夫人消息。忽一人指曰：「夫人抱著孩兒，左腿上著了槍，行走不得，只在前面牆缺內坐地。」

趙雲聽了，連忙追尋。只見一個人家，被火燒壞土牆，糜夫人抱著阿斗，坐於牆下枯井之傍啼哭。雲急下馬伏地而拜。夫人曰：「妾得見將軍，阿斗有命矣。望將軍可憐他父親飄蕩半世，只有這點骨血❸。

言之傷心，聞

❸ 骨血：古人以為胎兒的骨血受之於父，肉受之於母。

之酸鼻。

將軍可護持此子，教他得見父面，妾死無恨！」

雲曰：「夫人受難，雲之罪也。不必多言，請夫人上馬。雲自步行死戰，保夫人透出重圍。」糜夫人曰：「不可。將軍豈可無馬？此子全賴將軍保護。妾已重傷，死何足惜！望將軍速抱此子前去，勿以妾為累也。」雲曰：「喊聲將近，追兵已至，請夫人速速上馬。」糜夫人曰：「妾身委實難去，休得兩誤。」乃將阿斗遞與趙雲曰：「此子性命全在將軍身上！」

趙雲三回五次，請夫人上馬，夫人只不肯上馬。四邊喊聲又起。雲厲聲曰：「夫人不聽吾言，追軍若至，為之奈何？」糜夫人乃棄阿斗於地，翻身投入枯井中而死。後人有詩讚之曰：

戰將全憑馬力多，步行怎把幼君扶？
拚將一死存劉嗣，勇決還虧女丈夫。

趙雲見夫人已死，恐曹軍盜屍，便將土牆推倒，掩蓋枯井。掩訖，解開勒甲絛，放下掩心鏡，將阿斗抱護在懷，綽槍上馬。早有一將，引一隊步軍至，乃曹洪部將晏明也，持三尖兩刃刀來戰趙雲。不三合，被趙雲一槍刺倒，殺散眾軍，衝開一條路。

正走間，前面又一枝軍馬攔路。當先一員大將，旗號分明，大書「河間張郃」。雲更不答話，挺槍便戰。約十餘合，雲不敢戀戰，奪路而走。背後張郃追來，雲加鞭而行，不想趷蹅❹一聲，連馬和人，顛入土坑之內。張郃挺槍來刺，忽然一道紅光，從土坑中衝起；那匹馬平空一躍，跳出坑外。後人有詩曰：

❹ 趷蹅：這裡形容東西跌到地下的聲音。趷蹅，音ㄏㄜˊ ㄊㄚˋ。

紅光罩體困龍飛，征馬衝開長坂圍。
四十二年真命主，將軍因得顯神威。

張郃見了，大驚而退。趙雲縱馬正走，背後忽有二將大叫「趙雲休走！」前面又有二將，使兩般軍器，截住去路。後面趕的是馬延、張顗，前面阻的是焦觸、張南，都是袁紹手下降將。趙雲力戰四將，曹軍一齊擁至。雲乃拔青釭劍亂砍。手起處，衣甲透過，血如湧泉。殺退眾軍將，直透重圍。

卻說曹操在景山頂上，望見一將，所到之處，威不可當，急問左右是誰。曹洪飛馬下山大叫曰：「軍中戰將可留姓名。」雲應聲曰：「吾乃常山趙子龍也。」曹洪回報曹操。操曰：「真虎將也！吾當生致之。」遂令飛馬傳報各處：「如趙雲到，不許放冷箭，只要捉活的。」因此趙雲得脫此難。此亦阿斗之福所致也。

曹操要捉生趙雲，卻使趙雲保得活阿斗。

這一場殺，趙雲懷抱後主，直透重圍，砍倒大旗兩面，奪槊三條；前後槍刺劍砍，殺死曹營名將五十餘員。後人有詩曰：

血染征袍透甲紅，當陽誰敢與爭鋒？
古來衝陣扶危主，只有常山趙子龍！

趙雲當下殺透重圍，已離大陣，血滿征袍。正行間，山坡下又撞出兩枝軍，乃夏侯惇部將鍾縉、鍾紳兄弟二人，一個使大斧，一個使畫戟，大喝「趙雲快下馬受縛！」正是：纔離虎窟逃生去，又遇龍潭鼓浪來。畢竟子龍怎地脫身，且看下文分解。

第四二回　張翼德大鬧長坂橋　劉豫州敗走漢津口

卻說鍾縉、鍾紳，二人攔住趙雲廝殺。趙雲挺槍便刺。鍾縉當先揮大斧來迎。兩馬相交，戰不三合，被雲一槍刺落馬下，奪路便走。背後鍾紳持戟趕來，馬尾相銜，那枝戟只在趙雲後心內弄影。雲急撥轉馬頭，恰好兩胸相拍。雲左手持槍隔過畫戟，右手拔出青釭寶劍砍去，帶盔連腦，砍去一半，紳落馬而死，餘眾奔散。趙雲得脫，望長坂橋而走。只聞後面喊聲大震。原來文聘引軍趕來。趙雲到得橋邊，人困馬乏。見張飛挺矛立馬於橋上，雲大呼曰：「翼德援我！」飛曰：「子龍速行，追兵我自當之。」

雲縱馬過橋，行二十餘里，見玄德與眾人憩於樹下。雲下馬伏地而泣。玄德亦泣。雲喘息而言曰：「趙雲之罪，萬死猶輕！糜夫人身帶重傷，不肯上馬，投井而死。雲只得推土牆掩之，懷抱公子，身突重圍。賴主公洪福，幸而得脫。適纔公子尚在懷中啼哭，此一會不見動靜，想是不能保也。」遂解視之。原來阿斗正睡著未醒。雲喜曰：「幸得公子無恙！」雙手遞與玄德。玄德接過，擲之於地曰：「為汝這孺子，幾損我一員大將！」趙雲忙向地下抱起阿斗，泣拜曰：「雲雖肝腦塗地，不能報也！」後人有詩讚曰：

曹操軍中飛虎出，趙雲懷內小龍眠。

無由撫慰忠臣意，故把親兒擲馬前。

卻說文聘引軍追趙雲至長坂橋，只見張飛倒豎虎鬚，圓睜環眼，手綽蛇矛，立馬橋上；又見橋東樹林之後，塵頭大起，疑有伏兵，便勒住馬不敢近前。俄而曹仁、李典、夏侯惇、夏侯淵、樂進、張遼、張郃、許褚等都至。見飛怒目橫矛，立馬於橋上，又恐是諸葛孔明之計，都不敢近前，紮住陣腳，一字兒擺在橋西，使人飛報曹操。

操聞知，急上馬，從陣後來。張飛圓睜環眼，隱隱見後軍青羅傘蓋，旄鉞旌旗來到，料得是曹操心疑，親自來看。飛乃厲聲大喝曰：「我乃燕人張翼德也！誰敢與我決一死戰？」聲如巨雷。曹軍聞之，盡皆股栗❶。曹操急令去其傘蓋，回顧左右曰：「我向曾聞雲長言，翼德於百萬軍中，取上將之首，如探囊取物。今日相逢，不可輕敵。」

言未已，張飛睜目又喝曰：「燕人張翼德在此！誰敢來決死戰？」曹操見張飛如此氣概，頗有退心。飛望見曹操後軍陣腳移動，乃挺矛又喝曰：「戰又不戰，退又不退，卻是何故！」

喊聲未絕，曹操身邊夏侯傑，驚得肝膽碎裂，倒撞於馬下。操便回馬而走，於是諸軍眾將一齊望西逃奔。正是：黃口孺子，怎聞霹靂之聲，病體樵夫，難聽虎豹之吼。一時棄槍落盔者，不計其數。人如潮湧，馬似山崩，自相踐踏。後人有詩曰：

長坂橋頭殺氣生，橫槍立馬眼圓睜。

---

❶ 股栗：栗同慄。股栗，兩腿發抖。

一聲好似轟雷震，獨退曹家百萬兵！

卻說曹操懼張飛之威，驟馬望西而走，冠簪盡落，披髮奔逃。張遼、許褚趕上扯住轡環。曹操倉皇失措。張遼曰：「丞相休驚。料張飛一人，何足深懼！今急回軍殺去，劉備可擒也。」曹操方纔神色稍定，乃令張遼、許褚，再至長坂橋探聽消息。

且說張飛見曹軍一擁而退，不敢追趕，速喚回原隨二十餘騎，解去馬尾樹枝，令將橋梁拆斷，然後回馬來見玄德，具言斷橋一事。玄德曰：「吾弟勇則勇矣，惜失於計較。」飛問其故。玄德曰：「曹操多謀，汝不合❷拆斷橋梁。彼必追至矣。」飛曰：「他被吾一喝，倒退數里，何敢再追？」玄德曰：「若不斷橋，彼恐有埋伏，不敢進兵；今拆斷了橋，彼料我無軍而怯，必來追趕。彼有百萬之眾，雖涉江漢，可填而過，豈懼一橋之斷耶？」於是即刻起身，從小路斜投漢津，望沔陽路而走。

卻說曹操使張遼、許褚，探長坂橋消息，回報曰：「張飛已拆斷橋梁而去矣。」操曰：「彼斷橋而去，乃心怯也。」遂傳令差一萬軍，速搭三座浮橋，只今夜就要過。李典曰：「此恐是諸葛亮之詐謀，不可輕進。」操曰：「張飛一勇之夫，豈有詐謀。」遂傳下號令，火速進兵。

卻說玄德行近漢津，忽見後面塵頭大起，鼓聲連天，喊聲震地。玄德曰：「前有大江，後有追兵，如之奈何？」急命趙雲準備抵敵。曹操下令軍中曰：「今劉備釜中之魚、穽中之虎；若不就此時擒捉，如放魚入海、縱虎歸山矣。眾將可努力向前。」眾將領命，一個個奮威追趕。忽山坡後鼓聲響處，一隊

❷ 不合：不該。

軍馬飛出，大叫曰：「我在此等候多時了！」

當頭那員大將，手執青龍刀，坐下赤兔馬。原來是關雲長，去江夏借得軍馬一萬，探知當陽長坂大戰，特地從此路截出。曹操一見雲長，即勒住馬回顧眾將曰：「又中諸葛亮之計也！」傳令大軍速退。

雲長追趕十數里，即回軍保護玄德等到漢津，已有船隻伺候；雲長請玄德並甘夫人、阿斗至船中坐定。雲長問曰：「二嫂如何不見？」玄德訴說當陽之事。雲長歎曰：「昔日獵於許田時，若從吾意，可無今日之患。」玄德曰：「我於此時亦『投鼠忌器』耳。」

正說之間，忽見江南岸戰鼓大鳴，舟船如蟻，順風揚帆而來。玄德大驚。船來至近，只見一人白袍銀鎧，立於船頭上大呼曰：「叔父別來無恙？小姪得罪來遲。」玄德視之，乃劉琦也。琦過船哭拜曰：「聞叔父困於曹操，小姪特來接應。」玄德大喜，遂合兵一處而行。在船中正訴情由，忽西南上戰船一字兒擺開，乘風唿哨❸而至。劉琦驚曰：「江夏之兵，小姪已盡起至此矣。今有戰船攔路，非曹操之軍，即江東之軍也，如之奈何？」

玄德出船頭視之，見一人綸巾道服，坐在船頭上，乃孔明也，背後立著孫乾。玄德慌請過船，問其何故卻在此。孔明曰：「亮自至江夏，先令雲長於漢津登陸地而接應。我料曹操必來追趕，主公必不從江陵來，必斜取漢津矣。故特請公子先來，我竟往夏口，盡起軍前來相助。」

玄德大悅，合為一處，商議破曹之策。孔明曰：「夏口城險，頗有錢糧，可以久守，請主公且到夏口屯住。公子自回江夏，整頓戰船，收拾軍器，為犄角之勢，可以抵當曹操。若共歸江夏，則勢反孤

---

❸ 唿哨：撮口作聲。

矣。」劉琦曰：「軍師之言甚善。但愚意欲請叔父暫至江夏，整頓軍馬停當，再回夏口不遲。」玄德曰：「賢姪之言亦是。」遂留下雲長，引五千軍守夏口，玄德、孔明、劉琦共投江夏。

卻說曹操見雲長在旱路引軍截出，疑有伏兵，不敢來追；又恐水路先被玄德奪了江陵，便星夜提兵赴江陵來。荊州治中鄧義、別駕劉先，已備知襄陽之事，料不能抵敵曹操，遂引荊州軍民出郭投降。

曹操入城，安民已定，釋韓嵩之囚，加為大鴻臚。其餘眾官，各有封賞。曹操與眾將議曰：「今劉備已投江夏，恐結連東吳，是滋蔓也。當用何計破之？」荀攸曰：「我今大振兵威，遣使馳檄江東，請孫權會獵於江夏，共擒劉備，分荊州之地，永結盟好。孫權必驚疑而來降，則吾事濟矣。」

操從其計，一面發檄遣使赴東吳；一面計點馬步水軍共八十三萬，詐稱一百萬，水陸並進，船騎雙行，沿江而來。西連荊陝，東接蘄黃，寨柵聯絡三百餘里。

話分兩頭。卻說江東孫權，屯兵柴桑郡，聞曹操大軍至襄陽，劉琮已降，今又星夜兼道取江陵，乃集眾謀士商議禦守之策。魯肅曰：「荊州與國鄰接，江山險固，士民殷富。吾若據而有之，此帝王之資也。今劉表新亡，劉備新敗，肅請奉命往江夏弔喪，因說劉備使撫劉表，眾將同心一意，共破曹操；備若喜而從命，則大事可成矣。」權喜從其言，即遣魯肅齎禮往江夏弔喪。

卻說玄德至江夏，與孔明、劉琦共議良策。孔明曰：「曹操勢大，急難抵敵，不如往投東吳孫權，以為應援。使南北相持，吾等於中取利，有何不可？」玄德曰：「江東人物極多，必有遠謀，安肯相容耶？」孔明答曰：「今操引百萬之眾，虎踞江漢，江東安得不使人來探聽虛實？若有人到此，亮借一帆風，直至江東，憑三寸不爛之舌，說南北兩軍互相吞併。若南軍勝，共誅曹操以取荊州之地；若北軍勝，則我乘勝以取江南可也。」玄德曰：「此論甚高，但如何得江東人到？」

正說間，人報江東孫權差魯肅來弔喪，船已傍岸。孔明笑曰：「大事濟矣！」遂問劉琦曰：「往日孫策亡時，襄陽曾遣人去弔喪否？」琦曰：「江東與我家有殺父之讎，安得通慶弔之禮？」孔明曰：「然則魯肅之來，非為弔喪，乃來探聽軍情也。」遂謂玄德曰：「魯肅至，若問曹操動靜，主公只推不知。再三問時，主公只說可問諸葛亮。」

計議已定，使人迎接魯肅。肅入城弔喪，收過禮物，劉琦請肅與玄德相見。禮畢，邀入後堂飲酒。肅曰：「久聞皇叔大名，無緣拜會；今幸得見，實為欣慰。近聞皇叔與曹操會戰，必知彼虛實，敢問操軍約有幾何？」玄德曰：「備兵微將寡，一聞操至即走，竟不知彼虛實。」魯肅曰：「聞皇叔用諸葛孔明之謀，兩場火燒得曹操魂亡膽落，何言不知耶？」玄德曰：「除非問孔明，便知其詳。」肅曰：「孔明安在？願求一見。」

玄德教請孔明出來相見。肅見孔明禮畢，問曰：「向慕先生才德，未得拜晤；今幸相遇，願聞目今安危之事。」孔明曰：「曹操奸計，亮已盡知；但恨力未及，故且避之。」肅曰：「皇叔今將止於此乎？」孔明曰：「使君與蒼梧太守吳臣有舊，將往投之。」肅曰：「吳臣糧少兵微，不能自保，焉能容人？」孔明曰：「吳臣處雖不足久居，今且暫依之，別有良圖。」

肅曰：「孫將軍虎踞六郡，兵精糧足，又極敬賢禮士，江東英雄，多歸附之；今為君計，莫若遣心腹往結東吳，以共圖大事。」孔明曰：「劉使君與孫將軍自來無舊，恐虛費詞說。且別無心腹之人可使。」肅曰：「先生令兄，現為江東參謀，日望與先生相見。肅不才，願與公同見孫將軍，共議大事。」

玄德曰：「孔明是吾之師，頃刻不可相離，安可去也？」

肅堅請孔明同去。玄德佯不許。孔明曰：「事急矣，請奉命一行。」玄德方纔許諾。魯肅遂別了玄德、劉琦，與孔明登舟，望柴桑郡來。正是：只因諸葛扁舟去，致使曹兵一旦休。不知孔明此去畢竟如何，且看下文分解。

第四三回　諸葛亮舌戰群儒　魯子敬力排眾議

卻說魯肅、孔明，辭了玄德、劉琦，登舟望柴桑郡來。二人在舟中共議，魯肅謂孔明曰：「先生見孫將軍，切不可實言曹操兵多將廣。」孔明曰：「不須子敬叮嚀，亮自有對答之語。」及船到岸，肅請孔明於館驛中暫歇，先自往見孫權。權正聚文武於堂上議事，聞魯肅回，急召入問曰：「子敬往江夏，探聽虛實若何？」肅曰：「已知其略，尚容徐稟。」權將曹操檄文示肅曰：「操昨遣使齎文至此，孤先發遣來使，現今會眾商議未定。」肅接檄文觀看。其略曰：

孤近承帝命，奉詔伐罪，旄麾南指，劉琮束手，荊、襄之民，望風歸順。今統雄兵百萬，上將千員，欲與將軍會獵於江夏，共伐劉備，同分土地，永結盟好。幸勿觀望，速賜回音。

魯肅看畢曰：「主公尊意若何？」權曰：「未有定論。」張昭曰：「曹操擁百萬之眾，借天子之名，以征四方，拒之不順。且主公大勢可以拒操者，長江也。今操既得荊州、長江之險，已與我共之矣，勢不可敵。以愚之計，不如納降為萬安之策。」眾謀士皆曰：「子布之言，正合天意。」孫權沈吟不語。張昭又曰：「主公不必多疑，如降操則東吳民安，江南六郡可保矣。」孫權低頭不語。須臾，權起更衣，魯肅隨於權後。權知肅意，乃執肅手而言曰：「卿欲如何？」肅曰：「恰纔眾人所言，深誤將軍。眾人皆可降曹操，惟將軍不可降曹操。」權曰：「何以言之？」肅曰：「如肅等降操，當以肅還鄉黨累官，故不失州郡也；將軍降操，欲安所歸乎？位不過封侯，車不過一乘，騎不過一匹，從不過數人，豈得南面稱孤哉？眾人之意，各自為己，不可聽也。將軍宜早定大計。」

權歎曰：「諸人議論，大失孤望。子敬開說大計，正與吾見相同。此天以子敬賜我也！但操新得袁紹之眾，近又得荊州之兵，恐勢大難以抵敵。」肅曰：「肅至江夏，引諸葛瑾之弟諸葛亮在此。主公可問之，便知虛實。」權曰：「臥龍先生在此乎？」肅曰：「現在館驛中安歇。」權曰：「今日天晚，且未相見。來日聚文武於帳下，先教見我江東英俊，然後升堂議事。」

肅領命而去。次日至館驛中見孔明，又囑曰：「今見我主，切不可言曹操兵多。」孔明笑曰：「亮自見機而行，決不有誤。」肅乃引孔明至幕下。早見張昭、顧雍等一班文武，二十餘人，峨冠博帶，整衣端坐。孔明逐一相見，各問姓名。施禮已畢，坐於客位。張昭等見孔明丰神飄灑，器宇軒昂，料道此人必來游說。張昭先以言挑之曰：「昭乃江東微末之士，久聞先生高臥隆中，自比管、樂。此語果有之乎？」孔明曰：「此亮平生小可❶之比也。」昭曰：「近聞劉豫州三顧先生於草廬之中，幸得先生，以為如魚得水，思欲席捲荊、襄。今一旦已屬曹操，未審是何主見？」

孔明自思張昭乃孫權手下第一個謀士，若不先難倒他，如何說得孫權；遂答曰：「吾觀取漢上之地，易如反掌。我主劉豫州躬行仁義，不忍奪同宗之基業，故力辭之。劉琮孺子，聽信佞言，暗自投降，致使曹操得以猖獗。今我主屯兵江夏，別有良圖，非等閒可知也。」

❶ 小可：輕微的意思。

昭曰：「若此，是先生言行相違也。先生自比管、樂。管仲相桓公，霸諸侯，一匡天下；樂毅扶持微弱之燕，下齊七十餘城；此二人者，真濟世之才也。先生在草廬之中，但笑傲風月，抱膝危坐；今既從事劉豫州，當為生靈興利除害，剿滅亂賊。且劉豫州未得先生之時，尚且縱橫寰宇，割據城池；今得先生，人皆仰望；雖三尺童蒙，亦謂彪虎生翼，將見漢室復興，曹氏即滅矣；朝廷舊臣，山林隱士，無不拭目而待，以為拂高天之雲翳，仰日月之光輝，拯斯民於水火之中，措天下於衽席之上，在此時也。何先生自歸豫州，曹兵一出，棄甲拋戈，望風而竄；上不能報劉表以安庶民，下不能輔孤子而據疆土；乃棄新野，走樊城，敗當陽，奔夏口，無容身之地？是豫州既得先生之後，反不如其初也。管仲、樂毅果如是乎？愚直之言，幸勿見怪。」

當面搶白。

孔明聽罷，啞然而笑曰：「鵬飛萬里，其志豈群鳥能識哉？譬如人染沈痾，當先用糜粥以飲之，和藥以服之；待其臟腑調和，形體漸安，然後用肉食以補之，猛藥以治之；則病根盡去，人得全生也。若不待氣脈和緩，便投以猛藥厚味，欲求安保，誠為難矣。吾主劉豫州，向日軍敗於汝南，寄跡劉表，兵不滿千，將止關、張、趙雲而已；此正如病勢尩羸已極之時也。新野山僻小縣，人民稀少，糧食鮮薄，豫州不過暫借以容身，豈真將坐守於此耶？夫以兵甲不完，城郭不固，軍不經練，糧不繼日，然而博望燒屯，白河用水，使夏侯惇、曹仁輩心驚膽裂。竊謂管仲，樂毅之用兵，未必過此。至於劉琮降操，豫州實出不知。且又不忍乘亂奪同宗之基業，此真大仁大義也。當陽之敗，豫州見有數十萬赴義之民，扶老攜幼相隨，不忍棄之，日行十里，不思進取江陵，甘與同敗，此亦大仁大義也。寡不敵眾，勝負乃其常事。昔高皇數敗於項羽，而垓下一戰成功，此非韓信之良謀乎？夫信久事高皇，未嘗累勝。蓋國家大

隱然以

玄德比高皇，自比韓信。

計，社稷安危，是有主謀，非比誇辯之徒，虛譽欺人，——坐議立談，無人可及；臨機應變，百無一能。——誠為天下笑耳！」

這一篇言語，說得張昭並無一言回答。座間忽一人抗聲問曰：「今曹公屯兵百萬，將列千員，龍驤虎視，平吞江夏，公以為何如？」孔明視之，乃虞翻也。孔明曰：「曹操收袁紹蟻聚之兵，劫劉表烏合之眾，雖數百萬不足懼也。」虞翻冷笑曰：「軍敗於當陽，計窮於夏口，區區求救於人，而猶言不懼，此真大言欺人也！」孔明曰：「劉豫州以數千仁義之師，安能敵百萬殘暴之眾？退守夏口，所以待時也。今江東兵精糧足，且有長江之險，猶欲使其主屈膝降賊，不顧天下恥笑；由此論之，劉豫州真不懼操賊者矣！」

虞翻不能對。座間又一人問曰：「孔明欲效儀、秦之舌，游說東吳耶？」孔明視之，乃步騭也。孔明曰：「步子山以蘇秦、張儀為辯士，不知蘇秦、張儀亦豪傑也。蘇秦佩六國相印，張儀兩次相秦，皆有匡扶人國之謀，非比畏強凌弱，懼刀避劍之人也。君等聞曹操虛發詐偽之詞，便畏懼請降，敢笑蘇秦、張儀乎？」

步騭默然無語。忽一人問曰：「孔明以操為何如人也？」孔明視其人，乃薛綜也。孔明答曰：「曹操乃漢賊也，又何必問？」綜曰：「公言差矣。漢歷傳至今，天數將終。今曹公已有天下三分之二，人皆歸心。劉豫州不識天時，強欲與爭，正如以卵擊石，安得不敗乎？」孔明厲聲曰：「薛敬文安得出此無父無君之言乎！夫人生天地間，以忠孝為立身之本。公既為漢臣，則見有不臣之人，當誓共戮之，臣之道也。今曹操祖宗叨食漢祿，不思報效，反懷篡逆之心，天下之所共憤。公乃以天數歸之，真無父無君之人也！不足與語！請勿復言！」

薛綜滿面羞慚，不能對答。座上又一人應聲問曰：「曹操雖挾天子以令諸侯，猶是相國曹參之後。劉豫州雖云中山靖王苗裔，卻無可稽考，眼見只是織蓆販屨之夫耳，何足與曹操抗衡哉！」孔明視之，乃陸績也。孔明笑曰：「公非袁術座間懷橘之陸郎乎？請安坐聽吾一言。曹操既為曹相國之後，則世為漢臣矣；今乃專權肆橫，欺淩君父，是不惟無君，亦且蔑祖；不惟漢室之亂臣，亦曹氏之賊子也！劉豫州堂堂帝冑，當今皇帝，按譜賜爵，何云無可稽考？且高祖起身亭長，而終有天下；織蓆販屨，又何足為辱乎？公小兒之見，不足與高士共語！」

陸績語塞。座上一人忽曰：「孔明所言，皆強詞奪理，均非正論，不必再言。且請問孔明治何經典。」孔明視之，乃嚴畯也。孔明曰：「尋章摘句，世之腐儒也，何能興邦立事？且古耕莘、伊尹、釣渭、子牙、張良、陳平之流，鄧禹、耿弇之輩，皆有匡扶宇宙之才，未審其生平治何經典。豈亦效書生區區於筆硯之間，數黑論黃，舞文弄墨而已乎？」

嚴畯低頭喪氣而不能對。忽又一人大聲曰：「公好為大言，未必真有實學，恐適為儒者所笑耳。」孔明視其人，乃汝南程德樞也。孔明答曰：「儒有君子小人之別。君子之儒，忠君愛國，守正惡邪，務使澤及當時，名留後世。若夫小人之儒，惟務雕蟲，專工翰墨；青春作賦，皓首窮經；筆下雖有千言，胸中實無一策。且如揚雄以文章名世，而屈身事莽，不免投閣而死，此所謂小人之儒也。雖日賦萬言，亦何取哉！」

程德樞不能對。眾人見孔明對答如流，盡皆失色。時座上張溫、駱統二人，又欲問難。忽一人自外

看低天下多少文人學士。

而入，厲聲言曰：「孔明乃當世奇才，君等以脣舌相難，非敬客之禮也。曹操大軍臨境，不思退敵之策，乃徒鬪口耶？」

眾視其人，乃零陵人，姓黃，名蓋，字公覆，現為東吳糧官。當時黃蓋謂孔明曰：「愚聞多言獲利，不如默而無言。何不將金石之論為我主言之，乃與眾人辯論也？」孔明曰：「諸君不知世務，互相問難，不容不答耳。」

於是黃蓋與魯肅引孔明入；至中門，正遇諸葛瑾，孔明施禮。瑾曰：「賢弟既到江東，如何不來見我？」孔明曰：「弟既事劉豫州，理宜先公後私，公事未畢，不敢及私，望兄見諒。」瑾曰：「賢弟見過吳侯，卻來敘話。」說罷自去。魯肅曰：「適間所囑，不可有誤。」孔明點頭應諾。引至堂上，孫權降階而迎，優禮相待。施禮畢，賜孔明坐。眾文武分兩行而立。魯肅立於孔明之側，只看他講話。孔明致玄德之意畢，偷眼看孫權，碧眼紫鬚，堂堂儀表。孔明暗思：「此人相貌非常，只可激，不可說。等他問時，用言激之便了。」

獻茶已畢，孫權曰：「常聞魯子敬談足下之才，今幸得相見，敢求教益。」孔明曰：「不才無學，有辱明問。」權曰：「足下近在新野，佐劉豫州與曹操決戰，必深知彼軍虛實。」孔明曰：「劉豫州兵微將寡，更兼新野城小無糧，安能與曹操相持？」權曰：「曹兵共有多少？」孔明曰：「馬步水軍，約有一百餘萬。」權曰：「莫非詐乎？」孔明曰：「非詐也。曹操就兗州已有青州軍二十萬；平了袁紹又得五六十萬；中原新招之兵三四十萬；今又得荊州之兵二三十萬；以此計之，不下一百五十萬。亮以百萬言之，恐驚江東之士也。」

魯肅在旁，聞言失色，以目視孔明，孔明只做不見。權曰：「曹操部下戰將，還有多少？」孔明曰：「足智多謀之士，能征慣戰之將，何止一二千人！」權曰：「今曹操平了荊、楚，復有遠圖乎？」孔明曰：「即今沿江下寨，準備戰船，不欲圖江東，待取何地？」權曰：「若彼有吞併之意，戰與不戰，請足下為我一決。」孔明曰：「亮有一言，但恐將軍不肯聽從。」權曰：「願聞高論。」孔明曰：「向者宇內大亂，故將軍起江東，劉豫州收眾漢南，與曹操共爭天下。今操芟除大難，略已平矣；近又新破荊州，威震海內；縱有英雄，無用武之地：故豫州遁逃至此。願將軍量力而處之。若能以吳越之眾，與中國抗衡，不如早與之絕；若其不能，何不從眾謀士之論，按兵束甲，北面而事之？」

權未及答。孔明又曰：「將軍外託服從之名，內懷疑貳之見，事急而不斷，禍至無日矣。」權曰：「誠如君言，劉豫州何不降操？」孔明曰：「昔田橫，齊之壯士耳，猶守義不辱，況劉豫州帝室之胄，英才蓋世，眾士仰慕？事之不濟，此乃天也，又安能屈處人下乎？」

孫權聽了孔明此言，不覺勃然變色，拂衣而起，退入後堂。眾皆哂笑而散。魯肅責孔明曰：「先生何故出此言？幸是吾主寬洪大度，不即面責。先生之言，藐視吾主甚矣。」孔明仰面笑曰：「何如此不能容物耶？我自有破曹之計，彼不問我，我故不言。」肅曰：「果有良策，肅當請主公求教。」孔明曰：「吾視曹操百萬之眾，如群蟻耳！但我一舉手，則皆為齏粉矣！」

肅聞言，便入後堂，見孫權。權怒氣未息，顧謂肅曰：「孔明欺吾太甚！」肅曰：「臣亦以此責孔明，孔明反笑主公不能容物。破曹之策，孔明不肯輕言，主公何不求之？」權回嗔作喜曰：「原來孔明有良謀，故以言詞激我。我一時淺見，幾誤大事。」便同魯肅重復出堂，再請孔明敘話。權見孔明，謝

孔明前在草廬，必待玄德三訪；今

在江東，亦必待孫權再問。

言玄德之勢不為弱，曹操之勢不足畏。

曰：「適來冒瀆清嚴，幸勿見罪。」孔明亦謝曰：「亮言語冒犯，望乞恕罪。」權邀孔明入後堂，置酒相待。

數巡之後，權曰：「曹操平生所惡者，呂布、劉表、袁紹、袁術、豫州與孤耳。今數雄已滅，獨豫州與孤尚存。孤不能以全吳之地，受制於人。吾計決矣。非劉豫州莫與當曹操者。然豫州新敗之後，安能抗此難乎？」孔明曰：「豫州雖新敗，然關雲長猶率精兵萬人；劉琦領江夏戰士，亦不下萬人。曹操之眾，遠來疲憊；近追豫州，輕騎一日夜行三百里。此所謂『強弩之末，勢不能穿魯縞』者也。且北方之人，不習水戰。荊州士民，附操者迫於勢耳，非本心也。今將軍誠能與豫州協力同心，破曹軍必矣。操軍破必北還，則荊吳之勢強，而鼎足之形成矣。成敗之機，在於今日。唯將軍裁之。」

權大悅曰：「先生之言，頓開茅塞。吾意已決，更無他疑。即日商議起兵，共滅曹操。」遂令魯肅將此意傳諭文武官員，就送孔明於館驛安歇。

張昭知孫權欲興兵，遂與眾議曰：「中了孔明之計也！」急入見權曰：「昭等聞主公將興兵與曹操爭鋒。主公自思比袁紹若何？曹操向日兵微將寡，尚能一鼓克袁紹，何況今日擁百萬之眾南征，豈可輕敵？若聽諸葛亮之言，妄動甲兵，此所謂負薪救火也。」孫權只低頭不語。顧雍曰：「劉備因為曹操所敗，故欲借我江東之兵以拒之。主公奈何為其所用乎？願聽子布之言。」

孫權沈吟未決。張昭等出，魯肅入見曰：「適張子布等，又勸主公休動兵，力主降議，此皆全軀保妻子之臣，為自謀之計耳，願主公勿聽也。」孫權尚在沈吟。肅曰：「主公若遲疑，必為眾人誤矣。」權曰：「卿且暫退，容我三思。」肅乃退出。時武將或有要戰的，文官都是要降的，議論紛紛不一。

且說孫權退入內宅，寢食不安，猶豫不決。吳國太見權如此，問曰：「何事在心，寢食俱廢？」權曰：「今曹操屯兵於江漢，有下江南之意。問諸文武，或欲降者，或欲戰者。欲待戰來，恐寡不敵眾；欲待降來，又恐曹操不容；因此猶豫不決。」吳國太曰：「汝何不記吾姐臨終之語乎？」孫權如醉方醒，似夢初覺，想出這句話來。正是：追思國母臨終語，引得周郎立戰功。畢竟說著甚的，且看下文分解。

寡不敵眾，是懲於劉備；恐操不容，是懲於劉琮。

第四四回　孔明用智激周瑜　孫權決計破曹操

卻說吳國太見孫權疑惑不決，乃謂之曰：「先姊遺言云：『伯符臨終有言：內事不決問張昭，外事不決問周瑜。』今何不請公瑾問之？」權大喜，即遣使往鄱陽請周瑜議事。原來周瑜在鄱陽湖訓練水師，聞曹操大軍至漢上，便星夜回柴桑郡議軍機事。使者未發，周瑜已先到。魯肅與瑜最厚，先來接著，將前項事細述一番。周瑜曰：「子敬休憂，瑜自有主張。今可速請孔明來相見。」

魯肅上馬去了，周瑜方纔歇息。忽報張昭、顧雍、張紘、步騭四人來相探。瑜接入堂中坐定，敘寒溫畢。張昭曰：「都督知江東之利害否？」瑜曰：「未知也。」昭曰：「曹操擁眾百萬，屯於漢上，昨傳檄文至此，欲請主公會獵於江夏。雖有相吞之意，尚未露其形。昭等勸主公且降之，庶免江東之禍。不想魯子敬從江夏帶劉備軍師諸葛亮至此，彼因自欲雪憤，特下說詞以激主公。子敬卻執迷不悟。正欲待都督一決。」瑜曰：「公等之見皆同否？」顧雍等曰：「所議皆同。」瑜曰：「吾亦欲降久矣。公等請回。明早見主公，自有定議。」

昭等辭去。少頃，又報程普、黃蓋、韓當等一班戰將來見。瑜迎入，各問慰訖。程普曰：「都督知江東早晚屬他人否？」瑜曰：「未知也。」普曰：「吾等自隨孫將軍開基創業，大小數百戰，方纔戰得六郡城池。今主公聽謀士之言，欲降曹操，此真可恥可惜之事。吾等寧死不辱。望都督勸主公決計興兵。

不待孫權去請，卻寫周瑜自來。

吾等願效死戰。」瑜曰：「將軍等所見皆同否？」黃蓋忿然而起，以手拍額曰：「吾頭可斷，誓不降曹。」眾人皆曰：「吾等皆不願降。」瑜曰：「吾正欲與曹操決戰，安肯投降？將軍等請回。瑜見主公，自有定議。」

程普等別去。又未幾，諸葛瑾、呂範等一班兒文官相候。瑜迎入，講禮畢。諸葛瑾曰：「舍弟諸葛亮自漢上來，言劉豫州欲結東吳，共伐曹操，文武商議未定。因舍弟為使，瑾不敢多言，專候都督來決此事。」瑜曰：「以公論之若何？」瑾曰：「降者易安，戰者難保。」周瑜笑曰：「瑜自有主張。來日同至府下定議。」

瑾等辭退，忽又報呂蒙、甘寧等一班兒來見。瑜請入，亦敘談此事。有要戰者，有要降者，互相爭論。瑜曰：「不必多言。來日都到府下公議。」眾乃辭去。周瑜冷笑不止。

至晚，人報魯子敬引孔明來拜。瑜出中門迎入。敘禮畢，分賓主坐下。肅先問瑜曰：「今曹操驅眾南侵，和與戰二策，主公不能決，一聽於將軍。將軍之意若何？」瑜曰：「曹操以天子為名，其師不可拒。且其勢大，未可輕敵。戰則必敗，降則易安。吾意已決。來日見主公，便當遣使納降。」

魯肅愕然曰：「君言差矣。江東基業，已歷三世，豈可一旦棄於他人？伯符遺言，外事付託將軍。今正欲仗將軍保全國家，為泰山之靠，奈何亦從懦夫之議耶？」瑜曰：「江東六郡，生靈無限；若罹兵革之禍，必有歸怨於我，故決計請降耳。」肅曰：「不然。以將軍之英雄、東吳之險固，操未必便能得志也。」

二人互相爭辯，孔明只袖手冷笑。瑜曰：「先生何故哂笑？」孔明曰：「亮不笑別人，笑子敬不識時務耳。」肅曰：「先生如何反笑我不識時務？」孔明曰：「公瑾主意欲降操，甚為合理。」瑜曰：「孔明乃識時務之士，必與吾有同心。」肅曰：「孔明，你也如何說此？」孔明曰：「操極善用兵，天下莫敢當。向只有呂布、袁紹、袁術、劉表，敢與對敵。今數人皆被操滅，天下無人矣。獨有劉豫州不識時務，強與爭衡。今孤身江夏，存亡未保。將軍決計降曹；可以保妻子，可以全富貴。國祚遷移，付之天命，何足惜哉？」

魯肅大怒曰：「汝教吾主屈膝受辱於國賊乎？」孔明曰：「愚有一計。並不勞牽羊擔酒，納土獻印，亦不須親自渡江；只須遣一介之使，扁舟送兩個人到江上。操若得此兩人，百萬之眾，皆卸甲捲旗而退矣。」瑜曰：「用何二人，可退操兵？」孔明曰：「江東去此兩人，如大木飄一葉，太倉減一粟耳。而操得之，必大喜而去。」

瑜又問果用何二人。孔明曰：「亮居隆中時，即聞操於漳河，新造一臺，名曰銅雀，極其壯麗，廣選天下美女以實其中。操本好色之徒，久聞江東喬公有二女，長曰大喬，次曰小喬，有沈魚落雁之容，閉月羞花之貌。操曾發誓曰：『吾一願掃平四海，以成帝業；一願得江東二喬，置之銅雀臺，以樂晚年，雖死無恨矣。』今雖引百萬之眾，虎視江南，其實為此二女也。將軍何不去尋喬公，以千金買此二女，差人送與曹操。操得二女，稱心滿意，必班師矣。此范蠡獻西施之計，何不速為之？」

瑜曰：「操欲得二喬，有何證驗？」孔明曰：「曹操幼子曹植，字子建，下筆成文。操嘗命作一賦，名曰銅雀臺賦。賦中之意，單道他家合為天子，誓取二喬。」瑜曰：「此賦公能記否？」孔明曰：「吾愛其文華美，嘗竊記之。」瑜曰：「試請一誦。」孔明即時誦銅雀臺賦云：

從明后以嬉游兮，登層臺以娛情。見太府之廣開兮，觀聖德之所營。建高門之嵯峨兮，浮雙闕乎太清。立中天之華觀兮，連飛閣乎西城。臨漳水之長流兮，望園果之滋榮。立雙臺於左右兮，有玉龍與金鳳。攬二喬於東南兮，樂朝夕之與共。俯皇都之宏麗兮，瞰雲霞之浮動。欣群才之來萃兮，協飛熊之吉夢。仰春風之和穆兮，聽百鳥之悲鳴。雲天亙其既立兮，家願得乎雙逞。揚仁化於宇宙兮，盡肅恭於上京。惟桓文之為盛兮，豈足方乎聖明？

休矣！美矣！惠澤遠揚。翼佐我皇家兮，寧彼四方。同天地之規量兮，齊日月之輝光。永貴尊而無極兮，等君壽於東皇。御龍旂以遨遊兮，迴鸞駕而周章。恩化及乎四海兮，嘉物阜而民康。願斯臺之永固兮，樂終古而未央！

周瑜聽罷，勃然大怒，離座指北而罵曰：「老賊欺吾太甚！」孔明急起止之曰：「昔單于屢侵疆界，漢天子許以公主和親，今何惜民間二女乎？」瑜曰：「公有所不知。大喬是孫伯符將軍主婦，小喬乃瑜之妻也。」孔明佯作惶恐之狀，曰：「亮實不知。失口亂言，死罪！死罪！」瑜曰：「吾與老賊誓不兩立！」孔明曰：「事須三思，免致後悔。」瑜曰：「吾承伯符寄託，安有屈身降操之理？適來所言，故相試耳。吾自離鄱陽湖，便有北伐之心。雖刀斧加頭，不易其志也。望孔明助一臂之力，同破曹操。」孔明曰：「若蒙不棄，願效犬馬之勞，早晚拱聽驅策。」瑜曰：「來日入見主公，便議起兵。」

至此不得不罵，不得不怒。

孔明與魯肅辭出，相別而去。次日清晨，孫權升堂。左邊文官張昭、顧雍等三十餘人，右邊武官程普、黃蓋等三十餘人。衣冠濟濟，劍佩鏘鏘❶，分班侍立。

少頃，周瑜入見。禮畢，孫權問慰罷。瑜曰：「近聞曹操引兵屯漢上，馳書至此，主公尊意若何？」權即取檄文與周瑜看，瑜看畢，笑曰：「老賊以我江東無人，敢如此相侮耶！」權曰：「君之意若何？」瑜曰：「主公曾與眾文武商議否？」權曰：「連日議此事，有勸我降者，有勸我戰者。吾意未定，故請公瑾一決。」瑜曰：「誰勸主公降？」權曰：「張子布等皆主其意。」瑜即問張昭曰：「願聞先生所以主降之意。」昭曰：「曹操挾天子而征四方，動以朝廷為名；近又得荊州，威勢愈大。吾江東可以拒操者，長江耳。今操艨艟戰艦，何止千百？水陸並進，何可當之？不如且降，更圖後計。」瑜曰：「此迂儒之論也！江東自開國以來，今歷三世，安忍一旦廢棄？」權曰：「若此計將安出？」

一句罵倒張昭。

瑜曰：「操雖託名漢相，實為漢賊。將軍以神武雄才，仗父兄餘業，據有江東，兵精糧足，正當橫行天下，為國家除殘去暴，奈何降賊耶？且操今此來，多犯兵家之忌：北土未平，馬騰、韓遂為其後患，而操久於南征，一忌也；北軍不諳水戰，操捨鞍馬，仗舟楫，與東吳爭衡，二忌也；又時值隆冬盛寒，馬無藁草，三忌也；驅中國士卒，遠涉江湖，不服水土，多生疾病，四忌也。操兵犯此數忌，雖多必敗。將軍擒操，正在今日。瑜請得精兵數千，進屯夏口，為將軍破之！」

權矍然起曰：「老賊欲廢漢自立久矣，所懼二袁、呂布、劉表，與孤耳。今數雄已滅，惟孤尚存。孤與老賊，誓不兩立！卿言當伐，甚合孤意。此天以卿授我也。」瑜曰：「臣為將軍決一血戰，萬死不辭。只恐將軍狐疑不定。」權拔佩劍砍面前奏案一角曰：「諸官將有再言降操者，與此案同！」言罷，便將此劍賜周瑜，即封瑜為大都督，程普為副都督，魯肅為贊軍校尉。如文武官將有不聽號令者，即以

❶ 劍佩鏘鏘：佩，是繫在腰帶上的珮玉。鏘鏘，是行動的時候，劍和珮玉摩擊的聲音。

此劍誅之。

瑜受了劍，對眾言曰：「吾奉主公之命，率眾破曹。諸將官吏來日俱於江畔行營聽令。如遲誤者，依七禁令五十四斬施行。」言罷，辭了孫權，起身出府。眾文武各無言而散。

周瑜回到下處，便請孔明議事。孔明至。瑜曰：「今日府下公議已定，願求破曹良策。」孔明曰：「孫將軍心尚未穩，不可以決策也。」瑜曰：「何謂心不穩？」孔明曰：「心怯曹兵之多，懷寡不敵眾之意，將軍能以軍數開解，使其了然無疑，然後大事可成。」瑜曰：「先生之論甚善。」

乃復入見孫權。權曰：「公瑾夜至，必有事故。」瑜曰：「來日調撥軍馬，主公心有疑否？」權曰：「但憂曹操兵多，寡不敵眾耳。他無所疑。」瑜笑曰：「瑜正為此，特來開解主公。主公因見操檄文，言水陸大軍百萬，故懷疑懼，不復料其虛實。今以實較之，彼將中國之兵，不過十五六萬，且已久疲；所得袁氏之眾，亦止七八萬耳，尚多懷疑未服。夫以久疲之卒，狐疑之眾，其數雖多，不足畏也。瑜得五萬兵，自足破之。願主公勿以為慮。」權撫瑜背曰：「公瑾此言，足釋吾疑。子布無謀，深失孤望。獨卿及子敬與孤同心耳。卿可與子敬、程普，即日選軍前進。孤當續發人馬，多載資糧，為卿後應。卿前軍倘不如意，便還就孤。孤當親與曹賊決戰，更無他疑。」

又帶罵張昭。

周瑜謝出，暗忖曰：「孔明早已料著吳侯之心。其計畫又高我一頭。久必為江東之患，不如殺之。」乃令人連夜請魯肅入帳，言欲殺孔明之事。肅曰：「不可。今操賊未破，先殺賢士，是自去其助也。」瑜曰：「此人助劉備，必為江東之患。」肅曰：「諸葛瑾乃其親兄，可令招此人同事東吳，豈不妙哉？」

瑜善其言。次日平明，瑜赴行營，升中軍帳高坐。左右立刀斧手，聚集文官武將聽令。原來程普年長於瑜，今瑜爵居其上，心中不樂；是日乃託病不出，令長子程咨自代。瑜令眾將曰：「王法無親，諸君各守乃職。方今曹操弄權，甚於董卓囚天子於許昌，屯暴兵於境上。吾今奉命討之，諸君幸皆努力向前。大軍到處，不得擾民。賞勞罰罪，並不徇縱。」

令畢，即差韓當、黃蓋，為前部先鋒，領本部戰船，即日起行，前至三江口下寨，別聽將令；蔣欽、周泰，為第二隊；凌統、潘璋，為第三隊；太史慈、呂蒙，為第四隊；陸遜、董襲為第五隊；呂範、朱治為四方巡警使。催督六隊官軍，水陸並進，剋期取齊。

調撥已畢，諸將各自收拾船隻軍器起行。程咨回見父程普，說周瑜調兵，動止有法。普大驚曰：「吾素欺周郎懦弱，不足為將；今能如此，真將才也！我如何不服？」遂親詣行營謝罪。瑜亦遜謝。

次日，瑜請諸葛瑾，謂曰：「令弟孔明有王佐之才，如何屈身事劉備？今幸至江東，欲煩先生不惜齒牙餘論，使令弟棄劉備而事東吳，則主公既得良輔，而先生兄弟又得相見，豈不美哉？先生幸即一行。」瑾曰：「瑾自至江東，愧無寸功。今都督有命，敢不效力？」即時上馬，逕投驛亭來見孔明。孔明接入，哭拜，各訴闊情。

瑾泣曰：「弟知伯夷、叔齊乎？」孔明暗思：「此必周郎教來說我也。」遂答曰：「夷、齊，古之聖賢也。」瑾曰：「夷、齊，雖至餓死首陽山下，兄弟二人亦在一處。我今與你同胞共乳，乃各事其主，不能旦暮相聚，視夷、齊之為人，能無愧乎？」孔明曰：「兄所言者，情也；弟所守者，義也。弟與兄皆漢人。今劉皇叔乃漢室之胄，兄若能去東吳，而與弟同事劉皇叔，則上不愧為漢臣，而骨肉又得相聚，此情義兩全之策也。不識兄意以為何如？」

瑾思曰：「我來說他，反被他說了我也。」遂無言回答，起身辭去，回見周瑜，細述孔明之言。瑜曰：「公意若何？」瑾曰：「吾受孫將軍厚恩，安肯相背？」瑜曰：「公既忠心事主，不必多言。吾自有伏孔明之計。」正是：智與智逢宜必合，才同才角又難容。畢竟周瑜定何計來伏孔明，且看下文分解。

第四五回　三江口曹操折兵　群英會蔣幹中計

卻說周瑜聞諸葛瑾之言，轉恨孔明，存心欲謀殺之。次日點齊軍將，入辭孫權。權曰：「卿先行，孤即起兵繼後。」瑜辭出，與程普、魯肅，領兵起行，便邀孔明同往。孔明欣然從之，一同登舟，駕起帆檣，迤邐望夏口而進。離三江口五六十里，船依次第歇定。周瑜在中央下寨，岸上依西山結營，周圍屯住。孔明只在一葉小舟內安身。

周瑜分撥已定，使人請孔明議事。孔明至中軍帳，敘禮畢。瑜曰：「昔曹操兵少，袁紹兵多，而操反勝紹者，因用許攸之謀，先斷烏巢之糧也。今操兵八十三萬，我兵只五六萬，安能拒之？亦必須先斷操之糧，然後可破。我已探知操軍糧草，俱屯於聚鐵山。先生久居漢上，熟知地理。敢煩先生與關、張、子龍輩，——吾亦助兵千人，——星夜往聚鐵山斷操糧道。彼此各為主人之事，幸勿推調❶。」孔明暗思：「此因說我不動，設計害我。我若推調，必為所笑。不如應之，別有計議。」乃欣然領諾。瑜大喜。孔明辭出。魯肅密謂瑜曰：「公使孔明劫糧，是何意見？」瑜曰：「吾欲殺孔明，恐惹人笑，故借曹操之手殺之，以絕後患耳。」

肅聞言，乃往見孔明，看他知也不知。只見孔明略無難色，整點軍馬要行。肅不忍，以言挑之曰：

---

❶ 推調：推卻。

「先生此去可成功否？」孔明笑曰：「吾水戰、步戰、馬戰、車戰，各盡其妙，何愁功績不成？非比江東，公與周郎輩止一能也。」肅曰：「吾與公瑾何謂一能？」孔明曰：「吾聞江南小兒謠言云：『伏路把關饒子敬，臨江水戰有周郎。』公等於陸地但能伏路把關；周公瑾但堪水戰，不能陸戰耳。」

肅乃以此言告知周瑜。瑜怒曰：「何欺我不能陸戰耶！不用他去！我自引一萬馬軍，往聚鐵山斷操糧道。」肅又將此言告孔明。孔明笑曰：「公瑾令吾斷糧者，實欲使曹操殺吾耳，吾故以片言戲之，公瑾便容納不下。目今用人之際，只願吳侯與劉使君同心，則功可成；如各相謀害，大事休矣。操賊多謀，他平生慣斷人糧道，今如何不以重兵提備？公瑾若去，必為所擒。今只當先決水戰，挫動北軍銳氣，別尋妙計破之。望子敬善言，以告公瑾為幸。」

此以忠言告之，平其好勝之氣。

魯肅遂連夜回見周瑜，備述孔明之言。瑜搖首頓足曰：「此人見識，勝吾十倍，今不除之，後必為我國之禍！」肅曰：「今用人之際，望以國家為重。且待破曹之後，圖之未晚。」瑜然其說。

卻說玄德分付劉琦守江夏，自領眾將引兵往夏口。遙望江南岸旗旛隱隱，戈戟重重，料是東吳已動兵矣。乃盡移江夏之兵，至樊口屯紮。玄德聚眾曰：「孔明一去東吳，杳無音信，不知事體何如。誰人可去探聽虛實回報？」糜竺曰：「竺願往。」

玄德乃備羊酒禮物，令糜竺至東吳，以犒軍為名，探聽虛實。竺領命，駕小舟順流而下，逕至周瑜大寨前。軍士入報周瑜，瑜召入。竺再拜，致玄德相敬之意，獻上酒禮。瑜受訖，設宴款待糜竺。竺曰：「孔明在此已久，今願與同回。」瑜曰：「孔明方與我同謀破曹，豈可便去？吾亦欲見劉豫州，共議良策；奈身統大軍，不可暫離。若豫州肯枉駕來臨，深慰所望。」

竺應諾，拜辭而回。肅問瑜曰：「公欲見玄德，有何計議？」瑜曰：「玄德世之梟雄，不可不除。吾今乘機誘至殺之，實為國家除一後患。」魯肅再三勸諫，瑜只不聽，遂傳密令：「如玄德至，先埋伏刀斧手五十人於壁衣中，看我擲杯為號，便出下手。」

卻說糜竺回見玄德，具言周瑜欲請主公到彼面會，別有商議。玄德便教收拾快船一隻，只今便行。雲長諫曰：「周瑜多謀之士，又無孔明書信，恐其中有詐，不可輕去。」玄德曰：「我今結東吳以共破曹操，周郎欲見我，我若不往，非同盟之意。兩相猜忌，事不諧矣。」雲長曰：「兄長若堅意要去，弟願同往。」張飛曰：「我也跟去。」玄德曰：「只雲長隨我去，翼德與子龍守寨，簡雍固守鄂縣，我去便回。」

分付畢，即與雲長乘小舟，并從者二十餘人，飛棹赴江東。玄德觀看江東艨艟戰艦，旌旗甲兵，左右分布整齊，心中甚喜。軍士飛報周瑜：「劉豫州來了。」瑜問：「帶多少船隻來？」軍士答曰：「只有一隻船，二十餘從人。」瑜笑曰：「此人命合休矣！」乃命刀斧手，先埋伏定，然後出寨迎接。玄德引雲長等二十餘人，直到中軍帳，敘禮畢。瑜請玄德上坐。玄德曰：「將軍名傳天下，備不才，何煩將軍重禮？」乃分賓主而坐，周瑜設宴相待。

天下惟最不懷好意之人，最會假恭敬。

且說孔明偶來江邊，聞說玄德來此與都督相會，吃了一驚，急入中軍帳竊看動靜。只見周瑜面有殺氣，兩邊壁衣中密排刀斧手。孔明大驚曰：「似此如之奈何！」回視玄德，談笑自若，卻見玄德背後一人，按劍而立，乃雲長也。孔明喜曰：「吾主無危矣。」遂不復入，仍回身至江邊等候。

周瑜與玄德飲宴，酒行數巡，瑜起身把盞，猛見雲長按劍立於玄德背後，忙問何人？玄德曰：「吾弟關雲長也。」瑜驚曰：「非向日斬顏良、文醜者乎？」玄德曰：「然也。」瑜大驚，汗流浹背，便斟酒與雲長把盞。

少頃，魯肅入。玄德曰：「孔明何在？煩子敬請來一會。」瑜曰：「且待破了曹操，與孔明相會不遲。」玄德不敢再言。雲長以目視玄德，玄德會意，即起身辭瑜曰：「備暫告別。即日破敵收功之後，專當叩賀。」瑜亦不留，送出轅門。

玄德別了周瑜，與雲長等來至江邊，只見孔明已在舟中。玄德大喜。孔明曰：「主公知今日之危乎？」玄德愕然曰：「不知也。」孔明曰：「若無雲長，主公幾為周瑜所害矣。」玄德方纔省悟，便請孔明同回樊口。孔明曰：「亮雖居虎口，安如泰山。今主公但收拾船隻軍馬候用，以十一月二十甲子日後為期，可令子龍駕小舟來南岸邊等候，切勿有誤。」

極寫玄德忠厚老實。

玄德問其意。孔明曰：「但看東南風起，亮必還矣。」玄德再欲問時，孔明催促玄德作速開船。言訖自回。玄德與雲長及從人開船，行不數里，忽見上流頭放下五六十隻船來。船頭上一員大將，橫矛而立，乃張飛也。因恐玄德有失，雲長獨力難支，特來接應。於是三人一同回寨，不在話下。

卻說周瑜送了玄德，回至寨中，魯肅入問曰：「公既誘玄德至此，為何又不下手？」瑜曰：「關雲長，世之虎將也。與玄德行坐相隨，吾若下手，他必來害我。」

肅愕然。忽報曹操遣使送書至，瑜喚入。使者呈上書看時，封面上判云：「漢大丞相付周都督開拆。」瑜大怒，更不開看，將書扯碎，擲於地上，喝斬來使。肅曰：「兩國相爭，不斬來使。」瑜曰：「斬使以示威。」遂斬使者，將首級付從人持回。隨令甘寧為先鋒，韓當為左翼，蔣欽為右翼，瑜自部領諸將接應。來日四更造飯，五更開船，鳴鼓吶喊而進。

卻說曹操知周瑜毀書斬使，大怒，便喚蔡瑁、張允等一班荊州降將為前部。操自為後軍，催督戰船，到三江口。早見東吳船隻，蔽江而來。為首一員大將，坐在船頭上大呼曰：「吾乃甘寧也！誰敢來與我決戰？」蔡瑁令弟蔡壎前進。兩船相近，甘寧拈弓搭箭，望蔡壎射來，應弦而倒。寧遂驅船大進，萬弩齊發，曹軍不能抵當。右邊蔣欽、左邊韓當，直衝入曹軍隊中。曹軍大半是青、徐之兵，素不習水戰，大江面上，戰船一擺，早立腳不住。甘寧等三路戰船，縱橫水面。周瑜又催船助戰。曹軍中箭著砲者，不計其數。從巳時直殺到未時，周瑜雖得利，只恐寡不敵眾，遂下令鳴金收住船隻。

曹軍敗回，操登旱寨，再整軍士，喚蔡瑁、張允責之曰：「東吳兵少，反為所敗，是汝等不用心耳！」蔡瑁曰：「荊州水軍，久不操練；青、徐之軍，又素不習水戰；故爾致敗。今當先立水寨，令青、徐軍在中，荊州軍在外，每日操習精熟，方可用之。」操曰：「汝既為水軍都督，可以便宜從事，何必稟我？」於是張、蔡二人，自去訓練水軍。沿江一帶分二十四座水門，以大船居於外為城郭，小船居於內，可通往來。至晚點上燈火，照得天心水面通紅。旱寨三百餘里，煙火不絕。

卻說周瑜得勝回寨，犒賞三軍，一面差人到吳侯處報捷。當夜瑜登高觀望，只見西邊火光接天。左右告曰：「此皆北軍燈火之光也。」瑜亦心驚。

次日，瑜欲親往探看曹軍水寨，乃命收拾樓船一隻，帶著鼓樂，隨行健將數員，各帶強弓硬弩，一齊上船迤邐前進。至操寨邊，瑜命下了矴石❷，樓船上鼓樂齊奏。瑜暗窺他水寨，大驚曰：「此深得水

❷ 矴石：碇船的石塊。猶如現在的船錨。

軍之妙也！」問「水軍都督是誰？」左右曰：「蔡瑁、張允。」瑜思曰：「二人久居江東，諳習水戰，吾必設計先除此二人，然後可以破曹。」

正窺看間，早有曹軍飛報曹操，說周瑜偷看吾寨，操命縱船擒捉。瑜見水寨中旗號動，急教收起矴石，兩邊四下一齊輪轉櫓棹，望江面上如飛而去。比及曹寨中船出時，周瑜的樓船，已離了十數里遠，追之不及，回報曹操。操問眾將曰：「昨日輸了一陣，挫動銳氣，今又被他深窺吾寨，吾當作何計破之？」

言未畢，忽帳下一人出曰：「某自幼與周郎同窗交契，願憑三寸不爛之舌，往江東說此人來降。」曹操大喜，視之，乃九江人，姓蔣，名幹，字子翼，見為帳下幕賓。操問曰：「子翼與周公瑾相厚乎？」幹曰：「丞相放心。幹到江左，必要成功。」操問：「要將何物去？」幹曰：「只消一童隨往，二僕駕舟，其餘不用。」操甚喜，置酒與蔣幹送行。幹葛巾布袍，駕一隻小舟，徑到周瑜寨中，命傳報：「故人蔣幹相訪。」

周瑜正在帳中議事，聞幹至，笑謂諸將曰：「說客至矣。」遂與眾將附耳低言：「如此如此。」眾皆應命而去。瑜整衣冠，引從者數百，皆錦衣花帽，前後簇擁而出。蔣幹引一青衣小童，昂然而入，瑜拜迎之。幹曰：「公瑾別來無恙？」瑜曰：「子翼良苦。遠涉江湖，為曹氏作說客耶？」幹愕然曰：「吾久別足下，特來敘舊，奈何疑我作說客耶？」瑜笑曰：「吾雖不及師曠之聰，聞絃歌而知雅意。」幹曰：「足下待故人如此，便請告退。」瑜笑而挽其臂曰：「吾但恐兄為曹氏作說客耳。既無此心，何速去也？」遂同入帳。敘禮畢，坐定，即傳令悉召江左英傑與子翼相見。

須臾，文官武將，各穿錦衣；帳下偏裨將校，都披銀鎧；分兩行而入。瑜都教相見畢，就列於兩傍說得風流慷慨。

而坐，大張筵席，奏軍中得勝之樂，輪換行酒。瑜告眾官曰：「此吾同窗契友也，雖從江北到此，卻不是曹家說客，公等勿疑。」遂解佩劍付太史慈曰：「公可佩我劍作監酒。今日宴飲，但敘朋友交情；如有提起曹操與東吳軍旅之事者，即斬之。」

太史慈應諾，按劍坐於席上。蔣幹驚愕，不敢多言。周瑜曰：「吾自領軍以來，滴酒不飲；今日見了故人，又無疑忌，當飲一醉。」說罷，大笑暢飲，座上觥籌交錯。飲至半酣，瑜攜幹手，同步出帳外。左右軍士，皆全裝貫帶，持戈執戟而立。瑜曰：「吾之軍士，頗雄壯否？」幹曰：「真熊虎之士也。」

瑜又引幹到帳後一望，糧草堆積如山。瑜曰：「吾之糧草，頗足備否？」幹曰：「兵精糧足，名不虛傳。」瑜佯醉大笑曰：「想周瑜與子翼同學時，不曾望有今日。」幹曰：「以吾兄高才，實不為過。」瑜執幹手曰：「大丈夫處世，遇知己之主，外託君臣之義，內結骨肉之恩，言必行，計必從，禍福共之，假使蘇秦、張儀、陸賈、酈生復出，口似懸河，舌如利刃，安能動我心哉？」

言罷大笑。蔣幹面如土色。瑜復攜幹入帳，會諸將再飲；因指諸將曰：「此皆江東之英傑。今日此會，可名『群英會』。」飲至天晚，點上燈燭，瑜自起舞劍作歌。歌曰：

丈夫處世兮立功名；立功名兮慰平生。
慰平生兮吾將醉；吾將醉兮發狂吟！

歌罷，滿座歡笑。至夜深，幹辭曰：「不勝酒力矣。」瑜命撤席，諸將辭出。瑜曰：「久不與子翼同榻，今宵抵足而眠。」於是佯作大醉之狀，攜幹入帳共寢。瑜和衣臥倒，嘔吐狼藉。蔣幹如何睡得著，伏枕聽時，軍中鼓打二更，起視殘燈尚明。看周瑜時，鼻息如雷。幹見帳內桌上，堆著一卷文書，乃起牀偷視之，卻都是往來書信。內有一封，上寫「蔡瑁、張允謹封」。幹大驚，暗讀之。書略曰：

某等降曹，非圖仕祿，迫於勢耳。今已賺北軍困於寨中，但得其便，即將操賊之首，獻於麾下。早晚人到，便有關報。幸勿見疑。先此敬覆。

幹思曰：「原來蔡瑁、張允，結連東吳！……」遂將書暗藏於衣內。再欲檢看他書時，牀上周瑜翻身，幹急滅燈就寢。瑜口內含糊曰：「子翼，我數日之內，教你看曹賊之首！」幹勉強應之。瑜又曰：「子翼且住！……教你看曹賊之首！……」及幹問之，瑜又睡著。

幹伏於牀上，將及四更，只聽得有人入帳，喚曰：「都督醒否？」周瑜夢中做忽覺之狀，故問那人曰：「牀上睡著何人？」答曰：「都督請子翼同寢，何故忘卻？」瑜懊悔曰：「吾平日未嘗飲醉。昨日醉後失事，不知可曾說甚言語？」那人曰：「江北有人到此。」瑜喝「低聲！」便喚「子翼」。蔣幹只裝睡著。瑜潛出帳。幹竊聽之。只聞有人在外曰：「張、蔡二都督道：『急切不得下手。』」後面言語頗低，聽不真實。

少頃，瑜入帳，又喚「子翼」。蔣幹只是不應，蒙頭假睡。瑜亦解衣就寢。幹尋思：「周瑜是個精細人，天明尋書不見，必然害我。……」睡至五更，幹起喚周瑜，瑜卻睡著。幹戴上巾幘，潛步出帳，喚了小童，徑出轅門。軍士問：「先生那裡去？」幹曰：「吾在此恐誤都督事，權且告別。」軍士亦不阻當。

只道自己騙人，不料已受人騙。

幹下船，飛棹回見曹操。操問：「子翼幹事若何？」幹曰：「周瑜雅量高致，非言詞所能動也。」操怒曰：「事又不濟，反為所笑！」幹曰：「雖不能說周瑜，卻與丞相打聽得一件事。乞退左右。」幹取出書信，將上項事逐一說與曹操。操大怒曰：「二賊如此無禮耶！」即便喚蔡瑁、張允到帳下。操曰：「我欲使汝二人進兵。」瑁曰：「軍尚未曾練熟，不可輕進。」操怒曰：「軍若練熟，吾首級獻於周郎矣！」蔡、張二人不知其意，驚惶不能回答，操喝武士推出斬之。須臾，獻頭帳下，操方省悟曰：「吾中計矣！」後人有詩歎曰：

曹操奸雄不可當，一時詭計中周郎。
蔡、張賣主求生計，誰料今朝劍下亡？

眾將見殺了蔡、張二人，入問其故。操雖心知中計，卻不肯認錯，乃謂眾將曰：「二人怠慢軍法，吾故斬之。」眾將嗟呀不已。操於眾將內選毛玠、于禁，為水軍都督，以代蔡、張二人之職。

聰明人受騙，往往不肯認錯。

細作探知，報過江東。周瑜大喜曰：「吾所患者，此二人耳。今既剿除，吾無憂矣。」肅曰：「都督用兵如此，何愁曹賊不破乎？」瑜曰：「吾料諸將不知此計，獨有諸葛亮識見勝我，想此謀亦不能瞞也。子敬試以言挑之，看他知也不知，便當回報。」正是：還將反間成功事，去試從旁冷眼人。未知肅去問孔明還是如何，且看下文分解。

第四六回　用奇謀孔明借箭　獻密計黃蓋受刑

卻說魯肅領了周瑜言語，逕來舟中相探孔明，孔明接入小舟對坐。肅曰：「連日措辦軍務，有失聽教。」孔明曰：「便是亮亦未與都督賀喜。」肅曰：「何喜？」孔明曰：「公瑾使先生來探亮知也不知，便是這件事可賀喜耳。」諕得魯肅失色，問曰：「先生何由知之？」孔明曰：「這條計只好弄蔣幹。曹操雖被一時瞞過，必然便省悟，只是不肯認錯耳。今蔡、張兩人既死，江東無患矣，如何不賀喜？吾聞曹操換毛玠、于禁為水軍都督，在這兩個手裡，好歹送了水軍性命。」

魯肅聽了，開口不得，把些言語支吾了半晌，別孔明而回。孔明囑曰：「望子敬在公瑾面前勿言亮先知此事。恐公瑾心懷妬忌，又要尋事害亮。」魯肅應諾而去，回見周瑜，把上項事只得實說了。瑜大驚曰：「此人決不可留！吾決意斬之！」肅勸曰：「若殺孔明，卻被曹操笑也。」瑜曰：「吾自有公道斬之，教他死而無怨。」肅曰：「何以公道斬之？」瑜曰：「子敬休問，來日便見。」

寫魯肅老實忠厚。

次日，聚眾將於帳下，教請孔明議事。孔明欣然而至，坐定，瑜問孔明曰：「即日將與曹軍交戰，水路交兵，當以何兵器為先？」孔明曰：「大江之上，以弓箭為先。」瑜曰：「先生之言，甚合吾意。但今軍中正缺箭用，敢煩先生監造十萬枝箭，以為應敵之具。此係公事，先生幸勿推卻。」孔明曰：「都督見委，自當效勞。敢問十萬枝箭，何時要用？」瑜曰：「十日之內，可辦完否？」孔明曰：「操軍即日將至，若候十日，必誤大事。」瑜曰：「先生料幾日可辦完？」孔明曰：「只消三日，便可拜納十萬枝箭。」瑜曰：「軍中無戲言。」孔明曰：「怎敢戲都督？願納軍令狀。三日不辦，甘當重罰。」

瑜大喜，喚軍政司當面取了文書，置酒相待曰：「待軍事畢後，自有酬勞。」孔明曰：「今日已不及，來日造起。至第三日，可差五百小軍到江邊搬箭。」飲了數杯，辭去。魯肅曰：「此人莫非詐乎？」瑜曰：「他自送死，非我逼他。今明白對眾要了文書，他便兩脅生翅，也飛不去。我只分付軍匠人等，教他故意遲延，凡應用物件，都不與齊備。如此，必然誤了日期。那時定罪，有何理說？公今可去探他虛實，卻來回報。」

肅領命來見孔明。孔明曰：「吾曾告子敬，休對公瑾說，他必要害我。不想子敬不肯為我隱諱，今日果然又弄出事來。三日內如何造得十萬箭？子敬只得救我！」肅曰：「公自取其禍，我如何救得你？」孔明曰：「望子敬借我二十隻船，每船要軍士三十人，船上皆用青布為幔，各束草千餘個，分布兩邊，吾自有妙用。第三日包管有十萬枝箭。只不可又教公瑾得知；若彼知之，吾計敗矣。」

讀至此又為孔明著急。

肅應諾，卻不解其意，回報周瑜，果然不提起借船之事；只言孔明並不用箭竹、翎毛、膠漆等物，自有道理。瑜大疑曰：「且看他三日後如何回覆我。」

卻說魯肅私自撥輕快船二十隻，各船三十餘人，并布幔束草等物，盡皆齊備，候孔明調用。第一日卻不見孔明動靜。第二日亦只不動。至第三日四更時分，孔明密請魯肅到船中。肅問曰：「公召我何意？」孔明曰：「特請子敬同往取箭。」肅曰：「何處去取？」孔明曰：「子敬休問，前去便見。」遂命將二十隻船，用長索相連，徑望北岸進發。是夜大霧漫天，長江之中，霧氣更甚，對面不相見。孔明促舟前進，果然是好大霧！前人有篇大霧垂江賦曰：

大哉長江，西接岷峨，南控三吳，北帶九河。匯百川而入海，歷萬古以揚波。至若龍伯、海若、江妃、水母，長鯨千丈，天蜈九首，鬼怪異類，咸集而有。蓋夫鬼神之所憑依，英雄之所戰守也。時而陰陽既亂，昧爽不分。訝長空之一色，忽大霧之四屯。雖輿薪而莫覩，惟金鼓之可聞。初若溟濛，纔隱南山之豹；漸而充塞，欲迷北海之鯤。然後上接高天，下垂厚地。渺乎蒼茫，浩乎無際。鯨鯢出水以騰波，蛟龍潛淵而吐氣。又如梅霖收溽，春陰釀寒；溟溟濛濛，浩浩漫漫。東失柴桑之岸，南無夏口之山。戰船千艘，俱沈淪於巖壑；漁舟一葉，驚出沒於波瀾。甚則穹昊無光，朝陽失色；返白晝為昏黃，變丹山為水碧。雖大禹之智，不能測其淺深；離婁之明，焉能辨乎咫尺？於是馮夷息浪，屏翳收功；魚鼈遁跡，鳥獸潛蹤。隔斷蓬萊之島，暗圍閶闔之宮。恍惚奔騰，如驟雨之將至；紛紜雜沓，若寒雲之欲同。乃復中隱毒蛇，因之而為瘴癘；內藏妖魅，憑之而為禍害。降疾厄於人間，起風塵於塞外。小民遇之大傷，大人觀之感慨。蓋將返元氣於洪荒，混天地為大塊。

當夜五更時候，船已近曹操水寨。孔明教把船隻頭西尾東，一帶擺開，就船上擂鼓吶喊。魯肅驚曰：「倘曹兵齊出，如之奈何？」孔明笑曰：「吾料曹操於重霧中，必不敢出。吾等只顧酌酒取樂，待霧散便回。」

卻說曹寨中，聽得擂鼓吶喊，毛玠、于禁二人，慌忙飛報曹操。操傳令曰：「重霧迷江，彼軍忽至，必有埋伏，切不可輕動。可撥水軍弓弩手亂箭射之。」又差人往旱寨內喚張遼、徐晃，各帶弓弩軍三千，火速到江邊助射。比及號令到來，毛玠、于禁，怕南軍搶入水寨，已差弓弩手在寨前放箭。

少頃，旱寨內弓弩手亦到，約一萬餘人，盡皆向江中放箭，箭如雨發。孔明教把船掉轉，頭東尾西，逼近水寨受箭，一面擂鼓吶喊。待至日高霧散，孔明令收船急回，二十隻船兩邊束草上，排滿箭枝。孔明令各船上軍士齊聲叫曰：「謝丞相箭！」比及曹軍寨內報知曹操時，這裡船輕水急，已放回二十餘里。追之不及，曹操懊悔不已。

卻說孔明回船謂魯肅曰：「每船上箭約五六千矣。不費江東半分之力，已得十萬餘箭。明日即將來射曹軍，卻不甚便？」肅曰：「先生真神人也！何以知今日如此大霧？」孔明曰：「為將而不通天文，不識地理，不知奇門❶，不曉陰陽，不看陣圖，不明兵勢，是庸才也。亮於三日前已算定今日有大霧，因此敢任三日之限。公瑾教我十日辦完，工匠料物，都不應手，將這一件風流罪過，明白要殺我；我命係於天，公瑾焉能害我哉？」

魯肅拜服。船到岸時，周瑜已差五百軍在江邊等候搬箭。孔明教於船上取之，可得十萬餘枝，都搬入中軍帳交納。魯肅入見周瑜，備說孔明取箭之事。瑜大驚，慨然歎曰：「孔明神機妙算，吾不如也！」後人有詩讚曰：

---

❶ 奇門：古代兵法家有八陣法，其說不一。諸葛亮的八陣法，分為天、地、風、雲、龍、虎、鳥、蛇八陣。天、地、風、雲是四正門，龍、虎、鳥、蛇是四奇門。

一天濃霧滿長江，遠近難分水渺茫。
驟雨飛蝗來戰艦，孔明今日服周郎。

少頃，孔明入寨見周瑜。瑜下帳迎之，稱羨曰：「先生神算，使人敬服。」孔明曰：「詭譎小計，何足為奇？」瑜邀孔明入帳共飲。瑜曰：「昨吾主遣使來催督進兵，瑜未有奇計，願先生教我。」孔明曰：「亮乃碌碌庸才，安有妙計？」瑜曰：「某昨觀曹操水寨，極其嚴整有法，非等閒可攻。思得一計，不知可否，先生幸為我一決之。」孔明曰：「都督且休言。各自寫於手內，看同也不同。」

自謙處正是自負。

瑜大喜，教取筆硯來，先自暗寫了，卻送與孔明。孔明亦暗寫了，兩個移近坐榻，各出掌中之字，互相觀看，皆大笑。原來周瑜掌中字，乃一「火」字，孔明掌中亦一「火」字。瑜曰：「既我兩人所見相同，更無疑矣，幸勿漏泄。」孔明曰：「兩家公事，豈有漏泄之理？吾料曹操雖兩番經我這條計，然必不為備，今都督儘行之可也。」飲罷分散，諸將皆不知其事。

八十三萬大軍，已書在兩人手中。

卻說曹操平白折了十五六萬箭，心中氣悶。荀攸進計曰：「江東有周瑜、諸葛亮二人用計，急切難破；可差人去東吳詐降，為奸細內應，以通消息，方可圖也。」操曰：「此言正合吾意。汝料軍中誰可行此計？」攸曰：「蔡瑁被誅，蔡氏宗族，皆在軍中。瑁之族弟蔡中、蔡和，現為副將。丞相可以恩結之，差往詐降，東吳必不見疑。」

操從之，當夜密喚二人入帳囑付曰：「汝二人可引些少軍士，去東吳詐降。但有動靜，使人密報，事成之後，重加封賞，休懷二心。」二人曰：「吾等妻子俱在荊州，安敢懷二心？丞相勿疑。某二人必取周瑜、諸葛亮之首，獻於麾下。」操厚賞之。次日，二人帶五百軍士，駕船數隻，順風望著南岸來。

且說周瑜正理會❷進兵之事，忽報江北有船來到江口，稱是蔡瑁之弟蔡中、蔡和，特來投降，瑜喚入。二人哭拜曰：「吾兄無罪，被曹賊所殺。吾二人欲報兄仇，特來投降。望賜收錄，願為前部。」

瑜大喜，重賞二人，即命與甘寧引軍為前部。二人拜謝，以為中計。瑜密喚甘寧分付曰：「此二人不帶家小，非真投降，乃曹操使來為奸細者。吾今欲將計就計，教他通報消息。汝可慇懃相待，就裡提防。至出兵之日，先要殺他兩個祭旗。汝切須小心，不可有誤。」

甘寧領命而去。魯肅入見周瑜曰：「蔡中、蔡和之降，多應是詐，不可收用。」瑜叱曰：「彼因曹操殺其兄，欲報仇而來降，何詐之有？你若如此多疑，安能容天下之士乎？」

肅默然而退，乃往告孔明，孔明笑而不言。肅曰：「孔明何故哂笑？」孔明曰：「吾笑子敬不識公瑾用計耳。大江遠隔，細作極難往來。操使蔡中、蔡和詐降，竊探我軍中事，公瑾將計就計，正要他通報消息。兵不厭詐，公瑾之謀是也。」肅方纔省悟。

卻說周瑜夜坐帳中，忽見黃蓋潛入軍中來見周瑜。瑜問曰：「公覆夜至，必有良謀見教。」蓋曰：「彼眾我寡，不宜久持，何不用火攻之？」瑜曰：「誰教公獻此計？」蓋曰：「某出自己意，非他人之所教也。」瑜曰：「吾正欲如此，故留蔡中、蔡和詐降之人，以通消息；但恨無一人為我行詐降計耳。」蓋曰：「某願行此計。」瑜曰：「不受些苦，彼如何肯信？」蓋曰：「某受孫氏厚恩，雖肝腦塗地，亦無怨悔。」瑜拜而謝之曰：「君若肯行此苦肉計，則江東之萬幸也。」蓋曰：「某死亦無怨。」遂謝

---

❷ 理會：有兩種意思：(1)處理。(2)知道。

而出。

次日，周瑜鳴鼓大會諸將於帳下，孔明亦在座。周瑜曰：「操引百萬之眾，連絡三百餘里，非一日可破。今令諸將各領三個月糧草，準備禦敵。」

言未訖，黃蓋進曰：「莫說三個月，便支三十個月糧草，也不濟事。若是這個月能破便破；若是這個月不能破，只可依張子布之言，棄甲倒戈，北面而降之耳。」

周瑜勃然變色大怒曰：「吾奉主公之命，督兵破曹，敢有再言降者必斬！今兩軍相敵之際，汝敢出此言，慢我軍心，不斬汝首，難以服眾！」喝左右將黃蓋斬訖報來。黃蓋亦怒曰：「吾自隨破虜將軍，縱橫東南，已歷三世，那有你來！」

瑜大怒，喝令速斬。甘寧進前告曰：「公覆乃東吳舊臣，望寬恕之。」瑜喝曰：「汝何敢多言，亂吾法度！」先叱左右將甘寧亂棒打出。眾官皆跪告曰：「黃蓋罪固當誅，但於軍不利。望都督寬恕，權且記罪。破曹之後，斬亦未遲。」

瑜怒未息，眾官苦苦哀求。瑜曰：「若不看眾官面皮，決須斬首！今且免死！」命左右拖翻，打一百脊杖，以正其罪。眾官又告免，瑜推翻案桌，叱退眾官，喝教行杖。將黃蓋剝了衣服，拖翻在地，打了五十脊杖。眾官又復苦苦求免，瑜躍起指蓋曰：「汝敢小覷我耶！且記下五十棍！再有怠慢，二罪俱罰！」恨聲不絕而入帳中。

眾官扶起黃蓋，打得皮開肉綻，鮮血迸流，扶歸本寨，昏絕幾次。動問之人，無不下淚。魯肅也往看問了，來至孔明船中，謂孔明曰：「今日公瑾怒責公覆，我等皆是他部下，不敢犯顏❸苦諫。先生是

明知眾將必勸，故意裝此花面。

客，何故袖手旁觀，不發一語？」孔明笑曰：「子敬欺我。」肅曰：「肅與先生渡江以來，未嘗一事相欺，今何出此言？」孔明曰：「子敬豈不知公瑾今日毒打黃公覆，乃其計耶？如何要我勸他？」肅方悟。孔明曰：「不用苦肉計，何能瞞過曹操？今必令黃公覆去詐降，卻教蔡中、蔡和報知其事矣。子敬見公瑾時，切勿言亮先知其計，只說亮也埋怨都督便了。」

肅辭去，入帳見周瑜，瑜邀入後帳。肅曰：「今日何故痛責黃公覆？」瑜曰：「諸將怨否？」肅曰：「多有心中不安者。」瑜曰：「孔明之意若何？」肅曰：「他也埋怨都督忒薄情。」瑜笑曰：「今番須瞞過他也。」肅曰：「何謂也？」瑜曰：「今日痛打黃蓋，乃計也。吾欲令他詐降，先須用苦肉計，瞞過曹操，就中用火攻之，可以取勝。」肅乃暗思孔明之高見，卻不敢明言。

周郎不瞞子敬，子敬反瞞周郎。

且說黃蓋臥於帳中，眾將皆來動問。蓋不言語，但長吁而已。忽報參謀闞澤來問，蓋令請入臥內，叱退左右。闞澤曰：「將軍莫非與都督有仇？」蓋曰：「非也。」澤曰：「然則公之受責，莫非苦肉計乎？」蓋曰：「何以知之？」澤曰：「某觀公瑾舉動，已料著八九分。」蓋曰：「某受吳侯三世厚恩，無以為報，故獻此計，以破曹操。吾雖受苦，亦無所恨。吾遍觀軍中，無一人可為心腹者。唯公素有忠義之心，敢以心腹相告。」澤曰：「公之告我，無非要我獻詐降書耳。」蓋曰：「實有此意，未知肯否？」闞澤欣然領諾。正是：勇將輕身思報主，謀臣為國有同心。未知闞澤所言若何，且看下文分解。

❸ 犯顏：冒犯尊上的顏面。

第四七回　闞澤密獻詐降書　龐統巧授連環計

卻說闞澤字德潤，會稽，山陰人也。家貧好學，嘗借人書來看。看過一遍，便不遺忘。口才辯給❶，少有膽氣。孫權召為參謀，與黃蓋最相善。蓋知其能言有膽，故欲使獻詐降書。澤欣然應諾曰：「大丈夫處世，不能立功建業，不幾與草木同腐乎？公既捐軀報主，澤又何惜微生？」黃蓋滾下牀來，拜而謝之。澤曰：「事不可緩，即今便行。」蓋曰：「書已修下了。」

澤領了書，只就當夜扮作漁翁，駕小舟，望北岸而行。是夜寒星滿天，三更時候，早到曹軍水寨。巡江軍士拏住，連夜報知曹操。操曰：「莫非是奸細麼？」軍士曰：「只一漁翁，自稱是東吳參謀闞澤，有機密事來見。」操便教引將入來。軍士引闞澤至，只見帳上燈燭輝煌。曹操憑几危坐，問曰：「汝既是東吳參謀，來此何幹？」澤曰：「人言曹丞相求賢若渴，今觀此問，甚不相合。——黃公覆，汝又錯尋思了也！」

操曰：「吾與東吳旦夕交兵，汝私行到此，如何不問？」澤曰：「黃公覆乃東吳三世舊臣，今被周瑜於眾將之前，無端毒打，不勝忿恨。因欲投降丞相，為報讎之計，特謀之於我。我與公覆，情同骨肉，徑來為獻密書。未知丞相肯容納否？」操曰：「書在何處？」闞澤把書呈上。操拆書，就燈下觀看。書

以書作鉤，以身作線，而以八十三萬大軍為魚。

❶ 口才辯給：口才敏捷。

略曰：

蓋受孫氏厚恩，本不當懷二心。然以今日事勢論之，用江東六郡之卒，當中國百萬之師，眾寡不敵，海內所共見也。東吳將吏，無論智愚，皆知其不可。周瑜小子，偏懷淺戇❷，自負其能，輒欲以卵敵石；兼之擅作威福，無罪受刑，有功不賞。蓋係舊臣，無端為所摧辱，心實恨之。伏聞丞相，誠心待物，虛懷納士，蓋願率眾歸降，以圖建功雪恥。糧草車仗，隨船獻納。泣血拜白，萬勿見疑。

曹操於几案上翻覆將書看了十餘次，忽然拍案張目大怒曰：「黃蓋用苦肉計，令汝下詐降書，就中取事，卻敢來戲侮我耶！」便教左右推出斬之。左右將闞澤簇下，澤面不改容，仰天大笑。操教牽回，叱曰：「吾已識破奸計，汝何故哂笑？」澤曰：「吾不笑你。吾笑黃公覆不識人耳。」操曰：「何不識人？」澤曰：「殺便殺，何必多問！」操曰：「吾自幼熟讀兵書，深知奸偽之道。汝這條計，只好瞞別人，如何瞞得我！」澤曰：「你且說書中那件事是奸計？」操曰：「我說出你那破綻，教你死而無怨！你既是真心獻書投降，如何不明約幾時？如今你有何理說？」

奸雄自負語。

闞澤聽罷，大笑曰：「虧汝不惶恐，敢自誇熟讀兵書！還不及早收兵回去！儻若交戰，必被周瑜擒矣！無學之輩！可惜吾屈死汝手！」操曰：「何謂我無學？」澤曰：「汝不識機謀，不明道理，豈非無學？」操曰：「你且說我那幾般不是處？」澤曰：「汝無待賢之禮，吾何必言？但有死而已。」操曰：

❷ 偏懷淺戇：偏懷，偏激的胸懷；淺戇，淺薄愚笨。

「汝若說得有理，我自然敬服。」澤曰：「豈不聞『背主作竊，不可定期』？倘今約定日期，急切下不得手，這裡反來接應，事必泄漏。但可覷便而行，豈可預期相訂乎？汝不明此理，欲屈殺好人，真無學之輩也！」

操聞言，改容下席而謝曰：「某見事不明，誤犯尊顏，幸勿掛懷。」澤曰：「吾與黃公覆，傾心投降，如嬰兒之望父母，豈有詐乎？」操大喜曰：「若二人能建大功，他日受爵，必在諸人之上。」澤曰：「某等非為爵祿而來，實應天順人耳。」操取酒待之。

少頃，有人入帳，於操耳邊私語。操曰：「將書來看。」其人以密書呈上，操觀之，顏色頗喜。闞澤暗思：「此必蔡中、蔡和來報黃蓋受刑消息，操故喜我投降之事為真實也。」操曰：「煩先生再回江東，與黃公覆約定，先通消息過江，吾以兵接應。」澤曰：「某已離江東，不可復還。望丞相別遣機密人去。」操曰：「若他人去，事恐泄漏。」澤再三推辭；良久，乃曰：「若去則不敢久停，便當行矣。」

操賜以金帛，澤不受，辭別出營，再駕扁舟，重回江東，來見黃蓋，細說前事。蓋曰：「非公能辯，則蓋徒受苦矣。」澤曰：「吾今去甘寧寨中，探蔡中、蔡和消息。」蓋曰：「甚善。」澤至寧寨，寧接入。澤曰：「將軍昨為救黃公覆，被周公瑾所辱，吾甚不平。」寧笑而不答。

正話間，蔡中、蔡和至。澤以目送甘寧。寧會意，乃曰：「周公瑾只自恃其能，全不以我等為念。我今被辱，羞見江左諸人！」說罷，咬牙切齒，拍案大叫。澤乃虛與寧耳邊低語，寧低頭不言，長歎數聲。

蔡和、蔡中見澤、寧皆有反意，以言挑之曰：「將軍何故煩惱？先生有何不平？」澤曰：「吾等腹中之苦，汝豈知耶？」蔡和曰：「莫非欲背吳投曹耶？」闞澤失色。甘寧拔劍而起曰：「吾事已為窺破，不可不殺之以滅口！」

蔡和、蔡中慌曰：「二公勿憂，吾亦當以心腹之事相告。」寧曰：「可速言之。」蔡和曰：「吾二人乃曹公使來詐降者，二公若有歸順之心，吾當引進。」寧曰：「汝言果真乎？」二人齊聲曰：「安敢相欺？」寧佯喜曰：「若如此，是天賜其便也！」二蔡曰：「黃公覆與將軍被辱之事，吾已報知丞相矣。」澤曰：「吾已為黃公覆獻書丞相，今特來見興霸，相約同降耳。」寧曰：「大丈夫既遇明主，自當傾心相投。」

前既假恨周瑜，此又假詉曹操，越粧越像。

於是四人共飲，同論心事。二蔡即時寫書，密報曹操，說甘寧與某同為內應。闞澤另自修書，遣人密報曹操。書中具言黃蓋欲來，未得其便；但看船頭插青牙旗而來者，即是也。

卻曹操連得二書，心中疑惑不定，聚眾謀士商議曰：「江左甘寧被周瑜所辱，願為內應；黃蓋受責，令闞澤來納降；俱未可深信。誰敢直入周瑜寨中，探聽實信？」蔣幹進曰：「某前日空往東吳，未得成功，深懷慚愧。今願捨身再往，務得實信，回報丞相。」操大喜，即時令蔣幹上船。幹駕小舟，徑到江南水寨邊，便使人傳報。

周瑜聽得幹又到，大喜曰：「吾之成功，只在此人身上！」遂囑咐魯肅，「請龐士元來，為我如此如此」。原來襄陽龐統，字士元，因避亂寓居江東。魯肅曾薦之於周瑜，統未及往見。瑜先使肅問計於統曰：「破曹當用何策？」統密謂肅曰：「欲破曹兵，須用火攻；但大江面上，一船著火，餘船四散，除非獻『連環計』，教他釘作一處，然後功可成也。」肅以告瑜，瑜深服其論，因謂肅曰：「為我行此計來得湊巧。

者，非龐士元不可。」肅曰：「只怕曹操奸猾，如何去得？」周瑜沈吟未決，正尋思沒個機會，忽報蔣幹又來。瑜大喜，一面分付龐統用計；一面坐於帳上，使人請幹。幹見不來接，心中疑慮，教把船於僻靜岸口纜繫❸，乃入寨見周瑜。瑜作色曰：「子翼何故欺吾太甚？」蔣幹笑曰：「吾想與你乃舊日弟兄，特來吐心腹事，何言相欺也？」瑜曰：「汝要說我降，除非海枯石爛！前番吾念舊日交情，請你痛飲一醉，留你共榻，你卻盜吾私書，不辭而去，歸報曹操，殺了蔡瑁、張允，致使吾事不成。今日何故又來，必不懷好意！吾不看舊日之情，一刀兩段！本待送你過去，爭奈吾一二日間，便要破曹賊；待留你在軍中，又必有泄漏。」便教：「左右，送子翼往西山庵中歇息。——待吾破了曹操，那時渡你過江未遲。」

蔣幹再欲開言，周瑜已入帳後去了。左右取馬與蔣幹乘坐，送到西山背後小庵歇息，撥兩個軍人伏侍。幹在庵內心中憂悶，寢食不安。是夜星露滿天，獨步出庵後，只聽得讀書之聲。信步尋去，見山巖畔有草屋數椽，內射燈光。幹往窺之，只見一人挂劍燈前，誦孫吳兵書。幹思此必異人也，叩戶請見。其人開門出迎，儀表非俗。幹問姓名，答曰：「姓龐，名統，字士元。」幹曰：「莫非鳳雛先生否？」統曰：「然也。」幹喜曰：「久聞大名，今何僻居此地？」答曰：「周瑜自恃才高，不能容物，吾故隱居此地。公乃何人？」幹曰：「吾蔣幹也。」

統乃邀入草庵，共坐談心。幹曰：「以公之才，何往不利？如肯歸曹，幹當引進。」統曰：「吾亦欲離江東久矣。公既有引進之心，即今便當一行。如遲則周瑜聞之，必將見害。」於是與幹連夜下山，

❸ 纜繫：纜，繫船的繩索；纜繫，將船纜繫穩。

至江邊尋著原來船隻，飛棹投江北。既至操寨，幹先入見，備述前事。操聞鳳雛先生來，親自出帳迎入，分賓主坐定，問曰：「周瑜年幼，恃才欺眾，不用良謀。操久聞先生大名，今得惠顧，乞不吝教誨。」統曰：「某素聞丞相用兵有法，今願一覩軍容。」

操教備馬，先邀統同觀旱寨。統與操並馬登高而望。統曰：「傍山依林，前後顧盼，出入有門，退進曲折，雖孫吳再生，穰苴復出，亦不過此矣。」操曰：「先生勿得過譽，尚望指教。」於是又與同觀水寨。見向南分二十四座門，皆有艨艟戰艦，列為城郭，中藏小船，往來有巷，起伏有序，統笑曰：「丞相用兵如此，名不虛傳！」因指江南而言曰：「周郎！周郎！剋期必亡！」

操大喜回寨，請入帳中，置酒共飲，同說兵機。統高談雄辯，應答如流。操深敬服，慇懃相待。統佯醉曰：「敢問軍中有良醫否？」操問何用。統曰：「水軍多疾，須用良醫治之。」時操軍因不服水土，俱生嘔吐之疾，多有死者。操正慮此事，忽聞統言，如何不問？統曰：「丞相教練水軍之法甚妙，但可惜不全。」操再三請問。統曰：「某有一策，使大小水軍，並無疾病，安穩成功。」

操大喜，請問妙策。統曰：「大江之中，潮生潮落，風浪不息，北兵不慣乘舟，受此顛播，便生疾病。若以大船小船各皆配搭，或三十為一排，或五十為一排，首尾用鐵環連鎖，上鋪闊板，休言人可渡，馬亦可走矣。乘此而行，任他風浪潮水上下，復何懼哉？」曹操下席而謝曰：「非先生良謀，安能破東吳耶？」統曰：「愚淺之見，丞相自裁之。」操即時傳令，喚軍中鐵匠，連夜打造連環大釘，鎖住船隻。諸軍聞之，俱各喜悅。後人有詩曰：

非先生良謀，安能燒北軍也？

赤壁鏖兵用火攻，運籌決策盡皆同。
若非龐統連環計，公瑾安能立大功？

龐統又謂操曰：「某觀江左豪傑，多有怨周瑜者。某憑三寸舌，為丞相說之，使皆來降。周瑜孤立無援，必為丞相所擒。瑜既破，則劉備無所用矣。」操曰：「先生果能成大功，操請奏聞天子，封為三公之列。」統曰：「某非為富貴，但欲救萬民耳。丞相渡江，慎勿殺害。」操曰：「吾替天行道，安忍殺戮人民？」統拜求榜文，以安宗族。操曰：「先生家屬，現居何處？」統曰：「只在江邊。若得此榜，可保全矣。」

操命寫榜僉押付統。統拜謝曰：「別後可速進兵，休待周郎知覺。」操然之。統拜別，至江邊，正欲下船，忽見岸上一人，道袍竹冠，一把扯住統曰：「你好大膽！黃蓋用苦肉計，闞澤下詐降書，你又來獻連環計，只恐燒不盡絕！你們拿出這等毒手來，只好瞞曹操，也須瞞我不得！」嚇得龐統魂飛魄散。

正是：莫道東南能制誰，誰云西北獨無人？畢竟此人是誰，且看下文分解。

龐統妙在緩行。

第四八回　宴長江曹操賦詩　鎖戰船北軍用武

卻說龐統聞言，吃了一驚；急回視其人，原來卻是徐庶。統見是故人，心下方定；回顧左右無人，乃曰：「你若說破我計，可惜江南八十一州百姓，皆是你送了也！」庶笑曰：「此間八十三萬人馬，性命如何？」統曰：「元直真欲破我計耶？」庶曰：「吾感劉皇叔厚恩，未嘗忘報。曹操逼死吾母，吾已說過終身不設一謀，今安肯破兄良策？只是我亦隨軍在此，兵敗之後，玉石不分，豈能免難？君當教我脫身之術，我即緘口遠避矣。」統笑曰：「元直如此高見遠識，諒此有何難哉？」庶曰：「願先生賜教。」統去徐庶耳邊，略說數句。庶大喜，拜謝。龐統別卻徐庶下船，自回江東。

且說徐庶當晚密使近人去各寨中暗布謠言。次日，寨中三三五五，交頭接耳而說。早有探事人報知曹操，說「軍中傳言西涼州韓遂、馬騰謀反，殺奔許都來」。操大驚，急聚眾謀士商議曰：「吾引兵南征，心中所憂者，韓遂、馬騰耳。軍中謠言，雖未辨虛實，然不可不防。」

言未畢，徐庶進曰：「庶蒙丞相收錄，恨無寸功報效。請得三千人馬，星夜往散關把住隘口。如有緊急，再行告報。」操喜曰：「若得元直去，吾無憂矣。散關之上，亦有軍兵，公統領之。目下撥三千馬步軍，命臧霸為先鋒，星夜前去，不可稽遲。」徐庶辭了曹操，與臧霸便行。此便是龐統救徐庶之計。後人有詩曰：

曹操征南日日憂，馬騰韓遂起戈矛。
鳳雛一語教徐庶，正似游魚脫釣鉤。

曹操自遣徐庶去後，心中稍安，遂上馬先看沿江旱寨，次看水寨，乘大船一隻，於中央上建「帥」字旗號，兩旁皆列水寨，船上埋伏弓弩千張，操居於上。時建安十二年冬十一月十五日，天氣晴明，平風靜浪。操令「置酒設樂於大船之上，吾今夕欲會諸將」。

天色向晚，東山月上，皎皎如同白日。長江一帶，如橫素練。操坐大船之上，左右侍御者數百人，皆錦衣繡襖，荷戈執戟。文武眾官，各依次而坐。操見南屏山色如畫，東視柴桑之境，西觀夏口之江，南望樊山，北覷烏林，四顧空闊，心中歡喜，謂眾官曰：「吾自起義兵以來，與國家除兇去害，誓願掃清四海，削平天下；所未得者江南也。今吾有百萬雄師，更賴諸公用命，何患不成功耶？收服江南之後，天下無事，與諸公共享富貴，以樂太平。」文武皆起謝曰：「願得早奏凱歌。我等終身皆賴丞相福蔭。」操大喜，命左右行酒。

飲至半夜，操酒酣，遙指南岸曰：「周瑜、魯肅不識天時。今幸有投降之人，為彼心腹之患，此天助吾也。」荀攸曰：「丞相勿言，恐有泄漏。」操大笑曰：「座上諸公，與近侍左右，皆吾心腹之人也，言之何礙？」又指夏口曰：「劉備、諸葛亮，汝不料螻蟻之力，欲撼泰山，何其愚耶！」顧謂諸將曰：「吾今年五十四歲矣。如得江南，竊有所喜。昔日喬公與吾至契，吾知其二女皆有國色。後不料為孫策、周瑜所娶。吾今新構銅雀臺於漳水之上，如得江南，當娶二喬，置之臺上，以娛暮年，吾願足矣。」言罷大笑。唐人杜牧之有詩曰：

折戟沈沙鐵未消，自將磨洗認前朝。
東風不與周郎便，銅雀春深鎖二喬。

曹操正談笑間，忽聞鴉聲望南飛鳴而去。操問曰：「此鴉緣何夜鳴？」左右答曰：「鴉見月明，疑是天曉，故離樹而鳴也。」操又大笑。時操已醉，乃取槊立於船頭上，以酒奠於江中，滿飲三爵，橫槊謂諸將曰：「我持此槊破黃巾，擒呂布，滅袁術，收袁紹，深入塞北，直抵遼東，縱橫天下，頗不負大丈夫之志也。今對此景，甚有慷慨。吾當作歌，汝等和之。」歌曰：

對酒當歌，人生幾何？譬如朝露，去日無多。慨當以慷，憂思難忘。
何以解憂？惟有杜康。青青子衿，悠悠我心。呦呦鹿鳴，食野之苹。
我有嘉賓，鼓瑟吹笙。皎皎如月，何時可輟？憂從中來，不可斷絕。
越陌度阡，枉用相存。契闊談讌，心念舊恩。月明星稀，烏鵲南飛，
遶樹三匝，無枝可依。山不厭高，水不厭深。周公吐哺，天下歸心。

歌罷，眾和之，共皆歡笑。忽座間一人進曰：「大軍相當之際，將士用命之時，丞相何故出此不吉之言？」操視之，乃揚州刺史，沛國相人，姓劉，名馥，字元穎。馥起自合淝，創立州治，聚逃散之民，立學校，廣屯田，興治教，久事曹操，多立功績。當下操橫槊問曰：「吾言有何不吉？」馥曰：「『月明

寫江景如畫。

星稀，烏鵲南飛，遶樹三匝，無枝可依』，此不吉之言。」操大怒曰：「汝安敢敗吾興！」手起一槊，刺死劉馥。眾皆驚駭，遂罷宴。

次日，操酒醒，懊恨不已。馥子劉熙，告請父屍歸葬。操泣曰：「吾昨因醉誤傷汝父，悔之無及。可以三公厚禮葬之。」又撥軍士護送靈柩，即日回葬。次日，水軍都督毛玠、于禁詣帳下，請曰：「大小船隻，俱已配搭連鎖停當。旌旗戰具，一一齊備。請丞相調遣，剋日進兵。」

操至水軍中央大戰船上坐定，喚集諸將，各各聽令。水、旱二軍，俱分五色旗號。水軍中央黃旗毛玠、于禁，前軍紅旗張郃，後軍皂旗呂虔，左軍青旗文聘，右軍白旗呂通。馬步前軍紅旗徐晃，後軍皂旗李典，左軍青旗樂進，右軍白旗夏侯淵。水陸路都接應使夏侯惇、曹洪，護衛往來監戰使許褚、張遼。其餘驍將，各依隊伍。

極寫北軍壯盛。

令畢，水軍寨中發擂三通，各隊伍戰船，分門而出。是日西北風驟起，各船拽起風帆，衝波激浪，穩如平地。北軍在船上，踴躍施勇，刺槍使刀，前後左右各軍，旗旛不雜。又有小船五十餘隻，往來巡警催督。操立於將臺之上，觀看調練，心中大喜，以為必勝之法；教且收住帆幔，各依次序回寨。操升帳謂眾謀士曰：「若非天命助吾，安得鳳雛妙計？鐵索連舟，果然渡江如履平地。」程昱曰：「船皆連鎖，固是平穩；但彼若用火攻，難以迴避。不可不防。」操大笑曰：「程仲德雖有遠慮，卻還有見不到處。」荀攸曰：「仲德之言甚是，丞相何故笑之？」

操曰：「凡用火攻，必藉風力。方今隆冬之際，但有西風北風，安有東風南風耶？吾居於西北之上，彼兵皆在南岸，彼若用火，是燒自己之兵也，吾何懼哉？若是十月小春之時，吾早已提備矣。」諸將皆多大言者少成事。

拜伏曰：「丞相高見，眾人不及。」操顧諸將曰：「青、徐、燕、代之眾，不慣乘舟。今非此計，安能涉大江之險？」只見班部中，二將挺身出曰：「小將雖幽燕之人，也能乘舟。今願借巡船二十隻，直至北江口，奪旗鼓而還，以顯北軍亦能乘舟也。」

操視之，乃袁紹手下舊將焦觸、張南也。操曰：「汝等皆生長北方，恐乘舟不便。江南之兵，往來水上，習練精熟，汝勿輕以性命為兒戲也。」焦觸、張南大叫曰：「如其不勝，甘受軍法。」操曰：「戰船盡已連鎖，惟有小舟，每舟可容二十人，只恐未便接戰。」觸曰：「若用大船，何足為奇？乞付小舟二十餘隻。某與張南各引一半，只今日直抵江南水寨，須要奪旗斬將而還。」操曰：「吾與汝二十隻船，差撥精銳軍五百人，皆長槍硬弩。到來日天明，將大寨船出到江面上，遠為之勢。更差文聘亦領三十隻巡船接應汝回。」

焦觸、張南欣喜而退。次日四更造飯，五更結束已定，早聽得水寨中擂鼓鳴金。船皆出寨，分布水面。長江一帶，青紅旗號交雜。焦觸、張南領哨船二十隻，穿寨而出，望江南進發。

卻說南岸隔日聽得鼓聲喧震，次望曹操調練水軍，探事人報知周瑜。瑜往山頂觀之，操軍已收回。次日，忽又聞鼓聲震天，軍士急登高觀望，見有小船衝波而來，飛報中軍。周瑜問帳下誰敢先出。韓當、周泰二人齊出曰：「某當權為先鋒破敵。」瑜喜，傳令各寨嚴加守禦，不可輕動。韓當、周泰各引哨船五隻，分左右而出。

有此二人之死

卻說焦觸、張南，憑一勇之氣，飛棹小船而來。韓當胸披掩心，手執長槍，立於船頭。焦觸船先到，便命軍士亂箭望韓當船上射來。當用牌遮隔。焦觸挺長槍與韓當交鋒。當手起一槍，刺死焦觸。張南隨，愈令操信連環之妙。

後大叫趕來。刺斜裡周泰船出。張南挺槍立於船頭，兩邊弓矢亂射。周泰一臂挽牌，一手提刀。兩船相離七八尺，泰即飛身一躍，直躍過張南船上，手起刀落，砍張南於水中，亂殺駕舟軍士，眾船飛棹急回。韓當、周泰催船追趕，到半江中，恰與文聘船相迎。兩邊便擺定船廝殺。

卻說周瑜引眾將立於山頂，遙望江北水面艨艟戰船，排合江上，旗幟號帶，皆有次序；回看文聘與韓當、周泰相持。韓當、周泰奮力攻擊，文聘抵敵不住，回船而走。韓、周二人，急催船追趕。周瑜恐二人深入重地，便將白旗招颭，令眾鳴金。二人乃揮棹而回。

周瑜於山頂看隔江戰船，盡入水寨。瑜顧謂眾將曰：「江北戰船，如蘆葦之密，操又多謀，當用何計以破之？」眾未及對，忽見曹操寨中，被風吹折中央黃旗，飄入江中。瑜大笑曰：「此不祥之兆也！」

正觀之際，忽狂風大作，江中波濤拍岸。一陣風過，刮起旗角於周瑜臉上拂過。瑜猛然想起一事在心，大叫一聲，往後便倒，口吐鮮血。諸將急救起時，卻早不省人事。正是：一時忽笑又忽叫，難使南軍破北軍。畢竟周瑜性命如何，且看下文分解。

第四九回　七星壇諸葛祭風　三江口周瑜縱火

卻說周瑜立於山頂，觀望良久，忽然望後而倒，口吐鮮血，不省人事，左右救回帳中。諸將皆來動問，盡皆愕然，相顧曰：「江北百萬之眾，虎踞鯨吞，不料都督如此。倘曹兵一至，如之奈何？」慌忙差人申報吳侯，一面求醫調治。

卻說魯肅見周瑜臥病，心中憂悶，來見孔明，言周瑜猝病之事。孔明曰：「公以為何如？」肅曰：「此乃曹操之福，江東之禍也。」孔明笑曰：「公瑾之病，亮亦能醫。」肅曰：「誠如此，則國家幸甚！」即請孔明同去看病。肅先入見周瑜。瑜以被蒙頭而臥。肅曰：「都督病勢若何？」周瑜曰：「心腹攪痛，時復昏迷。」肅曰：「曾服何藥餌？」瑜曰：「心中嘔逆，藥不能下。」肅曰：「適來去望孔明，言能醫都督之病。現在帳外，請來醫治，何如？」

瑜命請入，教左右扶起，坐於床上。孔明曰：「連日不晤君顏，何期貴體不安？」瑜曰：「『人有旦夕禍福』，豈能自保？」孔明笑曰：「『天有不測風雲』，人又豈能料乎？」瑜聞失色，乃作呻吟之聲。孔明曰：「都督心中似覺煩積否？」瑜曰：「然。」孔明曰：「必須用涼藥以解之。」瑜曰：「已服涼藥，全然無效。」孔明曰：「須先理其氣；氣若順，則呼吸之間，自然痊可。」

瑜料孔明必知其意，乃以言挑之曰：「欲得順氣，當服何藥？」孔明笑曰：「亮有一方，便教都督

病貴驅

氣順。」瑜曰：「願先生賜教。」孔明索紙筆，屏退左右，密書十六字曰：「欲破曹公，宜用火攻；萬事俱備，只欠東風。」寫畢，遞與周瑜曰：「此都督病源也。」

風，今反以風治病。

瑜見了大驚，暗思：「孔明真神人也！早已知我心事！只索以實情告之。」乃笑曰：「先生已知我病源，將用何藥治之？事在危急，望即賜教。」孔明曰：「亮雖不才，曾遇異人，傳授奇門遁甲天書，可以呼風喚雨。都督若要東南風時，可於南屏山建一臺，名曰七星壇。高九尺，作三層，用一百二十人，手執旗旛圍繞。亮於臺上作法，借三日三夜東南大風，助都督用兵，何如？」瑜曰：「休道三日三夜，只一夜大風，大事可成矣。只是事在目前，不可遲緩。」孔明曰：「十一月二十日甲子祭風，至二十二日丙寅風息，如何？」

瑜聞言大喜，矍然而起，便傳令差五百精壯軍士，往南屏山築壇；撥一百二十人，執旗守壇，聽候使令。孔明辭別出帳，與魯肅上馬，來南屏山相度地勢，令軍士取東南方赤土築壇。方圓二十四丈，每一層高三尺，共是九尺。下一層插二十八宿❶旗：東方七面青旗，按角、亢、氐、房、心、尾、箕，布蒼龍之形；北方七面皂旗，按斗、牛、女、虛、危、室、壁，作玄武之勢；西方七面白旗，按奎、婁、胃、昴、畢、觜、參，踞白虎之威；南方七面紅旗，按井、鬼、柳、星、張、翼、軫，成朱雀之狀。第二層周圍黃旗六十四面，按六十四卦，分八位而立。上一層用四人，各人戴束髮冠，穿皂羅袍，鳳衣博

---

❶ 二十八宿：中國古代把角、亢、氐、房、心、尾、箕、斗、牛、女、虛、危、室、壁、奎、婁、胃、昴、畢、觜、參、井、鬼、柳、星、張、翼、軫二十八個星宿，叫做二十八宿。又按四方分為四組，即：蒼龍、白虎、朱雀、玄武。古人認為這是安定四方的四個天神。

帶，朱履方裾，前左立一人，手執長竿，竿尖上用雞羽為葆，以招風信；前右立一人，手執長竿，竿上繫七星號帶，以表風色；後左立一人捧寶劍；後右立一人捧香爐。壇下二十四人，各持旌旗寶蓋，大戟長戈，黃旄白鉞，朱旛皂纛，環遶四面。

孔明於十一月二十日甲子吉辰，沐浴齋戒，身披道衣，跣足散髮，來到壇前，分付魯肅曰：「子敬自往軍中相助公瑾調兵。倘亮所祈無應，不可有怪。」魯肅別去。孔明囑付守壇將士：「不許擅離方位，不許交頭接耳，不許失口亂言，不許失驚打怪。如違令者斬。」眾皆領命。孔明緩步登壇，觀瞻方位已定，焚香於爐，注水於盂，仰天暗祝。下壇入帳中少歇，令軍士更替吃飯。孔明一日上壇三次，下壇三次，卻並不見有東南風。

且說周瑜請程普、魯肅一班軍官，在帳中伺候，只等東南風起，便調兵出；一面關報孫權接應。黃蓋已自準備火船二十隻，——船頭密布大釘；船內裝載蘆葦乾柴，灌以魚油，上鋪硫黃焰硝引火之物，各用青布油單遮蓋；船頭上插青龍牙旗，船尾各繫走舸❷。——在帳下聽候，只等周瑜號令。甘寧、闞澤窩盤蔡中、蔡和於外寨中，每日飲酒，不放一卒登岸。周圍盡是東吳軍馬，把得水洩不通。只等帳上號令下來。

周瑜正在帳中坐議，探子來報：「吳侯船隻離寨八十五里停泊，只等都督好音。」瑜即差魯肅遍告各部下官兵將士：「俱各收拾船隻軍器帆櫓等物。號令一出，時刻休違。倘有違誤，即按軍法。」眾兵將得令，一個個摩拳擦掌，準備廝殺。

❷ 走舸：快船。

是日看看近夜，天色清明，微風不動。瑜謂魯肅曰：「孔明之言謬矣。隆冬之時，怎得東南風乎？」肅曰：「吾料孔明必不謬談。」

將近三更時分，忽聽風聲響，旗旛轉動。瑜出帳看時，旗腳竟飄西北，霎時間東南風大起。瑜駭然曰：「此人有奪天地造化之法，鬼神不測之術！若留此人，乃東吳禍根也。及早殺卻，免生他日之憂。」急喚帳前護軍校尉丁奉、徐盛二將：「各帶一百人。徐盛從江內去，丁奉從旱路去，都到南屏山七星壇前。休問長短，拏住諸葛亮便行斬首，將首級來請功。」

二將領命，徐盛下船，一百刀斧手，蕩開棹槳；丁奉上馬，一百弓弩手，各跨征騎，往南屏山來。於路正迎著東南風起。後人有詩曰：

七星壇上臥龍登，一夜東風江水騰。
不是孔明施妙計，周郎安得逞才能？

丁奉馬軍先到，見壇上執旗將士，當風而立。丁奉下馬提劍上壇，不見孔明，慌問守壇將士。答曰：「恰纔下壇去了。」丁奉忙下壇尋時，徐盛船已到。二人聚於江邊。小卒報曰：「昨晚一隻快船停在前面灘口，適間卻見孔明披髮下船。那船望上水去了。」

丁奉、徐盛便分水陸兩路追襲。徐盛教拽起滿帆，搶風而使。遙望前船不遠，徐盛立於船頭上高聲大叫：「軍師休去！都督有請！」只見孔明立於船尾大笑曰：「上覆都督，好好用兵。諸葛亮暫回夏口，異日再容相見。」徐盛曰：「請暫少住。有緊要話。」孔明曰：「吾已料定都督不能容我，必來加害，

纔借得風來，便欲殺借風之人，周瑜可謂狠矣。

寫得孔明從容

不迫，的是妙人。

預先教趙子龍來相接。將軍不必追趕。」

徐盛見前船無篷，只顧趕去。看看至近，趙雲拈弓搭箭，立於船尾大叫曰：「吾乃常山趙子龍也。奉命特來接軍師。你如何來追趕？本待一箭射死你來，顯得失了兩家和氣。教你知我手段！」言訖，箭到處，射斷徐盛船上篷索。那篷墮下落水，其船便橫。趙雲卻叫自己船上拽起滿帆，乘順風而去。其船如飛，追之不及。

岸上丁奉喚徐盛船近岸言曰：「諸葛亮神機妙算，人不可及。更兼趙雲有萬夫不當之勇。汝知他當陽長坂時否？吾等只索回報便了。」於是二人回見周瑜，言孔明預先約趙雲迎接去了。周瑜大驚曰：「此人如此多謀，使我曉夜不安矣！」魯肅曰：「且待破曹之後，卻再圖之。」

瑜從其言，喚集諸將聽令。先教甘寧帶了蔡中並降卒沿南岸而走：「只打北軍旗號，直取烏林地面，正當曹操屯糧之所。深入軍中，舉火為號。只留下蔡和一人在帳下，我有用處。」第二喚太史慈分付：「你可領三千兵，直奔黃州地界，斷曹操合淝接應之兵，就逼曹兵放火為號。只看紅旗，便是吳侯接應兵到。」這兩隊兵最遠先發。第三喚呂蒙領三千兵去烏林接應，甘寧焚燒曹操柵寨。第四喚凌統領三千兵，直接彝陵界首，只看烏林火起，以兵應之。第五喚董襲領三千兵，直取漢陽；從漢川殺奔曹操寨中，看白旗接應。第六喚潘璋領三千兵，盡打白旗往漢陽接應董襲。

六隊軍馬各自分路去了。卻令黃蓋安排火船，使小卒馳書約曹操今夜來降。一面撥戰船四隻，隨於黃蓋船後接應。第一隊領兵軍官韓當，第二隊領兵軍官周泰，第三隊領兵軍官蔣欽，第四隊領兵軍官陳武；四隊各引戰船三百隻，前面各擺列火船二十隻。周瑜自與程普在大艨艟上督戰，徐盛、丁奉為左右護衛，只留魯肅共闞澤及眾謀士守寨。程普見周瑜調軍有法，甚相敬服。
卻說孫權差使命持兵符至，說已差陸遜為先鋒，直抵蘄黃地面進兵，吳侯自為接應。瑜又差人西山放火砲，南屏山舉旗號。各各準備停當，只等黃昏舉動。

話分兩頭。且說劉玄德在夏口專候孔明回來，忽見一隊船到，乃是公子劉琦自來探聽消息。玄德請上敵樓坐定，說：「東南風起多時，子龍去接孔明，至今不見到，吾心甚憂。」小校遙指樊口港上，「一帆風送扁舟來到，必軍師也」。玄德與劉琦下樓迎接。須臾船到，孔明、子龍登岸。玄德大喜。問候畢，孔明曰：「且無暇告訴別事。前者所約軍馬戰船，皆已辦否？」玄德曰：「收拾久矣，只候軍師調用。」

孔明便與玄德、劉琦升帳坐定，謂趙雲曰：「子龍可帶三千軍馬，渡江徑取烏林小路，揀樹木蘆葦密處埋伏。今夜四更以後，曹操必然從那條路奔走。等他軍馬過，就半中間放起火來。雖然不殺他盡絕，也殺一半。」雲曰：「烏林有兩條路：一條通南郡，一條取荊州。不知向那條路來？」孔明曰：「南郡勢迫，曹操不敢往，必來荊州，然後大軍投許昌而去。」

雲領計去了。又喚張飛曰：「翼德可領三千兵渡江，截斷彝陵這條路，去葫蘆谷口埋伏。曹操不敢走南彝陵，必望北彝陵去。來日雨過，必然來埋鍋造飯。只看煙起，便就山邊放起火來。雖然不捉得曹操，翼德這場功料也不小。」

飛領計去了。又喚糜竺、糜芳、劉封三人，各駕船隻，遶江剿擒敗軍，奪取器械。三人領計去了。孔明起身，謂公子劉琦曰：「武昌一望之地，最為緊要。公子便請回，率領所部之兵，陳於岸口。操一敗必有逃來者，就而擒之，卻不可輕離城郭。」劉琦便辭玄德、孔明去了。孔明謂玄德曰：「主公可於樊口屯兵，凭高而望，坐看今夜周郎成大功也。」

時雲長在側，孔明全然不睬。雲長忍耐不住，乃高聲曰：「關某自隨兄長征戰許多年來，未嘗落後。今日逢大敵，軍師卻不委用，此是何意？」孔明笑曰：「雲長勿怪。某本欲煩足下把一個最緊要的隘口，怎奈有些違礙處，不敢教去。」雲長曰：「有何違礙？願即見諭。」孔明曰：「昔日曹操待足下甚厚，足下當有以報之。今日操兵敗，必走華容道，若令足下去時，必然放他過去。因此不敢教去。」雲長曰：「軍師好多心！當日曹操果是重待某，某已斬顏良、誅文醜，解白馬之圍報過他了。今日撞見，豈肯輕放？」孔明曰：「倘若放了時，卻如何？」雲長曰：「願依軍法。」孔明曰：「如此，立下軍令狀。」雲長便與了軍令狀。雲長曰：「若曹操不從那條路上來，如何？」孔明曰：「我亦與你軍令狀。」

雲長大喜。孔明曰：「雲長可於華容小路高山之處，堆積柴草，放起一把火煙，引曹操來。」雲長曰：「曹操望見煙，知有埋伏，如何肯來？」孔明笑曰：「豈不聞兵法虛虛實實之論？操雖能用兵，只此可以瞞過他也。他見煙起，將謂虛張聲勢，必然投這條路來。將軍休得容情。」

雲長領了將令，引關平、周倉並五百校刀手，投華容道埋伏去了。玄德曰：「吾弟義氣深重，若曹操果然投華容道去時，只恐端的放了。」孔明曰：「亮夜觀乾象，操賊未合身亡。留這人情，教雲長做了，亦是美事。」玄德曰：「先生神算，世所罕及。」孔明遂與玄德往樊口看周瑜用兵，留孫乾、簡雍守城。

孔明既知人、又知天。

卻說曹操在大寨中，與眾將商議，只等黃蓋消息。當日東南風起甚緊，程昱入告曹操曰：「今日東南風起，宜預隄防。」操笑曰：「冬至一陽生，來復之時，安得無東南風？何足為怪？」

軍士忽報江東一隻小船來到，說有黃蓋密書，操急喚入，其人呈上書。書中訴說：「周瑜關防嚴緊，因此無計脫身。今有鄱陽湖新運到糧，周瑜差蓋巡哨，已有方便。好歹殺江東名將，獻首來降。只在今晚三更，船上插青龍牙旗者，即糧船也。」操大喜，遂與眾將來到水寨中大船上，觀望黃蓋船到。

且說江東天色向晚，周瑜喚出蔡和，令軍士縛倒，和叫無罪。瑜曰：「汝是何等人，敢來詐降！吾今缺少福物❸祭旗，願借你首級。」和抵賴不過，大叫曰：「汝家闞澤、甘寧，亦曾與謀！」瑜曰：「此乃吾之所使之。」蔡和悔之無及。瑜令捉至江邊皂纛旗下，奠酒燒紙，一刀斬了蔡和，用血祭旗畢，便令開船。黃蓋在第三隻火船上獨披掩心甲，手提利刃，旗上大書「先鋒黃蓋」。蓋乘一天順風，望赤壁進發。

是時東風大作，波浪洶湧。操在中軍遙望隔江，看看月上，照耀江水，如萬道金蛇，翻波戲浪。操迎風大笑，自以為得志。忽一軍指說：「江南隱隱一簇帆幔，使風而來。」操凭高望之，報稱：「皆插青龍牙旗。內中有大旗，上書先鋒黃蓋名字。」操笑曰：「公覆來降，此天助我也！」

來船漸近。程昱觀望良久，謂操曰：「來船必詐。且休教近寨。」操曰：「何以知之？」程昱曰：「糧在船中，船必穩重。今觀來船，輕而且浮；更兼今夜東南風甚緊；倘有詐謀，何以當之？」操省悟，便問：「誰去止之？」文聘曰：「某在水上頗熟，願請一往。」言畢，跳下小船，用手一指，十數隻巡船，隨文聘船出。聘立在船頭，大叫：「丞相鈞旨，南船且休近寨，就江心拋住。」眾軍齊喝：「快下

可惜知覺遲了。

❸ 福物：祭神的三牲。

了箋！」

言未絕，弓弦響處，文聘被箭射中左臂，倒在船中。船上大亂，各自奔回。南船距操寨，止隔二里水面。黃蓋用刀一招，前船一齊發火。火趁風威，風助火勢，船如箭發，煙焰障天。二十隻火船，撞入水寨。曹寨中船隻一時盡著；又被鐵環鎖住，無處逃避。隔江砲響，四下火船齊到，但見三江面上，火逐風飛，一派通紅，漫天徹地。

曹操回觀岸上營寨，幾處煙火。黃蓋跳在小船上，背後數人駕舟，冒煙突火，來尋曹操。操見勢急，方欲跳上岸，忽張遼駕一小腳船，扶操下得船時，那隻大船，已自著了。張遼與十數人保護曹操，飛奔岸口。黃蓋望見有絳紅袍者下船，料是曹操，乃催船速進，手提利刃，高聲大叫：「曹賊休走！黃蓋在此！」操叫苦連聲。張遼拈弓搭箭，覷著黃蓋較近，一箭射去。此時風聲正大，黃蓋在火光中，那裡聽得弓弦響，正中肩窩，翻身落水。正是：火厄盛時遭水厄，棒瘡愈後患金瘡。未知黃蓋性命如何，且看下文分解。

第五〇回　諸葛亮智算華容　關雲長義釋曹操

卻說當夜張遼一箭射黃蓋下水，救得曹操登岸，尋著馬匹走時，軍已大亂。韓當冒煙突火來攻水寨，忽聽得士卒報道：「後梢舵上一人，高叫將軍表字。」韓當細聽，但聞高叫：「公義救我！」當曰：「此黃公覆也！」急教救起。見黃蓋負箭著傷，咬出箭桿，箭頭陷在肉內。韓當急為脫去溼衣，用刀剜出箭頭，扯旗束之，脫自己戰袍與黃蓋穿了，先令別船送回大寨醫治。原來黃蓋深知水性，故大寒之時，和甲墮江，也逃得性命。

卻說當日滿江火滾，喊聲震地。左邊是韓當、蔣欽，兩軍從赤壁西邊殺來；右邊是周泰、陳武，兩軍從赤壁東邊殺來；正中是周瑜、程普、徐盛、丁奉，大隊船隻都到，火須兵應，兵仗火威。此正是三江水戰，赤壁鏖兵。曹軍著槍中箭，火焚水溺者，不計其數。後人有詩曰：

魏吳爭鬭決雌雄，赤壁樓船一掃空。
烈火初張雲照海，周郎曾此破曹公。

又有一絕云：

山高月小水茫茫，追歎前朝割據忙。
南士無心迎魏武，東風有意便周郎。

不說江中鏖兵。且說甘寧令蔡中引入曹寨深處，寧將蔡中一刀砍於馬下，就草上放起火來。呂蒙遙望中軍火起，也放十數處火，接應甘寧。潘璋、董襲分頭放火吶喊。四下裡鼓聲大震。曹操與張遼引百餘騎，在火林內走，看前面無一處不著。正走之間，毛玠救得文聘，引十數騎到。操令軍尋路。張遼指道：「只有烏林，地面空闊，可走。」操徑奔烏林。

正走間，背後一軍趕到，大叫：「曹操休走！」火光中現出呂蒙旗號。操催軍馬向前，留張遼斷後，抵敵呂蒙。卻見前面火把又起，從山谷中擁出一軍，大叫：「淩統在此！」曹操肝膽皆裂。忽刺斜裡一彪軍到，大叫：「丞相休慌！徐晃在此！」彼此混戰一場，一路望北而走。忽見一隊軍馬，屯在山坡前。徐晃出問，乃是袁紹手下降將馬延、張顗，有三千北地軍馬，列寨在彼；當夜見滿天火起，未敢轉動，恰好接著曹操。

操教二將引一千軍馬開路，其餘留著護身。操得這枝生力軍馬，心中稍安。馬延、張顗二將，飛騎前行。不到十里，喊聲起處，一彪軍出。為首一將，大呼曰：「吾乃東吳甘興霸也！」馬延正欲交鋒，早被甘寧一刀斬於馬下。張顗挺槍來迎，寧大喝一聲，顗措手不及，被寧手起一刀，翻身落馬。後軍飛報曹操。

操此時指望合淝有兵救應，不想孫權在合淝路口，望見江中火光，知是我軍得勝，便教陸遜舉火為

不是寫

曹操脫火，正是寫火勢猛烈。

寫曹軍七零八落。

號；太史慈見了，與陸遜合兵一處，衝殺將來。操只得望彝陵而走。路上撞見張郃，操令斷後。縱馬加鞭，走至五更，回望火光漸遠，操心方定，問曰：「此是何處？」左右曰：「此是烏林之西，宜都之北。」

操見樹木叢雜，山川險峻，乃於馬上仰面大笑不止。諸將問曰：「丞相何故大笑？」操曰：「吾不笑別人，單笑周瑜無謀，諸葛亮少智。若是吾用兵之時，預先在這裡伏下一軍。如之奈何？」

說猶未了，兩邊鼓聲震響，火光沖天而起，驚得曹操幾乎墜馬。刺斜裡一彪軍殺出，大叫：「我趙子龍奉軍師將令，在此等候多時了！」操教徐晃、張郃雙敵趙雲，自己冒煙突火而去。子龍不來追趕，只顧搶奪旗幟。曹操得脫。天色微明，黑雲罩地，東南風尚不息。忽然大雨傾盆，溼透衣甲。操與軍士冒雨而行，眾軍皆有飢色。操令軍士往村落中劫掠糧食，尋覓火種。方欲造飯，後面一軍趕到。操心甚慌。原來卻是李典、許褚保護著眾謀士來到。

操大喜，令軍馬且行，問：「前面是那裡地面？」人報：「一邊是南彝陵大路，一邊是北彝陵山路。」操問：「那裡投南郡江陵去近？」軍士稟曰：「取南彝陵過葫蘆口去最便。」操教走南彝陵。行至葫蘆口，軍皆飢餒，行走不上，馬亦困乏，多有倒於路者。操教前面暫歇。馬上有帶得鑼鍋❶的，也有村中掠得糧米的，便就山邊揀乾處埋鍋造飯，割馬肉燒吃，盡皆脫去溼衣，於風頭吹晒。馬皆摘鞍野放，咽咬草根。

操坐於疎林之下，仰面大笑。眾官問曰：「適來丞相笑周瑜、諸葛亮，引惹出趙子龍來，又折了許多人馬，如今為何又笑？」操曰：「吾笑諸葛亮、周瑜，畢竟智謀不足。若是我用兵時，就這個去處，

❶ 鑼鍋：鍋的一種。便於攜帶的鍋。

也埋伏一彪軍馬，以逸待勞，我等縱然脫得性命，也不免重傷矣。彼見不到此，我是以笑之。」

正說間，前軍後軍一齊發喊。操大驚，棄甲上馬。眾軍多有不及收馬者。早見四下火煙布合山口，一軍擺開，為首乃燕人張翼德，橫矛立馬，大叫：「操賊走那裡去！」諸軍眾將見了張飛，盡皆膽寒。許褚騎無鞍馬來戰張飛。張遼、徐晃二將，縱馬也來夾攻。兩邊軍馬混戰做一團。操先撥馬走脫，諸將各自脫身。張飛從後趕來。操迤邐奔走，追兵漸遠，回顧眾將多已受傷。

正行間，軍士稟曰：「前面有兩條路，請問丞相從那條路去？」操問：「那條路近？」軍士曰：「大路稍平，卻遠五十餘里；小路投華容道，卻近五十餘里。只是地窄路險，坑坎難行。」操令人上山觀望，回報：「小路山邊有數處煙起。大路並無動靜。」操教前軍便走華容道小路。諸將曰：「烽煙起處，必有軍馬，何故反走這條路？」操曰：「豈不聞兵書有云：『虛則實之，實則虛之。』諸葛亮多謀，故使人於山僻燒煙，使我軍不敢從這條山路走，他卻伏兵於大路等著。吾料已定，偏不教中他計！」諸將皆曰：「丞相妙算，人所不及。」遂勒兵走華容道。此時人皆飢倒，馬盡困乏。焦頭爛額者扶策而行，中箭著槍者勉強而走。衣甲濕透，個個不全。軍器旗旛，紛紛不整。大半皆是彝陵道上被趕得慌，只騎得禿馬，鞍轡衣服，盡皆拋棄。正值隆冬嚴寒之時，其苦何可勝言。

極寫曹操狼狽，以襯關公釋放之義。

操見前軍停馬不進，問是何故。回報曰：「前面山僻小路，因早晨下雨，坑塹內積水不能流，泥陷馬蹄，不能前進。」操大怒，叱曰：「軍旅逢山開路，遇水疊橋，豈有泥濘不堪行之理！」傳下號令，教老弱中傷軍士在後慢行，強壯者擔土束柴，搬草運蘆，填塞道路，務要即時行動；如違令者斬。眾軍只得都下馬，就路旁砍伐竹木，填塞山路。操恐後軍來趕，令張遼、許褚、徐晃，引百騎執刀在手，但遲慢者便斬之。

操喝令人馬沿棧而行，死者不可勝數。號哭之聲，於路不絕。操怒曰：「生死有命，何哭之有！如再哭者立斬！」三停人馬，一停落後，一停填了溝壑，一停跟隨曹操。過了險峻，路稍平坦。操回顧止有三百餘騎隨後，並無衣甲袍鎧整齊者。操催速行。眾將曰：「馬盡乏矣，只好少歇。」操曰：「趕到荊州將息未遲。」又行不到數里，操在馬上揚鞭大笑。眾將問：「丞相何又大笑？」操曰：「人皆言周瑜、諸葛亮足智多謀，以吾觀之，到底是無能之輩。若使此處伏一旅之師，吾等皆束手受縛矣。」

八十三萬大軍，只剩得三百餘騎。

言未畢。一聲砲響，兩邊五百校刀手擺開，為首大將關雲長，提青龍刀，跨赤兔馬，截住去路，操軍見了，亡魂喪膽，面面相覷。操曰：「既到此處，只得決一死戰！」眾將曰：「人縱然不怯，馬力已乏，安能復戰？」程昱曰：「某素知雲長傲上而不忍下，欺強而不凌弱；恩怨分明，信義素著。丞相昔日有恩於彼，今只親自告之，可脫此難。」

操從其說，即縱馬向前，欠身謂雲長曰：「將軍別來無恙？」雲長亦欠身答曰：「關某奉軍師將令，等候丞相多時。」操曰：「曹操兵敗勢危，到此無路，望將軍以昔日之情為重。」雲長曰：「昔日關某雖蒙丞相厚恩，然已斬顏良、誅文醜，解白馬之圍以奉報矣。今日之事，豈敢以私廢公？」操曰：「五關斬將之時，還能記否？大丈夫以信義為重。將軍深明春秋，豈不知庾公之斯追子濯孺子之事❷乎？」

可謂哀鳴。

❷ 庾公之斯追子濯孺子之事：春秋時，衛國派庾公之斯追擊子濯孺子，他們都很會射箭，但子濯孺子因為生病，不能拿弓應戰。庾公之斯對他說：「我跟尹公之他學射箭，尹公之他跟你學射箭，我不忍用你的技術反來射你。」於是把箭頭敲掉，射了四枝沒有頭的箭回去。

雲長是個義重如山之人，想起當日曹操許多恩義，與後來五關斬將之事，如何不動心？又見曹軍惶惶皆欲垂淚，越發心中不忍。於是把馬頭勒回，謂眾軍曰：「四散擺開。」這個分明是放曹操的意思。操見雲長回馬，便和眾將一齊衝將過去。雲長回身時，曹操已與眾將過去了。雲長大喝一聲，眾將皆下馬，哭拜於地。雲長愈加不忍。正猶豫間，張遼驟馬而至，雲長見了，又動故舊之情；長歎一聲，並皆放去。後人有詩曰：

曹瞞兵敗走華容，正與關公狹路逢。
只為當初恩義重，放開金鎖走蛟龍。

三百餘騎殘兵，只剩得二十七人。

曹操既脫華容之難，行至谷口，回顧所隨軍兵，止有二十七騎。比及天晚，已近南郡，火把齊明，一簇人馬攔路。操大驚曰：「吾命休矣！」只見一群哨馬衝到，方認得是曹仁軍馬。操纔安心。曹仁接著，言：「雖知兵敗，不敢遠離，只得在附近迎接。」操曰：「幾與汝不相見也！」

於是引眾入南郡安歇。隨後張遼也到，說雲長之德。操點將校中傷者極多，操皆令將息。曹仁置酒與操解悶。眾謀士俱在座。操忽仰天大慟。眾謀士曰：「丞相於虎窟中逃難之時，全無懼怯；今到城中，人已得食，馬已得料，正須整頓軍馬復仇，何反痛哭？」操曰：「吾哭郭奉孝耳！若奉孝在，決不使吾有此大失也！」遂搥胸大哭曰：「哀哉，奉孝！痛哉，奉孝！惜哉，奉孝！」眾謀士皆默然自慚。

次日，操喚曹仁曰：「吾今暫回許都，收拾軍馬，必來報仇。汝可保全南郡。吾有一計，密留在此，非急休開，急則開之。依計而行，使東吳不敢正視南郡。」仁曰：「合淝、襄陽，誰可保守？」操曰：

「荊州託汝管領，襄陽吾已撥夏侯惇把守。合淝最為緊要之地，吾令張遼為主將，樂進、李典為副將，保守此地。但有緩急，飛報將來。」操分撥已定，遂上馬引眾奔回許昌。荊州原降文武各官，依舊帶回許昌調用。曹仁自遣曹洪據守彝陵、南郡，以防周瑜。

卻說關雲長放了曹操，引軍自回。此時諸路軍馬，皆得馬匹器械錢糧，已回夏口；獨雲長不獲一人一騎，空身回見玄德。孔明正與玄德作賀，忽報雲長至。孔明忙離坐席，執盃相迎曰：「且喜將軍立此蓋世之功，除普天下之大害。合宜遠接慶賀。」

雲長默然。孔明曰：「將軍莫非因吾等不曾遠接，故而不樂？」回顧左右曰：「汝等緣何不先報？」雲長曰：「關某特來請死。」孔明曰：「莫非曹操不曾投華容道上來？」雲長曰：「是從那裡來，關某無能，因此被他走脫。」孔明曰：「拏得甚將士來？」雲長曰：「皆不曾拏。」孔明曰：「此是雲長想曹操昔日之恩，故意放了。但既有軍令狀在此，不得不按軍法。」遂叱武士推出斬之。正是：拚將一死酬知己，致令千秋仰義名。未知雲長性命如何，且看下文分解。

第五一回　曹仁大戰東吳兵　孔明一氣周公瑾

劉謝孫，謝周郎之火；孫謝劉，劉謝孔明之風。

卻說孔明欲斬雲長。玄德曰：「昔吾三人結義時，誓同生死。今雲長雖犯法，不忍違卻前盟。望權記過，容將功贖罪。」孔明方纔饒了。

且說周瑜收軍點將，各各敘功，申報吳侯。所得降卒，盡行發付渡江。大犒三軍，遂進兵攻取南郡。前隊臨江下寨，前後分五營。周瑜居中。

瑜正與眾商議征進之策，忽報「劉玄德使孫乾來與都督作賀」。瑜命請入。乾施禮畢，言：「主公特命乾拜謝都督大德，有薄禮上獻。」瑜問曰：「玄德在何處？」乾答曰：「現移兵屯油江口。」瑜驚曰：「孔明亦在油江否？」乾曰：「孔明與主公同在油江。」瑜曰：「足下先回，某自來相謝也。」

瑜收了禮物，發付孫乾先回。肅曰：「卻纔都督為何失驚？」瑜曰：「劉備屯兵油江，必有取南郡之意。我等費了許多軍馬，用了許多錢糧，目下南郡垂手可得；彼等心懷不仁，要就現成，須放著周瑜不死！」肅曰：「當用何策退之？」瑜曰：「吾自去和他說話。好便好；不好時不等他取南郡，先結果了劉備！」肅曰：「某願同往。」於是瑜與魯肅引三千輕騎，徑投油江口來。

先說孫乾回見玄德，言周瑜將親來相謝。玄德乃問孔明曰：「來意若何？」孔明笑曰：「那裡為這些薄禮，肯來相謝。止為南郡而來。」玄德曰：「他若提兵來，何以待之？」孔明曰：「他來便可如此如此答應。」遂於油江口擺開戰船，岸上列著軍馬。

人報「周瑜、魯肅引兵到來」。孔明使趙雲領數騎來接。瑜見軍勢雄壯，心甚不安。行至營門外，玄德、孔明迎入帳中。各敘禮畢，設宴相待。玄德舉酒致謝鏖兵之事。

酒至數巡，瑜曰：「豫州移兵在此，莫非有取南郡之意否？」玄德曰：「聞都督欲取南郡，故來相助。若都督不取，備必取之。」瑜笑曰：「吾東吳久欲吞併漢江，今南郡已在掌中，如何不取？」玄德曰：「勝負不可預定。曹操臨歸，令曹仁守南郡等處，必有奇計；更兼曹仁勇不可當；但恐都督不能取耳。」瑜曰：「吾若取不得，那時任從公取。」玄德曰：「孔明、子敬在此為證，都督休悔。」魯肅躊躇未對。瑜曰：「大丈夫一言既出，何悔之有？」孔明曰：「都督此言，甚是公論。先讓東吳去取；若不下，主公取之，有何不可？」

瑜與肅辭別玄德、孔明，上馬而去。玄德問孔明曰：「卻纔先生教備如此回答，雖一時說了，展轉尋思，於理未然。我今孤窮一身，無置足之地，欲得南郡，權且容身；若先教周瑜取了，城池已屬東吳矣，卻如何得住？」孔明大笑曰：「當初亮勸主公取荊州，主公不聽，今日卻忘耶？」玄德曰：「前為景升之地，故不忍取；今為曹操之地，理合取之。」孔明曰：「不須主公憂慮。儘著周瑜去廝殺，早晚教主公在南郡城中高坐。」玄德曰：「計將安出？」孔明曰：「只須如此如此。」玄德大喜，只在江口屯紮，按兵不動。

卻說周瑜、魯肅回寨。肅曰：「都督如何亦許玄德取南郡？」瑜曰：「吾彈指可得南郡，落得虛做人情。」隨問帳下將士：「誰敢先取南郡？」一人應聲而出，乃蔣欽也。瑜曰：「汝為先鋒，徐盛、丁奉為副將，撥五千精銳軍馬，先渡江。吾隨後引兵接應。」

且說曹仁在南郡，分付曹洪守彝陵，以為犄角之勢。人報「吳兵已渡漢江」。仁曰：「堅守勿戰為上。」驍騎牛金奮然進曰：「兵臨城下而不出戰，是怯也。況吾兵新敗，正當重振銳氣。某願借精兵五百，決一死戰。」

仁從之，令牛金引五百軍出戰。丁奉縱馬來迎。約戰四五合，奉詐敗，牛金引軍追趕入陣。奉指揮眾軍士裹圍牛金於陣中。金左右衝突，不能得出。曹仁在城上望見牛金困在垓心，遂披甲上馬，引麾下壯士數百騎出城，奮力揮刀。殺入吳陣。徐盛迎戰，不能抵當。曹仁殺到垓心，救出牛金，回顧尚有數十騎在陣，不能得出，遂復翻身殺入，救出重圍。正遇蔣欽攔路，曹仁與牛金奮力衝散。仁弟曹純，亦引兵接應。混殺一陣，吳軍敗走，曹仁得勝而回。

蔣欽兵敗，回見周瑜，瑜怒欲斬之，眾將告免。瑜即點兵，要親與曹仁決戰。甘寧曰：「都督未可造次。今曹仁令曹洪據守彝陵，為犄角之勢。某願以精兵三千，徑取彝陵，都督然後可取南郡。」

瑜服其論，先教甘寧領三千兵攻打彝陵。早有細作報知曹仁，仁與陳矯商議。矯曰：「彝陵有失，南郡亦不可守矣。宜速救之。」仁遂令曹純與牛金暗地引兵救曹洪。曹純先使人報知曹洪，令洪出城誘敵。甘寧引兵至彝陵，洪出與甘寧交鋒。戰有二十餘合，洪敗走。寧奪了彝陵。至黃昏時，曹純、牛金兵到，兩下相合，圍了彝陵。

探馬飛報周瑜，說甘寧困於彝陵城中，瑜大驚。程普曰：「可急分兵救之。」瑜曰：「此地正當衝要之處，若分兵去救，倘曹仁引兵來襲，奈何？」呂蒙曰：「甘興霸乃江東大將，豈可不救？」瑜曰：

「吾欲自往救之；但留何人在此，代當吾任？」蒙曰：「留凌公續當之。蒙為前驅，都督斷後；不須十日，必奏凱歌。」瑜曰：「未知凌公續肯暫代吾任否？」凌統曰：「若十日為期，可當之；十日之外，不勝其任矣。」

瑜大喜，遂留兵萬餘，付與凌統，即日起大兵投彝陵來。蒙謂瑜曰：「彝陵南僻小路，取南郡極便。可差五百軍去砍倒樹木，以斷其路。彼軍若敗，必走此路。馬不能行，必棄馬而走，吾可得其馬也。」瑜從之，差軍去訖。大兵將至彝陵，瑜問：「誰可突圍而入，以救甘寧？」周泰願往，即時綽刀縱馬，直殺入曹軍之中，逕到城下，甘寧望見周泰至，自出城迎之。泰言：「都督自提兵至。」寧傳令教軍士嚴裝飽食，準備內應。

得馬之利，恐不足償失地之辱。

卻說曹洪、曹純、牛金聞周瑜兵將至，先使人往南郡報知曹仁，一面分兵拒敵。及吳兵至，曹兵迎之。比及交鋒，甘寧、周泰分兩路殺出，曹兵大亂，吳兵四下掩殺。曹洪、曹純、牛金果然投小路而走；卻被亂柴塞道，馬不能行，盡皆棄馬而走。吳兵得馬五百餘匹。周瑜驅兵星夜趕到南郡，正遇曹仁軍來救彝陵。兩軍接著，混戰一場。天色已晚，各自收兵。

曹仁回城中，與眾商議。曹洪曰：「目今失了彝陵，勢已危急，何不拆丞相遺計觀之，以解此危？」曹仁曰：「汝言正合吾意。」遂拆書觀之，大喜，便傳令教五更造飯；平明，大小軍馬，盡皆棄城；城上遍插旌旗，虛張聲勢，軍分三門而出。

卻說周瑜救出甘寧，陳兵於南郡城外。見曹兵分三門而出，瑜上將臺觀看。只見女牆邊虛插旌旗，無人守護；又見軍士腰下各束縛包裹。瑜暗忖曹仁必先準備走路，遂下將臺號令，分布兩軍為左右翼；

如前軍得勝，只顧向前追趕，直待鳴金，方許退步。命程普督後軍，瑜親自引軍取城。對陣鼓聲響處，曹洪出馬搦戰。瑜自至門旗下，使韓當出馬，與曹洪交鋒。戰到三十餘合，洪敗走。曹仁自出接戰。周泰縱馬相迎。鬭十餘合，仁亦敗走，陣勢錯亂。

周瑜麾兩翼軍殺出，曹軍大敗。瑜自引軍馬追至南郡城下，曹軍皆不入城，望西北而走。韓當、周泰引前部盡力追趕。瑜見城門大開，城上又無人，遂令眾軍搶城。數十騎當先而入。瑜在背後縱馬加鞭，直入甕城。陳矯在敵樓上，望見周瑜親自入城來，暗暗喝采道：「丞相妙策如神！」

一聲梆子響，兩邊弓弩齊發，勢如驟雨。爭先入城的，都攧入陷坑內。周瑜急勒馬回時，被一弩箭，正射中左肋，翻身落馬。牛金從城中殺出，來捉周瑜。徐盛、丁奉二人，捨命救去。城中曹兵突出，吳兵自相踐踏，落塹坑者無數。程普急收軍時，曹仁、曹洪分兵兩路殺回。吳兵大敗。幸得淩統引一軍從刺斜裡殺來，敵住曹兵。曹仁引得勝軍進城，程普收敗軍回寨。

丁、徐二將救得周瑜到帳中，喚行軍醫者用鐵鉗子拔出箭頭，將金瘡藥敷掩瘡口，疼不可當，飲食俱廢。醫者曰：「此箭頭上有毒，急切不能痊可。若怒氣沖激，其瘡復發。」程普令三軍緊守各寨，不許輕出。三日後牛金引軍來搦戰，程普按兵不動。牛金罵至日暮方回，次日又來罵戰。程普恐瑜生氣，不敢報知。第三日，牛金直至寨門外叫罵，聲聲只道要捉周瑜。程普與眾商議，欲暫且退兵，回見吳侯，卻再理會。

卻說周瑜雖患瘡痛，心中自有主張；已知曹兵常來寨前叫罵，卻不見眾將來稟。一日，曹仁自引大軍，擂鼓吶喊，前來搦戰。程普拒住不出。周瑜喚眾將入帳問曰：「何處鼓譟吶喊？」眾將曰：「軍中教演士卒。」瑜怒曰：「何欺我也！吾已知曹兵常來寨前辱罵。程德謀既同掌兵權，何敢坐視？」遂命人請程普入帳問之。普曰：「吾見公瑾病瘡，醫者言勿觸怒，故曹兵搦戰，不敢報知。」瑜曰：「公等不戰，主意若何？」普曰：「眾將皆欲收兵暫回江東。待公箭瘡平復，再作區處❶。」瑜聽罷，於牀上奮然躍起曰：「大丈夫既食君祿，當死於戰場，以馬革裹尸還，幸也！豈可為我一人，而廢國家大事乎？」言訖，即披甲上馬。諸軍眾將無不駭然，遂引數百騎出營前。望見曹軍已布成陣勢，曹仁自立馬於門旗下，揚鞭大罵曰：「周瑜孺子，料必橫夭❷，再不敢正覷我兵！」罵猶未絕，瑜從群騎內突然出曰：「曹仁匹夫！見周郎否！」曹軍看見，盡皆驚駭。曹仁回顧眾將曰：「可大罵之！」眾軍厲聲大罵。周瑜大怒，使潘璋出戰。未及交鋒，周瑜忽大叫一聲，口中噴血，墜於馬下。曹兵衝來，眾將向前抵住，混戰一場，救起周瑜，回到帳中。

程普問曰：「都督貴體若何？」瑜密謂普曰：「此吾之計也。」普曰：「計將安出？」瑜曰：「吾身本無甚痛楚；吾所以為此者，欲令曹兵知我病危，必然欺敵。可使心腹軍士去城中詐降，說吾已死。今夜曹仁必來劫寨。吾卻於四下埋伏以應之，則曹仁可一鼓而擒也。」程普曰：「此計大妙！」隨就帳下舉起哀聲。眾軍大驚，盡傳言都督箭瘡大發而死，各寨盡皆挂孝。

卻說曹仁在城中與眾商議，言周瑜怒氣沖發，金瘡崩裂，以致口中噴血，墜於馬下，不久必亡。正論間，忽報「吳寨內有十數個軍士來降。中間亦有二人，原是曹兵被擄過去的」。曹仁忙喚入問之。軍士曰：「今日周瑜陣前金瘡碎裂，回寨即死。今眾將皆已挂孝舉哀。我等因受程普之辱，故特歸

---

❶ 區處：處理，處置。

❷ 橫夭：橫死，遭到意外死去。

降，便報此事。」

曹仁大喜，隨即商議今夜便去劫寨，奪周瑜之屍，斬其首級，送赴許都。陳矯曰：「此計速行，不可遲誤。」曹仁遂令牛金為先鋒，自為中軍，曹洪、曹純為合後，只留陳矯領些少軍士守城，其餘軍兵盡起。初更時出城，徑投周瑜大寨。來到寨門，不見一人，但見虛插旗槍而已。情知中計，急忙退兵。四下砲聲齊發，東邊韓當、蔣欽殺來，西邊周泰、潘璋殺來，南邊徐盛、丁奉殺來，北邊陳武、呂蒙殺來。曹兵大敗，三路軍皆被衝散，首尾不能相救。

以四面敵三路，寫眾將如此勞苦功高。

曹仁引十數騎殺出重圍，正遇曹洪，遂引敗殘軍馬一同奔走。殺到五更，離南郡不遠，一聲鼓響，凌統又引一軍攔住去路，截殺一陣。曹仁引兵刺斜而走，又遇甘寧大殺一陣。曹仁不敢回南郡，徑投襄陽大路而行。吳軍趕了一程，自回。周瑜、程普收住眾軍，徑到南郡城下，見旌旗布滿，敵樓上一將叫曰：「都督少罪。吾奉軍師將令，已取城了。吾乃常山趙子龍也。」

周瑜大怒，便命攻城。城上亂箭射下。瑜命且回軍商議，使甘寧引數千軍馬，徑取荊州；凌統引數千軍馬，徑取襄陽；然後卻再取南郡未遲。

正分撥間，忽然探馬飛來報說：「諸葛亮自得了南郡，遂用兵符，星夜詐調荊州守城軍馬來救，卻教張飛襲了荊州。」又一探馬飛來報說：「夏侯惇在襄陽，被諸葛亮差人齎兵符，詐稱曹仁求救，誘惇引兵出，卻教雲長襲取了襄陽。」二處城池，全不費力，皆屬劉玄德矣。周瑜曰：「諸葛亮怎得兵符？」程普曰：「他拏住陳矯，兵符自然盡屬之矣。」周瑜大叫一聲，金瘡迸裂。正是：幾郡城池無我分，一場辛苦為誰忙。未知性命如何，且看下文分解。

第五二回 諸葛亮智辭魯肅　趙子龍計取桂陽

卻說周瑜見孔明襲了南郡，又聞他襲了荊、襄，如何不氣？氣傷箭瘡，半晌方甦。眾將再三勸解。瑜曰：「若不殺諸葛村夫，怎息我心中怨氣？程德謀可助我攻打南郡，定要奪還東吳。」

正議間，魯肅至。瑜謂之曰：「吾欲起兵與劉備、諸葛亮共決雌雄，復奪城池。子敬幸助我。」魯肅曰：「不可。方今與曹操相持，尚未分成敗；主公現攻合淝不下；如若自家互相吞併，倘曹兵乘虛而來，其勢危矣。況劉玄德舊曾與曹操相厚，若逼得緊急，獻了城池，一同攻打東吳，如之奈何？」瑜曰：「吾等用計策，損兵馬，費錢糧，他去圖現成，豈不可恨！」肅曰：「公瑾且耐。容某親見玄德，將理來說他。若說不通，那時動兵未遲。」諸將曰：「子敬之言甚善。」

魯肅見識，到底是結劉以拒曹。

於是魯肅引從者徑投南郡來，到城下叫門。趙雲出問。肅曰：「我要見劉玄德有話說。」雲答曰：「吾主與軍師在荊州城中。」肅遂不入南郡，徑奔荊州。見旌旗整列，軍容甚盛，肅暗羨曰：「孔明真非常人也！」軍士報入城中，說魯子敬要見。孔明令大開城門，接肅入衙。敘禮畢，分賓主而坐。茶罷，肅曰：「吾主吳侯，與都督公瑾，教某再三申意皇叔。前者，操引百萬之眾，名下江南，實欲來圖皇叔；幸得東吳殺退曹兵，救了皇叔，所有荊州九郡，合當歸於東吳。今皇叔用詭計，奪占荊、襄，使江東空費錢糧軍馬，而皇叔安受其利，恐於理未順。」

孔明曰：「子敬乃高明之士，何故亦出此言？常言道：『物必歸主。』荊、襄九郡，非東吳之地，乃劉景升之基業。吾主固景升之弟也。景升雖亡，其子尚在。以叔輔姪，而取荊州，有何不可？」肅曰：「若果係公子劉琦占據，尚有可解；今公子在江夏，須不在這裡。」孔明曰：「子敬欲見公子乎？」便命左右請公子出來。只見兩侍者從屏風後扶出劉琦。琦謂肅曰：「病軀不能施禮，子敬勿罪。」魯肅吃了一驚，默然無語，良久言曰：「公子若不在，便如何？」孔明曰：「公子在一日，守一日；若不在，別有商議。」肅曰：「若公子不在，須將城池還我東吳。」孔明曰：「子敬之言是也。」遂設宴相待。

語甚含糊。

宴罷，肅辭出城，連夜歸寨，具言前事。瑜曰：「劉琦正青春年少，如何便得他死？這荊州何日得還？」肅曰：「都督放心。只在魯肅身上，務要討荊、襄還東吳。」瑜曰：「子敬有何高見？」肅曰：「吾觀劉琦過於酒色，病入膏肓，現今面色羸瘦，氣喘嘔血；不過半年，其人必死。那時往取荊州，劉備須無得推故。」

周瑜猶自忿氣未消，忽孫權遣使至。瑜令請入。使曰：「主公圍合淝，累戰不捷。特令都督收回大軍，且撥兵赴合淝相助。」周瑜只得班師回柴桑養病，令程普部領戰船士卒，來合淝聽孫權調用。

卻說劉玄德自得荊州、南郡、襄陽，心中大喜，商議久遠之計。忽見一人上廳獻策，視之，乃伊籍也。玄德感其舊日之恩，十分相敬，坐而問之。籍曰：「要知荊州久遠之計，何不求賢士以問之？」玄德曰：「賢士安在？」籍曰：「荊、襄馬氏兄弟五人，並有才名。幼者名謖，字幼常。其最賢者，眉間有白毛，名良，字季常。鄉里為之諺曰：『馬氏五常，白眉最良。』公何不求此人而與之謀？」

玄德遂命請之。馬良至，玄德以禮相待，請問保守荊、襄之策。良曰：「荊、襄四面受敵之地，恐不可久守。可令公子劉琦於此養病，招諭舊人以守之，就表奏公子為荊州刺史，以安民心；然後南征武陵、長沙、桂陽、零陵四郡，積收錢糧，以為根本。此久遠之計也。」玄德大喜，遂問：「四郡當先取何郡？」良曰：「湘江之西，零陵最近，可先取之。次取武陵。然後湘江之東取桂陽。長沙為後。」玄德遂用馬良為從事，伊籍副之；請孔明商議送劉琦回襄陽，替雲長回荊州；便調兵取零陵，差張飛為先鋒，趙雲合後，孔明、玄德為中軍，人馬一萬五千；留雲長守荊州；糜竺、劉封守江陵。

卻說零陵太守劉度，聞玄德軍馬到來，乃與其子劉賢商議。賢曰：「父親放心。他雖有張飛、趙雲之勇，我本州上將邢道榮，力敵萬人，可以抵對。」劉度遂命劉賢與邢道榮引兵萬餘，離城三十里，依山靠水下寨。探馬報說：「孔明自引一軍到來。」道榮便引軍出戰。兩陣對圓，道榮出馬，手使開山大斧，厲聲高叫：「反賊安敢侵我境界！」只見對陣中，一簇黃旗。門旗開處，推出一輛四輪車。車中端坐一人，頭戴綸巾，身披鶴氅，手執羽扇，用扇招邢道榮曰：「吾乃南陽諸葛孔明也。曹操引百萬之眾，被吾略施小計，殺得片甲不回。汝等豈可與我對敵？我今來招安汝等，何不早降？」道榮大笑曰：「赤壁鏖兵，乃周郎之謀也，干汝何事，敢來誑語！」輪大斧竟奔孔明。孔明便回車，望陣中走，陣門復閉。道榮直衝殺過來，陣勢急分兩下而走。道榮遙望中央一簇黃旗，料是孔明，乃只望黃旗而趕。抹過山腳，黃旗紮住，忽地中央分開，不見四輪車，只見一將挺矛躍馬，大喝一聲，直取道榮，乃張翼德也。道榮輪大斧來迎，戰不數合，氣力不加❶，撥馬便走。翼德隨後趕來，喊聲大震，

❶ 不加：這裡是不足的意思。

兩下伏兵齊出。道榮捨死衝過，前面一員大將，攔住去路，大叫：「認得常山趙子龍否？」

道榮料敵不過，又無處奔走，只得下馬請降。子龍縛來寨中見玄德、孔明。玄德喝教斬首。孔明急止之，問道榮曰：「汝若與我捉了劉賢，便准你投降。」道榮連聲願往。孔明曰：「你用何法捉他？」道榮曰：「軍師若肯放某回去，某自有巧說。今晚軍師引兵劫寨，某為內應，活捉劉賢，獻與軍師。劉賢既擒，劉度自降矣。」玄德不信其言。孔明曰：「邢將軍非謬言也。」遂放道榮歸。道榮得放回寨，將前事實訴劉賢。賢曰：「如之奈何？」道榮曰：「可將計就計。今夜將兵伏於寨外，寨中虛立旗旛，待孔明來劫寨，就而擒之。」

劉賢依計。當夜二更，果然有一彪軍到寨口，每人各帶草把，一齊放火。劉賢、道榮兩下殺來，放火軍便退，劉賢、道榮兩軍乘勢追趕，趕了十餘里，軍皆不見。劉賢、道榮大驚，急回本寨，只見火光未滅，寨中突出一將，乃張翼德也。劉賢叫道榮不可入寨，卻去劫孔明寨便了。於是復回軍。走不十里，趙雲引一軍刺斜裡殺出，一槍刺道榮於馬下。劉賢急撥馬奔走，背後張飛趕來，活捉過馬，綁縛見孔明。賢告曰：「邢道榮教某如此，實非本心也。」孔明令釋其縛，與衣穿了，賜酒壓驚，教人送入城說父投降；如其不降，打破城池，滿門盡誅。

劉賢回零陵見父劉度，備述孔明之德，勸父投降。度從之，遂於城上豎起降旗，大開城門，齎捧印綬出城，竟投玄德大寨納降。孔明教劉度仍為郡守，其子劉賢赴荊州隨軍辦事。零陵一郡居民，盡皆喜悅。玄德入城安撫已畢，賞勞三軍，乃問眾將曰：「零陵已取了，桂陽郡何人敢取？」趙雲應曰：「某願往。」張飛奮然出曰：「飛亦願往！」二人相爭。孔明曰：「終是子龍先應，只教子龍去。」張飛不服，定要去取。孔明教拈鬮，拈著的便去。又是子龍拈著。張飛怒曰：「我並不要人相幫，只獨領三千軍去，穩取城池。」趙雲曰：「某也只領三千軍去。如不得城，願受軍令。」

孔明大喜，責寫軍令狀，選三千精兵付趙雲去。張飛不服，玄德喝退。趙雲領了三千人馬，逕往桂陽進發。早有探馬報知桂陽太守趙範。範急聚眾商議。管軍校尉陳應、鮑龍願領兵出戰。原來二人都是桂陽嶺山鄉獵戶出身。陳應會使飛叉，鮑龍曾射殺雙虎。二人自恃勇力，乃對趙範曰：「劉備若來，某二人願為前部。」趙範曰：「我聞劉玄德乃是大漢皇叔；更兼孔明多謀，關、張極勇；今領兵來的趙子龍，在當陽長坂百萬軍中，如入無人之境。我桂陽能有多少人馬？不可迎敵，只可投降。」應曰：「某請出戰。若擒不得趙雲，那時任太守投降不遲。」

趙範拗不過，只得應允。陳應領三千人馬出城迎敵，早望見趙雲領軍來到。陳應列成陣勢，飛馬綽叉而出。趙雲挺槍出馬，責罵陳應曰：「吾主劉玄德，乃劉景升之弟。今輔公子劉琦同領荊州，特來撫民。汝何故迎敵？」陳應罵曰：「我等只服曹丞相，豈順劉備！」趙雲大怒，挺槍驟馬，直取陳應，應撚叉來迎。兩馬相交，戰到四五合，陳應料敵不過，撥馬便走。趙雲追趕。陳應回顧趙雲馬來相近，用飛叉擲去，被趙雲接住，回擲陳應。應急躲過，雲馬早到，將陳應活捉過馬，擲於地下，喝令軍士綁縛回寨。敗軍四散奔走。雲入寨叱陳應曰：「量汝安敢敵我！我今不殺汝，放汝回去；說與趙範，早來投降。」

陳應謝罪，抱頭鼠竄，回到城中，對趙範盡言其事。範曰：「我本欲降，汝強要戰，以致如此。」遂叱退陳應，齎捧印綬，引十數騎出城投大寨納降。雲出寨迎接，待以賓禮，置酒共飲，納了印綬。酒

寫趙雲

至數巡，範曰：「將軍姓趙，某亦姓趙，五百年前，合是一家。將軍乃真定人，某亦真定人；又是同鄉。倘得不棄，結為兄弟，實為萬幸。」雲大喜，各敘年庚。雲與範同年。雲長範四個月，範遂拜雲為兄。二人同鄉，同年，又同姓，十分相得。至晚席散，範辭回城。

次日，範請雲入城安民。雲教軍士休動，只帶五十騎隨入城中。居民執香伏道而接。雲安民已畢，趙範邀請入衙飲宴。酒至半酣，範復邀雲入後堂深處，洗盞更酌。雲飲微醉，範忽請出一婦人，與雲把盞。子龍見婦人身穿縞素，有傾國傾城之色，乃問範曰：「此何人也？」範曰：「家嫂樊氏也。」子龍改容敬之。樊氏把盞畢，範令就坐。雲辭謝。樊氏辭歸後堂。雲曰：「賢弟何必煩令嫂舉盃耶？」範笑曰：「中間有個緣故，乞兄勿阻。先兄棄世已三載，家嫂寡居，終非了局，弟常勸其改嫁。嫂曰：『若得三件事兼全之人，我方嫁之：第一要文武雙全，名聞天下；第二要相貌堂堂，威儀出眾；第三要與家兄同姓。』你道天下那得有這般湊巧的？今尊兄堂堂儀表，名震四海，又與家兄同姓，正合家嫂所言。若不嫌家嫂貌陋，願備嫁資，與將軍為妻，結累世之親，何如？」

雲聞言大怒而起，厲聲曰：「吾既與汝結為兄弟，汝嫂即吾嫂也，豈可作此亂人倫之事！」趙範羞慚滿面，答曰：「我好意相待，如何這般無禮！」遂目視左右，有相害之意。雲已覺，一拳打倒趙範，逕出府門，上馬出城去了。範急喚陳應、鮑龍商議。應曰：「這人發怒去了，只索與他廝殺。」範曰：「但恐贏他不得。」鮑龍曰：「我兩個詐降到他軍中，太守卻引兵來搦戰，我二人就陣上擒之。」陳應曰：「必須帶些人馬。」龍曰：「五百騎足矣。」

當夜二人引五百軍徑投趙雲寨來投降。雲已心知其詐，遂教喚入。二將到帳下，說：「趙範欲用美精細。人計賺將軍，只等將軍醉了，扶入後堂謀殺，將頭去曹丞相處獻功，如此不仁。某二人見將軍怒出，必連累於某，因此投降。」趙雲佯喜，置酒與二人痛飲。二人大醉，雲乃縛於帳中，擒其手下人問之，果是詐降。雲喚五百軍人，各賜酒食，傳令曰：「要害我者，陳應、鮑龍也。不干眾人之事。汝等聽吾行計，皆有重賞。」眾軍拜謝，將降將陳、鮑二人，當時斬了；卻教五百軍引路，雲引一千軍在後，連夜到桂陽城下叫門。

城上聽時，說陳、鮑二將軍殺了趙雲回軍，請太守商議事務。城上將火照看，果是自家軍馬。趙範急忙出城，雲喝左右捉下，遂入城安撫百姓。已定，飛報玄德。玄德與孔明親赴桂陽。雲迎接入城，推趙範於階下。孔明問之，範備言以嫂許嫁之事。孔明謂雲曰：「此亦美事，公何如此？」雲曰：「趙範既與某結為兄弟，今若娶其嫂，惹人唾罵，一也；其婦再嫁，便失大節，二也；趙範初降，其心難測，三也。主公新定江漢，枕席未安，雲安敢以一婦人而廢主公之大事？」

玄德曰：「今日大事已定，與汝娶之，若何？」雲曰：「天下女子不少，但恐名譽不立，何患無妻子乎？」玄德曰：「子龍真丈夫也！」遂釋趙範，仍令為桂陽太守，重賞趙雲。張飛大叫曰：「偏子龍幹得功，偏我是無用之人！只撥三千軍與我去取武陵郡，活捉太守金旋來獻！」孔明大喜曰：「翼德要去不妨，但要依一件事。」正是：軍師決勝多奇策，將士爭先立戰功。未知孔明說出那一件事來，且看下文分解。

落落丈夫語。

第五三回　關雲長義釋黃漢升　孫仲謀大戰張文遠

卻說孔明謂張飛曰：「前者子龍取桂陽郡時，責下軍令狀而去。今日翼德要取武陵，必須也責下軍令狀，方可領兵去。」張飛遂立軍令狀，欣然領三千軍，星夜投武陵界上來。金旋聽得張飛引兵到，乃集將校整點精兵器械，出城迎敵。從事鞏志諫曰：「劉玄德乃大漢皇叔，仁義布於天下；加之張翼德驍勇非常。不可迎敵，不如納降為上。」金旋大怒曰：「汝欲與賊通連為內變耶？」喝令武士推出斬之。眾官皆告曰：「先斬家人，於軍不利。」金旋乃喝退鞏志，自率兵出。離城二十里，正迎張飛。飛挺矛立馬，大喝金旋。旋問部將：「誰敢出戰？」眾皆畏懼，莫敢向前。旋自驟馬舞刀迎之。張飛大喝一聲，渾如巨雷。金旋失色，不敢交鋒，撥馬便走。飛引眾軍隨後掩殺。金旋走至城邊，城上亂箭射下。旋驚視之，見鞏志立於城上曰：「汝不順天時，自取敗亡，吾與百姓自降劉矣。」言未畢，一箭射中金旋面門，墜於馬下。軍士割頭獻張飛，鞏志出城納降。飛就令鞏志齎印綬，往桂陽見玄德。玄德大喜，遂令鞏志代金旋之職。玄德親至武陵安民畢，馳書報雲長，言翼德、子龍各得一郡。雲長乃回書上請曰：「聞長沙尚未取，如兄長不以弟為不才，教關某幹這件功勞甚好。」玄德大喜，遂令張飛星夜去替雲長守荊州，令雲長來取長沙。雲長既至，入見玄德、孔明。孔明曰：

「子龍取桂陽，翼德取武陵，都是三千軍去。今長沙太守韓玄，固不足道，只是他有一員大將，乃南陽人，姓黃，名忠，字漢升；是劉表帳下中郎將，與劉表之姪劉磐共守長沙，後事韓玄；雖今年近六旬，卻有萬夫不當之勇，不可輕敵。雲長去，必須多帶軍馬。」

雲長曰：「軍師何故長別人銳氣，滅自己威風？量一老卒，何足道哉！關某不須用三千軍，只消本部下五百名校刀手，決定斬黃忠、韓玄之首，來獻麾下。」玄德苦擋，雲長不依，只領五百校刀手而去。孔明謂玄德曰：「雲長輕敵黃忠，只恐有失。主公當往接應。」玄德從之，隨後引兵望長沙進發。

卻說長沙太守韓玄，平生性急，輕於殺戮，眾皆惡之。是時聽知雲長軍到，便喚老將黃忠商議。忠曰：「不須主公憂慮。憑某這口刀，這張弓，一千個來，一千個死！」原來黃忠能開二石之弓，百發百中。

言未畢，堦下一人應聲而出曰：「不須老將軍出戰，只就某手中定活捉關某。」韓玄視之，乃管軍校尉楊齡。韓玄大喜，遂令楊齡引軍一千，飛奔出城。約行五十里，望見塵頭起處，雲長軍馬早到。楊齡挺槍出馬，立於陣前罵戰。雲長大怒，更不打話，飛馬舞刀，直取楊齡。齡挺槍來迎。不三合，雲長手起刀落，砍楊齡於馬下。追殺敗兵，直至城下。

韓玄聞之大驚，便教黃忠出馬。玄自來城上觀看。忠提刀縱馬，引五百騎兵飛過弔橋。雲長見一老將出馬，知是黃忠，把五百校刀手一字擺開，橫刀立馬而問曰：「來將莫非黃忠否？」忠曰：「既知我名，焉敢犯我境！」雲長曰：「特來取汝首級！」

言罷，兩馬交鋒。戰一百餘合，不分勝負。韓玄恐黃忠有失，鳴金收軍。黃忠收軍入城。雲長也退

寫關公儒雅之極。

軍，離城十里下寨，心中暗忖：「老將黃忠，名不虛傳：鬬一百合，全無破綻。來日必用拖刀計，背砍贏之。」次日早飯畢，又來城下搦戰。韓玄坐在城上，教黃忠出馬。忠引數百騎殺過弔橋，再與雲長交馬。又鬬五六十合，勝負不分。兩軍齊聲喝采。

鼓聲正急時，雲長撥馬便走。黃忠趕來。雲長方欲用刀砍時，忽聽得腦後一聲響；急回頭看時，見黃忠被戰馬前失，掀在地下。雲長急回馬，雙手舉刀猛喝曰：「我且饒你性命！快換馬來廝殺！」黃忠急提起馬蹄，飛身上馬，奔入城中。玄驚問之，忠曰：「此馬久不上陣，故有此失。」玄曰：「汝箭百發百中，何不射之？」忠曰：「來日再戰，必然詐敗，誘到弔橋邊射之。」玄以自己所乘一匹青馬與黃忠。忠拜謝而退，尋思：「難得雲長如此義氣！他不忍殺害我，我又安忍射他？……若不射，又恐違了軍令。」是夜躊躇未定。

次日天曉，人報雲長搦戰。忠領兵出城。雲長兩日戰黃忠不下，十分焦躁，抖擻威風，與忠交馬。戰不到三十餘合，忠詐敗，雲長趕來。忠想起昨日不殺之恩，不忍便射，帶住刀，把弓虛拽弦響。雲長急閃，卻不見箭。雲長又趕，忠又虛拽。雲長急閃，又無箭，只道黃忠不會射，放心趕來。將近弔橋，黃忠在橋上搭箭開弓，弦響箭到，正射在雲長盔纓根上。前面軍齊聲喊起。雲長吃了一驚，帶箭回寨，方知黃忠有百步穿楊之能，今日只射盔纓，正是報昨日不殺之恩也。

雲長領兵而退。黃忠回到城中來見韓玄，玄便喝左右捉下黃忠。忠叫曰：「無罪！」玄大怒曰：「我看了三日，汝敢欺我！汝前日不力戰，必有私心。昨日馬失，他不殺汝，必有關通❶。今日兩番虛拽弓

❶ 關通：勾結、串通的意思。

救得突兀，出人意外。

弦，第三箭卻正射他盔纓，如何不是外通內連？若不斬汝，必為後患！」喝令刀斧手推出城門外斬之，眾將欲告，玄曰：「但告免黃忠者，便是同罪！」剛推到門外，恰欲舉刀，忽然一將揮刀殺入，砍死刀手，救起黃忠，大叫曰：「黃漢升乃長沙之保障，今殺漢升，是殺長沙百姓也！韓玄殘暴不仁，輕賢慢士，當眾共殛之！願隨我者便來！」

眾視其人，面如重棗，目若朗星；乃義陽人魏延也；自襄陽趕劉玄德不著，來投韓玄；玄怪其傲慢少禮，不肯重用，故屈沈於此。當日救了黃忠，教百姓同殺韓玄，袒臂一呼，相從者數百餘人。黃忠攔當不住。魏延直殺上城頭，一刀砍韓玄為兩段，提頭上馬，引百姓出城，投拜雲長。雲長大喜，遂入城安撫已畢，請黃忠相見。忠託病不出。雲長即使人去請玄德、孔明。

卻說玄德自雲長來取長沙，與孔明隨後催促人馬接應。正行間，青旗倒捲，一鴉自北南飛，連叫三聲而去。玄德曰：「此應何禍福？」孔明就在馬上袖占一課，曰：「長沙郡已得，又主得大將。午時後定見分曉。」

少頃，見一小校飛報前來，說：「關將軍已得長沙郡，降將黃忠、魏延。耑等主公到彼。」玄德大喜，遂入長沙。雲長接入廳上，具言黃忠之事。玄德親往黃忠家相請，忠方出降，求葬韓玄屍首於長沙之東。後人有詩讚黃忠曰：

將軍氣概與天參，白髮猶然困漢南。至死甘心無怨望，臨降低首尚懷慚。

寶刀燦雪彰神勇，鐵騎臨風憶戰酣。千古高名應不泯，長隨孤月照湘潭。

玄德待黃忠甚厚。雲長引魏延來見，孔明喝令刀斧手推出斬之。玄德驚問孔明曰：「魏延乃有功無罪之人，軍師何故欲殺之？」孔明曰：「食其祿而殺其主，是不忠也；居其土而獻其地，是不義也。吾觀魏延腦後有反骨，久後必反，故先斬之，以絕禍根。」玄德曰：「若殺此人，恐降者人人自危；望軍師恕之。」孔明指魏延曰：「吾今饒汝性命。汝可盡忠報主，勿生異心，若生異心，我好歹取汝首級。」

魏延喏喏連聲而退。黃忠薦劉表姪劉磐，——現在攸縣閒居。——玄德取回，教掌長沙郡。四郡已平，玄德班師回荊州，改油江口為公安。自此錢糧廣盛，賢士歸之；將軍馬四散屯於隘口。

卻說周瑜自回柴桑養病，令甘寧守巴陵郡，令凌統守漢陽郡。二處分布戰船，聽候調遣。程普引其餘將士投合淝縣來。原來孫權自從赤壁鏖兵之後，久在合淝，與曹兵交鋒，大小十餘戰，未決勝負，不敢逼城下寨，離城五十里屯兵。聞程普兵到，孫權大喜，親自出營勞軍。人報魯子敬先至，權乃下馬立待之。肅急忙滾鞍下馬施禮。眾將見權如此待肅，皆大驚異。權請肅上馬，並轡而行，密謂曰：「孤下馬相迎，足顯公否？」肅曰：「未也。」權曰：「然則如何而後為顯耶？」肅曰：「願明公威德加於四海，總括九州，克成帝業，使肅名書竹帛，始為顯矣。」

權撫掌大笑，同至帳中，大設飲宴，犒勞鏖戰將士，商議破合淝之策。忽報張遼差人來下戰書。權拆書觀畢，大怒曰：「張遼欺吾太甚！汝聞程普軍來，故意使人搦戰！來日吾不用新軍赴敵，看我大戰一場！」傳令當夜五更，三軍出寨，望合淝進發。辰時左右，軍馬行至半途，曹兵已到，兩邊布成陣勢。孫權金盔金甲，披挂出馬；左宋謙、右賈華，二將使方天畫戟，兩邊護衛。三通鼓罷，曹軍陣中，門旗兩開，三員將全裝貫帶，立於陣前：中央張遼，左邊李典，右邊樂進。張遼縱馬當先，專搦孫權決戰。

權綽鎗欲自戰，陣門中一將挺鎗驟馬早出，乃太史慈也。張遼揮刀來迎。兩將戰有七八十合，不分勝負。曹陣上李典謂樂進曰：「對面金盔者，孫權也。若捉得孫權，足可與八十三萬大軍報讎。」說猶未了，樂進一騎馬，一口刀，從刺斜裡逕取孫權，如一道電光，飛至面前，手起刀落。宋謙、賈華急將畫戟遮架，刀到處，兩枝戟齊斷，只將戟幹望馬頭上打。樂進回馬，宋謙綽軍士手中鎗趕來。李典搭上箭，望宋謙心窩裡便射，應弦落馬。太史慈見背後有人墜馬，棄卻張遼，望本陣便回。張遼乘勢掩殺過來，吳兵大亂，四散奔走。張遼望見孫權，驟馬趕來。看看趕上，刺斜裡撞出一軍，為首大將，乃程普也；截殺一陣，救了孫權。張遼收軍自回合淝。

程普保孫權歸大寨，敗軍陸續回營。孫權因見折了宋謙，放聲大哭。長史張紘曰：「主公恃盛壯之氣，輕視大敵，三軍之眾，莫不寒心。即使斬將搴旗，威振疆場，亦偏將之任，非主公所宜也。願抑賁育之勇，懷王霸之計。且今日宋謙死於鋒鏑之下，皆主公輕敵之故。今後切宜保重。」權曰：「是孤之過也。從今當改之。」

少頃，太史慈入帳，言：「某手下有一人，姓戈，名定，與張遼手下養馬後槽為弟兄。後槽被責懷怨，今晚使人報來，舉火為號，刺殺張遼，以報宋謙之讎。某請引兵為外應。」權曰：「戈定何在？」太史慈曰：「已混入合淝城中去了。某願乞五千兵去。」諸葛瑾曰：「張遼多謀，恐有準備，不可造次。」太史慈堅執要行。權因傷感宋謙之死，急要報讎，遂令太史慈引兵五千，去為外應。

卻說戈定乃太史慈鄉人。當日雜在軍中，隨入合淝城，尋見養馬後槽，兩個商議。戈定曰：「我已使人報太史慈將軍去了。今夜必來接應。你如何用事？」後槽曰：「此間離軍中較遠，夜間急不能進，只就草堆上放起一把火，你去前面叫反，城中兵亂，就裡刺殺張遼，餘軍自走也。」戈定曰：「此計大妙！」

孫權輕出，太史慈輕進，安得不敗！

是夜張遼得勝回城，賞勞三軍，傳令不許解甲宿睡。左右曰：「今日全勝，吳兵遠遁，將軍何不卸甲安息？」遼曰：「非也。為將之道，勿以勝為喜，勿以敗為憂。倘吳兵度我無備，乘虛攻擊，何以應之？今夜防備，當比每夜更加謹慎。」

說猶未了，後寨火起，一片聲叫反，報者如麻。張遼出帳上馬，喚親從將校數十人，當道而立。左右曰：「喊聲甚急，可往觀之。」遼曰：「豈有一城皆反者？此是造反之人，故驚軍士耳。如亂者先斬！」

不移時，李典擒戈定並後槽至。遼詢得其情，立斬於馬前。只聽得城門外鳴鑼擊鼓，喊聲大震。遼曰：「此是吳兵外應，可就計破之。」便令人於城門內放起一把火，眾皆叫反，大開城門，放下吊橋。

太史慈見城門大開，只道內變，挺槍縱馬先入。城上一聲礮響，亂箭射下，太史慈急退，身中數箭。背後李典、樂進殺出，吳兵折其大半，乘勢直趕到寨前。陸遜、董襲殺出，救了太史慈，曹兵自回。孫權見太史慈身帶重傷，愈加傷感。張昭請權罷兵。權從之，遂收兵下船，回南徐、潤州。比及屯住軍馬。太史慈病重，權使張昭等問安，太史慈大叫曰：「大丈夫生於亂世，當帶三尺劍立不世之功；今所志未遂，奈何死乎！」言訖而亡，年四十一歲。後人有詩讚曰：

人人有此志，不能人人遂此志。

矢志全忠孝，東萊太史慈。姓名昭遠塞，弓馬震雄師。
北海酬恩日，神亭酣戰時。臨終言壯志，千古共嗟咨。

孫權聞慈死，傷悼不已，命厚葬於南徐北固山下，養其子太史享於府中。

卻說玄德在荊州整頓軍馬，聞孫權合淝兵敗，已回南徐，與孔明商議。孔明曰：「亮夜觀星象，見西北有星墜地，必應折一皇族。」

正言間，忽報公子劉琦病亡。玄德聞之，痛哭不已。孔明勸曰：「生死分定，主公勿憂。恐傷貴體。且理大事。可急差人到彼守禦城池，並料理葬事。」玄德曰：「誰可去？」孔明曰：「非雲長不可。」即時便教雲長前去襄陽保守。玄德曰：「今日劉琦已死，東吳必來討荊州，如何對答？」孔明曰：「若有人來，亮自有言對答。」過了半月，人報東吳魯肅特來弔喪。正是：先將計策安排定，只等東吳使命來。未知孔明如何對答，且看下文分解。

第五四回　吳國太佛寺看新郎　劉皇叔洞房續佳偶

卻說孔明聞魯肅到，與玄德出城迎接，接到公廨，相見畢。肅曰：「主公聞令姪棄世，特具薄禮，遣某前來致祭。周都督再三致意劉皇叔、諸葛先生。」玄德、孔明起身稱謝，收了禮物，置酒相待。肅曰：「前者皇叔有言：『公子不在，即還荊州。』今公子已去世，必然見還。不識幾時可以交割？」玄德曰：「公且飲酒，有一個商議。」

前番用柔，今番用剛。

肅強飲數盃，又開言相問。玄德未及回答，孔明變色曰：「子敬好不通理！直須待人開口！自我高皇帝斬蛇起義，開基立業，傳至於今，不幸奸雄並起，各據一方，少不得天道好還，復歸正統。我主乃中山靖王之後，孝景皇帝玄孫，今皇上之叔，豈不可分茅裂土？況劉景升乃我主之兄也，弟承兄業，有何不順？汝主乃錢塘小吏之子，素無功德於朝廷；今倚勢力，占據六郡八十一州，尚自貪心不足，而欲併吞漢土。劉氏天下，我主姓劉倒無分，汝主姓孫反要強爭。且赤壁之戰，我主多負勤勞，眾將並皆用命，豈獨是汝東吳之力？若非我借東南風，周郎安能展半籌之功？江南一破，休說二喬置於銅雀宮，雖公等家小，亦不能保。適來我主公不即答應者，以子敬乃高明之士，不待細說。公何不察之甚也？」一席話，說得魯子敬緘口無言；半晌乃曰：「孔明之言，怕不有理❶；爭奈❷魯肅身上甚是不便。」

❶ 怕不有理：恐怕沒有道理。

孔明曰：「有何不便處？」肅曰：「昔日皇叔當陽受難時，是肅引孔明渡江，見我主公；後來周公瑾要興兵取荊州，又是肅擋住；至說待公子去世還荊州，又是肅擔承；今卻不應前言，教魯肅如何回覆？我主同周公瑾必然見罪。肅死不恨，只恐惹惱東吳，興動干戈，皇叔亦不能安坐荊州，空為天下恥笑耳。」孔明曰：「曹操統百萬之眾，以天子為名，吾亦不以為意！豈懼周郎一小兒乎！若恐先生面上不好看，我勸主人立紙文書，暫借荊州為本；待我主別圖得城池之時，便交付還東吳。此論如何？」肅曰：「孔明待奪得何處，還我東吳？」孔明曰：「中原急未可圖；西川劉璋闇弱，我主將圖之。若圖得西川，那時便還。」

肅無奈，只得聽從。玄德親筆寫成文書一紙，押了字。保人諸葛孔明也押了字。孔明曰：「亮是皇叔這裡人，難道自家作保？煩子敬先生也押個字，回見吳侯也好看。」肅曰：「某知皇叔乃仁義之人也，必不相負。」遂押了字，收了文書。宴罷辭回。玄德與孔明送於船邊。孔明囑曰：「子敬回見吳侯，善言伸意，休生妄想。若不准我文書，我翻了面皮，連八十一州都奪了。今只要兩家和氣，休教曹賊笑話。」

肅作別下船而回，先到柴桑郡見周瑜。瑜問曰：「子敬討荊州如何？」肅曰：「有文書在此。」呈與周瑜。瑜頓足曰：「子敬中諸葛之謀也。名為借地，實是混賴。他說取了西川便還，知他幾時取西川？假如十年不得西川，十年不還。這等文書，如何中用，你卻與他做保！他若不還時，必須連累足下。倘主公見罪，奈何？」

肅聞言，呆了半晌曰：「想玄德不負我。」瑜曰：「子敬乃誠實人也。劉備梟雄之輩、諸葛亮奸猾

---

❷ 爭奈：怎奈。

之徒，恐不似先生心地。」肅曰：「若此，如之奈何？」瑜曰：「子敬是我恩人，想昔日指囷相贈之情，如何不救你？你且寬心住數日，待江北探細的回，別有區處。」魯肅跼蹐❸不安。

過了數日，細作回報：「荊州城中揚起布旛做好事，城外別建新墳，軍士各挂孝。」瑜驚問曰：「沒了甚人？」細作曰：「劉玄德沒了甘夫人，即日安排殯葬。」瑜謂魯肅曰：「吾計成矣。使劉備束手受縛，荊州反掌可得。」肅曰：「計將安出？」瑜曰：「劉備喪妻，必將續娶。主公有一妹，極其剛勇，侍婢數百，居常帶刀，房中軍器擺列遍滿。雖男子不及。我今上書主公，教人去荊州為媒，說劉備來入贅。賺到南徐，妻子不能勾得，幽囚在獄中，卻使人去討荊州換劉備。等他交割了荊州城池，我別有主意。於子敬身上，須無事也。」

魯肅拜謝。周瑜寫了書呈，選快船送魯肅投南徐見孫權，先說借荊州一事，呈上文書。權曰：「你卻如此糊塗！這樣文書，要他何用？」肅曰：「周都督有書呈在此，說用此計，可得荊州。」

權看畢，點頭暗喜，尋思「誰人可去？」猛然省曰：「非呂範不可。」遂召呂範至，謂曰：「近聞劉玄德喪婦。吾有一妹，欲招贅玄德為壻，永結姻親，同心破曹，以扶漢室。非子衡不可為媒，望即往荊州一言。」範領命，即日收拾船隻，帶數個從人，望荊州來。

卻說玄德自沒甘夫人，晝夜煩惱。一日，正與孔明閒敘，人報東吳差呂範到來。孔明笑曰：「此乃周瑜之計，必為荊州之故。亮只在屏風後潛聽，但有甚說話，主公都應承了。留來人在館驛中安歇，別作商議。」

❸ 跼蹐：畏縮、懼怕的樣子。

玄德教請呂範入，禮畢坐定。茶罷。玄德問曰：「子衡來必有見諭？」範曰：「範近聞皇叔失偶，有一門好親，故不避嫌，特來作媒。未知尊意如何？」玄德曰：「中年喪妻，大不幸也。骨肉未寒，安忍便議親？」範曰：「人若無妻，如屋無梁，豈可中道而廢人倫？吾主吳侯有一妹，美而賢，堪奉箕帚。若兩家共結秦晉之好，則曹賊不敢正視東南也。此事家國兩便，請皇叔勿疑。但我國太吳夫人甚愛幼女，不肯遠嫁，必求皇叔到東吳就婚。」玄德曰：「此事吳侯知否？」範曰：「不先稟吳侯，如何敢造次來說？」玄德曰：「吾年已半百，鬢髮斑白。吳侯之妹，正當妙齡，恐非配偶。」範曰：「吳侯之妹，身雖女子，志勝男兒。常言『若非天下英雄，吾不事之』。今皇叔名聞四海，正所謂淑女配君子，豈以年齒上下相嫌乎？」玄德曰：「公且少留，來日回報。」

是日設宴相待，留於館舍。至晚與孔明商議。孔明曰：「來意亮已知道了。適間卜易得一大吉大利之兆。主公便可應允。先教孫乾和呂範同見吳侯。面許已定，擇日便去就親。」玄德曰：「周瑜定計欲害劉備，豈可以輕身入危險之地？」孔明大笑曰：「周瑜雖能用計，豈能出諸葛亮之料乎？略用小謀，使周瑜半籌不展；吳侯之妹，又屬主公；荊州萬無一失。」

玄德懷疑未決。孔明竟教孫乾往江南說合親事。孫乾領了言語，與呂範同到江南，來見孫權。權曰：「吾願將小妹招贅玄德，並無異心。」孫乾拜謝，回荊州，見玄德言吳侯專候主公去結親。玄德懷疑不敢往。孔明曰：「吾已定下三條計策，非子龍不可行也。」遂喚趙雲近前，附耳言曰：「汝保主公入吳，當領此三個錦囊。囊中有三條妙計，依次而行。」即將三個錦囊，與雲貼肉收藏。孔明先使人赴東吳納了聘，一切完備。

時建安十四年冬十月。玄德與趙雲、孫乾取快船十隻，隨行五百餘人，離了荊州，前往南徐進發。荊州之事，皆聽孔明裁處。玄德心中怏怏不安。到南徐，適船已傍岸。雲曰：「軍師分付三條妙計，依次而行。今已到此，當先開第一個錦囊來看。」

仲謀、公謹皆入孔明囊中。

於是開囊看了計策，便喚五百隨行軍士，一一分付如此如此。眾軍領命而去，又教玄德先往見喬國老。那喬國老乃二喬之父，居於南徐。玄德牽羊擔酒，先往拜見，說呂範為媒、娶夫人之事。隨行五百軍士，都披紅挂綵，入南郡買辦物件，傳說玄德入贅東吳，城中盡知其事。孫權知玄德已到，教呂範相待，且就館舍安歇。

卻說喬國老既見玄德，便入見吳國太賀喜。國太曰：「有何喜事？」喬國老曰：「令愛已許劉玄德為夫人，今玄德已到，何故相瞞？」國太驚曰：「老身不知此事。」便使人請吳侯問虛實，一面先使人於城中探聽。人皆回報：「果有此事。女壻已在館驛安歇。五百隨行軍士都在城中買豬羊菓品，準備成親。做媒的女家是呂範，男家是孫乾，俱在館驛中相待。」國太吃了一驚。

少頃，孫權入後堂見母親。國太搥胸大哭。權曰：「母親何故煩惱？」國太曰：「你直如此將我看承得如無物！我姐姐臨危之時，分付你甚麼話來？」孫權失驚曰：「母親有話明說，何苦如此？」國太曰：「男大須婚，女大須嫁，古今常理。我為你母親，事當稟命於我。你招劉玄德為壻，如何瞞我？女兒須是我的！」

權吃了一驚，問曰：「那裡得這話來？」國太曰：「若要不知，除非莫為。滿城百姓，那一個不知？你倒瞞我！」喬國老曰：「老夫已知多日了，今特來賀喜。」權曰：「非也。此是周瑜之計。因要取荊州，故將此為名，賺劉備來拘囚在此，要他把荊州來換；若其不從，先斬劉備。此是計策，非實意也。」國太大怒，罵周瑜曰：「汝做六郡八十一州大都督，直恁❹無條計策去取荊州，卻將我女兒為名，使美人計！殺了劉備，我女便是望門寡，將來再怎的說親？須誤了我女兒一世！你們好做作！」喬國老曰：「若用此計，便得荊州，也被天下人恥笑。此事如何行得！」說得孫權默然無語。國太不住口的罵周瑜。喬國老勸曰：「事已如此，劉皇叔乃漢室宗親，不如真個招他為壻，免得出醜。」權曰：「年紀怕不相當。」國老曰：「劉皇叔乃當世豪傑，若招得這個女壻，也不辱了令妹。」國太曰：「我不曾認得劉皇叔，明日約在甘露寺相見。如不中我意，任從你們行事；若中我的意，我自把女兒嫁他。」

孫權乃大孝之人，見母親如此言語，隨即應承，出外喚呂範，分付來日甘露寺方丈設宴，國太要見劉備。呂範曰：「何不令賈華部領三百刀斧手，伏於兩廊？若國太不喜時，一聲號舉，兩邊齊出，將他拏下。」權遂喚賈華分付預先準備，只看國太舉動。

卻說喬國老辭吳國太歸，使人去報玄德，言來日吳侯、國太，親自要見，好生在意。玄德與孫乾、趙雲商議。雲曰：「來日此會，多凶少吉，雲自引五百軍保護。」

次日，吳國太、喬國老，先在甘露寺方丈坐定。孫權引一班謀士，隨後都到，卻教呂範來館驛中請玄德。玄德內披細鎧，外穿錦袍，從人背劍緊隨，上馬投甘露寺來。趙雲全裝貫帶，引五百軍隨行。來到寺前下馬，先見孫權。權觀玄德儀表非凡，心中有畏懼之意。

❹ 直恁：竟然如此。

二人敘禮畢，遂入方丈見國太。國太見了玄德，大喜，謂喬國老曰：「真吾壻也！」國老曰：「玄德有龍鳳之姿，天日之表；更兼仁德布於天下；國太得此佳壻，真可慶也。」玄德拜謝，共宴於方丈之中。

少刻，子龍帶劍而入，立於玄德之側。國太問曰：「此是何人？」玄德答曰：「常山趙子龍也。」國太曰：「莫非當陽長坂抱阿斗者乎？」玄德曰：「然。」國太曰：「真將軍也！」遂賜以酒。趙雲謂玄德曰：「卻纔某於廊下巡視，見房內有刀斧手埋伏，必無好意。可告知國太。」玄德乃跪於國太席前，泣而告曰：「若殺劉備，就此請誅。」國太曰：「何出此言？」玄德曰：「廊下暗伏刀斧手，非殺備而何？」

國太大怒，責罵孫權：「今日玄德既為我壻，即我之兒女也。何故伏刀斧手於廊下？」權推不知，喚呂範問之，範推賈華。國太喚賈華責罵，華默然無言。國太喝令斬之。玄德告曰：「若斬大將，於親不利。備難久居膝下矣。」喬國老也相勸。國太方叱退賈華。刀斧手皆抱頭鼠竄而去。玄德更衣出殿前，見庭下有一石塊。玄德拔從者所佩之劍，仰天祝曰：「若劉備得返回荊州，成王霸之業，一劍揮石為兩段。若死於此地，劍剁石不開。」言訖，手起劍落，火光迸濺，砍石為兩段。

孫權在後面看見，問曰：「玄德公如何恨此石？」玄德曰：「備年近五旬，不能為國家剿除賊黨，心常自恨。今蒙國太招為女壻，此平生之際遇也。恰纔問天買卦，如破曹興漢，砍斷此石。今果然如此。」權暗思：「劉備莫非用此言瞞我？」亦掣劍謂玄德曰：「吾亦問天買卦。若破得曹賊，亦斷此石。」卻暗暗祝告曰：「若再取得荊州，興旺東吳，砍石為兩半！」手起劍落，巨石亦開。至今有十字紋痕石尚存。後人觀此勝蹟，作詩讚曰：

寶劍落時山石斷，金環響處火光生。
兩朝旺氣皆天數，從此乾坤鼎足成。

二人棄劍，相攜入席。又飲數巡，孫乾目視玄德。玄德辭曰：「備不勝酒力，告退。」孫權送出寺前，二人並立，觀江山之景。玄德曰：「此乃天下第一江山也！」至今甘露寺碑上云：「天下第一江山。」後人有詩讚曰：

江山雨霽擁青螺，境界無憂樂最多。
昔日英雄凝目處，巖崖依舊抵風波。

二人共覽之次，江風浩蕩，洪波滾雪，白浪掀天。忽見波上一葉小舟，行於江面上，如行平地。玄德歎曰：「南人駕船，北人乘馬，信有之也。」孫權聞言自思曰：「劉備此言，戲我不慣乘馬耳。」乃令左右牽過馬來，飛身上馬，馳驟下山，復加鞭上嶺，笑謂玄德曰：「南人不能乘馬乎？」玄德聞言，撩衣一躍，躍上馬背，飛走下山，復馳騁而上。二人立馬於山坡之上，揚鞭大笑。至今此處名為駐馬坡。後人有詩曰：

馳驟龍駒氣概多，二人並轡望山河。

東吳、西蜀成王霸，千古猶存駐馬坡。

當日二人並轡而回。南徐之民，無不稱賀。玄德自回館驛，與孫乾商議。乾曰：「主公只是哀求喬國老，早早畢姻，免生別事。」次日，玄德復至喬國老宅前下馬。國老接入禮畢，茶罷。玄德告曰：「江左之人，多有要害劉備者，恐不能久居。」國老曰：「玄德寬心。吾為公告國太，令作護持。」玄德拜謝自回。喬國老入見國太，言玄德恐有人謀害，急急要回。國太大怒曰：「我的女壻，誰敢害他！」即時便教搬入書院暫住，擇日畢姻。玄德自入告國太曰：「只恐趙雲在外不便，軍士無人約束。」國太教盡搬入府中安歇，休留在館驛中，免得生事。

玄德大喜。數日之內，大排筵會，孫夫人與玄德結親。至晚客散，兩行紅炬，接引玄德入房。燈光之下，但見槍刀簇滿；侍婢皆佩劍懸刀，立於兩旁。諕得玄德魂不附體。正是：驚看侍女橫刀立，疑是東吳設伏兵。畢竟是何緣故，且看下文分解。

第五五回 玄德智激孫夫人 孔明二氣周公瑾

卻說玄德見孫夫人房中兩邊槍刀森列，侍婢皆佩劍，不覺失色。管家婆進曰：「貴人休得驚懼。夫人自幼好觀武事，居常令侍婢擊劍為樂，故爾如此。」玄德曰：「非夫人所觀之事，吾甚心寒，可命暫去。」管家婆稟覆孫夫人曰：「房中擺列兵器，嬌客不安，今可去之。」孫夫人笑曰：「廝殺半生，尚懼兵器乎？」命盡撤去，令侍婢解劍伏侍。當夜玄德與孫夫人成親，兩情歡洽。玄德又將金帛散給侍婢，以買其心，先教孫乾回荊州報喜。自此連日飲酒。國太十分愛敬。

卻說孫權差人來柴桑郡報周瑜說：「我母親力主，已將吾妹嫁劉備。不想弄假成真。此事還復如何？」瑜聞大驚，行坐不安，乃思一計，修密書付來人持回見孫權。權拆書視之。書略曰：

瑜所謀之事，不想反覆如此。既已弄假成真，又當就此用計。劉備以梟雄之姿，有關、張、趙雲之將，更兼諸葛用謀，必非久屈人下者。愚意莫如軟困之於吳中，盛為築宮室，以喪其心志；多送美色玩好，以娛其耳目；使分開關、張之情，隔遠諸葛之契。各置一方，然後以兵擊之，大事可定矣。今若縱之，恐蛟龍得雲雨，終非池中物也。願明公熟思之。

孫權看畢，以書示張昭。昭曰：「公瑾之謀，正合愚意。劉備起身微末，奔走天下，未嘗享受富貴。

今若以華堂大廈、子女金帛，令彼享用，自然疎遠孔明、關、張等。使彼各生怨望，然後荊州可圖也。主公可依公瑾之計火速行之。」

權大喜，即日修整東府，廣栽花木，盛設器用，請玄德與妹居住；又增女樂數十餘人，并金玉錦綺玩好之物。國太只道孫權好意，喜不自勝。玄德果然被聲色所迷，全不想回荊州。

卻說趙雲與五百軍在東府前住，終日無事，只去城外射箭走馬。看看年終，雲猛省：「孔明分付三個錦囊與我，教我一到南徐，開第一個；住到年終，開第二個；臨到危急無路之時，開第三個。於內有神出鬼沒之計，可保主公回家。此時歲已將終，主公貪戀女色，並不見面，何不拆開第二個錦囊，看計而行？」遂拆開視之。原來如此神策。即日徑到府堂，要見玄德。

侍婢報曰：「趙子龍有緊急事來報貴人。」玄德喚入問之。雲佯作失驚之狀，曰：「主公深居畫堂，不想荊州耶？」玄德曰：「有甚事如此驚怪？」雲曰：「今早孔明使人來報，說曹操要報赤壁鏖兵之恨，起精兵五十萬，殺到荊州，甚是危急，請主公便回。」玄德曰：「必須與夫人商議。」雲曰：「若和夫人商議，必不肯放主公回。不如休說，今晚便好起程。遲則誤事。」玄德曰：「你且暫退，我自有道理。」

雲故意催逼數番而出。玄德入見孫夫人，暗暗垂淚。孫夫人曰：「夫君何故煩惱？」玄德曰：「念備一身飄蕩異鄉，生不能侍奉二親，又不能祭祀宗祖，乃大逆不孝也。今歲旦在邇，使備悒怏不已。」孫夫人曰：「你休瞞我。我已聽知了也。方纔趙子龍報說荊州危急，你欲還鄉，故推此意。」玄德跪而告曰：「夫人既知，備安敢相瞞？備欲不去，使荊州有失，被天下人恥笑；欲去又捨不得夫人，因此煩惱。」夫人曰：「妾已事君，任君所之，妾當相隨。」玄德曰：「夫人之心，雖則如此，爭奈國太與吳侯安肯容夫人去？夫人若可憐劉備，暫時辭別。」言畢，淚如雨下。孫夫人勸曰：「夫君休得煩惱。妾當苦告母親，必放妾與君同去。」玄德曰：「縱然國太肯時，吳侯必然阻擋。」孫夫人沈吟良久，乃曰：「妾與君正旦拜賀時，推稱江邊祭祖，不告而去，若何？」玄德又跪而謝曰：「若如此，生死難忘。切勿漏泄。」

兩個商議已定，玄德密喚趙雲分付：「正旦日，你先引軍士出城，於官道等候。吾推祭祖，與夫人同走。」雲領諾。建安十五年春正月元旦，吳侯大會文武於堂上。玄德與孫夫人入拜國太。孫夫人曰：「夫主想父母宗祖墳墓，俱在涿郡，晝夜傷感不已。今日欲往江邊，望北遙祭，須告母親得知。」國太曰：「此孝道也，豈有不從？汝雖不識舅姑，可同汝夫前去祭拜，亦見為婦之禮。」

孫夫人同玄德拜謝而出。此時只瞞著孫權。夫人乘車，止帶隨身一應細軟。玄德上馬，引數騎跟隨出城，與趙雲相會。五百軍士前遮後擁，離了南徐，趲程而行。當日孫權大醉，左右近侍扶入後堂，文武皆散。比及眾官探得玄德夫婦逃遁之時，天色已晚。要報孫權，權醉不醒。及至醒覺，已是五更。

次日，孫權聞知走了玄德，急喚文武商議。張昭曰：「今日走了此人，早晚必生禍亂。可急追之。」孫權令陳武、潘璋選五百精兵，無分晝夜，務要趕上拏回。二將領命去了。孫權深恨玄德，將案上玉硯摔為粉碎。程普曰：「主公空有沖天之怒，某料陳武、潘璋必擒此人不得。」權曰：「焉敢違我令！」普曰：「郡主自幼好觀武事，嚴毅剛正，諸將皆懼。既然肯順劉備，必同心而去。所追之將，若見郡主，豈肯下手？」

權大怒，掣所佩之劍，喚蔣欽、周泰聽令，曰：「汝二人將這口劍去取吾妹並劉備頭來！違令者立

孫權此

斬！」蔣欽、周泰領命，隨後引一千軍趕來。

時已無兄妹之情。

卻說玄德加鞭縱轡，趲程而行；當夜於路暫歇兩個更次，慌忙起身。看看來到柴桑界首，望見後面塵頭大起，人報「追兵至矣」。玄德慌忙問趙雲曰：「追兵既至，如之奈何？」趙雲曰：「主公先行，某願當後。」轉過前面山腳，一彪軍馬攔住去路。當先兩員大將，厲聲高叫曰：「劉備早早下馬受縛！吾奉周都督將令，等候多時！」原來周瑜恐玄德逃走，先使徐盛、丁奉引三千軍馬於衝要之處紮營等候，時常令人登高遙望，料得玄德，若投旱路，必經此道而過。

當日徐盛、丁奉瞭望得玄德一行人到，各綽兵器截住去路。玄德驚慌，勒馬回問趙雲曰：「前有攔截之兵，後有追趕之兵，前後無路，如之奈何？」雲曰：「主公休慌。軍師有三條妙計，多在錦囊之中。已拆了兩個，並皆應驗。今尚有第三個在此，分付遇危難之時，方可拆看。今日危急，當拆觀之。」便將錦囊拆開，獻與玄德。

玄德看了，急來車前泣告孫夫人曰：「備有心腹之言，至此盡當實訴。」夫人曰：「夫君有何言語，實對我說。」玄德曰：「昔日吳侯與周瑜同謀，將夫人招贅劉備，實非為夫人計，乃欲幽囚劉備而奪荊州耳。奪了荊州，必將殺備。是以夫人為香餌而釣備也。備不懼萬死而來，蓋知夫人有男子之胸襟，必能憐備。昨聞吳侯將欲加害，故託荊州有難，以圖歸計。幸得夫人不棄，同至於此。今吳侯又令人在後追趕，周瑜又使人於前截住，非夫人莫解此禍。如夫人不允，備請死於車前，以報夫人之德。」

夫人怒曰：「吾兄既不以我為親骨肉，我有何面目重相見乎？今日之危，我當自解。」於是叱從人推車直出，捲起車簾，親喝徐盛、丁奉曰：「你二人欲造反耶？」徐、丁二將慌忙下馬，棄了軍器，聲

孔明妙

計安天下，只用夫人不用兵。

喏於車前曰：「安敢造反。為奉周都督將令，屯兵在此專候劉備。」孫夫人大怒曰：「周瑜逆賊！我東吳不曾虧負你！玄德乃大漢皇叔，是我丈夫。我已對母親哥哥說知回荊州去。今你兩個於山腳去處，引著軍馬攔截道路，意欲劫掠我夫妻財物耶？」

徐盛、丁奉喏喏連聲，口稱「不敢。請夫人息怒。這不干我等之事，乃是周都督的將令」。孫夫人叱曰：「你只怕周瑜，獨不怕我？周瑜殺得你，我豈殺不得周瑜？」把周瑜大罵一場，喝令推車前進。徐盛、丁奉自思：「我等是下人，安敢與夫人違拗？」又見趙雲十分怒氣，只得把軍喝住，放條大路教過去。恰纔行不得五六里，背後陳武、潘璋趕到。徐盛、丁奉備言其事。陳、潘二將曰：「你放他過去差了。我二人奉吳侯旨意，特來追趕他回去。」於是四將合兵一處，趲程趕來。

玄德正行間，忽聽的背後喊聲大起。玄德又告孫夫人曰：「後面追兵又到，如之奈何？」夫人曰：「夫君先行，我與子龍當後。」玄德先引三百軍，望江岸去了。子龍勒馬於車傍，將士卒擺開，專候來將。四員將見了孫夫人，只得下馬，拱手而立。夫人曰：「陳武、潘璋來此何幹？」二將答曰：「奉主公之命，請夫人、玄德回。」夫人正色叱曰：「都是你這夥匹夫，離間我兄妹不睦！我已嫁他人，今日歸去，須不是與人私奔。我奉母親慈旨，令我夫婦回荊州。便是我哥哥來，也須依禮而行。你二人倚仗兵威，欲待殺害我耶？」

前只罵周瑜，此處並將孫權壓倒。

罵得四人面面相覷，各自尋思：「他一萬年也是兄妹，更兼國太作主。吳侯乃大孝之人，怎敢違逆母言？明日翻過臉來，只是我等不是，不如做個人情。」軍中又不見玄德，但見趙雲怒目睜眉，只待廝殺；因此四將喏喏連聲而退。孫夫人令推車便行。徐盛曰：「我四人同去見周都督告稟此事。」

四人猶豫未定，忽見一軍如旋風而來。視之，乃蔣欽、周泰。二將問曰：「你等曾見劉備否？」四將曰：「早晨過去，已半日矣。」蔣欽曰：「何不拏下？」四人各言孫夫人發話之事。蔣欽曰：「便是吳侯怕道如此，封一口劍在此，教先殺他妹，後斬劉備。違者立斬。」四將曰：「去之已遠，怎生奈何？」蔣欽曰：「他終是些步軍，急行不上。徐、丁二將軍可飛報都督，教水路棹快船追趕。我四人在岸上追趕。無問水旱之路，趕上殺了，休聽他言語。」於是徐盛、丁奉飛報周瑜；蔣欽、周泰、陳武、潘璋四個領兵沿江趕來。

卻說玄德一行人馬，離柴桑較遠，來到劉郎浦，心纔稍寬。沿著江岸尋渡，一望江水瀰漫，並無船隻。玄德俯首沈吟。趙雲曰：「主公在虎口中逃出，今已近本界，吾料軍師必有調度，何用憂疑？」玄德聽罷，驀然想起在東吳繁華之事，不覺淒然淚下。後人有詩歎曰：

吳蜀成婚此水澄，明珠步幛屋黃金。
誰知一女輕天下，欲易劉郎鼎峙心？

玄德令趙雲望前哨探船隻，忽報後面塵土沖天而起。玄德登高望之，但見軍馬蓋地而來，歎曰：「連日奔走，人困馬乏，追兵又到，死無地矣！」看看喊聲漸近。正慌急間，忽見江岸邊一字兒抛著拖篷船二十餘隻。趙雲曰：「天幸有船在此。何不速下，棹過對岸，再作區處？」玄德與孫夫人便奔上船。子龍引五百軍亦都上船。只見船艙中一人綸巾道服，大笑而出，曰：「主公且喜。諸葛亮在此等候多時。」船中扮作客人的，皆是荊州水軍。玄德大喜。不多時，四將趕到。孔明笑指岸上人言曰：「吾已算定多時矣。汝等回去傳示周郎，教休再使美人計手段。」岸上亂箭射來，船已開的遠了。蔣欽等四將，只好呆看。

玄德與孔明正行間，忽然江聲大振。回頭視之，只見戰船無數，帥字旗下，周瑜自領慣戰水軍，左有黃蓋，右有韓當，勢如飛馬，疾似流星。看看趕上，孔明教棹船投北岸，棄了船盡皆上岸而走，車馬登程。周瑜趕到江邊，亦皆上岸追襲。大小水軍，盡是步行。止有為首軍官騎馬。周瑜當先，黃蓋、韓當、徐盛、丁奉緊隨。周瑜曰：「此處是那裡？」軍士答曰：「前面是黃州界首。」望見玄德車馬不遠，瑜令併力追襲。

正趕之間；一聲鼓響，山谷內一隊刀手擁出。為首一員大將，乃關雲長也。周瑜舉止失措，急撥馬便走。雲長趕來，周瑜縱馬逃命。正奔走間，左邊黃忠，右邊魏延，兩軍殺出。吳兵大敗。周瑜急急下得船時，岸上軍士齊聲大叫曰：「周郎妙計安天下，賠了夫人又折兵！」瑜怒曰：「可再登岸決一死戰！」黃蓋、韓當力阻。瑜自思曰：「吾計不成，有何面目去見吳侯！」大叫一聲，金瘡迸裂，倒於船上。眾將急救，卻早不省人事。正是：兩番弄巧翻成拙，此日含嗔卻帶羞。未知周郎性命如何，且看下文分解。

第五六回　曹操大宴銅雀臺　孔明三氣周公瑾

卻說周瑜被諸葛亮預先埋伏關公、黃忠、魏延三枝軍馬一擊大敗。黃蓋、韓當急救下船，折卻水軍無數。遙觀玄德、孫夫人車馬僕從，都停住於山頂之上，瑜如何不氣？箭瘡未愈，因怒氣沖激，瘡口迸裂，昏絕於地。眾將救醒，開船逃去。孔明教休追趕，自和玄德歸荊州慶喜，賞賜眾將。周瑜自回柴桑。蔣欽等一行人馬自歸南徐，報孫權。權不勝忿怒，欲拜程普為都督，起兵取荊州。

不該氣別人，只該氣自己。

周瑜又上書，請興兵雪恨。張昭諫曰：「不可。曹操日夜思報赤壁之恨，因恐孫、劉同心，故未敢興兵。今主公若以一時之忿，自相吞併，操必乘虛來攻，國勢危矣。」顧雍曰：「許都豈無細作在此。若知孫、劉不睦，操必使人勾結劉備。備懼東吳，必投曹操。若此則江南何日得安？為今之計，莫若使人赴許都，表劉備為荊州牧。曹操知之，則懼而不敢加兵於東南。且使劉備不恨於主公。然後使心腹用反間之計，令曹、劉相攻，吾乘隙而圖之，斯為得耳。」權曰：「元嘆之言甚善。但誰可為使？」雍曰：「此間有一人，乃曹操敬慕者，可以為使。」權問何人。雍曰：「華歆在此，何不遣之？」

權大喜，即遣歆齎表赴許都。歆領命起程，逕到許都求見曹操。聞操會群臣於鄴郡，慶賞銅雀臺，歆乃赴鄴郡候見。操自赤壁敗後，常思報仇；只疑孫、劉併力，因此不敢輕進。時建安十五年春，造銅雀臺成。操乃大會文武於鄴郡，設宴慶賀。其臺正臨漳河。中央乃銅雀臺，左邊一座名玉龍臺，右邊一座名金鳳臺，各高十丈。上橫二橋相通，千門萬戶，金碧交輝。

是日曹操頭戴嵌寶金冠，身穿綠錦羅袍；玉帶珠履，憑高而坐。文武侍立臺下。操欲觀武官比試弓箭，乃使近侍取西川紅錦戰袍一領，挂於垂楊枝上，下設一箭垛，以百步為界，分武官為兩隊。曹氏宗族俱穿紅，其餘將士俱穿綠。各帶雕弓良箭，跨鞍勒馬，聽候指揮。操傳令曰：「有能射中箭垛紅心者，即以錦袍賜之。如射不中，罰水一杯。」

號令方下，紅袍隊中，一個少年將軍驟馬而出。眾視之，乃曹休也。休飛馬往來，奔馳三次，扣上箭，拽滿弓，一箭射去，正中紅心。金鼓齊鳴，眾皆喝采。曹操於臺上望見大喜，曰：「此吾家千里駒也！」方欲使人取錦袍與曹休，只見綠袍隊中，一騎飛出，叫曰：「丞相錦袍，合讓俺外姓先取，宗族中不宜攙越❶。」

操視其人，乃文聘也。眾官曰：「且看文仲業射法。」文聘拈弓縱馬一箭，亦中紅心。眾皆喝采，金鼓亂鳴。聘大呼曰：「快取袍來！」只見紅袍隊中，又一將飛馬而出，厲聲曰：「文烈先射，汝何得爭奪？看我與你兩個解箭！」拽滿弓，一箭射去也中紅心。眾人齊聲喝采。視其人，乃曹洪也，洪方欲取袍，只見綠袍隊裡又一將出，揚弓叫曰：「你三人射法，何足為奇！看我射來！」眾視之，乃張郃也。郃飛馬翻身，背射一箭，也中紅心。四枝箭齊齊的攢在紅心裡。眾人俱道：「好射法！」郃曰：「錦袍須該是我的！」

言未已，紅袍隊中一將飛馬而出，大叫曰：「汝翻身背射，何足稱異！看我奪射紅心！」眾視之，

❶ 攙越：不依次序的意思。

乃夏侯淵也。淵驟馬至界口，紐回身一箭射去，正在四箭當中。金鼓齊鳴。淵勒馬按弓大叫曰：「此箭可奪得錦袍麼？」只見綠袍隊裡，一將應聲而出，大叫「且留下錦袍與我徐晃！」淵曰：「汝更有何射法，可奪我袍？」晃曰：「汝奪射紅心，不足為異。看吾單取錦袍！」拈弓搭箭，遙望柳條射去，恰好射斷柳條，錦袍墜下。徐晃飛取錦袍，披於身上。驟馬至臺前聲喏曰：「謝丞相袍！」

曹操與眾官無不稱羨。晃纔勒馬要回，猛然臺邊躍出一個綠袍將軍，大呼曰：「你將錦袍那裡去！早早留下與我！」眾視之，乃許褚也。晃曰：「袍已在此，汝何敢強奪！」褚更不回答，竟飛馬來奪袍。兩馬相近，徐晃便把弓打許褚。褚一手按住弓，把徐晃拖離鞍轎。晃急棄了弓，翻身下馬，褚亦下馬，兩個揪住廝打。操急使人解開。那領錦袍已是扯得粉碎。

老瞞最會和事。

操令二人都上臺。徐晃睜眉怒目，許褚切齒咬牙，各有相鬭之意。操笑曰：「孤特視公等之勇耳。豈惜一錦袍哉？」便教眾將盡都上臺，各賜蜀錦一疋。諸將各各稱謝。操命各依位次而坐。樂聲競奏，水陸並陳。文官武將輪次把盞，獻酬交錯。操顧謂眾文官曰：「武將既以騎射為樂，足顯威勇矣。公等皆飽學之士，登此高臺，可不進佳章以紀一時之勝事乎？」眾官皆躬身而言曰：「願從鈞命。」

時有王朗、鍾繇、王粲、陳琳一班文官，進獻詩章。詩中多有稱頌曹操功德巍巍，合當受命之意。曹操逐一覽畢，笑曰：「諸公佳作，過譽甚矣。孤本愚陋，始舉孝廉。後值天下大亂，築精舍於譙東五十里，欲春夏讀書，秋冬射獵，以待天下清平，方出仕耳。不意朝廷徵孤為點軍校尉，遂更其意，專欲為國家討賊立功，圖死後得題墓道曰：『漢故征西將軍曹侯之墓』，平生願足矣。念自討董卓，剿黃巾以來，除袁術，破呂布，滅袁紹，定劉表，遂平天下。身為宰相，人臣之貴已極，又復何望哉？如國家無孤一人，正不知幾人稱帝，幾人稱王。或見孤權重，妄相忖度，疑孤有異心，此大謬也。孤常念孔子稱文王之至德，此言耿耿在心。但欲孤委捐❷兵眾，歸就所封武平侯之職，實不可耳。誠恐一解兵柄，為人所害。孤敗則國家傾危，是以不得慕虛名而處實禍也。諸公必無知孤意者。」眾皆起拜曰：「雖伊尹、周公，不及丞相矣。」後人有詩曰：

周公恐懼流言日，王莽謙恭下士時。
假使當年身便死，一生真偽有誰知？

曹操連飲數盃，不覺沈醉，喚左右捧過筆硯，亦欲作銅雀臺詩。剛纔下筆，忽報「東吳使華歆表奏劉備為荊州牧，孫權以妹嫁劉備，漢上九郡大半已屬備矣」。操聞之，手腳慌亂，投筆於地。程昱曰：「丞相在萬軍之中，矢石交攻之際，未嘗動心；今聞劉備得了荊州，何故如此失驚？」操曰：「劉備人中之龍也，生平未嘗得水。今得荊州，是困龍入大海矣。孤安得不動心哉！」程昱曰：「丞相知華歆來意否？」操曰：「未知。」昱曰：「孫權本忌劉備，欲以兵攻之；但恐丞相乘虛而擊，故令華歆為使，表薦劉備。以安備之心，以塞丞相之望耳。」

操點頭曰：「是也。」昱曰：「某有一計，使孫、劉自相吞併，丞相乘間圖之，一鼓而二敵俱破。」操大喜，遂問其計。程昱曰：「東吳所倚者周瑜也。丞相今表奏周瑜為南郡太守，程普為江夏太守，留華歆在朝重用之，瑜必自與劉備為讎敵矣。我乘其相併而圖之，不亦善乎？」操曰：「仲德之言，甚合

此是實話，亦即騎虎難下之勢矣。

❷ 委捐：委棄。

孤意。」遂召華歆上臺，重加賞賜。當日筵散，操即引文武回許昌，表奏周瑜為總領南郡太守，程普為江夏太守。封華歆為大理寺卿，留在許都。使命至東吳，周瑜、程普各受職訖。

周瑜既領南郡，愈思報讎，遂上書吳侯，乞令魯肅去討還荊州。孫權乃命魯肅曰：「汝昔保借荊州與劉備，今備遷延不還，等待何時？」肅曰：「文書上明白寫著，得了西川便還。」權叱曰：「只說取西川，到今又不動兵，不等老了人！」肅曰：「某願往言之。」遂乘船投荊州而來。

卻說玄德與孔明在荊州廣聚錢糧，調練軍馬，遠近之士多歸之。忽報魯肅到，玄德問孔明曰：「子敬此來何意？」孔明曰：「昨者孫權表主公為荊州牧，此是懼曹操之計。操封周瑜為南郡太守，此欲令我兩家自相吞併，他好於中取事也。今魯肅此來，又是周瑜既受太守之職，要來索荊州之意。」玄德曰：「何以答之？」孔明曰：「若肅提起荊州之事，主公便放聲大哭。哭到悲切之處，亮自出來解勸。」

計會已定，接魯肅入府禮畢，敘坐。肅曰：「今日皇叔做了東吳女婿，便是魯肅主人，如何敢坐？」玄德笑曰：「子敬與我舊交，何必太謙？」肅乃就坐。茶罷，肅曰：「今奉吳侯鈞命，專為荊州一事而來。皇叔已借住多時，未蒙見還。今既兩家結親，當看親情面上，早早交付。」

玄德聞言，掩面大哭。肅驚曰：「皇叔何故如此？」玄德哭聲不絕。孔明從屏後出曰：「亮聽之久矣。子敬知吾主哭的緣故麼？」肅曰：「某實不知。」孔明曰：「有何難見？當初我主人借荊州時，許下取得西川便還。仔細想來，益州劉璋，是我主人之弟，一般都是漢朝骨肉，若要興兵去取他城池時，恐被外人唾罵；若要不取，還了荊州，何處安身？若不還時，於尊舅面上又不好看。事出兩難，因此淚出痛腸❸。」

孔明說罷，觸動玄德衷腸，真個搥胸頓足，放聲大哭。魯肅勸曰：「皇叔且休煩惱，與孔明從長計議。」孔明曰：「有煩子敬，回見吳侯，勿惜一言之勞，將此煩惱情節，懇告吳侯，再容幾時。」肅曰：「倘吳侯不從，如之奈何？」孔明曰：「吳侯既以親妹聘嫁皇叔，安得不從乎？望子敬善言回覆。」

魯肅是個寬仁長者，見玄德如此哀痛，只得應允。玄德、孔明拜謝。宴畢，送魯肅下船。逕到柴桑，見了周瑜，具言其事。周瑜頓足曰：「子敬又中諸葛亮之計也。當初劉備依劉表時，常有吞併之意，何況西川劉璋乎？似此推調，未免累及老兄矣。吾有一計，使諸葛亮不能出吾算中。子敬便當一行。」肅曰：「願聞妙策。」瑜曰：「子敬不必去見吳侯，再去荊州對劉備說：孫、劉兩家，既結為親，便是一家；若劉氏不忍去取西川，我東吳起兵去取；取得西川時，以作嫁資，卻把荊州交還東吳。」肅曰：「西川迢遞，取之非易。都督此計，莫非不可。」瑜笑曰：「子敬真長者也。你道我真個去取西川與他？我只以此為名，實欲去取荊州，且教他不做準備。東吳軍馬，收川路過荊州，就問他索要錢糧，劉備必然出城勞軍。那時乘勢殺之，奪取荊州，雪吾之恨，解足下之禍。」

魯肅大喜，便再往荊州來。玄德與孔明商議。孔明曰：「魯肅必不曾見吳侯，只到柴桑和周瑜商量了甚計策，來誘我耳。但說的話，主公只看我點頭，便滿口應承。」計會已定，魯肅入見，禮畢，曰：「吳侯甚是稱讚皇叔盛德，遂與諸將商議，起兵替皇叔收川。取了西川，卻換荊州，以西川權作嫁資。但軍馬經過，卻望應些錢糧。」孔明聽了，忙點頭曰：「難得吳侯好心！」玄德拱手稱謝曰：「此皆子敬善言之力。」孔明曰：「如雄師到日，即當遠接犒勞。」

越裝越像。

長者是無用之別名。

❸ 痛腸：古人以為人哭泣與腸有關，所以有肝腸寸斷的話。

魯肅暗喜，宴罷辭回。玄德問孔明曰：「此是何意？」孔明大笑曰：「周郎死日近矣！這等計策，小兒也瞞不過！」玄德又問如何？孔明曰：「此乃『假途滅虢』之計也。虛名收川，實取荊州。等主公出城勞軍，乘勢拏下，殺入城來，攻其無備，出其不意也。」玄德曰：「如之奈何？」孔明曰：「主公寬心，只顧準備窩弓以擒猛虎，安排香餌以釣鼇魚。等周瑜到來，他便不死，也九分無氣。」便喚趙雲聽計：「如此如此……其餘我自有擺布。」玄德大喜。後人有詩歎曰：

周瑜決策取荊州，諸葛先知第一籌。
指望長江香餌穩，不知暗裡釣魚鉤。

卻說魯肅回見周瑜，說玄德、孔明歡喜不疑，準備出城勞軍。周瑜大笑曰：「原來今番也中了吾計！」便教魯肅稟報吳侯，並遣程普引兵接應。周瑜此時箭瘡已漸平愈，身軀無事，使甘寧為先鋒，自與徐盛、丁奉為第二；淩統、呂蒙為後隊。水陸大兵五萬，望荊州而來。周瑜在船中，時復歡笑，以為孔明中計。前軍至夏口，周瑜問：「荊州有人在前面接否？」人報「劉皇叔使糜竺來見都督」。瑜喚至，問勞軍如何。糜竺曰：「主公皆準備安排下了。」瑜曰：「皇叔何在？」竺曰：「在荊州城門外相等，與都督把盞。」瑜曰：「今為汝家之事，出兵遠征；勞軍之禮，休得輕易。」

糜竺領了言語先回。戰船密密排在江上，依次而進。看看至公安，並無一隻軍船，又無一人遠接。周瑜催船速行。離荊州十餘里，只見江面上靜蕩蕩的。哨探的回報：「荊州城上，插兩面白旗，並不見一人之影。」瑜心疑，教把船傍岸，親自上岸，乘馬帶了甘寧、徐盛、丁奉一班軍官，引親隨精兵三千人，逕望荊州來。既至城下，並不見動靜。瑜勒住馬，令軍士叫門。城上問是誰人。吳軍答曰：「是東吳周都督親自在此。」

言未畢，忽一聲梆子響，城上軍一齊都豎起槍刀。敵樓上趙雲出曰：「都督此行，端的為何？」瑜曰：「吾替汝主取西川，汝豈猶未知耶？」雲曰：「孔明軍師已知都督假途滅虢之計，故留趙雲在此。吾主公有言：『孤與劉璋，皆漢室宗親，安忍背義而取西川？若汝東吳端的取蜀，吾當披髮入山，不失信於天下也。』」

周瑜聞之，勒馬便回。只見一人打著令字旗，於馬前報說：「探得四路軍馬，一齊殺到：關某從江陵殺來，張飛從秭歸殺來，黃忠從公安殺來，魏延從孱陵小路殺來，四路正不知多少軍馬。喊聲遠近震動百餘里，皆言要捉周瑜。」瑜馬上大叫一聲，箭瘡復裂，墜於馬下。正是：一著棋高難對敵，幾番算定總成空。不知周瑜性命如何，且看下文分解。

第五七回　柴桑口臥龍弔喪　耒陽縣鳳雛理事

卻說周瑜怒氣填胸，墜於馬下，左右急救歸船。軍士傳說：「玄德、孔明在前山頂上飲酒取樂。」瑜大怒，咬牙切齒曰：「你道我取不得西川，吾誓取之！」正恨間，人報吳侯遣弟孫瑜到。周瑜接入，具言其事。孫瑜曰：「吾奉兄命來助都督。」遂令催軍前行。行至巴丘，人報上流有劉封、關平二人領軍截住水路。周瑜愈怒。忽又報孔明遣人送書至。周瑜拆封視之。書曰：

漢軍師中郎將諸葛亮，致書於東吳大都督公瑾先生麾下：自柴桑一別，至今戀戀不忘。聞足下欲取西川，亮竊以為不可。益州民強地險，劉璋雖暗弱，足以自守；今勞師遠征，轉運萬里，欲收全功，雖吳起不能定其規，孫武不能善其後也。曹操失利於赤壁，志豈須臾忘報讎哉？今足下興兵遠征，倘操乘虛而至，江南虀粉矣。亮不忍坐視，特此告知，幸垂照鑒。

周瑜覽畢，長歎一聲，喚左右取紙筆作書上吳侯，乃聚眾將曰：「吾非不欲盡忠報國，奈天命已絕矣。汝等善事吳侯，共成大業。」言訖，昏絕。徐徐又醒，乃仰天長歎曰：「既生瑜，何生亮？」連叫數聲而亡。壽三十又六歲。後人有詩歎曰：

忿極而歎，歎甚於忿。

赤壁遺雄烈，青年有駿聲。絃歌知雅意，盃酒謝良朋。
曾謁三千斛，常驅十萬兵。巴丘終命處，憑弔欲傷情。

周瑜停喪於巴丘，眾將將所遺書緘，遣人飛報孫權。權聞周瑜死，放聲大哭。拆視其書，乃薦魯肅以自代也。書略曰：

瑜以凡才，荷蒙殊遇，委任腹心，統御兵馬，敢不竭股肱之力，以圖報效？奈死生不測，修短有命。愚志未展，微軀已殞，遺恨何極！方今曹操在北，疆埸未靜；劉備寄寓，有似養虎；天下之事，尚未可知。此正朝士旰食❶之秋，至尊垂慮之日也。魯肅忠烈，臨事不苟，可以代瑜之任。「人之將死，其言也善」。倘蒙垂鑒，瑜死不朽矣！

孫權覽畢，哭曰：「公瑾有王佐之才，今忽短命而死，孤何賴哉？既遺書特薦子敬，孤敢不從之？」即日便命魯肅為都督，總統兵馬；一面教發周瑜靈柩回葬。

卻說孔明在荊州，夜觀天文，見將星墜地，乃笑曰：「周瑜死矣。」至曉，白於玄德。玄德使人探之，果然死了。玄德問孔明曰：「周瑜既死還當如何？」孔明曰：「代瑜領兵者，必魯肅也。亮觀天象，將星聚於東方。亮當以弔喪為由，往江東走一遭，就尋賢士佐助主公。」玄德曰：「只恐吳中將士加害於先生。」孔明曰：「瑜在之日，亮猶不懼；今瑜已死，又何患乎？」乃與趙雲引五百軍，具祭禮，下

孔明弔喪與關公赴會一樣有膽。

❶ 旰食：旰，晚的意思。旰食，因為事忙，很晚才吃飯。

船赴巴丘弔喪。於路探聽得孫權已令魯肅為都督，周瑜靈柩已回柴桑。孔明逕到柴桑，魯肅以禮迎接。周瑜部將皆欲殺孔明，因見趙雲帶劍相隨，不敢下手。孔明教設祭物於靈前，親自奠酒，跪於地下，讀祭文曰：

嗚呼公瑾，不幸夭亡！修短故天，人豈不傷？我心實痛，酹酒一觴。君其有靈，享我烝嘗！弔君幼學，以交伯符；仗義疏財，讓舍以居。弔君弱冠，萬里鵬摶；定建霸業，割據江南。弔君壯力，遠鎮巴丘；景升懷慮，討逆無憂。弔君風度，佳配小喬；漢臣之婿，不愧當朝。弔君氣概，諫阻納質；始不垂翅，終能奮翼。弔君鄱陽蔣幹來說；揮洒自如，雅量高志。弔君弘才，文武籌略；火攻破敵，挽強為弱。

想君當年，雄姿英發。哭君早逝，俯地流血。忠義之心，英靈之氣。命終三紀，名垂百世。哀君情切，愁腸千結。惟我肝膽，悲無斷絕。昊天昏暗，三軍愴然。主為哀泣，友為淚漣。

亮也不才，丐計求謀。助吳拒曹，輔漢安劉。犄角之援，首尾相儔。若存若亡，何慮何憂？

嗚呼公瑾！生死永別！朴守其貞，冥冥滅滅。魂如有靈，以鑒我心。從此天下，更無知音！嗚呼痛哉！伏惟尚饗！

孔明祭畢，伏地大哭，淚如湧泉，哀慟不已。眾將相謂曰：「人盡道公瑾與孔明不睦，今觀其祭奠之情，人皆虛言也。」魯肅見孔明如此悲切，亦為感傷，自思曰：「孔明自是多情，乃公瑾量窄，自取死耳。」後人有詩歎曰：

臥龍南陽睡未醒，又添列曜下舒城。
蒼天既已生公瑾，塵世何須出孔明？

魯肅設宴款待孔明。宴罷，孔明辭回。方欲下船，只見江邊一人道袍竹冠，皂縧素履，一手揪住孔明，大笑曰：「汝氣死周郎，卻又來弔孝，明欺東吳無人耶？」孔明急視其人，乃鳳雛先生龐統也。孔明亦大笑。兩人攜手登舟，各訴心事。孔明乃留書一封與統，囑曰：「吾料孫仲謀必不能重用足下。稍有不如意，可來荊州共扶玄德。此人寬仁厚德，必不負公平生之所學。」統允諾而別。孔明自回荊州。

卻說魯肅送回周瑜靈柩至蕪湖，孫權接著，哭祭於前，命厚葬於本鄉。瑜有兩男一女，長男循、次男胤。權皆厚恤之。魯肅曰：「肅碌碌庸才，誤蒙公瑾重薦，其實不稱所職，願舉一人以助主公。此人上通天文，下曉地理；謀略不減於管樂，樞機可並於孫吳。往日周公瑾多用其言，孔明亦深服其智。現在江南，何不重用？」

權聞言大喜，便問此人姓名。肅曰：「此人乃襄陽人。姓龐，名統，字士元，道號鳳雛先生。」權曰：「孤亦聞其名久矣。今既來此，可即請來相見。」於是魯肅邀請龐統入見孫權，施禮畢。權見其人濃眉掀鼻，黑面短髯，形容古怪，心中不喜，乃問曰：「公平生所學，以何為主？」統曰：「不必拘執，隨機應變。」權曰：「公之才學，比公瑾何如？」統笑曰：「某之才學，與公瑾大不相同。」權平生最喜周瑜，見統輕之，心中愈不樂，乃謂統曰：「公且退；待有用公之時，卻來相請。」

統長歎一聲而出。魯肅曰：「主公何不用龐士元？」權曰：「狂士也，用之何益？」肅曰：「赤壁

以貌取人，失之子羽。

鏖兵之時，此人曾獻連環策，成第一功。三公想必知之。」權曰：「此時乃曹操自欲釘船，未必此人之功也。吾誓不用之。」魯肅出謂龐統曰：「非肅不薦足下，奈吳侯不肯用公。公且耐心。」統低頭長歎不語。肅曰：「公莫非無意於吳中乎？」統不答。肅曰：「公抱匡濟之才，何往不利？可實對肅言，將欲何往？」統曰：「吾欲投曹操去也。」肅曰：「此明珠暗投矣。可往荊州投劉皇叔，必然重用。」統曰：「統意實欲如此，前言戲耳。」肅曰：「某當作書奉薦。公輔玄德，必令孫、劉兩家，無相攻擊，同力破曹。」統曰：「此某平生之素志也。」乃藏肅書，逕往荊州來見玄德。

此時孔明按察四郡未回。門吏傳報江東名士龐統，特來相投。玄德久聞統名，便教請入相見。統見玄德，長揖不拜。玄德見統貌陋，心中亦不悅，乃問統曰：「足下遠來不易？」統不即取出魯肅書并孔明投呈，但答曰：「聞皇叔招賢納士，特來相投。」玄德曰：「荊、楚稍定，苦無閒職。此去東南數百里，有一縣名耒陽縣，缺一縣宰，屈公任之。如後有缺，卻當重用。」

統思玄德待我何薄，欲以才學動之；見孔明不在，只得勉強相辭而去。統到耒陽縣，不理政事，終日飲酒為樂；一應錢糧詞訟，並不理會。有人報知玄德，言龐統將耒陽縣事盡廢。玄德怒曰：「豎儒焉敢亂吾法度！」遂喚張飛分付：「引從人去荊南諸縣巡視。如有不公不法者，就便究問。恐於事有不明處，可與孫乾同去。」

張飛領了言語，與孫乾同至耒陽縣。軍民官吏，皆出郭迎接，獨不見縣令。飛問曰：「縣令何在？」同僚覆曰：「龐縣令自到任及今，將百餘日，縣中之事，並不理問。每日飲酒，自旦及夜，只在醉鄉。今日宿酒未醒，猶臥不起。」

張飛大怒，欲擒之。孫乾曰：「龐士元乃高明之人，未可輕忽。且到縣問之。如果於理不當，治罪未晚。」飛乃入縣，正廳上坐定，教縣令來見。統衣冠不整，扶醉而出。飛怒曰：「吾兄以汝為人，令作縣宰，汝焉敢盡廢縣事？」統笑曰：「將軍以吾廢了縣中何事？」飛曰：「汝到任百餘日，終日在醉鄉，安得不廢政事？」統曰：「量百里小縣，些許❷公事，何難決斷？將軍少坐，待我發落。」隨即喚公吏，將百餘日所積公務，都取來剖斷。吏皆紛然齎抱案卷，上廳訴詞。被告人等，環跪階下。統手中批判，口中發落，耳內聽詞，曲直分明，並無分毫差錯，民皆叩首拜伏。不到半日，將百餘日之事，盡斷畢了，投筆於地，而對張飛曰：「所廢之事何在？曹操、孫權，吾視之若掌上觀文，量此小縣，何足介意！」

前倨後恭，粗中有細。

飛大驚，下席謝曰：「先生大才，小子失敬。吾當於兄長處極力舉薦。」統乃將出魯肅薦書。飛曰：「先生初見吾兄，何不將出？」統曰：「若便將出，似乎專藉薦書來干謁矣。」飛顧謂孫乾曰：「非公則失一大賢也！」遂辭統回荊州見玄德，具說龐統之才。玄德大驚曰：「屈待大賢，吾之過也！」飛將魯肅薦書呈上。玄德拆視之。書略曰：

龐士元非百里之才，使處治中別駕之任，始當展其驥足。如以貌取之，恐負所學，終為他人所用，實可惜也。

玄德看畢，正在嗟歎，忽報孔明回。玄德接入，禮畢。孔明先問曰：「龐軍師近日無恙否？」玄德

---

❷ 些許：些小。

曰：「近治耒陽縣，好酒廢事。」孔明笑曰：「士元非百里之才，胸中所學，勝亮十倍。亮曾有薦書在士元處，曾達主公否？」玄德曰：「今日方得子敬書，卻未見先生之書。」孔明曰：「大賢若處小任，往往以酒糊塗，倦於視事。」玄德曰：「若非吾弟所言，險失大賢。」隨即令張飛往耒陽縣請龐統到荊州，玄德下階請罪。統方將出孔明所薦之書。玄德看書中之意，言鳳雛到日，宜即重用。玄德喜曰：「昔司馬德操言：『伏龍、鳳雛，兩人得一，可安天下。』今吾二人皆得，漢室可興矣。」遂拜龐統為副軍師中郎將，與孔明共贊方略，教練軍士，聽候征伐。

早有人報到許昌，言劉備有諸葛亮、龐統為謀士，招軍買馬，積草屯糧，連結東吳，早晚必興兵北伐。曹操聞之，遂聚眾謀士商議南征。荀攸進曰：「周瑜新死，可先取孫權，次攻劉備。」操曰：「我若遠征，恐馬騰來襲許都。前在赤壁之時，軍中有訛言，亦傳西涼入寇之事，今不可不防也。」荀攸曰：「以愚所見，不若降詔，加馬騰為征南將軍，使討孫權；誘入京師，先除此人，則南征無患矣。」操大喜，即日遣人齎詔至西涼召馬騰。

卻說騰字壽成，漢伏波將軍馬援之後。父名肅，字子碩，桓帝時為天水蘭干縣尉；後失官流落隴西，與羌人雜處，遂娶羌女生騰。騰身長八尺，體貌雄異，稟性溫良，人多敬之。靈帝末年，羌人多叛，騰召募民兵破之。初平中年，因討賊有功，拜征西將軍，與鎮西將軍韓遂為兄弟。

當日奉詔，乃與長子馬超商議曰：「吾自與董承受衣帶詔以來，與劉玄德約共討賊，不幸董承已死，玄德屢敗。我又僻處西涼，未能協助玄德。今聞玄德已得荊州，我正欲展昔日之志，而曹操反來召我，當是如何？」馬超曰：「操奉天子之命以召父親，今若不往，彼必以逆命責我矣。當乘其來召，竟往京師，於中取事，則昔日之志可展也。」

馬騰兒子馬岱諫曰：「曹操心懷叵測，叔父若往，恐遭其害。」超曰：「兒願盡起西涼之兵，隨父親殺入許昌，為天下除害，有何不可？」騰曰：「汝自統羌兵保守西涼，只教次子馬休、馬鐵并姪馬岱隨我同往。曹操見有汝在西涼，又有韓遂相助，諒不敢加害於我也。」超曰：「父親若往，切不可輕入京師。當隨機應變，觀其動靜。」騰曰：「吾自有區處，不必多慮。」

於是馬騰乃引西涼兵五千，先教馬休、馬鐵為前部，留馬岱在後接應，迤邐望許昌而來，離許昌二十里屯住軍馬。曹操聽知馬騰已到，喚門下侍郎黃奎分付曰：「目今馬騰南征，吾命汝為行軍參謀，先至馬騰寨中勞軍，可對馬騰說：西涼路遠，運糧甚難，不能多帶人馬。我當更遣大兵，協同前進。來日教他入城面君，吾就應付糧草與之。」

奎領命，來見馬騰。騰置酒相待。奎酒半酣而言曰：「吾父黃琬死於李傕、郭汜之難，常懷痛恨。不想今日又遇欺君之賊。」騰曰：「誰為欺君之賊？」奎曰：「欺君者操賊也。公豈不知之而問我耶？」騰恐是操使來相探，急止之曰：「耳目較近，休得亂言。」奎叱曰：「公竟忘卻衣帶詔乎？」騰見他說出心事，乃密以實情告之。奎曰：「操欲公入城面君，必非好意。公不可輕入。來日當勒兵城下。待曹操出城點軍，就點軍處斬之，大事濟矣。」

二人商議已定，黃奎回家，恨氣未息。其妻再三問之，奎不肯言。不料其妾李春香，與奎妻弟苗澤私通。澤欲得春香，正無計可施。妾見黃奎憤恨，遂對澤曰：「黃侍郎今日商議軍情回，意甚憤恨，不知為何？」澤曰：「汝可以言挑之曰：『人皆說劉皇叔仁德、曹操奸雄，何也？』看他說甚言語。」

是夜黃奎果到春香房中，妾以言挑之。奎乘醉言曰：「汝乃婦人，尚知邪正，何況我乎？吾所恨者，欲殺曹操也。」妾曰：「若欲殺之，如何下手？」奎曰：「吾已約定馬將軍，明日在城外點兵時殺之。」妾告於苗澤，澤報知曹操。操便密喚曹洪、許褚，分付如此如此；又喚夏侯淵、徐晃，分付如此如此。各人領命去了，一面先將黃奎一家老小拏下。

次日，馬騰領著西涼兵馬，將次近城，只見前面一簇紅旗，打著丞相旗號。馬騰只道曹操自來點軍，拍馬向前。忽聽得一聲砲響，紅旗開處，弓弩齊發。一將當先，乃曹洪也。馬騰急撥馬回時，兩下喊聲又起。左邊許褚殺來，右邊夏侯淵殺來，後面又是徐晃領兵殺至，截斷西涼軍馬，將馬騰父子三人，困在垓心。

馬騰見不是頭，奮力衝殺。馬鐵早被亂箭射死。馬休隨著馬騰左衝右突，不能得出。二人身帶重傷，坐下馬又被箭射倒，父子二人俱被執。曹操教將黃奎與馬騰父子，一齊綁至。黃奎大叫「無罪！」操教苗澤對證。馬騰大罵曰：「豎儒誤我大事！我不能為國殺賊，是乃天也！」操命牽出。馬騰罵不絕口，與其子馬休，及黃奎一同遇害。後人有詩讚馬騰曰：

父子齊芳烈，忠貞著一門。捐生圖國難，誓死答君恩。
嚼血盟言在，誅奸義狀存。西涼推世胄，不愧伏波孫。

苗澤告操曰：「不願加賞，只求李春香為妻。」操笑曰：「你為了一婦人，害了你姐夫一家，留此不義之人何用！」便教將苗澤、李春香與黃奎一家老小並斬於市。觀者無不歎息。後人有詩歎曰：

奸雄快語，可

苗澤因私害藎臣，春香未得反傷身。

奸雄亦不相容恕，枉自圖謀作小人。

曹操教招安西涼兵馬諭之曰：「馬騰父子謀反，不干眾人之事。」一面使人分付把住關隘，休教走了馬岱。

且說馬岱自引一千兵在後。早有許昌城外逃回軍士，報知馬岱。岱大驚，只得棄了兵馬，扮作客商，連夜逃遁去了。

曹操殺了馬騰等，便決意南征。忽人報曰：「劉備調練軍馬，收拾器械，將欲取川。」操驚曰：「若劉備收川，則羽翼成矣。將何以圖之？」

言未畢，堦下一人進言曰：「某有一計，使劉備、孫權不能相顧；江南、西川皆歸丞相。」正是：

西川豪傑方遭戮，南國英雄又受殃。未知獻計者是誰，且看下文分解。

第五八回　馬孟起興兵雪恨　曹阿瞞割鬚棄袍

卻說獻策之人，乃治書侍御史陳群，字長文。操問曰：「陳長文有何良策？」群曰：「今劉備、孫權結為脣齒，若劉備欲取西川，丞相可命上將提兵❶，會合淝之眾，逕取江南，則孫權必求救於劉備。備意在西川，必無心救權；權無救則力乏兵衰；江東之地，必為丞相所得。若得江東，則荊州一鼓可平也。荊州既平，然後徐圖西川，天下定矣。」操曰：「長文之言，正合吾意。」即時起大兵三十萬，逕下江南；令合淝張遼準備糧草，以為供給。

早有細作報知孫權。權聚眾將商議。張昭曰：「可差人往魯子敬處，教急發書到荊州，使玄德同力拒曹。子敬有恩於玄德，其言必從；且玄德既為東吳之壻，亦義不容辭。若玄德來相助，江南可無患矣。」權從其言，即遣人諭魯肅，使求教於玄德。肅領命，隨即修書使人送玄德。玄德看了書中之意。留使者於館舍，差人往南郡請孔明。孔明到荊州，玄德將魯肅書與孔明看畢。孔明曰：「也不消動江南之兵，也不必動荊州之兵，自使曹操不敢正覷東南。」便回書與魯肅，教高枕無憂；若但有北兵侵犯，皇叔自有退兵之策。

使者去了。玄德問曰：「今操起三十萬大軍，會合淝之眾，一擁而來，先生有何妙計，可以退之？」

❶ 提兵：舉兵。率領軍隊。

孔明曰：「操平生所慮者，乃西涼之兵也。今操殺馬騰，其子馬超，現統西涼之眾，必切齒操賊。主公可作一書，往結馬超，使超興兵入關，則操自無暇下江南矣。」玄德大喜，即時作書，遣一心腹人，逕往西涼州投下。

卻說馬超在西涼州，夜感一夢；夢見身臥雪地，群虎來咬，驚懼而覺，心中疑惑，聚帳下將佐，告說夢中之事。帳下一人應聲曰：「此夢乃不祥之兆也。」眾視其人，乃帳前心腹校尉，姓龐，名德，字令名。超問：「令名所見若何？」德曰：「雪地遇虎，夢兆殊惡。莫非老將軍在許昌有事否？」言未畢，一人踉蹌而入，哭拜於地曰：「叔父與弟皆死矣！」超視之，乃馬岱也。超驚問。岱曰：「叔父與侍郎黃奎同謀殺操，不幸事泄，皆被斬於市，二弟亦遇害。惟岱扮作客商，星夜走脫。」超聞言，哭倒於地，眾將救起。超咬牙切齒，痛恨操賊。忽報荊州劉皇叔遣人齎書至。超拆視之，書略曰：

伏念漢室不幸，操賊專權，欺君罔上，黎民凋殘。備昔與令先君同受密詔，誓誅此賊。今令先君被操所害，此將軍不共天地，不同日月之讎也。若能率西涼之兵，以攻操之右，備當舉荊襄之眾，以遏操之前。則逆操可擒，奸黨可滅，讎辱亦可報，漢室可興矣。書不盡言，立待回音。

馬超看畢，即時揮涕回書，發使者先回，隨後便起西涼軍馬。正欲進發，忽西涼太守韓遂使人請馬超往見。超至遂府，遂將出曹操書示之。內云：「若將馬超擒赴許都，即封汝為西涼侯。」超拜伏於地曰：「請叔父就縛俺兄弟二人，解赴許昌，免叔父戈戟之勞❷。」韓遂扶起曰：「吾與汝父結為兄弟，只會寫字，那會廝殺。

安忍害汝？汝若興兵，吾當相助。」

馬超拜謝。韓遂便將操使者推出斬之，乃點手下八部軍馬，一同進發。那八部乃侯選、程銀、李堪、張橫、梁興、成宜、馬玩、楊秋也。八將隨著韓遂，合馬超手下龐德、馬岱，共起二十萬大兵，殺奔長安來。長安郡守鍾繇，飛報曹操；一面引軍拒敵，布陣於野，西涼州前部先鋒馬岱，引軍一萬五千，浩浩蕩蕩，漫山遍野而來，鍾繇出馬答話。岱使寶刀一口，與繇交戰。不一合，繇大敗奔走，岱提刀趕來。馬超、韓遂引大軍都到，圍住長安，鍾繇上城守護。

長安乃西漢建都之處，城郭堅固，河塹險深，急切攻打不下。一連圍了十日，不能攻破。龐德進計曰：「長安城中土硬水鹹，不甚堪食。更兼無柴，今圍十日，軍民飢荒，不如暫且收軍。只須如此如此，……長安垂手可得。」馬超曰：「此計大妙！」即時差「令」字旗傳於各部，盡教退軍，馬超親自斷後，各部軍馬漸漸退去。

鍾繇次日登城看時，軍皆退了，只恐有計；令人哨探，果然遠去，方纔放心；縱令軍民出城打柴取水，大開城門，放人出入。至第五日，人報馬超兵又到，軍民競奔入城，鍾繇仍復閉城堅守。

卻說鍾繇弟鍾進，把守西門。約近三更，城門裡一把火起。鍾進急來救時，城邊轉過一人，舉刀縱馬大喝曰：「龐德在此！」鍾進措手不及，被龐德一刀斬於馬下，殺散軍校，斬關斷鎖，放馬超、韓遂軍馬入城。鍾繇從東門棄城而走。馬超、韓遂得了城池，賞勞三軍。

鍾繇退守潼關，飛報曹操。操知失了長安，不敢復議南征，遂喚曹洪、徐晃分付：「先帶一萬人馬，

---

❷ 戈戟之勞：動用干戈的辛勞。

替鍾繇緊守潼關。如十日內失了關隘，皆斬。十日外，不干汝二人之事。我統大軍隨後便至。」二人領了將令，星夜便行。曹仁諫曰：「洪性躁，誠恐誤事。」操曰：「你與我押送糧草，便隨後接應。」

卻說曹洪、徐晃到潼關，替鍾繇堅守關隘，並不出戰。馬超領軍來關下，把曹操三代辱罵。曹洪大怒，要提兵下關廝殺。徐晃諫曰：「此是馬超要激將軍廝殺，切不可與戰。待丞相大軍來，必有主畫。」馬超軍日夜輪流來罵，曹洪只要廝殺，徐晃苦苦擋住。至第九日，在關上看時，西涼軍都棄馬在於關前草地上坐；多半困乏，就於地上睡臥。曹洪便教備馬，點起三千兵殺下關來。西涼兵棄馬拋戈而走，洪迤邐追趕。

時徐晃正在關上點視糧草，聞曹洪下關廝殺，大驚，急引兵隨後趕來，大叫曹洪回馬；忽然背後喊聲大震，馬岱引軍殺至。曹洪、徐晃急回走時，一棒鼓響，山背後兩軍截出，左是馬超，右是龐德，混殺一陣。曹洪抵擋不住，折軍大半，衝出重圍，奔到關上。西涼兵隨後趕來，洪等棄關而走。龐德直追過潼關，撞見曹仁軍馬，救了曹洪等一軍。馬超接應龐德上關。

曹洪失了潼關，奔見曹操。操曰：「與你十日限，如何九日失了潼關？」洪曰：「西涼軍兵，百般辱罵。因見彼軍懈怠，乘勢趕去，不想中賊奸計。」操曰：「洪年幼躁暴，徐晃你須曉事！」晃曰：「累諫不從。當日晃在關上點糧草，比及知道，小將軍已下關了。晃恐有失，連忙趕去，已中賊奸計矣。」

操大怒，喝斬曹洪，眾官告免，曹洪服罪而退。操進兵直抵潼關。曹仁曰：「可先下定寨柵，然後打關未遲。」操令砍伐樹木，起立排柵，分作三寨，左寨曹仁，右寨夏侯淵，操自居中寨。次日，操引三寨大小將校，殺奔關隘前去，正遇西涼軍馬。兩邊各布陣勢。操出馬於門旗下，看西涼之兵，人人勇借曹操眼中，極寫馬超。

健，個個英雄。又見馬超生得面如傅粉，脣若抹硃；腰細膀寬，聲雄力猛；白袍銀鎧，手執長槍，立馬陣前；上首龐德，下首馬岱。操暗暗稱奇，自縱馬謂超曰：「汝乃漢朝名將子孫，何故背反耶？」超咬牙切齒，大罵：「操賊欺君罔上，罪不容誅！害我父弟，不共戴天之讎！吾當活捉生啖汝肉！」

說罷，挺槍直殺過來。曹操背後于禁出迎。兩馬交戰，鬬到八九合，于禁敗走，張郃出迎，戰二十合亦敗走。李通出迎，超奮威交戰，數合之中，一槍刺李通於馬下。超把槍望後一招，西涼兵一齊衝殺過來，操兵大敗。西涼兵來得勢猛，左右將佐，皆抵擋不住。馬超、龐德、馬岱引百餘騎，直入中軍來捉曹操。操在亂軍中，只聽得西涼軍大叫：「穿紅袍的是曹操！」操就馬上急脫下紅袍，又聽得大叫：「長髯者是曹操！」操驚慌，掣所佩劍斷其髯。軍中有人將曹操割髯之事，告知馬超。超遂令人叫拏短髯者是曹操。操聞知即扯旗角包頸而逃。後人有詩曰：

或曰：操之不死，天之道也。

潼關戰敗望風逃，孟德愴惶脫錦袍。
劍割髭髯應喪膽，馬超聲價蓋天高。

曹操正走之間，背後一騎趕來。回頭視之，正是馬超，操大驚。左右將校見超趕來，各自逃命，只撇下曹操。超厲聲大叫曰：「曹操休走！」操驚得馬鞭墜地。看看趕上，馬超從後使槍搠來。操遶樹而走。超一槍搠在樹上，急拔下時，操已走遠。超縱馬趕來，山坡邊轉出一將，大叫：「勿傷吾主！曹洪在此！」輪刀縱馬，攔住馬超。操得命走脫。洪與馬超戰到四五十合，漸漸刀法散亂，氣力不加。夏侯淵引數十騎隨到。馬超獨自一人，恐被所算，乃撥馬而回，夏侯淵也不來趕。

曹操回寨，卻得曹仁死據定了寨柵，因此不曾多折軍馬。操入帳歎曰：「吾若殺了曹洪，今日必死於馬超之手也！」遂喚曹洪重加賞賜。收拾敗軍，堅守寨柵；深溝高壘，不許出戰。超每日引兵來寨前辱罵搦戰，操傳令教軍士堅守，如亂動者斬。諸將曰：「西涼之兵，盡使長槍，當選弓弩迎之。」操曰：「戰與不戰，皆在於我，非在賊也。賊雖有長鎗，安能便刺！諸公但堅壁觀之，賊自退矣。」諸將皆私相議曰：「丞相自來征戰，一身當先；今敗於馬超，何如此之弱也？」

過了幾日，細作報來：「馬超又添二萬生力兵來助戰，乃是羌人部落。」操聞知大喜。諸將曰：「馬超添兵，丞相反喜，何也？」操曰：「待吾勝了，卻對汝等說。」三日後又報關上又添軍馬。操又大喜，就於帳中設宴作賀。諸將皆暗笑。操曰：「諸公笑我無破馬超之謀，公等有何良策？」徐晃進曰：「今丞相盛兵在此，賊亦全部現屯關上，此去河西，必無準備；若得一軍暗渡蒲阪津先截賊歸路，丞相逕發河北擊之，賊兩不相應，勢必危矣。」操曰：「公明之言，正合吾意。」便教徐晃引精兵四千，和朱靈同去逕襲河西，伏於山谷之中，待我渡河北同時擊之。

徐晃、朱靈領命，先引四千軍暗暗去了。操下令，先教曹洪於蒲阪津，安排船筏。留曹仁守寨，操自領兵渡渭河。早有細作報知馬超。超曰：「今操不攻潼關，而使人準備船筏，欲渡河北，必將遏吾之後也。吾當引一軍渡河拒住北岸。操兵不得渡，不消二十日，河東糧盡，操兵必亂，卻循河南而擊之，操可擒矣。」韓遂曰：「不必如此。豈不聞兵法有云：『兵半渡可擊。』待操兵渡至一半，汝卻於南岸擊之，操兵皆死於河內矣。」超曰：「叔父之言甚善。」即使人探聽曹操幾時渡河。

卻說曹操整兵已畢，分三停軍，前渡渭河，比及人馬到河內時，日光初起。操先發精兵渡過北岸，開創營寨。操自引親隨護衛軍將百人，按劍坐於南岸，看軍渡河。忽然人報：「後邊白袍將軍到了！」眾皆認得是馬超，一擁下船。河邊軍爭上船者，聲喧不止。操猶坐而不動，按劍指約休鬧。只聽得人喊馬嘶，蜂擁而來，船上一將躍身上岸，呼曰：「賊至矣！請丞相下船！」操視之，乃許褚也。操口內猶言：「賊至何妨？」回頭視之，馬超已離不到百餘步。許褚拖操下船時，船已離岸一丈有餘，褚負操一躍上船。隨行將士盡皆下水，扳住船邊，爭欲上船逃命。船小將翻，褚掣刀亂砍，船傍手盡折，倒於水中，急將船望下水棹去。許褚立於梢上，忙用木篙撐之。操伏在許褚腳邊。馬超趕到河岸，見船已流在半河，遂拈弓搭箭，喝令驍將遶河射之，矢如雨急。褚恐傷曹操，以左手舉馬鞍遮之。馬超箭不虛發，船上駕舟之人，應弦落水；船中數十人皆被射倒。其船反撐不定，於急水中旋轉。許褚獨奮神威，將兩腿夾舵搖撼，一手使篙撐船，一手舉鞍遮護曹操。

曹操不死，虧了樹，虧了旗，虧了鞍，又虧了牛馬。

時有渭南縣令丁斐，在南山之上，見馬超追操甚急，恐傷操命，遂將寨內牛隻馬匹，盡驅於外，漫山遍野，皆是牛馬。西涼兵見之，都回身爭取牛馬，無心追趕，曹操因此得脫。方到北岸，便把船筏鑿沈。諸將聽得曹操在河中逃難，急來救時，操已登岸。許褚身被重鎧，箭皆嵌在甲上。眾將保操至野寨中，皆拜於地而問安。操大笑曰：「我今日幾為小賊所困！」褚曰：「若非有人縱馬放牛以誘賊，賊必努力渡河矣。」操問曰：「誘賊者誰也？」有知者答曰：「渭南縣令丁斐也。」

少頃，斐入見。操謝曰：「若非公之良謀，則吾被賊所擒矣。」遂命為典軍校尉。斐曰：「賊雖暫去，明日必復來。須以良策拒之。」操曰：「吾已準備了也。」遂喚諸將各分頭循河築起甬道，暫為寨腳；賊若來時，陳兵於甬道外，內虛立旌旗，以為疑兵；更沿河掘下壕塹，虛立柵蓋河南，以兵誘之；

賊急來必陷，賊陷便可擒矣。

卻說馬超回見韓遂，說：「幾乎捉住曹操，有一將奮勇負操下船去了，不知何人。」遂曰：「吾聞曹操選極壯之人，為帳前侍衛，名曰『虎衛軍』，以驍將典韋、許褚領之。典韋已死，今救曹操者，必許褚也。此人勇力過人，人皆稱為『虎痴』；如遇之，不可輕敵。」超曰：「吾亦聞其名久矣。」遂曰：「今操渡河，將襲我後，可速攻之，不可令他創立營寨。若立營寨，急難剿除。」超曰：「以姪愚意，還只拒住北岸，使彼不得渡河，乃為上策。」遂曰：「賢姪守寨，吾引軍循河戰操，若何？」超曰：「令龐德為先鋒，跟叔父前去。」

於是韓遂與龐德將兵五萬，直奔渭南。操令眾將於甬道兩旁誘之。龐德先引鐵騎千餘，衝突而來。喊聲起處，人馬俱落於陷馬坑內。龐德踴身一跳，躍出土坑，立於平地，立殺數人，步行砍出重圍。韓遂已被困在垓心。龐德步行救之，正遇著曹仁部將曹永；被龐德一刀砍於馬下，奪其馬，殺開一條血路，救出韓遂，投東南而走。背後曹兵趕來，馬超引軍接應，殺敗曹兵，復救出大半軍馬。戰至日暮，方回。計點人馬，折了將佐程銀、張橫，陷坑中死者二百餘人。超與韓遂商議：「若遷延日久，操於河北立了營寨，難以退敵；不若乘今夜引輕騎去劫野營。」遂曰：「須分兵前後相救。」於是超自為前部，令龐德、馬岱為後應，當夜便行。

卻說曹操收兵屯渭北，喚諸將曰：「賊欺我未立寨柵，必來劫野營。可四散伏兵，虛其中軍。號砲響時，伏兵盡起，一鼓可擒也。」眾將依令，伏兵已畢。當夜馬超卻先使成宜引三十騎往前哨探。成宜見無人馬，逕入中軍。操軍見西涼兵到，遂放號砲。四面伏兵皆出，只圍得三十騎。成宜被夏侯淵所殺。

馬超卻自背後與龐德、馬岱分兵三路蜂擁而來。正是：縱有伏兵能候敵，怎當健將共爭先？未知勝負若何，且看下文分解。

第五九回 許褚裸衣鬬馬超 曹操抹書間韓遂

卻說當夜兩兵混戰，直到天明，各自收兵。馬超屯兵渭口，日夜分兵，前後攻擊。曹操在渭河內，將船筏鎖鍊作浮橋三條，接連南岸。曹仁引軍夾河立寨，將糧草車輛穿連，以為屏障。馬超聞之，教軍士各挾草一束，帶著火種，與韓遂引軍併力，殺到寨前，堆積草把，放起烈火。操兵抵敵不住，棄寨而走。車乘、浮橋盡被燒毀。西涼兵大勝，截住渭河。曹操立不起營寨，心中憂懼。荀攸曰：「可取渭河沙土築起土城，可以堅守。」操撥三萬軍擔土築城。馬超又差龐德、馬岱各引五百馬軍，往來衝突；更兼沙土不實，築起便倒，操無計可施。

時當九月盡，天氣暴冷，彤雲密布，連日不開。曹操在寨中納悶。忽人報曰：「有一老人來見丞相，欲陳說方略。」操請入見。其人鶴骨松姿，形貌蒼古。問之乃京兆人也，隱居終南山，姓婁，字子伯，道號夢梅居士。操以客禮待之。子伯曰：「丞相欲跨渭安營久矣，今何不乘時築之？」操曰：「沙土之地，築壘不成。隱士有何良策賜教？」子伯曰：「丞相用兵如神，豈不知天時乎？連日陰雲布合，朔風一起，必大凍矣。風起之後，驅軍士運土潑水，比及天明，土城已就。」

操大悟，厚賞子伯。子伯不受而去。是夜北風大作。操盡驅兵士擔土潑水，為無盛水之具，作縑囊盛水澆之，隨築隨凍。比及天明，沙土凍緊，土城已築完。細作報知馬超。超領兵觀之，大驚，疑有神

超之焚寨，賴

有火攻；操之築城，賴有水助。

助。次日，集大軍鳴鼓而進。操自乘馬出營，止有許褚一人隨後。操揚鞭大呼曰：「孟德單騎至此，請馬超出來答話。」超乘馬挺鎗而出。操曰：「汝欺我營寨不成，今一夜天使築就，汝何不早降！」

馬超大怒，意欲突前擒之，見操背後一人圓睜怪眼，手提鋼刀，勒馬而立。超疑是許褚，乃揚鞭問曰：「聞汝軍中有虎侯安在哉？」許褚提刀大叫曰：「吾即譙郡許褚也！」目射神光，威風抖擻。超不敢動，乃勒馬回。操亦引許褚回寨。兩軍觀之，無不駭然。操謂諸將曰：「賊亦知仲康乃虎侯也？」自此軍中皆稱褚為虎侯。

許褚曰：「某來日必擒馬超。」操曰：「馬超英勇，不可輕敵。」褚曰：「某誓與死戰！」即使人下戰書，說虎侯單搦馬超來日決戰。超接書大怒曰：「何敢如此相欺耶！」即批次日誓殺虎痴。次日，兩軍出營，布成陣勢。超分龐德為左翼，馬岱為右翼，韓遂押中軍。超挺鎗縱馬，立於陣前，高叫：「虎痴快出！」曹操在門旗下回顧眾將曰：「馬超不減呂布之勇。」

言未絕，許褚拍馬舞刀而出。馬超挺槍接戰。鬭了一百餘合，勝負不分。馬匹困乏，各回軍中，換了馬匹，又出陣前。又鬭一百餘合，不分勝負。許褚性起，飛回陣中，卸了盔甲，渾身筋突，赤體提刀，翻身上馬，來與馬超決戰。兩軍大駭。兩個又鬭到三十餘合，褚奮威舉刀，便砍馬超。超閃過，一鎗望褚心窩刺來。褚棄刀將鎗挾住。兩個在馬上奪鎗。許褚力大，一聲響，拗斷鎗桿，各拿半節在馬上亂打。操恐褚有失，遂令夏侯淵、曹洪，兩將齊出夾攻。龐德、馬岱見操將齊出，麾兩翼鐵騎，橫衝直撞，溷殺❶將來。操兵大亂。許褚臂中兩箭。諸將慌退入寨，馬超直殺到河邊，操兵折傷大半。操令堅閉休出。

❶ 溷殺：溷同混；溷殺，亂殺的意思。

馬超回至渭口，謂韓遂曰：「吾見惡戰者，莫如許褚，真虎痴也！」

卻說曹操料馬超可以計破，乃密令徐晃、朱靈盡渡河西結營，前後夾攻。一日，操於城上見馬超引數百騎，直臨寨前，往來如飛。操觀良久，擲兜鍪於地曰：「馬兒不死，吾無葬地矣！」夏侯淵聽了，心中氣忿，厲聲曰：「吾寧死於此地，誓滅馬賊！」遂引本部千餘人，大開寨門，直趕去。操急止不住，恐其有失，慌自上馬前來接應。馬超見曹兵至，乃將前軍作後隊，後隊作先鋒，一字兒排開。夏侯淵到，馬超接住廝殺。超於亂軍中遙見曹操，就撇了夏侯淵，直取曹操。操大驚，撥馬而走。曹兵大亂。

寫馬超志在報仇。

正追之際，忽報操有一軍，已在河西下了營寨。超大驚，無心追趕，急收軍回寨，與韓遂商議，言「操兵乘虛已渡河西，吾軍前後受敵，如之奈何？」部將李堪曰：「不如割地請和，兩家且各罷兵。捱過冬天，到春暖別作計議。」韓遂曰：「李堪之言最善，可從之。」

超猶豫未決。楊秋、侯選皆勸求和。於是韓遂遣楊秋為使，直往操寨下書，言割地請和之事。操曰：「汝且回寨。吾來日使人回報。」楊秋辭去。賈詡入見操曰：「丞相主意若何？」操曰：「公所見若何？」詡曰：「兵不厭詐。可偽許之，然後用反間計，令韓、馬相疑，則一鼓可破也。」操撫掌大笑曰：「天下高見，多有相合。文和之謀，正吾心中之事也。」於是遣人回書，言：「待我徐徐退兵，還汝河西之地。」一面教搭起浮橋，作退軍之意。馬超得書，謂韓遂曰：「曹操雖然許和，奸雄難測。倘不準備，反受其制。超與叔父輪流調兵，今日叔向操，超向徐晃；明日超向操，叔向徐晃，分頭提備，以防其詐。」

韓遂依計而行，早有人報知曹操。操顧賈詡曰：「吾事濟矣！」問：「來日是誰合向我這邊？」人報曰：「韓遂。」次日操引眾將出營，左右圍繞。操獨顯一騎於中央，韓遂部卒多有不識操者，出陣觀看。操高叫曰：「汝諸軍欲觀曹公耶？吾亦猶人也，非有四目兩口，但多智謀耳。」諸軍皆有懼色。操使人過陣謂韓遂曰：「丞相謹請韓將軍會話。」韓遂即出陣；見操並無甲仗，亦棄衣甲，輕服匹馬而出。二人馬頭相交，各按轡對語。操曰：「吾與將軍之父，同舉孝廉，吾嘗以叔事之。吾亦與公同登仕路，不覺有年矣。將軍今年妙齡幾何？」韓遂答曰：「四十歲矣。」操曰：「往日在京師皆青春年少，何期又中旬矣！安得天下清平共樂耶！」只把舊事細說，並不提起軍情，說罷大笑。相談有一個時辰方回馬而別，各自歸寨。

早有人將此事報知馬超，超慌來問韓遂曰：「今日曹操陣前所言何事？」遂曰：「只訴京師舊事耳。」超曰：「安得不言軍務乎？」遂曰：「曹操不言，吾何獨言之？」超心甚疑，不言而退。

卻說曹操回寨，謂賈詡曰：「公知吾陣前對語之意否？」詡曰：「此意雖妙，尚未足間二人。某有一策，可令韓、馬自相讎殺。」操問其計。賈詡曰：「馬超乃一勇夫，不識機密。丞相親筆作一書，單與韓遂，中間朦朧字樣，於要害處，自行塗抹改易，然後封送與韓遂，故意使馬超知之。超必索書來看。若看見上面要緊之處，盡皆改抹。只猜是韓遂恐超知甚機密事，自行改抹，正合著單騎會話之疑；疑則必生亂。我更暗結韓遂部下諸將，使互相離間，超可圖矣。」操曰：「此計甚妙。」隨寫書一封。將緊要處盡皆改抹，然後實封，故意多遣從人送過寨去，下了書自回。

果然有人報知馬超。超心愈疑，逕來韓遂處索書看。韓遂將書與超。超見上面有改抹字樣，問遂曰：「書上如何都改抹糊塗？」遂曰：「原書如此，不知何故。」超曰：「豈有以草稿送與人耶？必是叔父怕我知了詳細，先改抹了。」遂曰：「莫非曹操錯將草稿誤封來了。」超曰：「吾又不信。曹操是精細之人，豈有差錯？吾與叔父併力殺賊，奈何忽生異心？」遂曰：「汝若不信吾心，來日吾在陣前賺操說話，汝從陣內突出，一槍刺殺便了。」超曰：「若如此，方見叔父真心。」

兩人約定。次日，韓遂引侯選、李堪、梁興、馬玩、楊秋五將出陣。馬超藏在門影裡。韓遂使人到操寨前，高叫：「韓將軍請丞相攀話。」操乃令曹洪引數十騎逕出陣前與韓遂相見。馬離數步，洪馬上欠身言曰：「夜來丞相致意將軍之言，切莫有誤。」言訖便回馬。

超聽得大怒，挺槍驟馬，便刺韓遂。五將攔住，勸解回寨。遂曰：「賢姪休疑，我無歹心。」馬超那裡肯信，恨怨而去。韓遂與五將商議曰：「這事如何解釋？」楊秋曰：「馬超倚仗勇武，常有欺凌主公之心，便勝得曹操，怎肯相讓？以某愚見，不如暗投曹公，他日不失封侯之位。」遂曰：「吾與馬騰向曾結為兄弟，安忍背之？」楊秋曰：「事已至此。不得不然。」遂曰：「誰可以通消息？」楊秋曰：「某願往。」遂乃寫一密書，遣楊秋來操寨，說投降之事。

操大喜，許封韓遂為西涼侯，楊秋為西涼太守，其餘皆有官爵。約定放火為號，共謀馬超。楊秋拜辭，回見韓遂，備言其事：「約定今夜放火，裡應外合。」遂大喜，就令軍士於中軍帳後堆積乾柴，五將各懸刀劍聽候。韓遂商議，欲設宴賺請馬超，就席圖之，猶豫未決。

不想馬超早已探知備細，便帶親隨數人，仗劍先行，令龐德、馬岱為後應。超潛步入韓遂帳中，只見五將與韓遂密語，只聽得楊秋口中說道：「事不宜遲，可速行之！」超大怒，揮劍直入，大喝曰：「群賊焉敢謀害我！」眾皆大驚。超一劍望韓遂面門剁去，遂慌以手迎之，左手早被砍落。五將揮刀齊出。

超縱步出帳外，五將圍繞溷殺。超獨揮寶劍，力敵五將。劍光明處，鮮血濺飛。砍翻馬玩，剁倒梁興，三將各自逃生。超復入帳中來殺韓遂時，已被左右救去。帳後一把火起，各寨兵皆動。超連忙上馬。龐德、馬岱亦至，互相混戰。超領軍殺出時，操兵四至：前有許褚，後有徐晃，左有夏侯淵，右有曹洪，西涼之兵，自相併殺。超不見了龐德、馬岱，乃引百餘騎，截於渭橋之上。

天色微明，只見李堪引一軍從橋下過，超挺槍縱馬逐之。李堪拖槍而走。恰好于禁從馬超背後趕來，禁開弓射馬超，超聽得背後弦響，急閃過，卻射中前面李堪，落馬而死。超回馬來殺于禁，禁拍馬走了。超回橋上住紮，操兵前後大至，虎衛軍當先，亂箭夾射馬超。超以槍撥之，矢皆紛紛落地。超令從騎往來衝殺，爭奈曹兵圍裹堅厚，不能衝出。超於橋上大喝一聲，殺入河北，從騎皆被截斷。超獨在陣中衝突，卻被暗弩射倒坐下馬。馬超墮於地上，操軍逼合。

此是絕處逢生。

正在危急，忽西北角上一彪軍殺來，乃龐德、馬岱也。二人救了馬超，將軍中戰馬，與馬超騎了，翻身殺條血路，望西北而走。曹操聞馬超走脫，傳令諸將：「無分曉夜，務要趕到馬兒。如得首級者賞千金，封萬戶侯。生獲者封大將軍。」眾將得令，各要爭功，迤邐追襲。馬超顧不得人馬困乏，只顧奔走。從騎漸漸皆散。步兵走不上者，多被擒去。止剩得三十餘騎，與龐德、馬岱望隴西、臨洮而去。

曹操親自追至安定，知馬超去遠，方收兵回長安。眾將畢集。韓遂已無左手，做了殘疾之人，操教就於長安歇馬，授韓遂西涼侯之職。楊秋、侯選皆封列侯，令守渭口。下令班師回許都。涼州參軍楊阜，字義山，逕來長安見操。操問之。楊阜曰：「馬超有呂布之勇，深得羌人之心。今丞相若不乘勢剿絕。他日養成氣力，隴上諸郡，非復國家之有也。望丞相且休回兵。」操曰：「吾本欲留兵征之，奈中原多事，南方未定，不可久留。君當為孤保之。」

阜領諾，又保薦韋康為涼州刺史，同領兵屯冀城，以防馬超。阜臨行，請於操曰：「長安必留重兵以為後援。」操曰：「吾已定下，汝但放心。」阜辭而去。眾將皆問曰：「初賊據潼關，渭北道缺，丞相不從河東擊馮翊，而反守潼關，遷延日久，而後北渡，立營固守，何也？」操曰：「初賊守潼關，若吾初到，便取河東，賊必以各寨分守諸渡口，則河西不可渡矣。吾故盛兵皆聚於潼關前，使賊盡南守，而河西不準備。故徐晃、朱靈得渡也。吾然後引兵北渡，連車樹柵為甬道，築土城，欲賊知吾弱，以驕其心，使不準備。吾乃巧用反間，蓄士卒之力，一旦擊破之。正所謂『疾雷不及掩耳』。兵之變化，固非一道也。」

眾將又請問曰：「丞相每聞賊加兵添眾，則有喜色，何也？」操曰：「關中邊遠，若群賊各依險阻，征之非一二年不可平復；今皆來聚一處，其眾雖多，人心不一，易於離間，一舉可滅，吾故喜也。」眾將拜曰：「丞相神謀，眾不及也！」操曰：「亦賴汝眾文武之力。」遂重賞諸軍，留夏侯淵屯兵長安。所得降兵，分撥各部。夏侯淵保舉馮翊高陵人，姓張，名既，字德容，為京兆尹，與淵同守長安。操班師回都。獻帝排鑾駕出郭迎接；詔操贊拜不名，入朝不趨，劍履上殿，如漢相蕭何故事。自此威震中外。

這消息報入漢中，早驚動了漢寧太守張魯。原來張魯乃沛國，豐人。其祖張陵在西川，鵠鳴山中造作道書以惑人，人皆敬之。陵死之後，其子張衡行之。百姓但有學道者，助米五斗，世號「米賊」。張衡死，張魯行之。魯在漢中自號為「師君」。其來學道者，皆號為「鬼卒」。為首者號為「祭酒」。領眾多者號為「治頭大祭酒」。務以誠信為主，不許欺詐。如有病者，即設壇使病人居於靜室之中，自思己過，當面陳首❷，然後為之祈禱。主祈禱之事者，號為「監令祭酒」。祈禱之法，書病人姓名，說服罪之意，作文三通，名為「三官手書」。一通焚於山頂以奏天，一通埋於地以奏地，一通沈於水底以申水官。如此之後，但病痊可，將米五斗為謝。又蓋義舍，舍內飯米柴火肉食齊備，許過往人量食多少，自取而食。多取者受天誅。境內有犯法者，必恕三次；不改者，然後施刑。所在並無官長，盡屬祭酒所管。如此雄據漢中之地已三十年。國家以為地遠不能征伐，就命魯為鎮南中郎將領漢寧太守，通進貢而已。

當年聞操破西涼之眾，威震天下，乃聚眾商議曰：「西涼馬騰遭戮，馬超新敗，曹操必將侵我漢中。我欲自稱漢寧王，督兵拒曹操，諸軍以為何如？」閻圃曰：「漢川之民，戶口十萬餘眾，財富糧足，四面險固；今馬超新敗，西涼之民，從子午谷奔入漢中者，不下數萬。愚意益州劉璋昏弱，不如先取西川四十一州為本，然後稱王未遲。」張魯大喜，遂與弟張衛商議起兵。早有細作報入川中。

卻說益州劉璋，字季玉，即劉焉之子，漢魯恭王之後，章帝元和中，徙封竟陵，支庶因居於此。後焉官至益州牧，興平元年患病疽而死。益州太守趙韙等，共保璋為益州牧。璋曾殺張魯母及弟，因此有讎。璋使龐羲為巴西太守，以拒張魯。

時龐羲探知張魯欲興兵取川，急報知劉璋。璋平生懦弱，聞得此信，心中大憂，急聚眾官商議。忽一人昂然而出曰：「主公放心，某雖不才，憑三寸不爛之舌，使張魯不敢正眼來覷西川。」正是：只因蜀地謀臣進，致引荊州豪傑來。未知此人是誰，且看下文分解。

❷ 陳首：自己供認自己的罪狀。

第六〇回　張永年反難楊修　龐士元議取西蜀

卻說那進計於劉璋者，乃益州別駕，姓張，名松，字永年。其人生得額钁頭尖，鼻偃齒露，身短不滿五尺，言語有若銅鐘。劉璋問曰：「別駕有何高見，可解張魯之危？」松曰：「某聞許都曹操，掃蕩中原。呂布、二袁皆為所滅；近又破馬超；天下無敵矣。主公可備進獻之物，松親往許都，說曹操興兵取漢中，以圖張魯。則魯拒敵不暇，何敢復窺蜀中耶？」

劉璋大喜，收拾金珠錦綺，為進獻之物，遣張松為使。松乃暗畫西川地理圖本藏之，帶從人數騎，取路赴許都。早有人報入荊州，孔明便使人入許都打探消息。

卻說張松到了許都館驛中住定，每日去相府伺候，求見曹操。原來曹操自破馬超回，傲睨得志，每日飲宴，無事少出，國政皆在相府商議。張松候了三日，方得通過姓名。左右近侍先要賄賂，卻纔引入。操坐於堂上。松拜畢，操問曰：「汝主劉璋連年不進貢，何也？」松曰：「為路途艱難，賊寇竊發，不能通達。」操叱曰：「吾掃清中原，有何盜賊？」松曰：「南有孫權，北有張魯，西有劉備，至少者亦帶甲十餘萬，豈得謂太平耶！」

操先見張松人物猥瑣，五分不喜；又聞語言衝撞，遂拂袖而起，轉入後堂。左右責松曰：「汝為使命，何不知禮，一味衝撞？幸得丞相看汝遠來之面，不見罪責。汝可急急回去！」松笑曰：「吾川中無

龐統貌陋，張松亦貌陋。可見以貌取人者，不可以相天下士。

諂佞之人也。」忽而階下一人大喝曰：「汝川中不會諂佞，吾中原豈有諂佞者乎？」

松觀其人，單眉細眼，貌白神清。問其姓名，乃太尉楊彪之子楊修，字德祖，現為丞相門下掌庫主簿。此人博學能言，見識過人。松知修是個舌辯之士，有心難之。修亦自恃其才，小覷天下之士。當時見張松言語譏諷，遂邀出外面書院中，分賓主而坐，謂松曰：「蜀道崎嶇，遠來勞苦。」松曰：「奉主之命，雖赴湯蹈火，弗敢辭也。」修問：「蜀中風土何如？」松曰：「蜀為西郡，古號益州。路有錦江之險，地連劍閣之雄。回環二百八程，縱橫三萬餘里。雞鳴犬吠相聞，市井閭閻不斷。田肥地美，歲無水旱之憂；國富民豐，時有管絃之樂。所產之物，阜如山積。天下莫可及也！」

既誇地靈，又誇人傑。

修又問曰：「蜀中人物如何？」松曰：「文有相如之賦，武有伏波之才；醫有仲景之能，卜有君平之隱。九流三教，『出乎其類，拔乎其萃』者，不可勝記，豈能盡數！」修又問曰：「方今劉季玉手下，如公者還有幾人？」松曰：「文武全才，智勇足備，忠義慷慨之士，動以百數。如松不才之輩，車載斗量，不可勝記。」修曰：「公近居何職？」松曰：「濫充別駕之任，甚不稱職。敢問公為朝廷何官？」修曰：「現為丞相府主簿。」松曰：「久聞公世代簪纓，何不立於廟堂，輔佐天子，乃區區作相府門下一吏乎？」

既誇先賢，又誇時俊。

楊修聞言，滿面羞慚，強顏而答曰：「某雖居下寮，丞相委以軍政錢糧之重，早晚多蒙丞相教誨，極有開發，故就此職耳。」松笑曰：「松聞曹丞相文不明孔孟之道，武不達孫吳之機，專務強霸而居大位，安能有所教誨，以開發明公耶？」修曰：「公居邊隅，安知丞相大才乎？吾試令公觀之。」呼左右於篋中取書一卷，以示張松。松觀其題曰：「孟德新書。」從頭至尾，看了一遍，共一十三篇，皆用兵之要法。

松看畢，問曰：「公以此為何書耶？」修曰：「此是丞相酌古準今，倣孫子十三篇而作。公欺丞相無才，此堪以傳後世否？」松大笑曰：「此書吾蜀中三尺小童，亦能暗誦，何為『新書』？此是戰國時無名氏所作，曹丞相盜竊以為己能，止好瞞足下耳！」修曰：「丞相秘藏之書，雖已成帙，未傳於世。公言蜀中小兒暗誦如流，何相欺乎？」松曰：「公如不信，吾試誦之。」遂將「孟德新書」從頭至尾，朗誦一遍，並無一字差錯。修大驚曰：「公過目不忘，真天下奇才也！」後人有詩曰：

古怪形容異，清高體貌踈。語傾三峽水，目視十行書。
膽量魁西蜀，文章貫太虛。百家并諸子，一覽更無餘。

當下張松欲辭回。修曰：「公且暫居館舍，容某再稟丞相，令公面君。」松謝而退。修入見操曰：「適來丞相何慢張松乎？」操曰：「言語不遜，吾故慢之。」修曰：「丞相尚容一禰衡，何不納張松？」操曰：「禰衡文章，播於當今，吾故不忍殺之。松有何能？」修曰：「且無論其口似懸河，辯才無礙。適修以丞相所撰『孟德新書』示之，彼觀一遍，即能暗誦。如此博聞強記，世所罕有。松言此書乃戰國時無名氏所作，蜀中小兒，皆能熟記。」操曰：「莫非古人與我暗合否？」令扯碎其書燒之。修曰：「此人可使面君，教見天朝氣象。」操曰：「來日我於西教場點軍，汝可先引他來，使見我軍容之盛，教他回去傳說：吾即日下了江南，便來收川。」

修領命。至次日，與張松同至西教場。操點虎衛雄兵五萬，布於教場中，果然盔甲鮮明，衣袍燦爛；

楊修誇

之以文，曹操耀之以武。

當面嘲笑，亦大快人心！

金鼓震天，戈矛耀日，四方八面，各分隊伍，旌旗颺彩，人馬騰空。松斜目視之。良久，操喚松指而示曰：「汝川中曾見此英雄人物否？」松曰：「吾蜀中不曾見此兵革，但以仁義治人。」

操變色視之，松全無懼意，楊修頻以目視松。操謂松曰：「吾視天下鼠輩猶草芥耳。大軍到處，戰無不勝，攻無不取。順吾者生，逆吾者死。汝知之乎？」松曰：「丞相驅兵到處，戰必勝，攻必取，松亦素知。昔日濮陽攻呂布之時，宛城戰張繡之日；赤壁遇周郎，華容逢關羽；割鬚棄袍於潼關，奪船避箭於渭水：此皆無敵於天下也。」操大怒曰：「豎儒焉敢揭吾短處！」喝左右推出斬之。楊修諫曰：「松雖可斬，奈從蜀道而來入貢，若斬之，恐失遠人之意。」

操怒氣未息。荀彧亦諫，操方免其死，令亂棒打出。松歸館舍，連夜出城，收拾回川。松自思曰：「吾本欲獻西川州縣與曹操，誰想如此慢人！我來時於劉璋之前，開了大口；今日怏怏空回，須被蜀中人所笑。吾聞荊州劉玄德仁義遠播久矣，不如逕由那條路回。試看此人如何，我自有主見。」

於是乘馬引僕從望荊州界上而來。前至郢州界口，忽見一隊軍馬，約有五百餘騎，為首一員大將，輕裝軟扮，勒馬前問曰：「來者莫非張別駕乎？」松曰：「然也。」那將慌忙下馬，聲喏曰：「趙雲等候多時。」松下馬答禮曰：「莫非常山趙子龍乎？」雲曰：「然也。某奉主公劉玄德之命，為大夫遠涉路途，鞍馬馳驅，特命趙雲聊奉酒食。」

言罷，軍士跪奉酒食，雲敬進之。松自思曰：「人言劉玄德寬仁愛客，今果如此。」遂與趙雲飲了數杯，上馬同行。來到荊州界首，是日天晚，前到館驛，見驛門外百餘人侍立，擊鼓相接。一將於馬前施禮曰：「奉兄長將令，為大夫遠涉風塵，令關某灑掃驛庭，以待歇宿。」松下馬與雲長、趙雲同入館舍，講禮敘坐。須臾，排上酒食，二人殷勤相勸。飲至更闌，方始罷席，宿了一宵。

次日早膳畢，上馬行不到三五里，只見一簇人馬到。乃是玄德引著伏龍、鳳雛，親自來接。遙見張松，早先下馬等候，松亦慌忙下馬相見。玄德曰：「久聞大夫高名，如雷灌耳。恨雲山迢遠，不得聽教。今聞回都，專此相接。倘蒙不棄，到荒州暫歇片時，以敘渴仰之思，實為萬幸！」松大喜，遂上馬並轡入城。至府堂上各各施禮，分賓主依次而坐，設宴款待。

飲酒間，玄德只說閒話，並不提起西川之事。松以言挑之曰：「今皇叔守荊州，還有幾郡？」孔明曰：「荊州乃暫借東吳的，每每使人取討。今我主因是東吳女壻，故權且在此安身。」松曰：「東吳據六郡八十一州，民強國富，猶且不知足耶？」龐統曰：「吾主漢朝皇叔，反不能占據州郡；其他皆漢之蟊賊，卻都恃強侵占地土；惟智者不平焉。」玄德曰：「二公休言。吾有何德，敢多望乎？」松曰：「不然。明公乃漢室宗親，仁義充塞乎四海。休道占據州郡，便代正統而居帝位，亦非分外。」玄德拱手謝曰：「公言太過，備何敢當？」

自此一連留張松飲宴三日，並不提起川中之事。松辭去，玄德於十里長亭，設宴送行。玄德舉酒酌松曰：「甚荷大夫不棄，留敘三日；今日相別，不知何時再得聽教。」言罷，潸然淚下。張松自思：「玄德如此寬仁愛士，安可捨之？不如說之，令取西川。」乃言曰：「松亦思朝暮趨侍，恨未有便耳。松觀荊州，東有孫權，常懷虎踞；北有曹操，每欲鯨吞；亦非可久戀之地也。」玄德曰：「故知如此，但未有安跡之所。」松曰：「益州險塞，沃野千里，民殷國富；智能之士，久慕皇叔之德；若起荊、襄之眾，長驅西指，霸業可成，漢室可興矣。」玄德曰：「備安敢當此？劉益州亦帝室宗親，恩澤布蜀中久矣。

他人豈可得而動搖乎?」

松曰:「某非賣主求榮;今遇明公,不敢不披瀝肝膽。劉季玉雖有益州之地,稟性暗弱,不能任賢用能;加之張魯在北,時思侵犯,人心離散,思得明主。松此一行,專欲納款於操;何期逆賊,恣逞奸雄,傲賢慢士,故特來見明公。明公先取西川為基,然後北圖漢中,收取中原,匡正天朝,名垂青史,功莫大焉。明公果有取西川之意,松願施犬馬之勞,以為內應。未知鈞意若何?」玄德曰:「深感君之厚意。奈劉季玉與備同宗,若攻之,恐天下唾罵。」松曰:「大丈夫處世,當努力建功立業,著鞭在先。今若不取,為他人所取,悔之晚矣。」玄德曰:「備聞蜀道崎嶇,千山萬水,車不能方軌❶,馬不能連轡;雖欲取之,用何良策?」

松於袖中取出一圖,遞與玄德曰:「松感明公盛德,敢獻此圖,便知蜀中道路矣。」玄德略展視之,上面盡寫著地理行程。遠近闊狹,山川險要,府庫錢糧,一一俱載明白。松曰:「明公可速圖之。松有心腹契友二人:法正、孟達。此二人必能相助。如二人到荊州時,可將心事共議。」玄德拱手謝曰:「青山不老,綠水長存。他日事成,必當厚報。」松曰:「松遇明主,不得不盡情相告,豈敢望報乎?」說罷作別。孔明命雲長等護送數十里方回。

孔明用計,至此大事已畢。

張松回益州,先見友人法正。正字孝直,右扶風郡人也,賢士法真之子。松見正,備說「曹操輕賢傲士,只可同憂,不可同樂。吾已將益州許劉皇叔矣。專欲與兄共議」。法正曰:「吾料劉璋無能,已有心見劉皇叔久矣。此心相同,又何疑焉?」

---

❶ 方軌:兩車並行的意思。

少頃，孟達至。達字子慶，與法正同鄉。達入，見正與松密語。達曰：「吾已知二公之意。將欲獻益州耶？」松曰：「是欲如此。兄試猜之，合獻與誰？」達曰：「非劉玄德不可。」三人撫掌大笑。法正謂松曰：「兄明日見劉璋，當若何？」松曰：「吾薦二公為使，可往荊州。」二人應允。

次日，張松見劉璋。璋問：「幹事若何？」松曰：「操乃漢賊，欲篡天下，不可為言。彼已有取川之心。」璋曰：「似此如之奈何？」松曰：「松有一謀，使張魯、曹操必不敢輕犯西川。」璋曰：「何計？」松曰：「荊州劉皇叔，與主公同宗，仁慈寬厚，有長者風。赤壁鏖兵之後，操聞之而膽裂，何況張魯乎？主公何不遣使結好，使為外援？可以拒曹操、張魯矣。」璋曰：「吾亦有此心久矣。誰可為使？」松曰：「非法正、孟達，不可往也。」璋即召二人入，修書一封，令法正為使，先通情好；次遣孟達領精兵五千，迎玄德入川為援。

> 不須玄德自來，卻是劉璋去請。

正商議間，一人自外突入，汗流滿面，大叫曰：「主公若聽張松之言，則四十一州郡，已屬他人矣！」松大驚；視其人，乃西閬中巴人，姓黃，名權，字公衡，現為劉璋府下主簿。璋問曰：「玄德與我同宗，吾故結之為援；汝何出此言？」權曰：「某素知劉備寬以待人，柔能克剛，英雄莫敵。遠得人心，近得民望。兼有諸葛亮、龐統之智謀，關、張、趙雲、黃忠、魏延為羽翼。若召到蜀中，以部曲待之，劉備豈肯伏低做小？若以客禮待之，又一國不容二主。今聽臣言，則西蜀有泰山之安；不聽臣言，則主公有纍卵之危矣。張松昨從荊州過，必與劉備同謀。可先斬張松，後絕劉備，則西川萬幸也。」璋曰：「曹操、張魯到來，何以拒之？」權曰：「不如閉境絕塞，深溝高壘，以待時清。」璋曰：「賊兵犯界，有燃眉之急；若待時清，則是慢計❷也。」遂不從其言，遣法正行。又一人阻曰：「不可！不可！」

璋視之，乃帳前從事官王累也。累頓首言曰：「主公今聽張松之言，自取其禍。」璋曰：「不然。吾結好劉玄德，實欲拒張魯也。」累曰：「張魯犯界，乃癬疥之疾；劉備入川，乃心腹之大患。況劉備世之梟雄，先事曹操，便思謀害；後從孫權，便奪荊州。心術如此，安可同處乎？今若召來，西川休矣！」璋叱曰：「再休亂道！玄德是我同宗，他安肯奪我基業？」便教扶二人出。遂命法正便行。法正離益州，逕取荊州，來見玄德。參拜已畢，呈上書信。玄德拆封視之。書曰：

> 族弟劉璋，再拜致書於玄德宗兄將軍麾下：久伏電天，蜀道崎嶇，未及齎貢，甚切惶愧。璋聞「吉凶相救，患難相扶」。朋友尚然，況宗族乎？今張魯在北，旦夕興兵，侵犯璋界，甚不自安。專人謹奉尺書，上乞鈞聽。倘念同宗之情，全手足之義，即日興師剿滅狂寇，永為脣齒，自有重酬。書不盡言，耑候車騎。

玄德看畢大喜，設宴相待法正。酒過數巡，玄德屏退左右，密謂正曰：「久仰孝直英名，張別駕多談盛德。今獲聽教，甚慰平生。」法正謝曰：「蜀中小吏，何足道哉？蓋聞馬逢伯樂而嘶，人遇知己而死。張別駕昔日之言，將軍復有意乎？」玄德曰：「備一身寄客，未嘗不傷感而歎息。嘗思鷦鷯尚存一枝，狡兔尚藏三窟，何況人乎？蜀中豐餘❸之地，非不欲取；奈劉季玉係備同宗，不忍相圖。」法正曰：「益州天府之國，非治亂之主，不可居也。今劉季玉不能用賢，此業不久必屬他人。今日自付與將軍，

既言欲得西川，卻又假意推託。

❷ 慢計：緩慢的打算。
❸ 豐餘：富裕。

不可錯失，豈不聞『逐兔先得』之說乎？將軍欲取，某當效死。」玄德拱手謝曰：「尚容商議。」

當日席散，孔明親送法正歸館舍。玄德獨坐沈吟。龐統進曰：「事當決而不決者，愚人也。主公高明，何多疑耶？」玄德問曰：「以公之意，當復何如？」統曰：「荊州東有孫權，北有曹操難以得志。益州戶口百萬，土廣財富，可資大業。今幸張松、法正為內助，此天賜也。何必疑哉？」

玄德曰：「今與吾水火相敵者，曹操也。操以急，吾以寬；操以暴，吾以仁；操以譎，吾以忠；每與操相反，事乃可成。若以小利而失大義於天下，吾不為也。」龐統笑曰：「主公之言，雖合天理，奈離亂之時，用兵爭強，固非一道；若拘執常理，寸步不可行矣。宜從權變。且兼弱攻昧，逆取順守，湯、武之道也。若事定之後，報之以義，封為大國，何負於信？今日不取，終被他人取耳。主公幸熟思焉。」玄德乃恍然曰：「金石之言，當銘肺腑。」

於是遂請孔明同議，起兵西行。孔明曰：「荊州重地，必須分兵守之。」玄德曰：「吾與龐士元、黃忠、魏延前往西川；軍師可與關雲長、張翼德、趙子龍守荊州。」孔明應允。於是孔明總守荊州；關公拒襄陽要路，當青泥隘口；張飛領四郡巡江；趙雲屯江陵，鎮公安。玄德令黃忠為前部，魏延為後軍。玄德自與劉封、關平在中軍，龐統為軍師，馬步兵五萬，起程西行。

臨行時，忽廖化引一軍來降。玄德便教廖化輔佐雲長，以拒曹操。是年冬月，引兵望西川進發。行不數程，孟達接著，拜見玄德，說劉益州令某領兵五千遠來迎接。玄德使人入益州，先報劉璋。璋便發書告報沿途州郡，供給錢糧。璋欲自出涪城親接玄德，即下令準備車乘帳幔，旌旗鎧甲，務要鮮明。主簿黃權入諫曰：「主公此去，必被劉備所害。某食祿多年，不忍主公中他人奸計，望三思之。」張松曰：

「黃權此言，疎間宗族之義，滋長寇盜之威，實無益於主公。」璋乃叱權曰：「吾意已決，汝何逆吾！」權叩首流血，近前口啣璋衣而諫。璋大怒，扯衣而起。權不放，頓落門牙兩個。璋喝左右，推出黃權，權大哭而歸。璋欲行，一人叫曰：「主公不納黃公衡忠言，乃欲自就死地耶？」伏於階前而諫。璋視之，乃建寧俞元人也，姓李，名恢。叩首諫曰：「竊聞『君有諍臣，父有諍子』。黃公衡忠義之言，必當聽從。若容劉備入川，是猶迎虎於門也。」璋曰：「玄德是吾宗兄，安肯害吾？再言者必斬！」叱左右推出李恢。張松曰：「今蜀中文官各顧妻子，不復為主公效力；諸將恃功驕傲，各有外意❹；不得劉皇叔，則敵攻於外，民攻於內，必敗之道也。」璋曰：「公所謀深於吾有益。」

次日，上馬出榆橋門。人報「從事王累，自用繩索倒弔於城門之上，一手執諫章，一手仗劍，口稱如諫不從，自割斷其繩索，撞死於此地」。劉璋教取所執諫章觀之。其略曰：

> 益州從事臣王累，泣血稽首：竊聞「良藥苦口利於病，忠言逆耳利於行」。昔楚懷王不聽屈原之言，會盟於武關，為秦所困。今主公輕離大郡，欲迎劉備於涪城恐有去路，而無回路矣。倘能斬張松於市，絕劉備之約，則蜀中老幼幸甚！主公之基業亦幸甚！

劉璋看畢，大怒曰：「吾與仁人相會，如親芝蘭，如何數侮於吾耶！」王累大叫一聲，自割斷其索，撞死於地。後人有詩歎曰：

---

❹ 外意：其他的心思。

倒挂城門捧諫章，拚將一死報劉璋。
黃權折齒終降備，矢節何如王累剛！

劉璋將三萬人馬往涪城來。後軍裝載資糧錢帛一千餘輛，來接玄德。

卻說玄德前軍已到墊沮。所到之處，一者是西川供給；二者是玄德號令嚴明，如有妄取百姓一物者斬；於是所到之處，秋毫無犯。百姓扶老攜幼，滿路瞻觀，焚香禮拜。玄德皆用好言安慰。

卻說法正密謂龐統曰：「近張松有密書到此，言於涪城相會劉璋，便可圖之。機會切不可失。」統曰：「此意且勿言。待二劉相見，乘便圖之。若預走洩，於中有變。」法正乃秘而不言。涪城離成都三百六十里，璋已到，使人迎接玄德，兩軍皆屯於涪江之上。玄德入城，與劉璋相見，各敘兄弟之情。禮畢，揮淚訴告衷情。飲宴畢，各回寨中安歇。璋謂眾官曰：「可笑黃權、王累輩，不知宗兄之心，妄相猜疑。吾今日見之，真仁義之人也。吾得他為外援，又何慮曹操、張魯耶？非張松則失之矣。」乃脫所穿綠袍，並黃金五百兩，令人往成都賜與張松。

時部下將佐劉璝、冷苞、張任、鄧賢等一班文武官曰：「主公且休歡喜。劉備柔中有剛，其心未可測，還宜防之。」璋笑曰：「汝等皆多慮。吾兄豈有二心哉？」眾皆嗟歎而退。

卻說玄德歸到寨中。龐統入見曰：「主公今日席上見劉季玉動靜乎？」玄德曰：「季玉真誠實人也。」統曰：「季玉雖善，其臣劉璝、張任等皆有不平之色，其間吉凶未可保也。以統之計，莫若來日

人言劉璋闇，只此便知其闇。

設宴，請季玉赴席；於衣壁中埋伏刀斧手一百人，主公擲杯為號，就筵上殺之；一擁入成都，刀不出鞘，弓不上弦，可坐而定也。」玄德曰：「季玉是吾同宗，誠心待吾，更兼吾初到蜀中，恩信未立，若行此事，上天不容，下民亦怨。公此謀，雖霸者亦不為也。」統曰：「此非統之謀。是法孝直得張松密書，言事不宜遲，只在早晚當圖之。」

言未已，法正入見曰：「某等非為自己，乃順天命也。」玄德曰：「劉季玉與吾同宗，不忍取之。」正曰：「明公差矣。若不如此，張魯與蜀有殺母之讎，以來攻取。明公遠涉山川，驅馳士馬，既到此地，進則有功，退則無益。若執狐疑之心，遷延日久，大為失計。且恐機謀一洩，反為他人所算。不若乘此天與人歸之時，出其不意，早立基業，實為上策。」龐統亦再三相勸。正是：人主幾番存厚道，才臣一意進權謀。未知玄德心下如何，且看下文分解。

國家圖書館出版品預行編目資料

三國演義／羅貫中撰;毛宗崗批；饒彬校注.——三版
三刷.——臺北市：三民，2023
面；　公分.——（中國古典名著）

ISBN 978-957-14-7054-2（一套：平裝）

857.4523　　109020018

中國古典名著

三國演義(上)

作　者	羅貫中
批　者	毛宗崗
校注者	饒　彬
發行人	劉振強
出版者	三民書局股份有限公司
地　址	臺北市復興北路 386 號(復北門市) 臺北市重慶南路一段 61 號(重南門市)
電　話	(02)25006600
網　址	三民網路書店 https://www.sanmin.com.tw
出版日期	初版一刷 1971 年 4 月 二版十三刷 2019 年 1 月 三版一刷 2021 年 1 月 三版三刷 2023 年 9 月
書籍編號	S851720
I S B N	978-957-14-7054-2

三民書局